Diogenes Taschenbuch 24637

CHARLES LEWINSKY, 1946 in Zürich geboren, ist seit 1980 freier Schriftsteller. International berühmt wurde er mit seinem Roman *Melnitz*. Er gewann zahlreiche Preise, darunter den französischen Prix du meilleur livre étranger. Der *Halbbart* war nominiert für den Schweizer und den Deutschen Buchpreis. Sein Werk erscheint in 14 Sprachen. Charles Lewinsky lebt im Sommer in Vereux, Frankreich, und im Winter in Zürich.

Charles Lewinsky

Der Halbbart

ROMAN

Diogenes

Die Erstausgabe erschien 2020 im Diogenes Verlag
Covermotiv: Gemälde von Ferdinand Hodler,
›Die Kindheit (Studie)‹ (Ausschnitt)

Veröffentlicht als Diogenes Taschenbuch, 2022

Diogenes Verlag AG Zürich
www.diogenes.ch
150/22/44/1
ISBN 978 3 257 24637 7

Für meinen Bruder Robert,
mit dem ich das Fabulieren
schon früh geübt habe

He must have a long spoon
that must eat with the devil.
William Shakespeare,
Comedy of Errors

Das erste Kapitel
in dem der Halbbart ins Dorf kommt

Wie der Halbbart zu uns gekommen ist, weiß keiner zu sagen, von einem Tag auf den anderen war er einfach da. Manche glauben sicher zu wissen, man habe ihn am Palmsonntag zum ersten Mal gesehen, andere behaupten steif und fest: Nein, am Karfreitag sei es gewesen. Sogar zu einer Schlägerei ist es deshalb einmal gekommen.

Nach der Fastenzeit wollen die Leute den angesparten Durst loswerden, und so hat der Kryenbühl Martin einem Säumer zwei Fässer Wein abgekauft, ein kleines mit Malvasier und ein großes mit Räuschling, und in diesem Räuschling, habe ich berichten hören, sei der Fremde versteckt gewesen, habe sich zusammengerollt, klein wie ein Siebenschläfer, wenn der sich tagsüber in einem toten Baum verkriecht, und sei dann um Mitternacht durch das Spundloch hinausgeschloffen und wieder zu seiner vollen Größe angeschwollen, mit einem Geräusch, wie wenn ein Sterbender sich den letzten Atem abpresst. Aber der das erzählt hat, war der Rogenmoser Kari, der nach dem fünften Schoppen auch schon gesehen hat, wie der Teufel aus dem Ägerisee aufstieg mit feurigen Augen. Andere sagen, der Fremde sei vom Berg heruntergekommen, damals beim kleinen Felssturz, und sei dann ein ganzes Jahr in dem Steinhaufen liegen geblieben, von keinem bemerkt, vom Staub zugedeckt wie ein Wintergrab vom Schnee. Mitten zwischen den Felsbrocken sei er die Fluh heruntergepoltert, sagen sie, und habe sich dabei wie durch ein Wunder keinen einzigen Knochen gebrochen, nur das Gesicht habe es ihm vertätscht, die rechte Hälfte, darum sehe er so aus, wie er aussieht. Mit eigenen Augen hat es keiner von denen gesehen, die darauf schwören, aber eine gute Geschichte hört man immer gern, wenn die Nächte lang sind und das Teufels-Anneli in einem anderen Dorf.

Ich glaube ja, er ist ganz gewöhnlich zu Fuß gekommen, nicht gerade auf dem breiten Weg von Sattel herunter, aber an den Abhängen sind genügend Steige, auf denen man von niemandem gesehen wird, das wissen bei uns nicht nur die Schmuggler. Natürlich, für einen Fremden sind solche Pfade nicht leicht zu finden, aber wenn er wirklich ein Flüchtling ist, wie es heißt, dann wird er eine Nase dafür haben. Wenn einer lang genug hat weglaufen müssen, dann versteckt er sich mit der Zeit ganz von selber, wie eine Katze, der die Buben Steine nachwerfen, und die darum Umwege macht, über die Dächer oder durchs Gebüsch.

Woher er geflohen ist und warum, das weiß keiner. Irgendwann war er einfach da, im Dorf und doch nicht im Dorf, exakt an der Grenze von innerhalb und außerhalb. Ein Flüchtling, denke ich, bekommt mit der Zeit ein Gschpüri für Grenzen und erkennt sie, auch wenn da keiner steht und den Wegzoll einfordert. Ich meine, jeder Mensch kann besondere Fähigkeiten entwickeln, ohne dass es immer gleich Zauberei sein muss. Die Iten-Zwillinge, die man immer nur zusammen sieht, brauchen an einer trächtigen Kuh nur zu riechen und können unfehlbar sagen, ob es ein Stierkalb oder ein Kuhkalb geben wird. Manche Leute lassen die beiden auch kommen, wenn die eigene Frau in der Hoffnung ist; so ein Bauer, der schon fünf Kinder hat und noch immer keinen Erben, will Bescheid wissen, wenn es wieder nur ein Mädchen werden soll, damit er rechtzeitig nach Ägeri zur Kräuterfrau schicken kann; die weiß nicht nur, wie man Kinder zur Welt bringt, sondern auch das Gegenteil. Als kleine Buben sind wir vor ihr weggelaufen, weil es geheißen hat, mit ihren letzten Zähnen kann sie einen totbeißen, aber heute denke ich: Sie ist eine ganz gewöhnliche Frau, nur eben eine mit Erfahrungen.

Wie gesagt, eines Tages war der Halbbart da. Er hat sich, ohne jemanden zu fragen, den richtigen Ort ausgesucht, einen Plätz, der niemandem die Mühe wert ist, darum zu streiten. Direkt am Rand vom oberen Klosterwald, dort wo der Hang stotzig wird und höchstens die Geißenhirten oder die alten Weiblein beim Holzsammeln vorbeikommen, hat er auf zehn Fuß die Brombeersträucher und den Liguster ausgerissen, mit bloßen Händen, sagt man, was ich aber nicht glaube, man hätte ihn sonst bluten sehen müssen wie die zehntausend Märtyrer nach dem Sturz in die Dornen. Wie auch immer, er hat sich dort etwas hingebaut, nicht länger als ein Strohsack und nicht breiter als ein Mann mit ausgebreiteten Armen. Beim Geißenhüten haben wir auch solche Unterstände aufgestellt, gegen den Regen mit Zweigen abgedeckt. Lang hat man für so einen nicht gebraucht, aber keiner von uns wäre auf den Gedanken gekommen, dort zu wohnen. Ihm scheint es zu genügen, auch wenn er dort im Winter bestimmt friert wie ein armer Sünder. Ein

Feuer kann er nur draußen machen, und dann muss er noch aufpassen, dass es ihm nicht seine Hütte abbrennt.

Der Steinemann Schorsch hat seinen Hungerhof weiter unten am Hang, und einmal, an einem eisigen Tag, hat er den Fremden zur Hilfe holen müssen, weil genau in der Stunde, als seine Frau das erste Kind bekam, auch die Kuh hat kalbern wollen. Es wird nicht exakt so gewesen sein, aber hinterher hat er erzählt, er habe den Fremden steifgefroren angetroffen, hart wie ein Brett, und habe ihn den Hang hinunter hinter sich herziehen müssen wie einen Schlitten. Zum Auftauen habe er ihn bei sich zu Hause an den Tisch gelehnt, direkt vor dem großen Suppenkessel, und es habe gar nicht lang gedauert, da habe er sich schon wieder bewegt und auch zugepackt, und zwar wie einer, der sich auskennt, es könne nicht das erste Mal gewesen sein, dass er bei einer Geburt geholfen habe. Hinterher, sagt der Steinemann, sei der Halbbart vor der Feuerstelle gekniet und habe sich nicht nur gewärmt, sondern die Hand tief in das Feuer hineingestreckt, so dass es richtig Blateren gegeben habe. Aber das hat bestimmt nur so ausgesehen, und Krusten an der Hand wird er auch schon vorher gehabt haben.

Er ist ein komischer Vogel, der Halbbart. Es sagen ihm alle so; seinen richtigen Namen kennt keiner. Im Dorf haben fast alle einen Übernamen. Wenn man vom Eichenberger Meinrad redet, sagt man immer »der kleine Eichenberger«, weil er drei ältere Schwestern hat, alle schon in anderen Dörfern verheiratet, und er ist als Nachzügler gekommen, als sein Vater schon nicht mehr daran geglaubt hat, er könne doch noch einen Sohn bekommen, der Gisiger Hänsel, der so gut trommeln kann, heißt Schwämmli, weil er seit einer Schlägerei so ein komisches Ohr hat, und mir sagen sie Stündelerzwerg, nur weil ich einmal ein paar Wochen lang jeden Tag zur Messe nach Sattel hinaufgelaufen bin, aber das war nicht wegen der Frömmigkeit, sondern wegen dem Hasler Lisi. Die hat mir gefallen, aber ich ihr nicht; mit kleinen Buben wolle sie nichts zu tun haben, hat sie gesagt. Ich habe ihr vorgeschlagen zu warten, bis ich zwölf sei, aber das wollte sie nicht und hat mich ausgelacht. Als ihr dann der dicke Hauenstein ein Kind gemacht hat, bin ich nicht mehr hingegangen.

Also, der Halbbart. Man nennt ihn so, weil ihm der Bart nur auf der einen Seite des Gesichts wächst, auf der anderen hat er Brandnarben und schwarze Krusten, das Auge ist dort ganz zugewachsen. Am Anfang haben ihn manche Leute Melchipar genannt, aber das hat sich nicht durchgesetzt. Der Name kam daher: Wenn der Halbbart nach links schaut, und man von seinem Gesicht nur die Hälfte mit dem Bart sieht, dann erinnert er an den Melchior auf dem gestickten Banner mit den heiligen drei Königen, das in der Prozession zu Epiphanias mitgetragen wird. Wenn er aber den Kopf in die andere Richtung dreht, und man sieht die Hälfte ohne Bart, die mit den schwarzen Krusten, dann denkt man an den Negerkönig Caspar. Halb Melchior und halb Caspar, deshalb Melchipar. Aber der Name war zu kompliziert, und man hat sich auf Halbbart geeinigt. Ich würde gern wissen, wie solche Entscheidungen eigentlich getroffen werden. Ich frage mich auch, was so ein Name mit dem Menschen macht, dem er angehängt wird. Ich selber zum Beispiel: Seit man mich den Stündelerzwerg nennt, denke ich daran, einmal ins Kloster zu gehen, nicht aus besonderer Frömmigkeit, aber als Mönch hat man ein sicheres Auskommen, und wirklich hart arbeiten muss man dort auch nicht, glaube ich. Und bei der Profess bekommt man vom Abt einen neuen Namen. Mein Taufname hat mir nie gefallen. Eusebius – das war so eine Spinnerei von meinem Vater. Er hat den Namen in einer Predigt aufgeschnappt und sich gemerkt. Ich kann mir Sachen auch gut merken; so etwas geht manchmal auf die nächste Generation über. Meine älteren Brüder heißen Origenes und Polykarp, aber es sagt ihnen keiner so, sonst bekommt er aufs Maul, vor allem vom Poli; der prügelt sich gern, ganz anders als ich. Wenn der Vater sich damals nicht auf der Gemsjagd das Genick gebrochen hätte, würde er eine Schwester Perpetua genannt haben, sagt unsere Mutter, das hatte er sich schon ausgedacht.

Dem Halbbart ist es egal, wie man ihn nennt, das hat er mir selber gesagt. Man kann ganz normal mit ihm reden, auch wenn manche Leute im Dorf behaupten, ihm sei auch die halbe Zunge weggebrannt, und er könne nur lallen wie der Tschumpel-Werni, der keinen richtigen Verstand hat, sich vor allen Leuten zum Scheißen hinhockt und dann in die Hände klatscht und stolz auf die Sauerei zeigt, die er gemacht hat. Der Halbbart kann sogar sehr gut reden, er tut es nur nicht gern und schon gar nicht mit jedem. Ich bin mit ihm ins Gespräch gekommen, weil ich einmal beim Pilzen zufällig gesehen habe, wie er Heckenkirschen gepflückt hat. Weil ich gemeint habe, er will sie essen, bin ich hingerannt und habe sie ihm aus der Hand geschlagen, weil sie giftig sind. Ich habe zu spät überlegt, dass ich ihn auch mit

Worten hätte warnen können; selbst wenn ihm die Zunge wirklich weggebrannt wäre, hätte ihn das ja nicht am Hören gehindert. Er ist aber nicht wütend geworden, sondern hat verstanden, dass ich es gut gemeint habe, und hat sich sogar bedankt. Das mit dem Gift habe er gewusst, gerade darum habe er die Heckenkirschen gepflückt, er habe seit ein paar Tagen nicht mehr richtig seichen können, und da hülfen sie dagegen. Er spricht ein bisschen kurlig, nicht so, wie man es bei uns gewohnt ist, aber man versteht ihn.

Ich glaube, er kann auch lesen, er wäre der Einzige im Dorf. Im Kloster bringen sie es einem bei, was auch wieder ein Grund wäre, dort einzutreten. Latein müsste man allerdings auch noch lernen, denn außer der Bibel und dem Psalter gibt es, soweit ich weiß, keine Bücher. In der Kirche oben in Sattel sieht man den Halbbart nur am Sonntag, wenn alle hingehen müssen, und er steht immer ganz zuhinterst, bei den Bettlern und den Schorfigen. Aber die Bibel scheint er trotzdem zu kennen. Nicht, dass er mir das gesagt hätte, er erzählt nicht gern von sich, aber einmal hat er sich verschnäpft. Ich habe ihn gefragt, ob es ihn nicht stört, dass ihn die Leute Halbbart nennen, er hat gelacht, dieses kaputte Lachen, das er immer hat, und hat gesagt: »Es gibt zu viele Namen und zu wenig Menschen dafür. Aber du kannst den Leuten sagen, ich komme aus einer berühmten Familie. Irad zeugte Mahujael, Mahujael zeugte Methusael, Methusael zeugte Lamech.« Verstanden habe ich das nicht, aber mir gemerkt, so wie sich mein Vater die Namen für seine Kinder gemerkt hat. Unsere Mutter sagt, mein Gedächtnis ist noch besser als seines.

Wegen der seltsamen Namen habe ich nach der Messe

den Herrn Kaplan gefragt, ob er sie schon einmal gehört hat oder ob sie einfach nur Blödsinn sind, und er hat kaum glauben können, dass ich sie noch wusste. Er habe sie einmal in einer Taufpredigt aus der Bibel vorgelesen, das sei aber mehr als ein Jahr her, und dass ich sie immer noch im Kopf habe, das sei eine Begabung, und ich müsse dem lieben Gott dafür dankbar sein. Er hat mir über die Haare gestrichen, was mir nicht angenehm war, weil ich wieder einmal Läuse hatte. Dann hat er mich noch gefragt, warum man mich nicht mehr so oft in der Kirche sieht, außer am Sonntag, und ich konnte ihm ja nicht gut sagen, dass es wegen dem Hasler Lisi ist und wegen dem Kind, das ihr der Hauenstein gemacht hat. Zum Glück hat er nicht weiter nachgefragt, sondern hatte mir nur einen Vorwurf machen wollen und gar keine Antwort erwartet.

Ich besuche den Halbbart gern, aber es ist nicht so, dass wir Freunde wären. Der alte Eichenberger, der schon über fünfzig ist und seine Familie immer noch regiert wie ein Junger, hatte mal einen Hund, der gehorchte ihm aufs Wort, apportierte einen Stock oder bellte einen Fremden in die Flucht. Das Tier hat sich vom Eichenberger schlagen lassen, ohne sich zu wehren, nur wenn der ihn streicheln wollte, hinter den Ohren kraulen oder so, dann hat der Hund die Zähne gezeigt. Ich weiß auch nicht, warum ich beim Halbbart daran denken muss.

Das zweite Kapitel
in dem der Sebi das Roden schwänzt

Heute Abend werde ich verprügelt, das ist normal, denke ich, wenn man zwei ältere Brüder hat. Ich muss nur aufpassen, dass es der Geni ist, der mich erwischt, und nicht der Poli. Der Geni ist der Älteste von uns dreien, auch der Vernünftigste, bei ihm kann man sicher sein, dass er einem nicht einen Zahn aus dem Maul haut oder noch Schlimmeres; manchmal blinzelt er mir sogar zu, während er mich schlägt. Er kommt in seiner Art nach dem Vater, sagt unsere Mutter, der habe auch immer bei allem zuerst nachgedacht und dann erst die Sachen angefangen. Einmal hat mir der Geni ein Wasserrad geschnitzt, da hat er vorher ganz lang überlegt, wie er es machen muss, aber dann hat es sich wirklich gedreht im Bach. Wenn dagegen der Poli das Prügeln anfängt, dann sieht er rot, er hat es selber einmal so beschrieben, und hört mit Zuschlagen nicht auf, bis der andere sich nicht mehr rührt, und auch dann nicht immer. Für die anderen Buben im Dorf ist er deshalb ein Held; sie wollen sein wie er und machen alles, was er sagt, die einen aus Angst und die anderen aus Bewunderung. Am allermeisten bewundert ihn der Gisiger Hänsel, obwohl der Poli doch schuld ist an dem seinem Schwämmliohr. Wenn es zu einer Schlägerei kommt, im Dorf oder gegen die aus Sattel oder

Ägeri, dann ist der Poli immer der Vorderste. Unsere Mutter hat schon mehr als einmal gesagt: Wenn sie ihn eines Tages tot nach Hause bringen, dann hat er noch Glück gehabt, weil wenn sie ihm die Knochen so kaputtschlagen, dass er nicht einmal mehr den Pflugsterz festhalten kann, dann wäre es besser für ihn, er hätte gleich das Viaticum bekommen. Der Poli lacht dann nur und sagt, er denke nicht daran, sein Leben lang als Ackerknecht den Rücken krumm zu machen, er gehe einmal zu den Soldaten, da könne man ein lustiges Leben führen, und wenn er dann ins Dorf zurückkomme, bringe er einen Sack Geld mit, und zwar nicht Batzen, sondern Dukaten. Sein Vorbild ist der Onkel Alisi, der jüngere Bruder unserer Mutter, der auch Soldat geworden ist und schon in vielen Ländern gekämpft hat. Als ich noch ganz klein war, ist er einmal für ein paar Tage ins Dorf zurückgekommen; die Leute reden heute noch davon, wie groß und stark er gewesen sei und dass er seine Batzen verstreut habe wie der Sämann das Korn. Ich selber kann mich nur erinnern, dass er mich in die Luft geworfen und wieder aufgefangen hat. Nach Schweiß hat er gerochen und nach Branntwein, und mir hat er Angst gemacht. Dann ist er in den nächsten Krieg gezogen, und wir wissen nicht, ob er noch lebt. Bei Soldaten kann man da nie sicher sein.

Dass ich heute Prügel bekomme, ist so sicher wie der Winter nach dem Herbst. Ich bin nicht zum Roden mitgegangen, obwohl bekanntgegeben wurde, dass das ganze Dorf hinmüsse, die Männer und die Buben, auch die jüngeren. Man sieht hier zwar selten einen von den Klosterleuten, »hinter den Bergen sind die Herren am schönsten«, sagt man; wir sind keine Eigenleute, aber der Wald gehört ihnen, auch wenn wir ihn nutzen dürfen, und wenn sie rufen, müssen wir kommen. Wenn ein Befehl zur Waldarbeit gegeben wird, kann man zwar herumschimpfen, aber machen muss man es trotzdem, dafür dürfen wir im Wald die Schweine weiden und die Klosterochsen, die eigentlich nur für die Waldarbeit da sind, zum Pflügen der eigenen Felder benutzen, das ist die Abmachung, nicht aufgeschrieben, aber gültig. Dass die Mönche ihren Wald roden lassen, sei etwas Neues, sagt unsere Mutter, früher habe es das nicht gegeben. Sie wollten dort wohl eine Weide für Kühe machen, denn die seien in den letzten Jahren so wertvoll geworden, als ob sie goldene Fladen scheißen würden, und wer mehr Kühe zum Verkaufen haben wolle, müsse eben auch mehr Weiden haben und also weniger Wald.

Mit der Reuthaue Wurzelstöcke ausgraben, das ist nichts für mich. Ich finde, wenn sie einem schon immer sagen, man sei ein Finöggel, dann darf man sich auch benehmen wie einer; den Spott haben und den Schaden dazu, das wäre nicht gerecht. Wenn ich wirklich einmal Mönch werde, will ich im Kloster nicht im Stall arbeiten müssen, sondern das Schreiben lernen. Ein noch besseres Leben, hat man mir erzählt, haben dort nur die Sänger, aber seitdem meine Stimme angefangen hat, sich zu verändern, muss ich an so etwas gar nicht denken. Der Geni sagt, ich sei gar kein Mensch mehr, sondern ein Rabe. Er lacht aber, wenn er so etwas sagt, und meint es nicht böse.

Überhaupt habe ich den Halbbart wieder einmal besuchen wollen. Es hat lang geregnet, und da kann er so viel Zweige oben draufgelegt haben, wie er will, es wird in seinem Unterstand trotzdem gewesen sein, als ob er mit der Kutte über dem Kopf unter einem Wasserfall hockt. Heute ist das Wetter zum ersten Mal wieder schön und warm. Meinen Brüdern habe ich gesagt, dass mir ganz fest gschmuuch im Bauch sei, ich wisse nicht woher, dass ich vor dem Roden noch einmal gründlich scheißen müsse, sie sollten schon einmal ohne mich vorausgehen, ich würde sie schon einholen. Und bin dann in die andere Richtung gelaufen. Wenn das ganze Dorf am selben Ort arbeitet, habe ich mir überlegt, kann einen keiner erwischen, wenn man woanders ist.

Auf dem Weg habe ich Walderdbeeren gesammelt, rote und weiße, in dem Körbchen, das der Geni einmal aus Schilfblättern geflochten hat. Der Geni kann alles.

Wie ich näher zu seiner Beinahe-Hütte gekommen bin, habe ich den Halbbart singen hören, ein Lied, wie es sonst keiner im Dorf singt, mit einer seltsamen Melodie, als ob jeder einzelne Ton falsch wäre und nur alle zusammen richtig. Die Worte habe ich nicht verstanden, und der Halbbart hat auch ganz schnell mit Singen aufgehört. Dabei hat er eine schöne Stimme, im Kloster könnten sie ihn sicher brauchen. Er ist in der Sonne auf dem Boden gesessen, hatte überkreuzte Striche in die Erde gemacht, und in die Felder hatte er Kieselsteine gelegt, viele gewöhnliche graue und ein paar von den farbigen, die man manchmal am Seeufer findet oder in einem Bach. Die Steine hatten eine Ordnung, das konnte man sehen, die grauen mehr in einer Reihe und die anderen verteilt, aber als ich mich genähert habe, hat er sie schnell auf einen Haufen zusammengewischt, als ob er Platz für mich machen wollte. Aber er hat es sorgfältig gemacht, so dass man gemerkt hat: Er braucht die Steine noch. Er hat gesehen, dass ich gwundrig wurde, und hat gesagt: »Das sind keine Kiesel, sondern Elefanten und Pferde und Soldaten und Könige. Ganz viele Soldaten, wie das überall ist auf der Welt, aber nur zwei Könige, und sie geben keine Ruhe, bis einer von ihnen tot ist.« Vielleicht haben die Leute recht, wenn sie sagen, dass er ein bisschen verrückt ist.

Was ein Elefant ist, weiß ich nicht genau. Ein Tier, glaube ich, das es bei uns aber nicht gibt.

Weil mir schien, dass er heute gesprächiger war als sonst, habe ich ihn etwas gefragt, das mich schon lang wundernimmt, was mir aber noch niemand hat erklären können: warum es bei den Walderdbeeren zwei verschiedene Farben gibt, Rot und Weiß, obwohl es doch dieselbe Pflanze ist, man kann keinen Unterschied sehen. Der Schwämmli, der mein Freund ist, hat einmal behauptet, dass die roten die Männer von den Beeren sind und die weißen die Frauen, aber das glaube ich nicht, Beeren sind ja keine Tiere. Der Halbbart hat zurückgefragt, welche davon mir besser schmecken. Da habe ich nicht nachdenken müssen. »Die weißen«, habe ich gesagt, und er hat gelacht, aber so, dass es kein Auslachen war. Ich solle die Augen zumachen, hat er gesagt, hat mir eine Beere nach der anderen in den Mund gesteckt, und ich musste raten, welche Farbe sie hat. Ich habe aber keinen Unterschied gemerkt. »Du meinst nur, dass die weißen besser schmecken«, hat er mir erklärt, »weil sie anders zu sein scheinen als die anderen. Den Fehler machen die Menschen, seit Adam und Eva aus dem Paradies vertrieben wurden. Sobald einer ein bisschen anders aussieht, eine andere Haarfarbe oder eine größere Nase, denken sie gleich, dass er etwas Besonderes sein muss, besser oder schlechter, und dabei sind alle gleich.« Ich habe ihm widersprechen wollen, weil zum Beispiel der Geni und der Poli sind nun wirklich nicht gleich, aber man widerspricht dem Halbbart nicht, schon gar nicht, wenn man so viel jünger ist als er. Bei seinem verbrannten Grind kann man zwar nicht richtig sehen, wie viele Runzeln er hat, aber älter als unsere Mutter ist er bestimmt, und die ist schon fast vierzig.

Er hat keine von den Erdbeeren gegessen, obwohl ich sie doch extra für ihn gepflückt hatte, und ich habe ihn gefragt, ob er sie nicht gernhat. Doch, hat er gesagt, eigentlich schon, aber er habe einmal jemanden gekannt, der sie noch lieber gehabt habe, und jetzt schmeckten sie ihm nicht mehr, sondern machten ihn traurig, weil er diesen Jemand nämlich verloren habe. Ich fand es seltsam, wie er das gesagt hat, einen Menschen kann man ja nicht verlieren wie einen Zahn oder einen Schuh, wenn man damit in den Sumpf trampt und ihn nicht mehr herausbekommt.

Ich habe die Erdbeeren dann selber gegessen.

Eine ganze Weile sind wir gesessen, ohne etwas zu sagen. Dann hat er mich gefragt, ob ich ihm eine Schaufel besorgen kann oder ein starkes Grabscheit, er brauche sie nur für ein paar Stunden. Er habe es ohne probiert, aber in dem Boden hier oben habe es zu viele Steine, und er müsse eine Grube ausheben. Ich habe zuerst gedacht, er will sich ein Abortloch graben, aber er hat gesagt, so etwas brauche er nicht, der Wald sei groß genug. Es war eine dumme Frage von mir, ich habe schon mehr als einmal beobachtet, dass er sich zum Seichen nie einfach an ein Gebüsch stellt, sondern so tief in den Wald hineingeht, dass man ihn nicht mehr sehen kann. Wie groß die Grube werden solle, habe ich ihn gefragt, und er hat gesagt: »Wie ein Grab für mehrere Leute.«

Mit Gräbern, und wie man sie macht, kenne ich mich aus. Der alte Laurenz, der mit dem Privilegium, hat einen krummen Rücken und auch sonst keine Kraft mehr, und darum hat er mich angestellt, damit ich die Gräber für ihn aushebe. Das Zuschaufeln macht er dann wieder selber, weil da ja Leute dabei sind, und dass er nicht mehr kann, darf keiner wissen, obwohl es jeder weiß. Bis jetzt hat uns niemand verrätscht. Der Laurenz bekommt vier Batzen für jedes Grab, und wenn man die Arbeit für ihn macht, gibt er einem die Hälfte davon ab. Bei Kindergräbern ist es nur ein Batzen für jeden, aber weil Kinder so oft sterben, lohnt es sich doch. Am einträglichsten sind die, die direkt nach der Geburt ins Grab kommen, da ist das Loch gemacht wie nichts und das Geld leicht verdient. Eine schöne Arbeit ist es nicht, aber besser als Frondienst schon. Es neidet mir auch niemand den Lohn, obwohl es genügend junge Leute gäbe, die es besser könnten als ich und auch schneller. Der Laurenz hat sie vor mir gefragt, aber es wollte keiner, weil sie Angst hatten, auch die sonst Tapferen. Es wird nämlich erzählt, wenn man mit der Schaufel aus Versehen alte Knochen trifft, dann wacht der Tote auf und verfolgt den Störer von da an jede Nacht im Traum, und am siebten Neumond danach ist der dann auch tot. Ich habe aber nachgedacht, und wenn das stimmen würde, wäre der Laurenz bestimmt nicht so alt geworden. Außerdem waren auch schon sein Vater und sein Großvater Totengräber, das Privilegium wird in seiner Familie vererbt, und keiner von denen ist jung gestorben, ich habe mich erkundigt. Von den verdienten Batzen habe ich noch keinen ausgegeben, und den Beutel mit dem Ersparten habe ich im Grab von der Hunger-Kathi versteckt, weil es von der immer geheißen hat, sie sei eine Zauberin. Ich denke: Aberglaube ist sicherer als ein Wachhund.

Von Gräbern verstehe ich etwas, und mehr als einen Menschen in ein und dasselbe Grab packen, das ist eine Sünde und nur bei schlimmen Seuchen erlaubt, das weiß ich vom Laurenz, weil sonst nämlich bei der Auferstehung die Körper durcheinanderkommen. Ich habe das dem Halbbart auch gesagt, und er hat mir erklärt, dass er kein Grab machen will, sondern nur eine Grube, und wenn einer hineinfällt und ist tot, dann ist das dem seine Sache. Ich habe ihn gewarnt, dass es ihm gehen könnte wie dem Nussbaumer Kaspar, der hinter seinem Haus einen Brunnen hat graben wollen, aber er hat das Loch nicht richtig abgesperrt, und sein Nachbar, der Bruchi, ist hineingefallen und hat sich beide Beine gebrochen. Daraufhin hat er den Nussbaumer beim Landammann verklagt, und der Beschluss war, dass der Nussbaumer ihm alle Arbeiten auf seinem Hof machen muss, bis die Beine wieder ganz sind. Sie waren aber so gebrochen, dass der Bruchi nie wieder richtig hat laufen können, und der Nussbaumer hätte für den Rest seines Lebens sein Leibknecht bleiben müssen. Darum ist er dann eines Tages mit seiner ganzen Familie aus dem Dorf verschwunden, man hat nie wieder etwas von ihnen gehört, und sein Haus ist am Zerfallen. Der Halbbart könne nicht wollen, dass ihm so etwas auch passiere, habe ich gesagt.

Er hat gemeint, ich sei ein gescheiter junger Mann und

solle mir das Nachdenken nur nie abgewöhnen. Aber die Schaufel will er trotzdem haben. Ich müsse es auch nicht um Gotteslohn tun, sagt er, sondern wenn ich sie ihm bringe, würde er mir dafür ein Geheimnis verraten, nämlich warum Steine Pferde und Elefanten sein können und wie man mit ihnen ein Spiel spielen kann. Ich habe mir schon immer gern Geschichten ausgedacht; ein Spiel, bei dem man sich vorstellen muss, dass ein Stein eigentlich ein Tier ist, interessiert mich, und darum habe ich ja gesagt.

Ich werde dem Halbbart die Schaufel vom alten Laurenz bringen, die hat ein starkes Eisenblatt, mit dem man auch in den härtesten Boden hineinkommt. Das heißt: Eigentlich gehört die Schaufel gar nicht dem Laurenz, sondern ist ein Teil von seinem Privilegium. Aber solang es an dem Tag keinen frischen Toten gibt, wird sie niemand vermissen, und selbst wenn der Laurenz etwas merkt, wird er mich nicht verraten, denn eigentlich ist es nicht erlaubt, dass jemand anderes seine Arbeit macht, sonst verfällt das Privilegium. Der alte Laurenz hat keinen Sohn, dem er es vererben könnte, seine Frau, das ist aber schon ewig her, ist im Kindbett gestorben, und er hat beide, Mutter und Kind, selber begraben müssen.

Ich werde dem Halbbart die Schaufel vielleicht schon morgen bringen, aber zuerst muss ich mich verprügeln lassen.

Das dritte Kapitel
in dem es dem Geni schlechtgeht

Ich sollte doch besser kein Mönch werden.

Man muss dafür berufen sein, sagt der Herr Kaplan, und das bin ich nicht, das habe ich heute gemerkt. In dem Moment, wo ich einmal wirklich Grund zum Beten gehabt hätte, habe ich zwar die Worte noch gewusst, das Paternoster und das Ave Maria, aber sie haben nichts mehr bedeutet, so wie man sich im Herbst bei den Blumen noch daran erinnert, wie bunt sie im Sommer gewesen sind, aber die Farben sind verschwunden und kommen nicht mehr zurück. Oben in Sattel, in St. Peter und Paul, steht eine Madonna mit ganz leeren Augen, sie seien einmal blau gewesen, sagen die alten Leute, aber mit den Jahren sind sie dann immer mehr verblasst, und jetzt sieht es aus, als ob man sie ihr ausgestochen hätte, und dabei ist sie doch keine Märtyrerin, sondern die Muttergottes. Genau so war es bei mir mit dem Paternoster und dem Ave Maria, verblüht und verblasst. Ich kann mir nicht vorstellen, dass solche Gebete beim lieben Gott etwas bewirken; er bekommt jeden Tag so viele zu hören und wird sich die farbigsten aussuchen.

Es war mir auch gar nicht ums Beten. Viel lieber hätte ich etwas kaputtgehauen, egal was, so wie das der Poli macht; einmal hat er in einem Wutanfall so heftig mit dem Fuß gegen die Wand geginggt, dass es ein Loch gegeben hat. Der Geni hat es geflickt, aber wenn der Wind vom Berg herunterbläst, spürt man dort immer noch einen Luftzug, so oft wir die Stelle auch mit Moos ausgestopft haben.

Heute war der Poli so still, dass man mehr Angst bekommen hat, als wenn er gesiracht hätte, und unsere Mutter hat geweint, aber nicht so, wie wenn sie an den Vater denkt und an sein gebrochenes Genick, nicht einfach ein paar Tränen mit dem Ärmel weggewischt, sondern laut, wie es sonst nur die kleinen Kinder tun, man kann sie dann schaukeln, so viel man will, sie hören nicht auf. Ich habe solche Töne vorher nur einmal gehört, da war es aber kein Mensch, der so geheult hat, sondern eine Sau, die vom alten Eichenberger gemetzget wurde, und das Messer ist ihm ausgeschlipft.

Auf dem Heimweg vom Halbbart hatte ich mir eine Ausrede für mein Wegbleiben ausgedacht, mein Bauchweh sei schlimmer geworden, vielleicht von einem falschen Pilz, sogar Krämpfe hätte ich gehabt und mich fast nicht mehr bewegen können. Aber dann habe ich schon von weitem die Stimmen gehört und gesehen, dass die Tür von unserem Haus offen stand. Das erlaubt unsere Mutter sonst nicht, weil sonst der Rauch vom Feuer in die falsche Richtung zieht, dass einem die Augen brennen und man nicht mehr atmen kann. Wie ich hineingeschaut habe, war alles voller Leute, das halbe Dorf war da, und außerdem einer in einem schwarzen Habit; jetzt hinterher weiß ich, dass es der vom Kloster war, der das Roden überwacht hat. Seine Lippen haben sich in einem Gebet bewegt, aber weil die Leute alle durcheinandergeredet haben, konnte man die Worte nicht hören. So, wie er ein Gesicht dazu gemacht hat, haben seine Gebete schon lang keine Farbe mehr.

Niemand hat mich bemerkt, sondern sie haben alle zum Tisch geschaut. In dem Gedränge habe ich nur einen Arm erkennen können, der auf der Seite herunterhing, dann habe ich gesehen, dass auf dem Tisch der Geni lag, auf dem Rücken und ohne sich zu bewegen. Ich musste mich zu ihm durchkämpfen; wenn es etwas zu sehen gibt, wollen alle Leute zuvorderst sein. Unsere Mutter saß an dem Platz, wo sie immer sitzt, als ob sie darauf wartete, dass ihr jemand das Essen bringt; sie hatte auch die Hände gefaltet, als ob sie das *Du gibst ihnen ihre Speise* sprechen wollte. Aber sie hat nur gegreint, mit offenem Mund, man hätte nicht sagen können, ob es Tränen waren, die ihr übers Kinn liefen, oder der Sabber. Dabei presst sie sonst immer die Lippen aufeinander, damit die Leute nicht sehen sollen, wie viel Zähne ihr schon fehlen. Neben ihr stand der Poli, mit einem so leeren Blick, wie ihn die Madonna in Sattel hat, die linke Hand hatte er unserer Mutter auf die Schulter gelegt, und die rechte hat eine Faust gemacht und sich wieder ausgestreckt, eine Faust und wieder ausgestreckt, als ob er jemanden schlagen wollte, aber nicht wüsste, wen. Und auf dem Tisch vor ihnen lag der Geni.

Sein Gesicht war bleich wie das Wachs von einer Wandlungskerze, und unter dem Knie, dort wo niemand ein Gelenk hat, war sein linkes Bein abgebogen, und etwas hat herausgeschaut, weiß wie ein Stück Käse, es war aber ein Knochen. Es ist auch Blut aus ihm herausgeflossen und über den Tischrand auf den Boden getropft, und unter dem Tisch saß dem Kryenbühl Martin sein Hund, der mit den

Lampi-Ohren, der auf Befehl Männchen macht. Saß da und leckte das Blut auf. Und niemand hat ihn verjagt, weil sie alle nur auf den Geni geschaut haben, oder vielleicht haben sie gedacht, da kommt es jetzt auch nicht mehr drauf an.

Da habe ich rotgesehen, ich verstehe jetzt, wie das beim Poli sein muss, ich bin auf den Hund losgegangen und wollte ihn totschlagen, aber er hat den Schwanz eingezogen und ist zwischen den vielen Beinen hindurch aus dem Haus hinaus, und auf dem Boden war immer noch diese Pfütze und war dem Geni sein Blut. Unsere Mutter hat mich angesehen und doch nicht gesehen und hat gerufen: »Er ist tot! Er ist tot!« Aber in diesem Moment hat der Geni einen Grochser gemacht, und man hat gemerkt, dass er noch am Leben ist.

Einen Bader haben wir im Dorf nicht, einen Physicus schon gar nicht, aber die Iten-Zwillinge waren da, und wer sich mit dem Vieh auskennt, ist die Meinung, der kann auch einem Menschen helfen. Man hat ihnen Platz gemacht, und sie sind an den Tisch herangetreten, eng nebeneinander wie immer, sie haben an der Wunde gerochen, so wie sie an den trächtigen Kühen riechen, und dann haben sie miteinander geflüstert, und alle andern sind so still geworden, dass man jetzt das Gebet von dem Benediktiner gehört hat. Was er gebetet hat, weiß ich nicht, weil es lateinisch war, aber ein paar Worte habe ich mir dem Klang nach gemerkt; ich muss dem lieben Gott für das Talent dankbar sein, sagt der Herr Kaplan. *»Proficiscere anima christiana de hoc mundo«*, hat der Mönch gebetet.

Es hat ewig gedauert, bis die Iten-Zwillinge aufgehört haben, miteinander zu flüstern, aber dann war es doch so weit, und sie haben im Takt genickt. Einen Moment lang hat es in meinem Kopf gedacht, gleich werden sie »Kuhkalb« sagen oder »Stierkalb«, aber das war natürlich Unsinn. Einer von ihnen – man weiß nie, welcher von beiden es ist, und es ist auch egal, weil man sie sowieso immer nur zusammen antrifft –, einer von ihnen hat gesagt: »Einen Teig machen«, und der andere: »Hirse und Wasser und das Weiße von Eiern«. »Von sieben Eiern«, hat wieder der erste gesagt, und der andere: »Genau sieben.« Sie haben sich beim Reden abgewechselt, aber der Eindruck war, als ob nur einer gesprochen hätte oder beide im Chor. »Einen Sud ansetzen«, haben sie gesagt, »Wallwurz und Spießkraut und eine Unze Schwalbenkot, aufgekocht und in den Teig geknetet. Auf die Wunde packen und sieben Tage drauflassen.«

»Und beten«, hat sich der Benediktiner eingemischt, »es muss Tag und Nacht einer neben ihm sitzen und Gott bitten, dass er ihn heilt.« Die Zwillinge haben genickt, wieder beide gleichzeitig, und haben gesagt, wer das mache, solle aber die Gebetsschnur nur mit der einen Hand halten, und mit der anderen die Fliegen von der Wunde vertreiben. Unsere Mutter ist zu ihnen hingerannt und wollte ihnen die Hände küssen, aber die Iten-Zwillinge haben es nicht gern, wenn man sie anfasst, und haben sich hinter den anderen Leuten versteckt.

Bevor man mit dem Teig beginnen konnte, musste noch der Knochen gerichtet werden, damit er richtig zusammenwachsen kann. Solche Sachen macht bei uns im Dorf der Züger Meinrad, der fast ein Zimmermann ist und weiß, wie man einen morschen Balken ersetzen kann, ohne das ganze

Haus abzureißen. Damals, als der Bruchi sich beide Beine gebrochen hat, war es auch der Züger, der sie gerichtet hat; man sagt, dass der Bruchi ohne seine Hilfe nie mehr einen Schritt gemacht hätte. Hinken tut er zwar immer noch, aber man muss mit dem zufrieden sein, was man hat. Es hat schon mancher auf einen Hirsch gewartet und das Rebhuhn vor der Nase verpasst.

Der Züger Meinrad ist an den Tisch hingegangen und hat das kaputte Bein abgetastet, und der Geni hat einen Schrei gemacht, wie ich es noch nie von ihm gehört habe. Der Züger hat seine blutigen Hände an meinem Bruder seinem Kittel abgewischt und hat gesagt, dass er zwei starke Männer braucht, die den Geni festhalten, während er ihm den Knochen richtet; wenn er vor Schmerzen zappelt, geht es nicht. Es haben sich viele gemeldet, weil sich die Leute gern wichtigmachen, aber gewonnen haben Vater und Sohn Eichenberger, was zu erwarten gewesen war, schließlich ist der Vater der Reichste im Dorf. Die beiden haben den Geni an den Armen gepackt und gegen die Tischplatte gedrückt, aber das war dann gar nicht nötig, weil der war schon wieder ohnmächtig und hat nichts mehr gespürt.

Ich hoffe, dass er nichts mehr gespürt hat. *Pater noster, qui es in caelis, sanctificetur nomen tuum.*

Die Leute haben alle den Atem angehalten, oder es ist mir doch so vorgekommen, und wie der Züger das Bein geradegerichtet hat, konnte man hören, wie etwas darin geknackt hat. Dem Züger seine Hände waren schon wieder voll Blut.

Der Benediktiner hat ein kleines silbernes Fläschchen aus der Tasche geholt und wollte dem Geni das Viaticum auf die Lippen tropfen. Wie er das gesehen hat, ist der Poli aufgewacht, man kann es nicht anders sagen, als ob er vorher geschlafen hätte mit offenen Augen. »Nein!«, hat er geschrien, und diesmal ist seine Faust eine Faust geblieben. Die Leute haben ihn festgehalten, sonst hätte er dem Mönch etwas angetan, und einen Geistlichen schlagen ist eine große Sünde. Der Benediktiner hat ganz schnell *»Dominus vobiscum«* gesagt und ist hinaus, der Kryenbühl hinterher. Von draußen konnte man hören, wie er sich für den Poli entschuldigt hat, der sei sonst ein Friedlicher, es sei nur wegen der Aufregung und wegen der Sorge um seinen Bruder gewesen, man dürfe ihm das nicht übelnehmen. Der Kryenbühl steht gern mit allen Leuten gut, wenn sie ihn nicht mögen, kaufen sie ihm seinen Wein nicht ab. Obwohl: Die vom Kloster haben ihren eigenen Wein. Die anderen sind dann nach und nach auch gegangen, bis am Schluss nur noch der alte Laurenz da war, der wollte den Anfang machen mit Beten und Fliegen-Vertreiben.

Der Poli hat befohlen, dass wir jetzt ganz schnell mit dem Teig anfangen sollten, so wie die Iten-Zwillinge es gesagt hatten, und hat mich losgeschickt, die Kräuter besorgen. Er weiß, dass ich mich mit diesen Dingen auskenne und nicht lang überlegen muss, wo man Wallwurz findet oder Spießkraut. Wo die Schwalben ihre Nester haben, das weiß ich sowieso.

Ich war froh, dass ich etwas für den Geni tun konnte. Auf dem Weg habe ich mich gefragt, wo wir die sieben Eier hernehmen sollten, wo wir doch keine eigenen Hühner haben, aber als ich zurückgekommen bin, war unsere Mutter schon am Rühren. Die Leute aus dem Dorf seien einer nach dem andern zurückgekommen, hat sie erzählt, und jeder habe ein Ei mitgebracht, manche sogar zwei. Es gebe eben doch gute Leute, hat sie gemeint, und hat auch nicht mehr geweint. Von dem Eigelb, das für den Teig nicht gebraucht wird, dürfe ich einen großen Löffel voll essen, hat sie gesagt, aber ich habe es nicht getan; es wäre mir vorgekommen, als ob ich dem Geni etwas wegnehme.

Der Poli hat mich gelobt, dass ich alles richtig gebracht hatte. Er lobt mich sonst nie, und es ist wohl nur gewesen, weil er den Geni vertreten wollte. Er war so mild, dass man sich gar nicht mehr vorstellen konnte, dass er gerade noch auf den Mann aus Einsiedeln losgegangen war. Ich wollte das Blut unter dem Tisch aufwischen, aber es war schon in die gestampfte Erde hineingesickert, und man konnte den Fleck fast nicht mehr sehen.

Der Geni lag unterdessen auf seinem Strohsack, dort, wo wir alle schlafen, sie hatten ihm ein löchriges Hemd, noch vom Vater her, um das Bein gebunden, und man konnte ihn laut atmen hören, was mich beruhigt hat. Der alte Laurenz saß daneben, einen Buchenzweig gegen die Fliegen in der Hand, und hat ein Paternoster nach dem anderen aufgesagt. Jedes Mal, wenn er mit *»Sed libera nos a malo«* fertig war, hat unsere Mutter »Amen« gerufen.

Das vierte Kapitel
in dem ein Unfall beschrieben wird

Der alte Laurenz behauptet, wenn ein Mensch exakt so viele Paternoster aufsagt, wie er Haare auf dem Kopf hat, dann kann er damit eine Gnade erzwingen. Ich glaube das aber nicht, es gibt ja auch Leute, die überhaupt keine Haare mehr haben, die hätten es mit dem Zählen leicht und könnten jeden Tag einen Topf mit Gold finden, oder was sie sich sonst wünschen. Für den Geni sind unterdessen bestimmt schon mehrere Köpfe Paternoster gesagt worden, aber es hat nichts genützt und das Mittel von den Iten-Zwillingen auch nicht. Er hat Schmerzen wie unser Herr Jesus am Kreuz und überhaupt keine Kraft mehr. Und unter dem Teig kommt ein ekelhafter Geruch heraus.

Unsere Mutter will tapfer sein und versucht, nicht zu weinen. Sie hat sich schon so oft auf die Lippen gebissen, dass die ganz blutig sind. Und der Poli ist nicht mehr mild, wie er es im ersten Schreck war, sondern wird jede Stunde zorniger, man könnte meinen, es versprengt ihm den Kopf. Ich versuche, ihn zu beruhigen, indem ich ihn immer wieder erzählen lasse, wie das Unglück passiert ist. Unterdessen weiß ich Bescheid, als ob ich selber dabei gewesen wäre.

Mit dem Sonnenaufgang haben sich die Männer aus dem Dorf versammelt, so wie es befohlen war, und der Abgesandte aus Einsiedeln hat den Ort bestimmt, wo sie mit dem Roden anfangen sollten: im unteren Klosterwald, in dem Teil, dem man bei uns Fichteneck sagt. Ich finde es schade, dass gerade der wegkommt, weil wo Fichten sind, findet man im Herbst Steinpilze, und es gibt nichts auf der Welt, was mir besser schmeckt. Aber wenn ich dem Geni damit helfen könnte, würde ich noch heute ein Gelübde ablegen, dass ich mein Leben lang nie mehr einen Steinpilz essen will, überhaupt nie mehr etwas Gutes, so wahr mir Gott helfe.

Im Fichteneck haben sie zuerst den heiligen Sebastian angerufen, dass er sie bei der Arbeit beschützen soll und seine Hand über sie halten. Ich habe vorher nicht gewusst, dass der Sebastian auch für die Waldarbeiter zuständig ist, sondern habe immer gedacht, er ist nur für die Jäger da, weil man doch mit Pfeilen auf ihn geschossen hat. Aber im Kloster kennen sie sich natürlich besser aus mit solchen Sachen. Ich stelle mir vor, dass dort einer sitzt, ein ganz alter Mönch vielleicht, der weiß alle Heiligen auswendig und ihre Zuständigkeit für die Berufe und die Gsüchti. Wenn zum Beispiel einer sagt: »Ich habe Kopfschmerzen«, dann muss er nicht lang nachdenken, sondern sagt sofort: »Achatius von Byzanz.« Den Namen weiß ich, weil unsere Mutter auch einmal starke Kopfschmerzen hatte, die wollten überhaupt nicht mehr weggehen, und da hat ihr der Herr Kaplan diesen Nothelfer empfohlen.

Nach dem Gebet hat dann der Züger die Arbeit eingeteilt; er weiß Bescheid bei allem, was mit Holz zu tun hat. Er hat also bestimmt, wer Wurzelstöcke ausgraben muss oder Gebüsch abholzen und wer schon einmal mit Schwenden anfangen soll, also die Rinde von den Bäumen abmachen, damit sie vertrocknen und später leichter umzuhauen sind. Der Geni ist zu den Baumfällern gekommen, was das Schwierigste von allem ist. Der Züger hat ihn dafür bestimmt, weil er in die Sachen nicht kopfvoran hineinrennt, sondern immer erst überlegt, bevor er etwas anfängt. Beim Bäumefällen ist das besonders wichtig, weil man jedes Mal ausrechnen muss, in welche Richtung sie umfallen werden, damit man nicht von ihnen getroffen wird. Wenn man nämlich so einen Stamm auf den Kopf bekommt oder in den Rücken, dann kann auch der heilige Sebastian nicht mehr helfen. Der Geni ist sogar zum Biber bestimmt worden, das ist der Mann, der mit der Axt den ersten Schlag macht und bestimmt, wo der Keil hineingetrieben werden muss. Man sagt ihm so, weil Biber auch Bäume fällen, und sie wissen von Natur aus, wie sie es machen müssen, damit ihnen nichts passiert. Man hat noch nie einen Biber gesehen, der von einem Baum erschlagen wurde.

Jeder hat die Arbeit gemacht, die ihm aufgetragen war, und der Züger hat aufgepasst, dass keiner faulenzt. Der Frater aus Einsiedeln ist im Schatten gesessen und hat zugeschaut. Schnell ist es nicht vorangegangen, sagt der Poli, bei so einer Arbeit ist das auch nicht möglich.

Wie die Sonne am höchsten stand, haben sie Pause gemacht, und es hat für alle von dem Bier gegeben, das sie im Kloster trinken; der Cellerarius hatte ein Fass davon geschickt. Wenn sie einen zur Herrschaftsarbeit rufen, müssen sie einen auch verpflegen, das ist der Brauch. Das Bier war dann mitschuldig an dem Unglück, sagt der Poli, es gibt zwar Kraft, aber gleichzeitig macht es auch müde. Weil die Leute vom Arbeiten durstig waren, haben alle zu viel davon getrunken, am meisten natürlich der Rogenmoser.

Am späteren Nachmittag hat der Züger dann gefragt, ob man nicht für heute mit dem Roden Schluss machen solle und nur noch die Klosterochsen aus dem Stall vom Eichenberger holen und die gefällten Bäume aus dem Wald schaffen. Aber der Mönch hat bestimmt, dass bis zum Eindunkeln weitergearbeitet werden müsse, alles andere hieße dem Herrgott den Tag stehlen.

An dieser Stelle muss ich den Poli immer ganz schnell etwas fragen und ihn so über die Erinnerung hinweglupfen, sie macht ihn jedes Mal von neuem wütend. Er ist fest davon überzeugt, dass der Unfall nur deshalb passiert ist, weil sie haben weitermachen müssen, obwohl alle erschöpft waren und deshalb unvorsichtig, aber ich denke, vielleicht war es auch einfach nur ein gewöhnliches Unglück und hätte auch schon beim ersten Baum am Morgen passieren können. Im Wald arbeiten ist immer gefährlich, das weiß man, und man kann nicht erwarten, dass sich der heilige Sebastian um jeden Einzelnen kümmert, da hätte er viel zu tun. Manche sagen, dass das Unglück eine Strafe vom Himmel war, aber es gibt keinen Grund, warum der Geni bestraft werden sollte. Ich will auch gar nicht darüber nachdenken. Der Halbbart hat einmal gesagt: Wenn man für alles einen Grund finden will, wird man verrückt.

So ist es passiert: Sie hatten einen Baum gefällt, und er ist auch in die Richtung umgefallen, die der Geni bestimmt hatte, oder doch fast, aber dann hat sich seine Spitze in der Astgabel von einem anderen verkeilt. Unten war der Stamm noch nicht ganz abgebrochen, und oben hing er fest, also hat der Züger befohlen, der Geni solle hinaufklettern und mit seinem Gertel die Spitze lösen. Der Poli sagt, dass er dem Züger deswegen keinen Vorwurf macht, man habe den Baum ja nicht halb und halb stehen lassen können. Man musste auch keine Angst haben, der Geni ist ein guter Kletterer; wenn er in einem Baum ein Bienennest sieht und er will den Honig haben, dann ist er oben wie nichts, und wenn ihn die Bienen stechen, dann lacht er nur. Die Höhe stört ihn überhaupt nicht. Der Geni hat mindestens so viel Mut wie der Poli, wenn er es auch nicht ständig zeigt. Er ist also den Baumstamm hinaufgeklettert, ganz bequem, als ob die Äste die Stufen von einer Treppe gewesen wären oder die Sprossen von einer Leiter. Wie er dort angekommen ist, wo der Baum eingeklemmt war, hat er einen Schlag mit dem Gertel gemacht, »nur einen einzigen Schlag«, sagt der Poli immer wieder, und dann ist etwas passiert, mit dem hat niemand gerechnet. Es muss ausgesehen haben wie ein Wunder, aber ein abverheites. Der Stamm war durch das Umfallen und das Einklemmen nämlich gespannt wie die Sehne an einer Armbrust, und wie der Geni diesen Axtschlag getan hat, hat sich die Spannung gelöst, und es hat ihn weggespickt.

Der Poli sagt, der Geni ist durch die Luft geflogen wie ein Vogel. Ich stelle mir das vor wie in der Geschichte, die das Teufels-Anneli einmal erzählt hat, wo der reiche Mann von weitem einen großen Kristall sieht, ganz oben am Berg, dort wo auch der beste Kletterer nicht hinkommt, den will er unbedingt haben, und deshalb verkauft er dem Teufel seine Seele, damit der macht, dass er fliegen kann. In dem Moment, wo er eingeschlagen hat und der Vertrag gültig ist, kommt eine riesige Fledermaus geflogen, packt ihn mit den Krallen und hebt ihn hoch in die Luft. Aber er bekommt den Kristall nicht, wie er das gewollt hat; als er danach fassen will, lässt die Fledermaus ihn fallen, und das Letzte, was er hört, bevor er in die Felsen stürzt, ist dem Teufel sein Lachen. Dem Geni muss es ähnlich gegangen sein, nur ohne den Teufel, zuerst ist er geflogen – jedes Mal, wenn der Poli es erzählt, wird die Entfernung größer –, aber dann ist er gegen einen anderen Baum gekracht und von dort auf den Boden gestürzt, zum Glück nicht in tausend Stücke zerschmettert wie in der Geschichte, aber sein Bein war kaputt, und man hat sofort gesehen, dass es schlimm war, wegen dem Blut und allem.

Sie haben schnell eine Bahre gezimmert, Holz war ja genug da, und den Geni nach Hause getragen. »Die Leute haben sich darum gestritten, wer mittragen darf«, sagt der Poli, »nur der Benediktiner hat immer nur gebetet und überhaupt nicht geholfen.« Aber ich denke, wenn einer aus dem Kloster kommt, dann ist Beten die Art, wie er helfen will, obwohl ich nicht sicher bin, dass man damit etwas erreicht. All die Paternoster, die man für den Geni gesagt hat, haben auf jeden Fall nicht geholfen, da war der Fliegenwedel noch nützlicher. Es kann sein, dass es an der Andacht gefehlt hat, der Herr Kaplan sagt, wenn man Gebete nur mit den Lippen sagt und nicht mit dem Herzen, dann nützen sie nichts, man muss auch das Vertrauen dabei haben und keine Zweifel.

Ich will nicht, dass der Geni stirbt, ich will es einfach nicht. Man muss doch etwas machen können, und wenn es ein Wunder braucht, dann muss eben ein Wunder passieren, wozu hat man sonst eine Religion? Unser Herr Jesus Christus hat so viele Kranke geheilt, die bestimmt alle noch schlimmer dran waren als der Geni, ein Taubstummer hat wieder reden können und ein Blinder sehen, sogar Tote hat er zum Leben erweckt, und auch die Heiligen können Wunder tun und die Jungfrau Maria sowieso – man müsste nur wissen, wie man einen von ihnen, nur einen einzigen, auf den Geni aufmerksam macht und auf sein Bein, dann kann es trotz allem noch gut kommen.

Ich finde: Einen Bruder verlieren ist fast noch schlimmer als selber sterben. Damals, als sich der Vater das Genick gebrochen hat, war ich noch klein und hatte mich noch nicht daran gewöhnt, einen Vater zu haben. Aber wie ich ohne den Geni leben soll, das weiß ich nicht.

Aber ich bin jetzt nicht wichtig, nur der Geni. Es gibt so viele Gründe, warum er es verdient, dass man ihm hilft. Beim Heuen lässt er immer einen Bund Gras liegen, als ob er ihn vergessen hätte, damit ein Armer seine einzige Geiß durch den Winter füttern kann; er will keinen Dank dafür, und wenn man ihn darauf anspricht, sagt er, er habe das Gras nur aus Versehen nicht mitgenommen. Die scheusten Tiere haben keine Angst vor ihm; einmal hat er ein Rehkitz aufgezogen, und noch lange Zeit nachdem es ausgewachsen war, ist es manchmal aus dem Wald gelaufen gekommen und hat ihn mit der Schnauze geschubst. Und mir hat er das Wasserrad geschnitzt, einfach so, weil ich mir das gewünscht hatte. So einer darf nicht krank sein, sondern muss aufrecht stehen, auf beiden Beinen, alles andere passt nicht zu ihm. Er ist doch der Geni, heilige Muttergottes! Und jetzt liegt er da und stinkt nach Verwesung, jeder Atemzug fällt ihm so schwer, als ob er ihn zu Fuß aus einem fremden Land holen müsse, und der alte Laurenz hat zu mir gesagt, ich soll schon einmal die Stelle aussuchen, wo ich meinem Bruder das Grab schaufeln will.

Ich weiß nicht, was ich machen soll. Ich bin doch der Jüngste in unserer Familie, da müssen mir doch die anderen sagen, was zu tun ist. Aber unsere Mutter beißt sich nur auf die Lippen und bringt immer wieder Wasser, wo der Geni doch gar nicht mehr trinken kann, sie will es ihm in den Mund leeren, aber es läuft ihm nur über die Backen, die Haut ist dort so dünn geworden wie die Flügel von einer Libelle. Und der Poli gibt mir keine Antwort, auch nicht, wenn ich ihn bitte, er soll mir den Unfall noch einmal erzählen, er tut nichts als die Faust schütteln und sagen, wenn der Geni stirbt, dann schlägt er den Mönch tot oder zündet gleich das ganze Kloster an. Ich habe Angst um den Poli, mit solchen Reden macht man sich bei den Heiligen bestimmt nicht beliebt.

Ich überlege die ganze Zeit und bin jetzt auf die Idee gekommen, ganz allein nach Einsiedeln zu pilgern, barfuß, oder noch besser: mit spitzigen Kieselsteinen in den Schuhen, wie man das bei einer Bußwallfahrt macht, und dann vor der Muttergottes so lang auf den Knien zu bleiben, bis sie mein Gebet erhört. Aber wenn der Geni stirbt, während ich nicht bei ihm bin, das würde ich nicht ertragen.

Ich glaube, der Einzige, der mir einen Rat geben kann, ist der Halbbart.

Das fünfte Kapitel
in dem ein Bein abgeschnitten wird

Ich hatte Angst, dass er vielleicht gar nicht mehr mit mir reden will, weil ich ihm doch eine Schaufel versprochen habe und dann nicht gebracht, aber er hat nicht danach gefragt. Seine Grube hat er ohne Werkzeug angefangen, mit bloßen Händen; weit ist er nicht gekommen und schon gar nicht tief, aber man sieht doch, wie groß sie werden soll: die ganze Breite von seinem Unterstand.

Von dem Unfall hatte er noch nichts gehört; die Neuigkeiten aus dem Dorf kommen nicht zu ihm. Ich musste ihm alles erzählen: wie der Geni durch die Luft geflogen ist, wie sein Bein kaputtgegangen ist und wie weder das Beten geholfen hat noch der Schwalbenkot. Der Halbbart hat mich reden lassen, ohne mich ein einziges Mal zu unterbrechen, das ist etwas, das nicht viele Leute können. Den Kopf hatte er in eine Hand gestützt, so dass man fast nur die Narben gesehen hat, aber sein anderes Auge ist nicht verbrannt, und an ihm hat man gemerkt, dass er zuhört. Als ich von dem ekelhaften Geruch erzählt habe, ist das Auge groß geworden, und der Halbbart hat einen Ton von sich gegeben, als ob ihm etwas weh tut; gesagt hat er aber nichts. Erst als ich von ihm wissen wollte, ob er auch der Meinung sei, eine Wallfahrt nach Einsiedeln könne helfen, hat er gefragt: »Wie lang brauchst du bis dorthin?« – »Etwa vier Stunden«, habe ich gesagt, »aber mit Kieselsteinen in den Schuhen natürlich länger.« Er hat den Kopf geschüttelt und gemeint: »So viel Zeit hat dein Bruder nicht. Ich weiß vielleicht ein Mittel, das ihn retten kann, aber das muss sofort angewandt werden. Wenn ihr damit wartet, ist es, als ob ihr ihm die Kehle abdrücken würdet, mit jeder Stunde fester.« An dem Ton, in dem er das gesagt hat, hat man gemerkt: Er kennt sich aus und hat so etwas schon einmal erlebt.

»Ist das ein sicheres Mittel?«, habe ich ihn gefragt. Nein, hat er geantwortet, sicher sei es nicht, aber wenn einer am Ertrinken sei, müsse man ihm jedes Seil zuwerfen, das man zur Hand habe, auch wenn man nicht wissen könne, ob er noch die Kraft habe, sich daran festzuhalten.

Er hat mir erklärt, dass dem Geni sein Bein am Verfaulen ist, so wie ein Ei schlecht wird, wenn die Schale angeschlagen ist. Das komme daher, dass durch eine offene Wunde schlechte Luft in einen Menschen hineinkrieche und ihn von innen heraus vergifte, mit einem Gift, das so hohes Fieber macht, dass man fast verbrennt davon, und darum nennt man es Wundbrand. Es passiere nicht bei jeder Verletzung, warum bei der einen und nicht bei der anderen, das habe noch niemand herausgefunden; es würde dem Geni auch nichts nützen, wenn man es wüsste, weil alle Wissenschaft doch nichts mehr ändern könne. Was einmal verfault sei, das bleibe verfault, das könne der gelehrteste Doktor nicht wieder gesundmachen. Ich müsse mir das so vorstellen, dass ein wildes Tier dem Geni ein Stück Bein nach dem anderen abfrisst, Biss um Biss, und was es einmal gefressen hat, das kann niemand und nichts zurückbringen.

Dieses wilde Tier könne kein Jäger töten oder verjagen, das Einzige, was man probieren könne, sei, ihm sein Fressen wegzunehmen. Und dann hat er mir beschrieben, was man machen muss und wie.

In Sattel hat einmal ein Praedicatorenmönch aus Zofingen die Predigt gehalten und hat beschrieben, was mit einem Menschen, der in Todsünde gestorben ist, in der Hölle passiert. Es sind lauter schreckliche Dinge, zum Beispiel: Er wird in einem Topf mit Blut und Eiter gekocht, oder wenn er aus einer Kirche die Reliquie gestohlen hat, wird ihm vom Teufel die Hand abgeschnitten, noch mal und noch mal, sie wächst immer wieder nach, und jedes Mal tut es ihm mehr weh. Mir ist damals ganz gschmuuch geworden, ich kann mir solche Sachen so gut vorstellen, dass mir schwindlig davon wird. Und jetzt sagt der Halbbart, dass wir genau dasselbe beim Geni machen müssen, nur bei ihm nicht die Hand abschneiden, sondern das Bein. Er sagt auch, wenn wir zu lang herumdenken, kann es sein, dass der Geni das Warten nicht überlebt.

Ich will nicht daran schuld sein, dass mein Bruder stirbt.

Den ganzen Heimweg bin ich gerannt und dabei über eine Wurzel gestolpert und hingefallen. Mein Knie war hinterher aufgeschürft, und ein Arm tut mir immer noch weh, aber wo es meinem Bruder so schlechtgeht, ist es mir gerade recht, wenn mir jetzt auch etwas fehlt.

Wie ich ins Haus gekommen bin, habe ich gleich gehört, dass der Geni noch mehr um Luft hat kämpfen müssen als vor einer Stunde, als ob der Felsbrocken auf seiner Brust immer schwerer würde, und er müsse ihn mit jedem Atemzug in die Höhe stemmen. Und seine Stirne war wie Feuer. Unsere

Mutter war wieder zum Brunnen gegangen, um frisches Wasser zu holen, auch sonst war niemand da, und darum hatte der Poli das Beten und Fliegenvertreiben übernommen. Die Nachbarn sind nur am Anfang zum Helfen gekommen, dann ist es ihnen verleidet, einerseits, weil sich trotz all der Paternoster nie etwas verändert hat, aber auch wegen dem Gestank. Ich habe dem Poli erzählt, dass ich jetzt weiß, wie man dem Geni das Leben retten kann, aber er wollte nichts hören, und als ich gesagt habe, dass der Rat vom Halbbart kommt, erst recht nicht. Die Iten-Zwillinge wüssten schon, was man machen müsse, hat er gemeint, auf jeden Fall besser als so ein hergelaufener Galgenvogel mit einem verbrannten Grind, und ich solle ihn besser beim Paternostern ablösen, statt dummes Zeug zu reden. Ich habe aber insistiert, weil wenn man jemandem helfen kann, und man tut es nicht, dann ist das eine Sünde durch Unterlassung, und man kommt dafür in die Hölle. Der Poli ist wütend geworden und hat mich angeschrien, ich solle das Maul halten, sonst klöpfe es, ich habe aber weitergeredet, und er hat mich geschlagen, zuerst mit der flachen Hand und dann mit der Faust. Ich habe mich aber nicht zum Schweigen bringen lassen, auch nicht, als meine Nase schon geblutet hat, sondern habe immer wieder gesagt, genau so müsse man es machen und nicht anders. Der Poli hat schon gar nicht mehr gemerkt, dass es sein Bruder ist, auf den er einprügelt, aber dann hat er auf einmal aufgehört, weil man nämlich eine leise Stimme gehört hat, und das war der Geni, der doch so lang nur dagelegen hat und die ganze Zeit kein Wort gesprochen. Die Augen hat er auch jetzt nicht aufgemacht, aber was er gesagt hat, hat man deutlich verstanden, »Der Eichenberger soll es machen«, hat er gesagt.

Es war fast ein bisschen ein Wunder, dass der Geni wieder hat reden können, und ich habe gedacht, jetzt muss der Poli nachgeben, aber der war immer noch nicht überzeugt, sondern hat gemeint, wenn einer so leise flüstere, könne man sich weiß was einbilden, was man gehört haben wolle, und selbst wenn, mit so hohem Fieber sage man die verrücktesten Sachen, und der Geni habe wahrscheinlich von etwas gesprochen, das er nur geträumt habe. Und außerdem: Was der Eichenberger damit zu tun haben solle, das müsse ihm zuerst jemand erklären. Ich fand aber, dass gerade das der Beweis war, dass der Geni seinen Verstand beisammenhatte. Ich war selber nicht darauf gekommen, aber natürlich ist der Eichenberger der Richtige, weil nämlich reiche Leute Metzgete machen können, wann immer sie Lust auf eine Blutwurst haben, und der Eichenberger hat oft Lust. Daran muss der Geni gedacht haben, es kann nicht anders sein, er muss überlegt haben, dass der Eichenberger vom Metzgen her Übung hat mit einem Messer; ihm gehört auch das schärfste im Dorf.

Bevor ich das dem Poli erklären konnte, ist unsere Mutter mit dem Wasser zurückgekommen. Sie hat zuerst nicht glauben wollen, dass der Geni etwas gesagt haben solle, weil der jetzt wieder ganz still dagelegen ist, nur seine Augendeckel haben gezuckt. Aber als unsere Mutter ihm den Krug an die Lippen gehalten hat, hat er zum ersten Mal wieder einen Schluck genommen, und das war für sie ein Beweis. Sie hat sich erzählen lassen, was der Halbbart geraten hat, und obwohl der Poli immer noch gesagt hat, der sei nicht richtig im Kopf, man müsse ihn nur ansehen, um das zu wissen, und obwohl ich doch der Jüngste bin und sonst nie jemand auf mich hört, hat sie entschieden, dass man es machen muss, so wie der Geni es will, vielleicht sei es sein letzter Wunsch, und den müsse man erfüllen.

Ich bin also zum Eichenberger gelaufen, und der hat sein scharfes Messer mitgebracht, der Poli hat den Züger geholt mit seiner Säge, und die Iten-Zwillinge sind auch gekommen, mit beleidigten Gesichtern. Überhaupt wollten viele aus dem Dorf dabei sein. Vier Männer haben den Geni wieder auf den Tisch gehoben, und er hat dabei keinen Mucks gemacht, nur als der kleine Eichenberger das kaputte Bein angefasst hat, hat er vor Schmerzen schreien wollen, es ist aber nur ein Keuchen aus ihm herausgekommen. Den Tisch haben sie auf die Gasse hinausgetragen, weil man im Sonnenlicht besser sehen kann, was man macht, und weil man die Sauerei ja nicht im Haus haben muss.

Unsere Mutter hat das kaputte Hemd vom Bein abgewickelt, ganz vorsichtig. Der Teig war nicht mehr weiß, sondern rot vom Blut, er war auch hart geworden, und sie hat ihn abklopfen müssen, wie eine Eierschale, was dem Geni bestimmt auch wieder weh getan hat. Als zum Vorschein gekommen ist, was darunter war, hat hinter mir einer zu kotzen angefangen, ich weiß nicht, wer es war; ich habe mich nicht umgedreht, weil ich immer nur auf das Bein habe schauen müssen.

Menschen haben für gewöhnlich nicht verschiedene Farben, nicht wie Schmetterlinge oder Blumen, nur die Augen unterscheiden sich und manchmal die Haare. Der Rogenmoser Kari erzählt, in Schindellegi habe er einmal eine Frau mit leuchtend roten Haaren gesehen, die habe zaubern können, aber als er das erlebt haben will, war er betrunken, wie meistens. Das Verrückte dabei ist: Wenn er dann wieder nüchtern ist, erinnert er sich an diese Dinge wie an etwas Wirkliches und schwört Stein und Bein darauf, dass es genau so gewesen sei und nicht anders.

Ich denke, der Herrgott hat die Menschen deshalb nicht farbig gemacht, weil man es nicht braucht, um sie voneinander zu unterscheiden, nicht wie bei den Tieren, von denen es so viele verschiedene Arten gibt.

Dem Geni sein Bein hatte ganz viele Farben, Grün und Gelb und Rot und Schwarz, mit weißen Flecken von dem Teig, und dort, wo man es angefasst hatte, ist Eiter herausgespritzt. Es war ein so ekelhafter Anblick, dass es einem nicht nur in der Nase gestunken hat, sondern auch in den Augen. Ich war froh, dass gleich daneben das Birkenpech heiß gemacht wurde, es sind Dampfschwaden darüber aufgestiegen, und das war doch wenigstens ein anderer Geruch.

Weil ich derjenige war, der mit dem Halbbart gesprochen hatte, haben mich alle angesehen und darauf gewartet, dass ich ihnen sage, wie man es genau machen muss, sogar der alte Eichenberger, der sich sonst von niemandem etwas sagen lässt. Es war das erste Mal in meinem Leben, dass ich der Kommandierer sein sollte, und ich habe gemerkt, dass ich das nicht gern mache, ich glaube, man muss geboren sein dafür. Das wäre auch wieder ein Grund, ins Kloster zu gehen, dort gibt es einen Abt und einen Prior, und denen muss man gehorchen, das passt besser zu mir. Aber weil es für den Geni war, habe ich mich zusammengenommen und alles genau so gesagt, wie ich es vom Halbbart gehört hatte: Dass zwei starke Leute oben, wo das Bein anfängt, ganz fest darauf drücken sollen, damit möglichst wenig Blut durchfließen kann, und dass man ins lebendige Fleisch hineinschneiden muss, nicht ins kranke, und zwar auf alle Fälle oberhalb vom Knie, das nützt dem Geni ja nachher sowieso nichts mehr. Und dass der Züger so schnell sägen soll, wie er nur kann, und das heiße Pech muss auch bereit sein. Sie haben mir so aufmerksam zugehört, als ob ich selber der Halbbart gewesen wäre und nicht nur ein Bub, dann hat der alte Eichenberger gesagt: »Bringen wir es hinter uns!«, und hat sich von seinem Sohn das Messer geben lassen. Unsere Mutter hat seinen Arm festgehalten und wollte zuerst noch ein Ave Maria beten, doch da hat der Geni die Augen aufgeschlagen und geflüstert: »Um Gottes willen, nicht warten!« Ich habe den Moment genutzt und ihm ein Stück Holz zwischen die Zähne geschoben, auch das hatte mir der Halbbart geraten. Er sagt, es ist schon vorgekommen, dass einer, dem man das Bein oder den Arm hat abschneiden müssen, sich vor Schmerzen die Zunge abgebissen hat. Beim Geni wäre es nicht nötig gewesen; er hat nur ganz am Anfang ein bisschen gegrochst und ist dann wieder ohnmächtig geworden.

Man merkte, dass der Eichenberger schon viele Schweine geschlachtet hat. Sein Messer ist in das Bein hineingegangen wie nichts, er hat im Kreis herum gesäbelt wie bei einem Schinken, und dann hat er die Haut und das Fleisch hinaufschieben können wie einen zu langen Ärmel. Es hat geblutet wie verrückt, obwohl sie oben am Bein gedrückt haben, so fest sie konnten. Den Knochen hat man schon deutlich gesehen, der Eichenberger hat nur noch die Muskeln durchtrennen müssen, und dann hat er dem Züger

Platz gemacht. Das Sägen ist noch schneller gegangen; so ein Schenkelknochen ist gar nicht so dick, wie man denken würde. Dann war das Bein auch schon ab, und sie sind mit dem Birkenpech gekommen und haben es über den Stumpf geleert, damit das Bluten aufhört und nicht neue schlechte Luft in die Wunde kommt. Ich werde jetzt jedes Mal, wenn ich heißes Pech rieche, an diesen Tag denken müssen.

Der Geni hat ausgesehen wie tot, aber als sie ihn auf den Strohsack zurückgelegt haben, hat er immer noch geatmet, und das war das Wichtigste.

Hinterher hat niemand so recht gewusst, was er sagen soll; es war kein Moment für Werktagsworte. Unsere Mutter hat sich bei allen bedankt, besonders beim Eichenberger. Sie hat angeboten, seinen blutigen Kittel für ihn zu waschen, aber er hat gesagt, das braucht sie nicht, es ist bei ihm nicht wie bei armen Leuten, und er hat den schlechtesten angezogen. Sie werde genügend damit zu tun haben, von ihrem Tisch das Pech wegzukratzen.

Das Bein vom Geni ist immer noch auf dem Boden gelegen.

Das sechste Kapitel
in dem der alte Laurenz eine Geschichte erzählt

Ein abgeschnittenes Bein darf man nicht auf dem Gottesacker begraben, sagte der alte Laurenz, es gehört auf den Schindanger, wie alles, was nicht ausgesegnet werden kann. Ich solle doch einfach noch einen Tag oder zwei warten, hat er gemeint, vielleicht sterbe der Geni in der Zeit, dann könne man das Bein mit ihm zusammen unter die Erde bringen. Aber das wollte ich nicht, weil es bedeutet hätte, dass ich auf den Tod von meinem Bruder warte.

Außerdem: Dem Geni geht es besser. Das Atmen fällt ihm leichter, und er riecht auch wieder wie er selber. Der Poli hat ihm einen neuen Strohsack gemacht und ganz viel Heu hineingestopft, das hilft auch. Schmerzen hat der Geni immer noch, sehr heftige sogar, er versucht tapfer zu sein, aber man kann sehen, wie es ihn anstrengt. Dass ihm der Stumpf weh tut, ist ein Zeichen dafür, dass er am Leben bleiben wird, denke ich; man sagt, wenn einer auf den Tod zugeht, dann spürt er in den letzten Stunden überhaupt nichts mehr, weil zuerst die Schmerzen sterben und dann erst der Mensch. Ich würde gern ein Gelübde tun, damit der Geni ganz gesund wird, aber es ist mir nichts eingefallen, was ich versprechen könnte. Ich glaube, für ein wirksames Gelübde muss man ein wichtigerer Mensch sein, als ich es bin, ein Königreich zum Geloben haben oder so etwas.

Um den alten Laurenz zu überreden, habe ich ihm versprechen müssen, dass er mir für die nächsten drei Gräber nichts bezahlen muss, wenn es Kindergräber sein sollten, sogar für sechs. Schließlich hat er nachgegeben, unter der Bedingung, dass wir es in der Nacht machen, damit uns niemand sieht. Mir war das nicht angenehm, denn ich hatte das Bein in einer Astgabel versteckt, damit es die Schweine nicht fressen, die nehmen alles. Und ich gehe nicht gern im Finstern in den Wald, da sind immer Geräusche, die einem Angst machen. In der Dunkelheit habe ich das Gefühl, die ganze Welt ist verschwunden, und ich bin als Einziger übriggeblieben. Der Poli lacht mich aus und sagt, solche Gedanken könne nur ein kleiner Bub haben; wenn mir einmal der Bart wüchse, müsse man mir wohl immer noch die Windeln wechseln. Der Geni dagegen hat angefangen, mir die Namen von den Sternbildern beizubringen und die Geschichten dazu; wenn man den Himmel kennt, sagt er, hat man in der Nacht keine Angst mehr.

Ich wünsche mir so sehr, dass er wieder gesund wird.

Dem Laurenz war es auch gschmuuch, das habe ich gespürt. Der Kienspan, den er mitgebracht hatte, hat so flackerige Schatten gemacht, dass man nie recht wusste, hat man einen Baum vor sich oder einen Menschen oder etwas viel Schlimmeres. Unsere Mutter sagt, böse Geister gibt es überhaupt nicht, aber Angst vor ihnen hat sie trotzdem. Ihre abgebissenen Fingernägel vergräbt sie, damit sie niemand damit verzaubern kann, und nie würde sie ihr Gesicht in einem Kübel mit klarem Wasser ansehen, weil es heißt, wenn jemand in diesem Moment den Kübel anstößt und das Spiegelbild durcheinanderbringt, dann kommt auch die Seele durcheinander, und man verliert den Verstand.

Auf dem Gottesacker hat der Laurenz dann die ganze Zeit geredet, was, wie mir scheint, ein Zeichen für Angst ist. Er hat mir erzählt, wie seine Familie zu dem Totengräber-Privilegium gekommen ist, und das war eine gute Geschichte, wenn sie auch nicht genau so passiert sein wird, wie er sich daran erinnert. Sein Urgroßvater, hat der Laurenz gesagt, oder sein Ururgroßvater, so genau wisse er das nicht, er habe ihn ja nicht gekannt, einer seiner Vorfahren auf jeden Fall, die alle auch Laurenz geheißen hätten, sei noch nicht Totengräber gewesen, habe nur, um den Ertrag aus seinem kleinen Plätz Land aufzubessern, als Henker in Ägeri ausgeholfen, das seien damals grausamere Zeiten gewesen als heute, man habe noch viermal im Jahr Blutgericht gehalten, und hinterher seien jedes Mal so viele Leute hingerichtet worden, dass man mit Henken und Köpfen recht etwas verdient habe. »Es ist kein Beruf, der einen beliebt macht«, sagte er, »und viele Leute würden einem Henker nicht einmal die Hand geben, aber für die Gerechtigkeit ist er nötig, so wie jemand die Gülle auf die Felder tragen muss, weil sonst das ganze Dorf zustinken würde, und wachsen würde auch weniger.« Dieser Vorfahr, der auch Laurenz geheißen habe, der Name stünde in dem Dokument mit dem Privilegium, dieser frühe Laurenz habe einmal einen Mann zu henken gehabt, der hatte ein junges Mädchen umgebracht, hatte ihm den Hals abgedrückt, wohl weil er etwas Unanständiges von ihm gewollt habe und es sich gewehrt. Um was es da genau gegangen sei, brauche ich nicht zu wissen, dafür sei ich noch zu jung. Ich habe aber schon verstanden, von was er geredet hat; das Kind vom Hasler Lisi und vom Hauenstein ist auch nicht vom Himmel gefallen. Es wird so ähnlich passiert sein, wie im Laurenz seiner Geschichte, vielleicht hat sie sich am Anfang gewehrt und dann später nicht mehr, und als ihr Bauch dick geworden ist, haben die beiden geheiratet.

Item.

Der Verurteilte, sagte der Laurenz, seinen Namen wisse er nicht mehr, habe den Mord nicht gestehen wollen, sondern während dem Prozess wieder und wieder erklärt, sein Gewissen sei sauber. Sogar noch unter dem Galgen, als ihm ein Mönch, wie das der Brauch ist, den Psalm von der Vergebung hingestreckt hat, habe er die Hand auf das Pergament gelegt und geschworen, er sei unschuldig. Die Tat selber habe niemand gesehen, aber die Umstände seien verdächtig genug gewesen, und so habe der Blutrichter sein Urteil gesprochen. Der Henker, eben der Vorfahr vom Laurenz, habe daraufhin seine Pflicht getan, wie das Gericht es befohlen hatte, dem Verurteilten den Sack über den Kopf gebunden, ihm die Schlinge um den Hals gelegt und die Leiter weggestoßen. Weil es eine so schwere Schuld gewesen war, habe er ihn danach nicht einmal an den Beinen gezogen, wie man es sonst aus Mitleid macht, damit der Gehenkte schneller erstickt.

Die Geschichte war passend für diese Nacht, weil darin auch ein Grab vorgekommen ist. Damals, sagt der Laurenz, war es der Brauch, dass man den Hingerichteten auf der Richtstätte begraben hat, in ungeweihter Erde direkt unter dem Galgen, das hat auch zur Arbeit des Henkers gehört.

Alles wurde so gemacht, wie es sich gehört, die Grube ausgehoben, zugeschaufelt und der Hügel flachgeklopft, aber am nächsten Morgen war das Grab wieder offen, und die Leiche in ihrem Armsünderhemd lag für alle sichtbar da. Zuerst hat man gestaunt darüber, dann aber schnell eine Erklärung gefunden: Ein Grabräuber musste am Werk gewesen und im letzten Moment gestört worden sein. Man weiß ja, dass sich Körperteile von Hingerichteten teuer verkaufen lassen, weil die Leute glauben, dass sie für allerlei Dinge gut sind: Ein Streifen von der Haut, um den Hals gelegt, soll gegen den Kropf helfen, und ein Fingerknochen im Beutel gegen Diebe.

Die Geschichte hat mich abgelenkt, und ich war froh darüber. Es ist kein gutes Gefühl, wenn man die Schaufel in die Erde stößt und man kann dabei den Boden nicht sehen, sondern nur spüren. Die Grube musste nicht groß werden, so ein halbes Bein braucht ja nicht mehr Platz als ein sechsmonatiges Kind, aber ich bin nur langsam vorangekommen.

Sein Urahn, erzählte der alte Laurenz, habe das Grab wieder zugeschaufelt und sei die ganze nächste Nacht danebengesessen, um es zu bewachen, er habe kein bisschen geschlafen, sondern sei wach geblieben bis zum ersten Morgenlicht, und trotzdem sei das Grab ein zweites Mal offen gewesen, und auf dem Toten habe wieder kein Krümelchen Erde gelegen. Diesmal konnte es kein Grabräuber gewesen sein, überhaupt kein Mensch, und seinem Ururgroßvater, sagte der Laurenz, hätten die Beine ganz schön geschlottert. Trotzdem habe er seine Arbeit gemacht, und als die Sonne ganz aufgegangen war, sei das Grab wieder zu gewesen.

Die Geschichte hat mich gegruselt, aber nicht auf schlimme Art, weil es eben nur eine Geschichte war und nicht etwas, das einem wirklich Angst machen musste.

»Am dritten Morgen …«, hat der Laurenz angefangen, aber gleich wieder aufgehört, weil man vom Wald her einen Kauz hat schreien hören. Man sagt, dass man die Schreie zählen muss, und so viele Jahre hat man noch zu leben. Das kann aber nicht stimmen, finde ich. Der Kauz hat mit Schreien nämlich lange Zeit nicht aufgehört, und weil der Laurenz und ich es ja beide gehört haben, würde das bedeuten, dass wir im selben Jahr sterben müssen, und er wäre dann so alt wie Methusalem. Neunhundertneunundsechzig Jahre, sagt der Herr Kaplan, ich kann mir vieles vorstellen, aber das nicht.

Ich musste den Laurenz zweimal bitten, dass er weitererzählt, und er hat es schließlich auch gemacht, aber seine Stimme hat gezittert. Am nächsten Morgen, so ging die Geschichte weiter, sei das Grab zum dritten Mal offen gewesen, und, was noch seltsamer war, die Leiche habe sich in den drei Tagen überhaupt nicht verändert, habe auch nicht unangenehm gerochen; wenn nicht der rote Strich vom Strick um den Hals gewesen wäre, hätte man denken können, der Gehenkte sei nur eingeschlafen. Diesmal, hat der Laurenz gesagt, habe sein Vorfahr das Zuschaufeln besonders sorgfältig gemacht, weil nämlich nach altem Brauch am dritten Tag nach einer Hinrichtung das Salzstreuen stattfinden sollte.

Ich hatte von diesem Brauch noch nie etwas gehört und musste ihn mir vom Laurenz erklären lassen. »Heute macht man das nicht mehr«, sagte er, »vielleicht auch wegen dem, was damals in Ägeri passiert ist, aber in den alten Zeiten war es so, dass der Blutrichter, der das Urteil gesprochen hatte, nach drei Tagen ans Grab des Hingerichteten kommen musste und eine Handvoll Salz darüber streuen, um zu zeigen, dass hier für alle Zeit nie wieder etwas wachsen sollte. Es hat mit der Bibel zu tun, wenn du es genau wissen willst, musst du den Herrn Kaplan fragen.«

Das Grab für das Bein wäre unterdessen bereit gewesen, aber ich habe weiter in der Erde herumgestochert, weil ich unbedingt wissen wollte, wie die Geschichte weiterging.

Nicht nur der Richter sei zum Galgenhügel gekommen, sagte der Laurenz, sondern mit ihm auch alle Bettler und Tagediebe; es habe nämlich zu dem Brauch gehört, dass nach dem Salzstreuen alle, die Hunger hatten, zu einer Suppe eingeladen waren, und Hunger hatten viele. Es seien viele Leute da gewesen, und es habe deshalb auch viele Zeugen gegeben für das Unglaubliche, das dort passiert sei. Der Blutrichter sei unter den Galgen getreten, man habe dem Grab nicht angesehen, dass es sich schon dreimal wieder geöffnet hatte, und ein Mönch habe ein Gebet gesprochen. Dann habe ein Knecht dem Richter den Beutel mit dem Salz hingehalten, der habe davon genommen und streuen wollen – und in diesem Augenblick sei eine Hand aus dem Grab gekommen und habe ihn am Gelenk gepackt. »Das war die Hand des Gehenkten«, sagte der alte Laurenz, »und sie hat ihn mit so viel Kraft festgehalten, dass er sich mit allem Ziehen und Reißen nicht hat davon losmachen können. Es hat nicht lang gedauert, da ist der Blutrichter auf die Knie gefallen, hat geweint und sich auf die Brust geschlagen und gerufen: ›Ja, ja, ich selber habe sie getötet!‹

Erst dann hat die Hand ihn losgelassen. Der Richter, stellte sich heraus, war selber der Schuldige gewesen, hatte von dem Mädchen etwas Unrechtes gewollt, hatte es auch erzwingen wollen und ihm dabei den Hals abgedrückt. Und dann hatte er einen Unschuldigen verurteilt, damit nicht weiter nach dem Mörder gesucht würde. Aber er ist seinem Schicksal nicht entkommen. Am selben Galgen wie sein unschuldiges Opfer hat man ihn aufgehängt, und weil sein Richteramt nur eine Maske gewesen war, hat man ihm vorher die Haut vom Gesicht abgezogen.« Das habe aber nicht mehr sein Vorfahr gemacht, erzählte der Laurenz zu Ende, der habe von jenem Tag an nie mehr jemanden hingerichtet, keine Hand mehr abgehackt und kein Ohr abgeschnitten, sondern weil er das Grab des Unschuldigen dreimal wieder habe zuschaufeln müssen, habe man ihm das Privilegium des Totengräbers verliehen, für ihn selber und alle seine Nachkommen.

»Und der Unschuldige?«, habe ich gefragt.

»Der liegt auf dem Gottesacker, unter einer schweren Steinplatte, ich weiß nicht, ob man sie aus Verehrung hingelegt hat oder weil man Angst hatte, er könne auch noch ein viertes Mal wieder aus dem Boden auftauchen.«

Das ist es, was der alte Laurenz mir erzählt hat. Weil die Geschichte so unheimlich war, ist es mir nachher ganz alltäglich vorgekommen, wie ich das abgeschnittene Bein meines Bruders in das Grab gelegt und zugeschaufelt habe. Ich habe mir noch überlegt, ob ich ein Gebet sprechen solle, aber es ist mir keines eingefallen, das zu einem Bein passt.

Das siebte Kapitel
in dem der Geni den Halbbart besucht

Der Poli hat dem Schwämmli die Nase gebrochen, und das ist schlecht. Nicht wegen der Nase, die wächst schon wieder zusammen, sondern weil es ein Zeichen ist, dass der Poli sich überhaupt nicht mehr beherrschen kann. Es ist wie bei dem Baum, der den Geni weggespickt hat: Sobald man ihn nur ein bisschen berührt, passieren gleich die schlimmsten Sachen. Dabei hat der Schwämmli gar nichts Böses im Sinn gehabt, sondern hat nur wissen wollen, ob dem Geni sein Stumpf anfängt zu verheilen. Er hat es einfach blöd gesagt, hat gefragt: »Wie geht es eurem Krüppel?«, und der Poli ist kopfvoran auf ihn losgegangen.

Jedes Mal, wenn der Poli so etwas macht, nimmt ihn unsere Mutter in Schutz und sagt, es ist nicht bös gemeint von ihm, sondern eigentlich lobenswert, weil es bedeutet, dass sein Bruder für ihn wichtig ist und er es nicht ertragen kann, dass der jetzt nur noch ein Bein hat. Ich glaube aber nicht, dass dem Poli seine Wut aus einem Mitleid kommt, sondern aus etwas ganz anderem. Dass der Geni diesen Unfall gehabt hat, ist für ihn, wie wenn unser Dorf in einer Schlägerei verloren hätte, und Verlieren verträgt er ganz schlecht. Schuld ist eigentlich der Baum, aber an dem kann er sich nicht rächen, und so geht er eben auf jeden los, der ihm vor die Fäuste kommt.

Als ich noch kleiner war, wirklich noch sehr klein, habe ich manchmal mit mir selber ein Spiel gespielt: Ich habe die Augen fest zugedrückt und mir etwas ausgedacht, das ich gern in der Welt hätte, Geißen, die sich selber melken, Brombeeren so groß wie Äpfel, solche Kindersachen halt. Aber wenn ich die Augen dann wieder aufgemacht habe, war immer alles noch gleich wie vorher. Unterdessen weiß ich, dass das Wegschauen nichts nützt; wenn man eine Wespe nicht sehen will, sticht sie einen erst recht. Es ist nun mal so, und man muss damit leben: Seit dem Unfall ist der Geni ein Krüppel, und es nützt nichts, wenn man ein schöneres Wort dafür braucht.

Der Poli glaubt, dass man die Welt mit den Fäusten ändern kann oder mit dem Streitkolben, darum will er Soldat werden wie der Onkel Alisi. Er hat jetzt ein Fähnlein gegründet, mit ihm selber als Hauptmann, dem kleinen Eichenberger als Bannerherr und dem Schwämmli als Trommler, sie treffen sich an einem versteckten Ort und spielen Krieg. Es ist alles geheim, und niemand darf etwas davon wissen, ich weiß es aber trotzdem, weil der Schwämmli mein Freund ist und mir davon erzählt hat. Ich musste ihm schwören, kein Wort zu verraten, sonst verfällt er der Feme, was immer das ist. Ich wollte auch mitmachen und habe zum Poli gesagt, ich wisse zwar nicht, was sie da zusammen anstellten, aber ob sie nicht einen Steinschleuderer dazu brauchen könnten. Er hat aber gemeint, ich sei noch zu klein für solche Sachen und würde nicht verstehen, was sie vorhätten. Ich werde dann schon sehen, es sei etwas, von dem man noch lang reden werde. Wenn er das sagt, bekommt er glänzige Augen. Ich befürchte, es kann nichts Gutes sein, was sie vorhaben. Von seinem Bruder sollte man so etwas nicht sagen, aber ich glaube wirklich, der Poli ist nicht der Gescheiteste. Wenn einer zu viel Mut hat, habe ich einmal sagen hören, bleibt kein Platz für den Verstand. Ich wäre froh, wenn er mehr so wäre wie der Geni.

Dem geht es unterdessen schon tausendmal besser, allen Heiligen sei Dank. Das Unglück ist erst ein paar Wochen her, und er ist schon wieder fast der alte Geni, nur eben mit einem Bein weniger. Der Stumpf sei schon zugewachsen, sagt er, unter dem Pech könne man es nur noch nicht sehen. Schmerzen hat er immer noch, wahrscheinlich mehr, als er zugibt, aber was ihn viel mehr stört, ist etwas anderes: Er spürt das Bein, obwohl es gar nicht mehr an ihm dran ist. Er kann das Knie beugen, das er nicht mehr hat, und sogar die Zehen kann er bewegen, oder es kommt ihm doch so vor, als ob sein Bein eines von den Gespenstern wäre, wie sie in den Geschichten vom Teufels-Anneli vorkommen, begraben, aber trotzdem noch am Leben. Der Märtyrer auf der Malerei in St. Peter und Paul, das Bild auf der Evangeliseite ganz hinten, der Mann, dem sein Kopf vor den Füßen liegt, bei dem war es vielleicht etwas Ähnliches, denke ich. Dass er gemeint hat, er kann seinen Kopf immer noch auf dem Hals spüren, obwohl der in Wirklichkeit gar nicht mehr dran war. Und die Leute um ihn herum haben das Gleiche gespürt, weil er eben ein Heiliger war.

Der Geni ist kein Heiliger, sonst müsste man dort, wo ich sein Bein begraben habe, eine Kapelle bauen, und es wäre eine Reliquie. Aber ein bisschen verehren tue ich ihn schon, weil er so tapfer ist und schon wieder so viele Sachen macht, von denen alle gesagt haben, sie sind von jetzt an unmöglich für ihn. Sogar gehen kann er wieder ein bisschen. Am Anfang hat er es mit Hüpfen probiert, aber das war schwierig, wegen dem Gleichgewicht. Jetzt hat der Züger Krücken für ihn gemacht, zwei Hölzer mit einem kürzeren quer darauf genagelt, die kann sich der Geni unter die Schultern klemmen, und manchmal vergesse ich schon, dass er sich früher anders bewegt hat. Wenn er aus dem Liegen ins Stehen kommen will, fehlt ihm das zweite Bein am meisten, ich hätte vorher nie gedacht, dass das so schwierig sein kann. Ich würde ihm gern helfen, aber er will es ums Verrecken allein schaffen, und er schafft es auch. Er hat lang nachgedacht und dann eine Lösung gefunden: Sein Strohsack liegt jetzt direkt neben dem Tisch, und so kann er sich am Tischbein festhalten und in die Höhe ziehen. Am schwierigsten ist es für ihn, wenn er scheißen muss, da will er schon gar keine Hilfe, aber ich tue dann so, als ob ich im selben Moment auch ganz dringend müsste, und er kann sich an mir festhalten.

Auf seinen Krücken ist er zuerst nur bis zur Türe gekommen und einmal bis zum Brunnen, es sei für unsere Mutter zu anstrengend, wenn sie ganz allein den Schwengel bewegen müsse, hat er gesagt, und er wolle ihr dabei helfen. Er hat ihr dann nicht wirklich helfen können, aber nur schon, dass er es probiert hat, war zum Bewundern. Einmal hat er mir erlaubt, dass ich die Krücken ausprobiere, aber sie sind zu groß für mich; ich bin nur in der Luft gehangen und dann hingefallen. Weh hat es nicht getan, und der Geni hat wieder einmal lachen mögen.

Sobald es ihm möglich war, ist er auf den Gottesacker gegangen, um sein Bein zu besuchen. Als Nächstes wollte er sich unbedingt beim Halbbart bedanken; wenn der nicht den Rat mit dem Abschneiden gegeben hätte, meint er, hätte man für ihn schon lang das *De profundis* gesagt. Ich solle mitkommen und ihm helfen, den Hang zum oberen Klosterwald schaffe er nicht allein. Es war dann auch eine ganz schlimme Anstrengung für ihn, den letzten Teil ist er gekrochen, was schwierig ist mit nur einem Bein, aber wenn sich der Geni etwas vorgenommen hat, dann setzt er es auch durch. Vielleicht kommt das vom heiligen Origenes, von dem er seinen Namen hat, der war auch so ein Sturer, sagt der Herr Kaplan, nur auf andere Weise. Er hatte beschlossen, dass ihn seine Triebe nicht vom Studieren ablenken sollten, und deshalb hat er sich selber den Eiersack abgeschnitten. Ich kann das nicht ganz glauben, aber der Herr Kaplan wird diese Dinge studiert haben.

In den letzten Wochen hat mich der Geni gebraucht, und ich war deshalb lang nicht mehr beim Halbbart. Die Grube vor seinem Unterstand ist schon fast eine Elle tief. Er sagt, wenn sie fertig ist, will er angespitzte Äste in den Boden stecken, damit man sich daran aufspießt, wenn man hineinfällt. Und er will die Grube mit Zweigen abdecken, damit es eine Falle wird für alle Angreifer. Ob er denn Grund habe, sich vor einem Angriff zu fürchten, hat der Geni gefragt, und der Halbbart hat geantwortet: »Wenn man einmal einen erlebt hat, wird man vorsichtig.« Er hat aber nicht erklärt, was er damit meint.

Mit dem Geni hat er sich von Anfang an gut verstanden, und umgekehrt war es das Gleiche. Der Geni war froh, dass der Halbbart ihn nicht gefragt hat, wie es seinem Bein geht, ob er Schmerzen hat und solche Sachen, das muss er den Leuten die ganze Zeit erklären, und es ist ihm verleidet. Der Halbbart seinerseits hat nichts von »Dankbarkeit« und »Leben gerettet« hören wollen; dass man das, was man gelernt habe, brauche, um anderen Leuten zu helfen, sei doch selbstverständlich. Aber das Brot, das unsere Mutter im Dorfofen für ihn gebacken hatte, hat er gern genommen. Das Salz denke er sich dazu, hat er gesagt, wo er herkomme, bedeute ein Geschenk von Brot und Salz, dass man den anderen willkommen heiße.

»Ihr seid bei uns willkommen«, hat der Geni ganz feierlich gesagt, aber der Halbbart hat gemeint, er solle nicht so geschwollen mit ihm reden, er sei nichts Vornehmes. Der Geni hat dann wissen wollen, woher sich der Halbbart mit Wunden auskennt, und der hat gesagt, er habe manches in der Richtung gelernt, das sei aber in einer anderen Zeit gewesen, und die sei lang vorbei. Ich weiß immer noch nicht, wie alt er ist, aber wenn er »früher« sagt, klingt das, als ob es in der Zeit der Apostel gewesen wäre oder noch länger her.

Es war, als ob die beiden sich schon lange kennten, was mich ein bisschen eifersüchtig gemacht hat; bis jetzt war ich der Einzige, der regelmäßig mit dem Halbbart gesprochen hat, und darum hat er ein Stück weit mir gehört. Aber mit dem Geni teile ich gern. Außerdem: Nur mit still Dasitzen und Zuhören habe ich mehr über den Halbbart erfahren als in der ganzen Zeit davor. Er kommt aus dem Herzogtum Österreich, das ist ganz weit weg im Osten, sagt er, und er ist ein ganzes Jahr lang unterwegs gewesen. »Warum gerade hierher?«, hat der Geni gefragt, und der Halbbart hat sein kaputtes Lachen gelacht und geantwortet: »Es ist überall gleich schlecht. Außerdem: Ich war auf den Tag ein Jahr unterwegs, und nach einem Jahr muss man mit Trauern aufhören.« Dann hat er geschwiegen und nur von einem Zweig die Blätter abgezupft, eines nach dem anderen, bis der Zweig nur noch ein Stecken war, dann hat er ihn zerbrochen und die Teile weggeworfen. Er hat den Geni gefragt: »Als du durch die Luft geflogen bist – was hast du da gedacht?«

»Gar nichts«, hat der Geni geantwortet. »Es ist zu schnell gegangen.«

Der Halbbart hat genickt und gesagt: »Genau wie bei mir.«

»Auch von einem Baum weggespickt?«, habe ich gefragt. Die beiden haben sich so angesehen, dass es fast wie ein Gespräch zwischen ihnen war, einfach ohne Worte. Der Halbbart hat mir keine Antwort gegeben, sondern sich weiter mit dem Geni unterhalten. »Und hinterher?«, hat er wissen wollen. »Als du gewusst hast, dass dein Bein für immer kaputt ist – was ist dir da durch den Kopf gegangen?«

»Eine Frage, sonst nichts«, hat der Geni gesagt. »Was hätte ich anders machen müssen?«

Der Halbbart hat genickt und gesagt: »Ich weiß. Man möchte in der Zeit zurückgehen, so wie man einen Weg zurückgeht, wenn man unterwegs etwas verloren hat. Wenn Herbst ist, möchte man wieder im Sommer sein, und wenn Sommer ist, im Frühling. Man denkt, man habe einen Fehler gemacht, und den möchte man aus der Welt schaffen. Aber das kann man nicht.«

»Nein«, hat der Geni wiederholt, »das kann man nicht.« Dann haben sie wieder geschwiegen.

Es war ein seltsamer Anblick, die beiden nebeneinander, der Halbbart mit dem verbrannten Gesicht und der Geni mit nur einem Bein. Ich kann verstehen, dass der Schwämmli »Krüppel« gesagt hat, aber ich kann auch verstehen, dass der Poli ihm dafür die Nase gebrochen hat.

Eine ganze Weile sind wir so dagesessen, ohne dass einer etwas gesagt oder sich auch nur bewegt hat. Eine Spitzmaus ist ganz nah an uns vorbeigelaufen, ohne uns zu bemerken. Als sie unter einem Strauch verschwunden war, hat der Halbbart gefragt: »Wenn jetzt ein Bussard gekommen wäre, ganz plötzlich, von ganz weit oben, und hätte die Maus mit seinen Krallen aufgespießt, im einen Moment wäre noch Alltag für sie gewesen und im nächsten schon ewige Nacht – was hätte die Maus wohl gedacht?«

»Gar nichts«, habe ich gesagt, »weil sie ja tot gewesen wäre.«

»Du bist ein kluger Junge«, sagte der Halbbart. »Wenn man Glück hat, ist man tot und muss nicht mehr nachdenken. Aber wenn man kein Glück hat …«

»Denkst du viel nach?«, fragte der Geni.

»Zu viel«, sagte der Halbbart. Und dann hat er seine Geschichte doch noch erzählt. Einen Teil davon.

Das achte Kapitel
in dem der Halbbart vom Verbrennen redet

Hör zu, Origenes«, sagte der Halbbart, und obwohl der Geni seinen Taufnamen nicht mag, hat er sich nicht dagegen gewehrt. »Dein Bruder hat mir erzählt, dass du einer bist, der sich alles gut überlegt, bevor er es anpackt. Ist das so?«

»Man sagt es.«

»Gut«, sagte der Halbbart. »Dann will ich dich jetzt etwas fragen. Eine ganz praktische Sache, bei der man geschickte Hände braucht, wenn sie so herauskommen soll, wie man es will.«

»Viel machen kann ich noch nicht«, sagte der Geni.

»Es soll auch nicht wirklich gemacht werden«, sagte der Halbbart. »Du sollst mir nur sagen, wie es richtig wäre, wenn man es machen wollte. Nur darüber nachdenken. Ein Spiel für deinen Kopf.«

Eigentlich ist das nicht dem Halbbart seine Art, an etwas herumstudieren, das dann gar nicht wirklich passieren soll, für so etwas ist er viel zu erwachsen. Wenn ich mir als kleiner Bub verrückte Sachen ausgedacht habe, dann war das etwas anderes; stundenlang bin ich vor dem Feuer gesessen und habe geträumt, aber wenn ich es heute tue, verdreht mir unsere Mutter das Ohr und sagt: »Wer sich verläuft in seinem Traum, stößt den Kopf an jedem Baum.« Ich weiß nicht, ob das in der Bibel steht oder ob sie es sich selber ausgedacht hat.

Egal.

Der Geni hat auch einen Zweifel im Gesicht gehabt, aber weil der Halbbart so ernst geschaut hat und weil er ihm dankbar ist, hat er gesagt, er solle ihn ruhig fragen. Aber zuerst einmal hat der Halbbart nichts mehr gesagt.

Unten am See gibt es einen Felsen, von dem man ins Wasser springen kann, er ist höher als drei Menschen, und man muss an der genau richtigen Stelle unten ankommen, links und rechts ist das Wasser nicht tief genug, und es hat sich dort schon mehr als einer die Knochen gebrochen. Jeder Bub im Dorf muss den Sprung einmal machen, es ist eine Mutprobe, und wer sie nicht besteht, ist ein Mamititti, und die anderen plagen ihn. Ich bin auch an die Reihe gekommen, und so ein Finöggel bin ich dann doch wieder nicht, dass ich mich gedrückt hätte. Wenn man da oben steht und hinunterschaut, dann zögert man zuerst schon und hat Angst, aber dann beißt man die Zähne zusammen und springt doch. Genau so ist mir der Halbbart jetzt vorgekommen, er hat auch zuerst gezögert, aber dann hat er sich zusammengenommen und seine Frage gefragt. »Wie würdest du es anstellen, um einen Menschen zu verbrennen?« Ich glaube, wenn der Geni beide Beine gehabt hätte, wäre er vor Überraschung aufgesprungen.

Das hat der Halbbart wirklich gesagt. »Wie würdest du es anstellen, um einen Menschen zu verbrennen?« Einfach so.

Ich hätte mich nicht einmischen sollen, natürlich nicht,

aber wenn wir zusammen auf dem Gottesacker sind, fängt der alte Laurenz oft an zu erzählen, meistens jammert er nur über seinen Rücken und seine müden Knochen, aber man kann auch etwas von ihm lernen, vor allem über seinen Beruf, und ich kenne mich jetzt auch ein bisschen aus. »Man darf Menschen nicht verbrennen«, habe ich deshalb gesagt. »Das tun nur die Heiden, und sie kommen dafür in die Hölle, weil sie den Toten die Auferstehung kaputtmachen. Wenn einer gestorben ist, muss man ihn begraben, und zwar in geweihter Erde.«

Der Halbbart hat sein besonderes Lächeln gelächelt und hat gesagt: »Du bist ein gescheiter Bub und hast schon zum zweiten Mal recht. Aber was ich von deinem Bruder wissen will, ist etwas anderes: Was braucht es, um einen lebendigen Menschen zu verbrennen?«

Ich habe mich bekreuzigt und dreimal auf den Boden gespuckt. Das hat mir unsere Mutter beigebracht, um die bösen Geister zu vertreiben, an die sie aber nicht glaubt. Der Geni ist über die Frage nicht erschrocken, sondern ist nur ganz still dagesessen und hat den Halbbart angesehen. Dann hat er genickt und gesagt: »Ich verstehe.«

Ich habe nicht verstanden, was er verstanden hatte. Der Geni ist nicht nur älter als ich, sondern auch gescheiter.

»Also«, hat der Halbbart seine Frage wiederholt, »was braucht man dazu?«

»Holz«, hat der Geni gesagt.

»Was für welches?«, hat der Halbbart gefragt.

»Kein grünes. Sonst hat man statt Feuer nur Rauch.«

»Richtig«, hat der Halbbart gesagt. »Im Rauch könnte man nicht sehen, wie einer verbrennt, und das wäre schade.«

»So würde ich es nicht nennen«, hat der Geni gesagt, und der Halbbart: »Es kommt nicht darauf an, wie man es nennt.«

Es ist zwischen den beiden hin und her gegangen wie manchmal zwischen dem Priester und der Gemeinde, als ob sie die Worte schon ganz oft gesagt hätten und sie nur wiederholten, weil man das an dieser Stelle so macht.

»Trockenes Holz also.«

»So trocken wie möglich.«

»Wo nimmt man das her?«

»Im Wald liegt genug.«

»Richtig und doch falsch«, hat der Halbbart gesagt. »Genügend Holz wäre dort, aber bis man es geholt hat, dauert es zu lang. Hungrigen Leuten muss man die Schüssel schnell hinstellen. Wo kann man es sonst hernehmen?«

Der Geni hat einen Moment nachgedacht und dann geantwortet: »Stühle sind trockenes Holz.«

»Richtig.«

»Bänke.«

»Richtig.«

»Tische.«

»Wieder richtig. Alles, was man zu Kleinholz machen kann. Wenn genügend Hände mithelfen, geht das schnell. Wie groß muss der Holzstoß sein?«

»Für wie viele Leute?«

»An diesem Tag nur drei.«

Sie haben sich angesehen und geschwiegen, und dann hat der Geni gesagt: »Je größer der Holzstoß, desto heißer brennt das Feuer, und es ist schneller vorbei.«

»Soll es denn schnell vorbeigehen?«

»So schnell wie möglich«, hat der Geni gesagt, aber der Halbbart hat den Kopf geschüttelt.

»Schlecht nachgedacht, Origenes. Wenn der Verbrannte zu schnell tot ist, haben die Zuschauer nicht lang genug etwas zu lachen.«

»Lachen sie denn?«

»Laut lachen sie.« Der Halbbart hat auch weiter ganz ruhig geredet, aber gleichzeitig hat er sich ins Gesicht gefasst, so heftig, dass man hätte meinen können, er will sich die Narben aus der Haut reißen. »Wenn sich die Körper im Feuer krümmen«, hat er gesagt, und die Fröhlichkeit in seiner Stimme war Katzengold, »wenn sie sich winden und verdrehen, dann ist das ein lustiger Tanz.« Er hat den Arm ausgestreckt und seine Hand ganz nah über das Feuer gehalten, so dass es ihm bestimmt weh getan hat, auch wenn in seinem Gesicht kein Schmerz war.

Ich hätte ihn gern gewarnt, aber der Geni hat mich mit einem Nein in den Augen angesehen. Dem Halbbart seine Stimme hat jetzt geklungen wie die von unserer Mutter, wenn sie streng mit einem ist. »Nächste Frage, Origenes. Wie sorgt man dafür, dass niemand aus dem Feuer weglaufen kann?«

»Anbinden.«

»Wie?«

»Einen Pflock einschlagen.«

»Nur einen?«

»Für jeden einen.«

»Für jeden einen Pflock, sehr gut. Woraus gemacht?« Und schon waren sie wieder in ihrem Responsorium.

»Holz.«

»Das verbrennt.«

»Dickes Holz. Ein Baumstamm.«

»Drei Baumstämme also. Wo sollen die so schnell herkommen?«

»Oder für jeden einen Balken.«

»Woher?«

»Aus einem Haus herausgerissen vielleicht.«

»Herausreißen ist schwierig.«

»Oder man macht den Scheiterhaufen dort, wo schon ein Balken ist.«

»Gut. Sehr gut. Dein kleiner Bruder hat recht: Du bist einer, der nachdenken kann.« Er hat es mit einer ganz ruhigen Stimme gesagt, freundlich sogar, aber seine Hand hat sich fest in seine Narben hineingekrallt. »Nächste Frage. Wenn der Balken, nur mal angenommen, ein Türpfosten ist, wie bindet man die Leute daran fest?«

»Mit einer Kette.«

»Die ist nicht immer zur Hand.«

»Dann mit einem Strick.«

»Und wenn er zu früh verbrennt?«

»Ist er denn zu früh verbrannt?«

Ich habe nicht verstanden, warum jetzt der Geni plötzlich eine Frage stellte, er war doch der, der antworten sollte. Aber der Halbbart nickte, als ob er nichts anderes erwartet hätte. »Nicht bei allen«, sagte er. »Nur bei einem. Als der Strick ihn nicht mehr festgehalten hat, ist er umgekippt, aus dem Feuer hinaus, und ist liegen geblieben. Man hat ihn für tot gehalten, und er wäre auch lieber tot gewesen.«

In diesem Moment habe ich verstanden, dass ihm das alles selber passiert ist. Daher hat er also seine Narben. Von einer Hinrichtung.

»Und die Zuschauer?«, hat der Geni gefragt.

»Sind weggelaufen.«

»Weil sie sich geschämt haben?«

»Weil sie neues Holz holen wollten. Sie waren zu ungeduldig gewesen, hatten auf den fröhlichen Tanz nicht warten wollen, deshalb hatten sie zu wenig Holz gebracht, und jetzt mussten sie neues suchen. Neues Holz und neue Leute, die man auch wieder an einen Pflock binden konnte.«

»Und der Halbverbrannte? Was hat er gemacht?«

»Ist zu den anderen gekrochen, um zu sehen, ob sie tot sind.«

»Waren sie es?«

»Ja. Sie hatten mehr Glück als er.«

»Hat er sie gut gekannt?«

»Der Mann war ein Nachbar.«

»Da war also auch eine Frau.«

»Ein Mädchen. So alt wie dein Bruder.«

»Und dieses Mädchen ...?«

Der Halbbart ist aufgesprungen und hat angefangen zu schreien. »Schluss!«, hat er geschrien. »Keine Fragen mehr und keine Antworten!«

Der Geni hat gesagt: »Es tut mir leid«, aber davon hat der Halbbart nichts hören wollen. »Vom Leidtun hat niemand etwas«, hat er gesagt. »Wehren müsste man sich. Rächen müsste man sich. Aber man ist feige und läuft davon. Läuft ein ganzes Jahr lang nur davon.« Wenn man ihn jetzt angesehen hat, hat man denken müssen: Er ist ein sehr alter Mann.

»Es ist besser, wenn wir jetzt gehen«, hat der Geni gemeint. Ich habe ihm beim Aufstehen helfen wollen, aber er hat sich auf den Boden hingelegt. Es war natürlich, weil er auf dem stotzigen Teil vom Hang rückwärts kriechen musste, aber es hat ausgesehen, als ob der Halbbart ein Heiligenbild wäre, und der Geni will es anbeten. »Eine letzte Frage«, hat er von unten her gesagt.

»Wenn es die richtige ist.«

»Warum ist das alles passiert? Wer war schuld?«

»Niemand war schuld«, hat der Halbbart gesagt. »Oder, was dasselbe ist: Der Herrgott war schuld.«

Das neunte Kapitel
in dem der Sebi in die Kirche geht

Der Poli hat etwas Dummes angestellt, etwas sehr Dummes, und wenn man ihm auf die Spur kommt, können ihm die schlimmsten Sachen passieren. Der Geni und der Halbbart meinen, sie hätten die Sache in Ordnung gebracht, aber ich wache trotzdem in der Nacht auf und denke, vielleicht ist es doch noch nicht vorbei, und morgen kommen sie und holen ihn. Ich stelle mir alles ganz genau vor, wie sie angeritten kommen, wie sie an die Türe hämmern und wie sie den Poli mitnehmen. Ich habe Angst um meinen Bruder. Wenn es ihn nicht mehr gäbe, das wäre noch schlimmer, als wenn man mir ein Bein abschneiden würde.

Angefangen hat es so: Er ist eine ganze Nacht lang nicht nach Hause gekommen, was vorher noch nie passiert ist. Er hat erzählt, wo er gewesen sei, aber es war nicht die Wahrheit, ich habe es sofort gemerkt. Wenn der Poli lügt, macht er ein Lächeln auf sein Gesicht, nicht sein eigenes, sondern ein fremdes, als ob ein anderer es verloren hätte und er es nur aufgelesen. Als ich klein war und noch nicht vernünftig, hat er mir einmal erzählt, dass in der Mitte von jedem Rossbollen ein Goldstück hineingezaubert ist, aber wenn man es mit den Fingern herausholen will, verschwindet es, und deshalb muss man es mit den Zähnen machen und in den Bollen hineinbeißen. Als er das gesagt hat, hat er auch dieses Lächeln gehabt, und ich war so dumm und habe ihm geglaubt. Nachher hat er mich ausgelacht, und das war dann wieder sein eigenes Lachen.

Er sei im Klosterwald hinter einem Reh her gewesen, hat er erzählt, was zwar verboten ist, aber nicht wirklich schlimm; es tun es viele, und solang man vom Wildhüter nicht erwischt wird, passiert einem nichts. Man muss nur aufpassen, dass es niemand aus dem Dorf mitbekommt, wenn man etwas erlegt hat, sonst ist da immer einer, der einen verrätschen würde, und dann muss man mit ihm teilen. Wenn es ein Reh ist oder sogar ein Hirsch, bringt man es deshalb nur Stück um Stück nach Hause, den Rest lässt man im Wald zurück und holt ihn später. Das Fleisch, das man nicht sofort mitnehmen kann, packt man in einen Sack und hängt den in einen Baum, sonst füttert man nur die Wölfe.

Der Poli hat erzählt, er habe das Reh nur an der Keule erwischt, und so habe es weglaufen können, und er sei ihm hinterher, immer der Blutspur nach. »Mit einem Hund wäre es einfach gewesen«, hat er gesagt, »allein kann man nicht richtig hetzen, und das Reh hat mehr Ausdauer gehabt, als man erwarten würde.« Irgendwann sei es dann dunkel geworden, seine Beute sei ihm ab ins Dickicht, und er habe im Wald übernachten müssen, was ihm aber nichts ausgemacht habe, er sei ja nicht so ein Ins-Hemd-Scheißer wie ich.

Mir war sofort klar, dass das eine ausgedachte Geschichte war; erstens würde der Poli niemals freiwillig zugeben, dass er mit einem Pfeil nicht richtig getroffen hat, dafür ist er viel zu stolz auf seine Schießkunst, und zweitens, wenn er wirklich die ganze Zeit im Wald gewesen wäre, hätte man an seiner Kleidung von nichts anderem Spuren sehen dürfen, nur Kletten und solche Sachen. Aber er hatte auch ganz viel Dreck an den Beinen, und zwar die Art Dreck, die bedeutet, dass man auf aufgeweichten Wegen gegangen ist, und im Wald gibt es keine Wege.

Auch der Geni hat ihm die Geschichte nicht wirklich geglaubt, er hat aber gemeint, dass dem Poli sein Fortbleiben etwas mit einem Mädchen zu tun haben müsse, bei ihm selber sei es in diesem Alter nicht anders gewesen, er habe sich manchmal auch die verrücktesten Ausreden ausgedacht, damit niemand merken sollte, wo er wirklich gewesen war. Der Poli hat getan, als ob der Geni ihn damit ertappt hätte, sein Bruder kenne ihn halt zu gut, hat er gesagt, und er könne ihm nichts vormachen, aber ich bin sicher, das war auch wieder eine Lüge, nur von einer anderen Sorte. Seit jener Nacht hat der Poli ein Grinsen im Gesicht, und auch das kenne ich an ihm. Es bedeutet, dass er etwas angestellt hat und meint, er ist ohne Strafe geschloffen. Er streckt die Brust heraus, als wisse er gar nicht, wohin mit seinem Schnauf, und stolziert herum wie ein Güggel. Zu mir ist er netter als sonst, was auch verdächtig ist. Er hat sogar angeboten, mir das Bogenschießen beizubringen, und das hat er bisher nie machen wollen, sondern hat immer gesagt, ich solle bei meiner Steinschleuder bleiben, auch wenn man damit höchstens eine Taube erlegen kann oder ein Eichhörnchen.

Und da war noch etwas anderes, was offenbar außer mir niemand gemerkt hat. In jener Nacht, wo die Sache mit dem

Reh passiert sein soll, ist nicht nur der Poli bis am nächsten Morgen weggeblieben, sondern sein ganzes Fähnlein, der Schwämmli mit seiner geschwollenen Nase, der kleine Eichenberger und all die anderen, und jeder hat eine andere Erklärung dafür gebracht. Zuerst habe ich gedacht, sie hätten irgendeinen harmlosen Seich angestellt und machten jetzt ein großes Geheimnis daraus, damit sie sich später daran erinnern könnten wie an ein gewaltiges Abenteuer, aber es war dann viel mehr.

Dass ich dahintergekommen bin, was wirklich passiert ist, war Zufall, und ich denke: Wenn ich es durch Zufall herausfinden konnte, kann es auch jemand anderes, und dann geht es dem Poli schlecht. Auch wenn er jetzt meint, es sei ausgestanden und vorbei.

Der Anfang von dem Zufall war, dass der kleine Eichenberger mit einem Beutel voll Angelhaken plagiert hat, von denen jeder einzelne auf dem Markt in Ägeri so viel kostet, dass man nur vor Neid auf die Zähne beißen kann. Er sagt, weil er der Stammhalter in der Familie ist und als Einziger noch zu Hause, kann er von seinem Vater alles bekommen, was er will, er habe nur ein bisschen betteln müssen, und schon habe der sie ihm gekauft. Das allein schon hätte mich zum Nachdenken bringen sollen, denn im Dorf weiß jeder, dass der alte Eichenberger ein Gniggerer ist und auf seinem Geld hockt wie ein Schwan auf seinen Eiern, da darf man auch nicht in die Nähe kommen wollen. Aber zuerst mal war ich nur neidisch, weil bei uns zu Hause niemand außer dem Poli einen Angelhaken hat, und mir leiht er ihn nicht. »Wenn du ihn verlieren würdest, müsste ich mit dir dasselbe machen wie der Kain mit dem Abel«, hat er einmal gesagt, »und du willst doch bestimmt nicht, dass ich so eine Sünde begehe.«

Ich habe das alles dem Halbbart erzählt, wie ich überhaupt angefangen habe, ihm alles zu erzählen, was mich plagt; unsere Mutter würde meine Sorgen nicht verstehen, weil sie am Poli sowieso alles gut findet, und der Geni hat andere Sorgen. Der Halbbart kann so gut zuhören wie sonst keiner. Als ich mit dem Erzählen fertig war, hat er gemeint, wenn mir im Leben nichts fehle als ein Angelhaken, sei ich ein glücklicher Mensch, dieser Wunsch sei leicht zu erfüllen. Und dann hat er aus seiner Hütte einen Haken geholt und dazu eine Schnur, aus der Sehne von einem Hirsch gemacht. Ich habe ihn gefragt, warum er auf seiner Flucht ausgerechnet einen Angelhaken mitgenommen hat, und er hat gelacht und gesagt: »Wenn man lang unterwegs ist, muss man sich auch einmal etwas zum Essen besorgen.«

Der Halbbart hat mir nicht nur sein Angelzeug geliehen, sondern mir auch ganz genau beschrieben, wie man Schleien fangen muss. Mit denen kennt er sich von allen Fischen am besten aus, weil wenn man auf der Haut eine kaputte Stelle hat, eine Brandwunde zum Beispiel, kann man die frisch gefangene Schleie drauflegen, und ihr Schleim hilft dann bei der Heilung. Nach dem Feuer habe er das gebraucht, sagt er.

Ich habe alles genau so gemacht, wie er es mir erklärt hat, sogar einen Sack für die gefangenen Fische habe ich mitgenommen, obwohl ich nicht wirklich geglaubt habe, dass ich Erfolg haben würde. Ganz früh am Morgen, noch bevor die Sonne richtig aufgegangen war, bin ich zum See gegangen, an eine Stelle, wo viele Seerosen wachsen. Zwischen Seerosen ist der beste Ort für Schleien, sagt der Halbbart. Ich habe in Stücke geschnittene Regenwürmer in einen Klumpen Erde hineingeknetet und mitten hinein den Haken – und ich habe tatsächlich drei Schleien gefangen, so groß, sogar wenn wir sie zu viert essen, bleibt noch etwas übrig. Am schwierigsten war es, die Fische aus dem Wasser zu holen, sie wehren sich noch mehr als Hasen in einer Schlinge, dabei können die auch ganz schön zappeln. Ich musste regelrecht mit ihnen kämpfen, bis ich ihnen endlich das Messer in die Kiemen stechen und sie in den Sack packen konnte. Hinterher war ich von oben bis unten mit Schleim verdreckt, wo ich doch gar nichts an der Haut habe, das geheilt werden müsste. Aber unserer Mutter würde ich mit meinem Fang eine große Freude machen, das wusste ich, Fische isst sie gern, und sie sagt oft, es wäre schön, wenn der Poli manchmal einen nach Hause bringen würde, aber er hat halt nicht die Geduld.

Unterdessen war schon mitten am Morgen, und ich habe mich zuerst im See gewaschen, so gut es ging, und mich dann in der Sonne getrocknet. Dann ist mir eingefallen, ich könnte vor dem Heimweg noch schnell in der Kirche von Ägeri ein Paternoster für dem Geni sein Bein sagen, das hatte ich mir schon lang vorgenommen, vielleicht hilft es der Heilung nicht, aber schaden kann es auch nicht. Nun war ich aber sehr müde, vom frühen Aufstehen und von der Sonne, und so bin ich mitten im Beten eingeschlafen, auf der Grabplatte von einem Ritter, ich weiß nicht, aus welchem Geschlecht.

Ob es wegen dem Grab war oder einfach wegen dem besonderen Ort, wo nicht nur die Lebenden zum Beichten kommen, sondern auch die Toten, wenn sie wegen ihrer Sünden keine Ruhe finden – egal, was der Grund war, ich hatte in der leeren Kirche seltsame Träume. Einen Scheiterhaufen habe ich gesehen mit einem Mann drauf, der war aber nicht an einen Pflock gebunden, sondern saß gemütlich auf einem Stuhl, und in den Händen hatte er eine Flöte, so eine, wie sie mir der Geni einmal geschnitzt hat, und die mir dann zerbrochen ist, die hat gespielt, ohne dass er hineingeblasen hat. An die Melodie kann ich mich nicht erinnern, ich weiß nur noch, dass sie mich traurig gemacht hat. Zuerst habe ich gedacht, der Mann auf dem Scheiterhaufen müsse der Halbbart sein, aber dann war es der Poli, und er hat das stolze Gesicht gemacht, das ich nicht leiden kann. Dann ist der alte Laurenz gekommen mit einem Kienspan und wollte den Holzstoß anzünden, aber die Scheiter haben nicht brennen wollen, und ich habe den Poli lachen hören, als ob er in einer Prügelei gewonnen hätte. Dann hat das Feuer doch gebrannt, aber der Poli war verschwunden, und stattdessen stand der Geni da, aber nicht auf dem Scheiterhaufen, sondern daneben, und hat über dem Feuer einen Fisch gebraten. Beide Beine waren wieder dran, und im Traum habe ich ihn gefragt, wie er es gemacht hat, dass ihm das zweite nachgewachsen ist. Statt einer Antwort hat er den Stecken mit seinem Fisch geschwenkt, und dann waren da ganz viele Leute, jeder mit einem aufgespießten Fisch, man hat eine Kriegstrommel gehört, das war wahrscheinlich der Schwämmli, und auf einem Kirchendach stand der Herr Kaplan und hat gerufen: *»In hoc signo vinces!«* Das ist einmal in einer Geschichte vorgekommen, die er in einer Predigt erzählt hat, und ich habe Angst bekommen, weil ich gemeint habe, ich muss ihm die Geschichte zurückerzählen, und ich kann mich nicht mehr daran erinnern, nur dass ein römischer Kaiser darin vorgekommen ist. Dann war ich wieder am See, dort, wo ich die Schleien gefischt habe, das Wasser war so dunkel wie ein tiefes Loch, alle Fische darin waren tot, und eine tiefe Stimme hat gesagt: »Das ist der Finstersee.«

Da habe ich gemerkt, dass ich in der Kirche auf dem Boden liege, den Kopf auf dem Sack mit den Schleien, aber die Stimme habe ich weiter gehört, wie ein spätes Donnergrollen, wenn sich ein Gewitter eigentlich schon verzogen hat, und die Stimme hat auch wirklich »Finstersee« gesagt. Zuerst, noch halb im Schlaf, habe ich gedacht, da spricht der heilige Petrus zu mir oder der heilige Paulus, einer von beiden, und er will mir meinen Traum erklären, aber dann sind noch zwei andere Stimmen dazugekommen, und die habe ich gekannt. Die eine hat dem alten Eichenberger gehört und die andere Hochwürden Linsi. Das ist der Pfarrherr von Ägeri, und ich kenne seine Stimme, weil er manchmal auch in Sattel predigt. Von der dritten Stimme, das war die lauteste von allen, habe ich nicht gewusst, wer es ist, und ich weiß es immer noch nicht genau.

Unterdessen war ich ganz wach geworden und habe gemerkt, dass die Stimmen aus der Sakristei gekommen sind, aber in der leeren Kirche hat man meinen können, die drei seien ganz nah bei mir. Ich nehme an, dass sie gemeint haben, jetzt nach der Morgenmesse stört sie dort keiner, und ich bin ja auch nur da gewesen, weil man Schleien am besten am frühen Morgen angelt.

Die Stimmen haben nicht von einem finsteren See geredet, wie ich zuerst gemeint habe, sondern von einem Dorf, das Finstersee heißt, den Namen habe ich gekannt. Ich bin dort sogar einmal gewesen, weil der Onkel Damian, der Halbbruder unserer Mutter, in dem Ort wohnt, und als seine Frau gestorben ist und er zum zweiten Mal geheiratet hat, sind wir hingegangen, es sind nur ein paar Stunden zu laufen, aber es hat dann nicht so gute Dinge zu essen gegeben, wie ich es mir erhofft hatte. Nur schon, weil es ein mir bekannter Ort war, habe ich genau zugehört, was die Stimmen gesagt haben. Den Sack mit den Fischen habe ich die ganze Zeit in der Hand gehalten; wenn mich jemand entdeckt hätte, wollte ich sagen, ich sei gerade erst in diesem Moment in die Kirche gekommen. Es hat mich aber niemand entdeckt.

Seither weiß ich, wo der Poli in jener Nacht wirklich gewesen ist, und dass man deshalb Angst um ihn haben muss, das weiß ich auch.

Das zehnte Kapitel
in dem ein Dorf überfallen wird

In Finstersee, habe ich die Stimmen sagen hören, sei etwas Ungefreutes passiert, eine böse Sache, wie sie vielleicht in den alten Zeiten gang und gäbe gewesen sei, wie sie aber heutzutage nicht mehr vorkommen dürfe, nicht in einem Land, wo Ordnung herrsche und Frieden, besonders seit man sich mit Uri und den Waldstätten zusammengetan habe. »Wie im Krieg!«, hat Hochwürden Linsi gerufen und dazu noch etwas Lateinisches, das ich mir aber nicht habe merken können. Die andere Stimme hat ihn übertönt, man hat gemerkt, dass sie sich dazu nicht einmal besonders anstrengen musste, so wie dieser berühmte Kanzelredner, seinen Namen habe ich vergessen, von dem es heißt, wenn er in Glarus predige, brauche man in Schwyz nur die Ohren zu spitzen und verstehe jedes Wort. Eine Greueltat sei es gewesen, was da passiert sei, hat die Stimme gesagt, und Hochwürden Linsi hat hinzugefügt: »… und eine Gotteslästerung!« Und hat wieder mit Lateinisch-Reden angefangen.

Der alte Eichenberger, ich konnte mir sein Gesicht dabei vorstellen, hat gegrummelt, wenn sie sich ständig ins Wort fallen, versteht er gar nichts, sie sollen ihm die Geschichte vernünftig erzählen und ihm vor allem sagen, was sie mit ihm zu tun habe und was sie von ihm wollten.

Die laute Stimme hat also mit Erzählen angefangen, und Hochwürden hat nur noch ab und zu dazwischengebellt. Finstersee, hat die Donnerstimme gesagt, das ja, wie der Eichenberger sicher wisse, der Abtei Einsiedeln gehöre – »Klostergut,« hat Hochwürden gerufen, »man muss sich das vorstellen: *res ecclesiae*!« –, Finstersee sei ein friedliches Dorf mit gottesfürchtigen, fleißigen Menschen, ein Ort, wo man auf den Herrgott vertraue und niemand etwas Böses erwarte. Dieses Finstersee, man könne es kaum glauben, sei vor ein paar Tagen überfallen worden. Mitten in der Nacht, wie von der Hölle ausgespuckt, seien die Räuber unvermutet da gewesen, ein halbes Dutzend, nicht mehr, aber so gfürchig wie ein ganzer Trupp fremder Soldaten. Niemand wisse, aus welchem Loch sie gekrochen seien mit ihren brennenden Fackeln. »Die apokalyptischen Reiter!«, hat Hochwürden dazwischengerufen; das mit den Reitern hat er wahrscheinlich nicht wörtlich gemeint, aber der andere hat es so verstanden und ihm widersprochen, nein, beritten seien sie nicht gewesen, am Anfang noch nicht, sie hätten dann aber fünf Pferde gestohlen – »Klostergut, alles Klostergut!« –, und wo die abgeblieben seien, wisse niemand. Das ganze Dorf hätten sie in Angst und Schrecken versetzt, gedroht, die Dächer anzuzünden und solche Sachen, aber, das müsse man ihnen lassen, den Leuten selber hätten sie nichts getan, aus den Häusern fast nichts gestohlen und auch die Frauen in Ruhe gelassen. Man habe meinen können, sie hätten es überhaupt nur auf die Pferde abgesehen gehabt, und von einem Pferdediebstahl gehe die Welt nicht unter, aber dann sei das mit dem Klosterpächter Holzach passiert, und das sei nun wirklich eine ganz schlimme

Sache. »Sodom und Gomorrha!«, hat Hochwürden Linsi gerufen.

Erst jetzt hat der Eichenberger wieder einmal etwas gesagt, den Holzach kenne er, das sei ein anständiger Mann, er habe ihm einmal eine Kuh abgekauft, und an der sei nichts zu reklamieren gewesen, er habe noch nie eine so melkige gehabt. Was denn mit dem Holzach sei, doch hoffentlich nichts Böses.

Entführt hätten sie ihn, hat die laute Stimme Auskunft gegeben, an einen Kälberstrick gebunden und mitgezerrt. Die Frau Pächterin habe darüber fast den Verstand verloren, vierundzwanzig Stunden habe sie dagelegen wie tot, und seit sie wieder aufgewacht sei, rufe sie immer nur den Namen ihres Mannes, ein Stein würde Mitleid haben mit ihr.

»Kilian«, hat der Eichenberger gesagt, »ich kann mich erinnern, er hat Kilian geheißen.«

Er hat in der Vergangenheit geredet, als ob es diesen Holzach schon gar nicht mehr gäbe, tot und begraben, und das ist mir vorgekommen wie damals, als der alte Laurenz zu mir gesagt hat, ich solle einen Grabplatz für den Geni aussuchen. Hochwürden Linsi muss es ähnlich gegangen sein; in dem Ton, den er sonst beim Predigen benutzt, hat er gesagt, man dürfe das Unglück nicht herbeireden, die Wahrsager sollten zu Spott werden, so stehe es in der Bibel, und solang nicht sicher sei, dass man dem Klosterpächter etwas angetan habe, müsse man die Hoffnung behalten.

Der mit der Kanzelstimme hat daraufhin gemeint, um das Leben von dem Holzach mache er sich keine Sorgen, wenn die Räuber ihn hätten umbringen wollen – »Gott bewahre!« –, dann hätten sie das an Ort und Stelle tun können und sich nicht die Mühe machen müssen, ihn mitzunehmen. Nein, solche Leute hätten es auf etwas anderes abgesehen, in der Klosterchronik sei mehr als ein solcher Fall verzeichnet, sie hätten den Pächter bestimmt irgendwo eingesperrt und würden bald Lösegeld für ihn verlangen. Dass man bis jetzt noch nichts von ihnen gehört habe, sei kein Argument dagegen, sondern vielmehr eine Bestätigung, wer auf diese Art Geld erpressen wolle, warte immer ein paar Tage, damit die Leute mehr Angst bekämen, solche Verbrecher wüssten: Wer Angst hat, zahlt, was man von ihm verlangt.

Hochwürden Linsi hat schon wieder angefangen zu klagen, zum Weinen sei es, wie schlecht die Zeiten geworden seien; was er manchmal in der Beichte zu hören bekomme, das könne einen an den Menschen verzweifeln lassen, in der Bibel sei das alles vorausgesagt und aufgeschrieben. Er wollte wieder Lateinisch anfangen, aber der mit der lauten Stimme hat ihn unterbrochen und gesagt, beten könne man später, jetzt heiße es erst mal den Anfängen wehren, und zwar so, dass die Sache nicht auf allen Marktplätzen ausgerufen werde. Bisher sei die Geschichte noch nicht allgemein bekannt, und das sei auch gut so. Man müsse jetzt schnell handeln und dem Unkraut die Köpfe abschlagen, bevor es den ganzen Acker verderbe.

Ob man denn wisse, wo die Räuber hergekommen seien, hat der Eichenberger wissen wollen, aber die Frage konnte ihm keiner beantworten, nur dass es keine Welschen oder Rätischen gewesen seien, das stehe fest, geredet hätten sie wie gewöhnliche Menschen. Sonst seien die Beschreibungen ungenau, zwar hätten in Finstersee alle bestätigt, dass es junge Leute gewesen seien, das habe man an ihrer Art sich zu bewegen gemerkt, aber die Gesichter habe man nicht erkennen können, die seien mit Ruß angemalt und hinter Tüchern versteckt gewesen. Einem der Räuber, das sei mehreren aufgefallen, habe ein Ohr gefehlt, wahrscheinlich habe es sich um einen Dieb gehandelt, dem man es zur Warnung für andere abgeschnitten habe.

Das war der Moment, wo in mir der Verdacht angefangen hat, noch nicht richtig fest, sondern zuerst nur so, wie wenn man sich einen Dorn in den Fuß tritt, am Anfang stört er einen nur ein bisschen, aber wenn sich die Stelle dann entzündet, kann man an nichts anderes mehr denken.

Mehr wussten sie über die Räuber nicht zu sagen und haben die Geschichte deshalb wieder von vorn angefangen, Nacht, Fackeln, und die Leute in Finstersee erschrocken, als ob lauter Teufel unter ihnen erschienen wären. Der alte Eichenberger hat sie unterbrochen und gefragt: Wenn man die Gesichter nicht gesehen habe, ob dann überhaupt feststehe, dass es gewöhnliche Räuber gewesen seien, so wie er es verstanden habe, hätten sie es nur auf Klostergut abgesehen gehabt.

»Nur?«, hat Hochwürden Linsi zurückgefragt und war ganz empört.

Er meine ja nur, hat der Eichenberger gesagt, es sei nur so ein Gedanke von ihm, aber vielleicht hätten diese Leute die Räuber ja nur gespielt, und es sei ihnen gar nicht um die Pferde oder um den Holzach gegangen, sondern in Wirklichkeit um den Marchenstreit.

Es ist gut, dass ich mir Wörter gut merken kann, denn von diesem Streit hatte ich noch nie etwas gehört, und erst der Geni hat mir dann später erklärt, was das ist. Etwas mit heimlich versetzten Grenzsteinen, die Schwyzer geben den Klosterleuten die Schuld und umgekehrt.

Einen Moment lang war Stille, dann hat der mit der lauten Stimme gemeint, er merke am Eichenberger seiner Frage, dass man es mit einem verständigen Menschen zu tun habe, da wolle er nicht lang drum rum reden, sondern sagen, was es zu sagen gebe, mit Vers und Kapitel. Es sei nämlich so: Was der Eichenberger da überlege, habe Hand und Fuß, er sei froh, dass ihm Hochwürden Linsi geraten habe, gerade mit ihm zu reden und mit keinem anderen. Es sei durchaus möglich, dass der Überfall etwas mit diesem Streit zu tun habe, aber einem verständigen Menschen müsse er wohl nicht erklären, dass man gewisse Dinge nicht vom Herold ausrufen lasse, es gebe immer Leute, die dadurch auf falsche Gedanken kämen und meinten, jede Chalberei nachmachen zu müssen.

»Wie beim Goldenen Kalb«, hat Hochwürden gerufen, aber es hat keiner auf ihn geachtet, sondern die andere Stimme hat weitergeredet. Wo ohnehin schon gestritten werde, hat sie gesagt, unnötigerweise, wie er meine, müsse man nicht noch den Blasbalg hervorholen und das Feuer weiter anfachen. Fürstabt Johannes sei auch dieser Meinung und habe ihn deshalb mit einer Mission losgeschickt.

Er war also einer vom Kloster, das hätte ich schon an seiner geübten Stimme merken können.

Natürlich müssten die Entführer gefunden und bestraft werden, das sei klar, hat er gesagt, aber es müsse ohne Lärmen geschehen, so wie man sich auf der Jagd auch so leise wie möglich an ein Tier heranschleiche. Deshalb, das sei der Auftrag, mit dem man ihn losgeschickt habe, rede er jetzt überall mit Leuten wie dem Eichenberger, gestandenen Mannen mit einem Sinn für Verantwortung, und bitte sie, Augen und Ohren offenzuhalten. Vielleicht gebe es aus ihrer Umgebung ja etwas Ungewöhnliches zu berichten, irgendetwas außer der Reihe, und vor allem wäre es wichtig zu wissen, was bei ihnen geredet werde und ob jemand aufmüpfige Reden führe, das seien die Dinge, die der hochwürdige Herr Abt wissen wolle. Er habe gehört, gerade in dem Dorf, wo der Eichenberger herkomme, habe es vor kurzem ein leides Unglück gegeben – »Die Wege des Herrn sind unerforschlich«, hat Hochwürden Linsi gesagt –, ein ganz leides Unglück, bei der Arbeit im Wald, und da wäre es ja möglich, dass jemand, der die Sachen nicht zu Ende denke, der Abtei die Schuld daran gebe, nur weil der Wald dem Kloster gehöre. Ob der Eichenberger verstanden habe, was man von ihm wolle.

O ja, hat der Eichenberger mit einer ganz wütenden Stimme gesagt, er habe sehr gut verstanden, aber was er verstanden habe, gefalle ihm nicht. Sie wollten, dass er ihnen den Zuträger mache, und für einen ehrbaren Mann wie ihn sei das eine Beleidigung, er sei doch kein Vagantenbub, dem man für drei Batzen die eigene Mutter abkaufen könne.

So sei das nicht gemeint gewesen, hat der vom Kloster schnell gesagt, es sei ihm unrecht, wenn sein Vorschlag dem Eichenberger falsch ins Ohr gegangen sei. Von drei Batzen könne natürlich nicht die Rede sein, es sei ihm schon klar, dass so etwas einem Mann wie dem Eichenberger sogar für ein Almosen zu schäbig wäre. Nein, der hochwürdige Fürstabt habe eine rechte Belohnung ausgesetzt, eine, die der Wichtigkeit der Angelegenheit entspreche, man sei in Einsiedeln zwar nicht das reichste Kloster, aber das ärmste auch wieder nicht.

»Wie viel?«, hat der Eichenberger gefragt. Er hat probiert, seine Stimme immer noch beleidigt klingen zu lassen, aber man hat gemerkt, dass er schon am Haken war, wie meine Schleien, als sie den Regenwürmern nicht haben widerstehen können. Der Eichenberger ist zwar ein reicher Mann, aber geldgierig ist er trotzdem oder vielleicht gerade deshalb. »Wer nichts hat, will etwas«, sagt unsere Mutter, »wer viel hat, will mehr.«

»Wie viel?«, hat der Eichenberger noch einmal gefragt, und der vom Kloster scheint ihm auch eine Antwort gegeben zu haben, aber diesmal so leise, dass ich sie nicht verstehen konnte.

»Wie viel?« Beim dritten Mal war das vom Eichenberger keine Frage mehr, sondern ein Staunen, als ob jemand zum alten Laurenz gesagt hätte, ab sofort bekomme er für ein Grab nicht mehr vier Batzen, sondern jedes Mal einen Sack voll Gold.

»Sind wir uns einig?«

»Ihr tut damit die Arbeit des Herrn«, hat Hochwürden Linsi gesagt, aber ich glaube nicht, dass der Eichenberger noch Überredung gebraucht hat. Im Dorf sagt man, er werde vom Geld angezogen wie der Hirsch von der Salzlecke.

Die drei haben dann angefangen, sich zu verabschieden, wahrscheinlich haben sie sich auch die Hände geschüttelt oder sich auf den Rücken geklopft, wie das Freunde miteinander machen. Vielleicht sind sie aber auch noch sitzen geblieben und Hochwürden hat einen Krug Messwein aufgetischt, aber da war ich schon nicht mehr da. Ich bin ganz schnell aus der Kirche hinausgelaufen, damit sie mich auf keinen Fall sehen und denken, dass ich alles mitgehört haben könnte. Nicht einmal für ein Gebet vor dem Bild mit den beiden Heiligen habe ich mir noch Zeit genommen, obwohl ich gerade jetzt wirklich Hilfe hätte brauchen können.

Nicht nur ich, sondern noch viel mehr der Poli.

Das elfte Kapitel
in dem der Halbbart einen Ausweg findet

Aus dem Sack mit den Schleien tropfte Fischblut heraus. Wenn mich jetzt jemand verfolgen würde, dachte ich, wäre das eine Spur, die man leicht erkennen könnte, so wie der Poli behauptet, dass er dem Blut von einem Reh gefolgt sei und deshalb nicht nach Hause gekommen. Er hätte das Reh auch erwischt, hat er gelogen, wenn er nur einen Hund dabeigehabt hätte. An diese Lüge wird er vielleicht noch denken, denn der Vogt von Einsiedeln geht immer mit Hunden auf die Jagd, und kein Tier kommt ihnen davon, sie folgen seiner Fährte und reißen es nieder, und wenn der Jäger nicht ganz schnell mit der Peitsche kommt, haben sie es schon halb aufgefressen. Der Poli muss heute noch davon, dachte ich, bevor sie die Bluthunde loslassen und die Reisigen hinter ihm herschicken. Über die Berge muss er, möglichst weit weg, an einen Ort, wo man nicht fragt, wo einer herkommt; Soldat hat er ja immer werden wollen. Es kommt auf jede Stunde an, die ich vor dem Eichenberger im Dorf bin, dachte ich, der muss ja nur die Augen und die Ohren aufmachen, hinschauen, wo er nicht hingeschaut hat, und hinhören, wo es etwas zu hören gibt, dann wird er schnell wissen, wer in Finstersee den Überfall gemacht hat. Natürlich war es der Poli gewesen mit seinem Fähnlein, es passte alles viel zu gut zusammen, man musste es sich nur im Kopf zusammensetzen, zum Beispiel, dass die in Finstersee gedacht haben, sie hätten einen Dieb mit einem abgeschnittenen Ohr gesehen, und dabei war es der Schwämmli, und das Ohr hat er von dieser Prügelei. Auch dass der Poli immer auf das Kloster schimpft, weiß jeder im Dorf, er gibt den Mönchen die Schuld an dem Unfall beim Roden, und wenn man ihn nur ein bisschen kennt, kann man sich leicht denken, dass er deshalb hat etwas unternehmen wollen und ein Held sein. Etwas ganz Großes habe er vor, hat er zu mir gesagt, ich werde schon sehen. Aber wenn alle etwas sehen können, ist es keine große Sache mehr, sondern die größte Dummheit: gestohlene Pferde und ein entführter Pächter, die Tiere im Wald versteckt, und den Holzach vielleicht an einen Baum gebunden. Die Pferde würden sie verkaufen können, so ein Zingari drückt gern ein Auge zu, wenn er ein Geschäft machen kann, sagt unsere Mutter, und wenn es sein muss auch beide. Nur den Holzach würden sie nicht so leicht wieder los, das schienen sie nicht überlegt zu haben. Wenn sie Lösegeld für ihn verlangen wollten, müssten sie eine Nachricht schicken, und schreiben kann keiner von ihnen.

Früher habe ich den Poli bewundert, weil er so mutig ist, aber unterdessen wäre mir tausendmal lieber, er wäre ein Feigling.

Ich bin gelaufen, so schnell ich konnte, und habe dabei immer nur an den Poli gedacht und dass ich ihn warnen musste. Zuerst habe ich gar nicht gemerkt, dass ein Rabe vor mir hergeflogen ist, immer nur ein Stück weit, dann hat er sich auf einen Ast gesetzt und geknarzt. Jedes Mal, wenn ich fast bei ihm war, ist er wieder losgeflogen, aber nie in den Wald hinein oder über den See hinaus, sondern immer dem Weg entlang. Geflogen und gewartet, geflogen und wieder gewartet. So ein Rabe bringt Unglück, man nennt ihn nicht umsonst den Galgenvogel. Er weiß im Voraus, wann einer gehenkt werden soll, und macht den Vorreiter zur Richtstätte.

Mir fiel das Teufels-Anneli ein und was sie einmal erzählt hat. Im Winter, wenn es früh dunkel wird, geht sie von Dorf zu Dorf, und solang etwas zum Essen vor ihr steht, erzählt sie, manchmal eine ganze Nacht lang.

In dieser Geschichte ging es um einen Mann, der wurde von einem Raben verfolgt, jeden Tag und jede Stunde. Ob er allein war oder mit anderen, ob er gearbeitet hat oder sich ausgeruht, der Rabe war immer in seiner Nähe. Sogar ins Haus ist ihm der schwarze Vogel hinterher, und wenn der Mann am Morgen seinen Brei essen wollte, saß der Rabe schon auf dem Tisch, mit schiefem Kopf, als ob er sagen wollte: »Stehst du erst jetzt auf, du Faulpelz?« Nur in der Kirche hatte der Mann Ruhe vor dem Plaggeist, aber wenn er nach der Messe wieder herauskam, saß der Rabe schon auf dem großen steinernen Kruzifix, mit ausgebreiteten Flügeln, und wartete auf ihn. Sieben Wochen ging das so, und niemand konnte dem Mann sagen, was die Bedeutung davon war, nur dass es nichts Gutes verheißen konnte, da waren sich alle einig. Nun war der Mann aber sein Leben lang anständig gewesen und hatte sich nie etwas zuschulden kommen lassen, deshalb konnte er nicht verstehen, warum ihn der Unglücksvogel so verfolgte. Nach noch einmal sieben Tagen hielt er es nicht mehr aus, nahm einen großen Stein und warf ihn mit aller Kraft nach dem

Raben. Der Stein traf aber nicht den Vogel, sondern den Nachbarn des Mannes, mitten auf die Stirn, und er war sofort tot, da konnte keiner mehr helfen. Der Mann wurde als Mörder vor Gericht gestellt und auch verurteilt, zum Tod natürlich, wie das Gesetz ist bei einem Mord. Und er war ja auch wirklich schuldig, er hat den Stein geworfen und seinen Nachbarn getötet, und das hatte der Rabe zum Voraus gewusst. Er begleitete den Mann auf den Galgenberg, und dort pickte er ihm die Augen aus.

Zuerst hatte ich Angst, dass der Rabe auch von meiner Zukunft etwas Schlechtes wissen könnte, aber dann habe ich gedacht: Vielleicht geht es gar nicht um mich, vielleicht will der Rabe, dass ich ihn zum Poli führe, und wenn ich es tue, bringt er ihm Unglück. Da bin ich wütend geworden, und als er sich das nächste Mal hingesetzt hat, habe ich meine Steinschleuder genommen und einen Kieselstein auf ihn abgeschossen. Ich habe ihn auch tatsächlich getroffen, wie tot ist er auf dem Weg gelegen, und ich bin zu ihm hingerannt und habe auf ihm herumgetrampelt, bis er nur noch Matsch war, Blut und Federn und ein schwarzer Schnabel. Danach war mir so wohl, als ob ich den Poli schon gerettet hätte. Der Rest des Weges kam mir überhaupt nicht mehr lang vor, obwohl es doch bergauf geht.

Als ich ins Haus kam, habe ich eine Überraschung erlebt: Neben dem Geni saß der Halbbart am Tisch, leibhaftig der Halbbart, den noch keiner je im Dorf gesehen hat, und die beiden haben zusammen Nüsse geknackt wie die ältesten Freunde. »Wo ist der Poli?«, habe ich sie gefragt, und der Geni hat gemeint, der sei im Wald, nachsehen, ob seine Schlingen etwas gefangen hätten. Die Schlingen vom Poli sind aber nicht für Hasen ausgelegt, und ich wusste auch, was er darin gefangen hatte: fünf Pferde und einen Klosterpächter. Ich habe versucht, alles zu erzählen, was ich in der Kirche mitgehört hatte, aber ich war so aufgeregt, dass die Worte durcheinander aus mir herausgepurzelt sind; der Geni hat mehr als einmal nachfragen müssen, bis er alles verstanden hat. Aber dann hat er keinen Moment gezweifelt, dass ich mir die Geschichte richtig zusammengesetzt hatte. »Dass der Poli einen heißen Kopf hat«, hat er gesagt, »das habe ich gewusst, aber dass er so schlimme Dummheiten macht, das hätte ich dann doch nicht gedacht.«

Er ist dabei ganz ruhig geblieben, wie das seine Art ist, und das hat mich wütend gemacht; es ist schon recht, wenn man die Sachen in Ruhe überlegt, aber nicht, wenn es pressiert und man ganz schnell etwas unternehmen muss. »Der Poli muss gewarnt werden«, habe ich gesagt, »damit er fliehen kann, bevor der Eichenberger alles ausbringt! Wenn er aus dem Wald zurückkommt, ist es vielleicht schon zu spät, und …« Dann habe ich nicht weitergeredet, weil ich gesehen habe, dass der Halbbart den Kopf geschüttelt und dabei gelächelt hat, obwohl: Das mit dem Lächeln weiß man bei seinem Gesicht nie ganz genau.

»Es wird nicht nötig sein, dass dein Bruder davonläuft«, hat er gesagt.

»Aber der Eichenberger …«

»… wird dem Kloster die Meldung machen, dass er nichts hat herausfinden können, und beschwören, dass ganz bestimmt niemand aus seinem Dorf mit der Sache etwas zu tun hat.«

»Wenn er es aber doch herausfindet …«

Diesmal hat der Halbbart richtig gelächelt, das hat man mit oder ohne Narben sehen können. »Es wird kein Herausfinden nötig sein«, hat er gesagt. »Weil der Geni nämlich zu ihm gehen und ihm alles erzählen wird. Vor allem, wer der Anführer war. Verstehst du, was ich meine, Origenes?«

Es gibt viele, die sagen, dass der Halbbart ein bisschen spinnt, dass es in seinem Kopf aussehen muss, wie wenn man ein Kalbshirn über dem Feuer geschmort hat. Ich hatte ja immer gedacht, er ist nur kurlig, aber die Idee, dass der Geni den Judas machen und seinen eigenen Bruder verrätschen sollte – so etwas wäre nicht einmal dem Tschumpel-Werni eingefallen, so verrückt war es. »Dem hat der Kuckuck die Eier gestohlen«, sagt man bei uns.

Und der Geni, das war das Verrückteste von allem, hat nachgedacht und dann auch gelächelt und dem Halbbart zugenickt und gesagt: »Das ist eine gute Idee.«

»Das darfst du nicht!«, habe ich geschrien, die Tränen sind mir gekommen, und ich bin auf den Geni losgegangen. Aber auch mit nur einem Bein ist er stärker als ich, er hat die Arme um mich gelegt und mich ganz fest an sich gezogen. Sonst habe ich es gern, wenn der Geni mich umarmt, er riecht so gut, wie nur ein Bruder riechen kann, aber diesmal bin ich mir vorgekommen wie eingesperrt.

»Unser Nachbar hat recht«, hat der Geni angefangen zu erklären, und warum er dem Halbbart Nachbar gesagt hat, habe ich auch erst später verstanden. »Ich werde dem alten Eichenberger das Herumschnüffeln ersparen. Sobald er aus Ägeri zurück ist, gehe ich zu ihm und berichte ihm alles: dass die jungen Leute vom Dorf ein Fähnlein gegründet haben, dass in jener Nacht keiner von ihnen ins Dorf zurückgekommen ist und dass sie es waren, die in Finstersee eingefallen sind und all das Böse angestellt haben.«

»Aber dann wird er doch …« Ich habe versucht, mich loszureißen, aber der Geni hat mich so festgehalten, dass ich mich nicht habe bewegen können.

»Nein«, hat er gesagt, und in seiner Stimme war ein Lachen, »er wird eben nicht.« Und zum Halbbart: »Willst du dem Sebi erklären, warum der Eichenberger freiwillig auf seine Belohnung verzichten wird?« Als ob der alte Eichenberger jemals auf Geld verzichten würde.

Auch dem Halbbart seine Stimme hat geklungen, als ob alles ein Spaß wäre und nicht eine Sache von Leben und Tod. »Wegen der Strafen natürlich,« hat er gesagt, »die du für die Übeltäter verlangen wirst. Man solle ihnen ein Brandzeichen auf die Stirn machen, wirst du vorschlagen …«

»… ihnen die Ohren abschneiden«, hat der Geni gesagt, und wieder der Halbbart: »Und die Nase gleich dazu.«

»Und die Hand abhacken.«

»Beide Hände.«

Sie haben beide gelacht und gar nicht mehr aufhören können. Ich habe wieder versucht, mich zu befreien, aber der Geni hat mich immer noch nicht losgelassen. »Die schlimmsten Strafen werde ich für sie verlangen, und die allerschlimmste für ihren Anführer.«

»Für deinen eigenen Bruder?«

»Aber nein«, hat der Geni gesagt. »Der Anführer war natürlich der Sohn vom Eichenberger.«

»Nein, es war …«

»Das wissen wir, und das weiß der Poli. Dem Eichenberger werde ich etwas anderes sagen, und er wird es mir glauben. Für ihn ist es wie ein Gesetz, dass ein Eichenberger immer der Wichtigste sein muss. So viel Angst wird er um seinen Sohn haben …«

»… dass er dich bitten wird, auf Knien, wenn es sein muss, niemandem etwas zu verraten.« Die beiden haben sich jetzt beim Reden abgewechselt wie die Iten-Zwillinge.

»Vielleicht wird er mir sogar Geld anbieten …«, hat der Geni gesagt, und wieder der Halbbart: »… und du solltest es auch annehmen. Für Leute wie den Eichenberger steht in den Zehn Geboten, dass man alles kaufen kann.«

Es hat ein paar Augenblicke gebraucht, bis ich alles verstanden hatte. Man muss mir die Erleichterung angemerkt haben, denn jetzt hat mich der Geni losgelassen. Ich habe aber so gezittert, dass ich beinahe hingefallen wäre.

Genau so, wie die beiden es sich ausgedacht hatten, ist es gekommen. Der Klosterpächter samt seinen Pferden wurde mit verbundenen Augen an den Waldrand geführt und freigelassen; ob ein Lösegeld bezahlt worden ist und von wem an wen, davon hat man nichts gehört.

Der kleine Eichenberger musste alle seine Angelhaken hergeben. Sein Vater war überzeugt, er habe in Finstersee Geld gestohlen und sie davon gekauft. Das war aber das Einzige, was er von der Sache richtig gewusst hat.

Das zwölfte Kapitel
in dem der Halbbart ein Nachbar wird

Es hat sich eine Menge verändert. Es kommt mir vor, als sei ich älter geworden und der Poli dafür jünger, als habe ich mehr zu sagen und er weniger. Es passt ihm nicht, dass es so ist, aber er kann es nicht ändern.

Sein Fähnlein ist aufgelöst, es gibt keinen Hauptmann und keinen Bannerherr mehr, nur der Schwämmli trommelt immer noch, aber es marschiert niemand mehr dazu. Der Poli schleppt vom Morgen bis zum Abend Steine aus dem Acker, so fleißig, dass ihn alle Leute im Dorf dafür loben. Unsere Mutter denkt, er ist erwachsener geworden und vernünftiger, und sie freut sich darüber, aber in Wirklichkeit hat der Poli nur Angst, und zwar vor dem Geni. Ich hätte nie gedacht, dass der so streng sein kann. Er hat dem Poli klargemacht, was ihm hätte passieren können und noch passieren kann, abgeschnittene Ohren und alles, und er hat ihm gedroht, wenn er noch einmal auch nur einen einzigen Schritt nebenaus trampt, zeigt er ihn selber an, Bruder hin oder her. Ich glaube zwar nicht, dass er das wirklich tun würde, und der Poli glaubt es auch nicht, aber ganz sicher ist er nicht, und deshalb lässt er sich vom Geni herumkommandieren und macht alles, was der befiehlt, auch wenn es in ihm drin kocht vor Wut. Aber diese Wut treibt ihn bei der Arbeit auch an, und der Berg mit den gesammelten Steinen ist schon so hoch, dass die kleinen Buben dort *Moses auf dem Sinai* spielen. Eigentlich dürfte auf unserem Feld kein einziger Stein mehr liegen, aber man sieht kaum einen Unterschied. Der Halbbart erzählt, er sei auf dem Weg hierher durch Landschaften gekommen, da gebe es auf den Äckern noch nicht einmal große Kiesel, und die Erde sei so leicht zu pflügen, dass man es die Kinder machen ließe. Ich kann mir das nicht vorstellen. In der Bibel steht, dass man das Feld mit Schweiß düngen muss, wenn man Korn für Brot haben will.

Was den Halbbart angeht, so ist er jetzt unser Nachbar. Ich kann es immer noch nicht recht glauben, dass er in einem Haus wohnt wie alle andern, aber es ist so. Dabei passt es überhaupt nicht zu ihm, so richtig zu einem Ort dazuzugehören; von seiner Art her ist er mehr ein Einsiedler. Das Ganze war dem Geni seine Idee, und er hat auch dafür gesorgt, dass im Dorf alle einverstanden sind. Das ist auch etwas, das sich verändert hat: Seit er nur noch ein Bein hat, hören die Leute mehr auf ihn, vielleicht weil alle gedacht haben, er stirbt, und jetzt ist er für sie wie auferstanden. Es ist aber auch vernünftig, was er sich ausgedacht hat. Seit der Nussbaumer nach der Geschichte mit dem Bruchi aus dem Dorf weggelaufen ist, steht sein Haus leer; was man noch hat brauchen können, haben sich die Leute längst geholt, und das Dach hat so viele Löcher, dass man die Sterne einzeln zählen kann. »Es wäre schade, es ganz verkommen zu lassen«, hat der Geni gesagt, »was kaputt ist, lässt sich auch wieder flicken, und besser als ein Unterstand beim Klosterwald ist es allemal.« Wie er den Halbbart überzeugt hat, weiß ich nicht, aber die beiden kommen gut miteinander aus. »Zwei Halbe geben einen Ganzen«, sagt man im Dorf.

Und eben, ich selber bin in der Familie auch wichtiger geworden, und zwar nicht nur, weil ich habe warnen können und den Poli damit vor einem Unglück bewahren. Unsere Mutter meint, aus mir wird einmal ein guter Versorger, meine Kinder würden bestimmt einmal alle so feiß wie Murmeltiere vor dem Winterschlaf. Das sagt sie nicht nur wegen den drei Schleien; der Halbbart hat mir den Angelhaken geschenkt, und ich habe unterdessen noch mehr Fische gefangen. Aber dass ich ein Rehkitz nach Hause gebracht habe, das hat sogar den Poli beeindruckt, weil ich gesagt habe, ich hätte es mit der Steinschleuder erlegt, mit einem einzigen Schuss. Das war aber eine Lüge, die ich werde beichten müssen, am besten bei dem alten Benediktiner, der manchmal für den Herrn Kaplan einspringt, der gibt die kleinsten Bußen.

So ist es gekommen: Der Geni hatte mir den Auftrag gegeben, dass ich die Grube vor der Hütte vom Halbbart wieder zuschaufeln solle; ich weiß bis heute nicht, wozu der sie eigentlich gebraucht hat. Angst vor einem Überfall, hat er gesagt, aber warum sollte ihn jemand überfallen wollen, wo es bei ihm nun wirklich nichts zu stehlen gibt? Angst, scheint mir, ist wie eine Krankheit, wenn man sie einmal hat, und man findet kein Mittel dagegen, wird sie immer schlimmer, bis man schließlich daran stirbt. Dem Steinemann sein Zweitjüngster, der Bonifaz, er war damals gerade mal vier Jahre alt, hatte einen ganz gewöhnlichen Husten, so einen, wie ihn viele Leute haben, und der hat ihn auch gar nicht sehr gestört; der Husten hat einfach zu ihm gehört und ist einem gar nicht mehr aufgefallen, so wie man das ständige In-die-Hände-Klatschen vom Tschumpel-Werni auch nicht mehr bemerkt. Aber der Husten ist nicht weggegangen, obwohl der Steinemann dem Buben jede Woche ein anderes Amulett um den Hals gehängt hat, und irgendwann ist dann beim Husten Blut gekommen, zuerst nur wenig und dann immer mehr, und schließlich hat man den Bonifaz begraben, noch nicht einmal fünf Jahre alt. Ich habe damals noch nicht für den alten Laurenz gearbeitet, aber ich denke, das Grab muss leichtverdientes Geld gewesen sein, so klein und dünn, wie der Boni am Ende war.

Für den Halbbart war die Grube ein Mittel gegen seine Angst und hat wahrscheinlich so wenig genützt wie dem Boni seine Amulette. Jetzt, wo der Halbbart nicht mehr dort oben wohnt, braucht er auch keine Menschenfalle mehr, und ich habe dem Laurenz seine Schaufel genommen und bin hinaufgegangen, um sie zuzuschütten. Nun war aber ein junges Reh hineingefallen und hatte sich dabei ein Bein gebrochen, ein Wunder, dass es der Luchs noch nicht geholt hatte. Das Kitz war so erschöpft, dass es sich überhaupt nicht gewehrt hat, als ich es herausgehoben habe, nur angesehen hat es mich mit seinen großen Augen, und vielleicht hätte ich probiert, es nach Hause zu nehmen und mit Geißenmilch aufzuziehen, so wie es der Geni damals gemacht hat. Aber das Bein wäre nicht mehr gesund geworden, vielleicht hätte man es sogar abschneiden müssen wie beim Geni, und so habe ich mein Messer genommen und denselben Schnitt gemacht wie der Eichenberger bei seinen Schweinen. Es ist ganz leicht gegangen, und das Reh hat keinen Laut von sich gegeben. Zu Hause habe ich erzählt, ich hätte das Tier mit der Steinschleuder erlegt. Der Braten hat mir nicht geschmeckt, obwohl alle anderen gesagt haben, so etwas Gutes hätten sie schon ewig nicht mehr gegessen.

Der Geni hat bestimmt, ich solle dem Halbbart dabei helfen, das Haus vom Nussbaumer instand zu stellen. Das Dach ist am schlimmsten dran, und so haben wir die letzten Tage nur Schindeln gespalten. Das ist eine Arbeit, die mehr Geschicklichkeit braucht als Kraft, und man kann sich dabei gut unterhalten. Beim Halbbart weiß man nie im Voraus, über was er reden will und von was erzählen; er hat so viel erlebt, dass man glauben könnte, ihm sei in kurzer Zeit mehr passiert als anderen in einem ganzen Leben. Zum Glück ist er nicht so wie manche Leute, die einem immer wieder dieselbe Geschichte auftischen, aber er erzählt die Sachen auch nicht hintereinander, sondern hier ein Stück und dort ein Stück, und zusammensetzen muss man es sich selber. Den Ursprung von seinen Erlebnissen, nämlich wie er damals auf den Scheiterhaufen gekommen ist und warum, den kenne ich immer noch nicht. Vielleicht hat er dem Geni davon erzählt, und es ist ein Geheimnis zwischen den beiden. Danach fragen darf man ihn nicht, sonst sagt er einen halben Tag lang kein Wort mehr. Wenn er erzählen soll, muss es von ihm aus kommen, und es kommt manchmal ganz plötzlich und ist dann etwas, das man nicht hat erwarten können. Heute zum Beispiel hat er mitten in der Arbeit aufgehört, mitten in der Bewegung, hat die Schindelaxt in seiner Hand angesehen, als sei sie vom Himmel gefallen, und hat gesagt: »Um mit so einer Axt jemanden zu töten, müsste man viel zu nahe an ihn herangehen, und wenn er eine Rüstung anhat, kann man es gleich mit einem Reisigbesen versuchen oder mit einem Flederwisch.«

Ich habe nicht verstanden, wie er auf diesen Gedanken gekommen ist. Er ist ja nicht so einer wie der Poli, der es liebt, sich zu prügeln, und davon träumt, es dem Onkel Alisi nachzumachen und Soldat zu werden, und wir hatten auch überhaupt nicht vom Krieg oder ähnlichen Sachen gesprochen. Er hat mir dann erklärt: Wenn er auf seiner Wanderung Hunger hatte oder ihn die Brandwunden plagten, hat er sich zur Ablenkung vorgestellt, wie er sich an den Leuten, die ihm das angetan hatten, rächen könnte. In seinem Kopf hat er sich immer neue Waffen ausgedacht, mit denen er sie hätte besiegen können, auch wenn sie viele gewesen wären und er ganz allein. »Die Gedanken haben mir gutgetan«, hat er gesagt, »gerade, weil ich kein Mann bin, der kämpfen kann. Als sie damals gekommen sind, habe ich mich nicht wehren können und andere beschützen schon gar nicht.« Hat auf das Holz gehauen, als ob es der Schädel von einem Feind wäre, und lange Zeit geschwiegen.

»Ich habe viel Zeit zum Nachdenken gehabt«, hat er schließlich wieder angefangen, »mehr Zeit, als ich mir gewünscht hätte, und ich habe vieles verstanden, was ich mir vorher nie überlegt hatte. Man meint bei vielen Sachen, sie könnten nicht anders sein, als sie sind, so wie die Sonne aufgeht und wieder unter oder der Mond voll wird und wieder leer. Aber was zwischen den Menschen passiert, das hat nicht der Himmel gemacht, sondern wir selber, und manchmal könnte man glauben, es sei der Teufel gewesen. Zum Beispiel ist die Welt so eingeteilt, dass es immer auf der einen Seite die Starken gibt und auf der anderen die Schwachen, und wir denken, das müsse so sein und ließe sich nicht ändern. Aber die Starken sind nicht von Natur aus stark, und die Schwachen sind nicht vom Herrgott so gemacht.«

Er hat es nicht gern, wenn man ihn unterbricht, aber hier habe ich ihm widersprechen müssen. Ich habe ihm vom großen Balz erzählt, der Knecht ist beim Eichenberger, der ist zwar nicht der Gescheiteste, aber er kann einen Felsbrocken weiter stoßen als jeder andere, und der Ballen Heu, den er sich auf den Buckel packt, ist größer als bei allen andern. »Schon als Kind hat er jeden Ringkampf gewonnen«, habe ich gesagt, »also ist er doch von der Natur so gemacht.«

Der Balz sei überhaupt nicht stark, hat der Halbbart behauptet, und wäre es auch nicht, wenn er einen Fels, so groß wie ein Haus, bis in die Mitte vom Ägerisee werfen könnte. Wenn nämlich einer von den Eichenbergers ihm etwas befehle, auch der Sohn, der ja nun wirklich ein Sprenzel sei, dann müsse der Balz gehorchen und dahin rennen, wo man ihn hinschicke. Wer befehlen könne, sei immer stärker als wer gehorchen müsse, mit den Muskeln habe das nichts zu tun. Und die Menschen, die das Sagen hätten, würden dafür sorgen, dass das Starksein, also das Befehlen, in ihrer Familie bliebe, nur deshalb gebe es Grafen und Herzöge und Könige. So einer könne einen Buckel haben oder dünne Beine wie ein Storch, und trotzdem könne er alles befehlen, was ihm gerade in den Sinn komme, und ein ganzes Land müsse rennen, um es auszuführen.

Das hat mir eingeleuchtet, denn der kleine Eichenberger

ist ein Schisshase und bei Prügeleien immer der Hinterste, aber weil sein Vater fünf Kühe hat und einen Stall voller Schweine, hören trotzdem alle auf ihn, und im Poli seinem Fähnlein hat er sogar Bannerherr sein dürfen.

Unterdessen hat der Halbbart schon gar nicht mehr zu mir gesprochen, sondern mehr mit sich selber; ich war nur zufällig auch gerade da. »Die Schwachen möchten stark sein«, hat er gesagt, »und manchmal erreichen sie das auch, indem sie sich zusammentun. Gegen eine Meute von Hunden kann auch der mächtigste Keiler nichts ausrichten, selbst wenn er die Hälfte von ihnen mit seinen Hauern aufspießt. Damit die Leute sich zusammentun, brauchen sie aber einen Feind, und wenn es sie sehr zum Starksein drängt und gerade kein Feind zur Hand ist, dann erfinden sie sich einen. Am besten einen, der sich nicht zu wehren weiß.« Er hat, ohne es zu merken, eine schon fertige Schindel in kleine Stücke gehackt, aber ich habe mich nicht getraut, ihn darauf aufmerksam zu machen.

»Wenn ich die richtige Waffe gehabt hätte …«, hat er gesagt und dann den Satz noch einmal angefangen: »Wenn die Schwachen die richtigen Waffen hätten, dann könnten sie sich schützen, die Starken könnten ihnen nichts antun und hätten nichts mehr zu befehlen.«

»Was für Waffen?«, habe ich gefragt, aber er hat mir keine Antwort gegeben.

Das dreizehnte Kapitel
in dem die Spielregeln nicht mehr gelten

Es ist schlimm, wenn man der Jüngste ist, weil man dann ältere Geschwister hat, und die machen mit einem, was sie wollen. Nicht der Geni, der war immer nett zu mir, dafür ist der Poli stinkgemein. Ich bin sternenhagelverrückt auf ihn, aber machen kann ich nichts, weil er nicht nur der Ältere ist, sondern auch der Stärkere. Ich habe versucht, mit ihm zu reden, aber er hat gesagt, wenn ich etwas von ihm wolle, müsse ich mit ihm kämpfen, dann könne ich erleben, wie das sei, zwischen zwei Fingern zerquetscht zu werden wie ein Floh. Ich habe den Geni gebeten, dass er mit dem Poli reden soll, aber er hat gesagt, er mischt sich da nicht ein, das seien Kindersachen und es gebe Wichtigeres auf der Welt. Für mich ist es aber wichtig. Was der Poli gemacht hat, ist eine Gemeinheit.

Es war so, dass ich ein Spiel erfunden habe, ein richtig gutes Spiel, das haben alle gesagt, weil es eines mit einer Geschichte ist. Man kann es einen ganzen Tag lang spielen oder eine Woche, und es geht sogar weiter, während man auf dem Feld arbeitet oder im Stall. Am Anfang waren nur meine Freunde dabei, dann haben auch die anderen gemerkt, wie viel Spaß es macht, und schließlich waren es so viele, auch von den älteren Buben, dass der alte Eichenberger gesagt hat, das ganze Dorf sei kindisch geworden. Ich musste eine neue Regel einführen, dass aufs Mal nie mehr als sechs auf jeder Seite mitmachen dürfen, und die anderen müssen warten, weil mit zu vielen Leuten geht es nicht so gut. Sie haben auf mich gehört, weil ich der war, der sich alles ausgedacht hatte. Ich weiß, dass Hochmut eine Todsünde ist, aber stolz hat es mich trotzdem gemacht. Und jetzt ist alles zerstört, und der Poli ist schuld daran, aus purem Neid, weil er selber nicht hat dabei sein dürfen; er muss Steine einsammeln und sonst darf er gar nichts, weil er immer noch in Acht und Bann ist, und nur der Geni kann ihn lossprechen. Trotzdem hat er sich eingemischt und alles kaputtgemacht. Mir ist es ums Weinen, aber wer weint, wird ausgelacht, und das gönne ich dem Poli nicht.

Mein Spiel heißt *Marchenstreit,* und ich bin darauf gekommen, weil mir der Geni erklärt hat, wie sich die Leute aus Schwyz und die vom Kloster Einsiedeln immer wieder darum streiten, wo das fremde Gebiet aufhört und das eigene anfängt. Einen Grenzstein zu verschieben, habe ich mir überlegt, und zwar so, dass es niemand merkt, das könnte noch mehr Spaß machen als *Jäger und Gemse,* wo man sich auch anschleichen muss und den anderen überraschen. Aber wenn man die Gemse einmal erlegt hat, ist das Spiel vorbei, und man muss ein neues anfangen, während der Grenzstein immer wieder noch einmal bewegt werden kann. Die Regeln habe ich mir genau überlegt, weil sie in einem Spiel das Wichtigste sind; ohne Regeln wird nur gestritten. Am besten wäre es gewesen, wenn sie jemand aufgeschrieben hätte, vielleicht hätte der Poli sich dann nicht eingemischt. Die Leute haben Ehrfurcht vor

Geschriebenem, auch wenn sie gar nicht genau wissen, was da steht. Bei uns im Dorf haben sich einmal zwei Bauern, der Rickenbach und der Hofstätten, um ein Stück Land gestritten, und zwar war das ein Streit, den auch schon ihre Väter und ihre Großväter geführt haben, einer hat das Feld angesät, und dann ist der andere gekommen und hat es wieder umgepflügt und immer so weiter. Es gab auch ein altes Dokument, mit Siegeln und allem, und beide Familien waren davon überzeugt, damit könnten sie beweisen, dass das Feld ihnen gehörte und nicht den anderen. Damit die Sache endlich entschieden wird, haben der Rickenbach und der Hofstätten abgemacht, dass sie miteinander nach Einsiedeln gehen und sich dort das Pergament vorlesen lassen; jeder war überzeugt, dass das Dokument ihm recht geben würde. Ihr Besuch im Kloster hat den Streit aber nicht beendet, denn es hat sich herausgestellt, dass das alte Pergament mit dem Plätz überhaupt nichts zu tun hatte, und auch weder mit dem Rickenbach noch mit dem Hofstätten. Es ging darin, noch aus der Urgroßvatergeneration, um die Befreiung von einem Zehnten, und das Geschlecht, das darin genannt wurde, ist schon lang ausgestorben. Um das Stück Land streiten sich die beiden heute noch.

Und das waren die Regeln von meinem Spiel: Zuerst werden zwei gleich große Harste gewählt, die einen sind die Schwyzer und die anderen die Klosterleute; der Hauptort von den Schwyzern ist der Steinhaufen, den der Poli am Feldrain auftürmt, und der von den Klosterleuten die alte Hütte vom Halbbart, die wird von den Geißenhirten immer noch ein bisschen instand gehalten. Ich musste immer bei den Klosterleuten sein, was nicht so beliebt ist, weil denen doch unser Wald gehört, und sie können einen zum Roden zwingen. Aber die anderen haben gesagt, wenn einer daran denkt, später einmal Mönch zu werden, dann muss er auch jetzt schon bei denen mitmachen. Außer den zwei Harsten wird auch noch ein Vogt bestimmt, der ist eigentlich der Wichtigste von allen, aber er spielt nicht richtig mit, sondern passt nur auf, und deshalb hat das zuerst niemand machen wollen. Ich habe mir dann eine neue Regel ausgedacht, dass sich der Vogt am Schluss des Spiels eine Fronarbeit ausdenken darf, Holz für ihn hacken und solche Sachen, und die Verlierer müssen das dann machen. Von da an wollte jeder Vogt sein.

Aus dem Schutt vom kleinen Bergsturz, dort, wo wir eigentlich nicht hindürfen, weil es gefährlich ist, habe ich einen auffällig geformten Felsbrocken geholt, von der richtigen Seite sieht es aus, als ob er ein Gesicht hätte. Das ist der Marchstein, und um den geht es im Spiel. Der Vogt legt den Stein irgendwo zwischen den beiden Hauptorten hin, manchmal offen und manchmal an einem versteckten Platz, in einem Gebüsch oder so. Die Stelle kann er selber bestimmen, wichtig ist nur, dass er sie sich ganz genau merkt, denn am Schluss geht es darum, wie viel der Stein von dort bewegt wurde und in welche Richtung. Wer den Stein weiter als die andern vom eigenen Hauptort wegverschieben kann, hat sein Gebiet vergrößert und ist damit der Sieger. Man muss es aber heimlich machen, mit Anschleichen und allem, und es darf einen niemand dabei sehen. Wenn man erwischt wird, rufen die vom anderen Harst: »Totechopf, Totebei, Pfote wäg vo üsem Stei!«, und der Ertappte ist dann tot und darf nicht mehr mitspielen. Den Vers habe ich selber erfunden.

Die Harste werden also im Laufe des Spiels immer kleiner, und sobald es in einem gar niemanden mehr hat oder spätestens nach einer vorher abgemachten Zeit, kommt der Vogt und erklärt, wer gewonnen hat. Manchmal geht es dabei nur um eine Handbreit oder noch weniger, und dann wird darüber gestritten, aber entscheiden tut der Vogt.

So war das Spiel am Anfang, und es hat allen Spaß gemacht. Man durfte nur die Harste nicht zu groß werden lassen, damit sie den Stein nicht die ganze Zeit bewachen konnten. Mit sechs Leuten auf jeder Seite ging das gut, weil ja jeder gleichzeitig auch seine Arbeit zu machen hatte, Spiel hin oder her, dafür haben die Erwachsenen schon gesorgt. Aber auch im Stall oder auf dem Feld hat man sich gegenseitig bewacht, und wenn einer ohne guten Grund wegschleichen wollte, hat man doppelt aufgepasst und ist ihm hinterher, außer, wenn er eine wirklich gute Ausrede gehabt hat. Der Kryenbühl Godi hat sich einmal etwas besonders Schlaues ausgedacht: Er hat seine kleine Schwester angestiftet, dass sie ihn holen musste, der Vater sei hingefallen und habe sich wehgetan, dabei war das gar nicht wahr, aber es sind trotzdem alle darauf hereingefallen. Oder man ist mitten in der Nacht zum Marchstein geschlichen; wenn kein Mond war, hat das richtig Mut gebraucht, in der Dunkelheit und mit all den Geräuschen, die man sich nicht erklären kann. Aber es war immer ein Spiel und nichts anderes, manchmal haben die Klosterleute gewonnen und manchmal die Schwyzer, und hinterher war man nicht böse aufeinander, sondern hat es zusammen lustig gehabt, den Verlierern bei ihrer Fronarbeit zugesehen und sie ausgelacht.

So ist es gewesen, und alle haben mich für meine Erfindung gelobt, denn neue Spiele sind selten, und die alten verleiden einem irgendwann, *Stockgumpen* oder *Jakobsleiter*. Zum ersten Mal habe ich das Gefühl gehabt, dass ich allmählich zu den Großen gehöre und nicht mehr zu den Kleinen, fast erwachsen bin ich mir vorgekommen; es war ein Gefühl, das mir gut gefallen hat. Aber dann hat sich der Poli eingemischt, und jetzt können wir das Spiel nicht mehr spielen. Er hatte von Anfang an gesagt, *Marchenstreit* sei langweilig und nur etwas für kleine Kinder. Ich habe das nicht ernst genommen und gedacht, das ist bei ihm nur der Neid, weil er nicht mitmachen kann. Aber dann hat er den Schwämmli angestiftet, dass er die Regeln verändert, und der hat das auch gemacht. Es ist seltsam mit ihm: Seit der Poli ihm die Nase gebrochen hat, bewundert er ihn noch mehr als früher, was ich überhaupt nicht verstehen kann. Wenn der Poli dasselbe mit mir gemacht hätte, ich wäre wütend auf ihn oder würde auf jeden Fall Angst vor ihm haben. Aber der Schwämmli ist wie ein Hund, der erst recht mit dem Schwanz wedelt, wenn man ihn mit der Rute fitzt. Der Halbbart sagt, manche Leute sind dazu gemacht, verprügelt zu werden.

An dem Tag, an dem es passiert ist, war der Schwämmli im Schwyzer Harst, und außer ihm noch zwei andere, die auch früher beim Poli mitgemacht haben. Die drei sind, am helllichten Tag, überhaupt nicht versteckt oder heimlich, einfach hingegangen, der Schwämmli hat sogar auf seiner Trommel einen Marsch geschlagen, sie haben den Marchstein genommen und in unser Gebiet hineingetragen. Unsere haben das natürlich gesehen und »Totechopf, Totebei!«

gerufen, aber der Schwämmli und seine Leute haben sich geweigert, tot zu sein, obwohl die Regeln doch ganz klar sind. Ausgerechnet der Schwämmli, der doch mein Freund ist. Sie haben gesagt: Zwingen könne man sie nicht, man könne es ruhig probieren, sie hätten nichts gegen eine zünftige Prügelei. Wir haben dann den Stüdli Niklaus geholt, der in diesem Spiel der Vogt war, und er hat ihnen auch gesagt, dass sie tot sein müssen und den Marchstein wieder dort hinlegen, wo sie ihn weggenommen haben. Aber der Schwämmli hat gesagt, ein Vogt habe ihnen überhaupt nichts zu befehlen, sie seien Schwyzer und ließen sich nicht unterdrücken. Sie hätten jetzt das Spiel gewonnen und alle weiteren Spiele auch, und wem das nicht passe, dem würden sie gern im nächsten Abortloch das Schwimmen beibringen.

Da war das Spiel natürlich kaputt. Ohne Regeln kann man nicht spielen, nur streiten. Der Poli hätte alles in Ordnung bringen können, er hätte dem Schwämmli nur befehlen müssen, dass er tot sein muss, wenn er erwischt wird, aber der Poli hat gesagt, was die kleinen Kinder sich für Spielregeln ausdenken, das ist ihm egal, und überhaupt hat er anderes zu tun, als sich um solche Lausbubenprobleme zu kümmern. Er hat aber gar nichts anderes zu tun als Steine sammeln.

Das Allerschlimmste ist, dass die andern jetzt auch sagen, es sei ein dummes Spiel, und sie hätten es schon immer gewusst. Dabei sind sie jedes Mal, wenn wir die Harste gewählt haben, angestanden, als ob Honigkuchen verteilt würden, jeder hat sich vorgedrängelt. Sie spielen jetzt wieder *Jakobsleiter,* und mich lassen sie nicht mitmachen, obwohl ich im Klettern richtig gut bin, das habe ich dem Geni abgeschaut. Der Herr Kaplan hat schon ein paar Mal von den Aussätzigen gepredigt, und ich habe nie verstanden, was mit denen eigentlich ist, aber jetzt verstehe ich es.

Es nimmt mich wunder, ob sie im Kloster auch Spiele spielen. Wahrscheinlich schon, aber es werden wohl nicht solche mit Anschleichen oder Klettern sein, sondern mehr solche mit dem Kopf. Der Halbbart sagt, ein wirklich gutes Spiel muss man auch allein spielen können, und er hat versprochen, mir seines mit den Königen und den Pferden und Elefanten beizubringen. Er hat auch schon angefangen, es mir zu erklären, aber es ist furchtbar kompliziert, die einen Figuren dürfen nur geradeaus laufen und die anderen nur schräg, und mit Regeln habe ich keine guten Erfahrungen gemacht. Man kann sie sich noch so gründlich ausdenken, am Schluss kommt doch wieder einer mit einem Stecken oder einer Mistgabel, und man hat verloren, obwohl man eigentlich gewonnen hätte. Der Halbbart hat gesagt, ich soll am Abend zu ihm kommen, dann probieren wir es zusammen aus, aber ich habe gehört, dass heute das Teufels-Anneli ins Dorf kommt, und das Teufels-Anneli mit seinen Geschichten ist wichtiger als jedes Spiel. Ich finde, sie hat den wunderbarsten Beruf auf der ganzen Welt.

Das vierzehnte Kapitel
in dem das Teufels-Anneli eine Geschichte erzählt

Das Teufels-Anneli ist wie der Mond, sagt unsere Mutter, nur dass sie nicht nur einen Monat braucht, um zuerst rund und dann wieder dünn zu werden, sondern ein ganzes Jahr. Im Winter, wenn man sich die dunklen Nächte gern mit Geschichten heller macht, ist das Anneli ein willkommener Gast, es werden sogar Boten ausgeschickt, um sie ins eigene Dorf zu locken, und wenn sie da ist, wird aufgetischt, als ob der Heilige Vater zu Gast wäre, denn das Anneli erzählt nur, solang man ihr etwas zu essen vorsetzt. Es gibt Leute, die sagen, sie stopfe sich so gierig voll, dass man schon vom Zuschauen satt werden könne, aber bei mir ist es gerade umgekehrt: Mir macht es Hunger. Wenn der Winter zu Ende geht, hat sich das Anneli so fett gefressen wie eine Specksau vor dem Schlachten, von Dorf zu Dorf muss man sie fast rollen, aber wenn dann die Nächte wieder kürzer werden und wegen der Arbeit auf dem Feld niemand mehr Zeit für Geschichten hat, fängt ihre Fastenzeit an; bis Martini muss sie sehen, wo sie bleibt, und wenn man dann endlich wieder beginnt, sie einzuladen, ist sie so dünn wie ein drei Tage alter Mond.

Wie das Anneli diesmal ins Dorf gekommen ist, war sie noch recht schmal, es war ja auch noch nicht einmal Sankt

Othmar. Sie hat ihr Messer vor sich auf den Tisch gelegt und sich auf das Essen gestürzt, als ob sie vier Wochen im Hungerturm gesessen hätte. Man darf ihr nicht gleich zu viel auftischen, sonst frisst sie nur und erzählt nicht, deshalb stellt man ihr immer nur ein bisschen aufs Mal hin, vielleicht ein Schüsselchen heißen Gerstenbrei mit getrockneten Wacholderbeeren und erst nach der nächsten Geschichte die Scheibe Schinken oder das geräucherte Röteli. Einmal hat das Anneli zu bescheißen versucht und hat eine ganz kurze Geschichte erzählt, die zu Ende war, noch bevor sie richtig angefangen hatte, aber der alte Eichenberger hat ihr das abgewöhnt: Als das Essen an der Reihe war, lag auf dem Holzteller nur ein abgenagtes Hühnerbein, und da hat sie lieber ganz schnell eine neue Geschichte angefangen. Wenn das Anneli ins Dorf kommt, trifft man sich immer beim Eichenberger; nur in seinem Haus ist genügend Platz. Wer mit am Tisch sitzen will und nicht nur am Boden hocken oder an der Wand lehnen, bringt auch selber etwas zu essen mit. Nur der Geni darf sich auch ohne etwas Mitgebrachtes hinsetzen, wegen seinem Bein.

Diesmal hat das Anneli, neben vielen anderen, auch eine Geschichte erzählt, die ich mir besonders gut gemerkt habe, nicht so sehr wegen der Geschichte selber, sondern wegen dem, was der Halbbart hinterher gesagt hat. Auch in dieser Geschichte ist der Teufel vorgekommen, darum sagt man ihr ja Teufels-Anneli, glaube ich.

Es war einmal ein Schafhirt, der lebte mit seiner Herde ganz allein auf einer Alp. Dieser Hirt, Franziskus mit Namen, war ein frommer Mann, betete nicht nur am Morgen, am Mittag und am Abend, sondern stand auch mitten in der Nacht auf, um Gott zu lobpreisen und ihm für seine Gaben zu danken. Zu seinen Tieren war er wie ein Vater, kämmte ihnen die Wolle, dass sie fein wurde wie gesponnener Flachs, und am Sonntag rief er sie alle zusammen, jedes bei seinem Namen, und predigte ihnen von der Dankbarkeit und von der Gottesliebe. Es lag aber auch der Segen des Himmels über seiner Arbeit; obwohl ringsum steile Felsen waren, stürzte nie ein Tier in die Tiefe, die Lämmer blieben gesund, und keines wurde vom Luchs gefressen. Ja, sagte das Anneli, dieser Schäfer war schon fast ein Heiliger, und was vom Tal aussah wie Wolken über den Bergen, das waren in Wirklichkeit die Flügel der Engel, die über ihm schwebten und ihn beschützten.

Nun ist es aber so, sagte das Anneli, dass der Teufel gute Menschen nicht mag, sie sind ihm lästig wie unsereinem ein Pickel am Hintern oder ein Mückenstich an einer Stelle, wo man sich nicht kratzen kann. Auf die Dauer wird er davon so wild wie ein Fuchs, dem Lausbuben den Schwanz angezündet haben; darum sagt man auch, jemand sei fuchsteufelswild. Der Satan hat also überlegt, wie er diesen Franziskus zur Sünde verleiten könnte, und wenn der Teufel in der Hölle an etwas herumstudiert, gibt es oben in der Menschenwelt Erdbeben. Tagelang hat der Boden gezittert, dann ist ihm etwas eingefallen.

Wie sie das gesagt hat, hat der Tschumpel-Werni, der sich auch dazugeschlichen hatte, wie wild zu klatschen angefangen, und das Anneli hat eine Pause machen müssen, bis man ihn hinausgeworfen hatte.

Der Einfall, den der Teufel hatte, hat es dann weitererzählt, war der: Er hat in einem hohlen Baum oben auf der Alp einen Haufen Gold versteckt und hat einen Blitz geschickt, der den Baum gespalten hat, so dass man den Schatz von außen hat sehen können. Er hat nämlich gewusst, dass Gold für die Menschen ein Gift ist, dem sie nicht widerstehen können; wenn einer erst einmal reich ist, hat das Anneli gesagt, frisst er jeden Tag Fasnachtskrapfen, aber in der Ewigkeit sitzt er dafür im siedenden Öl.

An dieser Stelle haben alle auf den Eichenberger geschaut, aber auch gleich wieder von ihm weg; es will es sich keiner mit ihm verderben.

Der Schäfer, ging die Geschichte weiter, hat das Gold bei seinem nächsten Rundgang über die Alp auch tatsächlich entdeckt, aber zur Enttäuschung des Teufels hat er sich nicht so verhalten, wie andere Menschen es getan haben würden. Er wollte von dem Schatz nichts für sich behalten, sondern hat ein Gelübde getan, dass er alles unter den Armen verteilen würde, bis auf den letzten Batzen. Von so viel Tugendhaftigkeit hat der Teufel das böse Reißen bekommen, es hat ihn so heftig gezwickt und gezwackt, dass er sich in die Hölle gewünscht haben würde, wenn er nicht schon dort gewesen wäre. Er hat also wieder angefangen zu studieren und noch mehr zu studieren, er hat sogar seine Hörner ins Höllenfeuer gesteckt, weil ihm das beim Denken hilft, und es ist ihm auch wirklich etwas eingefallen. Aus Kuhfladen und Hundegäggel hat er eine menschliche Figur geknetet, hat sie mit der Haut von einem gefallenen Engel überzogen und ihr zwei verglühte Sternschnuppen als Augen eingesetzt. Die Figur war aber nicht nur einfach ein Mensch wie alle andern, hat das Teufels-Anneli gesagt, sondern die schönste Frau, die man sich vorstellen kann, so unwiderstehlich, dass all den kleinen Unterteufeln, die in der Hölle für den Satan arbeiten, der Schwengel aufgestanden ist.

»Beschreiben! Beschreiben!«, hat jemand gerufen, und das Anneli hat auch schon damit anfangen wollen, aber der alte Eichenberger hat sie unterbrochen und gesagt, für die Kinder sei jetzt Zeit zum Schlafen. Alles Murren hat nichts genützt, sie mussten hinaus, nur ich habe mich hinter dem Halbbart versteckt und bin geblieben. Das Teufels-Anneli hat noch schnell einen Hirsefladen verdrückt und dann die Frau geschildert, so wunderschön, dass selbst das Hasler Lisi ein Lumpenbäbi dagegen gewesen wäre. Der Teufel, so ging die Geschichte weiter, hat sie von seiner Großmutter auf die Alp fliegen lassen, die ist nämlich eine Fledermaus, aber eine so riesige, wenn sie die Flügel ausbreitet, wird der Mond verdeckt. Wie der fromme Schäfer zu seinem Mitternachtsgebet aufgewacht ist, lag also diese Frau neben ihm, teuflisch schön und nach teurem Bisam riechend, denn damit hatte der Teufel sie eingerieben, um den Schwefelgestank von seinen Krallen zu überduften. »Ich bin vom Himmel zu dir gesandt, lieber Franziskus«, sagte die Teufelsfrau, »um dir in deiner Einsamkeit Gesellschaft zu leisten.« Dabei lächelte sie so holdselig, dass kein anderer der Versuchung widerstanden hätte, aber der Schäfer Franziskus rettete sich in ein Dornengebüsch und sang dort Psalmen, bis die Sonne über der Alp aufging. Im Tageslicht war der Spuk verschwunden, nur ein Haufen Kuhfladen und Hundegäggel lag da, wo gerade noch eine schöne Frau gewesen war.

»Die Geschichte ist damit noch nicht zu Ende«, sagte das Teufels-Anneli, »aber es ist eine lange Geschichte, und ich bin vor Hunger zu schwach, um weiterzuerzählen.« Natürlich wollte jeder wissen, wie die Sache ausgehen würde, wenn auch alle der Meinung waren, irgendwie würde die Tugend des Schäfers schon gerettet werden, das ist so in den Geschichten, die das Teufels-Anneli erzählt, und so machte der Eichenberger eine Ausnahme und ließ ein Stück Käse bringen, allerdings von dem ganz harten, so dass das Anneli nur mühsam ein bisschen davon abraspeln konnte, bevor er ihr den Teller wieder wegnahm. Dann musste sie weitererzählen, auch wenn sie behauptete, bald würden wir vor lauter Magenknurren ihre Stimme nicht mehr hören.

Der Teufel, sagte das Anneli, stampfte vor Wut über seinen gescheiterten Plan so heftig auf den Boden, dass sich ein Berg öffnete und geschmolzenes Gestein eine ganze Stadt verwüstete. Dann rief er die Wölfe der ganzen Welt zusammen, denn Wölfe, wie überhaupt alle Raubtiere, unterstehen der Hölle. Pünktlich um Mitternacht sollten sie da sein, befahl er, und es kamen so viele, dass sie ein ganzes Tal füllten, dicht an dicht, es sah aus, als ob der Boden nicht aus Erde und Steinen bestünde, sondern aus grauem Fell. Der Teufel selber saß auf einem Felsvorsprung, der noch heute von den Leuten, die dort wohnen, die Teufelsnase genannt wird, und hatte sich, was er nur alle tausend Jahre tut, die Hörner frisch anspitzen lassen, dass sie im Mondlicht glänzten wie die Messer eines Folterknechts. »Hört mir zu«, rief er, und bei jeder Silbe schoss ein Feuerstrahl aus seinem Maul, »hört mir zu und gehorcht meinen Worten!« Die Wölfe senkten die Köpfe und knurrten unterwürfig, denn so wie jedes Rudel einen Leitwolf hat, so gehorchen alle Rudel zusammen dem Teufel. Der freute sich darüber, dass die wilden Tiere Angst vor ihm hatten, und um ihnen noch mehr Angst zu machen, ließ er den Mond rot wie Blut werden, und so ein Blutmond ist etwas vom Schrecklichsten, das man sich vorstellen kann. Noch in drei Tagesreisen Umkreis fielen die Vögel aus Angst tot vom Himmel.

Der Rogenmoser Kari begann laut mit einem Paternoster, aber die anderen machten: »Schsch!«, und den Rest des Gebetes flüsterte er nur noch.

Das war der Befehl, den der Teufel den Wölfen gab: Am frühen Morgen, wenn die Menschen überall noch schliefen und nur in den Klöstern die Glocken zur Matutin riefen, sollten sie sich anschleichen, zuerst durch den Bannwald und dann über die schmalen steilen Wege, sollten die Alp überfallen und den Schäfer Franziskus in tausend Stücke reißen. »Wenn ich seine Seele nicht haben kann«, sagte der Teufel, »soll er auch keinen Körper mehr haben.« Die Schafe aber, die ganze Herde samt den gerade erst geborenen Lämmern, sollten als Lohn den Wölfen gehören.

Es war die Art Geschichte, wie man sie vom Anneli kennt, so richtig zum Gruseln, und ringsherum bekreuzigten sich die Zuhörer, als ob sie den Teufel mit seinen Wölfen schon von weitem hören könnten. Nur der Halbbart hatte ein Lachen auf dem Gesicht, es war aber kein fröhliches Lachen.

Die Wölfe machten sich also auf den Weg, erzählte das Anneli, und der Teufel konnte vor Vorfreude gar nicht mehr stillsitzen. Aber während der Schäfer noch schlief – wer in der Nacht zum Beten aufgestanden ist, schläft hinterher besonders tief –, waren die Schafe gewarnt worden, nämlich von den Engeln, die über ihnen schwebten. Nun ist es in der Regel so, dass sich ein Schaf gegen einen Wolf nicht wehren kann, aber mit Gottes Hilfe geht alles, und sie fanden ein Mittel, um die anstürmende Meute nicht nur von sich fernzuhalten, sondern sogar zu vernichten. Mit ihren Köpfen und die Böcke mit ihren Hörnern stießen sie Steine und Felsbrocken bis an den Rand des stotzigen Abhangs, türmten ganze Haufen davon auf, und als sich die Wölfe näherten, ließen sie sie ihnen entgegenrollen, immer schneller, je steiler die Wege wurden, und da nützten den Wölfen auch die schärfsten Zähne nichts, sie wurden von den Steinen und den Felsbrocken erschlagen, die Knochen wurden ihnen gebrochen, und die wenigen, die noch laufen konnten, ergriffen mit eingezogenen Schwänzen die Flucht. Der Schäfer bekam von alldem nichts mit, er schlief den Schlaf des Gerechten, und als er aufwachte, war alles so, wie es immer gewesen war. Der Teufel aber, sagte das Anneli, riss sich vor Wut ein Bein aus und konnte es nie wieder richtig anmachen, deshalb hinkt er heute noch.

Sie bekam eine Suppe vorgesetzt, eine besonders gute, mit Fleisch drin und allem, und trank so gierig aus der Schüssel, dass ihr das Fett über das Kinn und auf den Rock lief. Die Leute unterhielten sich ganz aufgeregt über den Schäfer, den Teufel, die Schafe und die Wölfe, nur der Halbbart schüttelte den Kopf. Und dann sagte er etwas, das ich nicht mehr vergessen kann. »Der Teufel hat einen Fehler gemacht«, sagte er. »Er hätte statt Raubtiere Menschen auf diesen Franziskus loslassen sollen. Menschen sind gefährlicher als Wölfe.«

Das fünfzehnte Kapitel
in dem Schachzabel gespielt wird

Schachzabel heißt das Spiel, das der Halbbart mir beibringt. Er konnte mir nicht genau erklären, wo das Wort herkommt, aus der Richtung, wo die Sonne aufgeht, meint er, so wie die Heiligen Drei Könige. Es ist ein Kriegsspiel, und das Schlachtfeld hat der Halbbart in den Tisch geritzt, acht mal acht Vierecke, jedes zweite davon mit schrägen Schnitten dunkler gemacht. Die Kämpfer sind jetzt nicht mehr Kieselsteine, wie damals vor seiner Hütte, sondern er hat aus Lehm Figuren geknetet; mit den Händen ist er fast so geschickt wie der Geni. Er hat mir erklärt, was jede Figur darstellen soll, und wenn man es einmal weiß, kann man es sogar erkennen. Es sind immer zwei Spieler, und jeder führt einen Harst, bestehend aus einem König, einer Königin, zwei Pferden, zwei Elefanten, zwei Burgen und einer Reihe Soldaten. Die Hälfte der Figuren hat er mit Ruß eingerieben, damit man an der Farbe erkennen kann, zu welchem Harst sie gehören. Man ist entweder schwarz oder weiß, so wie man in meinem Spiel Schwyzer oder Mönch war. Eine Schlacht ist zu Ende, wenn einer der beiden Könige erschlagen wird; es kommt nicht darauf an, wie viel von den anderen Figuren vorher getötet werden. Der Halbbart sagt, so ist es auch im Leben.

Wenn er gegen mich spielt, lässt er in seinem Heer die

Elefanten weg oder die Burgen oder sogar beides; ich darf mit einer Übermacht anfangen, aber ich verliere trotzdem jedes Mal. Wenn ich das Spiel besser kann, wird sich das ändern, sagt er, aber die Regeln sind so kompliziert, dass ich immer wieder etwas falsch mache. Manchmal denke ich, ich bin einfach zu dumm dafür, und es reicht mir gerade zu *Jäger und Gemse*. Aber ich will das Schachzabel richtig lernen; der Halbbart sagt, dass sie das im Kloster bestimmt auch spielen, da wäre es ein Vorteil, wenn man es schon könnte.

Der Halbbart muss nie lang nachdenken, wo er eine Figur als Nächstes hinstellen soll; das geht bei ihm wie der Blitz, ganz anders als bei mir. Ich überlege jedes Mal ewig, und wenn ich mich dann endlich für eine Bewegung entscheide, ist es meistens die falsche, und ich habe wieder einen Soldaten weniger. Ihn stört es nicht, dass er warten muss, im Gegenteil, es scheint ihm sogar zu gefallen, vielleicht weil es ihm einen Grund gibt, einfach nur dazusitzen und nichts zu tun. Manchmal kommt er dann ins Reden und erzählt einem Dinge, die man sonst nicht zu hören bekommen würde. In diesem Punkt ist er das genaue Gegenteil vom Teufels-Anneli: Man könnte ihm eine gebratene Taube versprechen oder ein ganzes Milchferkel, man könnte sie sogar vor ihm auf den Tisch stellen, es würde alles nichts nützen; wenn er gerade keine Lust zum Erzählen hat, würde er lieber verhungern als das Maul aufmachen. Aber wenn er einmal ins Reden kommt, sprudelt es aus ihm heraus, wie wenn man ein Bierfass ansticht.

An dem Abend, an dem das Anneli im Dorf war, hatte ich ihn gefragt, was er damit gemeint habe, Menschen seien gefährlicher als Wölfe, und es war, als ob er mich überhaupt nicht gehört hätte. Aber gestern, als ich gerade überlegt habe, ob ich die Burg aus der Ecke herausrücken sollte oder doch besser mit dem Elefanten angreifen, hat er mir plötzlich die Antwort gegeben, auf die ich damals vergeblich gewartet habe. »Wölfe«, hat er gesagt, »beißen zwar andere Tiere tot, aber sie tun es nur, weil sie Hunger haben. Es macht ihnen keinen Spaß, und es macht sie nicht traurig. Sie wollen einfach nur fressen. Die Menschen hingegen …«

Ich dachte schon, das sei alles, was er sagen wolle, aber dann hat er mit Erzählen angefangen. Unterdessen kenne ich ihn schon so gut, dass ich weiß: Wenn seine Stimme ganz ruhig wird, so wie wenn man ein Gebet zum tausendsten Mal aufsagt, wenn es scheint, dass ihn die eigenen Worte gar nicht interessieren, dann redet er von etwas, das ihm weh tut.

»Als ich auf der Flucht war«, hat der Halbbart erzählt, »denn es war eine Flucht, ein feiges Davonlaufen, als ich also auf der Flucht war, bin ich auch auf das Gebiet des Erzbischofs von Salzburg gekommen. Sein Land war damals gerade erst selbständig geworden, und solche neuen Länder sind wie dein Bruder Polykarp, nicht mehr so jung, dass ihnen nichts anderes übrigbleibt, als folgsam zu sein, aber auch noch nicht so alt, dass man schon vernünftig mit ihnen reden könnte. Es ist ein gefährliches Alter. Wer beweisen muss, dass er erwachsen ist, übertreibt seine Männlichkeit gern.

»Man kommt über eine Brücke in das Bischofsgebiet, und da stehen auch die Wachen, denen man Weggeld zahlen muss. Ich hatte kein Geld mehr, keinen falschen Pfennig, und habe mir deshalb weiter flussaufwärts eine Furt gesucht. Es war November und das Wasser kalt, aber wer einmal im Feuer gelegen hat, freut sich über jede Kälte. Es war nicht die erste Grenze, bei der ich es so gemacht habe, und bisher war es immer gutgegangen. Leider spielten sie aber ihre neue Unabhängigkeit gründlich, und so waren auch hier Wachen postiert. Zu zweit kamen sie hinter einem Gebüsch hervor, keine freundlichen Männer. Wer eine Waffe hat, muss dem, der ohne kommt, keine Komplimente machen. Es waren Söldner aus Italien, und weil sie nicht wissen konnten, dass ich ihre Sprache ein bisschen verstehe, haben sie sich ganz ohne Geheimnistuerei darüber unterhalten, was sie mit mir anstellen sollten. Der eine war dafür, mich totzuschlagen und meine Leiche in den Fluss zu werfen, das würde ihnen die Umstände ersparen, mich zum Kastell des Erzbischofs zu bringen, der ihnen doch nichts dafür geben würde, dieser *Meschino*. Das Wort kannte ich nicht, aber es konnte nichts anderes bedeuten, als dass sie den Erzbischof für einen Geizhals hielten. Der andere war zuerst auch fürs Totschlagen, nicht um sich die Mühe zu ersparen, sondern weil er gern meine Schuhe haben wollte, aber dann fiel ihm plötzlich etwas ein. Sie würden vielleicht doch etwas für mich bekommen, meinte er, es habe doch diesen Befehl gegeben, dass Leute wie ich für die *Festa* gesucht würden, und wenn es ums Feiern ginge, würden die hohen Herren ihre Geldbeutel nicht so fest zugeschnürt halten wie sonst. Ich wusste nicht, um was für ein Fest es ging und warum ich dafür besonders geeignet sein sollte; an mein verbranntes Gesicht dachte ich überhaupt nicht. Ich hatte mich in den paar Monaten schon so selbstverständlich daran gewöhnt, wie es dem Origenes mit seinem fehlenden Bein geht.«

Ich verschob auf dem Schlachtfeld eine Burg, und er ließ eins seiner Pferde um die Ecke springen, ganz schnell und ohne nachzudenken, als ob er genau diesen Angriff schon erwartet hätte.

»Es waren aber doch meine Narben, die mir das Leben gerettet haben«, fuhr er mit seiner Geschichte fort, »aber nicht auf erfreuliche Weise. Mit gefesselten Händen und barfuß, denn meine Schuhe hatte man mir dann doch abgenommen, führten sie mich zu dem Kastell, das gegenüber von der Stadt Salzburg am Ufer steht, und dort schien man sich über den neuen Gefangenen zu freuen. Regelrecht begeistert war der Kastellan, und die beiden haben einen guten Preis für mich bekommen. Nur ich selber wusste immer noch nicht, warum ich plötzlich so wertvoll geworden war.

»Ich wurde dann zuerst einmal eingesperrt, nicht in ein Verlies, sondern in eine Kammer, wie es sie auf jeder Burg gibt, wo sich die Torwächter und die anderen Soldaten zwischen ihren Diensten ausruhen können. Ein Tisch und Bänke standen da, und wir bekamen sogar zu essen.«

»Wir?«, fragte ich, obwohl ich doch weiß, dass man den Halbbart nicht unterbrechen darf, weil er sonst mit Erzählen aufhört. Diesmal hat es ihn nicht gestört, oder vielleicht hat er mich auch gar nicht gehört, weil er so tief in seiner Erinnerung drin war.

»Es waren schon drei Leute in der Kammer«, sagte er, »zwei Männer und eine Frau, und sie boten einen seltsamen Anblick. Der Frau hatte ein Geschwür einen Teil ihres Gesichts weggefressen, von der Nase war kaum mehr etwas übriggeblieben, und obwohl ich nicht an Zauberinnen glaube, war das das erste Wort, das mir zu ihr einfiel. Der eine Mann hatte eine Hasenscharte, und dem andern hatte man die Augenlider abgeschnitten, weil er die junge Frau eines Bürgermeisters heimlich in der Badestube beobachtet hatte. Er tat mir am meisten leid. Eine Hasenscharte verändert sich ein Leben lang nicht mehr, und so ein Geschwür frisst sich nur langsam weiter, aber ohne Augenlider wird man blind, da kann niemand etwas dagegen tun, die Augen trocknen aus, und es nützt auch nichts, wenn man sie abdeckt, um sie vor dem Licht zu schützen. Es waren drei Menschen, auf die jeder mit dem Finger zeigen würde, der ihnen auf der Gasse begegnete. Und jetzt kam auch noch ich dazu mit meinem Narbenkopf. Man hätte meinen können, jemand habe einen Preis für die hässlichsten Gesichter ausgesetzt, und so war es auch tatsächlich, wenn ich das damals auch noch nicht wusste.«

Ich wollte auf dem Schlachtfeld meine Königin bewegen, aber der Halbbart legte seine Hand auf meine. »Überleg dir das noch mal«, sagte er, »sonst ist dein König bald tot.« Ich fing also noch einmal neu an zu denken, und er erzählte unterdessen weiter.

»Der Mann mit der Hasenscharte«, sagte der Halbbart, »war Stallknecht beim Erzbischof. Warum man ihn von seinen Pferden weggeholt und hier eingesperrt hatte, wusste er nicht, nahm es aber ohne Neugierde hin, so wie er wohl in seinem Leben schon vieles klaglos hingenommen hatte. Er war ein gutmütiger Mensch, der wenige Worte machte, weil er sein Leben lang für seine unbeholfene Sprache ausgelacht worden war. Umso mehr redete der Mann ohne

Augenlider, er hatte die Wortgewandtheit eines Betrügers, der fest daran glaubt, dass ihm die Welt irgendwann jede Ausrede abnehmen wird, wenn er sie nur oft genug wiederholt. Man habe ihn zu Unrecht verurteilt, sagte er, völlig zu Unrecht, ganz zufällig sei er an diesem Badhaus vorbeigekommen, und das Loch in der Wand sei auch vorher schon da gewesen, das sei jetzt schon das dritte Mal, dass man ihn mit dem gleichen Vorwurf vor ein Gericht geschleppt habe, irgendein mächtiger Mann müsse etwas gegen ihn haben. Man soll sich nicht allzu schnell ein Urteil über andere Menschen bilden, aber bei diesem Kerl hatte ich keinen Zweifel daran, dass er sich seine Strafe, so grausam sie war, redlich verdient hatte. Die Frau mit dem zerfressenen Gesicht war einmal eine ehrbare Bäuerin gewesen, hatte mit ihrem Mann den eigenen Hof bewirtschaftet und ihm vier Kinder geboren, aber dann war diese Krankheit ausgebrochen, sie war ihm zu hässlich geworden, und er hatte sie fortgejagt und sich eine andere genommen. Man hatte sie wegen Vagantierens aufgegriffen, aber was hätte sie als Frau ohne jeden Besitz denn sonst machen sollen, fragte sie, als fremden Menschen die leere Hand hinzustrecken?

»Wenn man den ganzen Tag vor einer Kirche auf dem Boden kniet und bettelt, bekommt man eine Menge mit, und so war sie die Einzige, die mir sagen konnte, von was für einem Fest die beiden Soldaten gesprochen hatten: Es war ein neuer Papst gewählt und in Lyon gekrönt worden, und aus diesem Anlass hatte Erzbischof Konrad den Bürgern der Stadt nicht nur einen Sündenablass versprochen, sondern auch einen ganz besonderen Feiertag, aus dem Brunnen auf dem Marktplatz sollte Wein fließen, und Musik und Tanz sollten einen ganzen Sonntag lang erlaubt sein. In Salzburg möge man den Erzbischof nicht, flüsterte die Frau mir zu, man habe damals einen anderen vorgeschlagen, der sei vom Papst aber nicht ausgewählt worden, und jetzt wolle dieser Konrad die Gelegenheit benutzen, sich bei den Bewohnern seiner Stadt beliebt zu machen. Sie war, so scheußlich sie auch aussah, ein vernünftiger Mensch, aber was wir vier mit diesem Fest zu tun haben sollten, wusste sie auch nicht.«

Ich ließ einen Elefanten über das Schlachtfeld rennen, und der Halbbart sagte: »Schon viel besser, du lernst es.« Es tat gut, von ihm gelobt zu werden, wenn ich auch nicht wusste, was ich diesmal richtiger gemacht hatte.

Die vier blieben fast eine Woche zusammen eingesperrt, erzählte er weiter, aber das Essen war reichlich, zum Frühstück bekam jeder einen Krug Bier, und ihre Notdurft mussten sie auch nicht in der Kammer verrichten, sondern konnten an die Türe klopfen und wurden von einem Reisigen zum Abortloch begleitet. Es gab für jeden einen eigenen Strohsack – »Ganz frisches Stroh«, sagte der Halbbart –, und einmal, als das Wetter besonders kalt war, brachte man ihnen sogar ein Becken mit glühenden Kohlen. Die Wachmannschaft behandelte sie anständig, oder doch so anständig, wie das Soldaten eben können, nur was man mit ihnen vorhatte, wollte man ihnen nicht verraten.

»Matt!«, sagte der Halbbart und stieß meinen König aus dem Feld. Er fand, es sei genug für heute, aber ich bettelte ihn an, noch einmal eine Runde zu beginnen. Ich wollte unbedingt wissen, wie seine Geschichte weiterging.

Das sechzehnte Kapitel
in dem ein Fest vorkommt

Gibt es bei euch eigentlich auch einen Pranger?«, fragte er mich plötzlich. Ich hatte keine Ahnung, wie er darauf kam, aber ich sagte, bei uns direkt nicht, aber ich hätte gehört, dass sie in Schwyz so etwas hätten.

»Wozu dient ein Pranger?«

Beim Geni hat er das damals auch so gemacht. Fragt sein Gegenüber aus, obwohl er eigentlich selber etwas erzählen will. Beim Versuch, ihm eine vernünftige Antwort zu geben, habe ich herumgestottert, denn so genau wusste ich gar nicht, wie so ein Pranger benutzt wird. Nur dass man dort Menschen ausstellt, die etwas Schlimmes gemacht haben, damit sie sich vor den anderen Leuten schämen müssen.

»Und diese anderen Leute, was haben die davon?«

Das hatte ich mir noch nie überlegt.

»Schau mich an!«, sagte der Halbbart, und dann machte er etwas, das überhaupt nicht zu ihm passte: Er zog mit den Daumen die Mundwinkel schräg, einen nach oben und einen nach unten, schielte mit dem gesunden Auge und streckte die Zunge heraus. Manchmal macht er mir schon ein bisschen Angst. Zum Glück hörte er mit den Grimassen schnell wieder auf und fragte: »Warum hast du nicht gelacht?«

»Du hast mich erschreckt.«

Er nickte mir zu, so, stelle ich mir vor, wie einem ein Vater zunickt, und sagte: »Du hast ein gutes Herz. Vielleicht solltest du wirklich Mönch werden. Die meisten Menschen hätten sich anders verhalten. Je erschreckender etwas ist, desto lauter lachen sie. Darum hat man den Pranger erfunden. Nicht, um den Übeltäter zu bessern, sondern damit die Leute, die ihn sich anschauen, ihren Spaß haben können. Es ist eine Art Theater, so wie wenn eine Bruderschaft die Ostergeschichte vorführt und die Zuschauer hinterher den Judas über die Gasse jagen.«

Er bewegte immer noch keinen seiner Kämpfer, schaute nicht einmal auf das Schlachtfeld. »Für uns vier hatten sie eine Bühne vorbereitet«, erzählte er weiter, »auf einem großen Platz in der Stadt. Eine Bretterwand, etwa sechs Ellen hoch, mit Balken abgestützt. Rohes Holz. Wir wurden von hinten herangeführt, und so habe ich erst später, als alles vorbei war, gesehen, dass die Wand auf der anderen Seite bemalt war. Nicht sehr kunstvoll, aber man konnte erkennen, dass es die Fassade einer Burg darstellen sollte. Große gemalte Mauersteine und fünf bunt umrandete Fenster. Auf dem Platz schienen sich viele Leute versammelt zu haben, wir konnten sie nicht sehen, aber wir hörten, wie sie ungeduldig durcheinanderredeten. Man muss die Worte nicht verstehen, um zu merken, ob Menschen auf etwas warten, oder ob sie das Erwartete schon bekommen haben. Man redet anders, wenn man Hunger hat, und wieder anders, wenn man satt ist.

»Man hatte uns nicht gesagt, zu welchem Zweck wir hierhergebracht wurden, und man hatte uns schon gar nicht darauf vorbereitet, dass uns ein Bär erwarten würde.

Ein altes müdes Tier, das Fell voller kahler Stellen. Als wir, von Reisigen bewacht, aus einer Seitengasse kamen, hob der Bärenführer seinen Stachelstock zum Salut und machte eine so tiefe Verbeugung, dass die buntgefärbte Feder auf seinem Hut mit ihrer Spitze den Boden berührte. Der Bär, weil man ihm das so beigebracht hatte oder wegen der Kette an seinem Nasenring, verbeugte sich ebenfalls.

»Und da war noch etwas anderes, auf das man uns nicht vorbereitet hatte. Ein Mann wartete auf uns, ein Ritter hätte ich auf den ersten Blick gesagt, nicht einmal ein besonders vornehmer, gekleidet, als ob er zur Jagd wolle oder in einen kleinen schnellen Krieg, gegen einen so schwachen Gegner, dass sich der Aufwand einer Rüstung nicht gelohnt hatte. Aber über seinem Lederwams trug er eine rote Mozetta, und die Soldaten, die uns eskortierten, begrüßten ihn untertänig. Das war der Erzbischof von Salzburg. Er war gekommen, um uns persönlich zu inspizieren, er wollte sichergehen, dass die gebotene Unterhaltung die Bürger seiner Stadt nicht enttäuschen würde. Er ging von einem zum andern, wie ein Käufer auf dem Markt von Kuh zu Kuh schlendert, blieb vor jedem Einzelnen stehen und begutachtete ihn. Bei mir zog er sogar einen Handschuh aus und fuhr mit dem Zeigfinger über meine Narben, wollte sich wohl überzeugen, dass sie echt waren und er sein Geld für reelle Ware ausgegeben hatte. Schließlich nickte er und kommandierte ›*Assalto!*‹, als ob das Volksfest eine Schlacht wäre und wir seine Truppen, tat es auf Italienisch, der Sprache der Söldner. Er hatte eine hohe Stimme, zum Befehlen eigentlich nicht geeignet, aber er war der Erzbischof.

»Als Erster war der Bär an der Reihe. Das Tier war aus

Erschöpfung folgsam, und der Bärenführer brauchte nicht einmal seinen Stachel einzusetzen, als er die Kette aus dem Nasenring ausklinkte und das Tier in die befohlene Stellung brachte: Es musste auf eine Leiste an der Bretterwand steigen, sich auf die Hinterbeine stellen und seinen Kopf durch eine der Öffnungen stecken, von denen ich damals noch nicht wusste, dass sie Fenster darstellen sollten. Dann wurde über seinem Nacken ein Joch heruntergeklappt, so dass der Bär den Kopf nicht mehr zurückziehen konnte. Von der anderen Seite muss es ausgesehen haben, als ob er neugierig aus dem Fenster schaute.

»Es waren fünf Fenster«, sagte der Halbbart, »in der Mitte ein großes für den Bären und links und rechts davon je zwei kleinere für uns Menschen. Die Wachleute waren nicht unnötig grob, aber sie ließen keinen Zweifel daran, dass sie keinen Widerstand dulden würden. Jedes Mal, wenn in einer Öffnung ein neuer Kopf erschien, johlten die Leute auf dem Platz, aber auf gutgelaunte Art. Vielleicht sind ein paar erschrocken, so wie du vorhin, aber die meisten konnte man lachen hören. Es muss ein lustiger Anblick gewesen sein, den wir ihnen boten, besser als die geschnitzten Masken, mit denen man hier den Winter vertreibt. Aus dem einen Fenster schaute ein Bär, ein Mann mit Hasenscharte aus einem anderen, da gab es einen, der seine Augen nicht schließen konnte, eine Frau ohne Nase und mich mit meinem schwarzgebrannten Gesicht. Ich konnte den Erzbischof nicht mehr sehen, aber ich bin sicher: Er war mit dem Jubel seiner Untertanen zufrieden.

»Ich hatte den äußersten Platz in der Reihe. Kaum hatte ich meinen Kopf hinausgestreckt, als mich ein verfaulter

Kohlstrunk an der Stirne traf. In das Joch eingespannt, konnte ich ihm nicht ausweichen.«

»Wer hat den geworfen?«

»Du bist ein Kind«, sagte der Halbbart, »und ich hoffe für dich, dass du es noch lang bleiben darfst. In einer Masse gibt es keine einzelnen Menschen. Sie sind zusammengewachsen, so wie man sagt, dass ein Drache aus lauter Giftschlangen besteht. Diesem Drachen waren wir zum Fraß vorgeworfen. Vielleicht war der Erzbischof wirklich ein Geizkragen. Er hatte seinen Salzburgern Unterhaltung versprochen und erfüllte sein Versprechen, ohne dafür viel Geld in die Hand nehmen zu müssen. Das Holz für die Wand stammte aus seinen eigenen Wäldern, der altersschwache Bär wird auch nicht viel gekostet haben, und uns vier hatte er fast umsonst. Alles in allem nicht teurer, als wenn sich die Bogenschützen zu ihrem alljährlichen Fest kunstvolle Zielscheiben malen lassen.

»Denn wir vier … wir fünf, ich darf den Bären nicht vergessen, wir fünf waren Zielscheiben, dafür hatte man uns ausgesucht, und dafür waren wir jetzt eingesetzt. Aber es wurde nicht auf alle gleich viel gezielt. Wenn wir für jedes Geschoss, das uns traf, einen Dukaten bekommen hätten, der Mann mit der Hasenscharte wäre am wenigsten reich geworden. Gesichter wie seines kann man jeden Tag auf der Gasse antreffen, daran war man gewöhnt, und vor dem Gewohnten kann man sich nicht wohlig gruseln. Außerdem hatte er schlechte Behandlung sein ganzes Leben lang gekannt. Wenn ein Treffer schmerzhaft war, ließ er sich das kaum anmerken, und es macht keinen Spaß, jemanden zu quälen, dem man die Qualen nicht ansieht. Aus demselben

Grund kam auch ich glimpflich davon. Mit dem verbrannten Gesicht und dem Bart auf der anderen Hälfte kann man von außen schwer erkennen, was in mir vorgeht.«

Da hatte er recht. Nur an seinem gesunden Auge kann man ablesen, was er gerade denkt, und auch das nicht immer.

»Der Bär war schnell der Lieblingsschauspieler der Leute. Diese Tiere haben eine empfindliche Schnauze, darum hatte man ihm den Ring ja auch durch die Nase gezogen, um ihn damit zum Gehorsam zu zwingen. Wenn er dort getroffen wurde, schrie er auf wie ein kleines Kind, was jedes Mal einen Sturm von Gelächter auslöste. Die Leute wussten bald, wo sie hinzielen mussten, und sie taten es mit Begeisterung. Auch auf die Frau ohne Nase wurde viel geworfen. Bei ihrem entstellten Gesicht sah es aus, als ob sie bei jedem Treffer Grimassen schnitte, und auch das trug zur Unterhaltung bei. Der Mann neben mir, der ohne Lider, blieb zuerst fast ganz verschont, er sah einfach zu gewöhnlich aus. Bis die Meute begriffen hatte, dass er seine Augen nicht schließen konnte. Dann wurde er zum Zentrum eines neuen Spiels, von dem keiner hätte sagen können, wer es sich ausgedacht hatte, und dessen Regeln sie doch alle verstanden. Was die eine Schlange weiß, wissen auch alle anderen. Zuerst versuchten sie, ihn mit Kieselsteinen exakt in die Augen zu treffen, aber dann fiel ihnen etwas noch Spaßigeres ein. Sie warfen mit Krügen nach ihm, wohl kaum mit Wein gefüllt, sondern mit Essig und ähnlich beißendem Zeug, versuchten sie so zu werfen, dass sie über seinem Kopf oder noch besser an seiner Stirn zerschellten und die Flüssigkeit ihm in die Augen lief. Schließlich traf ein feuchter Lappen, mit eingeknoteten Steinen links und rechts beschwert, sein Ziel so genau, dass er sich ihm über die Augen legte und sich nicht abschütteln ließ. Ich hörte ihn schreien und immer weiter schreien, und gleichzeitig erklangen vom Platz her Bravorufe, und ich sah, wie ein Mann bejubelt wurde, das war wohl der treffsichere Schütze. Womit er das Tuch getränkt hatte, weiß ich nicht, es muss eine scharfe Flüssigkeit gewesen sein. Sie hat es dem Mann erspart, durch langsames Austrocknen seiner Augen blind zu werden. Von diesem Tag an hat er nie wieder etwas gesehen.«

Ich hätte den Mund halten sollen, aber ich musste die Frage einfach stellen. »Wie lang hat es gedauert?«

»Nicht sehr lang«, sagte der Halbbart. »In dem Bären war durch die Schmerzen eine Wildheit erwacht, von der alle geglaubt hatten, sie sei ihm ein für alle Mal ausgetrieben. Als ihn wieder ein Stein direkt auf die Schnauze traf, durchschlug er mit seinen Pranken eines der Bretter in der Wand und hätte es wohl geschafft, sich ganz zu befreien, wenn ihm nicht die Wachleute ihre Speere in den Rücken getrieben hätten. Das Volk auf dem Platz ergriff die Flucht, denn so mutig die Drachenschlangen gemeinsam sind, so feige sind sie auch. Die Salzburger werden andere Vergnügungen gefunden haben, dafür hatte der Erzbischof gesorgt. Von ferne hörte man schon die Musik.

»Uns vier ließ man frei, wir waren zu nichts Weiterem mehr nützlich. Der Mann mit der Hasenscharte hatte blutige Stellen im Gesicht, wollte aber trotzdem auf schnellstem Weg in seinen Pferdestall zurück. Er habe schon zu viel Arbeit versäumt, sagte er, und wolle keine Schwierigkeiten mit dem Stallmeister bekommen. Bei der Frau war wegen ihres Geschwürs nicht zu erkennen, ob sie größere Verletzungen erlitten hatte, etwas Lebensgefährliches kann nicht dabei gewesen sein. Sie meinte, zumindest sei es ein guter Tag zum Betteln, an solchen Festen gingen die Geldbeutel leichter auf als sonst. Ich selber konnte keinen solchen Gleichmut aufbringen, aber Flucht war wichtiger als Rache. Zum Glück waren die Grenzwachen der benachbarten Grafschaft nachlässig, und ich konnte meinen Weg ungehindert fortsetzen.«

»Und der Blinde?«

»Als sie ihn losmachten, hat er darum gebeten, dass sie ihn töten sollten, aber sie haben ihm diese Gnade nicht gewährt. Verstehst du jetzt, warum ich meine, dass Menschen gefährlicher sind als Wölfe?«

Das siebzehnte Kapitel
in dem der Sebi ins Kloster kommt

Ich bin jetzt im Kloster, und es gefällt mir überhaupt nicht. Der Geni sagt, ich muss durchhalten, aber ich weiß nicht, ob ich das kann. Ich habe es mir anders vorgestellt.

Unsere Mutter ist gestorben, ohne dass man vorher etwas gemerkt hat. Zuerst hat sie nur Kopfweh gehabt, dann sind ihre Beine dick geworden, und sie hat keine Luft mehr bekommen. Auch der Halbbart hat nicht gewusst, wie die Krankheit heißt. Manchmal kann man nichts machen, sagt er.

Ich habe das Grab für sie ausheben wollen, aber der Poli hat mir die Schaufel weggenommen. Er hat das Eisen in die Erde gehauen, als ob er mit Wut etwas ändern könnte. Das Loch war dann nicht überall gleich tief und der Rand nicht schön gerade, aber ich habe nichts gesagt.

Aus Einsiedeln hatten sie jemanden zum Beten an die Beerdigung geschickt, weil unser Wald ihnen gehört. Noch am Grab hat ihm der Geni eine Botschaft für den Fürstabt mitgegeben, er solle erlauben, dass ich als Abtsmündel ins Kloster eintreten könne, um später vielleicht einmal Postulant zu werden. Jetzt, wo ich ein Vogtskind sei, müsse sich jemand um mich kümmern. Der Geni meint, er könne das nicht, sondern falle selber anderen Leuten zur Last. Mich ins Kloster aufzunehmen wäre ein Ausgleich, hat er dem Abt ausrichten lassen, weil der Unfall doch im Klosterdienst passiert ist.

Ein paar Tage später ist schon die Nachricht gekommen, dass der Abt zugestimmt hat. Der Geni hat gemeint, ich solle sofort hingehen; wenn man solche Sachen aufschiebt, werden sie nur schwerer. Es ist auch ihn hart angekommen, das habe ich gemerkt, aber erleichtert war er doch auch. Ich bin zwar immer noch sein Bruder, aber jetzt bin ich auch eine Verantwortung.

Der Geni hat mich vom Poli nach Einsiedeln begleiten lassen. »So könnt ihr euch in Ruhe voneinander verabschieden«, hat er gemeint. Aber mir war nicht ums Reden, und dem Poli sind auch keine Worte eingefallen. Zum Abschied wollte er mir seinen Bogen schenken, aber ich habe ihn nicht genommen. Im Kloster darf man nichts besitzen, und außerdem hätte es ihn gereut, das konnte man merken. Bevor ich hineingegangen bin, hat er mich umarmt, und das war seltsam. Er hat das vorher nie gemacht.

Ich habe nicht geweint, obwohl mir drum war.

Ich hatte erwartet, im Kloster würde alles heilig sein, aber in Wirklichkeit ist es vor allem kalt. Am wärmsten ist es noch im Skriptorium, von den Kerzen und weil die Schreiber so eng aufeinander sitzen. Ich darf dort aber nicht hinein, obwohl es mich interessieren würde, nicht nur wegen der Wärme. Es war dumm von mir, dass ich gedacht habe, es gibt nur zwei Bücher. Es gibt mindestens hundert, und sie müssen immer wieder abgeschrieben werden, weil, wenn man nur eines davon hat und es passiert ihm etwas, dann ist man blöd dran.

Im Refektorium, das ist dort, wo wir essen, brennt immer ein großes Feuer, aber nicht an dem Ende, wo wir Abtsmündel und die Postulanten sitzen. Wir dürfen nur das Holz dafür holen. Ich finde, man friert noch mehr, wenn man sieht, wie andere es warm haben. Direkt neben Fürstabt Johannes sitzt Bruder Adalbert, das ist der Mönch, der damals in St. Peter und Paul gewesen ist, wegen der Sache in Finstersee, und sein Amt heißt Prior. Ich habe seine Stimme sofort erkannt; wenn er etwas sagt, hört man es im ganzen Raum. Eigentlich dürfte man während der Mahlzeiten nicht reden, weil dann jemand etwas vorliest, aber wenn ihn der Abt etwas fragt, muss er Antwort geben.

Auch das Essen ist nicht so, wie ich es mir vorgestellt habe. Im Dorf haben sie Wunderdinge erzählt, was im Kloster alles aufgetischt wird, aber in Wirklichkeit ist es ganz anders. Für das bisschen, das sie einem hier vorsetzen, würde das Teufels-Anneli noch nicht einmal eine halbe Geschichte erzählen. Die Schüsseln werden zuerst vor den Abt hingestellt und wandern dann die langen Tische entlang, zuerst zu den hochadligen Mönchen und dann zu den adligen; bis sie bei uns ankommen, haben die andern schon alles Gute herausgefischt. Der Geni hat gesagt, ich muss die Zähne zusammenbeißen, das wäre aber einfacher, wenn man auch etwas dazwischen hätte. Bruder Fintan sagt, Völlerei ist eine Todsünde, aber satt sein wollen ist noch lang nicht Völlerei, finde ich.

Bruder Fintan ist der Novizenmeister und muss sich um die Neuen im Kloster kümmern. Er ist aber mehr ein Wachhund, und wir Abtsmündel und Postulanten sind die Schafe, die er anbellt. Er sagt, dass er sich sein Amt nicht ausgesucht habe und es nur aus benediktinischem Gehorsam ausübe, er bete jeden Tag, der Abt solle ihm eine andere Aufgabe zuteilen, etwas, das ihn näher zu Gott bringe, aber ich glaube ihm das nicht. Wenn er Ohrfeigen verteilt oder mit dem Stock schlägt, dann merkt man, dass es ihm Freude macht. Für alle möglichen Dinge hat er sich besondere Strafen ausgedacht, wenn zum Beispiel jemand zu spät zur Matutin kommt, muss er bis zur Prim im Oratorium knien bleiben, und zwar nicht auf dem Boden, sondern mit blutten Knien auf einem Haufen aus Heckenrosenzweigen; immer am Freitag müssen wir frische abschneiden. Wenn sie älter sind als eine Woche, sagt Bruder Fintan, sind die Dornen nicht mehr hart genug.

Ich habe die Matutin auch einmal verschlafen und musste auf den Dornen knien, dabei war es gar nicht meine eigene Schuld, sondern der Fintan hat uns absichtlich nicht geweckt, obwohl das zu seinem Amt gehört. Er habe es aus erzieherischen Gründen unterlassen, sagt er, wir sollten lernen, selber Verantwortung vor dem Herrgott zu übernehmen. Ich glaube aber, dass er nur Gelegenheit für Strafen sucht. Man darf sich nicht beschweren, auch nicht, wenn man recht hat, sonst bekommt man den Stock zu spüren. »Schlage deinen Sohn mit der Rute, so rettest du sein Leben vor dem Tod«, sagt er dann, das stehe in der benediktinischen Regel. Wenn ich wirklich sein Sohn wäre und er mein Vater, würde ich dafür beten, dass er auf die Gemsjagd geht und sich den Hals bricht.

Meine ersten Prügel habe ich gleich am Tag meiner Ankunft bezogen, weil ich gefragt habe, ob ich das Schreiben lernen darf. »Ich werde dir schon noch benediktinische

Bescheidenheit einprügeln«, hat Bruder Fintan geschrien, »und wenn ich dafür zehn Stöcke auf deinem Rücken zerbrechen muss, Eusebius.« Ich habe mich immer noch nicht daran gewöhnt, dass sie mich hier Eusebius rufen; im Dorf hat mich niemand so genannt.

Für ein paar Wochen bin ich als Sauhirt eingeteilt. Der richtige – kein Bruder, sondern einfach einer aus dem Ort, Balduin heißt er – ist so blöd gestürchelt, dass er sich einen Arm gebrochen hat, und muss jetzt erst einmal warten, bis der wieder zusammengewachsen ist. Auch im Kloster ist Säue hüten so ziemlich das Unterste, das man als Arbeit bekommen kann. Bei uns im Dorf macht das der Tschumpel-Werni, dazu langt es ihm, und wenn er auf den Boden scheißt, stört das die Schweine nicht. Die Herde zum Weiden unter die Eichen treiben, das geht, und wenn man in der Küche die Essensreste abholt, bekommt man manchmal einen Bissen für sich selber ab. Aber ich muss auch die Ställe ausmisten, bis zu den Waden steht man da mit blutten Beinen im Dreck, und das ist ekelhaft, vor allem, weil ich nur die eigenen Kleider habe. Ein Habit muss ich mir erst verdienen, sagt Bruder Fintan, und er allein bestimmt, wann es so weit ist.

Wir sind nur zwei Abtsmündel; sonst sind alle Neulinge Postulanten oder schon Novizen und haben die kleine Tonsur. Der andere ist nur drei Jahre älter, aber man könnte meinen, er sei schon ewig erwachsen. Er heißt Hubertus, und man darf ihm nicht Hubi sagen, sonst ist er beleidigt. Wir sind keine Freunde, dafür bin ich ihm zu nüütig, aber beim Essen sitzen wir nebeneinander, und bei der Arbeit sind wir auch viel zusammen. Der Hubertus ist zwar auch nur ein Abtsmündel, aber er sagt, das ist nur vorübergehend, und bald wird er Postulant. Er hat sogar schon ein richtiges Habit, das hat er selber ins Kloster mitgebracht, und zwar aus einem ganz feinen Stoff. Er hat sogar ein zweites Skapulier dazu, und wenn eines nur den kleinsten Fleck hat, wäscht er es sofort und zieht das andere an. Er sagt, wenn man es zu etwas bringen will, dann ist es wichtig, wie man aussieht. Unsere Mutter hatte ein ganz ähnliches Sprichwort: »So wie man tut kommen, so wird man auch genommen.«

Ich will nicht an sie denken, das macht mich traurig.

Der Hubertus erzählt nichts von sich; wenn man ihn nach seiner Herkunft fragt, weicht er aus. Ich weiß nur, dass er aus Engelberg kommt, aus einer reichen Familie, denke ich, nicht nur wegen des eigenen Habits, sondern überhaupt. Wenn einer als Kind nie Hunger gehabt hat, dann kommt er anders heraus als unsereins. Er erinnert mich ein bisschen an den kleinen Eichenberger, wenn dem einmal der Magen knurren würde, er wüsste gar nicht, was das Geräusch bedeutet. Auch der Bruder Fintan scheint den Hubertus für etwas Besonderes zu halten; ich habe auf jeden Fall noch nie gesehen, dass er ihm eine gefitzt hätte. Für die harten Arbeiten, beim Vieh oder auf dem Feld, teilt er ihn nie ein, sondern nur zu leichten Sachen wie die Silberleuchter vom Altar polieren. »Füdliarbeiten« hat unsere Mutter das genannt, weil man dabei sitzen kann.

Ich will nicht an sie denken.

Im Kloster, das hätte ich mir vorher auch nicht vorgestellt, wird noch mehr gerätscht als im Dorf, und ich habe zwei Mönche miteinander chüschelen hören, der Hubertus sei der Bankert von einem Prälaten aus Engelberg oder sogar das Abtskind vom Kloster dort. Von mir aus kann er das Kind von irgendwem sein, mir ist das egal, ich bin auch nicht von Adel. Mit dem Hubertus habe ich wenigstens jemanden zum Reden; für die Mönche bin ich ein Garnichts, und die Novizen halten sich die Nase zu. Es stört mich nicht einmal, dass er immer nur von sich selber spricht, was er alles kann und was er später einmal werden will. Er kann aber auch wirklich viel, Sachen, die wahrscheinlich noch nie ein Postulant gekonnt hat, und auch die Novizen müssen sie erst noch lernen. Zum Beispiel kann er die ganze Messe auswendig singen, vom *Introitus* bis zum *Ite missa est,* und er weiß sogar, was die Worte bedeuten. Er hat es mir einmal vorgemacht, mit allen Bewegungen, nur eine richtige Hostie hat er natürlich nicht gehabt. Ich habe die ganze Zeit gedacht, jetzt kommt gleich ein Blitz vom Himmel, weil man mit solchen Sachen nicht spielen darf. Es ist aber kein Blitz gekommen.

Zu den Gebeten kommt er immer als Erster, dafür habe ich schon zwei Mal gesehen, dass er während der Matutin eingeschlafen ist. Es hat es aber keiner gemerkt, denn er macht beim Schlafen ein frommes Gesicht. Dafür betet er beim Tischdecken oder Holzholen manchmal laut, wenn Bruder Fintan in der Nähe ist. Einmal hat er auf Latein ein Gebet gesagt, das der Fintan nicht gekannt hat, und das hat den mehr beeindruckt, als wenn dem Hubertus ein Heiligenschein gewachsen wäre.

Der Hubertus hat mir versprochen, dass er mir Latein beibringt, zumindest die wichtigsten Worte, und ich muss ihm dafür zeigen, wie Schachzabel geht. *»Ora et labora«* ist das erste, das ich zu übersetzen gelernt habe, es heißt »Bete und arbeite«. »Postulant« weiß ich auch, das ist einer, der etwas erbittet. Aber ich habe nicht darum gebeten, hierher zu kommen, sondern man hat mich einfach geschickt, und nur weil ich mir das vorher einmal überlegt hatte, war es doch noch keine Entscheidung. Und Säue hüten habe ich mir bestimmt nie gewünscht. Es ist unangenehm, wenn im Oratorium alle von einem wegrücken, weil man so stinkt.

Dabei stört mich das ständige Beten noch am wenigsten. Ich freue mich sogar darauf, weil man in der Zeit nicht arbeiten muss, und das gemeinsame Singen gefällt mir auch. Ein Bruder, Zenobius heißt er, hat eine so tiefe Stimme, dass es einem im Bauch chruselt. Für die Gebete ist mein gutes Gedächtnis nützlich, ich kann schon ganz viele mitsprechen, wenn ich auch bei den meisten noch nicht weiß, was sie bedeuten. Das macht aber nichts, im Himmel verstehen sie alle Sprachen und können sich übersetzen, was ich sage. In der Nacht bete ich manchmal für mich selber, meistens, dass ich wieder heimdarf. Ich denke mir dann aus, dass der Geni heiratet, wenn mir auch nicht einfällt, welche Frau ihn nehmen würde, wo er nur ein Bein hat. Aber es wäre dann wieder jemand im Haus, und es gäbe keinen Grund mehr, dass ich nicht auch dort sein darf. Oder ich bete, dass das Kloster abbrennt.

Das achtzehnte Kapitel
in dem der Hubertus die Welt erklärt

Ich glaube, der Hubertus kommt in die Hölle. »Der Spötter ist ein Greuel vor den Leuten«, hat der Lektor einmal beim Mittagessen vorgelesen. Ich weiß zwar nicht genau, was ein Greuel ist, aber der Hubertus ist ganz bestimmt einer.

Der Arm vom Balduin ist einigermaßen zusammengewachsen, und er hat die Schweine wieder übernommen. Einen Tag lang waren wir noch zusammen beim Weiden, und ich habe die Gelegenheit benutzt, um in der Alp zu baden und meine Sachen zu waschen. Am Abend waren sie zwar noch feucht, und während der Vesper habe ich gefroren, aber ich stinke wenigstens nicht mehr, oder doch nicht ganz so fest. Die Arbeiten, die ich jetzt zugeteilt bekomme, sind auch weniger unangenehm. Gestern wurden wir beiden Abtsmündel zum letzten Jäten vor dem Winter in den Kräutergarten geschickt; im Vergleich zum Schweinehüten ist das schon fast wie Sonntagsruhe. Eingeteilt waren wir beide, aber wie das mit dem Hubertus so ist: Gejätet habe die ganze Zeit nur ich. Er hat gemeint, mit seinem schönen Skapulier kann er nicht auf der Erde herumrutschen, und Schwielen darf er auch nicht bekommen, weil er später im Skriptorium arbeiten will, da braucht man feine Hände, und deshalb hat er mir nur den Korb für das Unkraut hinterhergetragen. Mit dem, was ich ausreiße oder aus dem Boden hacke, werden die Stallhasen gefüttert, und eigentlich ist das nicht gerecht: Wir Abtsmündel müssen für das Futter sorgen, aber wenn es dann wirklich einmal Hasenbraten gibt, bleiben für den untersten Tisch bestenfalls ein paar Knochen. Und wenn wir die abnagen, wirft uns der Bruder Fintan Völlerei vor.

Während ich gearbeitet habe, hat mir der Hubertus einen Vortrag gehalten, man könnte fast sagen: eine Predigt, aber eine von der Sorte, mit der man sich keinen Heiligenschein verdient. Sie hat von dem gehandelt, was ihm am wichtigsten ist, nämlich von ihm selber, und wie er es anstellen will, um es im Leben einmal weit zu bringen. Er hat schon alles ganz genau geplant, aber nicht wie der Geni, der die Sachen überlegt und dann auch so macht, sondern mehr wie in einem Traum, wo alles möglich ist. Zuerst, sagt er, will er sich hier im Kloster bei den wichtigen Leuten beliebt machen, damit sie ihn wegen seiner besonderen Frömmigkeit möglichst bald Novize und dann auch Mönch werden lassen, obwohl er nicht von Adel ist. Und wenn er das erreicht hat, will er nicht in Einsiedeln bleiben, sondern der Abt soll ihn an eine Universität schicken, am liebsten nach Paris, und ihn dort Theologie studieren lassen.

»Bist du denn besonders fromm?«, habe ich gefragt, und er hat mich ausgelacht, wie wir im Dorf den Tschumpel-Werni auslachen, wenn er auf den Boden scheißt. »Es kommt nicht darauf an, dass man es ist«, hat er gesagt, »wichtig ist nur, dass die anderen es denken. Wirklich fromm ist sowieso niemand, wahrscheinlich nicht einmal der Papst.« Da habe ich zum ersten Mal gedacht, dass er in die Hölle kommt. »Der letzte wirklich fromme Papst war Coelestin«, hat er gesagt, »der war so heilig, dass man ihn für nichts hat brauchen können, und er ist ja auch zurückgetreten.«

Ich habe keine Ahnung, woher er all diese Sachen weiß und ob sie überhaupt stimmen, aber er sagt sie so, als ob er ganz sicher wäre. Vielleicht ist es ja mit dem Wissen dasselbe wie das, was er von der Frömmigkeit sagt: Es reicht, wenn die anderen es einem zutrauen.

»Unser Abt, der hochwürdige Fürstabt Johannes von Schwanden«, hat der Hubertus weitergepredigt, »der ist ja auch nicht wegen seiner Heiligkeit für das Amt bestimmt worden, sondern wegen seiner Familie. Sein Onkel hat den Posten auch schon gehabt und vor dem noch ein anderer Verwandter. Man muss zu den richtigen Leuten gehören oder die richtigen Leute beeindrucken, sonst bringt man es zu nichts. Und ich …«

Ich glaube, mit dem Hubertus könnte man vom Geißenmelken reden oder vom Schindelnspalten, egal von was, nach den ersten drei Sätzen würde er immer auf sich selber kommen.

»Und ich«, hat er gesagt, »habe nicht die Absicht, mich mein Leben lang in einem Kloster einsperren zu lassen oder mir jeden Tag langweilige Beichten anzuhören und dafür Bußen zu verteilen, die doch nichts an den Sünden ändern. Ich will einmal einen Posten haben, zu dem ein Stall voller Pferde gehört, und wenn ich mit den Fingern schnippe, kommen zehn Diener gelaufen.« Genau so, habe ich gedacht, redet der Poli davon, dass er Soldat werden will und reich nach Hause kommen. Unsere Mutter hat dann jedes Mal den Kopf geschüttelt und gesagt …

Ich will nicht an sie denken. Wenn man etwas nicht mehr hat, ist es besser, man vergisst es. Das sagt der Halbbart auch, obwohl ich nicht glaube, dass er jemals etwas vergessen hat.

Der Hubertus hat die ganze Zeit weitergeredet, und wenn ich ein paar Sätze von seiner Predigt verpasst habe, war das nicht schlimm, es ist sowieso nur um ihn gegangen und wie wichtig er einmal sein will.

»Die Menschheit ist wie ein Körper«, hat er mir erklärt, »die Geistlichkeit ist der Kopf, der alles lenkt, die Ritter sind die Arme, die es zum Kämpfen braucht, und die Bauern sind die stinkigen Füße und müssen die anderen tragen. Bauer will ich bestimmt nicht sein, und als Ritter muss man geboren werden, und dieses Glück habe ich nicht gehabt. Aber vielleicht ist das auch ganz gut, denn so ein Ritter muss früher oder später in eine Schlacht ziehen, und da kann man sich gleich nackt in den Wald stellen und auf die Wölfe warten. In der Kirche hingegen …« Er hat ein Gesicht gemacht wie das Teufels-Anneli, wenn es ans Essen denkt, und hat mich gefragt: »Hast du dir schon einmal überlegt, für was die Kirche gut ist?«

Das war eine seltsame Frage. Die Kirche ist die Kirche. Man fragt ja auch nicht, für was der Wind gut ist. »Um Gott zu dienen«, habe ich gesagt.

»Um etwas zu werden«, hat der Hubertus mich verbessert. »In der Kirche kann man hoch hinaufkommen, wenn man es richtig anstellt. Auch ein einfacher Mönch. Meinst du, Purpur würde mir stehen?«

Ich habe nicht gewusst, was Purpur ist, und der Hubertus hat so verächtlich getan, als ob das jeder wüsste und nur ich sei zu dumm dazu. Es ist eine besondere Art von Rot, sagt er, fast die teuerste Farbe der Welt. Nur das Blau, das man für den Mantel der Jungfrau Maria braucht, sei noch teurer, weil es aus gemahlenen Edelsteinen hergestellt wird. Purpur, sagt der Hubertus, wird aus Schnecken gemacht, was ich ihm nicht wirklich glaube. Aber manchmal sind gerade die verrücktesten Dinge wahr, und was sollte der Hubertus für einen Grund haben, sich so etwas auszudenken? Ich weiß zwar, dass er manchmal lügt, aber doch nur, wenn ihm die Lüge auch etwas nützt.

»Bischof ist besser als Kardinal«, hat er gesagt, »obwohl Kardinal höher ist. Aber als Kardinal muss man den Papst wählen, und wenn man sich da auf die falsche Seite schlägt, kann man sich mächtige Feinde machen. Der König von Frankreich zum Beispiel hat bei der letzten Papstwahl unbedingt gewollt …« Er brach mitten im Satz ab, kniete sich in den Dreck, Skapulier hin oder her, und murmelte etwas vor sich hin. Für jemanden, der ihm dabei zuschaute, muss es ausgesehen haben, als ob er fleißig am Jäten und gleichzeitig am Beten wäre. Natürlich gab es auch wirklich einen Zuschauer, darum hat er es ja gemacht. Der alte Infirmarius, Bruder Kosmas, war in den Garten gekommen, um unsere Arbeit zu überwachen. Er ist kurzsichtig und musste sich weit hinunterbeugen, um die Pflanzen im Beet zu erkennen. »Brav, brav«, hat er dann anerkennend gesagt, »sehr sauber gearbeitet.« Aber er sagte es zum Hubertus, der die ganze Zeit keine Hacke in der Hand gehabt hatte. Mich schien es überhaupt nicht zu geben.

Und der Hubertus heuchelte weiter. »Wenn es erlaubt ist, Bruder Infirmarius, möchte ich gern eine Frage stellen.«

»Ja, mein Sohn?« Zu mir hat hier im Kloster noch nie jemand »mein Sohn« gesagt.

»Diese Pflanzen hier – sind das dieselben, die in der Heiligen Schrift vorkommen?«

Bruder Kosmas hat ein überraschtes Gesicht gemacht. »Welche Stelle meinst du?«, hat er gefragt.

»Da, wo das Manna in der Wüste beschrieben wird. ›*Quod erat quasi semen coriandri.* Es war wie Koriandersamen.‹«

Der Infirmarius lachte. »Das ist kein Koriander, mein Sohn. Das sind ganz gewöhnliche Peterli. *Petroselinum.*« Der Hubertus hat zwar einen geschwollenen Kopf, so eingebildet ist er, aber wenn es ihm etwas nützt, kann er ganz bescheiden und unterwürfig tun. »Ich bitte um Verzeihung«, sagte er. »Ich kenne mich halt in der Bibel besser aus als im Garten.«

»Dann sollten wir vielleicht eine andere Tätigkeit für dich finden.« Bruder Kosmas nickte ihm noch einmal zu und ging zum Kloster zurück. Hubertus wartete, bis der Infirmarius hinter der Pforte verschwunden war, dann stand er auf und klopfte sich das Skapulier sauber. Sein Gesicht war ein bisschen wie das vom Poli, wenn er etwas angestellt hat und keiner hat es gemerkt. »Was wollen wir wetten, dass ich schon bald im Skriptorium anfange?«

»Es ist gemein«, sagte ich, »ich mache die Arbeit, und du bekommst das Lob dafür. Dabei kennst du nicht einmal den Unterschied zwischen Koriander und Peterli.«

Dem Hubertus sein Grinsen wurde noch breiter.

»Manchmal muss man sich in der einen Sache dumm stellen, damit sie einen in der anderen für besonders klug halten.«

Heuchelei ist eine Sünde, und wenn der Hubertus dafür in die Hölle kommt, hat er das auch verdient. In der Heiligen Schrift kennt er sich aus, das muss man ihm lassen, nur heißt das bei ihm nicht, dass er auch fromm ist. Im Gegenteil, ich finde, er ist ein Ketzer, wenn er die verbotenen Sachen auch nicht so direkt sagt, sondern drum herum redet. Es werde wohl schon so sein, dass alles stimmt, was einen die Kirche lehrt, meint er, da wolle er gar nicht dran zweifeln, aber das sei doch alles für das einfache Volk bestimmt, für Leute, die nie einen Platz im Chorgestühl bekämen. Die müssten sich an alle Regeln halten, die die Kirche verkünde, und das sei auch richtig so, wegen der Ordnung und weil sie es nicht besser verstünden. Aber die Oberen, diejenigen, die die Regeln auslegten, könnten für sich selber immer eine Ausnahme machen, und deshalb wolle er auch einmal zu diesen Oberen gehören, es müsse nicht gerade Bischof oder Abt sein, aber etwas Höheres schon.

Ich habe ihm widersprochen und gesagt, so dürfe er über Äbte und Bischöfe nicht reden, die seien doch wie Richter, die sich auch besonders streng an die Gesetze halten müssten, gerade weil sie sie so gut kennten. Der Hubertus hat gelacht und gemeint, wenn ich das von einem Richter glaube, dann beweise das nur, dass ich von der Welt keine Ahnung hätte, aber ich sei halt in einem Dorf aufgewachsen, wo man solche Großmuttergeschichten noch mit der Wirklichkeit verwechsle. Nein, es sei schon so, dass sich die Mehrbesseren ihre eigenen Gesetze machten oder die

Gesetze so lang auf den Kopf stellten, bis sie ihnen passten, mit ein bisschen Phantasie finde sich immer ein Weg. Man müsse nur die Macht haben, damit sich niemand traue, einem zu widersprechen.

»Ich kann das nicht glauben«, habe ich gesagt, und er: »Ich werde es dir beweisen.« Und dann hat er verlangt, ich solle ihm erklären, warum der Biber ein Fisch sei.

»Ein Biber ist kein Fisch«, habe ich gesagt.

»In der Fastenzeit schon«, hat der Hubertus gesagt. Das, was er mir dann erzählt hat, habe ich nicht glauben wollen, aber es scheint zu stimmen. Ich kenne die Fratres in der Küche vom Einsammeln der Reste für die Schweine, und sie haben es mir bestätigt. »Der Fisch lebt im Wasser, und der Biber lebt auch im Wasser«, hat ein Bischof beschlossen, »deshalb ist der Biber ein Fisch und darf in der Fastenzeit gegessen werden.«

»Es findet sich immer ein Weg«, hat der Hubertus gesagt. »Man muss nur fromm genug tun.«

Das Teufels-Anneli hat einmal die Geschichte von einem Heuchler erzählt, der in der Hölle sitzt; jedes Mal, wenn er zu trinken bekommt, hat der Krug ein Loch. Er will sich beschweren, und der Teufel sagt zu ihm: »Dieser Krug ist so voller Wasser wie deine Rede voller Wahrheit.«

Man soll nicht schadenfreudig sein, aber ich finde es tröstlich, dass der Hubertus ganz bestimmt in die Hölle kommt.

Das neunzehnte Kapitel
in dem das Kloster Besuch bekommt

Die Mönche, die schon lang in Einsiedeln sind, können einem schon am Morgen sagen, wie reichhaltig das Abendessen sein wird. Zuerst habe ich nicht verstanden, wie sie das machen, aber dann habe ich gemerkt: Sie müssen dafür nur in den Heiligenkalender schauen. An Tagen mit einem wichtigen Heiligen gibt es Fisch und bei einem sehr wichtigen sogar Fleisch, wenn auch meistens kein gutes, sondern es ist ganz stark mit Knoblauch und Bohnenkraut gewürzt, damit man nicht merkt, dass es eigentlich schon stinkt. Die meisten Heiligen sind aber nichts Besonderes, und an ihren Tagen bekommen wir nur Hirsebrei. An Sankt Kunibert hatten wir uns alle schon auf magere Kost eingestellt, und trotzdem hat es an diesem Tag ein Festessen gegeben, so viel von allem, dass sogar bei uns Abtsmündeln noch halbvolle Schüsseln angekommen sind. Die Küchen-Fratres haben extra ein Schwein gemetzget, das fetteste von allen; der Balduin und ich haben ihm aus Spaß Bruder Korbinian gesagt, weil der Cellerarius so heißt, und der hat einen richtig dicken Bauch. Ich habe ein Stück Brustspitz erwischt, da muss man zwar lang daran herumkauen, aber es ist schön fett, und man wird satt davon. Ich hatte schon fast vergessen, wie das ist, überhaupt keinen Hunger mehr zu haben. Auch Bier haben wir bekommen, nicht wie sonst das dünne Zweitbier, das aus der schon einmal ausgekochten Maische gebraut wird und das die jüngeren Mönche Seichwasser nennen, sondern von dem dunklen, das einem den Mund verklebt und das es sonst nur an Festtagen gibt. Der Hubertus und ich haben jeder einen ganzen Krug davon getrunken, und hinterher war mir trümmlig.

Das Besondere an dem Tag war, dass das Kloster wichtigen Besuch bekommen hatte, »wichtiger als jeder Heilige im Kalender«, sagt der Hubertus. Ich habe vor dem Tor Blätter zusammengefegt, und so habe ich den Trupp heranreiten sehen, auf so mächtigen Rössern, dass das stärkste Pferd vom Eichenberger daneben ausgesehen hätte wie eine Hauskatze neben einem Luchs. Der Hubertus sagt, richtige Schlachtrösser seien das aber nicht, die seien noch viel größer, was ich kaum glauben kann. Nicht auf jedem Pferd ist jemand gesessen, manche haben auch nur das Gepäck getragen. Einer der Reiter hat ein Banner dabeigehabt, ein roter Löwe, der auf den Hinterbeinen steht, und ein anderer hat eine Koppel Hunde mitgeführt, mit langen Leinen am Sattelknauf angebunden. Die Hunde waren aber nicht zahm, nicht so wie der vom Kryenbühl, sondern es waren Riesentiere, vor denen auch ein Wolf davongelaufen wäre. Alle Reiter waren vornehm angezogen, am reichsten ihr Anführer, der hatte seinen Mantel vorne mit einer Agraffe verschlossen, die war aus richtigem Gold, oder es hat doch so ausgesehen. Der Bruder Zenobius, der mit der schönen tiefen Stimme, ist für die Ställe zuständig und hat mir später gesagt: Nur schon für das Geld, das das Sattelzeug von den Reitern gekostet hat, könnte man hundert Bettler ein ganzes Jahr lang durchfüttern, und zwar nicht nur mit Haberbrei. Bei jedem anderen hätte ich gedacht, er übertreibt, aber das ist nicht dem Zenobius seine Art, sondern was er sagt, ist immer gut überlegt. Ich habe läuten hören, dass ihn der vorherige Abt zum Cellerarius machen wollte, aber der Zenobius hat gebeten, ihn bei seiner bescheidenen Aufgabe zu belassen, es sei ihm wohl damit, weil sie ihm genügend Zeit zum Nachdenken und zum Beten lasse.

Am Abend im Refektorium ist dann ein rotgelbes Wams so richtig herausgeleuchtet zwischen all den Mönchshabits. Der Anführer der Besucher hat auf dem Ehrenplatz sitzen dürfen, und man hat ihm alle Schüsseln zuerst hingestellt, noch vor dem Fürstabt und dem Prior. Die anderen von seinem Trupp sind etwas weiter unten gesessen, aber immer noch bei den hochadligen Mönchen, und während dem Essen haben sie so laut geredet und gesungen, dass man den Vorleser nicht mehr gehört hat. Sogar der Bruder Fintan, dem die Regeln sonst so wichtig sind, hat aus voller Kehle mitgesungen, als ob er nicht der Novizenmeister wäre, sondern der Doctor cantus.

Der Hubertus sagt, das Wappen mit dem roten Löwen bedeutet, dass der Oberste von den Besuchern ein Habsburger sein muss, ein Vetter oder ein Neffe vom Herzog Leopold. Ich muss jedes Mal staunen, dass er solche Sachen weiß, so viel älter als ich ist er doch gar nicht. Der Abt und der Prior müssten sich bei so einem Habsburger einschmeicheln, wie sie nur könnten, hat er gesagt, sie müssten ihm, wenn er es verlangen würde, sogar die Füße waschen, weil, wenn er dem Herzog erzählt, dass sie nicht nett zu ihm waren, dann muss der nur mit den Fingern schnippen, und schon sind sie wieder gewöhnliche Mönche. Über den Herzog Leopold selber hat er so gut Bescheid gewusst, als ob der ihn jede Woche zum Essen einladen würde, dass man ihm »der Glorwürdige« sagt oder auch »das Schwert Habsburg«, dass sein Vater ermordet worden ist und dass er einen Bruder namens Friedrich hat, der König werden will. Diesen Wunsch wird sich der Hubertus aber ausgedacht haben, er ist ja nicht der Beichtvater von diesem Friedrich. Um noch mehr herauszufinden, auch warum sie hierher ins Kloster gekommen sind, wollte er sich mit einem aus dem Harst anfreunden und mit ihm plaudern, er hatte sich auch schon einen dafür ausgesucht, nicht den Obersten, die seien zu vornehm, aber auch nicht den Untersten, die würden sich nicht trauen, etwas zu sagen. Wissen sei immer nützlich, meint der Hubertus, auch wenn man nie im Voraus sagen könne, für was es sich einmal brauchen lasse.

Diese Anfreunderei hat dann eine blöde Auswirkung gehabt, auch für mich. Der Mann, den er angeredet hat, hat nämlich gemeint, es sei gerade günstig, dass sie ins Gespräch kämen, er brauche jemanden, der etwas für ihn mache, und der Hubertus scheine ihm genau der Richtige dafür zu sein. Ihr Trupp sei jetzt schon ein Weilchen unterwegs, und es sei nie Zeit dafür gewesen, aber jetzt wollten sie mindestens noch zwei Tage bleiben, und da ginge es sich gut aus. Er habe nämlich, weil sie immer kampfbereit sein müssten, ein Kettenhemd in seinem Gepäck, das habe ihm schon mehr als einmal das Leben gerettet, aber er habe es lang nicht mehr anziehen müssen und deshalb habe es Rost angesetzt, das komme davon, wenn die Feinde schon den

Schwanz einzögen, wenn sie einen nur von weitem sähen. Dieses Kettenhemd solle der Hubertus für ihn in Ordnung bringen, es sollten ihn auch ein paar Batzen nicht reuen, wenn es nachher nur wieder richtig glänze. Der Hubertus hat gesagt, er müsse zuerst den Novizenmeister um Erlaubnis fragen, obwohl er mir doch selber erklärt hatte, wir vom Kloster müssten den Besuchern jeden Wunsch erfüllen. Der Grund war aber, dass er die Arbeit nicht allein machen wollte, und weil er gefragt hat, wurde auch ich dazu eingeteilt. Dabei hätte ich mich lieber zum Verdauen in den Schober verkrochen, ich bin es nicht gewohnt, so richtig satt zu sein.

Ich wusste nicht, wie man den Rost von einem Kettenhemd abmacht, und der Hubertus, dieser Alleswisser, hatte auch keine Ahnung; er beschäftigt sich lieber mit Sachen, bei denen man sich nicht die Hände dreckig macht. Aber der Cellerarius kannte sich aus. Er hat ein altes Fass gebracht, bei dem sich die Dauben verzogen hatten, so dass es für Bier nicht mehr zu brauchen war, von dem wurde der Deckel abgemacht, und das Fass zur Hälfte mit Sand gefüllt. Das war schon einmal die erste schwere Arbeit, weil wir den Sand in Eimern vom Ufer der Alp holen mussten. Der Hubertus wollte in seinen Eimer jedes Mal viel weniger einfüllen als ich in meinen, aber das habe ich nicht zugelassen, wenn er uns schon so eine Suppe einbrockt, habe ich gesagt, dann muss er zum Aufessen auch einen gleich großen Löffel nehmen. Es war ein großes Fass, und bis wir genug Sand zusammen hatten, mussten wir ein paar Mal laufen. Dann wurde das Kettenhemd hineingelegt. Es war so schwer, dass ich mir gar nicht vorstellen kann, wie man sich darin bewegen kann. Der Cellerarius hat den Deckel wieder draufgenagelt, und dann ging die Anstrengung erst richtig los: Wir mussten das Fass auf dem Hof hin und her rollen, damit sich die Kettenglieder an dem Sand reiben und so wieder sauber werden konnten. Auf dem holprigen Boden war es nicht leicht, das Fass zu bewegen, und besonders schwierig wurde es jedes Mal, wenn man die Richtung wechseln musste. Natürlich hat der Hubertus auch hier wieder nur so getan, als ob er sich anstrengt, und die wirkliche Arbeit mir überlassen.

Wie wenn das nicht schon schlimm genug gewesen wäre, hatten es sich ein paar von den Besuchern in der letzten Herbstsonne bequem gemacht und schauten uns zu. Weil sie sich gelangweilt haben oder weil sie schon vor dem Mittag betrunken waren, fingen sie an, sich über uns lustig zu machen und uns anzutreiben, wie man Pferde antreibt, wenn sie nicht schnell genug rennen wollen. Mit Stecken haben sie uns gegen die Beine geschlagen, nicht fest, aber unangenehm war es doch. Und dann ist es richtig gefährlich geworden, und das kam so: Als wir wieder einmal am Ende des Hofes angekommen waren und die Richtung wechseln mussten, haben wir das Fass fast nicht mehr in Bewegung bekommen, und sie haben zuerst gerufen: »Hopp das Fass! Hopp das Fass!«, und dann nur noch »Fass! Fass! Fass!«, und das hat einen von ihnen auf eine Idee gebracht. Er ist weggegangen und mit den Hunden zurückgekommen. Nun sind die aber so dressiert, dass sie, wenn man »Fass!« ruft, auf Menschen losgehen, und obwohl die Männer die Leinen manchmal zu zweit festgehalten haben, ist es mir mehr als einmal vorgekommen, als ob wir gleich totgebissen würden, so haben sie die Tiere auf uns gehetzt. Ich habe immer mehr Angst bekommen, und darüber haben sie immer lauter gelacht und die Hunde immer näher an uns herangelassen. Der Hubertus und ich haben versucht, das Fass so schnell zu stoßen, wie wir nur konnten, aber es war immer zu langsam, man konnte an den Waden schon den Atem von den Tieren spüren. Vielleicht habe ich mir das mit dem Atem aber auch nur eingebildet.

Zum Glück ist dann gerade noch rechtzeitig ein Anführer von den Leuten auf den Hof gekommen und hat ihnen befohlen, sie sollen mit dem Blödsinn aufhören, nicht weil er Angst gehabt hat, wir könnten gebissen werden, das wäre ihm egal gewesen, sondern weil er gemeint hat, es ist schlecht für die Hunde. Der Hubertus und ich sind erschöpft auf dem Boden gelegen, und für einmal war es ihm egal, dass sein Habit dreckig wurde.

Als der Cellerarius dann später den Deckel von dem Fass wieder abgemacht hat, war an dem Kettenhemd tatsächlich keine Spur von Rost mehr zu sehen. Er hat es dann noch mit Leinöl eingerieben, und da hat es richtig geglänzt.

Die Besucher sind drei ganze Tage im Kloster geblieben, und für die Mönche war das eine gute Zeit, weil es jeden Tag feines Essen gegeben hat. Der Vornehmste von der Truppe, von dem der Hubertus unterdessen überzeugt ist, dass er ein Bruder vom Herzog Leopold sein müsse, davon gebe es nämlich eine ganze Menge, ist jeden Tag mit dem Abt zusammengesessen, und zweimal ist auch der Klostervogt dazugekommen. Was die drei miteinander besprochen haben, weiß niemand, aber der Hubertus, der immer für alles eine Erklärung hat, meint, dass es etwas mit dem Marchenstreit zu tun haben muss, und die Habsburger sind natürlich auf der Seite des Klosters.

Die anderen Besucher hatten den ganzen Tag nichts zu tun und wären gern auf die Jagd geritten, aber das durften sie nicht, weil sie in der Nähe ihres Anführers bleiben müssen. Sie haben dann ihre Pferde gepflegt, und das war ein beeindruckender Anblick. Wenn ein Trupp solcher Rösser auf mich zugeritten käme, ich würde davonlaufen, so schnell ich nur könnte, und wenn meine Seite deswegen den Krieg verlöre, wäre mir das egal. Aber ewig kann man an einem Pferd nicht herumreiben oder seine Mähne flechten, und die Männer haben angefangen, allerlei Blödsinn anzustellen, Ringkämpfe miteinander und solche Sachen. Einmal haben sie zwei Güggel aus dem Hühnerhof geholt und wollten sie aufeinanderhetzen und einen Hahnenkampf veranstalten, aber die Tiere hatten nur Angst, und zu einem Kampf ist es nicht gekommen. Und dann ist etwas passiert, bei dem ich für einmal besser war als der Hubertus.

Der Mann mit dem Kettenhemd hat ihn nämlich gefragt, ob er Schachzabel kann, und der Hubertus, der immer am Aufschneiden ist, hat ja gesagt, obwohl ich gerade erst angefangen habe, ihm die Regeln beizubringen. Aber schon ganz am Anfang wollte er mit einem Pferd geradeausreiten, wo es doch immer um die Ecke gehen muss, und da hat der Mann ganz schnell gemerkt, dass er nicht drauskommt. Der Hubertus hat eine gewaltige Ohrfeige eingefangen, und die habe ich ihm gegönnt für seine Großtuerei. Ich habe dann all meinen Mut zusammengenommen und zu dem Mann gesagt, wenn er wolle, würde ich gern einmal ein Spiel mit ihm probieren. Den ersten Krieg habe ich dann tatsächlich gewonnen, mehr aus Glück als aus Gescheitheit, und der Mann hat gesagt, ich sei der einzige vernünftige Mensch in diesem Kloster. Er hat aber nicht einfach »Kloster« gesagt, sondern hat vorne an das Wort noch etwas anderes, Unanständiges drangehängt. Wir haben dann noch ein paar Schlachten gekämpft, und ich habe mir vorgestellt, dass der Poli uns dabei zuschaut. Der hat mich immer ausgelacht, weil ich so etwas Unnützliches wie Schachzabel lernen wollte, und jetzt hat sich gezeigt, dass es eben doch etwas Nützliches ist. Der Mann hat mir nämlich eine Flöte geschenkt, die hatte er aus Italien mitgebracht, und hat gesagt, wenn er das nächste Mal nach Einsiedeln komme, müsse ich ihm eine Melodie darauf vorspielen.

An dem Tag, an dem die Besucher wieder weggeritten sind, mussten sich alle Mönche zum Spalier aufstellen, das hatte der Prior so angeordnet. Der Soldat, mit dem ich Schachzabel gespielt hatte, hat mir von seinem Pferd aus zugewunken, aber vielleicht hat er mit dem Winken auch gar nicht mich persönlich gemeint, sondern es war mehr allgemein. So ein Trupp Reiter ist ein beeindruckender Anblick, und wenn ich auch in keinen Krieg ziehen möchte, kann ich doch verstehen, warum der Poli davon träumt, Soldat zu werden.

Das zwanzigste Kapitel
in dem der Sebi davonläuft

Ich bin weggelaufen. Dabei hatte ich gerade angefangen, mich an das Leben im Kloster zu gewöhnen.

Es ist jetzt gerade erst Mittag vorbei, es wird mich also noch niemand vermissen. Bei der Terz und der Sext sind die Regeln nicht so streng, da kann es schon einmal vorkommen, dass einer fehlt. Sie werden denken: Der Eusebius muss wieder Schweine hüten, oder man hat ihn sonst zu einer Arbeit eingeteilt. Erst bei der Vesper gelten dann keine Ausreden mehr. Bruder Fintan hat einmal gesagt: »Die Vesper verpassen, das ist, wie wenn man dem Heiland einen Nagel in die Hand schlägt.« Aber ich glaube ihm nicht. Kein Wort glaube ich ihm mehr. Sie sind alle Heuchler. Alle, alle.

Am liebsten würde ich mich zu Hause verkriechen, aber das geht nicht. Wenn der Prior Leute hinter mir herschickt, damit sie mich ins Kloster zurückbringen, dann ist unser Dorf der erste Ort, wo sie nachschauen, und sie haben mich schnell gefunden. Und vielleicht würde mich der Geni auch gar nicht mehr haben wollen, weil er doch mit dem Abt abgemacht hat, dass der sich in Zukunft um mich kümmert. Er hat eben nicht gewusst, dass im Kloster solche Sachen passieren.

Jedes Mal, wenn ich an den Geni denke und an den Poli,

kommt mir das Augenwasser. Ich werde sie wohl nie mehr wiedersehen oder erst im Jenseits. Ich kann mir nur nicht vorstellen, wie man dort jemanden finden soll. Bei all den Menschen, die seit Erschaffung der Welt gestorben sind, muss das Paradies riesig groß sein. Und wahrscheinlich komme ich gar nicht ins Paradies. Der Geni schon und der Poli vielleicht auch. Aber bestimmt nicht ein weggelaufenes Abtsmündel.

Aber was hätte ich denn sonst tun sollen? Bleiben konnte ich nicht, aber machen, was der Prior verlangt hat, das schon gar nicht.

Der Halbbart hat einmal erzählt, dass er auf dem Weg zu uns durch Länder gekommen ist, in denen kein Kloster etwas zu sagen hat und die Habsburger noch weniger. So eines muss ich finden und mir dort eine Arbeit suchen. Bis ich mich besser auskenne, von mir aus auch Sauhirt. Schweinehüten ist besser als Verhungern. Noch besser wäre es, wenn ich ein Kunststück könnte, auf den Händen laufen oder trommeln wie der Schwämmli, da würden einem die Leute vielleicht Geld dafür geben.

Es ist eine schlechte Jahreszeit zum Weglaufen. So kurz vor dem Winter findet sich nichts mehr Essbares an den Bäumen, und auf den Feldern auch nicht. Das Stehlen würde mich nicht stören, obwohl es eine Sünde ist.

Wenn ich dem Prior gefolgt hätte, wäre das eine noch viel größere Sünde gewesen. Jetzt wird er Angst haben, dass ich ausbringe, was er von mir gewollt hat. Leute, die Angst haben, sind gefährlich, hat der Halbbart einmal gesagt.

Ich bin deshalb nicht in die Richtung losgelaufen, die sie bei mir erwarten würden, nicht auf unser Dorf zu, sondern davon weg, auf dem Schwabenweg, wo all die Pilger herkommen. Aber ich bin kein Pilger, ganz sicher nicht einer, der nach Einsiedeln will. An einer Wegbiegung kurz vor dem Etzelpass habe ich das Kloster zum letzten Mal gesehen, und ich will es nie wiedersehen. Ich kann den Poli verstehen, wenn er sagt, am liebsten würde er es überfallen und abbrennen.

Der Weg zum Etzel führt über eine Brücke, wo nur ein einziges kleines Haus steht. Man nennt sie die Teufelsbrücke, und das ist mir wie ein Zeichen vorgekommen. Das Anneli hat einmal eine Geschichte erzählt, von einem Mann, der aus der Hölle weggelaufen ist, und der Teufel wollte ihn zurückhaben. Er hat ihm seinen Hund hinterhergeschickt, der hat drei Köpfe und an jedem eine so gute Nase, dass er seine Beute eine Tagesreise weit riechen kann. Der Mann hat sich im Dreck gewälzt, hat jeden Tag Knoblauch gegessen und sich mit stinkendem Nieswurz eingerieben, und der Höllenhund hat seine Spur auch tatsächlich nicht gefunden. Aber dann hat sich der Mann in eine Frau verliebt, wollte für sie gut riechen, und hat deshalb mit dem Eindrecken aufgehört. Und genau in dem Moment, wo die beiden zur Hochzeit in die Kirche gehen wollten …

Ich sollte mir besser eine Geschichte über mich selber ausdenken. Wenn mich jemand fragt, wer ich bin und wohin unterwegs, muss ich eine Antwort parat haben. Aber es wird schon niemand fragen; im Habit ist man einer von vielen. Früher ist mir nie aufgefallen, wie viel Mönche überall unterwegs sind, echte und falsche; wenn ein Bettler die schwarze oder braune Kutte anhat, bekommt er von den Leuten eher etwas.

Mit dem Habit hat alles angefangen. Ich hätte merken müssen, dass etwas nicht stimmt, weil der Bruder Fintan plötzlich so zuckersüß zu mir war. Wie wenn ein bissiger Hofhund mit dem Schwanz wedelt, statt zu knurren, und einem ein gebratenes Hühnerbein apportiert.

Ich darf nicht an Essen denken.

Als der Fintan mich geholt hat, war ich am Sandstreuen auf dem hinteren Hof, eine sinnlose Arbeit; man kann dort so viel Sand anschleppen, wie man will, der Boden bleibt trotzdem feucht. Dorthin kommt der Fintan sonst nie, weil man durch den Dreck laufen muss, aber diesmal ist er sogar gerannt. Ich musste sofort mitkommen, und er hat mir ein neues, nirgends geflicktes Habit herausgesucht, mit Tunika, Zingulum und allem. Er hat eine ganze Kiste voll davon, dabei sagt er immer, sie sind zu teuer und das Kloster hat nicht so viel Geld. Ich habe ihn gefragt, ob das schwarze Habit bedeutet, dass ich Postulant werden darf, aber er hat mir keine Antwort gegeben, sondern nur gesagt, ich soll mich beeilen und auch noch das Gesicht und die Hände waschen, weil mich nämlich der Bruder Adalbert zu sich bestellt hat, und wenn man zum Prior gerufen wird, muss man eine Gattung machen. Er hat anders mit mir geredet als sonst, fast ein bisschen ehrfürchtig, weil der Prior derjenige ist, der alle wichtigen Sachen für den Abt erledigt, während der Bruder Fintan nur Novizenmeister ist. Uns Jungen gegenüber benimmt er sich zwar wie der König Nebukadnezar, aber im Kloster gehört er nicht zu den Oberen und kommt auch nur aus ganz niedrigem Adel. Er hätte gern aus mir herausgelockt, was der Prior von mir will. Selbst wenn ich es gewusst hätte, hätte ich es ihm nicht gesagt.

Der Prior schläft nicht mit allen anderen im Dormitorium, sondern hat eine eigene Zelle, aber leider hat er mich nicht dorthin bestellt. Ich hätte sie gern gesehen; im Kloster erzählt man sich, es habe ein Bett mit einer Decke aus Gänsefedern. Ich wurde aber nicht in den Mönchstrakt geschickt, sondern in den großen Keller, dort wo die Weinfässer sind, die Schinken und die Würste. Der Bruder Cellerarius hat vor der Türe auf mich gewartet; eigentlich dürfen Mönche dort nicht hinein und Postulanten schon gar nicht, was man auch gut verstehen kann. Die wären schlimmer als ein Vogelschwarm in einem Kirschbaum und hätten die Fässer schneller leergetrunken und die Vorräte aufgefressen, als man für ein Paternoster braucht. Hinten im Vorratskeller, das wusste ich vorher nicht, ist noch einmal ein Raum, der Eingang hinter dem größten Fass versteckt. Der Bruder Cellerarius hat mit der Faust gegen eine dicke Türe schlagen müssen, um uns anzumelden. Drinnen habe ich nicht alles erkennen können, dafür war es zu dunkel, obwohl auf einem Tisch ein Leuchter mit Kerzen gebrannt hat, richtige Wachskerzen, das hat man riechen können. Ein paar Truhen standen da, ein Gestell mit aufgerollten Dokumenten, und hinter dem Tisch ist der Prior gesessen. Als ich hereingekommen bin, hat er nicht einmal genickt und erst etwas gesagt, als der Cellerarius die Türe wieder hinter sich geschlossen hatte. Er hat strenge Augen, aber vielleicht sah das im Kerzenlicht auch nur so aus.

Als Erstes hat er mich gefragt, ob ich die Benediktinerregel kenne, und ich habe gedacht, es geht um eine Prüfung, um als Postulant aufgenommen zu werden. Mein Gedächtnis ist schon immer gut gewesen, und der Novizenmeister hat uns die Regel so oft vorgelesen, dass ich sie auswendig kann. Ich habe also angefangen, sie von Anfang an aufzusagen, »Höre, mein Sohn, auf die Weisung des Meisters«, aber der Prior hat ungeduldig abgewunken. »Was steht dort über einen Befehl des Abtes?«, hat er gefragt. Ich habe auch diese Stelle gewusst und aufgesagt: »Ein Befehl des Abtes oder der von ihm eingesetzten Oberen habe immer den Vorrang.«

»Der von ihm eingesetzten Oberen«, hat Bruder Adalbert wiederholt. »Also auch ein Befehl deines Priors?«

Ich habe gedacht, das sei ein Teil der Prüfung, und wollte aufsagen: »Der Prior führe in Ehrfurcht aus, was ihm sein Abt aufträgt.« Aber ich habe es nicht zu Ende sagen können, der Bruder Adalbert ist wütend geworden und hat auf den Tisch gehauen, dass der Kerzenleuchter getanzt hat. »Von wem ich meine Aufträge habe, geht dich nichts an«, hat er geschrien, und seine große Stimme hat das Zimmer ausgefüllt. Dann hat er ganz lieb weitergesprochen – die guten Kanzelredner können das, einmal so einen Ton machen und dann gleich wieder einen anderen: »Möchtest du gern Novize werden?« Nicht »Postulant« hat er gesagt, sondern »Novize«.

Jetzt, hinterher, weiß ich, dass er es nicht ernst gemeint haben konnte, weil Einsiedeln doch ein Adelskloster ist, aber im Moment war ich nur überwältigt und habe gesagt: »Sehr gern will ich das.« Den Hubertus mit allem, was der kann, zu überholen, das hätte mich schon gereizt.

»Gut«, hat der Prior gesagt, »dann bekommst du jetzt einen Auftrag von mir. Wenn du ihn zu meiner Zufriedenheit ausführst, werde ich den hochwürdigen Herrn Fürstabt bitten, dass er dir die kleine Tonsur schneiden lässt, wenn der Barbier das nächste Mal ins Kloster kommt.«

Er würde den Abt darum bitten, hat er gesagt, aber ich habe Mönche tuscheln hören, dass Abt Johannes gar nicht wirklich alles selber bestimmt, sondern dass es eigentlich der Prior ist, der im Kloster regiert. Für mich konnte es nur gut sein, wenn es so war, dann würde er sich nicht einmal anstrengen müssen, um sein Wort zu halten.

»Ich werde mir Mühe geben«, habe ich gesagt.

»Gut.« Er ist aufgestanden und zu einer schweren, mit Eisen beschlagenen Truhe gegangen. Von seinem Zingulum hat er einen Schlüssel abgemacht, aber er hat den Deckel von der Truhe noch nicht aufgesperrt, sondern mich zuerst noch einmal etwas gefragt. Etwas, das mich gewundert hat, weil sich ein wichtiger Mönch wie der Prior eigentlich nicht um solche Sachen kümmert.

»Man sagt mir, dass du den Sauhirt vertreten hast«, hat er gesagt. »Stimmt das?«

»Ja, hochwürdiger Herr Prior. Ich habe es bei uns im Dorf gelernt.«

»Gut. Dann sag mir: Was fressen Schweine?«

»Am liebsten Eicheln«, habe ich gesagt, »aber eigentlich alles. Sie sind da nicht anders als die Wildschweine, von denen man sagt: ›Was eine Herde Säue übriglässt, passt unter einen Fingernagel.‹«

»Sehr gut.« Der Prior hat die Truhe aufgeschlossen und ein Bündel herausgenommen, in ein Stück Stoff eingeschlagen wie etwas Kostbares. Er hat das Bündel auf den Tisch gelegt, direkt vor den Kerzenleuchter; es war etwa so groß wie damals das abgeschnittene Bein vom Geni. Ich konnte sehen, dass das Tuch aus einem ganz feinen Material war, und darum hat mich überrascht, was er als Nächstes gesagt hat: »Leg das in den Schweinetrog, und sag mir Bescheid, wenn es verschwunden ist.«

»Verschwunden«, hat er gesagt, nicht »aufgefressen«.

»Und das Tuch? Wem soll ich es zurückbringen?«

Er ist wieder laut geworden, man hat gemerkt: Ihm fällt das leicht. »In den Trog!«, hat er geschrien. »Alles in den Trog! Und nie darüber sprechen, nie und mit niemandem!«

»Oboedio!«, habe ich gesagt. Das hat mir der Hubertus beigebracht, und es heißt: »Ich gehorche.«

Der Prior hat mir das Bündel hingehalten. Als ich es ihm abgenommen habe, hat er seine Hände noch einen Augenblick mit den Handflächen nach oben stehen lassen, es hat ausgesehen wie der Herr Kaplan beim *In manus tuas*. Dann hat er mit seiner lauten Stimme gerufen: »Cellerarius!«, und der ist gekommen und hat mich hinausgeführt.

Es war aber kein Schweinefutter in dem Bündel. Ich habe lang genug für den alten Laurenz gearbeitet und habe sofort gemerkt, was es war.

Das einundzwanzigste Kapitel
in dem ein Kind begraben wird

Ich bin über den hinteren Hof aus dem Kloster hinaus. Das Bündel habe ich im Arm getragen und bei jedem Schritt ein bisschen gewiegt. Ich bin zum Schweinestall gegangen, aber nicht hinein, sondern daran vorbei. Der Gestank dort ist so stark, man wundert sich, dass man ihn nicht sehen kann wie einen Nebel. Zuerst wusste ich nicht, wohin, dann ist mir der Obstgarten eingefallen; so spät im Jahr und bei der Kälte geht dort niemand mehr hin. Unter dem großen Kirschbaum bin ich hingekniet und habe das Bündel auf den Boden gelegt.

Lange Zeit habe ich nur das Tuch angeschaut. Unsere Mutter hatte einen schmalen Bändel aus so etwas Vornehmem, in der kleinen Kiste, in der sie ihre Kostbarkeiten verwahrte, und sie hat ihn nur für den Kirchgang an Ostern und Pfingsten in die Haare geflochten. Ich möchte wissen, wer den Bändel jetzt hat.

Ich will es nicht wissen.

Der Stoff war viel zu wertvoll für den Sautrog, so fein wie die Haut eines neugeborenen Kindes. Als mir der Vergleich eingefallen ist, bin ich erschrocken. In einer Predigt habe ich einmal gehört, dass alle Propheten erschrecken, wenn sie die Zukunft voraussehen.

Ich habe zehn Paternoster gesagt und ein *Sancte Michael Archangele, defende nos* noch dazu. Sicher ist sicher. Dann erst habe ich das Tuch auseinandergeschlagen.

Die trockenen Blätter haben den Kinderkörper eingerahmt, wie die Muttergottes auf dem Altarbild in Kappel von ihrer Glorie eingerahmt wird. Auf den ersten Blick war an dem Mädchen alles so, wie es sein musste: Die Augen zugedrückt, als ob es diese Welt nie hätte sehen wollen, die Hände zu winzigen Fäustchen geballt, wie für einen Kampf, den es schon verloren hatte, die Haare aus Spinnenfäden; man hätte aus ihnen das feinste Tuch weben können. Die Nase war da, das Kinn, das feine Gekringel der Ohrmuscheln. Nur die Lippen hatten die falsche Farbe. Blau. Es kommt vor, dass Kinder bei der Geburt ersticken; wenn sie ein Ghürsch mit der Nabelschnur bekommen, ist das wie die Schlinge vom Galgenstrick. Es war aber auch möglich, dass es atmend aus seiner Mutter herausgekommen war. Neugeborene sind leicht zu töten, sagt der alte Laurenz, es genügt, wenn man ihnen eine Hand über Mund und Nase legt. Sie wehren sich nicht wie ein Erwachsener. Manchmal lächeln sie hinterher sogar, aber es sieht nur so aus. Lächeln muss man lernen.

Der Herr Kaplan hat einmal über den Vers gepredigt »Lasset die Kindlein zu mir kommen«. Er hat erzählt, dass die Seelen der toten Kinder im Paradies eine eigene Wiese haben, voller Blumen, und man kann davon pflücken, so viel man will, sie wachsen immer wieder nach. Dort spielen sie den ganzen Tag, und manchmal kommt der Heiland vorbei und legt seine Hände auf sie und segnet sie. Man muss um Kinder nicht trauern, hat der Herr Kaplan gesagt, sie sind glücklich dort. Aber es dürfen nicht alle auf die Wiese, nur diejenigen, die vor ihrem Tod getauft worden sind. Die anderen begräbt man nicht in geweihter Erde, sondern unter der Traufe vom Kirchendach. Ein ungetauftes Kind ist nicht von der Erbsünde erlöst und darf deshalb nicht ins Paradies. Aber in die Hölle muss es auch nicht, weil es ja noch nichts Böses gemacht hat. Für diese Kinder gibt es einen besonderen Ort, der heißt Limbus, dort ist es immer dunkel, aber das stört einen nicht, man hat auch keine Schmerzen, sondern spürt überhaupt nichts. Ich denke mir das so, wie wenn man Verstecken spielt, und der Sucher muss sich die Augen zuhalten, nur dass er sie nie wieder aufmachen darf. Ich kann es mir nicht wirklich vorstellen, aber dafür gibt es ja die Kirche und die Geistlichen, die schon wissen, wie es richtig ist.

Eigentlich.

Das neugeborene Mädchen, anders passte es nicht zusammen, konnte nicht getauft sein, denn wer getauft ist, gehört auf den Gottesacker und nicht in den Sautrog. Es wird das Kind von einem der Fratres sein, habe ich mir überlegt, man hört immer wieder, dass die nicht alle so heilig sind, wie manche von ihnen tun, und so ein Kind ist schnell gemacht, wie man ja auch beim Hasler Lisi gesehen hat. Vielleicht, habe ich mir überlegt, hat die Mutter den Säugling einfach in der Nacht vor die Pforte gelegt. Nun ist aber ein Kloster ein Ort, wo man keine Kinder haben darf, das würde die gewöhnlichen Leute auf falsche Gedanken bringen. Darum hat der Abt vielleicht dem Prior befohlen, dass er sich um den Säugling kümmern soll, damit der die Leute nicht zum Bösen verführt, und der Prior hat dann …

Der Halbbart sagt: »An manche Dinge soll man besser gar nicht denken.«

Wenn man bei einem Menschen den Moment für die Taufe verpasst hat, meint der Laurenz, dann ist es für immer vorbei, aber ich habe mir gedacht: Um jemandem zu helfen, muss man alles probieren, und vielleicht kann man es doch noch nachholen. Es gibt so viele Menschen auf der Welt, und sie werden im Himmel nicht über jeden einzelnen so genau Buch führen können wie der Cellerarius über seine Schinken. Vielleicht, habe ich gedacht, kann das kleine Mädchen gerade noch durchschlüpfen, oder ich kann mir doch vorstellen, dass es durchgeschlüpft ist, erfahren werde ich es ja nie. Wenn der Hubertus die ganze Messe auswendig aufsagen kann, habe ich gedacht, muss ich doch auch die Worte für die Taufe zusammenbringen, ich war schließlich oft genug bei einer dabei, und es sagen alle, dass ich ein besonders gutes Gedächtnis habe. *Ego te baptizo in nomine patris et filii et spiritus sancti.* Geweihtes Wasser hatte ich keines, aber am Rand vom Baumgarten steht ein Trog für das Regenwasser, über dem habe ich dreimal das Kreuz geschlagen und dann dem Mädchen eine Handvoll Wasser über die Stirn geleert. Es ist ihm über die Backen geflossen, als ob es weinen würde. Ich habe es auf den Namen Perpetua getauft, so wie mein Vater es sich für eine Schwester ausgedacht hatte, die es nie gegeben hat. Die allererste Perpetua war eine Märtyrerin, und man hat sie in der Arena den wilden Tieren vorgeworfen.

Meine habe ich im Wald begraben.

Es hat in diesem Jahr noch nicht geschneit, es ist ja auch erst November, aber am Morgen sieht man schon den

Rauhreif auf den Gräsern, und es wird den ganzen Tag nicht warm. Der Boden war hart wie Stein, aber dort, wo die Schweine nach Eicheln gewühlt hatten, war eine Kuhle, in die man ein Stoffbündel mit einem toten Kind legen und mit Erdschollen zudecken konnte. Es ist kein richtiges Grab geworden, nicht so, wie der alte Laurenz es von seinem Vater und der auch wieder von seinem Vater gelernt hat, zwischen zwei Pflöcken eine Schnur gespannt und der Rand exakt entlang dieser Linie. Aber vor den Wölfen und dem Luchs müsste es den kleinen Körper schützen, die graben beide nicht gern nach Beute, sondern jagen lieber. Von einem Ast habe ich alle Zweige abgebrochen bis auf einen links und einen rechts, und dieses Kreuz habe ich auf den Hügel gelegt. In den Boden stecken ging nicht, dafür war die Erde zu hart. Ein richtiges Gebet wusste ich auch nicht, also habe ich die Worte gesagt, die ich damals von dem Mönch gehört habe, als er gedacht hat, der Geni würde es nicht überleben: *»Proficiscere anima christiana de hoc mundo.«* Dabei ist aus meinem Mund der Atem aufgestiegen wie weißer Rauch, und ich habe mir vorgestellt, dass es die Seele der kleinen Perpetua ist, auf dem Weg zu der Wiese mit den Blumen.

Aus dem Turm hat eine Glocke geläutet, nicht die kleine, die bedeutet, dass jemand gestorben ist, sondern die mittlere, die zum Beten ruft. Aber ich bin nicht hingegangen.

Der Prior wird dem Mädchen nicht selber die Luft abgedrückt haben, so wie er sich im Refektorium auch nicht selber die Suppe schöpft, sondern ein Mönch tut es für ihn. Damals in Ägeri, als ich ihn belauscht habe, hat er auch nicht selber herumgefragt, wer an der Sache in Finstersee schuld sein könnte, sondern er hat den alten Eichenberger dafür anstellen wollen. Kann sein, er hat es einen der Küchenfratres machen lassen, die wissen, wie man einem Karpfen das Genick bricht, da macht es ihnen vielleicht weniger aus, auch einmal ein Kind zu töten. Oder es ist der Bruder Fintan gewesen, aber eher doch nicht, dem hätte so etwas am Ende noch Spaß gemacht, er hätte gröber zugepackt, und man hätte die Spuren gesehen. Oder der Hubertus hat es übernommen. Wenn ihm der Prior dafür versprochen hat, dass er Novize und bald schon Mönch werden darf, würde ich es ihm zutrauen; auf dem Weg zum Purpur und einem Stall voller Pferde ist er zu allem bereit. Erst recht, wenn er später sagen kann, man hat es ihm befohlen und was er gemacht hat, war benediktinischer Gehorsam. Einer aus dem Kloster war es auf jeden Fall, und er wird nie bestraft werden, außer später einmal beim Jüngsten Gericht. Es wird niemand etwas davon wissen, nur der Prior und der es gemacht hat. Und ich. Ich will da nicht dazugehören.

So genau habe ich mir das alles erst hinterher überlegt, aber dass ich nicht zum Officium gehen wollte und überhaupt nie mehr zu etwas im Kloster, das wusste ich sofort. Ich hatte das Gefühl, dass unsere Mutter bei mir war und gesagt hat: »Ja, Eusebius, es ist richtig so.« Eusebius hat sie mich nicht oft genannt.

Von den Erdschollen waren meine Finger eiskalt und steif, ich hatte Angst, dass ich irgendwann erfrieren könnte, wo ich jetzt doch keinen Ort mehr hatte, an dem ich mich hätte aufwärmen können. Der Steinemann Schorsch hat einmal auf der Jagd einen Fremden gefunden, erfroren oder verhungert, so genau hat man das nicht sagen können, der hatte kein Gesicht mehr, das hatten Tiere weggefressen. Die Tage sind kalt und die Nächte noch mehr, bis zum Frühling wird es auch nicht mehr wärmer werden, aber wenn ich aus dem Dormitorium meinen Mantel hätte holen wollen, wäre ich vielleicht dem Prior begegnet. Schließlich ist mir eine Idee gekommen, und ich habe gemerkt: Wenn man einmal mit dem Gehorchen aufgehört hat, fällt einem das Sündigen bei jedem Mal leichter.

Nicht weit vom Eingang zum großen Keller steht die Hütte, wo der Cellerarius die Käselaibe aufbewahrt, die die Klosterbauern jedes Jahr abliefern müssen. An der Türe der Hütte ist ein schweres Schloss, und den Schlüssel hat der Cellerarius am Zingulum, aber es gibt einen Weg, wie man trotzdem hineinkommen kann; der Balduin hat ihn entdeckt und mir verraten, weil ich seinen Schweinen gut geschaut habe. Auf der Rückseite der Hütte ist ein loses Brett, dort kann man sich hineinquetschen. Der Balduin hat in die Laibe immer nur ganz kleine Löcher gemacht, damit man denken sollte, es seien Mäuse gewesen, aber ich habe mir ein ganzes Stück abgeschnitten, als Proviant, und ich habe auch noch das Tuch gestohlen, mit dem die frischen Laibe abgedeckt waren, das sollte mir einen Mantel ersetzen. Jetzt stinke ich zwar nach Käse, aber Stinken ist besser als Erfrieren, und so schlimm, wie wenn man den Saustall ausgemistet hat, ist es nicht. Es ist gut, dass man als Benediktiner keinen Besitz haben darf, so sind nur meine Kleider im Kloster geblieben, und die waren nicht viel wert. Dafür habe ich jetzt das Habit.

So hat meine Flucht angefangen.

Wenn man allein unterwegs ist, hat man viel Zeit zum

Nachdenken, und ich habe mir überlegt: Eigentlich gehört die kleine Perpetua als Märtyrerin in den Heiligenkalender, schließlich ist sie unschuldig getötet worden. Sie müsste in der Klosterkirche begraben sein und nicht im Wald, sogar einen eigenen Altar würde sie verdienen, es müsste ja kein großer sein, nur einfach ein Ort, wo man zu ihr beten kann. Sie könnte vielleicht die Schutzpatronin für Kinder werden, dafür gibt es zwar schon den Nikolaus und den Quiricus, aber die wären sicher froh, wenn ihnen noch jemand hilft. Ab und zu würde sie auch ein Wunder tun, nur ein ganz kleines, wie es zu einem neugeborenen Kind passt, und nur manchmal ein großes, denn wenn meine Taufe etwas genützt hat und sie doch noch auf die Wiese im Himmel gekommen ist, dann trifft sie dort den Heiland, und wenn sie ihn um etwas bittet, dann erfüllt er ihr den Wunsch, einfach so, um ihr eine Freude zu machen; ihm fällt es ja leicht. Aber es ist auch schon genug, dass sie nicht im Sautrog gelandet ist.

Was aus mir werden wird, weiß ich noch nicht. Aber der Halbbart hat es auch nicht gewusst, und der ist ein ganzes Jahr unterwegs gewesen und nicht erst einen halben Tag wie ich. Der Poli würde sich einen Trupp Soldaten suchen und sich denen anschließen, aber ich bin für den Krieg nicht gemacht. Für das Kloster auch nicht, das weiß ich jetzt.

Gegen Mittag hat es zu schneien begonnen, das erste Mal in diesem Jahr.

Das zweiundzwanzigste Kapitel
in dem der Sebi dem Teufels-Anneli begegnet

Den Menschen im Tösstal ist es egal, wenn jemand verhungert. Wenn man anklopft, machen sie nicht auf, und wenn sie aufmachen, schlagen sie einem die Türe gleich wieder vor der Nase zu. Vielleicht liegt es aber auch an mir; für einen, der Almosen will, sehe ich wohl zu wenig verhungert aus, obwohl sie uns im Kloster weiß Gott nicht gemästet haben. Ich würde ja gern für mein Essen arbeiten, aber in dieser Jahreszeit hat niemand etwas zu tun. Zwei Hände mehr sind auch ein Maul mehr, und niemand hat Lust, unnötig jemanden durchzufüttern.

Als ich durch Rapperswil gekommen bin, war dort gerade Martinimarkt, mit Händlern und Gauklern und allem. Ein Mann hat den Leuten Geld versprochen, wenn sie ihn im Lupf besiegen, es hat es aber keiner geschafft, ein anderer ist auf den Händen gelaufen, und wieder ein anderer hat Feuer gefressen und ein Schwert geschluckt. Die Knechte und Mägde haben ihren Jahreslohn so mit vollen Händen ausgegeben, als ob das Geld mit den letzten Blättern von den Bäumen gefallen wäre. Nur beim Karren vom Paternostermacher war kein Gedränge, die Holzkugeln für eine Gebetskette hätte man billig kaufen können, aber ich hatte kein Geld, und selbst wenn, würde ich es lieber für Essen ausgegeben haben. Ich hätte gern etwas gestohlen, aber die Händler passen besser auf als Wachhunde.

Ich hätte in unserem Dorf vorbeischleichen und mein Geld aus dem Grab von der Hunger-Kathi holen sollen oder wenigstens in der Käsehütte ein größeres Stück abschneiden, das hätte die Sünde auch nicht schlimmer gemacht, oder den kleinen Vorrat besser einteilen und nicht alles schon am ersten Abend in mich hineinstopfen. Wenn man friert, denkt man, durch Essen werde einem wärmer, das stimmt aber nicht. Mein ganzes Leben habe ich nicht so viel Hunger gehabt wie in den letzten Tagen, und dass ich jetzt keinen mehr habe und auch nicht mehr auf der Flucht bin, sondern auf dem Heimweg, das ist nur durch einen glücklichen Zufall gekommen. Der Herr Kaplan hat zwar einmal gepredigt, dass es keine Zufälle gibt, sondern dass der Herrgott alle Sachen, die passieren, vorher ausstudiert hat und sie lenkt, aber das glaube ich nicht, sonst müssten die Menschen nicht bestraft werden, wenn sie etwas Falsches machen; wenn es ihnen sowieso vorbestimmt ist, können sie ja nichts dafür. Der Herr Kaplan sagt, es ist ein Mysterium, aber mir scheint, es ist eine Ausrede.

Egal.

Der Schnee ist nur ein paar Stunden lang heruntergekommen, dann hat er wieder aufgehört. Jetzt friert man zwar weniger, aber das Gehen ist mühsam geworden, als ob einem jemand bei jedem Schritt die Füße festhalten würde. In einem Dorf namens Fischenthal hat der Bach ausgesehen, als ob man wirklich leicht einen Fisch aus ihm herausholen könne; ich habe es bereut, dass ich dem Halbbart seinen Angelhaken zurückgegeben hatte; der Bruder Fintan hätte bestimmt nicht gemerkt, wenn ich so etwas Kleines ins Kloster eingeschmuggelt hätte. Aber wenn mir einer gesagt hätte, dass es so kommen würde, wie es gekommen ist, hätte ich es ihm nicht geglaubt.

Der Weg ist durch ein Tal gegangen, das war aber zu breit, als dass einem die Berge links und rechts den Wind abgehalten hätten. Es hat ganz schön gepfiffen. Nach einem Weilchen habe ich vor mir jemanden gesehen, der in dieselbe Richtung gegangen ist wie ich. Es war eine Frau, und sie ist mir bekannt vorgekommen. Ich habe aber meinem Kopf nicht getraut; wenn man allein ist, bildet man sich an jeder Ecke ein, man sehe einen Bekannten. Die Frau ist langsamer gegangen als ich, ich habe sie bald eingeholt und gemerkt, dass ich sie tatsächlich kenne: Es war das Teufels-Anneli; immer gegen Martini fängt sie wieder an zu wandern.

Sie hat mich nicht erkannt; sie trifft so viele Leute, und ich bin nur ein gewöhnlicher Bub. Als sie das letzte Mal bei uns im Dorf war, hatte ich mich erst noch hinter den Erwachsenen versteckt, um nicht zum Schlafen geschickt zu werden. Aber an die Suppe, die ihr der Eichenberger aufgetischt hat, hat sie sich erinnert, da sei richtiges Fleisch drin gewesen und nicht nur Gäder und Knorpel. Sie hat mich gefragt, was ich hier mache, so weit von daheim, und während wir nebeneinander weitergegangen sind, habe ich ihr alles erzählt, obwohl ich mir eigentlich fest vorgenommen hatte, einfach ein junger Mönch zu sein, auf dem Weg von einem Kloster zum andern. Aber das Teufels-Anneli kann gut zuhören, nach jedem Satz hat sie gesagt: »Wirklich?«, oder »Das ist ja nicht zu glauben!«, und irgendwann war die ganze Geschichte draußen. Erzählen ist wie Seichen:

Wenn man einmal damit angefangen hat, ist es schwer, wieder aufzuhören. Ich habe dem Anneli auch gesagt, dass ich ganz fest Hunger habe, und sie hat gemeint, dagegen könne man etwas tun, sie wisse nicht weit von hier eine kleine Gnadenkapelle mit einem Bildstock der Muttergottes, da sollten wir zusammen hingehen. Ich habe gedacht, die Muttergottes wird wohl kaum ein Stück Brot für mich aus der Luft fischen, aber das Anneli hatte etwas ganz anderes gemeint. In die Kapelle wollte sie nur gehen, weil man dort vom Wind geschützt ist, und das Essen hatte sie in einem Beutel unter ihrem Mantel bei sich. In Fischenthal, wo sie zuletzt gewesen war, hatte man so reichlich aufgefahren, dass sie noch eine Menge hatte mitnehmen können, und jetzt hat sie ein großes Stück Brot für mich abgeschnitten und eine Scheibe Speck, und selber hat sie auch mitgegessen, denn, hat das Anneli gesagt, im Winter habe sie immer Hunger, auch wenn sie eigentlich satt sei.

Essen und Erzählen gehören für sie zusammen, und sie hat mich gefragt, ob ich die Geschichte von dem Mann kenne, der aus der Hölle weggelaufen sei. Ja, habe ich gesagt, ich könne mich gut daran erinnern, am Schluss habe er eine Braut gefunden, aber als er gerade mit ihr in die Kirche gehen wollte, sei der Höllenhund mit den drei Köpfen angelaufen gekommen und habe ihn zum Teufel zurückgeschleppt.

Das Teufels-Anneli hat mich überrascht angesehen und gesagt: »Habe ich damals so aufgehört? Nun ja, ich werde Hunger gehabt haben.« Eigentlich gehe die Geschichte noch weiter, wir sollten jeder noch ein Stück Brot nehmen, und dann werde sie mir den wirklichen Schluss erzählen.

»Als der Mann mit seiner Braut in die Kirche wollte«, hat das Anneli gesagt, »ist der Höllenhund tatsächlich angerannt gekommen, aber an jedem seiner Köpfe war ein Zaumzeug angelegt, das war mit grünen Steinen verziert, und auf dem Rücken von dem Hund saß der Teufel höchstpersönlich, einen Sattel brauchte er nicht, nur Sporen hatte er, die wuchsen ihm direkt aus seinen Bocksfüßen. Der Mann hat ihn um Gnade angefleht, und seine Braut hat geweint, was dem Teufel besonders gut gefallen hat; Tränen von unschuldigen Menschen schmecken dem Satan wie unsereinem süßer Wein mit Honig und Gewürzen. ›Also gut‹, hat er deshalb gesagt, ›ich will dich nicht sofort ins ewige Feuer zurückschleppen, sondern zuerst noch ein Spiel mit dir spielen. Wenn du es gewinnst, bist du frei, wenn du aber verlierst, kommst du nicht allein mit mir in die Hölle zurück, sondern deine Braut muss dich ins ewige Feuer begleiten.‹«

»Der Teufel spielt gern«, erklärte das Anneli, »aber er betrügt dabei, so dass er immer gewinnt. Dieses Mal ging das Spiel so: ›Irgendwo auf der Welt‹, hat der Teufel gesagt, ›habe ich einen Stein versteckt, auf dem ist mein Zeichen in rotglühender Schrift. Wenn du diesen Stein findest und anfasst, bist du frei. Wenn aber nicht …‹ Der Teufel hat gelacht, wie nur der Teufel lachen kann, und seine Hände gerieben, dass Funken gesprüht sind. ›Ein Jahr gebe ich dir Zeit‹, hat er gesagt, ›auf die Stunde genau ein Jahr, und hier auf dem Platz vor der Kirche werde ich auf dich warten.‹ Der Teufel hat sich hingesetzt, bequem an einen alten Grabstein gelehnt, und der Höllenhund hat seine drei Köpfe auf die Pfoten gelegt und ist eingeschlafen. Der Mann aber hat sich auf den Weg gemacht, so schnell er konnte, wenn man die ganze Welt durchsuchen muss, ist ein Jahr nicht lang.«

Es war schon etwas Besonderes, dass das Anneli nur für mich allein eine Geschichte erzählt hat, aber ich muss zugeben: Das Brot, das wir dazu gegessen haben, war genauso wichtig.

»Ein ganzes Jahr lang«, hat das Anneli weitererzählt, »ist der Teufel dort auf dem Dorfplatz gesessen. Zuerst haben alle einen großen Bogen um ihn gemacht, aber der Mensch gewöhnt sich an alles, und bald sind die Leute ganz nahe an ihm vorbeigegangen, ohne ihn auch nur zu bemerken. Für die Buben aus dem Dorf war es sogar eine Mutprobe, über seine ausgestreckten Beine hinwegzuspringen. Den Teufel schien das alles nicht zu stören. Nur berühren durfte man ihn nicht, das hat Brandwunden gegeben, die nie wieder verheilt sind. Gegessen hat er die ganze Zeit nie etwas, die Tränen der Braut waren ihm Nahrung genug.

»Der Mann ist unterdessen durch die Welt gezogen, auf die höchsten Berge hinauf, wo sogar die Steinböcke im Schnee versinken, und über die Berge hinweg in den Süden, wo es so heiß ist, dass die Vögel ihre Eier im Flug legen und mit den Krallen auffangen, denn auf dem Boden würden sie steinhart werden wie in süttigem Wasser. Auch ins Meer ist er hinabgetaucht, wo die Fische groß sind wie ein ganzes Haus, und einmal ist er einem Drachen begegnet. Aber den Teufelsstein mit dem rotglühenden Zeichen hat er nirgends gefunden.

»Nach einem halben Jahr ist er am Rand der Welt angekommen, dort wo kein Weg weitergeht und man nur einen Schritt machen müsste, um ins ewige Nichts hinunterzufallen. Er hat sich also auf den Rückweg gemacht, durch ein Land, wo die Einhörner herumlaufen wie bei uns die Rehe, durch ein anderes, wo die Leute ihre Köpfe in die Luft werfen, um weiter sehen zu können, und durch ein drittes, wo der Mond am Tag scheint und die Sonne in der Nacht. Jeden Stein, dem er unterwegs begegnete, hat er umgedreht, aber das Zeichen des Teufels war auf keinem drauf, und je mehr das Jahr zu Ende ging, umso deutlicher ist ihm geworden, dass er dieses Spiel nicht gewinnen konnte.

»Am letzten Tag des Jahres, das ihm der Teufel gewährt hatte, in der allerletzten Stunde des Jahres, ist er in sein Dorf zurückgekommen, und als seine Nachbarn sein Gesicht gesehen haben, war ihnen klar, dass er verloren hatte und in die Hölle zurückmusste und seine Braut mit ihm. Der Teufel hat schon seine Krallen nach ihnen ausgestreckt, aber in diesem Moment hat ein kleines Mädchen ungeschickt einen Ball geworfen, den hatte es sich aus Geißenmist selber gemacht, der Ball ist auseinandergeflogen, und der Dreck ist dem Teufel direkt in die Augen gespritzt. Vor Schreck ist er aufgesprungen, und da hat man gesehen, auf was er ein Jahr lang gesessen hatte: auf dem Stein, den der Mann vergeblich gesucht hatte; der war die ganze Zeit hier im Dorf gewesen. Nun war aber das Jahr, um das sie gewettet hatten, noch nicht vorbei, es fehlte gerade noch so viel, wie man braucht, um einmal mit den Augen zu blinzeln, und der Mann hat ganz schnell den Stein berührt, das Teufelszeichen ist verschwunden, als ob es nie da gewesen wäre, und damit hatte er die Wette doch noch gewonnen. Der Teufel hat vor Zorn so laut geschimpft, dass der Höllenhund davon aufgewacht ist, er ist ihm auf den Rücken gesprungen und davongeritten. In dem Dorf hat man ihn nie wiedergesehen, nur auf dem Stein, auf dem er ein Jahr lang gesessen ist, hat man noch den Enkeln und den Urenkeln den Abdruck von seinem Hintern gezeigt. Der Mann und die Frau aber sind miteinander in die Kirche gegangen und haben geheiratet, und es ist ihnen ein Leben lang gutgegangen, denn der Teufel hat sich nicht mehr in ihre Nähe getraut.«

Damit war die Geschichte zu Ende, das Anneli war satt und ich auch, und eigentlich hätten wir jetzt zusammen weitergehen können, ich hätte sie am liebsten den ganzen Winter lang begleitet, immer von einer Geschichte zur anderen und von einem Essen zum nächsten. Aber das Anneli hat gesagt: »Du solltest umkehren und in dein Dorf zurückgehen. Sei aber vorsichtig, wenn du dort ankommst, man kann nie wissen, wo der Teufel hockt.«

Wenn mir das ein anderer Mensch gesagt hätte, ich hätte nicht auf ihn gehört. Aber das Anneli weiß, wie Geschichten weitergehen müssen, und deshalb bin ich jetzt auf dem Heimweg. Ich frage mich, ob sie die Sachen, die sie erzählt, immer schon im Voraus weiß oder ob sie sie jedes Mal neu erfindet, je nachdem, wer ihr gerade zuhört.

Das dreiundzwanzigste Kapitel
in dem der Sebi wieder nach Hause kommt

Ohne Hunger geht das Laufen leichter. Wald, Rüti und Rapperswil habe ich schon wieder hinter mir, und dann ist es nicht mehr weit bis nach Hause. Es ist seltsam, dass einem derselbe Weg kürzer vorkommt, wenn man ihn zum zweiten Mal macht, und auch die Orte, durch die man geht, scheinen kleiner als beim ersten Besuch. Vielleicht liegt es daran, dass man die Sachen schon kennt und sich nicht immer fragt, was wohl als Nächstes kommt. Oder es war, weil mein Magen nicht mehr so geknurrt hat.

Ich war so schnell wieder in Rapperswil, dass ich es fast nicht glauben konnte. Ohne Martinimarkt hat die Stadt ganz anders ausgesehen. Direkt neben der Burg ist die Kirche St. Johann, da bin ich hineingegangen und habe vor dem Altar von Johannes dem Täufer gebetet, dass er sich im Himmel für mich einsetzt, wenn ich bei der kleinen Perpetua etwas falsch gemacht habe, oder dass er es nachträglich in Ordnung bringt. Mit Taufen kennt er sich besser aus als jeder andere, schließlich hat er auch den Heiland getauft. In seiner Kirche sind zwei Bilder von ihm, auf dem einen ist er mit einem jungen Schaf abgebildet und sieht aus wie jemand, der einem gern hilft, einfach weil er ein netter Mensch ist, auf dem andern ist nur sein Kopf in einer

Schüssel, und der schaut einen streng an. Wenn ich in solchen Sachen etwas zu sagen hätte, müssten die Heiligen auf den Bildern immer nette Gesichter haben, man betet ja zu ihnen, wenn es einem schlechtgeht, da ist man froh um ein bisschen Freundlichkeit. Und wenn einer etwas angestellt hat, wird er sowieso bestraft, da braucht es nicht auch noch ein strenges Gesicht.

Aber mit der Kirche will ich nichts mehr zu tun haben, sondern mit den Heiligen von jetzt an nur noch direkt reden, auch wenn sie vielleicht denken, das ist ein dummer Bub, und auf den müssen wir überhaupt nicht hören. Aber ich glaube auch nicht, dass der Prior mehr bei ihnen erreicht, trotz seiner Predigerstimme, weil vom Himmel aus müssen sie ja gesehen haben, was er von mir verlangt hat, und wahrscheinlich denken sie sich schon eine Strafe für ihn aus. Was der Hubertus gesagt hat, dass für die Oberen andere Sachen sündig sind als für gewöhnliche Leute, das will ich schon gar nicht glauben. Der Herr Kaplan sagt: Vor Gott sind wir alle gleich.

Als ich fertig gebetet hatte, ist etwas passiert, das war wie eine Antwort, wenn es auch wahrscheinlich nur ein Zufall gewesen ist. Als ich hinausgehen wollte, stand auf dem Boden vor dem Altar vom Sankt Othmar ein Korb, zuerst habe ich gedacht, er ist leer, aber wie ich dann genauer hingeschaut habe, war eine Wurst drin. Nun ist ja Sankt Othmar selber zum Tod durch Verhungern verurteilt worden, und so habe ich mir überlegt, er wird Verständnis dafür haben, wenn ich die Wurst für mich nehme, oder er hat den Korb sogar extra für mich hingestellt, obwohl: Vielleicht hatte ihn auch nur jemand vergessen. Die Wurst hat mir so gut geschmeckt wie noch nie eine, es war ein Gewürz darin, das ich überhaupt nicht gekannt habe; vielleicht war sie eben doch im Himmel gemacht.

Mit dem Glück, das ich an diesem Tag hatte, ist es dann noch weitergegangen. Ich musste den Umweg um den oberen See herum nicht machen, und das kam so: Ein habliger Pilger hatte einen Fischer dafür bezahlt, dass der ihn mit seinem Schiff nach Hurden rudert, und weil er gedacht hat, ich sei auch auf dem Weg nach Einsiedeln, hat er mich mitfahren lassen. Ich habe das als gutes Zeichen genommen. Auf dem See hat mir der Mann erzählt, dass er vor dem heiligen Meinrad Buße tun wolle, er hatte seine Frau geschlagen, gar nicht so fest, aber dann war sie gestorben, und jetzt dachte er, er sei schuld daran. Wenn man ein Mönchshabit anhat, meinen die Leute, man sei ein Priester und könne ihnen die Beichte abnehmen; ich habe ihn aber nur reden lassen und selber nichts gesagt. Er war dann enttäuscht, weil ich ihn nicht weiter begleitet habe; er ist in Richtung Etzel gegangen, und ich habe den Weg über Biberbrugg und Rothenturm genommen. Es wachsen dort keine anderen Bäume als an anderen Orten, und die Häuser sind auch nicht anders gebaut, aber weil es näher von zu Hause war, ist mir alles vertrauter vorgekommen.

In Sattel habe ich den geraden Weg verlassen und bin auf einem der schmalen Schmugglerpfade zu unserem Dorf hinunter. Ich wollte sicher sein, dass mir kein Bekannter begegnet. »Man weiß nie, wo der Teufel hockt«, hatte das Anneli gesagt, und ich hatte gut verstanden, dass sie damit keine erfundene Geschichte meinte, sondern das, was mir passiert war. Wenn der Prior nach mir suchen lässt, damit ich von dem toten Mädchen nichts verraten kann, dann hat er bestimmt in jedem Dorf jemanden angestellt, der ihm melden soll, wenn ich wieder auftauche, so wie er damals den Eichenberger als seinen Spion hat gewinnen wollen. Ich habe mich also auf dem Umweg durch den oberen Klosterwald an das Dorf herangeschlichen, der gleiche Weg, den der Halbbart genommen hat, als er damals zu uns gekommen ist. Ich bin mir seltsam dabei vorgekommen; es ist nicht natürlich, wenn man sich dort, wo man zu Hause ist, verstecken muss. Noch nicht einmal ein Dreivierteljahr bin ich weggewesen, aber ich bin nicht mehr der Gleiche wie damals, als der Poli mich ins Kloster begleitet hat, ich bin nicht nur älter geworden, sondern auch anders. Dafür war im Klosterwald alles noch genau so wie vorher. Wenn ich gedacht habe, jetzt kommt gleich die Lichtung, wo damals der Blitz eingeschlagen hat und wo dann die Köhler hingegangen sind, dann ist die Lichtung auch gekommen, und als ich den ersten Rauch vom Dorf her in die Nase bekommen habe, hat der immer noch denselben Geruch gehabt wie früher, kein angenehmer Geruch, eigentlich, aber der von zu Hause.

Ich habe an die Geschichte vom verlorenen Sohn denken müssen, was der sich wohl für Gedanken gemacht hat, als er sich wieder dem eigenen Dorf näherte, mit was für Augen er die Sachen angesehen hat und vor allem, wie er seinen Leuten erklären wollte, dass er zwar mit großen Hoffnungen ausgezogen war, es dann aber nur bis zum Sauhirt gebracht hatte, so wie ich ja auch. Mit einem gemästeten Kalb hat er bestimmt nicht gerechnet, eher mit Ohrfeigen, aber er hat wenigstens den geraden Weg nehmen können und hat sich nicht ans eigene Haus heranschleichen müssen wie ein Dieb.

Solang es noch hell war, würde ich mich am besten irgendwo verkriechen, hatte ich mir überlegt, und erst in der Nacht Bescheid sagen, dass ich wieder da war. Erst vor zwei Tagen war Neumond gewesen, ich würde mich also auf die Dunkelheit verlassen können. Es ist dann aber ganz anders gekommen, weil ich nämlich im Klosterwald dem Poli begegnet bin. Der hatte ein Bündel mit dürrem Holz über der Schulter, das hat er einfach fallen lassen und ist auf mich losgerannt wie ein Verrückter und hat mich umarmt, zum zweiten Mal in meinem Leben, hat überhaupt nicht mehr losgelassen und mir ins Ohr geredet: »Wo kommst du denn her, mein kleines Mönchlein?« Seine Stimme war so, wie ich sie vom Poli überhaupt nicht kenne, als ob er einen Krug mit Tränen im Hals hätte, das hat aber nicht lang gedauert, dann hat er wieder getönt wie immer: »Wollten sie dich zum Papst machen, und das war dir dann doch zu viel, oder hast du dir beim Beten einen Schnupfen geholt?«, und andere dumme Sachen. Auch dass ich stinke, hat er gesagt, das hatte ich schon ganz vergessen, weil ich mich an den Geruch von dem Käsetuch gewöhnt hatte. Und er hat mir Vorwürfe gemacht, was mir eigentlich in den Sinn komme, einen Menschen so zu erschrecken, ich solle ihm sofort helfen, das Holz wieder aufzusammeln. Aber er hat das nicht ernst gemeint, und vorher hatte er mich umarmt, das war das Wichtige. Der Bruder vom verlorenen Sohn hat nur geschimpft über ihn.

Ich habe ihm nicht alles erzählt, sondern nur ganz allgemein gesagt, dass es im Kloster Schwierigkeiten gegeben habe und ich mich deshalb verstecken müsse. Er hat gedacht, ich hätte dort etwas Verbotenes angestellt, und das war ihm gerade recht, weil er die Klosterleute nicht mag. Wir haben dann beschlossen, dass die alte Hütte vom Halbbart fürs Erste der richtige Ort für mich sei, im Sommer wird sie von den Geißenhirten als Unterstand benutzt, und für mein Spiel haben wir sie auch gebraucht, aber jetzt in der Kälte geht da niemand hin. Der Poli hat versprochen, dass er mir warme Kleider bringt; ein Feuer durfte ich nicht machen, weil man vom Dorf aus den Rauch gesehen hätte, und die Leute sind neugierig.

Am meisten lange Zeit hatte ich nach dem Geni, aber der war nicht zu Hause, sondern zusammen mit dem alten Eichenberger auf dem Eselskarren nach Schwyz gefahren, dort wollten die wichtigen Leute des Tals etwas miteinander bereden. Der Landammann, der hochfreie Stauffacher, hat dazu eingeladen, und dass der Geni mit dabei sein darf, ist eine große Ehre. Der Halbbart war auch nicht im Dorf. Er sei nach Ägeri gegangen, dort sehe man ihn jetzt oft, und manchmal komme er erst in stockfinsterer Nacht zurück, sagte der Poli, die Dunkelheit mache ihm nichts aus, das habe er sich wohl als Flüchtling so angewöhnt. Der Schmied von Ägeri, der Stoffel, sei sein neuer Freund, dem habe er mit einem guten Rat den Daumen gerettet, der Schmied habe nämlich aus Versehen mit dem Hammer draufgehauen und ein paar Tage später sei der Finger ganz schwarz gewesen. Man habe schon gemeint, man müsse ihn abschneiden wie dem Geni sein Bein, aber der Halbbart habe ein Mittel gewusst mit Heilkräutern und solchen Sachen, und der Daumen sei schon wieder fast gesund. Die

Iten-Zwillinge seien nicht glücklich darüber, dass ihnen ein dahergelaufener Fremder in ihr Handwerk pfusche, aber dagegen machen könnten sie nichts, auch wenn immer mehr Leute mit ihren Gsüchti jetzt lieber zum Halbbart gingen und ihn auch bezahlten, wenn er sie gesund machte. Der Poli redete mehr mit mir als früher, ich denke, das war, weil er sich freute, dass ich wieder da war, und anders konnte er es nicht zeigen. Es hat mich auch nicht gestört, wenn er freche Sachen gesagt hat, wie: »Der Halbbart wird wohl bald keine Arbeit mehr haben, weil du Mönchlein alle Leute gesundbeten wirst.« Der Poli kann halt nur auf Umwegen nett sein.

Er hat es für gut möglich gehalten, dass mir jemand im Dorf nachspioniert, den Eichenbergers traue er nicht so weit, wie er eine Kuh werfen könne, und darum haben wir miteinander beschlossen, dass ich überhaupt nicht in unser Haus komme, sondern in der Hütte schlafe, zuerst noch auf dem Boden, aber am nächsten Tag wollte er mir Stroh besorgen und einen Laubsack zum Zudecken. Ich habe gedacht, das wird sicher eine unangenehme Schlaferei, aber ich war müde genug und habe nicht einmal geträumt. Nur am Morgen bin ich viel zu früh aufgewacht, weil ich gemeint habe, ich muss zur Matutin.

Ich bin dann bedient worden wie der Fürstabt persönlich; gleich zwei Leute sind gekommen und haben mir Frühstück gebracht, der Poli mit einer Schüssel Milch, noch warm von der Geiß, und gleich darauf der Halbbart mit einem Stück Käse. Der Poli hatte ihm nichts von meiner Ankunft gesagt, und der Halbbart hat ihm nicht erklärt, wie er es herausgefunden hat, sondern hat nur gemeint, wenn man lang genug auf der Flucht sei, werde man eben gmerkig, das komme ganz von selber. Angst, dass er uns verraten könnte, müssten wir nicht haben, er und ich seien schließlich Freunde, nur schon wegen den roten und weißen Erdbeeren. Das hat der Poli nicht verstanden, aber er hat das nicht zugegeben, er muss immer so tun, als ob er alles weiß. Dann ist er ins Dorf zurück, um den Geni abzupassen, der ist dann aber gar nicht mit dem Eichenberger zurückgekommen.

Der Halbbart hat keine Fragen gestellt, obwohl er sich sicher gewundert hat, dass ich nicht mehr im Kloster bin, sondern hat nur gesagt, jetzt müsse er wohl für das Schachzabel ein eigenes Brett machen, er könne ja nicht jedes Mal den ganzen Tisch hier heraufschleppen, wenn wir miteinander einen kleinen Krieg führen wollten. Da habe ich plötzlich angefangen zu weinen, ich weiß auch nicht, warum, und er hat mich nicht getröstet oder in den Arm genommen oder so etwas, sondern hat ganz ruhig abgewartet, bis keine Tränen mehr gekommen sind und der Schnuder abgewischt war. Dann habe ich ihm alles erzählt, von dem toten Mädchen und dass der Prior es den Schweinen zum Fressen geben wollte und wie ich es begraben habe und weggelaufen bin und was das Teufels-Anneli gesagt hat und überhaupt alles. Ich habe ihn gefragt, ob er sich hätte vorstellen können, dass solche Sachen in einem Kloster passieren, und er hat geantwortet: Doch, ja, das könne er sich sehr gut vorstellen.

Das vierundzwanzigste Kapitel
in dem der Halbbart eine Geschichte beinahe erzählt

Er hat das noch ganz ruhig gesagt, aber dann ist er plötzlich aufgesprungen, als ob ihn eine Schlange gebissen hätte, ist hin und her gelaufen wie einer, der eingesperrt ist und einen Ausweg sucht, ist stehen geblieben und wieder losgelaufen, wieder und wieder, und mit der gesunden Hand hat er dabei seine Narben abgetastet, als ob er sie zum ersten Mal bemerken würde. Dann, auch wieder von einem Moment auf den anderen, ist er still gestanden, hat sich hingesetzt und mit einer ganz leisen Stimme weitergesprochen. Ich kenne diesen Ton an ihm, er bedeutet, dass er eigentlich schreien möchte, aber er erlaubt es sich nicht. »Dass solche Sachen in einem Kloster passieren können«, hat er gesagt, »das glaube ich nicht nur, sondern ich weiß es. In einem Kloster kann es passieren, in einer Kirche kann es passieren oder überhaupt überall, wo sie in ihren Kutten herumlaufen mit dem Kreuz um den Hals.«

Der Halbbart ist sonst einer, dem man seine Gefühle nicht ansieht; wenn er sich an schlimme Sachen erinnert, erzählt er sie, als ob sie einem anderen passiert wären, einem fremden Menschen, den er nur zufällig einmal getroffen hat, höchstens, dass er sich beim Erzählen selber weh tut, seine Hand ins Feuer hält oder so etwas, ich weiß nicht, warum er das macht. Aber jetzt war es, als ob ihm jemand den Hals zudrückte, und er müsse den die ganze Zeit von sich wegschieben, um überhaupt reden zu können. »Ich will dir etwas erzählen«, hat er gesagt, hat es sogar zwei- und dreimal gesagt, aber am Schluss hat er es dann doch nicht erzählt, nicht richtig, sondern hat nur ständig neu angefangen und wieder aufgehört, so wie man, stelle ich mir vor, im Krieg einen Feind von verschiedenen Seiten immer neu angreift, in der Hoffnung, irgendwo müsse doch eine schwache Stelle sein. Er hat aber keine schwache Stelle gefunden.

»Korneuburg«, hat er gesagt und dabei ein Gesicht gemacht wie ich wohl damals als kleiner Bub, als der Poli mich hereingelegt hat und ich in den Rossbollen gebissen habe, »Korneuburg, das ist eine Stadt im Herzogtum Österreich. Sie liegt an der Donau, das ist ein breiter Fluss, auf dem viele Schiffe fahren, und so einen Fluss in der Nähe zu haben ist nützlich. Man muss nicht lang nach Wasser suchen, wenn man jemanden ertränken will. Korneuburg«, hat er noch einmal gesagt und wieder dieses angeekelte Rossbollengesicht gemacht, »ist keine große Stadt, aber sie ist groß genug, und nach dem, was passiert ist, wird sie noch größer werden. Berühmt wird sie werden. Von weither werden sich die Leute auf den Weg machen, mit Bannern und Gebeten, weil sie eine Krankheit loswerden wollen oder für eine Sünde büßen, oder einfach nur, um sagen zu können: ›Ich bin auch einmal in Korneuburg gewesen.‹«

Er hat versucht zu reden wie ein Vater oder ein Lehrer, aber man hat gemerkt, dass es ihm Mühe macht. »Du kennst die Stadt nicht«, hat er gesagt, »und dafür solltest du dankbar sein. Es ist ein gottverdammter Ort.« Er zögerte, wie er es manchmal beim Schachzabel tut, wenn er schon die Hand nach einem Pferd oder einem Elefanten ausgestreckt hat und sie dann doch wieder zurückzieht. »Nein«, sagte er, »›gottverdammt‹ ist das falsche Wort. Gott hat damit nichts zu tun. Es sind die Menschen, die einen Ort verflucht machen. Immer die Menschen. Zuerst ein einzelner und dann viele und dann alle. Den Herrgott rufen sie nur als Ausrede zu Hilfe, vor allem, wenn sie etwas Gottloses tun. Wenn dein Prior nicht gerade ein totes Kind aus einer Truhe holt, wird auch er ein frommer Mann sein. Hast du ihn nicht immer für einen frommen Menschen gehalten?«

»Er kann gut predigen«, habe ich gesagt.

»Das ist etwas anderes. Weißt du, was ein Papagei ist?«

»Ein Vogel, glaube ich.«

»Ein farbiger Vogel, ja. Einer, der reden kann. Er versteht nicht, was er sagt, aber er kann die Worte auswendig lernen. Wenn man wollte, könnte man ihn die Messe lesen lassen.«

So ist das beim Halbbart. Er springt von einer Sache auf die andere, und man merkt zuerst gar nicht, was sie miteinander zu tun haben. Manchmal redet er von Dingen, die sind so verrückt, dass er sie sich selber ausgedacht haben muss. Einen Vogel, der die Messe liest, konnte ich mir nicht vorstellen. Aber dann ist mir der Hubertus eingefallen, der auch alle Worte davon aufsagen kann, aber keines davon meint.

»Der Herzog, dem Korneuburg gehörte, der hätte einen Papageien im Wappen haben müssen und keinen Löwen. So ein Vogel hätte besser zu ihm gepasst, weil seine Worte nämlich auch nichts bedeuteten. Er war ein Habsburger, der Vater von eurem, und er hatte sich verpflichtet, uns zu beschützen. Hatte Geld dafür genommen, mehr Geld, als wir hatten, denn wir waren nicht reich, egal, was die Leute gemeint haben. Wir haben es uns geliehen und dafür einen Schutzbrief bekommen. Ein Pergament mit einem großen Siegel. Aber ein Pergament ist keine Mauer, die einem Angriff standhält, keine Tür, die niemand aufbrechen kann, die Galltinte kann man wegschaben und etwas anderes hinschreiben, oder man kann es sich noch leichter machen und einfach vergessen, was so feierlich besiegelt wurde. Wenn dir einer mit großen Worten sagt, dass er dich beschützen will, glaub ihm nicht, Eusebius. Wenn er es dir versprechen muss, dann meint er es nicht.«

Ich musste an den Geni denken, der mir nie so etwas versprochen hat, aber wenn es darauf ankäme, würde er sich hinstellen, auch mit nur einem Bein, und würde mich verteidigen.

»Wenn dir ein Habsburger etwas schwört«, sagte der Halbbart, »dann hat er im selben Moment schon die Ausrede dafür parat, warum er sein Wort nicht halten wird. Oder die Begründung dafür, dass sein Wortbruch gar kein Wortbruch ist. Wie wenn du Durst hast und einer verspricht dir, dich zu tränken, und dann führt er dich zum Abortloch und sagt: ›Ich habe nie gesagt, dass es Wasser sein würde, was ich für dich habe.‹ Als alles vorbei war, hat der Herzog auf den Marktplätzen austrommeln lassen, dass er von den Ereignissen nichts gewusst habe, sonst hätte er seine Beamten geschickt und seine Soldaten, damit sie es verhindern, und hat verkünden lassen, dass solche Ereignisse nicht mehr vorkommen dürften. ›Ereignisse‹, haben die Herolde ausgerufen, ich habe das Wort selber gehört. Klingt das nicht, als ob es nur um ein überschwemmtes Dorf gegangen wäre oder um ein Kalb mit zwei Köpfen?«

Ich habe mich nicht getraut zu fragen, was das für Ereignisse gewesen waren, und er hätte meine Frage auch nicht gehört. Wenn er an seinen Narben herumknetet, dann ist er ganz woanders, so wie das Anneli einmal von einem Mann erzählt hat, der hatte dem Teufel einen Zauberspruch abgehandelt, den musste er nur aufsagen und wurde an jeden Ort versetzt, wo er gerade hinwollte. Nur dass der Halbbart nicht gern dort war, wo ihn seine Gedanken hingeschickt hatten, das hat man ihm angesehen.

Als er dann wieder weitergeredet hat, war er immer noch bei den Habsburgern. »Man soll keinen Menschen hassen«, hat er gesagt, »mit Hass fängt es an, und mit Asche hört es auf, aber wenn mir ein Habsburger in die Hände fiele, irgendeiner aus diesem verdammten Geschlecht, mir würde vieles einfallen, was ich ihm gern antäte.«

Der Poli hat mir einmal erklärt, dass man in einer Prügelei nicht auf die Fäuste des Gegners schauen müsse, die seien überhaupt nicht wichtig, sondern auf sein Gesicht, nur dort könne man ablesen, was er vorhabe und ob er einem gefährlich werden könne. Wenn ein Gegner in diesem Moment das Gesicht vom Halbbart gesehen hätte, er hätte rechtsumkehrt gemacht und sich im nächsten Gebüsch verschloffen.

»Sie behaupten, sie hätten blaues Blut«, hat er gesagt, »und darum seien sie besser als alle anderen und man müsse ihnen gehorchen. Ich würde gern einmal einem von ihnen den Bauch aufschlitzen, nur um zu sehen, in welcher Farbe der Saft aus ihm herausläuft. Sie haben schwere Rüstungen«, hat er gesagt, »und sie denken, in denen sind sie unverwundbar. Ich würde gern mal einen von ihnen ins Wasser werfen, nur um zu sehen, wie gut er in dem Eisenpanzer schwimmen kann. Sie haben eiskalte Augen«, hat er gesagt, »und ihre Höflinge zittern vor ihrem Blick. Ich würde gern einmal einem von ihnen die Augen ausstechen, nur um zu sehen, wie er mich dann anschaut.«

Das waren alles Gedanken, die eher zum Poli gepasst hätten als zum Halbbart, nur dass der sich solche Sachen nicht lang ausgedacht haben würde, sondern in so einer Stimmung hätte er einfach dreingeschlagen, egal auf was. Beim Halbbart kam es mir vor, als ob er in einer für ihn fremden Sprache reden würde, wie das bei Heiligen manchmal vorkommt, bei ihnen ist es dann die Sprache der Engel. Beim Halbbart war es aber ganz bestimmt nichts Heiliges, und er schien das auch selber zu merken, denn er hat sich die Augen gerieben wie einer, der aus einem bösen Traum aufwacht. Beide Augen hat er gerieben, das fiel mir auf, obwohl eines doch gar nicht mehr da ist, sondern von Narben zugewachsen. Dann hat der Halbbart mit einer ganz anderen Stimme weitergesprochen und von einer ganz anderen Sache.

»Ich will dir eine Geschichte erzählen«, hat er schon wieder gesagt, »auch wenn es keine schöne Geschichte ist. Eigentlich sollte man in deinem Alter noch nicht wissen müssen, dass es solche Dinge überhaupt gibt. Aber du hast schon mehr erlebt, als für dich gut ist, und wirst auch das ertragen. Nur: Was du jetzt zu hören bekommst, darfst du nie jemandem erzählen. Nie, verstehst du?«

Seine Stimme war ganz streng geworden, wie die vom Bruder Prior, als der mir auch das Schweigen befohlen hat, und so habe ich, ohne zu überlegen, dieselbe Antwort gegeben. *»Oboedio«*, habe ich gesagt. Der Halbbart hat mich überrascht angesehen, und dann hat er zu lachen begonnen, er hat mir einen Puff gegeben und hat gesagt: »Du weißt gar nicht, wie gern ich dich habe, mein kleiner Papagei.« Ich hatte nicht gewusst, dass er auch Lateinisch versteht, aber beim Halbbart ist alles möglich.

Die Geschichte, die er mir versprochen hatte, hat er dann doch nicht erzählt. Stattdessen hat er von etwas ganz anderem angefangen, nämlich, dass er sich ein Versteck für mich überlegt habe, für den Fall, dass der Prior nach mir suchen lasse. »Es ist besser, wenn du ein paar Wochen unsichtbar bist«, hat er gesagt, »so lang, bis er denkt, dass du endgültig aus der Welt verschwunden bist. Wenn man auf der Flucht ist, kann einem vieles zustoßen, und irgendwann wird er annehmen, dass ihm jemand die Mühe abgenommen hat, dich selber ins Jenseits befördern zu müssen.«

»Das würde der Prior nie …«, habe ich angefangen, aber den Rest des Satzes habe ich verschluckt, weil ich überlegt habe: Jemand, der ein neugeborenes Kind umbringen lässt, damit niemand schlecht von seinem Kloster redet – warum sollte der davor zurückschrecken, dasselbe mit einem Buben zu machen, der ein Geheimnis weiß, das niemand wissen soll? Ich habe den Gedanken nicht ausgesprochen, aber der Halbbart hat genickt, als ob er ihn trotzdem gehört hätte, und hat gesagt: »Eben.«

Dann hat er mir erklärt, dass er mich in Ägeri unterbringen will, wo man mich nicht erkennen wird, weil ich dort nur ein paarmal gewesen bin, und auf einen kleinen Buben achtet niemand. Er wolle mit dem Stoffel-Schmied reden – »Der ist mir einen Gefallen schuldig« –, ich könne ja dort in der Werkstatt mithelfen – »Zwei Hände mehr kann man immer brauchen« –, und der Stoffel solle den Leuten erzählen, ich sei der Sohn von einem Verwandten von ihm, man habe mich zu ihm geschickt, um das Handwerk zu lernen. »Hier kannst du nicht bleiben«, hat der Halbbart gesagt, »früher oder später entdeckt dich jemand aus dem Dorf, oder du wirst zum Eiszapfen, wenn der Winter erst einmal seine Muskeln spielen lässt. In einer Schmiede hat man es immer schön warm.« Er müsse das zwar noch mit dem Geni besprechen, sobald der aus Schwyz zurück sei, aber der sei ein vernünftiger Mann und werde einsehen, dass es keine bessere Lösung gebe.

Es ist schön, wenn Menschen sich um einen kümmern. Aber die Geschichte, die mir der Halbbart erzählen wollte und die er dann doch nicht erzählt hat, diese Geschichte hätte ich schon gern gehört.

Das fünfundzwanzigste Kapitel
in dem der Sebi das Kätterli kennenlernt

Ich bin nicht verliebt, auch wenn der Poli behauptet, ich sei es und werde in die Hölle kommen, weil ich das als Mönch gar nicht dürfe. Man sollte ihm nichts erzählen, weil er zu allem einen dummen Spruch macht. Aber nett ist er doch, auch wenn er es nicht gern zeigt. Schon zweimal hat er sich vom kleinen Eichenberger ein Pferd geliehen und mich hier in der Schmiede besucht. Beide Male hat er behauptet, es sei nur wegen dem Ross, etwas sei mit den Hufeisen nicht in Ordnung, und er habe das aus Gefälligkeit übernommen. Aber das war immer nur eine Ausrede. Der Poli kann nicht zugeben, dass er etwas aus Nettigkeit tut, aber ich merke es doch. Beim letzten Mal habe ich ihm alles erzählt, was in Einsiedeln passiert ist, und das hätte ich nicht tun sollen. Er hat gleich wieder angefangen, über das Kloster zu schimpfen, und hat gesagt, am liebsten würde er sein Fähnlein neu gründen und diesmal den Prior entführen. Den würde er dann so lang im Wald an einen Baum binden, bis er einen heiligen Schwur täte, mich für alle Zeit in Frieden zu lassen.

Der Geni ist noch nie nach Ägeri gekommen, nicht nur, weil es zu mühsam für ihn wäre, sondern er hat Angst, weil man ihn wegen dem Bein überall kennt, könnte sein

Besuch auffallen und mich in Gefahr bringen. Er hat mir ausrichten lassen, ich müsse Geduld haben, das werde mir bestimmt nicht schwerfallen, er höre ja, dass es mir gutgehe und dass ich sogar glücklich sei.

Ja, es geht mir gut, viel besser, als ich habe erwarten dürfen, aber verliebt bin ich deshalb nicht, es ist dummes Zeug, wenn der Poli so etwas sagt, erstens bin ich noch viel zu jung für so etwas und zweitens überhaupt. Die Sache damals mit dem Hasler Lisi, das war etwas anderes, da war ich noch ein kleiner Bub ohne eine Ahnung von der Welt und hätte mich in jedes Bäbi verlieben können. Und das Lisi hat mich ja auch nur ausgelacht. Wenn ich heute daran denke, könnte ich immer noch rot werden.

Egal. Hier ist mir wohl, und das liegt auch an der Tochter vom Stoffel-Schmied. Sie hat ihren Namen bekommen, weil die heilige Katharina die Schutzpatronin der Waffenschmiede ist, aber es sagen ihr alle nur Kätterli. Das passt auch besser zu ihr; eine Katharina stelle ich mir groß und streng vor, und das ist das Kätterli überhaupt nicht. Sie ist nicht größer als ich, obwohl sie doch zwei Jahre älter ist, und sie hat lange Haare, eigentlich blond, aber auch ein bisschen rot, vor allem, wenn die Sonne darauf scheint. Manchmal darf ich sie kämmen. Sie hat noch nie Nissen gehabt, und das ist schon etwas Besonderes, nicht gerade ein Wunder wie bei der heiligen Katharina, wo beim Martyrium Milch statt Blut aus den Adern geflossen ist, aber ungewöhnlich ist es schon. Sie wäscht ihre Haare mit Lorbeeröl, vielleicht liegt es daran, der Stoffel sagt zwar, es ist Eitelkeit und Verschwendung, aber manchmal schenkt er ihr trotzdem welches. Vielleicht riecht das Kätterli deshalb besser als andere Mädchen, aber vielleicht kommt es mir auch nur so vor, weil wir unterdessen fast ein bisschen wie Geschwister sind.

Genau wie ich hat das Kätterli nämlich keine Mutter mehr; die ist bei einer Geburt gestorben und wenig später dann auch dem Kätterli sein neuer Bruder. Sie haben ihm noch einen Namen gegeben, Eligius, weil das der Schutzpatron der Schmiede ist, der hat einmal ein Hufeisen auf ein abgeschnittenes Pferdebein genagelt, und das Bein dann wieder angesetzt, aber diesmal hat er kein Wunder getan, und der Bub hat seine Mutter nur um Stunden überlebt. Das Kätterli war damals noch ganz klein und kann sich nicht an ihre Mutter erinnern, genauso wie es mir mit meinem Vater geht. Das ist noch einmal etwas Gemeinsames zwischen uns. Aber anders als ich hat sie keine Geschwister, und darum ist sie froh, dass ich jetzt da bin und sie jemanden zum Schwatzen hat, sie hat es mir selber gesagt. Ich muss immer das Lachen verdrücken, wenn sie mich Gottfried nennt oder Gottfriedli, das ist der Name, den der Geni für mich ausgesucht hat, weil ich in Ägeri doch nicht ich selber sein soll, sondern ein Verwandter vom Stoffel-Schmied. Wenn der Prior nach mir suchen lässt, werden seine Leute nach einem Eusebius Ausschau halten und nicht nach einem Gottfried.

Es ist seltsam, wie viele Namen ich in meinem Leben schon gehabt habe, obwohl ich doch immer noch ein Bub bin. Zu Hause war ich der Sebi, im Dorf haben sie mir Stündelerzwerg gesagt, und im Kloster dann Eusebius. Und jetzt eben Gottfried. Das gehört zu der Geschichte, die wir uns für mich überlegt haben, und die geht so: Ein

Brudersohn vom Stoffel seinem Vater hat mich nach Ägeri geschickt, damit ich bei ihm den Schmiedeberuf lerne. So erzählt es der Stoffel im Ort, und damit sich niemand näher erkundigen kann, hat er sich ausgedacht, dass dieser Vetter, den es nicht gibt, im Urserental wohnt, das ist weit genug weg.

Auch wenn ich den ganzen Tag in der Werkstatt mithelfe, ein Schmied wird aus mir keiner werden, das ist mir klar und dem Stoffel auch. Er sagt, wenn einer für diesen Beruf geboren ist, sieht man ihm das schon als kleines Kind an, ein rechter Schmied muss immer einen Kopf größer sein als die anderen und mit mehr Muskeln. Dem Stoffel sein Oberarm ist dicker als meine Schenkel, und müde wird er nie, während es bei mir so ist, dass ich nach einer halben Stunde den großen Hammer kaum mehr auflupfen kann. Ich bin eben ein Finöggel und finde es schon anstrengend, wenn ich stundenlang den Blasbalg bedienen muss, weil der Wind wieder einmal falsch steht und das Feuer in der Esse nicht richtig brennen will. Selber geschmiedet habe ich bisher nur einen Schürhaken, er ist nicht schön geworden, aber um damit im Feuer herumzustochern, kommt es nicht so drauf an, und ich habe ihn dem Halbbart geschenkt. Auch das Nägelmachen habe ich gelernt, man nimmt den Fäustel dazu, das ist ein kleiner Hammer, und wenn der Stoffel ein dünnes Stabeisen vorbereitet hat, kann ich den Rest schon ganz allein. Am schwierigsten sind die Nagelköpfe, wenn man beim Stauchen nicht ganz kerzengerade trifft, werden sie schräg. Der Stoffel sagt, ich bin der erste Lehrbub, der so viele besoffene Nägel macht. Es tut mir leid, wenn er sie billig verkaufen muss, so verdient er fast nichts an mir, Lehrgeld bekommt er keines und hat mich nur aus Freundschaft zum Halbbart bei sich aufgenommen. Es ist etwas Eigenes mit dem Halbbart: Die Menschen werden entweder ganz schnell seine Freunde, oder sie mögen ihn überhaupt nicht.

Am besten gefällt es mir jedes Mal, wenn der Stoffel nicht einfach irgendein Werkzeug schmiedet, sondern wenn Leute kommen, um ihr Pferd beschlagen zu lassen, obwohl ich dabei nicht viel helfen kann. Der Stoffel spricht dann die ganze Zeit mit den Tieren, in einer Sprache, die er selber erfunden hat. Aber sie scheinen ihn zu verstehen und wehren sich nicht, wenn er ihr Bein anhebt und den Huf auf sein Schurzfell legt. Das heiße Eisen auf dem Horn vom Pferdehuf macht einen ganz eigenen Geruch, beißend, aber nicht unangenehm. Manchmal muss der Stoffel das Eisen nach dem ersten Anpassen noch einmal nachrichten, aber meistens trifft er die Form auf Anhieb. Er ist so geschickt wie der Geni, nur seine Hände sind viel größer, mit vielen kleinen Brandwunden, weil der Stoffel sagt, ohne Handschuhe hat er ein feineres Gefühl bei der Arbeit. Der Daumen, den ihm der Halbbart geflickt hat, ist immer noch ein bisschen verfärbt, aber er kann ihn bewegen und auch das Eisen damit festhalten. Es wundert mich nicht, dass sich die beiden angefreundet haben.

Der Halbbart kommt immer am Abend zu Besuch, wenn es zum Arbeiten zu dunkel geworden ist. Einmal hat er mir die Figuren für ein eigenes Schachzabel mitgebracht, die hat er extra für mich geknetet. Aber er kommt eigentlich nicht zu mir, sondern zum Stoffel, die beiden schließen sich dann in der Werkstatt ein und chüschelen miteinander. Manchmal hört man auch Hammerschläge auf dem Amboss, ich kann mir nicht recht vorstellen, was das geben soll, nur mit dem Licht von einer Laterne oder einer Kerze. Am Tag lässt der Stoffel immer das Tor offen, beim Schmieden kann man es gar nicht hell genug haben, sagt er. Frieren tut man deshalb nicht, auch nicht im Winter, das Feuer in der Esse macht einem warm genug. Man darf die beiden nicht fragen, was sie die halbe Nacht miteinander treiben, der Halbbart legt den Finger an die Lippen, und der Stoffel schreit einen an, ein Lehrbub habe das Maul zu halten und sich nicht in die Geschäfte seines Onkels einzumischen. Ich sage ihm Onkel, damit die Leute glauben, dass wir Verwandte sind, und auch wenn er einen anschreit, ist Theater dabei. Der Stoffel kann zwar mit bloßen Händen ein Eisen biegen, aber er ist ein ganz friedlicher Mensch. Ich bekomme schon manchmal eine Ohrfeige, wenn ich in der Werkstatt etwas falsch mache, aber immer so, dass es nicht richtig weh tut; es ist auch nur, damit die Leute sehen können, was für ein strenger Lehrmeister er ist.

Mir ist es egal, was der Halbbart und der Stoffel zusammen treiben, es ist mir sogar recht, wenn es möglichst spät wird. Ich kann dann nämlich noch nicht schlafen gehen, weil mein Strohsack in der Werkstatt liegt, und sitze dafür mit dem Kätterli zusammen. Weil ihr Vater nie wieder geheiratet hat, hat sie schon ganz früh die Dinge übernehmen müssen, die sonst eine Mutter machen würde, und am Abend ist sie meistens noch am Spinnen. Dazu braucht man kein Licht, die Wolle kann man auch ohne hinzusehen vom Rocken zupfen, und die Spindel dreht sich fast von selber in der Hand. Sie sitzt dann dort, wo am meisten Wärme aus der Werkstatt heraufkommt, ich leiste ihr Gesellschaft, und wir schwatzen. Sie hat mich schon ein paar Mal gefragt, was mein Geheimnis sei, denn dass ihr Vater keinen Vetter im Urserental hat, das weiß sie natürlich, aber ich darf ihr nichts erzählen, der Stoffel hat es streng verboten. Es wären ja auch nicht so schöne Dinge, und ich will dem Kätterli keinen Kummer machen. Ich erzähle ihr lieber erfundene Geschichten, das tue ich sowieso gern. Manchmal sind es solche, die ich vom Teufels-Anneli gehört habe, und manchmal ändere ich eine Geschichte ab, damit sie besser zum Kätterli passt, das ist dann fast, als ob man sie selber erfunden hätte. Geschichten ausdenken ist wie lügen, aber auf eine schöne Art. Diese hier habe ich vom Geni, als er mir den Sternenhimmel erklärt hat, nur dass sie bei ihm anders angefangen hat.

»Es war einmal ein Mädchen«, habe ich dem Kätterli erzählt, »das konnte Fäden nicht nur aus Wolle oder aus Flachs spinnen, sondern auch aus den eigenen Haaren. Sie hatte nämlich besonders schöne Haare. Fast so schön wie deine«, habe ich gesagt, und das Kätterli hat gelacht und gemeint, ihre Haare wären ja nun wirklich nichts Berühmtes, besonders dass sie so rötlich seien, gefalle ihr gar nicht, rote Haare hätten nur Unglücksbringerinnen, und so eine wolle sie lieber nicht sein. »Nein«, habe ich gesagt, »Unglück bringst du ganz bestimmt nicht«, und dann habe ich weitererzählt: »Die Fäden, die das Mädchen gesponnen hat, waren so fein, aus Spinnweben hätte man keine feineren machen können, und das Tuch, das sich daraus weben ließ, war kostbarer als jede Seide. Eigentlich hätte das Mädchen schon lang reich sein müssen, denn so einen besonderen

Faden hätte man bestimmt für ganz viel Geld verkaufen können, aber sie ging damit nicht ein einziges Mal auf den Markt.«

»Das war dumm«, hat das Kätterli gemeint. »Mein Vater sagt: ›Jeder verpasste Verdienst ist weggeworfenes Geld.‹«

»Sie hat etwas Besseres damit verdient als nur gewöhnliches Geld«, habe ich gesagt, »du musst mich nur fertigerzählen lassen. Immer, wenn eine Spule voll war, hat sie sie vor dem Schlafengehen auf den Tisch gelegt, und wenn sie am Morgen aufwachte, war die Spule verschwunden.«

Dem Kätterli hat die Geschichte nicht gefallen. »Man muss eben die Haustüre abschließen«, hat sie gesagt, »und die Stangen vorlegen.«

»Abschließen hätte nichts genützt«, habe ich gesagt, »weil die nächtlichen Besucher nämlich Feen waren, die kommen durch jede Türe, selbst wenn es hundert Schlösser daran hat. Diese Feen haben aus dem Faden ihre Kleider gewoben, der Stoff von Feenkleidern ist nämlich das Feinste, was es auf der Welt gibt.«

»Die haben den Faden einfach genommen? Das Mädchen muss den ganzen Tag spinnen und sich auch noch die eigenen Haare ausreißen, und dann kommen diese Feen einfach in der Nacht und stehlen alles?«

»Sie haben auch etwas dafür gegeben«, habe ich gesagt. »Immer am Morgen lag dort, wo die Fadenspule gewesen war, ein Kieselstein.«

»Ein Stein?« Wenn ich das Teufels-Anneli gewesen wäre, hätte mir das Kätterli bestimmt meinen Teller weggenommen.

»Es waren besondere Steine, wenn man es ihnen auch

nicht angesehen hat. Das Mädchen hat sie gesammelt und unter ihr Kopfkissen gelegt.«

Das Kätterli hat gemeint, die Geschichte könne nicht stimmen, jemand, der so reich sei, dass er ein eigenes Kopfkissen besitze, würde bestimmt nicht selber spinnen, sondern eine Magd die Arbeit machen lassen, aber sie hat mich dann doch noch fertigerzählen lassen. »Der Vater des Mädchens«, habe ich gesagt, »war auch wütend über den schlechten Tausch, und eines Tages hat er alle Steine genommen und aus dem Fenster geworfen. Sie sind aber nicht auf die Gasse hinuntergefallen, sondern in die Luft gestiegen, höher als die Häuser, höher als die Vögel und höher als die Wolken, und an der höchsten Stelle haben sie sich in Sterne verwandelt. In klaren Frühlingsnächten kann man sie immer noch am Himmel sehen, zwischen dem Löwen und dem Bärenhüter, und das Sternbild heißt die Haare der Berenike, weil das Mädchen nämlich Berenike geheißen hat.«

»Das ist ein komischer Name«, hat das Kätterli gemeint. »Und überhaupt: Das ist eine ganz dumme Geschichte. Feen gibt es überhaupt nicht.«

Ich habe sie angesehen und gedacht: ›Doch, Feen gibt es schon.‹

Das sechsundzwanzigste Kapitel
in dem der Sebi schlecht schläft

Es wäre wichtig, dass ich morgen ausgeschlafen bin, der Stoffel hat das auch gesagt, aber ich liege wach und habe die schlimmsten Gedanken. Alles, was mir einfällt, ist grau und schwarz, und dabei sollte ich gute Sachen denken, weil sonst die schlechten passieren, und dann ist man selber daran schuld. Aber wenn man Sorgen hat, kann man sich das lang vornehmen.

Der Halbbart ist verschwunden. Von einem Tag auf den anderen einfach nicht mehr da. So wie in einer Anneli-Geschichte, wenn sich der Boden öffnet und jemanden verschluckt.

Am Samstagabend ist er mit dem Stoffel verabredet gewesen und zur abgemachten Zeit nicht gekommen. Zuerst hat sich niemand Sorgen gemacht; ihm kommt oft im letzten Moment etwas dazwischen, meistens weil jemand wegen Zahnweh nach ihm geschickt hat. Wenn die Zähne weh tun, werden die Leute ungeduldig, und es hat sich herumgesprochen, dass er einem einen kranken Zahn so geschickt aus dem Mund zu pflücken versteht wie eine schlaue Maus den Köder aus der Falle. Dem Stoffel ist das Warten verleidet, und er ist noch einmal in die Werkstatt gegangen, um sich über der Glut ein Stück Käse zu braten; dem Kätterli und mir hat er eine Talgkerze bewilligt, und wir haben in aller Ruhe unseren Schachzabel-Krieg weitergeführt, sie hätte sogar beinahe gewonnen. Sie kann das Spiel schon fast so gut wie ich, dabei habe ich es ihr doch gerade erst beigebracht.

Auch am Sonntag hat man vom Halbbart nichts gehört, und das war schon ungewöhnlicher. Wenn er nämlich sonst eine Verabredung nicht hat einhalten können, ist er immer am nächsten Tag vorbeigekommen und hat erklärt, was ihn abgehalten hat. Nach der Messe hat der Stoffel gesagt, ihm sei schlecht von den vielen Kerzen und vom Weihrauch, er wolle ein bisschen in der Landschaft herumlaufen. Es brauche ihn niemand begleiten, das Kätterli solle lieber dafür sorgen, dass nachher eine gute Suppe auf den Tisch käme. Ich habe aber gemerkt, dass er in Wirklichkeit nach dem Halbbart hat sehen wollen, ob der vielleicht krank geworden sei. Für den Weg in unser Dorf wird er nicht lang gebraucht haben mit seinen kräftigen Beinen.

Er hat an die Türe vom Halbbart seinem Haus geklopft, aber es hat niemand geantwortet, und da ist dem Stoffel ein erstes Mal ein bisschen gschmuuch geworden, sagt er. Er hat dann im Dorf herumgefragt, auch beim Geni und beim Poli, die haben beide nichts gewusst, und auch sonst niemand. Nur der immer besoffene Rogenmoser Kari hat sich wichtigmachen müssen und hat behauptet, er habe mit eigenen Augen gesehen, wie der Teufel den Halbbart geholt habe, am späten Abend sei es gewesen, und der Satan habe vier Unterteufel mit langen Spießen dabeigehabt, die hätten ihn abgeführt. Sonst wollte niemand eine Ahnung haben, und dabei wissen doch in einem kleinen Dorf immer alle alles voneinander, unsere Mutter hat manchmal gesagt: »Es ist nur gut, dass Neugier nicht weh tut.«

Seit ich beim Stoffel-Schmied und beim Kätterli wohne, kann ich an unsere Mutter denken, ohne dass mir gleich die Augen nass werden. Nur heute Nacht müsste sie bei mir sein und mich beschützen. Und mir versprechen, dass morgen nichts Schreckliches passieren wird.

Die Türe vom Halbbart seinem Haus ist nie abgeschlossen, und der Stoffel ist hineingegangen, um zu sehen, ob sich irgendwo eine Erklärung für sein Verschwinden findet. Es war aber nichts Besonderes zu sehen, nichts, aus dem man hätte schließen können, er habe vorgehabt wegzugehen. Das Feuer war noch nicht lang heruntergebrannt, und im Kessel war die Suppe noch warm. »Es hatte Fleischknochen darin«, hat der Stoffel berichtet, und für ihn war das ein Beweis, dass der Halbbart nicht für längere Zeit habe weg sein wollen, sonst hätte er sie doch als Proviant mitgenommen. Der Stoffel kann sich nicht vorstellen, dass jemand Essen verschwendet; bei seiner Arbeit braucht er so viel Kraft, dass er den ganzen Tag zulangen könnte.

Dann ist auch noch eine Bauersfrau aus Steinen gekommen, die hatte der Halbbart wegen einer Medizin für ihren Mann zu sich bestellt. Von Steinen läuft man gute drei Stunden, und er hätte sie bestimmt nicht den ganzen Weg machen lassen, wenn er vorgehabt hätte, dann nicht da zu sein. Der Stoffel hat noch im Haus gesucht, ob die Medizin irgendwo bereitsteht, aber er hat nichts gefunden und hat das Fraueli mit leeren Händen auf den langen Heimweg schicken müssen.

Das Kätterli kann gut kochen, sie kann überhaupt alles,

aber wir haben die Sonntagssuppe nicht richtig genießen können; die Frage, was mit dem Halbbart wohl sein könnte, hat ihr allen Geschmack genommen. Gesagt hat keiner etwas, es ist bei Stoffels nicht üblich, dass man beim Essen redet; wenn gearbeitet wird, wird gearbeitet, und wenn gegessen wird, wird gegessen. Dem Kätterli haben die besorgten Gesichter nicht gefallen, und sie hat uns zum Lachen bringen wollen und gemeint, der Halbbart sei bestimmt auf dem Weg nach Ägeri von einem Flug Fledermäuse entführt worden, die hätten ihren vorlauten Kindern mit dem schwarzen Mann gedroht, und jetzt hätten sie eben den Halbbart mit seinem verbrannten Gesicht geholt, damit er ihnen Manieren beibringe. Es hat aber niemand gelacht, sondern jeder hat weiter herumstudiert.

Zuerst habe ich gedacht, der Halbbart sei durch irgendetwas an seine Vergangenheit erinnert worden, vielleicht nur durch ein Gesicht, das er halb gesehen hat und halb wieder nicht, und er habe deshalb gemeint, er sei doch nicht weit genug davongelaufen. Mir hat er einmal gesagt, ein Flüchtling sei wie ein Reh, bei dem ja auch ein Knacken im Unterholz genügt, und schon ist es davon. Aber dann habe ich wieder überlegt, dass das nicht sein kann, er wäre bestimmt nicht weggegangen, ohne sich von mir zu verabschieden, und das Fleisch aus der Suppe hätte er auch mitgenommen. Hunger hat er in seinem Leben genug gehabt.

Der Stoffel, das hat er uns aber erst verraten, als der Halbbart am Abend wieder nicht gekommen ist, hat an Räuber gedacht. Der Weg von unserem Dorf nach Ägeri führt ein Stück den Wald entlang, und ein Gewürzhändler, der über die großen Pässe gekommen war, hat berichtet, eine Räuberbande habe ihn dort überfallen und ihm ein ganzes Vermögen an Safran abgenommen. Aber es kann auch sein, dass der Mann die Geschichte erfunden hat, weil er seine Schulden nicht bezahlen konnte und eine Ausrede brauchte. Wenn ihn eine Bande überfallen hätte, wäre es ohne ein paar blaue Flecken bestimmt nicht abgegangen, er war aber überhaupt nicht verletzt. Vielleicht gebe es die Räuber aber wirklich, meint der Stoffel, dann wäre es verständlich, dass sie gerade auf den Halbbart losgegangen seien; ein Mann, in der Nacht allein unterwegs, ist ein leichtes Opfer, und gegen eine ganze Bande hätte ihm auch der schwere Stock nichts genützt, den er immer bei sich hat. Der Halbbart habe aber nie etwas Stehlenswertes bei sich, hat er weiter überlegt, und da sei es möglich, dass man ihn verschleppt habe, um Lösegeld zu erpressen. So wie es der Poli damals mit dem Holzach vorgehabt hat, habe ich gedacht, aber natürlich nichts gesagt. Es wäre auch denkbar, dass der Halbbart sich gewehrt hat, vielleicht war es zu einem Kampf gekommen, und sie hatten ihm etwas angetan. Diese letzte Überlegung hat der Stoffel nicht mehr ausgesprochen, aber er hat sie so laut gedacht, dass man sie richtiggehend hat hören können. Gesagt hat er nur, er wolle morgen früh die Schmiede nicht aufmachen, sondern wir beide sollten miteinander nach dem Halbbart suchen, vielleicht liege der irgendwo im Wald, gefesselt oder verletzt. Er will einfach so losgehen, ohne Waffen; er besitzt gar keine, nicht einmal ein Schwert, obwohl er sich ja selber eines schmieden könnte. Wenn man sein Leben lang immer der Größte und Stärkste gewesen ist, kommt man gar nicht auf den Gedanken. Nur zwei Stabeisen hat er für uns bereitgelegt, mit denen könne man sich auch wehren, hat er gemeint.

Ich habe ihn gefragt, ob er nicht lieber den Poli mitnehmen wolle, wenn mit jemandem gekämpft werden müsse, sei der ein besserer Helfer als ich, aber der Stoffel hat mich streng angesehen und gesagt, einen Freundschaftsdienst dürfe man nicht auf jemand anderen verschieben. Und überhaupt, wenn ich sein Verwandter sein wolle, sein Vetterssohn aus dem Urserental, dann dürfe ich vor nichts Schiss haben, Angsthasen habe es in seiner Familie noch nie gegeben.

Gleich nach dem Habermus wollen wir losziehen, und ich weiß nicht, wovor ich mehr Angst habe: dass wir den Halbbart nicht finden oder dass wir ihn finden und es ist ihm etwas passiert. Ich liege wach und mache mir die schlimmsten Gedanken, dabei müsste ich doch schlafen. Der Stoffel hat sogar ein Sprichwort dafür, »ein Sack voll Schlaf macht stark und brav«, und ich höre ihn auch schnarchen wie jede Nacht, als ob überhaupt nichts Besonderes wäre, aber in meinem Kopf drehen sich die Gedanken so schnell, dass ich einfach nicht schläfrig werde, sondern nur trümmlig. Ich habe es mit Beten versuchen wollen, aber mir ist kein Schutzpatron für verschwundene Freunde eingefallen, und von den vierzehn Nothelfern, die man für alles brauchen kann, bringe ich die Namen nicht zusammen. Die Frauen schon, das sind Barbara, Margareta und Katharina, aber bei den Männern komme ich durcheinander, und ich befürchte, wenn man einen vergisst, dann ist er beleidigt und sorgt dafür, dass die anderen auch nicht mitmachen. Die kleine Perpetua würde bestimmt etwas für mich tun, weil ich ihr doch auch geholfen habe, mit Taufen und Begraben, aber ich weiß nicht einmal, ob sie wirklich heilig geworden ist oder einfach nur tot.

Das Feuer in der Esse habe ich mit Asche abgedeckt, wie ich es jeden Tag vor dem Schlafengehen tun muss, damit man es am nächsten Morgen leicht wieder anfachen kann, aber es glimmt doch immer wieder auf, und es kommt mir vor, als ob die Funken Signale wären, ich weiß nur nicht, was sie bedeuten, ob sie mir Hoffnung geben sollen oder mir sagen, dass mich eine Enttäuschung erwartet oder sogar ein Unglück. Ich habe versucht, von einem Funken bis zum nächsten den Atem anzuhalten, wenn mir das gelingt, habe ich mir versprochen, ist es ein gutes Zeichen, aber da sind die Funken plötzlich seltener geworden, und ich habe es nicht geschafft. Und dann, als ich wieder geatmet habe, kamen drei ganz helle gleich hintereinander.

Draußen auf der Gasse streiten schon die längste Zeit zwei Katzen miteinander, sie heulen und fauchen, als ob es um Leben und Tod ginge, und vielleicht geht es ja darum, und auch das ist ein Omen. Unsere Mutter hat immer gesagt, dass Katzen Unglückstiere sind, weil sie nämlich nicht in der Bibel vorkommen, die Hunde aber schon. Der Geni hat sie jedes Mal ausgelacht und gemeint, Eichhörnchen gebe es seines Wissens in der Bibel auch nicht und er habe noch nie jemanden behaupten hören, dass die Unglück brächten, und dann hat sie ihm eine gefitzt, aber mehr aus Spaß, und hat gesagt, sie glaube sowieso nicht an solche Sachen, das machten nur Abergläubische. Wenn sie nicht krank geworden wäre und gestorben, könnte ich jetzt meinen Kopf in ihren Schoß legen, das würde mir mehr Mut machen als alles andere.

Der Poli hat schon recht, wenn er sagt, dass ich einer bin, der sich immer gleich ins Hemd scheißt, aber vielleicht ist es ja so, dass jede Familie vom Himmel nur eine bestimmte Portion Mut zugeteilt bekommt, und er hat alles für sich genommen.

Und morgen gehe ich doch mit dem Stoffel auf die Suche, und ich kämpfe auch mit Räubern, obwohl ich nicht glaube, dass das nötig sein wird. Wenn nämlich die Räuber den Stoffel sehen mit seinen breiten Schultern und den starken Händen, dann verkriechen sie sich bestimmt ins Unterholz und lassen uns in Frieden. Vielleicht hat das Verschwinden vom Halbbart auch gar nichts mit einem Überfall zu tun, sondern er ist nur in den Wald hineingegangen, um hinter einem Baum zu seichen, und ist gestolpert und hat sich den Fuß verdreht, und wenn wir nach ihm rufen, hört er uns und ruft zurück. Ich werde die Flöte mitnehmen, die mir der Soldat geschenkt hat, ich kann sie zwar noch nicht richtig spielen, aber einen lauten Ton aus ihr herausblasen, das kann ich schon, und der Halbbart kennt diesen Ton und wird wissen, dass ich es bin.

Wenn ihm nur nichts Schlimmes passiert ist, lieber Gott.

Das siebenundzwanzigste Kapitel
in dem zwei aus dem Haus schleichen

Ich bin froh, dass der Stoffel in seinem Haus keinen Spiegel duldet. Er sagt, es ist, damit das Kätterli nicht eitel wird, aber ich glaube, es hat etwas mit Aberglauben zu tun; unsere Mutter hat auch gemeint, wenn man sich zu lang in einem Spiegel ansieht, kann einem die Seele hineinfallen und nie wieder zurückkommen. Ob das stimmt oder nicht, es ist gut, dass es keinen hat. Ich könnte nicht daran vorbeigehen, ohne hineinzuschauen, und dann würde ich mich nicht mehr trauen, das zu tun, was wir vorhaben.

Mit dem Halbbart ist alles anders, als ich gemeint habe, ich weiß noch nicht, ob besser oder schlechter.

Gestern sind der Stoffel und ich früh am Morgen losgegangen, ich habe meine Flöte in den Sack gesteckt, das Stabeisen in die Hand genommen und mir ganz fest vorgenommen, keine Angst zu haben. Wir haben mit dem Suchen fast genau an der Stelle angefangen, wo ich damals den Raben getötet habe; vielleicht hat das etwas zu bedeuten gehabt, Glück oder Unglück. In der Gegend ist schon viel gerodet worden, und man kann ziemlich weit in den Wald hineingehen, bevor man im Unterholz nicht weiterkommt. Es ist ein dünner Schnee gelegen, aber die einzigen Spuren, die man darin gesehen hat, waren von Tieren und nicht von

Menschen. Der Stoffel hat gemeint, der Halbbart könne trotzdem hier gewesen sein und es habe erst später geschneit. Einmal haben wir ein Reh aufgeschreckt, das heißt: nicht wirklich aufgeschreckt, es ist nicht davongesprungen, sondern hat uns nur angesehen und ist dann ganz langsam in den Wald hineingegangen. Vielleicht war es das gleiche Reh, das der Geni damals als Kitz aufgezogen hat, ich weiß aber nicht, ob Rehe so alt werden.

Wir haben niemanden angetroffen, keinen Halbbart und keinen Räuber, und nach etwa einer Stunde haben wir vom Weg her die Stimme vom Kätterli gehört. »Stoffel!«, hat sie gerufen, ganz aufgeregt. Sie sagt ihrem Vater einfach den Namen, das ist etwas Besonderes in ihrer Familie, sie hatte es sich als kleines Mädchen so angewöhnt, und nach dem Tod ihrer Mutter hat der Stoffel es ihr nicht wegnehmen wollen. Wir sind aus dem Wald herausgerannt, weil wir gedacht haben, es muss etwas Schlimmes passiert sein, sonst wäre sie uns nicht den ganzen Weg von Ägeri hinterhergelaufen.

Es ist auch etwas passiert, einerseits schlimm, aber gleichzeitig auch gut, und das Gute ist, dass man jetzt weiß, dass der Halbbart lebt und was mit ihm ist; in Ägeri wissen es alle und reden von nichts anderem. Es scheint, dass der Rogenmoser Kari nicht nur einfach gelogen hat, er hat am Samstagabend wirklich etwas beobachtet und hat es nur falsch verstanden, wie ihm das oft passiert, wenn er betrunken ist. Tatsächlich haben vier Leute mit Spießen den Halbbart abgeführt, das waren aber keine Teufel, sondern Reisige vom Vogt. Jetzt sitzt er im Keller des Hüsliturms, und es ist ausgetrommelt worden, dass morgen extra wegen ihm ein außerordentlicher Gerichtstag abgehalten wird, und zwar soll nicht der Vogt den Vorsitz haben, sondern es kommt extra der oberste Richter der Diözese, ein Doctor iuris, der in Montpellier studiert hat. Er ist gerade in Einsiedeln im Kloster zu Besuch, und wegen der Schwere des Falles, heißt es, will der Bischof, dass er bei dem Prozess dabei ist.

Ich kann mir nicht vorstellen, was der Halbbart mit einem schweren Fall zu tun haben könnte, und es weiß auch niemand, was die Klage ist und was man ihm vorwirft. Er ist ein guter Mensch, das weiß ich, ohne ihn hätte der Stoffel keinen Daumen mehr, und der Geni wäre an seinem Bein gestorben. Der Stoffel meint, es müsse etwas ganz Besonderes sein, sonst könnte man warten bis zum nächsten Gerichtstag und der Bischof hätte auch nicht einen eigenen Vertreter geschickt. Auch dass man erst heute davon erfahren hat, ist ein schlechtes Zeichen, sonst ist es nämlich üblich, dass man es sofort ausrufen lässt, wenn jemand eingesperrt ist, damit seine Verwandten ihm Essen bringen können. Es kann also gut sein, dass der Halbbart die ganze Zeit nichts bekommen hat außer Wasser und vielleicht eine Schüssel Brei.

Der Prozess, auch das ist ungewöhnlich, soll nicht unter freiem Himmel stattfinden, sondern in der Halle des Hüsliturms, von der es heißt, dass sie der größte Raum in Ägeri ist. Der Hüsli, nach dem er benannt ist, hat im Krieg viel Geld verdient, nicht als Soldat, sondern als Vermittler von Söldnern, und mit seinem Reichtum hat er sich diesen Turm bauen lassen. Es soll dort alles furchtbar vornehm sein, und in der Halle finden an speziellen Tagen Festmähler für die

Mehrbesseren statt. Ich frage mich, ob es dann auch Refektorium heißt, oder ob es diesen Namen nur im Kloster gibt.

Ich wollte bei dem Prozess unbedingt dabei sein, schließlich ist der Halbbart mein Freund oder doch so etwas Ähnliches, aber der Stoffel hat es mir streng verboten, in einem Ton, dass ich gewusst habe: Hier gibt es keinen Widerspruch. Es würden bestimmt auch Leute aus meinem Dorf kommen, hat er gesagt, wenn mich einer von denen erkennen würde, hätte die ganze Versteckerei keinen Sinn gehabt, und er habe keine Lust, erleben zu müssen, dass nicht nur der Halbbart eingesperrt werde, sondern auch noch ein falscher Vetterssohn. Wenn der Prior erfahre, dass ich hier sei, brauche er dem Vogt nur einen Wink zu geben, dann könne ich ausprobieren, wie es sich auf bluttem Boden schlafe, in einem Keller ohne Fenster.

Das Kätterli hat natürlich die Ohren gespitzt. Ihr Vater hat ihr nie erzählt, warum ich mich bei ihnen verstecken muss, und jetzt hätte sie gern gewusst, was der Prior von Einsiedeln damit zu tun hat. Aber der Stoffel hat sie angefahren, sie solle nicht herumschwatzen, sondern sich an ihre Arbeit machen, es gebe genug zu tun. Wenn er so redet, habe ich immer das Gefühl, dass er seine Strenge nicht wirklich meint, schon gar nicht, wenn er mit Ohrfeigen oder Prügeln droht, aber ich habe mich trotzdem nicht getraut zu probieren, ob man ihn doch überreden könnte.

Niemand hat gewusst, wann dieser Doctor iuris eintrifft, und der Stoffel ist ganz früh am Morgen losgegangen, er hat gemeint, wenn man zu spät kommt und hinten stehen muss, bekommt man nur die Hälfte mit. Mir hat er noch einmal streng verboten, dass ich auch nur einen Schritt aus dem Haus tue, nicht einmal den Kopf aus der Türe strecken dürfe ich. Stattdessen solle ich die Werkstatt aufräumen, das sei jetzt gerade eine gute Gelegenheit, wo kein Sonntag sei und die Schmiede trotzdem geschlossen. Ich habe überlegt, heimlich wegzuschleichen, aber ich habe es dann doch nicht gemacht; der Stoffel hat ja recht, wenn er meint, dass es gefährlich für mich ist.

Als das Kätterli zu mir in die Werkstatt gekommen ist, habe ich gedacht, sie will mir beim Aufräumen Gesellschaft leisten. Aber es war wegen etwas ganz anderem. Es war aus Neugier, und sie hat mir gedroht, wenn ich ihr nicht sofort erzähle, was eigentlich los ist, dann sind wir keine Freunde mehr, sie führt nie mehr einen Schachzabel-Krieg gegen mich, und ihre Haare darf ich auch nie mehr kämmen. Ich kann dem Kätterli nur schwer nein sagen, aber ich habe mich zusammengenommen und behauptet, ich hätte ein heiliges Schweigegelübde getan, das dürfe ich nicht brechen. Ich hätte auch nichts verraten, wirklich nicht, aber dann hat sie gemeint, es sei schade, dass ich so gar kein Vertrauen zu ihr habe, sie wüsste nämlich einen Weg, wie ich doch zu dem Prozess hingehen könne, und zwar so, dass mich niemand erkennen würde, auch nicht der Stoffel selber, nicht einmal, wenn er direkt vor mir stünde. Ich könne also alles miterleben, was mit dem Halbbart passiere, sie habe gemeint, das sei mir wichtig, aber wenn ich nicht wolle, dann eben nicht, dann gehe sie jetzt zurück in den oberen Stock, dort gebe es eine Menge sauberzumachen. Der heilige Antonius, heißt es, hat allen Versuchungen widerstanden, aber ich bin kein Heiliger, und wenn der Teufel dem Antonius das Kätterli zum Verführen geschickt hätte, wäre der auch schwach geworden. Schließlich habe ich ihr alles erzählt, und es hat mir sogar gutgetan. So ein Geheimnis ist wie ein Splitter unter der Haut, man ist froh, wenn jemand kommt, der ihn herauszieht.

Als ich dem Kätterli von der kleinen Perpetua erzählt habe, sind ihr die Tränen gekommen, aber wie ich beim Weglaufen dem Teufels-Anneli begegnet bin und deshalb wieder umgekehrt, das hat sie gar nicht mehr hören wollen. Diesen Teil solle ich ihr ein anderes Mal erzählen, hat sie gesagt, jetzt pressiere es, man könne nicht wissen, ob die Verhandlung nicht schon bald anfange.

Die Verkleidung, die sie sich für mich ausgedacht hatte, war so verrückt, dass ich zuerst geglaubt habe, sie macht sich lustig. Sie hat es aber ernst gemeint, wir seien schließlich gleich groß, und wenn wirklich jemand auf der Suche nach mir sei, schaue der sich nur bei den Buben um und nicht bei den Mädchen. Das war nämlich ihr Einfall: Ich solle einen Rock von ihr anziehen und eine Haube noch von ihrer Mutter, Bartflaum hätte ich ja noch keinen, und wenn von ringsumher so viele fremde Leute im Ort seien, würde sich niemand über ein unbekanntes Mädchengesicht verwundern. Ich habe mich zuerst gewehrt, aber die Neugier war stärker, und schließlich habe ich ja gesagt. Manchmal denke ich, es gibt nichts, was mehr Macht über einen hat als die Neugier.

So anders als eine Kutte hat sich der Rock gar nicht angefühlt, die Haube war schon seltsamer, als ob ich ein Mönch wäre und gleichzeitig eine Nonne. Das Kätterli hat sich vor mich hingestellt und mich angesehen, wie vielleicht der Bruder Bernardus im Skriptorium eine Seite ansieht, auf die er gerade eine Lilie oder einen Löwen gemalt hat, um sicher zu sein, dass ihm sein Kunstwerk gut gelungen ist, und dann hat sie den Kopf geschüttelt und gesagt: »So geht es nicht. Mädchen tragen keine Hauben, und für eine verheiratete Frau ist dein Gesicht zu jung.« Aber ohne etwas auf dem Kopf gehe es auch nicht, hat sie gemeint, weil meine Haare nämlich falsch seien, Bubenhaare eben, nur bis zum Nacken und nicht bis über den Rücken hinaus, wie das bei Mädchen ist.

Sie hat nachgedacht oder doch so getan, und dann hat sie gesagt: »Ein Mädchen mit kurzen Haaren fällt auf, aber eines mit gar keinen überhaupt nicht. Die Leute werden denken: Das ist eine, die Läuse gehabt hat, und der einzige Weg, sie loszuwerden, war es, sich den Kopf kahl zu scheren.« Sie wolle jetzt also die Schere holen und mir alle Haare abschneiden. Ich habe gesagt, das komme überhaupt nicht in Frage, aber sie hat das Nein nicht für ein Nein nehmen wollen, sondern hat gemeint, ich solle mir einfach vorstellen, ich hätte doch noch die Tonsur bekommen, einfach auf dem ganzen Schädel. Wir haben hin und her gestritten, bis das Kätterli plötzlich zu lachen begonnen hat, richtig geschüttelt hat es sie, und sie hat gesagt, ich könne natürlich einfach ein Tuch über den Kopf legen, das ginge auch. Mit dem Vorschlag vom Haarabschneiden hatte sie mich nur zäukeln wollen.

Sie hat mir dann ein Tuch gebracht, das hat sie auch von Anfang an vorgehabt, und gesagt, ich solle es über den Kopf legen und ruhig auch ein bisschen vors Gesicht ziehen, bei der Kälte würde das niemand auffällig finden. Dann hat sie mich noch einmal angeschaut wie ein frischgemaltes Bild und hat gemeint, wenn mich jetzt jemand sehe, komme er ganz bestimmt nicht auf den Gedanken, ich könnte ein Bub sein. Sie hat es als Kompliment gemeint, aber ein bisschen beleidigt hat es mich doch.

Ich habe mich gleich auf den Weg machen wollen, aber das Kätterli hat mich warten heißen, hat sich selber auch ein Tuch über die Haare gelegt und gesagt, sie komme mit, ihr habe es der Vater schließlich nicht ausdrücklich verboten. Das hat der Stoffel aber nur deshalb nicht gemacht, weil er gar nicht auf den Gedanken gekommen ist, ihr könnte so etwas einfallen. Außerdem kenne ich den hinteren Eingang des Hüsliturms nicht, hat sie gesagt, aber sie habe ihren Vater einmal begleiten dürfen, als dort ein Schloss zu flicken gewesen sei, sie wisse eine Türe, die nie abgeschlossen sei, von dort könne man über eine schmale Treppe auf die Galerie vom Bankettsaal schleichen, wo bei den Festmählern die Musikanten stehen und für die Gäste aufspielen. Von da aus könne man alles sehen und hören.

Ich weiß, dass ich mich fester hätte wehren sollen, aber in Wirklichkeit bin ich froh, dass ich nicht allein hingehen muss. Und dass es im Haus keinen Spiegel gibt.

Das achtundzwanzigste Kapitel
in dem ein Prozess seinen Anfang nimmt

Auf der Gasse habe ich zuerst Angst gehabt, es werde gleich jemand rufen: »Das ist ja gar kein richtiges Mädchen!« Ich hätte mir aber keine Sorgen machen müssen: Wo so viele Leute unterwegs sind, wird der Einzelne unsichtbar. Aber der Andrang war auch ein Nachteil, weil es dadurch nämlich schwierig war, zum Hüsliturm durchzukommen. Der ganze Ort wollte dorthin und die aus den Dörfern noch dazu, man hätte meinen können, Ägeri sei eine richtige Stadt. Auf der Gasse war es so eng wie sonst nur an den Tagen, wo nach der Kirche Markt ist und man das Beten mit dem Vergnügen verbinden kann. Sogar ein paar Stände waren aufgestellt, nicht von richtigen Händlern, sondern von gewöhnlichen Leuten, die sich überlegt hatten, wo so viele Kunden herumliefen, könne es sich lohnen, selber einmal den Händler zu spielen. Eine alte Frau hat aus einem Fass schrumpelige Äpfel verkauft und für jeden einen Batzen verlangt, dabei bekommt man sonst für zwei Batzen einen ganzen Korb voll. Aber sie hat tatsächlich Leute gefunden, die den Preis bezahlt haben; wahrscheinlich waren die noch in der Nacht aufgebrochen und hatten nach dem langen Fußmarsch mehr Hunger, als sie sparsam waren. Auch Bretzel konnte man kaufen, und vor dem Gasthaus hatte der Wirt einen Tisch vor die Türe getragen und schenkte Wein aus. Die Leute haben laut miteinander geredet und gelacht, es hat mich an das erinnert, was der Halbbart von dem Fest in Salzburg berichtet hat, wo man vor lauter Fröhlichkeit einen Mann blind gemacht hat. Auch hier war eine richtige Fasnachtsstimmung, dabei ist doch so eine Gerichtsverhandlung nichts Lustiges, sondern es geht um Leben und Tod. Aber es ist eben auch eine Abwechslung, und gerade im Winter, wo man zu Hause wie eingesperrt ist, lockt alles Ungewöhnliche die Menschen an.

Man musste sich durch die Menge regelrecht durchquetschen; einmal hat mir ein Mann dabei das Tuch vom Kopf gerissen, aber er hat keinen Verdacht geschöpft, sondern hat sich sogar entschuldigt. Er hat »junge Frau« zu mir gesagt, und neben mir habe ich das Kätterli lachen hören. Je näher man zum Hüsliturm kam, desto langsamer ist man vorwärtsgekommen, am Schluss hat sich gar nichts mehr bewegt. Vor dem Eingang stand eine doppelte Reihe von Bewaffneten, die haben niemand hineingelassen. Einen Augenblick lang habe ich gedacht, ich hätte den Geni gesehen, wie er hinter ihnen auf einem Mauervorsprung saß, aber sicher war ich nicht. Ein Trommler hat einen Wirbel geschlagen, damit ihm die Leute zuhören, und hat ausgerufen, der Gerichtssaal sei schon mehr als voll, außerdem müsse der gelehrte Richter bald ankommen, und für den müsse es Platz haben. Die Leute haben aber keinen Platz gemacht, sondern man hat richtig gespürt, wie ihre gute Laune kaputtgegangen und zu etwas anderem geworden ist, etwas, das einem Angst gemacht hat. Die Hinteren haben nach vorne gedrückt und die Vorderen zurück, weil sie Angst hatten, die Vogtsleute würden gleich ihre Spieße einsetzen. Einen Mann habe ich hinfallen sehen und nicht wieder aufstehen. Richtig Schiss habe ich bekommen, aber das Kätterli hat auch hier einen Einfall gehabt. Sie hat mich an der Hand zur Seite gezogen, in ein Haus hinein, wo sie die Leute gekannt hat. Die waren nicht da, oder sie haben uns nicht bemerkt, und so sind wir ganz schnell durch das Haus hindurch und hinten wieder hinaus, in einen Hof mit abgeräumten Gemüsebeeten. Dort sind wir über eine niedrige Mauer geklettert – man hätte meinen können, das Kätterli sei der Bub, so geschickt hat sie sich angestellt – und sind dann durch die Felder um den halben Ort herum. Den Lärm vom Hüsliturm hat man die ganze Zeit von weitem gehört, wie einen Wespenschwarm, wenn ihm jemand das Nest kaputtgemacht hat. Ich habe schon lang nicht mehr gewusst, wo ich bin, aber das Kätterli hat sich ausgekannt, und plötzlich sind wir auf der Hinterseite vom Hüsliturm angekommen, wo keine Wächter waren und die Türe tatsächlich nicht abgeschlossen.

Auf der Treppe sind wir vorsichtig gegangen, weil sie geknarrt hat, aber wir hätten auch stampfen können wie Kriegspferde, der Lärm aus der Halle hat alles übertönt. Die Türe zur Galerie ist niedrig, von unten muss es aussehen, als ob da oben nur Wand wäre und überhaupt kein Zugang. Wir haben uns hinter dem Geländer auf den Boden gehockt, so konnten wir zwischen den Pfosten hindurch alles beobachten, ohne selber gesehen zu werden. Es hat aber niemand zu uns heraufgeschaut.

Von oben betrachtet war die Halle wie zwei Äcker nebeneinander, aber zu verschiedenen Jahreszeiten. Der größere Teil war wie ein volles Getreidefeld kurz vor der Ernte, nur dass sich keine Halme aneinandergedrängt haben, sondern Menschen. Die meisten waren Männer, dazwischen aber auch ein paar Frauen und sogar Kinder. Die Kleinen können aber nicht viel von dem gesehen haben, was später passierte, weil sie zwischen den Größeren eingeklemmt waren. Die Köpfe der Leute haben sich unruhig bewegt, wie die kleinen Wellen im See, kurz bevor ein Gewitter kommt, und man hat auch ein Rauschen gehört, das waren die Stimmen, die durcheinandergeredet haben.

Das andere, kleinere Feld, durch eine hölzerne Barriere abgetrennt, war wie ein Acker im Frühling, wenn das Korn schon ausgesät ist, aber es wächst noch nichts. An einem langen Tisch mit vielen Kerzen standen Stühle bereit, die waren alle noch leer. Der mittlere Stuhl war größer als die anderen und wohl auch bequemer, sogar die Seitenlehnen waren gepolstert. Die einzigen Menschen in diesem Teil des Saales waren zwei Vogtsleute, die sind an der Grenze zwischen den beiden Feldern hin und her gegangen, und wenn jemand von der anderen Seite die Barriere angefasst hat, haben sie ihm auf die Finger gehauen; das war verboten.

Der Stoffel muss als einer der Ersten dagewesen sein, er stand in der vordersten Reihe. Für die Leute hinter ihm war das sicher nicht angenehm, weil er so groß und breit ist und ihnen die Sicht genommen hat, aber es wird sich keiner beschwert haben. Mit dem Stoffel streitet niemand, weil man ihm nicht ansieht, wie friedlich er ist; wer ein Stück Eisen verbiegen kann, denken die Leute, der könnte das auch mit einem Menschen probieren. Auch die beiden Eichenbergers habe ich entdeckt und war froh, dass sie mich nicht sehen konnten; wenn der Prior immer noch nach mir suchen ließ und vielleicht sogar eine Belohnung ausgeschrieben hatte, würden sie mich bestimmt verraten haben.

Lange Zeit ist nichts passiert oder doch nichts Besonderes. Nur einmal hat ein kleines Mädchen zu weinen begonnen, weil es zwischen den vielen fremden Menschen Angst bekommen hat, und die Leute haben es über ihren Köpfen bis zur Türe weitergereicht, immer einer zum Nächsten. Ob die Mutter oder der Vater auch mitgegangen sind, konnte ich nicht sehen, es wäre nicht leicht gewesen, sich durch das Gedränge durchzukämpfen, und vielleicht war ihre Neugier stärker als die Angst um ihr Kind. Ich glaube, wenn man einmal angefangen hat, auf etwas neugierig zu sein, dann geht es einem wie dem Rogenmoser Kari nach dem ersten Becher: Man kann einfach nicht aufhören.

Dann endlich ist hinter dem Tisch eine Türe aufgegangen, man hatte vorher gar nicht merken können, dass dort eine war, weil sie gleich ausgesehen hat wie das Holz links und rechts. Die Zuschauer sind lauter geworden und dann plötzlich ganz still, es war wie ein großes Aufseufzen. Als Erster ist ein Diener durch die Türe gekommen, rückwärts und mit einem untertänig krummen Rücken, und hinter ihm her ein kleiner dicker alter Mann mit einer roten Knollennase, die war ein bisschen ähnlich wie die vom Rogenmoser. Was einem noch an ihm aufgefallen ist: Er war als einziger glattrasiert, noch nicht einmal einen Schnauz hat er gehabt. Der Mann zog im Gehen seinen Mantel aus und ließ ihn einfach fallen; er war es wohl gewohnt, dass ihn andere Leute bedienten. Darunter trug er ein gestreiftes Wams, die Streifen nicht farbig wie die von den Gästen im

Kloster, sondern zwei Sorten Schwarz, immer einer glänzend und einer matt. Das war der studierte Doctor iuris. Er muss ein sehr vornehmer Mann sein, ich habe hinterher gehört, dass er nach Ägeri nicht geritten ist, sondern sich den ganzen Weg in einer Sänfte hat tragen lassen; wie er damit durch die Menge vor dem Eingang gekommen ist, kann ich mir nur so vorstellen, dass die Reisigen doch noch ihre Spieße eingesetzt haben. Der Diener ist die ganze Zeit rückwärtsgegangen und hat ihn so zu seinem Stuhl geführt. Als Nächstes ist der Vogt gekommen, ich habe ihn sofort erkannt, obwohl ich ihn vorher noch nie gesehen hatte, und zwar an dem großen Muttermal, das er auf der Stirn hat, es sieht aus wie ein Stern oder wie eine Sonne. Man sagt, seine Mutter habe sich einen Monat vor seiner Geburt wegen einer Sonnenfinsternis erschrocken, und daher habe er das Zeichen. Er ist auch zum Tisch gegangen und hat sich auf der rechten Seite des Richters hingesetzt. Den Kopf hat er in den Nacken gelegt und an die Decke mit den Schnitzereien geschaut, als ob er sich langweile und ihn die ganze Sache eigentlich nichts angehe, aber ich glaube, er war beleidigt, weil man ihm jemand geschickt hatte, der wichtiger war als er. Hinter den beiden sind noch mehr Männer hereingekommen, ein paar durften sich ebenfalls setzen, aber die meisten haben sich hinten an die Wand gestellt. Alles in allem waren es etwa ein Dutzend Leute, ohne die Reisigen, die sie begleitet haben.

Der Doctor iuris hat seine Kappe abgenommen und auf den Tisch gelegt, dann hat er den Arm ausgestreckt und mit den Fingern geschnippt. Der Mann auf seiner linken Seite – »Das muss der Schreiber sein«, hat das Kätterli gemeint –

ist aufgesprungen und hat mit einer Verbeugung ein Pergament vor ihn auf den Tisch gelegt. Ein anderer hat ihm ein zusammengerolltes Stück Stoff gereicht, aus dem hat der Doctor iuris etwas herausgenommen, das wie eine Schere aussah. Es war aber etwas anderes: Er hat sich die beiden Öffnungen vor die Augen gehalten und durch sie hindurch das Dokument studiert. Das Kätterli hat mir zugeflüstert, das sei ein Beryll, damit könne man besser sehen, aber wie das gehen soll, konnte sie mir auch nicht sagen. Der Doctor hat lang gebraucht, und die ganze Zeit waren die Leute in der Halle völlig still, ein bisschen wie bei der Messe vor der Wandlung, nur dass kein Glöckchen geklingelt hat.

Dann ist es wirklich so geworden wie in der Kirche: Der Doctor hat das Blatt weggelegt, und von hinten an der Wand ist der Leutpriester von Ägeri neben den Tisch getreten und hat angefangen lateinisch zu reden, wahrscheinlich ein Gebet dafür, dass bei der Verhandlung das richtige Urteil herauskommen soll. Mein Gedächtnis ist gut, das sagen alle, aber wenn man eine Sprache nicht kann, ist es schwer, sich die Worte zu merken, und ich weiß nur noch die ersten, die gingen so: *»Judex quidam erat in quadam civitate qui Deum non timebat.«* Aus irgendeinem Grund war der fremde Richter nicht einverstanden mit dem, was er gebetet hat, sondern hat ihn böse angesehen und ihm Zeichen gemacht, er solle aufhören. Man hat gemerkt, dass hier alle vor dem Gesandten des Bischofs Angst hatten, der Leutpriester ist ins Stottern geraten und hat schnell zu einem Paternoster gewechselt, damit kann man nichts falsch machen, und weil im Saal alle mitgesprochen haben, ist es dann doch noch feierlich geworden. Der Leutpriester ist wieder an seinen Platz an der Wand zurückgegangen, und der Mann neben ihm hat auf ihn eingeredet, nur geflüstert zwar, aber man hat gemerkt, dass er ihm Vorwürfe macht.

Wenn ich dem Stoffel in der Schmiede helfe, streckt er manchmal die Hand aus und erwartet, dass ich von allein merke, welches Werkzeug er gereicht haben will. Genauso hat es der Doctor iuris gemacht, und die anderen Leute am Tisch haben ihn so eifrig bedient, als ob sie alle seine Lehrbuben wären. Nur der Vogt ist mit verschränkten Armen und einem strengen Gesicht dagesessen. Diesmal hat der Fremde einen Hammer haben wollen, und mit dem hat er dreimal auf den Tisch geklopft. Dann hat er, auch auf Latein, einen Befehl gegeben: *»Vocate reum in ius!«*

Zwei Reisige sind durch die Türe hinausgegangen, einer davon hat einen Schlüsselbund am Gürtel gehabt, mindestens so groß wie der vom Cellerarius, und das Kätterli hat mir zugeflüstert: »Jetzt holen sie den Halbbart.«

Das neunundzwanzigste Kapitel
in dem der Prozess weitergeht

Sie haben ihn an einer Kette hereingeführt wie einen Tanzbären, aber der Halbbart hat sich nicht ziehen lassen, sondern ist selber gegangen, mit einem so festen Schritt, als ob er hier der Meister wäre. Als die Leute ihn gesehen haben, ist ein erschrecktes Einatmen durch den Saal gegangen, gekannt haben ihn ja nur die aus unserem Dorf, für alle anderen war sein verbranntes Gesicht eine Überraschung. Man hat gemerkt, dass ihnen sein Aussehen Angst gemacht hat, dass sie sich aber gleichzeitig auch darüber gefreut haben; sie haben in den Narben das Versprechen gesehen, dass man mit ihm etwas Besonderes würde erleben können. Als der Halbbart zum ersten Mal ins Dorf gekommen ist und sich seine Hütte gebaut hat, ist es ähnlich gewesen.

Er hat sich neben dem Tisch aufstellen müssen, der Mann, der die Kette gehalten hat, hinter ihm und drei andere Reisige um ihn herum, es hat mich an Hochwürden Linsi mit den Ministranten erinnert, die er mitbringt, wenn er zum Predigen nach Sattel kommt. Dann hat der Mann, von dem das Kätterli gemeint hat, er sei der Schreiber, längere Zeit etwas vorgelesen, aber so schnell und mit einer so leisen Stimme, dass man nichts verstanden hat. Während der ganzen Zeit hat der Doctor scheinbar gar nicht zugehört, sondern an seinem Wams herumgerieben, da war ein Fleck oder sonst etwas, das ihn gestört hat. Erst als der Schreiber fertig war, hat er aufgesehen und zum Halbbart hin gefragt: »Bekennt sich der Malefikant schuldig?« Ich habe nicht gewusst, was ein Malefikant ist, aber man konnte deutlich sehen, dass der Halbbart keiner sein wollte; er hat den Kopf geschüttelt, wie er es macht, wenn ich beim Schachzabel einen falschen Angriff probiere, und hat geantwortet: »Es gibt keine Schuld, die zu bekennen wäre.« Der Doctor iuris hat die Schultern gezuckt wie der Stoffel, wenn er eigentlich schon Feierabend machen will, und dann kommt doch noch einer und will sein Pferd beschlagen haben, dann hat er befohlen: *»Testimonium primum«*, das waren beides Worte, die mir der Hubertus beigebracht hat, und ich konnte sie für das Kätterli übersetzen. Er hat gewollt, dass der erste Zeuge gerufen wird.

Einer von den Vogtsleuten ist hinausgegangen, und weil er nicht gleich zurückgekommen ist, haben die Zuschauer angefangen, miteinander zu schwatzen. Der Richter hat aber mit seinem Hammer auf den Tisch geklopft, und alle haben verstanden, dass sie still sein sollten.

Als der Vogtsmann zurückgekommen ist, hat er nicht nur einen Zeugen mitgebracht, sondern zwei, und zu meiner Überraschung habe ich sie gekannt: die Iten-Zwillinge. Auch der Fremde schien überrascht zu sein, dass es zwei Zeugen aufs Mal waren. Der Vogt hat ihm dann etwas ins Ohr geflüstert, wahrscheinlich dasselbe, was ich auch dem Kätterli erklärt habe, dass die beiden immer zusammen sein müssen, sonst bringt man kein Wort aus ihnen heraus. Der Leutpriester hat ihnen ein Kruzifix hingehalten, da haben die Zwillinge ihre Hand darauflegen müssen und schwören, dass sie die Wahrheit sagen wollen, bei Gott und seinen Heiligen. Dann hat der Richter sie gefragt: »Wessen beschuldigt ihr diesen Mann?«

Die Zwillinge haben Antwort gegeben, wie es ihre Art ist, der eine einen halben Satz und der andere den Rest. Wie die Zuschauer gehört haben, um was es ging, haben alle aufgeregt durcheinandergeredet, und der fremde Richter hat sie auch ein bisschen machen lassen, bevor er wieder auf den Tisch geklopft hat. Ich selber war genauso erschrocken und durcheinander, denn mit dem, was sie gesagt haben, hätte ich in tausend Jahren nicht gerechnet. »Wir klagen ihn an …«, hat der eine von den Iten-Zwillingen gesagt, und der andere: »… dass er mit dem Teufel im Bund steht.« Das ist das Schlimmste, das man einem Menschen vorwerfen kann, nicht nur in den Anneli-Geschichten, sondern überhaupt, und soweit ich weiß, steht die Todesstrafe darauf.

Die Leute haben alle zum Halbbart hingesehen, als würden sie erwarten, dass ihm gleich Hörner wachsen oder Feuer aus seinem Mund kommt, und er hat dieses besondere Lächeln auf seinem Gesicht gehabt, wie wenn er jemanden etwas Dummes sagen hört, aber keine Lust hat, ihm zu erklären, wie es richtig wäre. Weil ich viel mit ihm zusammen gewesen bin, habe ich gewusst, dass es ein Lächeln war, aber wenn man ihn nicht gekannt hat, konnte man bei seinem narbigen Gesicht auch denken, es sei eine Grimasse. Der Mann, der die Kette gehalten hat, muss das auch gedacht haben, denn er hat sie sich fester um den Arm gewickelt, als ob er Angst hätte, der Halbbart könnte sich losreißen.

Der Richter hat die Zwillinge erklären lassen, wie sie zu so einem schweren Vorwurf gekommen seien, und sie haben geantwortet, immer einen halben Satz und noch einen halben, dass der Halbbart Leute nur scheinbar heile, nicht mit Medizin, sondern indem er den Teufel beschwöre. Die Kranken würden zwar äußerlich gesund, aber ihre Seele sei dann der Hölle verfallen für alle Ewigkeit, und die Qualen, die sie dort erleiden müssten, seien schlimmer als jedes Gsüchti. Als Beispiel haben sie das Bein vom Geni angeführt, wie man dort den Verband abgemacht habe – »Zu früh«, hat der eine gesagt, und der andere: »Viel zu früh« –, da habe ihre eigene Salbe, die das Bein unfehlbar gerettet haben würde, auf geheimnisvolle Weise ihre Kraft verloren, und man habe stattdessen den Gestank der Hölle riechen können. Es war aber ein ganz anderer Gestank, das weiß ich, weil das Bein nämlich am Verfaulen war. Am liebsten wäre ich aufgestanden und hätte mich eingemischt, aber das Kätterli hat mich zurückgehalten, und sie hat natürlich recht gehabt, niemand hätte mir etwas geglaubt, schon gar nicht, wo ich das Kleid von einem Mädchen anhatte. Vielleicht hätte man mich sogar selber an die Kette gelegt.

Der Mann neben dem Doctor iuris hat ihm ein Pergament hingeschoben, der hat es durch seinen Beryll studiert und dann gesagt, nach dem, was in den Protokollen stünde, sei der Angeklagte bei der fraglichen Operation gar nicht dabei gewesen, wie sie da der Meinung sein könnten, er habe sich trotzdem schuldig gemacht, mit oder ohne Teufel. Die Zwillinge haben gesagt, der Halbbart sei eben satanisch schlau und habe einen Vertreter geschickt, einen kleinen Buben, ebenfalls vom Teufel besessen. Warum dieser

Bub nicht vorgeladen sei, hat der Richter gefragt, und die Zwillinge haben gesagt, das sei ein weiterer Beweis für die teuflische Einmischung, dieser Bub sei nämlich aus einem Kloster verschwunden, niemand wisse, wie, wahrscheinlich sitze er jetzt schon in der Hölle und leide ewige Qualen. Dieser Bub war aber ich, und alles, was der Halbbart damals gemacht hat, war, dass er mir einen Rat gegeben hat, wie man das Leben vom Geni retten könne, und er hat es ja dann auch gerettet. Mit dem Teufel hatte das hinten und vorne nichts zu tun. Das war das Schlimmste für mich: nicht nur, dass man dem Halbbart so etwas vorgeworfen hat, sondern dass ich das Gegenteil hätte beweisen können, aber das Maul halten musste.

Die Leute, das hat man gemerkt, haben den Zwillingen glauben wollen, sie haben *»Apage, Satanas«* gerufen und gegen den Halbbart die Faust gemacht, den Zeigfinger und den kleinen Finger ausgestreckt, dass es aussah wie Hörner. Unsere Mutter hat das Zeichen oft gebraucht, um böse Geister abzuwehren. Der Jurist des Bischofs hat lang auf den Tisch hämmern müssen, bis es wieder ruhig geworden ist.

Dann hat er zu den Iten-Zwillingen gesagt, er könne ihre Klage nicht weiterverfolgen. Die Leute in der Halle waren nicht zufrieden damit, das hat man hören können, aber er hat erklärt, er müsse sich an das Gesetz halten, so wie es in der Bibel stehe, und in diesem Fall sei das ganz eindeutig. Er hat etwas Lateinisches gesagt und dem Leutpriester ein Zeichen gemacht, dass er es für die Zwillinge übersetzt. Auf Deutsch hat der Satz so geheißen: »Es soll kein einzelner Zeuge wider jemand auftreten über irgendeine Missetat oder Sünde, sondern in dem Mund zweier oder dreier

Zeugen soll die Sache bestehen.« Der Richter hat weiter ausgeführt, weil die Iten-Zwillinge immer alles gemeinsam erzählen und auch die Fragen gemeinsam beantworten, müsse er sie als eine einzige Person betrachten und darum den Fall als unbewiesen abschließen. Er hat schon aufstehen wollen, und ich habe gedacht, damit ist die Sache erledigt, aber die Iten-Zwillinge haben keine Ruhe gegeben, sondern gesagt, sie hätten noch einen anderen Zeugen mitgebracht, der habe den Teufel mit eigenen Augen gesehen. Also hat der Richter sich wieder hinsetzen müssen, die Zwillinge hat er hinausführen lassen, hat aber noch nicht befohlen, dass dieser neue Zeuge geholt werden solle, sondern hat seinen Diener zuerst mit einem anderen Auftrag hinausgeschickt.

Die Leute haben wieder zu schwatzen begonnen, diesmal schien es den Fremden nicht zu stören, und er hat seinen Hammer liegen lassen. So laut ist es geworden, dass ich nicht einmal flüstern musste, um dem Kätterli zu sagen, ich wisse genau, warum sich die Zwillinge so eine Geschichte ausgedacht und den Halbbart verklagt hätten: Sie sind eifersüchtig, weil immer mehr Leute mit ihren Gsüchti zu ihm gehen und nicht mehr zu ihnen, das ist für sie, wie wenn er ihnen Geld aus dem Beutel nehmen würde.

Der Diener ist zurückgekommen und hat eine große Platte mitgebracht, ich glaube, sie war aus Silber. Auf der Platte waren Brot und Käse und Würste, auch ein Becher mit Wein war dabei, und der Richter hat sein Messer aus dem Gürtel gezogen und sich in aller Ruhe erst einmal gestärkt. Die anderen am Tisch hätten bestimmt auch gern etwas abbekommen, aber sie mussten so tun, als ob sie gar keinen Hunger hätten. Schließlich hat sich der Fremde den Mund abgewischt, nicht mit dem Ärmel, sondern mit einem Tuch, das der Diener auch mitgebracht hatte, dann wurde die Platte hinausgetragen, und er hat mit dem Hammer auf den Tisch geklopft, damit die Leute mit Schwatzen aufhörten und die Verhandlung weitergehen konnte. Als alle wieder still waren, hat er zuerst einen Görpser getan, wahrscheinlich hatte er den Wein zu hastig getrunken, und dann hat er befohlen: *»Testimonium secundum!«*

Der zweite Zeuge war der Rogenmoser Kari.

Ein paar Leute in der Halle haben gelacht, das waren solche, die den Rogenmoser gekannt und gewusst haben, was für Geschichten er erzählt, wenn er getrunken hat, und das hat er eigentlich immer. Aber bis nach Montpellier war das natürlich nicht bekannt, und der Richter hat ihn schwören lassen wie vorher die Zwillinge und ihn dann gefragt, was er von dem Tag, wo man dem Geni das Bein abgeschnitten hat, zu berichten wisse. Der Rogenmoser hat sich nicht bitten lassen; er kennt nichts Schöneres, als wenn er erzählen kann und alle hören ihm zu. Zuerst hat er von dem Unfall beim Roden berichtet, und zwar alles so, wie ich es vom Poli gehört habe, obwohl ich ja nicht glaube, dass der Rogenmoser es wirklich mit eigenen Augen gesehen hat. Wo es vorher doch Bier gegeben hat, ist er wahrscheinlich betrunken unter einem Gebüsch gelegen. Dann hat er angefangen vom Tag der Operation zu erzählen, und da hat nichts mehr gestimmt. Als ich die Anweisungen vom Halbbart weitergegeben habe, hat er behauptet, sei um meinen ganzen Körper herum ein grünes Leuchten gewesen, das sei die Farbe des Satans, er habe es ganz deutlich gesehen. Er halte es sogar für möglich, aber das wolle er nicht beschwören, dass es gar kein Bub gewesen sei, der dort geredet habe, sondern ein Homunkulus. Und dann später, während der Operation, habe er den Halbbart selber im Rauch von dem kochenden Birkenpech schweben sehen, mit überkreuzten Beinen, in der Hand habe er einen dreizackigen Spieß gehabt, an dem habe schon die Seele vom Geni gesteckt, die er gleich in der Hölle abliefern wollte, das sei der Preis gewesen, den er für sein Überleben habe zahlen müssen. Das war natürlich alles Unsinn; wenn er besoffen ist, sieht der Rogenmoser den Teufel überall, aber er war nun mal der zweite Zeuge, und die Verhandlung hat weitergehen müssen.

Man hat gemerkt, dass die Leute beeindruckt waren, zumindest alle, die den Rogenmoser nicht kannten, er hat den Zuschauern auch ganz stolz zugewinkt, wie einer, der gerade ein Wettrennen gewonnen hat oder einen Lupf, und am liebsten wäre er gar nicht mehr weggegangen, aber die Reisigen haben ihn hinausgeführt. Der fremde Richter hat den Halbbart gefragt, was er dazu zu sagen habe, aber der hat den Kopf geschüttelt und nicht geantwortet.

Der Schreiber hat dem Richter das nächste Pergament hingelegt, der hat es gelesen und dann befohlen: *»Testimonium defensionis!«*, was geheißen hat, dass jetzt ein Zeuge kommen sollte, der etwas Gutes für den Halbbart zu sagen hatte. Der Zeuge ist dann ganz langsam hereingekommen und hat sich dabei auf zwei Krücken gestützt. Es war der Geni.

Das dreißigste Kapitel
in dem der Richter den Geni befragt

»Das ist mein Bruder«, habe ich dem Kätterli zugeflüstert, und sie hat gemeint, er sehe älter aus, als ich ihn beschrieben habe, fast so, als ob er mein Vater wäre. Für mich ist der Geni einfach der Geni, aber sie hat natürlich recht; seit seinem Unfall hat er sich verändert und ist noch erwachsener geworden, als er mir schon immer vorgekommen ist. Wahrscheinlich hören ihm die Leute, auch die wichtigen, deshalb zu, wenn er eine Meinung sagt.

Die Iten-Zwillinge und auch der Rogenmoser Kari, obwohl sie doch ganz nahe an ihm vorbeigehen mussten, hatten alle drei so getan, als ob der Halbbart unsichtbar wäre, es hat mich daran erinnert, wie die Leute in der Geschichte, die das Anneli mir erzählt hat, so getan haben, als ob sie den Teufel mitten im Dorf gar nicht bemerken würden. Der Geni hat genau das Gegenteil gemacht: Er ist auf seinen Krücken zum Halbbart hingehumpelt und hat ihn begrüßt. Den Leuten in der Halle hat das nicht gefallen, das hat man spüren können, für sie war der Halbbart jemand, der mit dem Teufel im Bund steht, und so einem gibt man nicht die Hand. Eine Menge von Menschen ist wie ein großes Tier, und jetzt hat man das Tier fauchen hören. Wenn der Fremde nicht wieder seinen Hammer in die

Hand genommen hätte, die Leute wären auf die beiden losgegangen.

Der Geni hat dann auch auf das Kruzifix schwören müssen, dass er die Wahrheit sagen will; er hat das mit lauter Stimme getan und sich nach dem Schwur bekreuzigt. Der Richter hat ihm einen Stuhl hinstellen lassen, was ich anständig von ihm fand, die anderen Zeugen hatten stehen müssen. Ob er die Anklage gehört habe, die hier verhandelt werde, hat er ihn gefragt.

Der Geni hat geantwortet, nein, selber gehört habe er sie nicht, weil man ihn geheißen habe, draußen zu warten, aber man habe ihm berichtet, um was es gehe, und wenn es erlaubt sei, würde er gern etwas dazu sagen. Er habe gerade auf das heilige Kruzifix geschworen, das hätten alle sehen können, und so ein christlicher Schwur gehe ja wohl nicht gut mit der Meinung zusammen, dass seine Seele dem Teufel verschrieben sein solle, entweder oder. Es sei allgemein bekannt, dass der Satan vor allen heiligen Dingen zurückschrecke, wenn ihm, dem Geni, also jemand aus der Kirche eine Schüssel Weihwasser bringen wolle, werde er gern seine Hand hineintauchen oder sich das Wasser sogar über den Kopf leeren, das würde dann wohl endgültig beweisen, dass er mit der Hölle nichts zu tun habe.

Man hatte den Eindruck, der Doctor iuris war froh, dass er es endlich mit einem vernünftigen Menschen zu tun hatte, mit dem er gern ein bisschen diskutieren wollte. Oder vielleicht war es auch nur, weil er jetzt satt war und deshalb weniger ungeduldig. Er hat dem Geni geantwortet, auch ein ganzes Fass voll Weihwasser würde für das Gericht kein endgültiger Beweis sein, man wisse, dass der Teufel eine alte Schlange sei, ein meisterhafter Lügner, der sich verstellen könne, wie er wolle. Wie es der Geni denn anders als mit dem Teufel erklären wolle, dass er damals an seinem kaputten Bein nicht gestorben sei, sondern sogar ganz gesund aussehe, wo doch Leute, die von solchen Sachen etwas verstünden, nämlich die Iten-Zwillinge, ausgesagt hätten, dass das ohne übernatürliche Hilfe nicht möglich gewesen wäre.

Der Geni hat geantwortet, wie viel die Zwillinge von der Medizin verstünden, könne er nicht beurteilen, er habe das Fach nicht studiert, genauso wenig wie es seines Wissens die beiden getan hätten, die doch eher Kuhschmöcker seien als Physici. Aber in einem Punkt stimme er ihnen zu: Es sei gut möglich, ja, sogar wahrscheinlich, dass er in seiner Krankheit übernatürliche Hilfe erfahren habe, die sei dann aber nicht vom Teufel gekommen, sondern woanders her. Es seien damals so viele Paternoster für seine Heilung gesagt worden, dass die Engel jeden Tag einen ganzen Sack davon hätten vor den Heiland hinlegen können, und der gelehrte Herr sei doch sicher auch der Meinung, dass man einen Menschen gesundbeten könne, man habe das auf alle Fälle schon in vielen Predigten gehört. Außerdem sei so ein abgeschnittenes Bein letzten Endes auch nichts anderes als ein abgesägter großer Ast, wo man die offene Stelle manchmal auch mit Pech verschließe, damit der Stamm dort nicht anfange zu faulen.

Der Richter hat genickt, was ich ein gutes Zeichen fand, aber richtig überzeugt war er noch nicht, sondern hat gemeint, die Argumente, die der Geni vorgetragen habe, seien nicht dumm, aber es liege noch eine andere Aussage auf dem Tisch, von einem Zeugen, der den Teufel an jenem Tag mit eigenen Augen gesehen haben wolle. Er hat dem Schreiber befohlen, dem Geni Wort für Wort vorzulesen, was der Rogenmoser Kari ausgesagt hatte, und der Geni hat es sich mit ernstem Gesicht angehört, während der Halbbart schon wieder gelächelt hat. Zum Glück hat niemand auf ihn geachtet, die Leute hätten sonst bestimmt gedacht, es sei ein teuflisches Grinsen.

Was er zu diesem Zeugnis zu sagen habe, hat der Richter den Geni gefragt, und der hat gemeint, zu der Geschichte seien zwei Anmerkungen zu machen. Erstens, was den Boten anbelange, den der Halbbart geschickt habe, so sei das sein Bruder Eusebius gewesen, und von einem grünen Leuchten habe er an dem noch nie etwas bemerkt. Im Gegenteil, er könne aus eigener Erfahrung bestätigen, dass das kein Homunkulus sei, sondern ein ganz gewöhnlicher Bub, er habe ihm früher oft genug den Hintern abwischen müssen, und wenn es dann gestunken habe, dann sei das kein Schwefelgeruch gewesen, sondern etwas anderes, das jeder kenne, der kleine Kinder habe. Unter den Zuschauern hat es wieder rumort, aber diesmal ist es ein allgemeines Lachen gewesen, und das Kätterli hat zu mir gesagt, da habe der Geni aber einen Meineid geleistet, sein Bruder sei nämlich gar kein Bub, sondern ein Mädchen. Sie hat das so lustig gefunden, dass sie sich gegen das eigene Gelächter die Faust in den Mund stopfen musste.

Der Geni hat gewartet, bis es wieder still war, und dann hat er gesagt, den zweiten Punkt könne er noch leichter widerlegen. Jemanden im Rauch über dem Birkenpech schweben zu sehen, scheine ihm kein schweres Kunststück zu sein. Wenn man ihm einen Krug mit Branntwein bringe und ihn den austrinken lasse, mache er sich erbötig, in jeder Ecke der Halle einen Teufel zu sehen oder auch einen Basilisken oder Phönix, was immer gewünscht werde.

Man konnte es von der Galerie aus nicht genau sehen, aber ich glaube, der Richter hat gelächelt, als er das gehört hat. Er verstehe, was der Geni habe andeuten wollen, hat er gesagt, aber trotzdem, ein Zeuge sei ein Zeuge, mit oder ohne Branntwein, und es sei sein Amt, alles in die Waagschale zu legen, was in der Verhandlung gesagt worden sei. Eigentlich wäre es jetzt an der Zeit, den Angeklagten zu vernehmen, aber es sei ein langer Tag gewesen und die Reise hierher anstrengend, deshalb schlage er vor, die Verhandlung auf morgen zu vertagen, er hoffe, der Herr Vogt werde damit einverstanden sein. Es war aber nicht wirklich eine Frage; alle haben gemerkt, dass der Vogt gar nicht anders konnte, als zu allem zu nicken, was der Abgesandte des Bischofs gewollt hat. Der hat auch gar nicht auf eine Antwort gewartet, sondern ist aufgestanden und zur Türe gegangen, so dass der Vogt nur noch hinter ihm her zotteln konnte, alle anderen haben sich angeschlossen wie in einer Prozession.

Als die Reisigen den Halbbart an seiner Kette hinausgeführt haben, hat man von den Zuschauern ein Geräusch gehört wie von einem Raubtier, dem man seine Beute wegnimmt. Die Leute waren nicht einverstanden mit der Verschiebung, es muss ihnen vorgekommen sein, als ob das Teufels-Anneli mitten in einer Geschichte aufgehört hätte zu erzählen, so dass man nicht mehr erfahren hat, ob der Held in die Hölle kommt oder im letzten Moment doch noch gerettet wird. Viele, am meisten diejenigen, die sich ganz vorne hineingedrängt hatten, wollten überhaupt nicht hinausgehen, und die Vogtsleute mussten sie mit ihren Spießen antreiben.

Ich wollte zum Kätterli sagen, so anstrengend könne der Weg für den Richter nicht gewesen sein, höchstens für die Leute, die ihn getragen haben, aber sie hat mir Zeichen gemacht, dass wir uns beeilen müssen. Das war natürlich richtig, wir mussten unbedingt vor dem Stoffel zu Hause sein, er durfte ja nicht merken, dass wir den ganzen Tag weg gewesen waren.

Auf dem Rückweg haben wir den schnelleren Weg um den Hüsliturm herum nehmen können und sind auch ganz leicht über den großen Platz gekommen. Es waren weniger Leute unterwegs als am Morgen, oder sie waren an einem anderen Ort; in den inneren Gassen ist es immer noch laut zugegangen, und man hat viele Betrunkene angetroffen. Ich weiß aber nicht, ob sie auch alle den Teufel gesehen haben.

Zu Hause hätte ich fast vergessen, wieder die eigenen Kleider anzuziehen, so sehr hatte ich mich an den Mädchenrock gewöhnt. Es hat sich dann gezeigt, dass wir uns ruhig hätten Zeit lassen können, der Stoffel ist nämlich erst viel später nach Hause gekommen. Das Kätterli hat mir vorher noch geholfen, die Werkstatt sauberzumachen, und dabei haben wie uns ein Spiel daraus gemacht, alle Namen aufzuzählen, unter denen man den Teufel kennt, Leibhaftiger, Antichrist, Asmodäus, Luzifer, Satan, Beelzebub und sicher noch andere, die uns aber nicht eingefallen sind. Das Kätterli meint, die verschiedenen Namen kommen daher, dass der Teufel so viele Gestalten annehmen kann, aber ich glaube, es hat einen anderen Grund. Bei Dingen, vor denen man Angst hat, redet man gern ein bisschen drum herum.

Als der Stoffel endlich gekommen ist, hat er mich gelobt, wie ordentlich die Werkstatt aufgeräumt sei, und das Kätterli hat mir hinter seinem Rücken ein Gesicht geschnitten. Obwohl wir alles selber miterlebt hatten, mussten wir ihn natürlich fragen, was bei der Verhandlung vorgefallen sei, wenn wir keine Neugier gezeigt hätten, wäre ihm das bestimmt seltsam vorgekommen. Was er berichtet hat, wussten wir alles schon, aber ihm sind andere Dinge aufgefallen. So war er sehr beeindruckt davon, wie schnell der Schreiber alles festhalten und später Wort für Wort wiedergeben konnte, das sei eine Kunst, meinte er, die der bestimmt lang habe üben müssen. Auch das Gerät, das der Richter zum Lesen gebraucht hat, hätte er gern einmal in der Hand gehabt und näher untersucht, für feine Arbeiten wäre so etwas bestimmt auch einem Schmied nützlich, hat er gemeint, vor allem, wenn man älter werde und immer längere Arme brauche, um die Sachen in den Abstand zu bringen, in dem man sie klar erkennen könne. »Man nennt es Beryll«, hat das Kätterli gesagt, aber der Stoffel hat gemeint, da müsse sie etwas Falsches aufgeschnappt haben, soviel er wisse, sei ein Beryll ein Stein, und durch Steine könne man nicht hindurchschauen.

Weil er in der Halle zuvorderst gestanden ist, hat er den Halbbart besser beobachten können als wir. Er kenne den Mann unterdessen doch ganz gut, hat er gesagt, seit der ihm damals seinen Daumen geheilt habe, hätten sie sich oft gesehen, aber schlau werde er nicht aus ihm. Da sei der angeklagt, wegen einer Sache, für die einem das Henkersbeil drohe, und er stehe einfach da und höre sich alles an, mit einem Gesicht, als sei von jemand anderem die Rede. Den Geni hingegen hat er sehr gelobt, man merke, dass der einen richtigen Kopf auf den Schultern habe. »Schade, dass du nicht mit ihm verwandt bist«, hat er mich gezäukelt, »sonst hättest du vielleicht etwas von seiner Vernunft abbekommen. Aber du bist ja leider nur der Sohn von meinem Vetter aus dem Urserental.« Er war richtig gutgelaunt, viel besser, als man es bei der Gefahr, in der sein Freund schwebte, erwarten konnte.

Das Kätterli hat ihn mit unschuldigem Gesicht gefragt, ob denn die Verhandlung bis jetzt gedauert habe, und der Stoffel hat gesagt, nein, sie sei schon eine ganze Weile zu Ende, aber er habe auf dem Heimweg ein paar Freunde getroffen, wir könnten uns nicht vorstellen, wie viele Menschen heute in Ägeri unterwegs seien, und mit denen habe er noch einen Schoppen getrunken. »Oder auch zwei«, hat das Kätterli gesagt, aber so leise, dass ihr Vater es nicht hören konnte. Wer diese Freunde waren, wollte der Stoffel uns nicht verraten, nur dass er sich darauf freue, sie morgen, wenn die Verhandlung weitergehe, wieder anzutreffen, es sei ein Mann darunter, der interessante Sachen zu berichten wisse.

Das einunddreißigste Kapitel
in dem von einem Bein die Rede ist

Was heute passiert ist, das ist so wunderbar, dass ich die ganze Nacht auf den Knien liegen und dem Herrgott danken müsste. Ich tue es aber nicht, weil ich betrunken bin, erstens von dem Wein, den ich ausnahmsweise habe trinken dürfen, und zweitens, weil mir das Kätterli einen Kuss gegeben hat. Ich weiß, dass sie das nur aus Übermut gemacht hat, die anderen hat sie in ihrer Freude auch alle geküsst, aber es ist doch etwas Besonderes, auch wenn ich überhaupt nicht in sie verliebt bin.

Der Tag hat so ganz anders aufgehört, als er angefangen hat, und dabei habe ich vor ein paar Stunden noch gedacht, jetzt ist alles vorbei, ich werde den Halbbart nie wiedersehen oder nur auf dem Galgenberg. Es kommt mir vor, als wäre gerade noch Nebelung gewesen, nass und grau und kalt, und jetzt würde plötzlich die Sonne scheinen, und alle Bäume wären voller Blüten. Ich weiß nicht, was das größere Wunder gewesen ist, das mit dem Halbbart oder das mit dem Geni oder vielleicht eben doch der Kuss vom Kätterli. Wenn es ein Gewürz gäbe, das so schmeckt wie ihre Nähe, man könnte es hundertmal teurer verkaufen als Safran.

Tausendmal.

Angefangen hat der Tag wie der vorherige, nur dass der

Stoffel noch früher losgegangen ist als gestern, weil er bei der Gerichtsverhandlung wieder den besten Platz haben wollte. Das Kätterli und ich haben gewartet, bis wir ganz sicher sein konnten, dass er nicht noch einmal zurückkommt, dann habe ich wieder den Mädchenrock und das Kopftuch angezogen, und wir sind hinterher. Seltsam, wie man sich an etwas gewöhnen kann: Gestern habe ich mich noch dagegen gewehrt wie gegen den Gottseibeiuns, und heute ist mir der Rock nicht mehr viel anders vorgekommen als das Mönchshabit, das ja auch eine Verkleidung ist.

Es waren nicht mehr so viele Leute auf der Gasse, vor allem weniger Auswärtige; mancher, der sich für die Verhandlung einen Tag Abwechslung hat gönnen wollen, wird eingesehen haben, dass er nicht noch länger von zu Hause fortbleiben konnte. Das Kätterli hat mich wieder dort herumgeführt, wo es gar keine richtigen Wege gab, und wir waren schon auf der Galerie, noch bevor die Halle voller Zuschauer war. Der Stoffel stand auch diesmal wieder ganz zuvorderst. Wir hätten uns gar nicht so zu beeilen brauchen, der Doctor iuris aus Montpellier gehört offenbar nicht zu den Leuten, die früh aufstehen, oder er hat ewig beim Frühstück gesessen, es war eine rechte Warterei, bis die Verhandlung endlich losgegangen ist.

Zuerst hat wieder der Leutpriester ein Gebet gesprochen, aber diesmal ein ganz kurzes, und dann wurde der Halbbart hereingerufen. Anders als die Zeugen lasse er ihn die Wahrheit seiner Worte nicht aufs Kruzifix beschwören, hat der Richter gesagt, das Gesetz gehe davon aus, dass ein Angeklagter auch einmal eine Ausflucht mache, und man wolle ihn nicht wegen eines Meineids der ewigen Verdammnis aussetzen. Aber er müsse die Dinge trotzdem so sagen, wie sie seien, dazu ermahne er ihn strengstens; wenn er es nicht tue, müsse er ihm seine Strafe verschärfen, an Leib und Leben, Hand und Hals, Haut und Haar.

Er erwarte keine Strafe, hat der Halbbart geantwortet, er habe sich nichts zuschulden kommen lassen und vertraue darauf, dass das Gericht das auch erkennen werde. Justitia mit ihrer Waage sei eine Dame, deren Urteil er sich gern aussetze.

Der Richter hat gestaunt, dass der Halbbart so vornehm reden konnte, oder es ist mir doch vorgekommen, er habe ein überraschtes Gesicht gemacht. Als Erstes hat er zu erfahren verlangt, wie der Angeklagte richtig heiße, Halbbart sei ja wohl nicht der Name, auf den er getauft worden sei. Das hat mich auch schon lang interessiert, aber ich hatte mich nie getraut, den Halbbart danach zu fragen. Der Schreiber hat seinen Federkiel ins Tintenfass getunkt, um die Antwort aufzuschreiben, aber es hat dann nichts zu schreiben gegeben. An seine Taufe könne er sich nicht erinnern, hat der Halbbart gesagt, und wie sein Name früher einmal gewesen sei, habe ihm das Feuer aus dem Hirn gebrannt. Jetzt sei er der Halbbart, und die Bezeichnung scheine ihm passend, er sei schließlich nur noch ein halber Mann, die Narben und den Schorf habe er nicht nur im Gesicht, sondern den ganzen Körper hinunter bis zu den Füßen. Er sei mit diesem Namen auch zufrieden, so wie man in einem fremden Land mit allem zufrieden sein müsse.

Was denn das für ein Feuer gewesen sei, das ihn so zugerichtet habe, hat der Richter wissen wollen, und der Halbbart hat geantwortet, sein Haus sei abgebrannt und er habe nicht schnell genug weglaufen können. Nach allem, was ich von ihm weiß, war das die Wahrheit, aber nicht die ganze; so wie ich es mir zusammenreime, war das Feuer nicht einfach ein Unglück, sondern man hat ihn an den eigenen Türpfosten gebunden und den Scheiterhaufen um ihn herum aufgeschichtet.

»Du nennst dich einen Physicus«, hat der fremde Richter weiterreden wollen, aber der Halbbart hat ihn unterbrochen und gesagt, diesen Titel habe er nie für sich in Anspruch genommen, es seien die anderen, die ihn so nennten, und ein Schaf werde nicht zum Esel, bloß weil man ihm Langohr sage. Wahr sei, dass er im Lauf seines Lebens über manche Gebresten und wie man sie heilen könne das eine oder andere gelernt habe, aber an einer Universität sei er nie gewesen, und wenn er einem Kranken einen Rat gebe oder eine Medizin für ihn anrühre, dann tue er das nicht für Geld, sondern weil es Menschenpflicht sei, mit dem, was man wisse, auch anderen zu helfen.

»Aber du nimmst Lohn dafür«, hat der Richter gesagt. Es komme in der Tat vor, dass man ihm zum Dank etwas schenke, hat der Halbbart geantwortet, aber verlangt habe er nie etwas. Ihm habe geschienen, das sei hier so üblich, und wenn der gelehrte Herr die Gnade haben wolle, die Iten-Zwillinge in diesem Punkt noch einmal zu befragen, würden sie das bestimmt bestätigen. Das fand ich geschickt von ihm, denn jeder weiß, dass die Zwillinge für ihr Kuhschmöcken und alles andere, was sie machen, von den Leuten Geld nehmen.

Woher er seine Kenntnisse habe, war die nächste Frage, und der Halbbart hat geantwortet: aus der Beobachtung der Natur und aus Briefen, die er an berühmte Physici geschrieben habe und auf die sie ihm geantwortet hätten. Jetzt war der fremde Richter noch mehr überrascht, einen Angeklagten, der lesen und schreiben kann, hat er bestimmt nicht alle Tage vor sich. Von da an war ihr Gespräch nicht mehr so sehr wie ein Verhör, sondern eher eine Disputation, nur dass der eine bequem am Tisch saß und der andere stehen musste, mit einer schweren Kette um den Leib.

Wie er über den Teufel denke, war die nächste Frage. Der Halbbart hat gemeint, aus eigener Erfahrung könne er das nicht beantworten, er sei ihm nie begegnet, aber er habe keinen Grund, an der allgemeinen Meinung zu zweifeln, dass es etwas gebe, das seit Erschaffung der Welt versuche, die Menschen zum Bösen zu verführen. Ob er glaube, der Teufel könne jemandem das Leben retten, um dessen Seele dann für alle Zeiten in den Krallen zu haben? O ja, hat der Halbbart gesagt, das könne er sich sehr gut vorstellen, er wisse aus eigener Erfahrung, wie qualvoll es sein könne, weiterleben zu müssen, wenn man viel lieber tot wäre. Und dass ein Mensch vom Teufel besessen sein könne? Auch das leuchte ihm ein, hat der Halbbart geantwortet, so wie er manche Menschen kennengelernt habe, könne er gar nicht anders, als anzunehmen, dass sie vom Fürsten der Hölle zu ihren Taten getrieben worden seien. »Fürst der Hölle«, der Teufelsname war dem Kätterli und mir nicht eingefallen. Ob sich der Halbbart des Weiteren vorstellen könne, dass der Teufel einen Homunkulus mache, so wie es ein Zeuge ausgesagt habe? Der Halbbart hat genickt und ganz leichthin gemeint, das sei für ihn überhaupt nicht schwer vorzustellen, er selber arbeite schon eine ganze Weile daran, einen neuen Menschen zu erschaffen.

Das war der Moment, wo ich gedacht habe: Jetzt ist er verloren. Denn wie er das gesagt hat, ist ein Schrei durch die Halle gegangen, und viele Leute haben das Zeichen gemacht, mit dem man den Teufel abwehrt. Der fremde Richter hat zum Schreiber geschaut, als ob er ihn fragen wollte: »Hast du das auch ganz exakt aufgeschrieben?«, und der Leutpriester hat das Kreuz geschlagen. Der Vogt, der die ganze Zeit mehr geschlafen als zugehört hatte, ist plötzlich kerzengerade dagesessen, und die Reisigen mit ihren Spießen haben einen Schritt auf den Halbbart zu gemacht. Sie haben alle gedacht, die geschickten Fragen hätten ihn in ein Geständnis hineingelistet, denn einen Menschen erschaffen zu wollen, man muss nicht Theologie studiert haben, um das zu wissen, steht nur dem Herrgott zu, und der Herr Kaplan hat einmal gesagt, was die gottverfluchten Alchemisten mit ihren Homunkuli trieben, sei so ziemlich das Teuflischste, was man sich vorstellen könne.

Ob er sein Geständnis wiederholen wolle, hat der Doctor iuris gefragt, und in der Halle ist es ganz still geworden. Aber der Halbbart hat ganz ruhig geantwortet, er erinnere sich nicht, das Geständnis einer Untat gemacht zu haben, aber manchmal seien Worte eben wie eine angefaulte Birne, auf den ersten Blick sehe sie immer noch gut aus, aber sie sei matschig, und man könne darauf ausschlipfen und sich alle Knochen brechen. Was er habe sagen wollen, sei dieses: Wenn man einen Menschen, der lahm gewesen sei, wieder zum Laufen bringe, dann sei das für den, als ob man ihn neu erschaffen hätte, und er glaube, mit Gottes Hilfe sei er nahe daran, dieses Ziel zu erreichen. Wenn der gelehrte Herr es gnädig gestatten wolle, könne man an Ort und

Stelle und vor all den Leuten in der Halle den Versuch machen, ob sich dieses Wunder erreichen lasse, er würde dann mit Taten bewiesen haben, was er mit Worten nicht habe ausdrücken können. Man hat dem Mann aus Montpellier angesehen, dass ihm diese neue Wendung nicht geheuer war, aber die Neugierde der Zuschauer war wie das Atmen eines Raubtiers, und es ist ihm nichts anderes übriggeblieben, als den Halbbart zu fragen, wie er sich diesen Versuch vorstelle und was er dazu brauche.

Wenn es der gelehrte Herr gnädig gestatten wolle, hat der geantwortet, dann würde er den großen Mann ganz vorn an der Abschrankung – dabei hat er auf den Stoffel gezeigt – bitten, in seine Werkstatt zu gehen und dort das Bein zu holen, an dem sie gearbeitet hätten; lang würde man die Verhandlung dafür nicht unterbrechen müssen. Der Richter hat genickt, und der Stoffel ist quer durch die Zuschauer zum Ausgang gegangen; von oben hat es ausgesehen, als ob sich die Menge vor ihm teile, wie sich das Meer vor Moses geteilt hat beim Auszug aus Ägypten. Dass die Leute dem Stoffel so leicht Platz gemacht haben, lag natürlich daran, dass er ihnen unheimlich geworden ist; ein Mensch, der Beine machen kann, werden sie gedacht haben, kann einen bestimmt auch verzaubern oder noch Schlimmeres. Obwohl ich den Stoffel unterdessen gut kenne und weiß, dass er so wenig zaubern kann wie ich selber, ist mir auch ein bisschen gschmuuch geworden. Nur das Kätterli ist ganz ruhig geblieben, sogar gelacht hat sie und gesagt: »Darum haben sie mitten in der Nacht den Amboss gebraucht!«

Die Leute in der Halle haben unruhig gewartet, man hätte nicht sagen können, ob mehr erwartungsvoll oder mehr ängstlich. Der fremde Richter hat wieder seinen Diener hinausgeschickt, und diesmal ist der nicht mit einer Platte voller Würste zurückgekommen, sondern mit einem Krug und vielen Bechern. Der Richter hat allen am Tisch einschenken lassen, von der Galerie aus hat es ausgesehen wie Wasser, war aber wohl Branntwein. Die hinten an der Wand haben mit trockenem Hals zuschauen müssen und selber nichts abbekommen, die Reisigen und der Halbbart natürlich auch nicht. Die Leute im Saal haben den Leuten am Tisch zugesehen und umgekehrt, man hätte nicht sagen können, welches hier die Zuschauer waren und welches die Theaterspieler.

Der Stoffel ist schneller wieder da gewesen, als ich erwartet hätte, vielleicht ist er den ganzen Weg gerannt. Er hat einen Sack über der Schulter gehabt, und die Leute haben ihm Platz gemacht wie vorher. An der Schranke angekommen, wollte er dem Halbbart den Sack hinüberreichen, aber der hat ihn nicht nehmen können, weil ihn ja die Kette zurückgehalten hat. Der Richter hat dem Stoffel gewinkt, und der ist über die Schranke geklettert und hat den Sack neben dem Halbbart auf den Boden gestellt. So wie es getönt hat, war der Inhalt aus Metall.

Dann hat das Wunder angefangen.

Das zweiunddreißigste Kapitel
in dem ein Wunder geschieht

Der Stoffel hat den Sack aufgemacht, und der Halbbart hat etwas herausgeholt und es quer über seinem Kopf in die Luft gehalten, wie ein Händler auf dem Markt, wenn er den Kunden zeigen will, was er zu verkaufen hat. Eine Eisenstange, etwa so lang wie mein Arm, und an beiden Enden war etwas befestigt, auf der einen Seite ein Keil, aber aus Holz, und auf der anderen ein großer Becher aus Leder und verschiedene Riemen. Die Leute hatten Ungewöhnlicheres erwartet, nicht einfach etwas, das jeder Schmied in seiner Werkstatt herstellen kann, vielleicht haben sie gedacht, es würde Blut heraustropfen oder sonst etwas Lebendiges, und man hat ihnen angemerkt, dass sie unzufrieden waren; wenn man sich schon gegruselt hat, will man auch etwas zum Gruseln bekommen. Dann hat der Halbbart die Stange senkrecht gehalten, und der Stoffel hat aus dem Sack einen Schuh herausgenommen und ihn über den Holzkeil gestülpt, da hat man gemerkt, dass das Gestell ein Teil von einem Bein sein sollte, nur dünner als ein richtiges, so wie damals bei der Operation der Schenkelknochen vom Geni ja auch viel dünner gewesen ist, als man erwartet haben würde. Von den Zuschauern hat man ein »Oh!« gehört; seltsam, dass in so einem Moment alle Leute dasselbe Geräusch machen.

Der Doctor iuris hat dem Halbbart gewinkt, und der ist zu ihm hingegangen. Der Mann, der die Kette gehalten hat, musste ihm natürlich nach, aber richtig mit aller Kraft festgehalten hat er nicht mehr. Der Halbbart hat das künstliche Bein vor dem fremden Richter auf den Tisch gelegt, und der hat seinen Beryll aus dem Tuch gewickelt und es sich genau angeschaut. Auch die anderen am Tisch sind aufgestanden und haben sich dazugestellt, nur der Vogt und der Schreiber sind sitzen geblieben, die hatten auch die besten Plätze. In ihrer Neugier haben viele von den Zuschauern nach vorn gedrängt und dabei auch die Schranke angefasst und sich darüber gebeugt; diesmal hat ihnen niemand auf die Finger gehauen, weil auch die Vogtsleute selber alle nur auf den Tisch geschaut haben.

Dann hat der Doctor iuris den Halbbart etwas gefragt, aber so leise, dass man die Worte nicht hat verstehen können, und der Halbbart hat ihm Antwort gegeben. Es ist zwischen ihnen ein paar Mal hin- und hergegangen, dann hat der Richter zwei Reisige hinausgeschickt, und alle haben sich gefragt, ob sie wohl einen Zeugen holen sollten oder nur wieder etwas zu essen. Zurückgekommen sind sie mit dem Geni. Wie die Leute ihn haben hereinhumpeln sehen auf seinen Krücken und mit dem einen Bein, haben endgültig alle verstanden, was sich der Halbbart und der Stoffel ausgedacht hatten, und es ist ganz still geworden. Das Kätterli und ich haben beide nicht mehr auf dem Boden gesessen, sondern sind hinter dem Geländer gekniet, das Kätterli, weil sie besser sehen wollte, und ich, weil ich gebetet habe.

Der Stoffel hat sich bekreuzigt, dann ist er vor den Geni hingehockt und hat versucht, ihm den Becher über den Beinstumpf zu schieben, es ist aber nicht gegangen, weil der Geni auf seinen Krücken nicht ruhig dastehen konnte. Einer von denen am Tisch, ich weiß nicht, was es für einer war, aber ein Vornehmer auf jeden Fall, hat dann vor sich auf dem Tisch Platz gemacht, und der Geni hat sich auf die Kante setzen dürfen. Die meisten Leute haben wahrscheinlich nicht gut gesehen, was als Nächstes passiert ist, weil der Stoffel ihnen die Sicht verdeckt hat, aber von der Galerie aus konnten wir es gut beobachten. Der Beinstumpf hat genau in den Becher gepasst, in solchen Sachen arbeitet der Stoffel exakt, so wie er bei den Hufeisen auch fast immer schon beim ersten Mal die genau richtige Form trifft. Wahrscheinlich hatte der Halbbart das abgeschnittene Ende vom Geni seinem Bein für ihn ausgemessen. Die Lederriemen hat der Stoffel dem Geni um den Schenkel geschlungen und festgezogen.

Und dann …

Wenn in einer Predigt von einem Wunder erzählt wird, dann wird immer nur von dem Heiligen geredet, dem es passiert ist oder der es gemacht hat, und nicht von den Leuten, die dabei zusehen. Dabei muss ein Wunder Zuschauer haben, sonst könnte es ja auch nur eine Erfindung sein oder ein Traum. Ich habe heute eines miterlebt und weiß jetzt, dass es einem die Seele im Leib umkehrt, aber auf eine gute Art. Ich habe vor Glück geweint und das Kätterli auch, und unten in der Halle haben die Leute alle durcheinandergeschrien und ihre Kappen in die Luft geworfen, ich habe sogar gesehen, dass zwei Männer sich umarmt haben, ich glaube, die haben sich vorher gar nicht gekannt.

Es ist nämlich Folgendes passiert: Der Geni hat seine Beine auf den Boden gestellt, das gesunde und das künstliche, eines aus Fleisch und eines aus Eisen, und dann hat er sich mit den Händen abgestützt und ist gestanden, er hat geschwankt dabei, aber er ist gestanden, und dann hat der Stoffel seinen Arm genommen, und der Geni hat nach all der Zeit wieder Schritte gemacht, ohne seine Krücken. Wenn das kein Wunder war, dann weiß ich nicht, was eines sein soll. Ich kann es immer noch nicht glauben, aber es ist wirklich so passiert, und zum Beweis liegt der Geni jetzt neben mir, und wenn ich die Hand ausstrecke, kann ich ihn anfassen.

Er hat nur wenige Schritte gemacht, dann hat er nach seinen Krücken verlangt. Der Stumpf hat ihm fest weh getan, hat er uns später erzählt, man muss den Becher besser auspolstern, und es muss ihm dort auch eine Hornhaut wachsen. Aber dass er wieder hat gehen können, das hat jeder gesehen, und die Leute haben gejubelt, als ob da nicht ein Mann mit einem Bein aus Eisen vor ihnen stünde, sondern ein König. Alle, auch ich, haben erwartet, dass der Halbbart sofort freigesprochen wird, so wie in einer Geschichte vom Teufels-Anneli der Brave belohnt und der Böse bestraft wird, und sie haben das auch dem Richter zugerufen. Es waren alle der Meinung, wer einen Krüppel wieder gehen macht, muss ein guter Mensch sein und kann mit dem Teufel nichts zu tun haben. Aber es war eben keine Anneli-Geschichte, sondern eine Gerichtsverhandlung, und der fremde Richter hat lang nachgedacht und sich auch mit dem Vogt und dem Schreiber besprochen. Bei den Zuschauern hat es ein ungeduldiges Grummeln gegeben, und er hat mit seinem Hammer mehrmals auf den Tisch schlagen müssen, bevor er seine Entscheidung hat verkünden können. Sie hätten da alle etwas gesehen, das ihnen wie ein Traum vorgekommen sei, hat er gesagt, und er gebe zu, sein erster Gedanke sei es gewesen, den Prozess auf der Stelle zu beenden. »Ja!«, haben die Leute gerufen. Aber wenn es um den Teufel gehe, hat er weitergesprochen, müsse man in seinem Amt doppelt und dreifach vorsichtig sein, der Satan wisse sich so gut zu verstellen, dass man glauben könne, man habe es mit einem Engel zu tun. Er müsse sich nach dem richten, was Brauch sei, und nicht nach seinen Gefühlen, und die Aussage vom Rogenmoser Kari liege immer noch auf dem Tisch, die könne er nicht einfach wegwischen und nicht gehört haben wollen.

Die Zuschauer haben mit den Füßen gestampft und wüste Sachen gerufen, so dass die Vogtsleute schon ihre Spieße fester gefasst haben. Aber der Halbbart hat gelächelt, und diesmal hat jeder sehen können, dass es wirklich ein Lächeln war und keine Grimasse. Der Richter hat auf den Tisch gehämmert, aber die Leute sind nicht still geworden, bis der Geni Zeichen gemacht hat, er wolle etwas sagen. Wenn der gelehrte Herr es befehlen wolle, hat er gesagt, dann wäre es vielleicht gut, gerade diesen Zeugen noch einmal anzuhören, er, der Geni, habe draußen beim Warten läuten hören, der Mann habe Neues zu berichten, eine Aussage, die es dem Gericht vielleicht erleichtern werde, eine Entscheidung zu treffen. Der Rogenmoser wurde also hereingerufen, und man hat gemerkt, wie stolz er darauf war, noch einmal auftreten zu dürfen; es muss ihm vorgekommen sein, wie wenn im Refektorium die Schüssel ein zweites Mal beim Hubertus und bei mir vorbeigekommen wäre und es hätte noch richtig feißes Fleisch darin gehabt.

Auf die Frage, was er zu seiner Aussage hinzuzufügen habe, hat er gesagt, er habe den Teufel noch einmal gesehen, und zwar gestern, der habe sich zwar verkleidet, aber er habe ihn sofort erkannt. Sein Gesicht sei so hässlich gewesen, dass man den Anblick kaum habe ertragen können, eine rote Nase habe er gehabt, ein bisschen wie eine überreife Erdbeere, rasiert sei er gewesen und außerdem klein und dick. An dieser Stelle haben die Leute in der Halle schon zu kichern begonnen, weil sie gemerkt haben, wen der Rogenmoser da beschreibt, und wie der dann das Wams vom Teufel geschildert hat, schwarze Streifen, immer einer matt und einer glänzend, da ist der Rest von seiner Rede im Gelächter untergegangen wie ein Stein. Der Stoffel, der ja direkt neben ihm stand, hat später berichtet, der Rogenmoser habe auch noch gesagt, der Teufel habe einen Hammer in der einen Hand gehabt, den brauche er sonst, um den armen Sündern in der Hölle die Knochen zu zerschlagen, und in der andern eine Maske mit zwei Löchern, die habe er sich vors Gesicht gehalten, um seine glühenden Augen zu verbergen. Er hat immer noch weitergeredet, als ihn die Reisigen schon wieder hinausgeführt haben.

Von da an ist alles ganz schnell gegangen. Mit der Behauptung, dass der fremde Richter in Wirklichkeit selber der Teufel sei, war der Rogenmoser kein Zeuge mehr, sondern nur noch ein betrunkener alter Mann, man hat dem Halbbart die Kette abgenommen, und der Vogt hat ihm sogar die Hand geschüttelt. Dann sind der Richter und alle andern ganz schnell hinausgegangen, richtig weggerannt sind sie, denn jetzt sind die Zuschauer über die Abschrankung geklettert, die Vogtsleute haben sie nicht aufhalten können, sie haben den Halbbart und den Geni und den Stoffel auf die Schultern genommen und zum Ausgang getragen. Das Kätterli und ich sind auch ganz schnell die Treppe hinunter und ums Haus herum, und ich habe in der Überfreude ganz vergessen, dass ich ja Mädchenkleider anhatte. Der Geni hat schön gelacht, als er mich so gesehen hat, und ich habe mir noch den ganzen Tag Sprüche dazu anhören müssen, aber das hat mich überhaupt nicht gestört. Nach dem, was passiert ist, könnte man eine Koppel Hunde auf mich hetzen, und ich würde immer noch lachen.

Die Leute haben die drei bis zur Schmiede getragen, es war wie ein Umzug, sogar für die Krücken vom Geni haben sich Träger gefunden. Am liebsten wären alle auch noch ins Haus mitgekommen, und der Stoffel hat die Türe nur schließen und die Stangen vorlegen können, weil er so viel größer und stärker ist als alle andern. Man hat sie aber draußen noch lang nach dem Halbbart rufen hören. Drinnen im Haus haben wir gefeiert, mit Wein und einem ganzen Schinken, den der Stoffel eigentlich für Weihnachten hatte aufsparen wollen, und jeder hat erzählen müssen, ich, warum ich als Mädchen verkleidet war, und der Geni und der Stoffel, wie sie am Abend vorher dem Rogenmoser einen Branntwein bezahlt hatten – und noch einen und noch einen – und ihm in seinem Suff eingeredet, zwischen dem Vogt und dem Schreiber habe er den Satan am Richtertisch sitzen sehen. Wie das beim Rogenmoser immer ist: Am nächsten Morgen hat er geglaubt, dass er sich tatsächlich daran erinnert.

Der Stoffel hat vom Halbbart wissen wollen, ob er denn überhaupt keine Angst gehabt habe, jedenfalls habe er nicht so ausgesehen, und der Halbbart hat gemeint, wenn man wie er einmal viel Schlimmeres erlebt habe, komme einem so ein Prozess vor wie ein Spaziergang im Frühling, er habe sich immerhin verteidigen dürfen, nicht wie beim letzten Mal, wo er verurteilt gewesen sei, noch bevor er auch nur die Anklage gehört habe. Was das aber für ein anderer Prozess gewesen sei, wollte er nicht sagen, jetzt sei nicht der Moment dazu, hat er gemeint, aber er sehe ein, dass es uns als seinen Freunden zustünde, seine Geschichte zu erfahren. »Morgen«, hat er gesagt. »Heute wollen wir feiern und sonst nichts.«

Wir haben alle zu viel Wein getrunken, sogar das Kätterli, und so viel Schinken aufs Mal habe ich in meinem ganzen Leben noch nicht gegessen. Wir haben auch Lieder gesungen, solche, die alle gekannt haben, und der Halbbart eines in einer fremden Sprache, der Geni hat auf meiner Flöte eine Melodie gespielt, und der Stoffel hat dazu mit seiner Tochter getanzt, es hat ausgesehen wie ein Bär, dem man ein Bäbi zum Spielen gegeben hat. Der Geni hat noch einmal das künstliche Bein angezogen und zwei Schritte gemacht, ganz ohne Krücken, und dann hat das Kätterli vor Freude jedem von uns einen Kuss gegeben, mir auch.

Und jetzt liegt der Geni neben mir auf dem Strohsack, ich kann ihn atmen hören wie früher, und zum Einschlafen bin ich viel zu glücklich.

Das dreiunddreißigste Kapitel
in dem der Halbbart erzählt, was er nicht erzählen will

Wir saßen nebeneinander auf der Bank, der Geni, der Stoffel, das Kätterli und ich. Für den Halbbart stand ein Hocker da, er hat sich aber nur ganz kurz hingesetzt und ist dann gleich wieder aufgesprungen. Er konnte nicht ruhigstehen, und sein Auge ist hin und her gezuckt. Wie in einem Fadenghürsch hat er in seinen Gedanken danach gesucht, wo er anfangen soll.

Beim Morgenbrei hatte ihn der Geni daran erinnert, dass er uns heute endlich von sich erzählen wollte, und der Halbbart hat nicht widersprochen, ist auch nicht ausgewichen, wie er es sonst tut, wenn die Rede auf seine eigene Geschichte kommt, sondern hat nur den Kopf gebeugt. »Man kann es nicht ewig hinausschieben«, hat er gesagt, aber man hat ihm angesehen: Wenn es nach ihm gegangen wäre, er hätte es eine Ewigkeit hinausgeschoben und eine zweite dazu.

»Es war an einem Freitag«, hat er schließlich gesagt. »Ein Freitag im September. Das Wetter immer noch wie im höchsten Sommer. Ein heißer Tag. Ich hätte einen Boten schicken können, um ihm seine Medizin zu bringen, aber ich bin selber gegangen. Ich hatte ihn durch so viele Krankheiten begleitet, dass er mein Freund geworden war. Ich habe ihm die frische Tinktur hingestellt, er hat einen Löffel davon genommen und das Gesicht verzogen, wie er es jedes Mal tat, und dann haben wir noch ein bisschen geplaudert. Nur ein paar Sätze, weil ihm das Sprechen schwerfiel. Von den Mücken haben wir geredet, dass sie in diesem Jahr mehr gestochen hätten als in anderen, und dass das etwas mit dem Wetter zu tun haben müsse. Ich erinnere mich an jedes Wort. Ich erinnere mich ganz genau. Ich bin eine Weile bei ihm gesessen, und dann habe ich mich auf den Heimweg gemacht.« Der Halbbart hat sich hingesetzt und ist gleich wieder aufgestanden, als ob er uns zeigen wollte, wie das damals gewesen war. »Das ist nicht der richtige Anfang«, sagte er, »aber es gibt keinen richtigen.

»Sein Name war Antal, und er war ein Flüchtling. Sein Schnurrbart hing ihm bis übers Kinn, und darauf war er stolz. Das sei das Zeichen eines richtigen Mannes, hat er mir erklärt. Vielleicht war er einmal ein Held gewesen oder hätte einer werden können, wenn ihm nicht eine Lanze die Lunge durchbohrt hätte, in einer Schlacht, die nicht einmal einen eigenen Namen hat, so unbedeutend war sie. Seither atmete er nur noch mit Mühe, und jeder Husten konnte sein letzter sein. Ich weiß noch, wie sein Röcheln geklungen hat. Alles weiß ich noch. Ich könnte euch beschreiben, wie er vor seinem Feuer saß, auch wenn draußen die Sonne noch so heiß schien. Tag und Nacht saß er da, nur zum Schlafen lehnte er sich gegen die Wand. Wenn er sich hinlegte, verstopfte ihm der Schleim den Hals. Auch am Geruch würde ich ihn erkennen. Jede Krankheit hat ihren eigenen Geruch, wusstet ihr das? Ich weiß auch noch, welche Medizin ich ihm an jenem Tag vorbeibrachte, Eibisch,

Thymian, Salbei, und wie er sich dafür in seiner Sprache bedankte. Stundenlang könnte ich ihn beschreiben, in allen seinen Eigenheiten, und dabei spielt er überhaupt keine Rolle in dem, was ich euch erzählen will. Erzählen muss. Es ist nicht wichtig, dass ich ihm seine Medizin gebracht hatte, und es ist nicht wichtig, dass ich auf dem Heimweg war, als es anfing.«

Er starrte auf die Öffnung in der Mauer, wo der Stoffel-Schmied, der gern neue Dinge ausprobiert, eine Schweinsblase auf einen Rahmen gespannt hat, damit Licht hereinkommt, aber keine Kälte. Wenn die Sonne richtig steht, fängt die Blase an zu leuchten.

»Noch heute frage ich mich, ob meine Medizin ihm geholfen hat«, sagte der Halbbart. »Ich habe ihn nie wiedergesehen und werde ihn nie wiedersehen, und trotzdem möchte ich wissen … Nein, ich will es gar nicht wissen. Ich will es mich nur fragen. Damit noch ein Rest von dem übrig ist, was ich einmal gewesen bin. Eibisch, Thymian, Salbei. Und Huflattich. Die Blätter anzünden und den Rauch einatmen. Ein Physicus aus Krems hat mir den Rat gegeben, und ich habe ihm zuerst nicht glauben wollen. Rauch gegen Husten, das scheint gegen die Vernunft zu sein. Aber es ist so vieles gegen die Vernunft und ist trotzdem in der Welt. Huflattich. Ich hoffe, dass ich ihm habe helfen können. Ersticken ist kein schöner Tod. Aber es gibt schlimmere. Es gibt viel, viel schlimmere.«

Während er erzählte, sah er uns kein einziges Mal an. Seine Hand fuhr immer wieder über die Narben an seiner Stirn und an seiner Wange, so wie ein Blinder ein Gesicht, das er nicht sehen kann, mit den Fingerspitzen zu ertasten sucht.

»In Korneuburg«, sagte der Halbbart, »gibt es den Rohrbach, ein kleines Flüsschen, so unwichtig, dass die Donau nicht einmal bemerkt, wenn es sich in sie ergießt. An dessen Rand führte der Weg entlang. Es ist ein schmaler Pfad, und manchmal, wenn es geregnet hat, muss man von Stein zu Stein hüpfen. Aber an diesem Freitag war schönes Wetter, und im Rohrbach kann man nicht ertrinken. Nicht ohne fremde Hilfe. Es muss einem schon jemand den Kopf unters Wasser drücken und einen Fuß daraufstellen. Es muss sich einem schon jemand auf den Leib setzen und ein anderer auf die Beine. Da waren Algen, die mir das Gesicht gestreichelt haben, und eine Berührung, die sich anfühlte wie ein Fisch. Aber es gibt im Rohrbach keine Fische. Keine, die es sich zu angeln lohnt.

»Sie haben mich nicht ertrinken lassen«, sagte der Halbbart. »Es wäre so vieles einfacher gewesen, wenn sie es getan hätten.«

Wenn er die Hände vors Gesicht schlägt, sieht es aus, als ob sie zwei verschiedenen Menschen gehörten, einem gewöhnlichen und einem verbrannten.

Melchipar.

»Sie kamen mir entgegen«, sagte der Halbbart, »viele Menschen, zehn oder zwanzig, ich weiß die Zahl nicht, und es sind dann ja auch immer mehr geworden. Die meisten sind auf dem Pfad geblieben, aber ein paar sind durchs Wasser gelaufen. Der Rohrbach ist nicht tief. Man kann die Kinder darin spielen lassen, es passiert ihnen nichts. Die auf dem Pfad hätten zuerst bei mir sein müssen, Laufen geht schneller als Waten, aber die im Wasser waren die Jüngeren und Stärkeren, und sie haben die anderen überholt. Schon von weitem habe ich sie schreien hören, die Worte konnte ich nicht verstehen. Sie sahen aus, als ob sie auf der Flucht vor etwas wären, aber sie rannten nicht vor etwas weg, sondern auf etwas zu. Auf jemanden zu. Auf mich zu. Ich habe damals nicht begriffen, was sie von mir wollten, und ich begreife es immer noch nicht. Ich begreife nicht, wie sie das von mir denken konnten. Wie sie das überhaupt denken konnten.«

Er schaute seine Hände an, die verbrannte und die gewöhnliche, betrachtete sie wie etwas Fremdes. Draußen auf der Gasse fuhr ein Pferdekarren vorbei, und der Stoffel hob den Kopf. Er hört es am Geräusch, wenn ein Hufeisen nicht mehr richtig festsitzt, aber er sagte nichts. Das Wort gehörte dem Halbbart, und man durfte ihn nicht unterbrechen oder ihm Fragen stellen. Auch nicht, als er plötzlich von etwas ganz anderem zu reden schien.

»Es ist schwer, an Wunder zu glauben«, sagte der Halbbart, »aber es ist leicht, andere an sie glauben zu lassen. Sie fangen klein an, wie der winzige Biss von einem Kreuzotterzahn, der doch einen ganzen Menschen vergiften kann. Etwas Ungewöhnliches macht den Anfang, ein einziger Schritt über das Alltägliche hinaus, in der ersten Erzählung werden zehn daraus und in der zweiten schon hundert, aus unwahrscheinlich wird unmöglich, aus unmöglich wird wunderbar, und wenn der Zwanzigste davon hört, muss der Himmel mitgespielt haben oder die Hölle, ein Engel oder ein Teufel. Je nachdem, wie man die Geschichte erzählt, müssen die Zuhörer Buße tun oder Rache nehmen, beten oder töten. Am liebsten töten sie zuerst und beten dann. Nicht um Buße zu tun, sondern um sich selber zu loben. *Gloria gloria gloria.*«

Das Kätterli hat das Kreuzzeichen gemacht. Wenn ich sie gefragt hätte, warum sie das tut, hätte sie es mir nicht erklären können.

»Sie haben mich herausgeholt und mitgeschleppt«, sagte der Halbbart. »Meine Kleider waren durchnässt, und darum habe ich schlechter gebrannt als die anderen. Wenn sie mich nicht am Rohrbach erwischt hätten, sondern auf einer Gasse, hätte ich das Feuer nicht überleben müssen.«

Er hat also doch von dem Tag gesprochen, an dem er so geworden ist, wie er ist.

»Ich habe sie gekannt«, sagte der Halbbart. »Nicht alle, aber die meisten. Korneuburg ist keine große Stadt. Dem einen hatte ich die Schulter eingerenkt und dem andern einen Zahn gezogen. Hatte Kräuter für sie gesammelt und Tinkturen angesetzt. Wenn ihre Schmerzen nachließen, haben sie sich bei mir bedankt. Je mehr es weh getan hatte, desto größer der Dank. Aber die Natur ist so eingerichtet, dass Schmerzen vergessen werden und die Dankbarkeit mit ihnen. Ich könnte ihre Namen aufzählen, ich weiß sie noch alle. Junge Männer und alte. Eine einzige Frau dabei. Ihr Mann war ein Besenbinder, aber den habe ich an diesem Tag nicht gesehen. Dabei hätte man ihn brauchen können. Reisig brennt gut. Agnes hieß sie. Das ist ein milder Name, aber sie war nicht mild. Ihr Sohn war tot zur Welt gekommen, und weil man Schweres leichter erträgt, wenn man jemandem die Schuld daran geben kann, hatte sie beschlossen, dass ich ihr Kind getötet hätte. Die Hebamme hatte mich rufen lassen, und ich hatte nicht helfen können. Das hat mir Agnes nie verziehen. Ihre Stimme ist aus den anderen herausgestochen. ›Mörder‹, hat sie geschrien. ›Mörder,

Mörder, Gottesmörder.‹ Ich habe das nicht verstanden, und es hat es mir niemand erklärt.«

An der Wand gegenüber vom Schweinsblasenfenster hängt ein Kreuz an der Wand, nur das Kreuz, ohne den Heiland. Der Stoffel hat es selber geschmiedet, aus dem härtesten Eisen, das es gibt, mit Ochsenhornpulver und Salz geglüht, man braucht viel Kraft, um es zu bearbeiten. Ich habe ihn gefragt, warum er gerade dieses Eisen genommen hat, und er hat gesagt: »Für den Herrgott muss man es sich schwermachen.« Dieses Kreuz hat der Halbbart jetzt angestarrt, und es war Hass in seinem gesunden Auge.

»Gestoßen haben sie mich«, hat er dann weitererzählt, »immer wieder gestoßen, und wenn ich hingefallen bin, haben sie mich getreten. Dem Rohrbach entlang und dann durch die Gassen. An vielen Häusern vorbei, in die man mich schon einmal als Physicus gerufen hatte, aber nirgends ist eine Tür für mich aufgegangen. Die Menge ist immer größer geworden, und die Leute, die mich festhielten, haben sich schon selber wehren müssen. Die neu Dazugekommenen wussten nicht, um was es ging, aber sie wollten dabei sein, und sie sind dann ja auch dabei gewesen.

»Agnes. Ich hatte Mitleid mit ihr, aber sie keines mit mir. Ihr Sohn hatte sich die Nabelschnur um den Hals gewickelt und sich selber erstickt. Ich habe noch versucht, ihm Luft in die Lungen zu blasen, aber ich bin nicht der Herrgott. Ich habe den Herrgott nur getötet.«

Als das Kätterli das gehört hat, hat sie sich ein zweites Mal bekreuzigt, mit erschrockenen Augen. Sie hat auf den Halbbart geschaut wie die Leute im Hüsliturm, als sie noch gemeint haben, er kann den Teufel beschwören und zusammen mit dem Stoffel macht er einen Homunkulus. Mir ist auch ein bisschen gschmuuch geworden, aber ich kenne ihn länger als die andern, und ich habe gewusst: Wir müssen ihn nur reden lassen, dann wird er uns schon erklären, was er damit gemeint hat.

»Ich weiß noch alles«, sagte der Halbbart. »Ich kann noch alles hören und fühlen und riechen. Einer mit einem stinkigen Atem hatte mich im Nacken gepackt, sein Kopf nahe neben meinem, und ich weiß noch, was ich die ganze Zeit gedacht habe. Meerrettichwurzel und Kümmelsamen, habe ich gedacht, das macht den Atem besser. Heilen würde es ihn nicht, weil es vom Magen kommt, aber seine Freunde würden ihm nicht mehr ausweichen. Mein Verstand hat immer noch weiter Antworten gegeben, so wie ein Huhn auch noch weiterläuft, wenn man ihm den Kopf abgehackt hat. Wenn ein Mensch gestorben ist, muss er bestimmt auch noch eine Weile an der Welt herumstudieren, bevor er zur Ruhe kommt.

»Ich habe gefragt, immer wieder gefragt, warum sie das mit mir machen, und was sie von mir wollen. Ich habe keine Antwort bekommen. Einer hat mich aufs Maul gehauen und wollte noch weiter zuschlagen, aber die anderen haben ihn festgehalten. Sie hatten etwas mit mir vor, das wollten sie sich nicht verderben lassen.«

Das vierunddreißigste Kapitel
in dem der Halbbart weitererzählt

Zu meinem Haus haben sie mich geführt«, sagte der Halbbart, »wie man einen Hochzeiter zu seiner Braut führt, mit Jubeln und Johlen und Singen. Zu meinem Scheiterhaufen haben sie mich geführt. Drei Scheiterhaufen. Ich wusste nicht, für wen die anderen bestimmt waren. Wusste es nicht und wusste es doch. Wusste es. Wusste es. Wusste es.«

Er hat die Worte immer weiter wiederholt, aber die Stimme ist ihm weggeblieben, und er hat nur noch die Lippen bewegt wie in einem stummen Gebet. Der Stoffel hat dem Kätterli etwas ins Ohr geflüstert, und sie ist hinausgelaufen und mit einem Becher Wasser zurückgekommen. Der Halbbart hat ihn genommen, aber er hat nicht getrunken, sondern hat ihn nur angeschaut, als ob er noch nie einen Becher gesehen hätte oder noch nie Wasser. Dann hat er ihn ganz langsam umgedreht und das Wasser auf den Boden laufen lassen. »Damit löscht man kein Feuer«, hat er geflüstert. Er hat den Becher fallen lassen und seine Hand ausgestreckt, man hätte meinen können, da sei etwas vor ihm, das er anfassen wolle. Die Hand hat gezittert, und ein paar Mal ist sie zurückgezuckt. Sein Auge war weit aufgerissen, aber ich glaube nicht, dass er etwas gesehen hat. Nicht mit diesem Auge, eher mit dem, das er nicht mehr hat.

Ich kann nicht sagen, wie lang das so gegangen ist. Mir ist es ewig vorgekommen. Dinge, die einem Angst machen, kommen einem immer ewig vor, aber wahrscheinlich war es nicht einmal so lang wie ein Ave Maria. Dann hat der Geni es nicht mehr ausgehalten und hat gesagt: »Lass uns ein anderes Mal davon reden.« Er hat mir die Hand auf die Schulter gelegt und sich in die Höhe stemmen wollen, aber der Halbbart hat einen Schrei getan und hat gerufen: »Nein! Jetzt muss es sein!« Der Geni hat sich wieder hingesetzt, und der Halbbart hat seinen Kopf hin und her bewegt, hin und her, hin und her, wie ich es einmal im Stall vom alten Eichenberger bei einer Kuh gesehen habe, die hätte kalberen sollen, und es ist nicht gegangen.

Als er dann weitergesprochen hat, war es mit einer fremden Stimme, als ob ein anderer für ihn reden würde oder er nicht von sich selber.

»Korneuburg«, sagte der Halbbart. »Die Stadt ist nicht anders als Ägeri. Alle Orte gleichen sich. Wichtige Leute, unwichtige Leute. Solche, die dazugehören, und solche, die nicht dazugehören. Korneuburg hat keinen Vogt, der für Ordnung sorgt, dafür gibt es, etwa eine Stunde entfernt, die Burg Kreuzenstein, wo der Herzog ein Fähnlein Soldaten unterhält. Der verdammte Habsburger mit seinem verlogenen Vogel im Wappen.«

Ich habe den andern angesehen, dass sie nicht verstanden haben, was das für ein Wappenvogel sein sollte, und habe mir vorgenommen, ihnen später zu erklären, was ein Papagei ist, dass er reden kann und sogar die Messe lesen, wenn man ihm die Worte beibringt.

»Vielleicht«, sagte der Halbbart, »wäre es anders gekommen, wenn die Soldaten im Ort gewesen wären. So hat man sie erst holen müssen, und damit hatte es niemand eilig. Man hätte ja etwas verpassen können, so wie hier niemand meinen Prozess verpassen wollte. Wenn schon einmal etwas passiert, dann will man auch dabei sein. Bei dem Ereignis. Bei dem Wunder. Auch in diesem Punkt ist Korneuburg wie Ägeri. Die Menschen sind überall wie in Ägeri.

»Auch in Korneuburg wohnen die wichtigen Leute nahe bei der Kirche. Nicht weil sie frommer sind als die anderen, sondern weil sie reicher sind und sich die Nachbarschaft leisten können. Wer kein Geld hat, muss sich weit draußen etwas suchen, zwischen der Donau und dem Rohrbach, wo der Boden sumpfig ist und das Land billig. Wenn man jemandem dorthin eine Medizin für seinen Husten bringt, verdient man nichts damit. Aber die Armen werden krank wie die Reichen. Nein, das stimmt nicht. Es gibt Krankheiten, die kommen vom Hunger, und solche, die einen nur anfallen, wenn man zu lang keinen Hunger gehabt hat. Aber Zahnweh bekommen alle Menschen, die Knochen brechen bei allen gleich, und ein Feuer wirft auf jeder Haut dieselben Blasen.«

Er hat den Becher vom Boden aufgehoben und daraus getrunken, obwohl der doch leer war, hat getrunken und getrunken und gar nicht mehr aufhören wollen. Das Kätterli wollte neues Wasser holen, aber der Stoffel hat seine Hand auf ihre gelegt, und sie ist sitzen geblieben.

»Der Antal hatte sein kleines Haus auf dem schlechtesten Boden. Die Feuchtigkeit war nicht gut für seine Krankheit, aber ein Flüchtling muss nehmen, was man ihm zuteilt. Der Weg von dort führt dem Rohrbach entlang, und auf diesem Weg haben sie mich in die Stadt geprügelt. Zu meinem Haus, das zur Stadt gehört und doch nicht dazugehört. Nicht dazugehört hat.

»Das Haus steht …« Er hat gezögert und neu angefangen. »Das Haus stand«, hat er gesagt, »an dem Platz, wo die Bauern an den Markttagen ihre Früchte und ihr Geflügel verkaufen und viermal im Jahr ihr Vieh. Dort haben sie mich hingebracht. Man hat mich schon erwartet. Das Geräusch der Menge hat man von weitem hören können. Es hat geklungen wie in Salzburg.«

Wieder haben die anderen verwirrte Gesichter gemacht, denn auch von dem, was ihm in Salzburg zugestoßen ist, hat der Halbbart nur mir etwas erzählt. Ich merke immer mehr, dass ich wirklich ein Freund für ihn bin.

»Die Leute sind dagestanden wie aufgereiht«, sagte der Halbbart, »einen Schritt vor allen anderen der Vikar Friedbert. Das ist nicht sein Vorname, den kenne ich nicht. Er heißt Friedbert, wie Hochwürden Linsi Linsi heißt. Der Herr Vikar Friedbert. Unterdessen ist er bestimmt schon Prälat. Oder Dechant. Er wird vorangekommen sein, und das hat er mir zu verdanken. So wie ich ihm mein verbranntes Gesicht zu verdanken habe. Man kann es weit bringen, wenn man bei einem Wunder rechtzeitig zur Stelle ist.«

Ich habe an den Hubertus denken müssen und mich gefragt, ob er unterdessen schon Novize ist.

»Er war nicht so angezogen, wie man ihn sonst auf der Gasse gesehen hat«, sagte der Halbbart. »Er trug sein Messgewand, Albe, Zingulum und Stola. Mit beiden Händen hielt er ein Ostensorium in die Höhe. Nicht mit Gold verziert oder mit Edelsteinen. Eine einfache Schale. Sankt Ägidius ist keine reiche Pfarrei. War keine reiche Pfarrei. Unterdessen wird es anders sein. Ein Stall voller Pilger ist besser als ein Stall voller Kühe. Sie kommen freiwillig, um sich melken zu lassen, und man muss sie nicht einmal füttern. Außer mit Wundern, und Wunder kosten nichts. Nur ab und zu ein Leben.

»Der Vikar Friedbert, ja. Es war nichts Besonderes an ihm. Ein schmächtiger Mann, die Haare schon dünn. Zu alt, um noch keine eigene Pfarrei zu haben. Einer, der sein Leben lang Geselle bleibt und nie Meister wird. Ich habe ihn manchmal auf dem Markt gesehen, wenn er mit einem Händler um ein Huhn gefeilscht hat und die Bauern heimlich über ihn gelacht haben. Er hat keine schöne Stimme. Ich habe sie nie in einer Predigt gehört, aber ich bin sicher, dass sie die Kirche nicht gefüllt hat. An diesem Tag haben ihm die Leute zugehört. Haben sich um ihn herumgedrängt. Ein paar, vor allem Frauen, sind auf dem Boden gekniet, als ob er ein Bußprediger wäre oder ein Geißler und könne sie allein mit seinen Worten von ihren Sünden befreien. Unterdessen werden sie sich schon daran erinnern, dass sie ein Leuchten um ihn herum gesehen haben. Eine weiße Taube über seinem Kopf. Ein Engel mit einem Schwert. Aber da war nichts. Er war einfach nur der Vikar Friedbert. Hat eine Gelegenheit gesehen und sie ergriffen. Hat sich die Gelegenheit gemacht. Ich kann es nicht beweisen, aber ich weiß, dass er es war.«

Gerade noch hatte er sich jedes Wort abquälen müssen, und jetzt hat er immer schneller geredet. Nicht lauter; ich glaube, es war ihm egal, ob wir ihn gehört haben oder nicht. Vielleicht hat er gar nicht mehr gewusst, dass wir vor ihm saßen. Wie der Geni damals das große Fieber gehabt hat,

hat er auch so vor sich hin gemurmelt, aber bei ihm haben die Worte nichts bedeutet.

»Man denkt immer, dass schlechte Menschen anders aussehen müssten als andere«, hat der Halbbart gesagt. »Dass ihnen die schwarze Seele ins Gesicht geschrieben sein müsse. Es ist aber nicht so, nicht von Natur aus, und darum brennt man einem Betrüger ein Zeichen auf die Stirn. Schneidet einem Dieb ein Ohr ab. Damit man sie erkennt. Damit man vor ihnen gewarnt ist. Vor dem Vikar Friedbert hat mich niemand gewarnt. Niemand und nichts. Hundertmal muss ich an ihm vorbeigegangen sein, und es ist mir nichts aufgefallen. Der Teufel stinkt nicht nach Schwefel. Ich habe ihn gegrüßt, wie man es macht, und er, wie es seine Art war, hat nicht zurückgegrüßt. Hat an einem vorbeigeschaut, unhöflich oder schüchtern, es hat mich nicht gekümmert. Er war nichts Besonderes. Ein Hund, der nicht zum Wachen taugt und nicht zum Jagen. Einer von vielen. Und jetzt stand er da vor seiner Meute, stand da wie ein Feldherr vor seinem siegreichen Heer und hatte sich ein neues Gesicht aufgesetzt. Hatte sich verändert, so wie sich die ganze Welt verändert hatte.«

Der Halbbart hat sich auf den Boden fallen lassen, aber nicht, weil er ohnmächtig geworden ist. Er hat es absichtlich gemacht, weil es zu seiner Geschichte gehört hat. Weil ihn seine Geschichte hineingezogen hat, wie man am Ägerisee in den Sumpf hineingezogen werden kann, wenn man einen Schritt neben den Weg hinaus macht.

»Sie haben mich zu ihm geführt«, hat er gesagt, »haben mir dabei die Arme ausgerenkt, und wie wir beim Vikar angekommen sind, hat mir einer, der mit dem stinkenden

Atem, einen Stoß gegeben, dass ich hingefallen bin. Ich habe aufstehen wollen, habe es versucht, aber einer ist mir auf den Rücken gestanden, und so bin ich halt im Dreck liegen geblieben. Der Vikar hat Schuhe mit Trippen angehabt, sie waren direkt vor meinen Augen, und ich weiß noch, dass ich gedacht habe: Wie hat er sich so teure Schuhe bezahlen können, wo er nicht einmal eine eigene Pfarrei hat? Er muss an allem anderen gespart haben. Sie werden ihm wichtig sein, habe ich gedacht, weil man mit Trippen unter den Schuhen etwas Besseres ist. Man steht über den anderen. In seiner Gewöhnlichkeit hat er vielleicht das ganze Leben davon geträumt, auserwählt zu sein, und die Trippen waren sein Zeichen dafür. An diesem Tag hat er sich zum Auserwählten gemacht.

»Die Leute haben durcheinandergerufen, und ihre Stimmen haben zusammen ein Rauschen ergeben, wie man es manchmal im Frühjahr von der Donau hört, wenn das Eis aufbricht und das Wasser sich wieder befreit. Der Vikar Friedbert muss eine Bewegung gemacht haben, ich konnte sie nicht sehen, weil ich auf dem Boden lag, das Gesicht auf dem Sand, und die Leute sind still geworden, wie ein Trupp Soldaten strammsteht, wenn ihnen ihr Hauptmann das Kommando gibt. Er war bestimmt stolz darauf, dass sie ihm alle gehorcht haben. An diesem Tag war er noch stolz. Am nächsten ist ihr Gehorsam dann schon selbstverständlich für ihn gewesen. Wenn ein unwichtiger Mensch wichtig wird, dann macht das mehr mit ihm als ein ganzes Fass Wein mit einem Säufer.

»Der Fuß auf meinem Rücken ist weggegangen, das wird der Vikar auch mit einer Bewegung befohlen haben, und dann ist der Lederschuh auf mich zugekommen und hat mich umgedreht, wie man ein erschlagenes Tier umdreht, um zu sehen, ob es schon ganz tot ist oder ob man noch einmal den Knüppel brauchen muss. Ich bin dagelegen und habe zu ihm hinaufgeschaut. Über ihm war der Himmel ohne eine einzige Wolke, ich habe die Augen zudrücken müssen, nicht aus Angst, obwohl ich Angst gehabt habe, sondern weil mich die Sonne geblendet hat. Und dann hat er es gesagt.«

Der Halbbart ist aufgesprungen und hat sich auf seinen Hocker gestellt. Wie eine Heiligenstatue ist er dagestanden und hat auf uns heruntergeschaut. Wie er weitergesprochen hat, hat er wieder eine andere Stimme gehabt, eine ganz laute. Wahrscheinlich hat er den Vikar Friedbert nachgemacht.

»Du hast den Heiland geschändet«, hat er gesagt, »und dafür musst du sterben.«

Das fünfunddreißigste Kapitel
in dem die andern zu verstehen suchen

Der Geni sagt, ein Verzweifelter ist einer, der nicht aufhören kann, sich an schlimme Dinge zu erinnern, während sich ein Verrückter an schlimme Dinge erinnert, die nie passiert sind. Ich glaube nicht, dass der Halbbart ein Verrückter ist.

Er ist noch eine ganze Weile weiter auf seinem Hocker gestanden und hin und her geschwankt, dann ist er ganz vorsichtig, wie nach einer langen Krankheit, wieder heruntergestiegen und hat sich hingesetzt, den Kopf zwischen den Knien. Er hat lang nichts mehr gesagt und die anderen auch nicht, es war so still im Zimmer, dass man eine Stubenfliege gehört hat, die immer wieder gegen die Schweinsblase geflogen ist; ich weiß nicht, wo die hergekommen ist, so spät im Jahr. Wie der Halbbart dann wieder angefangen hat zu reden, hat er nicht der Reihe nach weitererzählt, nicht so wie das Teufels-Anneli, bei der jede Geschichte einen Anfang hat, und von dort geht es einem festen Pfad entlang weiter bis zum Ende. Eigentlich hat er gar nicht mehr erzählt, sondern es ist aus ihm herausgespritzt wie damals der Eiter aus dem Geni seinem Bein, immer ein Sprutz und noch ein Sprutz, er hat von Dingen geredet, bei denen hat nur er selber gewusst, wie sie zusammengehören, eine Hostie ist darin vorgekommen und Blut, er hat auch Namen genannt, die ich noch nie von ihm gehört hatte, biblische Namen, ein Samuel kam vor und eine Rebekka, und immer wieder hat er von einem Feuer gesprochen, von einem verbrannten Mann und von einem verbrannten Mädchen. Manchmal hat er auch geschrien und dann wieder gestottert und gewimmert.

Nur geweint hat er nie.

In Schwyz, habe ich erzählen hören, ist einmal in der Pfarrkirche Sankt Martin der Wandsockel von der großen Marienstatue kaputtgegangen, man weiß nicht, ob Holzwürmer daran schuld waren oder ein böser Geist. Jedenfalls ist sie heruntergefallen, und der Sandstein ist in ganz viele Stücke zerbrochen. Man hat sie wieder zusammensetzen müssen, mehr als ein Jahr habe die Arbeit gedauert, sagt man, und sie sei so gut gelungen, dass man heute der Muttergottes von ihrem Unfall nichts mehr ansehe, die geflickten Stellen seien fast unsichtbar, wenn man nicht ganz genau wisse, wo man hinschauen müsse. Nur ein Finger hat gefehlt, den hat man nie mehr gefunden und hat ihn neu machen müssen. Genau so, in tausend Stücken, hat der Halbbart seine Geschichte vor uns hingeworfen, und wir haben uns die Scherben selber zusammensetzen müssen, das heißt: Der Geni und der Stoffel haben sie zusammengesetzt, und das Kätterli und ich haben ihnen dabei zugehört. Der Halbbart selber ist gar nicht mehr dabei gewesen. Als alles aus ihm herausgekommen war, ist er aus dem Haus gelaufen, ohne Mantel oder Kappe in die Kälte hinaus. Ich glaube, er hat sich auch selber erst wieder zusammensetzen müssen.

Seine Geschichte, so wie der Geni und der Stoffel glauben, dass es gewesen sein muss, geht so: An dem Tag, von dem der Halbbart gesprochen hat, als er nicht in seinem Haus war, sondern mit der Medizin für seinen Freund unterwegs, an diesem Freitag ist auf der Schwelle von seinem Haus eine Hostie gefunden worden, es müsse eine geweihte gewesen sein, hat man gesagt, denn es sei Blut aus ihr herausgeflossen wie aus einer frischen Wunde, oder es ist doch behauptet worden, dass es herausgeflossen ist, gesehen wollte es nur einer haben. Blutig scheint sie auf jeden Fall gewesen zu sein, und dass eine blutende Hostie ein Wunder ist, und zwar ein großes, das ist allgemein bekannt. Es bedeutet, dass der Leib Christi sichtbar geworden ist, und für ein Kirchspiel, das so eine Hostie besitzt, ist das, wie wenn jeden Tag im Jahr Kirchweih wäre, mit Pilgern von überallher. Und Pilger, sagt der Geni, hinterlassen auf ihrem Weg Geld, wie eine Viehherde Mist hinterlässt. Darum, hat der Stoffel hinzugefügt, seien Gastwirte immer die Ersten, die an ein Wunder glauben, weil sie mit diesem Mist nämlich das eigene Feld düngen können.

Also, eine blutende Hostie. Auf der Schwelle vom Halbbart seinem Haus. Was entweder eine große Gemeinheit war oder eben ein Wunder. Und der Zeuge für das Wunder war dieser Vikar Friedbert, der vorher sein Leben lang ein unbedeutender Mensch gewesen war, und nachher, von einem Moment auf den anderen, war er der wichtigste weit und breit. »Unterdessen ist er bestimmt schon Prälat oder Dechant«, hatte der Halbbart gesagt, und auch das hat beim Zusammensetzen der Geschichte geholfen. Wer in seiner Kirche eine wundertätige Hostie zum Anbeten hat, da sind sich der Geni und der Stoffel einig, der bleibt nicht lang Vikar, sondern wird schon bald etwas Höheres; er ist noch besser dran als einer, der auf dem Markt eine Panazee gegen alle möglichen Krankheiten auszurufen hat. Der Vikar Friedbert, das meinen beide, werde in Korneuburg wahrscheinlich schon fast wie ein Heiliger verehrt, als der Mann, der das Blutwunder entdeckt hat.

»Wenn es so gewesen ist«, hat der Geni das nächste Stück zu der Geschichte hinzugefügt, »wenn er die Hostie nicht selber dort hingelegt hat. Schließlich hat die ganze Sache ihm am meisten in die Tasche gespielt.«

Das könne man nicht mit Sicherheit wissen, hat der Stoffel widersprochen und hat für diese Ereignis-Scherbe einen anderen Platz gesucht. Es sei zwar denkbar, dass das Wunder gar kein Wunder gewesen sei, sondern ein Betrug, ihm persönlich scheine das sogar wahrscheinlich, denn so etwas, habe er munkeln hören, solle auch schon an anderen Orten vorgekommen sein, aber aus der Entfernung einen Schuldigen ausmachen zu wollen, das sei nicht möglich, es könne auch jemand ganz anderes dahinterstecken, von dem der Halbbart nichts gewusst habe oder nichts gesagt. Und wieder der Geni: Der Vikar sei aber doch am wahrscheinlichsten, gerade weil er Vikar sei. Es komme ja nicht einfach jeder an eine Hostie heran, man könne sich die nicht selber backen oder auf dem Markt kaufen. Auch dass sie wirklich geblutet habe, wolle nur dieser Vikar gesehen haben, vielleicht sei es in Wirklichkeit nur Tierblut gewesen, heimlich daraufgeschmiert. Es könne durchaus auch Menschenblut gewesen sein, hat der Stoffel gemeint, vielleicht habe sich jemand selber in den Finger geschnitten oder in den Arm und das Blut auf die Hostie tropfen lassen. Man hätte den Vikar untersuchen müssen, ob irgendwo an ihm ein Schnitt sei, aber es hatte wohl keiner gewagt, den Vorschlag zu machen.

»Und wenn es doch ein Wunder gewesen ist?«, hat das Kätterli gefragt. Man könne das nicht ausschließen, hat ihr Vater geantwortet, aber richtige Wunder seien selten. Wenn ihm einer erzähle, sein Pferd habe mitten in der Nacht Flügel bekommen und sei davongeflogen, dann glaube er doch eher, der Besitzer habe es heimlich verkauft.

Item.

Der Vikar Friedbert, das wussten wir vom Halbbart, hat ein so lautes Geschrei gemacht, dass die ganze Stadt zusammengelaufen ist, er hat den Leuten gesagt, die Hostie sei gestohlen worden und geschändet, jemand habe mit einem Messer hineingestochen oder einen Nagel hineingeschlagen. Man wisse ja, dass es Ketzer gebe, Teufelsknechte, die sich geweihte Hostien beschaffen und die dann zerschneiden oder zerstechen, weil sie in ihrem Hass den Heiland noch einmal und noch einmal töten wollen. Wenn die Hostie dann blute, sei das zwar ein großes Wunder, aber ein logisches, weil so eine Hostie ja der Leib Christi sei.

Der Stoffel meint, der Vikar werde auch gleich dazugesagt haben, wer seiner Meinung nach die Schändung begangen habe, aber da hat ihm der Geni widersprochen. Es sei viel überzeugender, wenn man den Leuten so etwas nicht direkt sage, sondern sie selber daraufkommen lasse. Wenn der Schnee klafterhoch liege, könne ein Vogelschiss genügen, um eine Lawine auszulösen, und wenn sich der Vikar die ganze Geschichte ausgedacht habe, dann werde er auch schlau genug gewesen sein, in diesem Punkt nur Andeutungen zu machen.

So oder so, haben sich die beiden die Geschichte weiter zusammengesetzt, würden die Leute in Korneuburg bald gewusst haben, wer der Schuldige war oder die Schuldigen, denn da gab es doch ja auch noch einen Samuel und eine Rebekka. Der Geni hat die Namen mit dem zusammengebracht, was er bei ihrem allerersten Gespräch vom Halbbart erfahren hatte, und hat gemeint, der Samuel müsse ein Nachbar gewesen sein und die Rebekka ein Mädchen. »Etwa so alt wie dein Bruder«, hat der Halbbart damals gesagt. Vielleicht sei das eine Tochter von diesem Samuel gewesen, hat der Stoffel gewerweißt, aber der Geni hat den Kopf geschüttelt und gemeint: »Oder die Tochter von jemand anderem.« Und dann haben sie beide eine Weile geschwiegen. Gedacht haben wir alle dasselbe, nur hat es keiner aussprechen wollen. Aber es kann eigentlich nicht anders sein, dafür passt alles zu gut zusammen. Er habe einmal einen Menschen gekannt, der Walderdbeeren noch lieber gehabt habe als er selber, hat mir der Halbbart erzählt, aber diesen Menschen habe er verloren.

Damals habe ich es nicht verstanden.

Die Leute in Korneuburg hatten also den Schuldigen gefunden. Die Hostie hatte auf der Schwelle vom Halbbart seinem Haus gelegen, und darum musste sie auch vom Halbbart geschändet worden sein.

Ich hätte mich nicht getraut, mich in das Gespräch von den beiden Großen einzumischen, aber das Kätterli ist da anders als ich, mehr wie eine Erwachsene, wahrscheinlich weil sie schon so lang ihre Mutter hat ersetzen müssen. Die

Überlegung leuchte ihr nicht ein, hat sie gesagt, wer ein Verbrechen begehe, werde ja nicht so dumm sei, den Beweis dafür vor das eigene Haus zu legen oder ihn sich aus Versehen aus der Tasche fallen zu lassen. »Wenn ich einen Beutel voller Gold gestohlen hätte«, hat sie gesagt, und obwohl mir nicht ums Lachen war, habe ich über die Vorstellung lachen müssen, »dann würde ich den bestimmt nicht in einer Tasche herumtragen, die ein Loch hat.«

Der Stoffel war nicht böse über ihr Hineinreden, sondern hat sogar genickt und gesagt, das sei ein guter Einwand. Es müsse da noch etwas anderes geben, etwas, von dem der Halbbart nichts erwähnt habe, vielleicht habe er früher einmal etwas angestellt, das man ihm damals nicht habe beweisen können, von dem aber alle Leute in der Stadt gewusst hätten. Von irgendwoher, es könne gar nicht anders sein, müsse er schon vorher einen schlechten Ruf gehabt haben, irgendeinen Grund müsse es gegeben haben, warum die Leute so schnell geglaubt hätten, er müsse der Schuldige sein und sonst niemand.

»Und warum hat man dann auch seinen Nachbarn verbrannt?«, hat das Kätterli gefragt. »Und warum ein kleines Mädchen?« Sie hat keine Antwort bekommen, sondern eine ganze Weile lang waren alle still. Nur die Stubenfliege ist immer noch weiter gegen die Schweinsblase geflogen.

Der Geni war der Erste, der wieder etwas gesagt hat. »Es gibt nur eine Erklärung«, hat er gemeint. Er könne seine Vermutung nicht beweisen, und den Halbbart danach fragen wolle er schon gar nicht, aber wenn man aus zwei und zwei fünf machen wolle, dann müsse man eben noch einmal eins dazuzählen, da passe keine andere Zahl, ob das einem nun gefalle oder nicht. Damit man jemanden in einer Sache für schuldig halte, hat er weiter erklärt, müsse der dafür nichts angestellt haben, es genüge, wenn er die Art Mensch sei, dem man so etwas zutraue, und wem traue man zu, eine Hostie zu schänden?

»Du meinst …?«, hat der Stoffel nach einer Pause gefragt, und der Geni hat genickt und gemeint, ein anderer Schuh passe nicht an diesen Fuß.

»Das sieht man ihm aber nicht an«, hat der Stoffel gesagt.

»Wie soll man es ihm denn ansehen?«, hat der Geni gefragt. »Sie haben ja keine Hörner und keine Bocksfüße.«

Ich habe nicht verstanden, was sie meinen, und das Käterli auch nicht. Aber mir ist, ich weiß nicht, warum gerade in diesem Moment, etwas durch den Kopf gegangen, was mir der Halbbart einmal über seine Familie erzählt hat. »Irad zeugte Mahujael, Mahujael zeugte Methusael, Methusael zeugte Lamech.«

»Es könnte so sein«, hat der Geni gesagt.

Der Stoffel ist aufgestanden und hat mit einer schnellen Bewegung die Fliege eingefangen und in seiner großen Hand zerquetscht. Dann hat er die Hand an seinem Kittel saubergerieben und gesagt: »Man wird ihm wohl einmal beim Seichen zusehen müssen.«

Das sechsunddreißigste Kapitel

in dem es keine Rebekka gibt

Der Halbbart ist mehr als eine Woche nicht wiederaufgetaucht, niemand hat gewusst, wo er sich versteckt. In seinem Haus ist er die ganze Zeit nicht gewesen. Er wird sich irgendwo herumgetrieben haben, fern von allen Leuten; wenn man sich neu zusammensetzen muss, will man dabei von niemandem gestört werden. Wir haben nicht nach ihm gesucht, denn wenn er nicht gefunden werden will, dann wird er nicht gefunden, das hat er als Flüchtling lang genug geübt. Und dann, am Sonntag, als der Stoffel, das Kätterli und ich aus der Messe gekommen sind, stand er plötzlich unter den anderen Kirchgängern und hat auf uns gewartet. Bei der Messe hat er seinen Platz immer ganz zuhinterst, bei den Bettlern, die sich schon vor dem letzten Amen aus der Kirche drängen, um die Leute gleich vor der Türe mit ausgestreckten Händen abpassen zu können; es heißt, dass die Bereitschaft zur Wohltätigkeit mit jedem Schritt von der Kirche weg abnimmt. Der Stoffel sagt, auch das passt zu dem, was er vom Halbbart vermutet, aber er hat es nicht erklären wollen.

Der Halbbart stand einfach da, und es war nichts Besonderes an ihm, außer seinem verbrannten Gesicht natürlich, und daran ist man gewöhnt. Er wolle nur nachsehen, ob das Kätterli und ich im Schachzabel Fortschritte gemacht hätten, hat er gesagt, und wenn ihn der Stoffel zum Zmorgen einladen wolle, habe er nichts dawider. Es ist seltsam: Wenn man über einen Menschen etwas Neues erfahren hat, erwartet man, dass der sich auch äußerlich verändert haben müsse, dabei sind die Sachen ja nicht neu in ihn hineingekommen, man hat sie nur nicht gewusst. Am Halbbart war keine Veränderung, keine, die ich habe feststellen können, eher schon am Stoffel, der ihn gegrüßt hat wie einen Fremden. Aber das kann wegen der Leute gewesen sein, zu Hause wäre es vielleicht anders gewesen.

Am Tisch ist das Gespräch dann nicht richtig in Fahrt gekommen, der Stoffel redet sowieso nie viel, wenn er am Essen ist, und der Halbbart hat hintereinander vier Schüsseln Brei in sich hineingelöffelt, so gierig, als ob er ein paar Tage nichts gegessen hätte. Vielleicht ist das ja auch wirklich so gewesen. Er hat mir einmal gesagt: »Auch Hunger ist etwas, das man üben kann.« Das Kätterli ist aber eine Plaudertasche und verträgt Schweigen schlecht. Sie hat angefangen, von einer Bauersfrau zu erzählen, die ihr auf dem Markt ein Huhn als völlig gesund habe verkaufen wollen, dabei habe man auf den ersten Blick sehen können, dass es am Pips verreckt sei, aber sie hat sich nicht einmal selber zugehört.

Nach dem Essen hat der Halbbart vorgeschlagen, das Kätterli und ich sollten einen Schachzabel-Krieg führen, er wolle dabei zusehen, dann merke er am besten, ob wir fleißig geübt hätten. Der Stoffel hat nicht dabeibleiben wollen, er habe noch nie verstanden, warum ein vernünftiger Mensch seine Zeit mit solchen Sachen vertue, aber er wolle es auch nicht verboten haben. Er gehe schon mal in die Werkstatt, dort lasse sich am besten nachdenken, der Halbbart könne ja nachkommen. Ich hatte Angst, dass ich mich blamieren würde, das Kätterli hat schon mehr als einen Krieg gegen mich gewonnen, aber heute war sie nicht bei der Sache, und ich habe ihr schon bald beide Elefanten wegnehmen können, und mir hat nur ein Ross gefehlt. Irgendwann hat sie ihren König neben das Schlachtfeld gestellt, was bedeutet, dass sie den Feldzug verloren gibt, und hat den Halbbart gefragt: »Wer ist Rebekka?« Einfach so, prätsch heraus. Ich hätte mich das nicht getraut.

Der Halbbart hat eine Figur in die Hand genommen – es war die weiße Königin, aber ich glaube, es hätte auch jede andere sein können –, hat sie nahe vor sein Auge gehalten und mit dem Daumennagel an ihr herumgekratzt, als ob er einen Fehler entdeckt hätte. Dann hat er tief eingeatmet und gesagt: »Es gibt keine Rebekka. Ich habe mir den Namen ausgedacht, wie man sich eine Geschichte ausdenkt. Es hat nie jemand so geheißen, außer in der Bibel natürlich, wo sie die Kamele getränkt hat und dafür den Isaak zum Mann bekommen. Meine Rebekka hat keinen Mann, denn sie ist immer ein Mädchen geblieben, ihr ganzes Leben lang, sie ist nicht älter geworden und hat sich nicht verändert, so wie ein Engel auf einem Heiligenbild auch immer der gleiche bleibt, nur die Leute, die vor dem Bild ihre Gebete sprechen, bekommen Runzeln und weiße Haare, und irgendwann sterben sie. Meine Rebekka wird nie sterben.

»Nie!«, hat er wiederholt, in einem Ton, als ob er sagen wollte: »Wer mir widerspricht, bekommt Krach mit mir.« Dann hat er aber ganz friedlich weitergeredet. »Du, Kätterli«, hat er gesagt, »bist die Tochter von einem Schmied, und deshalb musst du wissen, dass Eisen immer härter wird, je öfter es durchs Feuer gegangen ist. Mit jedem Schlag, den der Hammer darauf tut, bekommt es mehr Kraft. Genauso ist es mit meiner Rebekka. Nichts und niemand kann ihr etwas antun. Nichts und niemand.

»Meine Frau«, hat er gesagt, »denn auch ich habe einmal eine Frau gehabt, ist früh gestorben, an einem Fieber, gegen das niemand ein Mittel gewusst hat. Es gibt Krankheiten, die machen ihre Opfer hässlich, manchmal schon in wenigen Tagen und jede auf andere Art, aber ihr Fieber war keines von der Sorte. Als ich sie in ihr Grabtuch gewickelt habe, war sie so schön, wie sie immer gewesen war, man konnte nicht glauben, dass sie zum letzten Mal geatmet hatte. Damals habe ich mich noch nicht für die Medizin interessiert, das ist erst später gekommen. Wegen ihrer Krankheit ist es gekommen. Ich war noch in dem Alter, in dem man sich für unsterblich hält. Sich selber und alle, die man liebt. Aber niemand ist unsterblich.«

Er hat die Schachzabel-Königin vorsichtig auf den Tisch zurückgestellt und ist mit den Fingerspitzen darübergefahren, als ob er sie streicheln würde. »Am liebsten hätte ich auch die Augen geschlossen«, hat er gesagt, »am liebsten wäre ich zu meiner Frau in dieses Tuch hineingekrochen, ich hätte sie umarmt, und man hätte uns gemeinsam in die Erde legen können, aber da war Rebekka, und ich durfte sie nicht verlassen.«

»Also doch nicht nur ausgedacht«, hat das Kätterli gesagt. Ich will sie nicht kritisieren, wirklich nicht, sie ist ein wunderbarer Mensch, aber manchmal merkt sie nicht, dass es Dinge gibt, die man besser nicht aussprechen sollte. Oder nicht so direkt. Aber vielleicht bin ich einfach nur zu feige, zu sehr ein Finöggel, um es so zu machen wie sie, und sollte ihr keine Vorwürfe machen, sondern sie bewundern. Der Halbbart hat ihr die Frage nicht übelgenommen, sondern hat gelächelt, dieses Lächeln, das einen ganz traurig machen kann, und hat gesagt: »Zwischen ausgedacht und wirklich ist gar nicht so ein großer Unterschied. Hast du einmal einen Hund gehabt?«

Das Kätterli ist ob dieser plötzlichen Frage richtiggehend aus dem Gleichgewicht gekommen, sie hat sich sogar am Tisch festhalten müssen. Sie kennt den Halbbart noch nicht so lang, wie ich ihn kenne, und ist noch nicht daran gewöhnt, dass er in seinen Gedanken manchmal einen Sprung macht, quasi ins Leere hinaus, so dass man erst hinterher versteht, manchmal erst nach Tagen, dass da schon ein Zusammenhang gewesen ist, man hat es nur nicht gemerkt. Er hat auch gar nicht auf eine Antwort gewartet, sondern hat weitererzählt.

»Mir ist einmal einer zugelaufen«, hat er gesagt, »so eine hässliche Gassenmischung, wo man denkt, die Mutter könnte auch eine Ratte gewesen sein. Vielleicht hat er gemerkt, dass er in meinem Haus nicht getreten werden würde und nicht geschlagen, vielleicht hat er auch nur die Suppe gerochen, die auf dem Tisch stand, egal, eines Tages ist er einfach durch die Tür geschlüpft und nie wieder weggegangen. Ich habe ihm keinen Namen gegeben, denn er war nur zu Besuch und hat mir nicht gehört. Zur selben Zeit hatte ich auch eine Katze, und die beiden sind gut miteinander ausgekommen, nur um den besten Platz am Feuer haben sie sich manchmal gestritten. Es ist bei den Tieren wie bei den Menschen: Wenn man sie nicht aufeinanderhetzt, tun sie sich nichts. Die Katze hat dann Junge bekommen, und ein paar Tage später wurde sie von jemandem auf der Gasse mit einem Stein erschlagen, ohne Grund, nur so zum Spaß. Die Kätzchen waren noch blind, und ich habe sie zu dem Hund in den Korb gelegt, ohne viel zu überlegen. Sie haben gleich angefangen an ihm zu saugen, obwohl da natürlich keine Nahrung gekommen ist, für die habe schon ich sorgen müssen. Ich habe Tuchfetzen in Milch getaucht und ihnen in die Mäuler gestopft, aber gewärmt und geleckt hat sie der Hund. Ich bin sicher: Nach ein paar Tagen hat er schon selber geglaubt, er sei ihre Mutter. Ja, das wollte ich euch erzählen.«

Das Kätterli ist bestimmt klüger als ich, aber von Geschichten versteht sie nichts. Als ich ihr damals von der Berenike und ihren Haaren erzählt habe, hat sie auch nur wissen wollen, warum das Mädchen die Haustür nicht besser versperrt habe, was ja nun wirklich der unwichtigste Teil war. Auch jetzt hat sie nicht verstanden, was der Halbbart mit seiner Erzählung hat sagen wollen, sondern hat gefragt: »Aber Rebekka? Was ist mit Rebekka?«

»Ich habe sie mir ausgedacht«, hat der Halbbart geantwortet. »Alles an ihr habe ich mir ausgedacht. Ihre dunklen Augen und die Haare, die sich nicht kämmen ließen, wenn das Wetter nur ein kleines bisschen feucht war. Wie sie geblinzelt hat, wenn sie am Morgen aufgewacht ist, und wie sie sich die Ohren zugehalten hat, wenn sie etwas nicht hören wollte. Die Zahnlücke, die von einem Sturz gekommen ist, habe ich mir ausgedacht, und auch, dass dort, wenn sie über etwas gestaunt hat, ihre Zungenspitze aufgetaucht ist, wie ein neugieriges kleines Tier. Ihre Hände habe ich mir ausgedacht, die alles angefasst haben, was es anzufassen gab, denn ich hatte sie als ein neugieriges Kind erfunden, das die Welt verstehen wollte. Einmal hat sie eine lebende Schlange nach Hause gebracht, die hatte sich ihr um das Handgelenk gewickelt, und ich bin erschrocken, weil ich einen Moment lang gedacht habe, es ist eine Kreuzotter. Es war aber nur eine harmlose Ringelnatter, und ich habe ihr erklären können, dass man immer auf die Pupillen schauen muss, wenn die rund sind, hat eine Schlange kein Gift. Und Rebekka hat gesagt: ›Ich bin froh, dass die Menschen auch runde Pupillen haben.‹ Aber Menschen sind gefährlicher als Schlangen. Wenn Rebekka älter geworden wäre, hätte ich ihr das beigebracht. Sie ist aber nicht älter geworden, sondern bleibt immer gleich alt.

»Es kann ihr nie etwas Böses geschehen, nie, nie, niemals. Wenn jemand einen Stein auf sie wirft, geht der Stein durch sie hindurch wie durch einen Nebel, und wenn jemand sie ertränken will, schwimmt sie einfach davon, weil sie nämlich auch unter Wasser atmen kann. Wenn man davonfliegen muss, kann sie fliegen, und wenn man unsichtbar werden muss, wird sie unsichtbar. Sie wird nie sterben, meine Rebekka, so habe ich sie mir ausgedacht, und darum ist es so. Sie ist nicht immer bei mir, weil sie ja die Welt entdecken muss, aber manchmal besucht sie mich. Sie erzählt mir, was sie erlebt hat, und in ihren Geschichten scheint immer die Sonne. Sie hat Freunde in vielen Ländern, denn ich habe sie mir so ausgedacht, dass jeder sie gernhaben muss. Manchmal musiziert sie mit ihren Freunden, und wenn der richtige Wind weht, kann ich die Melodien hören. Nur von weit weg, aber ich kann sie hören.

»Es ist gut, dass Rebekka nur ausgedacht ist und nicht wirklich«, hat der Halbbart gesagt, »denn wenn sie wirklich wäre, könnten ihr die Menschen etwas antun. Sie könnten sie packen mit vielen Händen, sie könnten sie an einen Pflock binden, sie könnten Holz um sie herum aufschichten, Reisig und Äste und abgebrochene Stuhlbeine, und sie könnten …«

Er hat nicht weitergesprochen, sondern hat die Schachzabel-Königin wieder in die Hand genommen und lang angeschaut. Dann hat er sie zurückgelegt und zum Kätterli gesagt: »Weißt du, warum du deine Elefanten verloren hast? Weil du den Krieg geführt hast, als ob dir nie etwas passieren könnte. Es kann einem aber immer etwas passieren, das musst du dir merken. Immer.« Er ist aufgestanden und hat sich mit beiden Händen den Hinterkopf gerieben, wie ich es auch manchmal mache, wenn ich am Morgen noch nicht richtig wach bin, er hat sich gereckt und gedehnt, und dann ist er hinausgegangen.

Das Kätterli hat ihm lang nachgesehen, und dann hat sie gemeint: »Und ich glaube doch, dass es diese Rebekka wirklich gegeben hat.«

Das siebenunddreißigste Kapitel
in dem der Onkel Alisi aus dem Krieg zurückkommt

Am letzten Sonntag hatte der Stoffel nach dem Essen gesagt, er gehe nur kurz in die Werkstatt, ein bisschen aufräumen. Er sagt das jede Woche, und ich weiß nicht, warum er diese Ausrede braucht, vielleicht, weil er einfach nicht zugeben mag, dass auch der stärkste Mann einmal müde wird. Dabei wissen das Kätterli und ich genau, dass er dann nicht aufräumt, sondern sich für ein Stündchen auf meinen Strohsack legt; er meint, wir merken es nicht, dabei hört man sein Schnarchen durch das ganze Haus. An diesem Sonntag hat er nicht lang schlafen können, weil jemand gegen die Türe der Werkstatt gepoltert hat, nicht angeklopft wie ein vernünftiger Mensch, sondern mit den Fäusten dagegen geschlagen und dann, als nicht sofort aufgemacht wurde, auch noch mit den Füßen getreten. Ich bin erschrocken und beim Kätterli, das am Spinnen war, hat der Wirtel aufgehört sich zu drehen. Bei einem Schmied ist so ein ungeduldiger Besucher etwas Ungewöhnliches, er ist ja nicht die Kräuterfrau, die von einem Moment auf den anderen gebraucht wird, wenn ein Kind mit Geborenwerden nicht warten will. Dann haben wir zuerst die Stimme vom Stoffel gehört, nicht sehr freundlich, das kann man auch nicht erwarten, wenn einen jemand aus dem Schlaf reißt, und dann eine zweite, tief und rauh und kratzig, man hat nicht gut verstanden, was sie gesagt hat, aber es war die Stimme eines Menschen, der es gewohnt ist, dass andere vor ihm Angst haben. Der Stoffel hat sich aber nicht einschüchtern lassen, sondern hat gemeint, die Schmiede sei geschlossen und bleibe es auch; wenn es um ein verlorenes Hufeisen gehe, solle der Reiter sein Ross halt bis zum nächsten Morgen auf dem Buckel herumtragen, dann stehe er wieder zur Verfügung. Die fremde Stimme hat etwas geantwortet, das war mehr ein Gebell als ein Reden, und es ist noch eine ganze Weile so zwischen den beiden hin- und hergegangen. Ich habe zuerst gedacht, ein Betrunkener hat sich in der Türe geirrt, aber dann hat der Fremde meinen Namen gesagt, man konnte ihn deutlich verstehen, nicht Gottfried, sondern meinen richtigen Namen. Mit dem Eusebius wolle er reden, hat er geschrien, so laut, dass man es im halben Ort hat hören können, und zwar jetzt und sofort, sonst werde er ungemütlich. Der Stoffel hat ihn schließlich hereingelassen, nicht weil er Angst vor ihm gehabt hätte, so etwas kennt er überhaupt nicht, sondern weil er falschen Ohren kein Futter liefern wollte. Es darf keiner wissen, dass ich eigentlich der Eusebius bin und aus dem Kloster weggelaufen.

Der Fremde ist die Treppe heraufgestampft, mit einem richtigen Soldatenschritt, als ob er nicht ein Einzelner wäre, sondern ein ganzer Trupp. Als er ins Zimmer gekommen ist, hat das Kätterli einen Schrei getan, so sehr ist sie erschrocken. Der Mann war nicht ganz so groß wie der Stoffel, aber viel hat nicht gefehlt, und über das ganze Gesicht hatte er eine tiefe Narbe, von der Stirn bis zum Kinn, und das eine Auge war mit einer Klappe verdeckt. Um den Kopf hatte er ein Tuch gewickelt wie einen Verband, und darin steckte die Schwanzfeder von einer Elster. Das hat ihn noch unheimlicher gemacht; unsere Mutter hat immer gesagt, die Elster ist ein Teufelstier. Ein buntes Wams hat er angehabt, aber seine Beinlinge waren unten nur mit Stroh zugebunden, nicht wie bei reichen Leuten, und in einem Bein war ein Schranz. Der Mantel war ihm zu klein, als ob er ihn jemand anderem weggenommen hätte.

Der Mann hat die Hände nach mir ausgestreckt, ich habe an den Menschenfresser denken müssen, von dem das Teufels-Anneli einmal erzählt hat, er hat mich gepackt und hochgehoben, als ob ich überhaupt nichts wiegen würde, hat mich an sich gedrückt, dass mir die Luft weggeblieben ist, nach Branntwein hat er gerochen und nach Schweiß. Das hat mich an etwas erinnert, ich konnte nur nicht sagen, an was. Dann hat er gerufen: »Eusebius! Mein kleiner Eusebius!«, und da habe ich wieder gewusst, wer er ist: Der Onkel Alisi, der zu den Soldaten gegangen ist.

Wenn man sich einmal gewöhnt hat, versteht man ihn ganz gut, er spricht zwar undeutlich, aber nicht, weil er betrunken ist – obwohl: So richtig nüchtern ist er auch nie –, sondern weil er auf der einen Seite, dort wo die Narbe ist, keine Zähne mehr im Mund hat. Seine Verwundung hat er in Rom bekommen, sagt er, und obwohl ich später gemerkt habe, dass bei ihm immer alles größer und lauter sein muss als bei anderen Leuten, glaube ich ihm das, er hat so viel erlebt und gesehen, dass er es nicht nötig hat, zu übertreiben und Rom zu sagen, wenn es in Wirklichkeit nur ein unwichtiges Dorf gewesen ist. Er sei damals in Diensten vom

König Heinrich gestanden, der leider am Wechselfieber gestorben sei, sagt er, der sei nach Italien gezogen, um sich zum Kaiser krönen zu lassen, da habe er einen anständigen Trupp Soldaten als Begleitung gebraucht. Sie seien auch bis Rom gekommen, aber dort hätten sich ihnen auf dem Weg nach St. Peter fremde Söldner in den Weg gestellt, und da sei es dann eben passiert. »Es war keine Schlacht«, sagt der Onkel Alisi, in einem Ton, als ob er sich dafür schämen müsste, »noch nicht einmal ein richtiges Gefecht, wie ich viele mitgemacht habe, sondern nur eine Rangelei, aber eine Streitaxt ist eine Streitaxt, und wenn sie einen erwischt, muss man dankbar sein, wenn man nicht gleich ganz liegen bleibt. So ein Soldatenleben ist wie jeden Tag mit dem Tod würfeln, und früher oder später kommen die Würfel halt falsch aus dem Becher. All die Jahre ist es gutgegangen, mehr als ein Kratzer ist nie gewesen, und dann passt man einen Moment lang nicht auf, oder der Schutzengel hat an dem Tag keine Lust, und schon hat man einen Kopf wie ein gespaltenes Markbein.« Einen Moment lang hat er die Klappe über seinem Auge gelüftet, darunter war ein rotes Loch. Zuerst habe ich gedacht, es blutet dort heraus, aber das war nur Einbildung.

Die auf der anderen Seite seien Walliser gewesen, hat er weitererzählt, er habe sie zwar nicht reden hören, aber sie hätten alle Kröpfe gehabt, das sei bei denen wie ein Abzeichen. Besonders gute Kämpfer seien sie nicht, seine Kameraden hätten sie schnell vertrieben, und die Kaiserkrönung habe dann in St. Peter stattgefunden, aber da sei er nicht mehr dabei gewesen, und auch den Ehrensold, der danach an alle verteilt wurde, habe er verpasst. Dafür habe er sein ganzes Geld den Nonnen abliefern müssen, die ihn gesundgepflegt hätten, sie redeten zwar von Gotteslohn, aber wie man eine irdische Rechnung aufmache, wüssten sie doch auch. Vor dem Tod hätten sie ihn gerettet, das müsse er zugeben, aber manchmal frage er sich, ob das nicht ein schlechtes Geschäft gewesen sei, so, wie er jetzt aussehe. Das einzige Geld, das er noch habe, stecke in seinem Kopf, dort habe man ihm das Loch im Schädelknochen mit einer Goldmünze zugemacht, die sei jetzt in ihn eingewachsen. Alles, was er in so vielen Jahren in den verschiedensten Diensten gespart habe, sei futsch und fort, und Arbeit finde er als Einäugiger auch keine mehr. Er sei nur noch ein halber Soldat, so wie der Geni auch nur noch ein halber Mensch sei, einbeinig, wie er ihn angetroffen habe. Das sei eine traurige Überraschung gewesen, sagte er, da komme man in sein Dorf zurück, erwarte, alles so zu finden, wie man es früher gehabt habe, und dann sei dort alles anders, die Schwester auf dem Gottesacker, der älteste Neffe mit einem falschen Bein und der jüngste irgendwo versteckt. Nur der Polykarp sei immer noch exakt so, wie er ihn schon als Buben gekannt habe, ein Dreinschüüssi und Plagööri, die Sorte selbsternannter Held, die kein Kommandant gern in seinem Harst habe, weil solche Leute meinen, Krieg sei eine fröhliche Prügelei, dabei sei es ein ernsthafter Beruf, den man so sorgfältig erlernen müsse wie das Kappenmachen oder das Gürtlern. Der Poli habe ihm zuerst nicht verraten wollen, wo ich stecke, aber aus solchen Großmäulern sei eine Antwort leicht herauszuschütteln, und so sei er gleich nach Ägeri losmarschiert, ich sei schon immer sein Lieblingsneffe gewesen, und jetzt, wo er heimgekommen sei, wolle er seine Leute beieinanderhaben oder doch das, was von ihnen übrig sei. Schließlich sei er der Älteste der Familie und auch der mit der meisten Erfahrung, und darum wolle er jetzt das Regiment übernehmen, das Befehlen sei er gewohnt, und uns Jungen werde er das Gehorchen schon beibringen.

Das ist alles richtiggehend aus ihm herausgesprudelt; er wird auf dem langen Fußweg von Rom bis nach Hause nicht viel Gelegenheit gehabt haben, mit anderen Leuten zu reden. Seine Hand ist die ganze Zeit auf meiner Schulter gelegen, nicht so wie beim Geni, wenn er sich manchmal auf mich stützt, sondern wie man einen Gefangenen festhält. Dabei glaube ich, dass der Alisi es auf seine Art gut meint, ich bin nur nicht sicher, ob seine Art auch für die Menschen um ihn herum gut ist. Ein höflicher Mensch ist er jedenfalls nicht. Den Stoffel, der doch hier der Hausherr ist, hat er einfach beim Eingang stehenlassen, und das Kätterli hat er überhaupt nicht beachtet oder doch nicht sofort. Erst als er seine ganze Geschichte schon erzählt hatte, hat er eine Verbeugung vor ihr gemacht, auf eine Art, wie ich es noch nie bei jemandem gesehen habe, ein Bein hinter das andere gestellt, eine Hand auf dem Herzen und mit dem anderen Arm eine komplizierte Figur in die Luft gezeichnet. *»Bella figliola«*, hat er gesagt, ich weiß nicht, was das bedeutet, aber ich glaube, es ist ein Kompliment. Er hat gemeint, er sei jetzt ein paar Jahre in Italien gewesen und habe dort andere Gewohnheiten kennengelernt, als sie hierzulande der Brauch seien. Auf der sonnigen Seite des Gotthards sei es üblich, dass man einem Gast etwas zu trinken anbiete, vor allem, wenn es etwas zu feiern gebe, und er wisse nicht, was mehr Grund zum Feiern sein könne, als wenn ein Onkel nach vielen Jahren seinen Lieblingsneffen wiederfinde. Das Kätterli hat ihren Vater fragend angesehen, der Stoffel hat genickt, und sie ist hinausgegangen.

»Deine Tochter?«, hat der Alisi gefragt, und als der Stoffel ja gesagt hat, hat er sein gesundes Auge zugekniffen und gesagt, da würde wohl schon jeden Tag ein Möchtegern-Bräutigam vor der Türe stehen, so hübsch, wie das Mädchen sei. Der Stoffel hat gelacht und gemeint, dafür sei das Kätterli noch viel zu jung, und der Alisi hat gesagt: »Die jüngsten Hühner geben den knusprigsten Braten.« Das hat der Stoffel aber nicht lustig gefunden.

Die beiden Männer haben dann zusammen Wein getrunken. Der Alisi hat den ersten Becher in einem Zug in sich hineingeschüttet, den Kopf nach hinten gelehnt, man hat sehen können, wie das Apfelstück, das seit der Vertreibung aus dem Paradies alle Männer im Hals haben, auf und ab gegumpt ist. Er hat sich dafür entschuldigt, das sei bei ihm halt die Gewohnheit, bei den Soldaten gelte jeder als Jämmerling, der beim Trinken auch nur einmal absetze oder einen Tropfen übriglasse. Wein trinke man im Dienst übrigens immer nur an friedlichen Tagen, davon gebe es auch auf Feldzügen mehr, als man denken würde, er mache einen unvorsichtig. Er könne sich an einen Kameraden erinnern, einen aus Uri, der habe sich im Suff den eigenen Spieß in den Fuß gestochen und sei eine Woche später an der Entzündung gestorben. Vor Schlachten gebe es Branntwein, das stehe einem zu und sei auch nützlich, weil es mutig mache. Einmal, er wisse nicht mehr, ob das noch bei Mailand oder schon vor Cremona gewesen sei, sei einer vom

Branntwein so übermütig geworden, dass er einem Gegner nicht nur den Bauch aufgeschlitzt habe, sondern ihm mit bloßen Händen die Eingeweide …

Der Stoffel hat ihn unterbrochen und gesagt, solche Sachen erzähle man nicht, wenn das Kätterli und der Gottfriedli dabei seien.

Der Alisi war mit dem Namen Gottfriedli nicht einverstanden und hat schon wieder angefangen zu schreien, ich heiße Eusebius und nicht anders, in aller Teufel Namen, es sei ihm furzegal, wenn ganz Ägeri das höre, in unserer Familie habe sich noch nie jemand verkriechen müssen, und jetzt, wo er das Sagen habe, werde es damit ganz schnell ein Ende haben. Es hat sich dann herausgestellt, dass er gar nicht so genau wusste, was in Einsiedeln vorgefallen war, der Poli hatte ihm nur ganz allgemein gesagt, es habe im Kloster ein Problem gegeben, und ich musste ihm erst einmal die ganze Geschichte erzählen. Das Kätterli, die doch alles schon wusste, hat überrascht getan, mit »Das ist ja furchtbar!« und »Ach, du Armer!«. Frauen sind schlauer als Männer.

Der Onkel Alisi und der Stoffel haben dann noch mehr Wein getrunken, und es war, als ob wir alle miteinander verwandt wären.

Das achtunddreißigste Kapitel
in dem ein Schneemann gefoltert wird

Unterdessen hatte es draußen zu schneien angefangen wie verrückt, auch dunkel ist es schon geworden, und der Stoffel wollte nicht zulassen, dass der Onkel Alisi sich noch auf den Heimweg ins Dorf mache, das sei zu gefährlich. Der Alisi hat zwar gespottet, so ein paar Schneeflocken würden wohl auch nicht gefährlicher sein als ein Harst Mailänder mit ihren Streitkolben, aber er hat sich dann doch zum Bleiben überreden lassen. Es müsse niemand seinen Strohsack für ihn hergeben, hat er gesagt, im Feldlager habe einen auch niemand in den Schlaf gesungen. In dieser Nacht haben der Stoffel und er beide so laut geschnarcht, dass man hätte meinen können, es sei ein Wettkampf, wer es lauter kann.

Am Morgen ist der Onkel Alisi ganz früh in die Werkstatt gekommen und hat mich wachgerüttelt. Der Schnee habe ihm in Italien am meisten gefehlt, hat er gesagt, der und das spezielle Brot, das es immer nur im Herbst gegeben habe, wenn man den Teig mit Birnenmus streckt, und darum müsse ich jetzt sofort kommen, wir würden zusammen eine Heiligenfigur auf den Vorplatz stellen, wie sie in Ägeri – ach was, von hier bis nach Rom! – noch nie jemand gesehen habe. Der Onkel Alisi macht gern große Worte, ich glaube, er ist ein bisschen verrückt, aber langweilig ist er nicht. Was er in diesem Fall gemeint hat, war keine Heiligenfigur, sondern ein ganz gewöhnlicher Schneemann; der Alisi hat ihm Kieselsteine als Augen eingesetzt, einen Tannzapfen als Nase und zwei Nussschalen als Ohren.

Für ihn war es nicht nur einfach ein Schneemann, sondern jemand, den er gekannt hat. Das sei der Teobaldo Brusati, hat er gesagt, ich solle mir den Namen gut merken, der habe in Brescia die Guelfen gegen den König angeführt, und das sei ihm nicht gut bekommen. Nach der Eroberung der Stadt habe man ihn gefangengenommen und zum Tode verurteilt, aber nicht zum einfachen Hängen oder Kopfabhauen, das wäre zu wenig gewesen für so einen Verräter, die Hinrichtung habe so lang gedauert, dass man sogar eine Pause habe einlegen müssen, weil die Zuschauer Hunger bekommen hätten. Das sei ein Festessen gewesen, wie er nie wieder eines erlebt habe, hat er gesagt und sich den Bauch gerieben; wenn man aus allen Vorräten einer geplünderten Stadt das Beste aussuchen könne, müsse man sich nicht mit Haberbrei begnügen. Er hat mir die Hinrichtung von diesem Brusati ganz genau beschrieben, es war die Art Geschichte, wie man sie dem Teufels-Anneli nicht erlauben würde, wenn die Kinder dabei sind. Aber er hat sie erzählt, als ob das Ganze ein großer Witz wäre, so wie sich die Männer im Dorf manchmal beim Wein etwas ausdenken, das überhaupt nicht geht, und jeder bringt einen noch verrückteren Einfall dazu.

Für die Hinrichtung hat man eine Bühne gebaut, so hoch wie ein Haus, und das ganze Heer ist darum herumgestanden und hat auf das Spektakel gewartet. »Ich in der vordersten Reihe«, hat der Alisi gesagt, »da kannst du sehen, dass dein Onkel nicht einfach ein gewöhnlicher Soldat war.« Die Bühne haben die wichtigen Leute aus dem besiegten Brescia bauen müssen, der Bürgermeister und die vom Rat, man hat ihnen vorher die Kleider abgenommen und sie bei der Arbeit mit Peitschen angetrieben, damit die Zuschauer beim Warten schon eine Unterhaltung hatten. »Das war die Vorspeise«, hat der Alisi gesagt, »so wie man in Italien vor jeder Mahlzeit immer zuerst ein paar Oliven isst, um den Appetit anzuregen.« Ich habe ihn gefragt, was eine Olive ist, aber er hat es mir nicht erklären wollen, dafür sei ein andermal Zeit. Schließlich habe man den Brusati gebracht, und dazu habe die Musik gespielt, einen feierlichen Marsch, wie wenn der König selber einziehen würde. Der sei bei der Hinrichtung aber nicht dabei gewesen, nur ein paar von seinen Verwandten. Um den Gefangenen zu verspotten, hätten die sich vor dem Brusati verneigt bis zum Boden, und die ganzen Truppen hätten es ihnen nachgemacht. Der Alisi hat mir noch einmal die seltsame Verbeugung vorgeführt, mit der er das Kätterli begrüßt hatte, und hat gesagt, die werde er mit mir üben; wenn man es mit mehrbesseren Leuten zu tun habe, mache das einen guten Eindruck. Aber jetzt wolle er mir erst einmal erzählen, was man mit dem Verurteilten alles angestellt habe. Man habe ihn auf die Bühne geschleppt und an einen Pfahl gebunden, dann hätten die Trommler einen Wirbel geschlagen, und die Hinrichtung habe begonnen.

Zuerst, hat der Alisi erzählt, habe man dem Brusati ein Ohr abgeschnitten, er wisse nicht mehr, ob das linke oder das rechte, und um den Verurteilten lächerlich zu machen, habe nicht ein Soldat den Schnitt gemacht, sondern ein kleiner Trommlerbub, der habe sich auf seine Trommel stellen müssen, um an das Ohr heranzukommen, und sei nach dem Abschneiden auch prompt ausgerutscht und durch das Fell in die Trommel hineingefallen, da habe es schon zum ersten Mal so richtig etwas zu lachen gegeben. Der Alisi hat dem Schneemann eine Nussschale weggenommen und sie ihm vorne am Kopf wieder hineingedrückt, um mir zu zeigen: Man habe dem Brusati sein Ohr ins Maul gestopft und ihm gedroht, wenn er es nicht kaue und hinunterschlucke, werde man ihm auch noch die Augen ausstechen. Das habe man später natürlich trotzdem getan, bei einem Menschen, der sich gegen seinen König gestellt habe, brauche man sein Wort nicht zu halten.

Ich habe über seine Erzählung nicht lachen können, wie er das erwartet hatte, und dass ich nur still zugehört habe, hat den Alisi wütend gemacht. Er sehe schon, um aus mir einen richtigen Mann zu machen, habe er noch eine Menge Arbeit vor sich, ich sei ja so pfluderweich wie Hirsebrei, aber das werde sich ändern, dafür werde er sorgen. Dass ich so ein Finöggel sei, komme bestimmt daher, dass ich ohne Vater habe aufwachsen müssen, seine Schwester, also unsere Mutter, sei zwar ein lieber Mensch gewesen, aber immer nur lieb sein bringe gar nichts; um aus einem kleinen Buben einen Soldaten zu machen, brauche es eine harte Hand. Er hat geredet wie der Bruder Fintan, aber bei aller Grobheit scheint er doch ein netterer Mensch zu sein als der Novizenmeister. Er habe mir die Geschichte von dieser Hinrichtung gar nicht so im Einzelnen erzählen wollen, hat er gesagt, aber jetzt erscheine sie ihm die richtige erste Lektion für meine Erziehung, ich solle gut aufpassen.

Der Vogelbeerbaum vor dem Haus gegenüber ist noch voller Beeren, man pflückt sie erst nach den ersten Frostnächten, vorher sind sie nicht richtig süß. Der Onkel Alisi hat eine Handvoll Beeren abgerissen, hat sie in der Hand zerquetscht, was für wenig roten Saft eine Menge Kraft braucht, und den hat er dann dem Schneemann an den Kopf geschmiert, dort wo er die Nussschale weggenommen hatte. »Mit dem einen Ohr hat man angefangen«, hat er gesagt, »und was ist als Nächstes gekommen, Eusebius?«

Ich habe zuerst nichts gesagt, weil ich mir das alles lieber nicht so genau vorstellen wollte, aber der Alisi hat mir einen Puff gegeben, so heftig, dass ich fast hingefallen wäre, und hat gesagt, wenn er mich etwas fragt, hätte ich gefälligst zu antworten, sonst würde er mir schon zeigen, wo der Gugger die Eier versteckt. »Als Nächstes dann das andere Ohr?«, habe ich gesagt, und meine Stimme ist mir selber so dünn vorgekommen wie die von einem ganz kleinen Buben.

Der Alisi hat verächtlich gelacht. »Das wäre langweilig gewesen«, hat er gesagt, »Abwechslung macht das Leben schön, nach einem roten Wein muss ein weißer kommen, und nach einer jungen Frau eine alte. Nein, als Nächstes hat man ihm die Nase abgezwackt, mit einer großen Zange, wie sie der Stoffel bestimmt auch in seiner Schmiede hat.« Er hat die Handgelenke überkreuzt und Zange gespielt, hat dem Schneemann die Tannzapfennase ausgerissen und sie auf den Boden geworfen. Dann hat er noch mehr Vogelbeeren geholt, und diesmal vorne am Kopf des Schneemanns einen roten Fleck gemacht. »Übrigens«, hat er gesagt, »und das ist eine Sache, die du bestimmt noch in keiner Predigt gehört hast: Wenn einer am Schreien ist und man schneidet ihm die Nase ab, dann verändert sich seine Stimme, er schreit dann höher als vorher, fast wie eine Frau. Neben mir ist einer gestanden, der hat gemeint, wenn man genügend Rebellen hätte und würde bei jedem den Schnitt ein bisschen anders machen, könnte man sie zusammen singen lassen wie einen Chor Mönche.«

Der Schneemann hat keine Arme gehabt, die wären zu schwierig anzumachen gewesen, und so hat der Alisi beim nächsten Kapitel der Hinrichtung einfach auf der Seite vom mittleren Schneerugel seinen Vogelbeerfleck gemacht. Weil der Brusati seinen Treueeid gegenüber dem König gebrochen hatte – »Das ist das schlimmste Verbrechen überhaupt« –, wurden ihm nämlich als Nächstes die Schwurfinger abgeschnitten und vor seinen Augen an die Hunde verfüttert. »Die Schnitte hat der Feldscherer gemacht«, hat der Onkel Alisi erzählt, »und die Wunde wurde jedes Mal gleich wieder mit Pech verschlossen, wir wollten ja nicht, dass er zu früh verblutet und uns damit den Spaß verdirbt.« Ich habe in der Geschichte nichts von einem Spaß entdecken können, aber wenn ich dem Alisi widersprochen hätte, wäre es nicht gut gekommen. Er hat die Erinnerung an diese Hinrichtung genossen, so wie ich mich gern daran erinnere, wie es war, als unsere Mutter noch gelebt hat.

Als Nächstes haben sie den gefesselten Brusati tanzen lassen, den spanischen Tanz, hat der Alisi das genannt, sie haben ihm brennende Fackeln an die blutten Füße gehalten und die Pfeifer dazu spielen lassen. Der Alisi war so im Erinnern drin, dass er auch selber getanzt hat, er ist im frischen Schnee herumgestampft und hat gerufen *»Olé! Olé!«* Ich selber habe das Weinen unterdrücken müssen, weil es mich an das erinnert hat, was der Halbbart uns erzählt hat, in seiner Stadt haben sie es nicht einen Tanz genannt, aber sehr viel anders wird es nicht gewesen sein, als er auf dem Scheiterhaufen stand. Ein paar zerquetschte Schluchzer sind doch aus meinem Mund gekommen, aber der Onkel Alisi hat gedacht, es sei ein Lachen, und war zufrieden. Die Leute hören, was sie hören wollen.

Auch ein Auge haben sie dem Brusati vor dem Essen noch ausgestochen, »nur eines«, hat der Alisi gesagt, »weil er ja sehen sollte, was wir noch alles mit ihm vorhatten.« Der Herr Kaplan hat einmal in einer Predigt gesagt, dass böse Taten in der gleichen Form auf den Täter zurückfallen, so wie das Echo aus einer Höhle zurückklingt, und ich habe mir überlegt, ob der Alisi wohl wegen dieser Geschichte später sein eigenes Auge verloren hat. Er ist bei der Quälerei zwar nur dabeigestanden und hat zugesehen, aber ich finde, das ist fast so, wie wenn man es selber macht.

Er hat noch lang weitererzählt, vom Schneemann war schon nicht mehr viel übrig, und das Seltsame war: Obwohl das, was sie diesem Brusati angetan haben, immer schlimmer geworden ist, das Zuhören ist mir immer leichter gefallen. Das Ganze ist zu einer bloßen Geschichte geworden, so wie man beim Teufels-Anneli auch nicht mehr richtig erschrickt, wenn der Teufel jemandem den Kopf abreißt oder sich aus dem Blut einer Jungfrau eine Suppe kocht. Am Schluss war es so, wie wenn der Alisi beschreiben würde, was der Eichenberger mit einer Sau macht, die er geschlachtet hat, ein Stück nach dem anderen haben sie aus dem Mann herausgeschnitten, und selbst als er schon tot war, haben sie nicht aufgehört, sondern seine Beine und

Arme an Seile gebunden und den Leib von vier Pferden in Stücke reißen lassen. Eigentlich hätte er auch noch aufs Rad geflochten werden sollen – der Alisi hat enttäuscht geklungen, als er das erzählt hat –, aber es waren keine genügend großen Stücke mehr da. Der Rest von dem Schneemann war unterdessen voller roter Flecken, und der Alisi hat einen Stock genommen und ihn noch ganz kaputtgehauen. »So«, hat er gesagt und dabei schwer geatmet, »jetzt hast du etwas gelernt.«

Irgendwann ist der Stoffel aus dem Haus gekommen und hat gesagt, wie man sich in einem Feldlager aufführe, dazu habe er keine Meinung, aber hier sei man in Ägeri, und da sei es nicht der Brauch, in aller Herrgottsfrühe auf der Gasse herumzuspektakeln. Außerdem dürfe der Gottfriedli – »Eusebius!«, hat der Alisi gerufen – nicht auffallen, es sei durchaus möglich, dass der Prior immer noch nach mir suchen lasse.

Das werde er bald in Ordnung bringen, hat der Onkel Alisi gesagt, er habe auch schon eine Idee, wie er das angattigen wolle.

Das neununddreißigste Kapitel
in dem der Sebi wieder der Sebi wird

Nach seinem ersten Besuch haben wir vom Onkel Alisi eine Weile nichts gehört, nur über den Halbbart Nachricht von ihm bekommen. Dass er jetzt der Oberste in der Familie sein wolle, hatte er ernst gemeint; er hat sich bei uns im Haus zum Schlafen den besten Platz gesichert, direkt neben dem Feuer. Der Poli bewundert ihn über alles, sagt der Halbbart, und läuft ihm hinterher wie ein Gössel der Muttergans, es fehlt nur noch, dass er sich aus lauter Anbetung vom Alisi ein Ohr kaputthauen lässt, so wie er es selber mit dem Schwämmli gemacht hat. Dem Geni, meint der Halbbart, werde das neue Regiment nicht einmal unrecht sein, man habe ihn schon längere Zeit nicht mehr im Dorf gesehen, es heiße, der Stauffacher sei so begeistert von seiner vernünftigen Art, dass er ihn wieder nach Schwyz geholt habe und nicht mehr weglasse, sondern ihn als eine Art Secretarius oder Berater bei sich behalten wolle; er habe auch schon zwei Mal ein Honorarium ins Dorf geschickt, einmal einen Sack Mehl und einmal eine Speckseite. Es sei eine rechte Männerwirtschaft in unserem Haus, sagt der Halbbart, jetzt im Winter, wo es wenig zu tun gebe, sei das egal, aber wie das im Frühling mit der Feldarbeit werden solle, könne er sich nicht vorstellen. Der

Alisi habe viele Gäste, die oft ein paar Tage blieben, alles Soldaten, die nach dem Tod des Königs in keiner Truppe mehr untergekommen waren und deshalb auf dem Heimweg seien; die Welt sei zwar nicht friedlicher geworden, aber die Schwyzer scheinbar als Söldner aus der Mode gekommen. Geld schienen die meisten noch zu haben, nicht so wie der Alisi, und die Batzen seien in ihren Beuteln nicht festgeklebt; da sei immer ein großes Hallo bis in die Nächte hinein, nur schon von dem, was sie an Kerzen verbrauchten, könnte manche Witwe ihre Kinder durchfüttern, und der Kryenbühl Martin könne den Wein gar nicht so schnell heranschaffen, wie sie ihn tränken. Sie sängen auch gotteslästerliche Lieder, aber im Dorf traue sich niemand, etwas dagegen zu sagen, und das sei wohl auch gescheiter; mit drei oder vier altgedienten Soldaten auf einem Haufen lege man sich besser nicht an. Manchmal rauften dem Alisi seine Gäste auch untereinander, und wenn dann hinterher einer einen blutigen Schädel habe, lachten sie nur, wie über einen großen Spaß.

Er halte solche Leute für gefährlich, sagt der Halbbart, nicht weil sie bösartig seien, das seien sie eigentlich nicht, zumindest nicht von Grund auf, sondern weil sie keine Unterschiede mehr machten, ein kleiner Puff oder ein Schlag mit dem Morgenstern, das sei für sie alles dasselbe, und wenn sie einem andern den Hals umdrehten, würden sie nur die lustigen Grimassen sehen, die der beim Ersticken mache, und gar nicht bemerken, dass sie gerade jemanden umgebracht hätten. Der Mensch sei eben ein Tier, das sich an alles gewöhnen könne, meint er, und wenn einer in seinem Leben genügend schlimme Sachen erlebt habe, würden sie ihm irgendwann selbstverständlich. Bisher sei im Dorf nichts Böses passiert, aber der Alisi komme ihm manchmal vor wie der Muni im Stall vom Eichenberger: Die meisten Tage könne ihn ein Kind am Nasenring herumführen, so friedlich sei er, aber dann, von einem Moment auf den anderen, müsse man sich vor ihm mehr in Acht nehmen als vor dem wildesten Raubtier.

Der Stoffel hat zwar gemeint, so gefährlich komme ihm der Alisi nicht vor, solche Leute vollbrächten ihre Heldentaten mit dem Maul und nicht mit den Händen, aber der Halbbart hat recht behalten, und zwar auf eine Art, die keiner von uns erwartet hat.

An einem Nachmittag ist der Onkel Alisi plötzlich vor der Schmiede auf der Gasse gestanden, noch breitbeiniger als sonst, und hat gerufen: »Eusebius! Eusebius!« – wo wir ihm doch nun wirklich erklärt hatten, warum mich in Ägeri niemand unter diesem Namen kennen darf. Der Stoffel hat ihn schnell in die Werkstatt hereingeholt und das Tor geschlossen; zuerst hat er gemeint, der Alisi sei nur betrunken, aber es war dann noch etwas anderes. Wenn jemand ganz fest stolz auf etwas ist, dann ist das auch eine Art von Besoffensein, und der Onkel Alisi war so begeistert von sich selber, als ob er gerade ganz allein eine Schlacht gewonnen hätte. »Schluss mit Gottfriedli!«, hat er gesagt, »der Gottfriedli ist tot und begraben, ein für alle Mal.« Und »Eusebius!«, hat er noch einmal gerufen, so laut, als ob ich fünf Dörfer weiter weg wäre, und dabei stand ich doch so nah vor ihm, dass ich den Branntwein in seinem Atem habe riechen können. Und wieder und wieder »Eusebius!«, wie ein Schlachtruf war das oder noch mehr wie ein Ruf nach der Schlacht, wenn man den Kampf schon gewonnen hat und mit Jubilieren nicht mehr aufhören kann. So laut war er, dass das Kätterli die Treppe hinuntergekommen ist, weil sie Angst gehabt hat, es sei mir etwas passiert.

Es sei ihm gerade recht, wenn das schöne Fräulein auch dabei sei, hat der Onkel Alisi gesagt und seine verdrehte Verbeugung gemacht, was er zu berichten habe gehe die ganze Familie an. Es gebe Änderungen in den Familienverhältnissen, hier in Ägeri und bei uns im Dorf. Ab sofort sei ich nicht mehr der Sohn von diesem erfundenen Stoffelvetter aus dem Urserental, mit dieser Märchengeschichte sei Schluss und *finito,* sondern ich sei jetzt wieder der Neffe vom Gemeinwebel Alisi, und wem das nicht passe, der könne sich bei ihm melden, er werde ihm die Nachricht gern mit der Faust in den Kopf hämmern. Einen Gottfriedli gebe es nicht mehr, das sei hiermit beschlossen und verkündet, nur noch einen Eusebius, und eben dieser Eusebius werde noch heute mit ihm ins Dorf zurückkehren, wo er hingehöre, Punktum, fertig, Streusand.

»Und der Prior?«, hat der Stoffel gefragt.

Der Onkel Alisi hat ausgesehen, als ob diese Frage ein Geschenk für ihn wäre, und zwar eines, auf das er sich lang gefreut hatte. Wie die Katze, wenn sie die Milch gefressen hat, hat unsere Mutter das genannt, obwohl: Bei ihr wäre nie eine Katze an die Milch herangekommen, dafür hat sie zu gut aufgepasst. Gegrinst hat der Alisi und sein gesundes Auge zugekniffen. »Welcher Prior?«, hat er gefragt.

»Der von Einsiedeln.«

»Einsiedeln hat keinen Prior«, hat der Alisi gesagt und konnte vor Begeisterung über sich selber nicht stillstehen.

»Es muss zuerst ein neuer bestimmt werden, und das kann dauern.«

Wir müssen alle so überraschte Gesichter gemacht haben, als sei ihm gerade ein Horn gewachsen oder eine zweite Nase, und er hat gelacht, oder besser gesagt, er hat »Ha ha ha!« gerufen, jede Silbe wie ein eigenes Wort, und hat gesagt: »Sie werden jetzt aber im Kloster anderes zu tun haben, als gleich einen neuen Prior zu wählen, weil sie zuerst die Beerdigung von dem alten vorbereiten müssen. Einen so wichtigen Menschen kann man nicht verlochen wie eine tote Katze.«

»Woher weißt du, dass er …?«

»Ich war zufällig dabei«, hat der Alisi geantwortet, aber er hat das »zufällig« mit einem so langen Ton ausgesprochen, »zuuuuufällig«, dass man gewusst hat: Es war kein Zufall gewesen. »Sein Maultier ist gestolpert, und er hat sich beim Hinfallen den Hals gebrochen. So ein schönes weißes Maultier. Schade, dass es weggelaufen ist, samt dem Sattel und der vornehmen Schabracke. Man hätte bestimmt eine Menge Geld dafür bekommen. Wirklich schaaaaade.« Auch dieses Wort hat er so in die Länge gezogen, dass alle verstanden haben: Das Maultier war nicht einfach weggelaufen.

Der Bruder Zenobius hat mir einmal erzählt, dass der Prior nie allein ausreitet, sondern sich immer von zwei Novizen begleiten lässt, einer führt das Maultier am Zaum, und der andere geht voraus, und wenn ihnen auf einem engen Weg jemand entgegenkommt, muss er »Platz dem Prior!« rufen und die anderen verscheuchen. »War der Herr Prior denn ganz allein unterwegs?«, habe ich deshalb gefragt.

»Zuerst nicht«, hat der Alisi gesagt, »da waren auch

noch zwei Mönchlein, aber die sind weggerannt, ich weiß auch nicht, warum. Irgendetwas muss sie erschreckt haben. Iiiiirgendetwas.« Er hat wieder gelacht und ein paar Tanzschritte gemacht, eine Art Tanz, die bei uns niemand kennt. »So wie iiiiirgendetwas das Maultier erschreckt haben muss«, hat er gesagt. »Vielleicht war es das Seil, das jemand über den Pfad gespannt hatte. Ich kann mir gar nicht vorstellen, wer sich so etwas Böses ausgedacht haben kann. Oder es könnte die Grube gewesen sein, die jemand hinter dem Seil ausgehoben hat. Unter Soldaten nennt man das einen englischen Graben.«

Der Stoffel hat das Kätterli angesehen, das Kätterli hat mich angesehen, und wir haben alle dasselbe gedacht. Der Onkel Alisi hat ein Stabeisen genommen und damit auf dem Amboss den Takt zu seinem Tanz geschlagen. »Alisi! Alisi!«, hat er dazu gesungen, »danke, Onkel Alisi!« Wenn er wütend ist, kann er einem Angst machen, aber wenn er fröhlich ist, noch mehr.

Später hat man sagen hören, der Prior sei von Räubern überfallen und erschlagen worden, sie hätten seine Begleiter in die Flucht geschlagen und das Maultier gestohlen, aber der Stoffel und das Kätterli und ich wissen, dass es keine Räuber gewesen sind, sondern der Onkel Alisi mit ein paar von seinen Soldatenfreunden. Das Maultier wird unterdessen verkauft sein, die weißen bringen besonders viel Geld, und aus der Schabracke hat sich vielleicht einer der Söldner einen Mantel machen lassen, für diese Leute kann es nicht bunt genug sein. Das Klosterwappen mit dem eingestickten Zeichen vom heiligen Meinrad wird er vorher herausgeschnitten haben, die beiden Raben würden ihn sonst bestimmt auf den Galgenberg begleiten. Der Alisi scheint so etwas nicht zu fürchten, er hat überhaupt kein schlechtes Gewissen, sondern ist stolz auf das, was er getan hat, und kann nicht verstehen, warum wir ihn nicht loben. Am liebsten würde er den Schwämmli mit seiner Trommel anstellen, der müsste von Dorf zu Dorf gehen und überall die Heldentat ausrufen, so wie es in dem Lied heißt: »Zog alleine in die Schlacht, hat den Sieg nach Haus gebracht.« Die eigene Familie zu verteidigen, sagt der Alisi, sei die höchste Pflicht eines Mannes, und als Soldat lerne man, dass es im Krieg darauf ankomme, am richtigen Ort und zur richtigen Zeit zuzuschlagen.

Gedanken sind manchmal wie eine Suppe, die schon seit ein paar Wochen über dem Feuer ist, und alle paar Tage wird hineingeworfen, was gerade zur Hand ist, Rüben oder Zwiebeln oder ein paar Knochen, und deshalb schmeckt jeder Löffel, als ob er aus einem anderen Kessel käme. So geht es mir mit dieser Geschichte. In einem Moment bin ich froh darüber, dass der Prior nicht mehr lebt, er war kein guter Mensch, und was er von mir verlangt hat, war eine Sünde, und im nächsten Augenblick denke ich, dass eigentlich ich schuld an seinem Tod bin und bestimmt dafür bestraft werde, auch wenn ich von dem Überfall nichts gewusst habe und auch nicht dabei gewesen bin. Der Herr Kaplan hat mehr als einmal gepredigt, dass der Herrgott seine Rechnungen nach seinen eigenen Regeln aufmacht, und die Ausreden der Menschen hört er nicht einmal. Ich habe auch Angst um den Poli, ich befürchte, dass er bei dem Überfall dabei gewesen ist, aus Bewunderung für den Onkel Alisi und weil ihm solche Sachen ohnehin gefallen.

Damals, bei der Geschichte in Finstersee ist es gut für ihn ausgegangen, aber man kann nicht erwarten, dass er jedes Mal so viel Glück hat. Und im nächsten Moment ist die Angst schon wieder verschwunden, und ich bin nur noch froh, dass ich nach Hause zurückgehen und wieder der Sebi sein darf oder von mir aus auch der Stündelerzwerg, es ist mir gleich, wie sie mich nennen, wenn es nur nicht mehr Gottfriedli ist. Aber dann denke ich daran, wie das Kätterli diesen Namen zu mir sagt mit ihrer lieben Stimme, und dann bin ich wieder traurig, weil ich sie jetzt nicht mehr jeden Tag sehen werde. Der Stoffel sagt, ich kann sie jederzeit besuchen, aber so ein Besuch ist nicht dasselbe wie am Abend mit ihr Schachzabel spielen oder ihr die Haare kämmen.

Nur eben: Zu wollen habe ich nichts, sondern muss machen, was man mich heißt, es war schon immer so, weil ich halt der Jüngste bin, und die anderen können über mich bestimmen. Zuerst musste ich ins Kloster, dann mich in der Schmiede verstecken, und jetzt muss ich mit dem Onkel Alisi zurück ins Dorf. Ich werde dort einen Haufen lustiger Leute kennenlernen, sagt er, aber ich freue mich nicht auf die neue Gesellschaft. Wenn sie dann nur vom Krieg reden, hocke ich wieder so dumm daneben wie im Kloster, wenn sie lateinisch gesprochen haben.

Das vierzigste Kapitel
in dem der Sebi zum Soldaten gemacht werden soll

In den Geschichten, die das Teufels-Anneli erzählt, kommt der Satan nie allein vor, sondern immer mit Gefolgschaft, so wie ein Landesherr auch nicht allein Krieg führt, sondern er hat Soldaten und Reisige und natürlich Diener, die ihm die Pferde striegeln, die Kleider waschen und das Essen kochen. Anders wäre das Regieren gar nicht möglich, so ein Land ist groß, und ein Herzog oder König kann nicht überall sein. Für den Teufel ist es noch schwieriger, denn der regiert ja die ganze Welt oder möchte doch die ganze Welt regieren, und es gibt immer wieder Dinge, für die er einen Haufen Zeit braucht, zum Beispiel, wenn er wegen einer Wette auf einem Stein sitzen und auf jemanden warten muss; ein ganzes Jahr ist er dort geblieben, sagt das Anneli, und es musste ja unterdessen trotzdem weitergehen mit dem Menschenverderben und Seeleneinfangen. Nur schon deshalb braucht er ein Heer von Unterteufeln für alle Aufgaben, für die er selber zu wichtig ist, Holz für das Höllenfeuer heranschleppen oder die Spieße anschärfen, mit denen die armen Seelen geplagt werden. Und dann gibt es auch noch Dinge, die immer wieder und wieder gemacht werden müssen, wie zum Beispiel dem Mann, der die Reliquie gestohlen hat, immer noch einmal die Hand abschneiden, solche Sachen kann der Satan ja nicht selber übernehmen, sonst käme er zu gar nichts mehr. Wahrscheinlich gibt es auch für das Menschenquälen in der Hölle verschiedene Berufe, Handabschneider, Fußabhacker und Augenausstecher, und die Arbeit gibt man dem, der sie am besten kann. Ich stelle mir das vor wie im Kloster, der Teufel wäre der Abt und seine Großmutter der Prior, als Nächstes kommen die adligen Satansmönche, dann die gewöhnlichen und zuunterst die Postulanten und Novizen, die sich noch bewähren müssen, bevor sie richtige Teufel werden dürfen. So ein höllischer Postulant bekommt dann vielleicht zuerst kleinere Aufgaben, so wie man mich zum Säuehüten oder Unkrautjäten geschickt hat, Dinge, die dem Satan nicht wichtig sind.

Weil der Teufel alle Menschen plagen will, also auch mich, stelle ich mir vor, dass so ein Möchtegernteufelchen den Auftrag bekommen hat: »Da ist dieser Eusebius, der endlich wieder nach Hause zurückdarf und sich darüber freut; lass dir etwas einfallen, wie du ihm die Freude verderben kannst.« Und dieses Teufelchen war vielleicht ein Streber wie der Hubertus und hat sich überlegt, wie er es besonders gut machen kann, damit er sich damit sein erstes Horn verdient, oder was sonst in der Hölle der Tonsur entspricht, und dummerweise ist ihm auch etwas eingefallen. Ich bin zwar wieder zu Hause, aber nichts ist so, wie ich es mir vorgestellt habe.

Der Geni ist nicht da, weil ihn der Landammann nicht aus Schwyz weglässt; ich weiß nicht, für was er ihn braucht; den Geni kann man für alles brauchen, auch mit nur einem Bein. Und der Poli hat sich verändert, aber nicht zum Besseren. Nur schon, wie er herumläuft, nicht mehr mit blutten Beinen wie früher, sondern aus einem alten Sack hat er sich Beinlinge gemacht, aber nicht sehr geschickt; er muss die ganze Zeit daran herumfingern, weil sie ihm über die Waden rutschen. Um den Kopf hat er ein Tuch gebunden, so wie es auch der Onkel Alisi hat, nur dass es bei ihm aussieht wie an der Fasnacht. Überhaupt hat er sich den Onkel und dessen Kameraden zum Vorbild genommen, auch was das Trinken und das Fluchen angeht, aber er kann beides nicht richtig, nach zu viel Wein muss er kotzen, und die italienischen Flüche, die er von ihnen gehört hat, spricht er falsch aus; er hat eben nicht so ein gutes Gedächtnis für Wörter wie ich. Schon als kleiner Bub ist er keinem Streit ausgewichen, aber jetzt geht er mit ausgefahrenen Ellbogen durchs Dorf und rempelt die Nachbarn an. Und der Onkel Alisi, der ihn doch eigentlich erziehen sollte, unterstützt ihn noch dabei. Ich glaube aber, dass er es nur scheinbar tut, so wie man einen lahmen Hund anfeuert, wenn der mit den anderen mitrennen will, und heimlich lacht man ihn aus.

Der Alisi will ums Verrecken auch aus mir einen Soldaten machen, wo die Leute doch immer gesagt haben, dass ich ein Finöggel bin. Ich sei bisher nur in den falschen Händen gewesen, sagt er, aber junges Holz lasse sich biegen, und er habe schon aus manchem Milchbuben, der kaum gewusst habe, wo beim Spieß vorne und hinten ist, einen tüchtigen Kämpfer gemacht. Gerade die jüngsten von den Neuangeworbenen, fast noch nicht aus den Windeln herausgewachsen, habe man zum Gemeinwebel Alisi geschickt, weil man gewusst habe: Der klöpft sie zurecht, und wenn sie die ersten Monate überleben, sind sie nachher die Besten von den

Guten. Zuallererst müsse man sich abhärten, sagt er, bis man einen Stich oder einen Schlag gar nicht mehr spüre. Ich möchte aber nicht abgehärtet werden, weil: So viel anders, als wenn einen der Bruder Fintan auf den Dornen knien lässt, ist das auch nicht.

Mit der Erzieherei hat der Onkel schon in der ersten Nacht angefangen. Für mich war kein Strohsack mehr da, weil es einem seiner Freunde an einem betrunkenen Abend zu kalt geworden war, und er hat meinen ins Feuer geworfen und den vom Geni hinterher. Der Onkel Alisi hat aber nicht vorgeschlagen, man könne ja die anderen Strohsäcke zusammenschieben, wo zwei schlafen könnten, würden auch drei Platz finden, sondern er hat gemeint, das sei gerade eine gute Übung für mich, ich solle es als den Anfang von meiner Ausbildung nehmen. Ein Soldat müsse auch auf dem blutten Boden schlafen können, sogar wenn er dort nur einen toten Igel als Kissen habe. Am nächsten Tag habe ich mir dann einen neuen Strohsack gefüllt, aber der hat mir nichts genützt, weil nämlich wieder zwei von dem Alisi seinen Freunden angekommen sind. Da war für mich kein Platz mehr im Haus, und den Strohsack musste ich auch dalassen. Ich bin jetzt zum Halbbart ausquartiert, was nicht schlimm wäre, aber richtig daheim bin ich dort eben auch nicht. Es wäre gerechter gewesen, wenn man den Poli weggeschickt hätte, der hat die ganze Zeit nie fortmüssen und ist bequem im Nest gehockt. Aber die Gerechtigkeit, das habe ich gelernt, ist mehr eine Sache für die Predigten als für die Wirklichkeit.

Wenn der Halbbart zu Hause ist, lässt es sich gut aushalten, wir spielen Schachzabel zusammen, und wenn jemand mit einem Gsüchti da gewesen ist, erklärt er mir hinterher, warum er die Medizin genau so zusammengemischt hat und nicht anders. Aber oft bin ich allein, weil der Halbbart eine Menge Zeit beim Stoffel-Schmied in Ägeri verbringt, ich weiß auch nicht, was die beiden die ganze Zeit zu besprechen haben, jetzt wo das Bein vom Geni fertig ist. Wenn ich allein bin, übe ich auf der Flöte, die mir der Soldat geschenkt hat, ein paar Lieder kann ich schon, *Schatzeli, was luegsch so truurig* und *Wänn ich de Kaiser-König wär*.

Aber auch wenn wir nicht vor demselben Feuer schlafen, es ist nicht so, dass der Onkel Alisi mich deshalb in Ruhe lassen würde. Heute Morgen, die Sonne war noch gar nicht richtig aufgegangen, hat er schon an die Türe gepoltert und befohlen, ich solle sofort kommen. Mit noch ganz verklebten Augen bin ich hinausgegangen, und da stand der Alisi doch tatsächlich so füdliblutt auf der Gasse wie der Adam auf dem Bild in der Kirche von Sattel, nur ohne Feigenblatt, als ob es ganz selbstverständlich wäre, ohne Kleider herumzulaufen. Er hat befohlen, ich müsse mit ihm zum Dorfbach, es gebe nichts, was einen künftigen Soldaten besser abhärte als ein kaltes Bad. Wenn sich der Onkel Alisi etwas in den Kopf gesetzt hat, muss man nicht probieren, sich zu wehren, er wird dann nur grob, und am Schluss muss man doch machen, was er befiehlt. Ich bin also hinter ihm hergezottelt, aber das Hemd habe ich anbehalten. Ich glaube, sich für nichts mehr schämen, das ist auch etwas, das man als Soldat lernen muss.

Dem Onkel Alisi seinen blutten Rücken hatte ich vorher noch nie gesehen. Zu meiner Überraschung hat er dort eine Zeichnung, nicht gemalt, sondern hineingeschnitten, so dass die schmalen Narben ein Bild ergeben. Der Alisi sagt, er habe beim Schneiden kein einziges Mal das Gesicht verzogen, ein richtiger Soldat müsse so etwas aushalten können. »Der Poli bettelt, ich solle ihm auch so eine Narbenzeichnung machen«, hat er gesagt, »aber das ist nichts für Lehrbuben, so ein Ehrenzeichen bekommt man erst, wenn man seine erste Schlacht überlebt hat.« Er hat mich gefragt, ob ich erkennen kann, was die Narben darstellen, und ich habe gesagt: »Zwei Fledermäuse übereinander.« Die Antwort hat mir eine Ohrfeige eingetragen, weil der Alisi gemeint hat, ich will mich über ihn lustig machen, aber für mich hat es wirklich so ausgesehen. Den Mann, der dem Onkel die Narben in die Haut geschnitten hat, hätte der Bruder Bernardus nicht einmal ein Chrottepösch in ein Manuskript malen lassen, aber wahrscheinlich hatte der sich beim Schneiden gedacht: Auf dem eigenen Rücken kann er das Bild ja nicht sehen. Was ich für Fledermäuse gehalten hatte, sollte etwas viel Vornehmeres sein. »Der doppelte Adler ist das Wappen der Grafen von Homberg«, hat der Onkel Alisi erklärt, »und der Wernher von Homberg war unser Kommandant, einer, wie man ihn nicht oft findet, im Kampf immer der Vorderste, und dass man einen Teil vom Sold seiner Leute abzwacken und in den eigenen Beutel stecken könnte, wie es andere tun, so etwas wäre ihm nie eingefallen.« Der Gedanke an den von Homberg hat ihn gesprächig gemacht, er hat mir immer noch mehr von diesem Wundertier von einem Kommandanten erzählt, dass der mit den Soldaten geredet habe wie mit seinesgleichen, nicht von oben herab wie andere, und dass er ihnen manchmal am Feuer Lieder vorgesungen habe, auch dafür sei er berühmt, bei den vornehmen Damen noch mehr als bei den Soldaten. Später hätten sie dann leider einen anderen Kommandanten bekommen, weil der König den von Homberg zum Statthalter in der Lombardei ernannt habe, jammerschade sei das gewesen, aber ein Soldat müsse das Rauhe mit dem Glatten nehmen, und Befehl sei nun mal Befehl. Aber der von Homberg sei für ihn immer noch sein Kommandant, gerade jetzt, wo der auch wieder zu Hause sei, der König habe ihn schon lang zum Reichslandvogt von Schwyz, Uri und Unterwalden ernannt, und das sei er immer noch, auch wenn der neugekrönte Kaiser dieses Fieber bekommen habe und gestorben sei.

Wie er das alles berichtet hat, sind wir schon lang am Ufer vom Dorfbach gestanden, und von mir aus hätte er gern noch weitererzählen können; solang er am Reden war, musste ich nicht ins Wasser. Aber dann ist ihm wieder eingefallen, warum wir hergekommen waren, und da gab es keine Gnade mehr.

Der Bach ist nicht tief, und ich habe gedacht, bis zu den Waden halte ich es schon aus, aber der Onkel Alisi hat mir vorgeführt, wie er es haben will, hat sich flach ins Wasser gelegt und dabei geprustet wie ein Ross, wenn es einem anderen den Meister zeigen will. Ich musste es ihm nachmachen, da hat nichts geholfen, und er hat mir auch noch den Kopf ins Wasser hinuntergedrückt, so fest, dass ich nachher Kieselsteine im Mund hatte. Der Bach war eiskalt, und weil mir das nasse Hemd am Leib geklebt hat und auch noch ein Wind aufgekommen ist, habe ich nachher geschlottert wie einer, der das Zittergsüchti hat. Wenn der Onkel Alisi nicht wieder übertrieben hat, wenn es wirklich stimmt, dass die besten Soldaten jeden Tag so ein Bad nehmen, dann wundert es mich, dass sie nicht vor dem ersten Kampf schon alle totgefroren sind. Auf dem Weg zurück ins Dorf haben uns ein paar Leute gesehen, aber sie haben so getan, als ob sie den blutten Alisi gar nicht bemerken, so sehr haben alle Angst vor ihm.

Ich bin also wieder zurück im Dorf, aber nicht richtig. Mit den Buben, die gleich alt sind, mag ich nicht mehr spielen, aber zu den Erwachsenen gehöre ich ganz sicher auch nicht, obwohl mich der Onkel Alisi immer dazuholt, wenn er Besuch hat. »Von alten Soldaten kann man mehr lernen als von den gelehrtesten Professoren«, meint er. Von seinen Freunden kann man aber nur das Saufen lernen, und für die Lieder, die sie singen, würde einem unsere Mutter das Maul mit einem Sud aus Franzosenkraut ausgewaschen haben.

Es ist schon seltsam: So lang habe ich mich darauf gefreut, wieder daheim zu sein, und jetzt ist es mir jedes Mal gschmuuch, wenn ich mein Elternhaus betrete. Ich bemühe mich dann, nur dazusitzen und nicht wirklich dazuzugehören, aber immer klappt das nicht, und was gestern passiert ist, war richtig schlimm. Obwohl mich der Onkel Alisi für einmal sehr gelobt hat.

Das einundvierzigste Kapitel
in dem von den Schweden erzählt wird

In meiner Erinnerung sind sie zu viert gewesen, aber in Wirklichkeit waren sie natürlich fünf, wenn man den Poli mitzählt. Aber er zählt eben nicht wirklich, und darum ist es auch zu dem Streit gekommen.

Die drei Fremden werden nicht wirklich alle Kriegskameraden vom Onkel Alisi gewesen sein; er nimmt jeden auf, der in Italien war, und unter den Heimkehrern wird es sich herumgesprochen haben, dass da ein Gastwirt ist, von dem man keine Rechnung bekommt. Nur für den Wein müssen sie die eigenen Beutel zücken; dem Alisi seinen zusammengesparten Sold haben die Nonnen, und wenn er eine Geldkiste hätte – er hat aber keine –, dann wäre sie so leer, dass man den Wachhund sehen könnte, der innen auf dem Boden gemalt ist. Ich glaube aber nicht, dass so ein gemalter Hund ein Vermögen wirklich beschützt, da ist mein Versteck im Grab von der Hunger-Kathi viel sicherer.

Die drei und der Onkel Alisi haben sich geglichen, nicht wie Verwandte, aber so, dass man gemerkt hat: Sie kommen aus demselben Stall. Soldaten sitzen anders da als gewöhnliche Leute, mit dem Rücken gegen die Wand, und die Knie auseinandergespreizt, als ob sie ihren Platz gerade erst erobert hätten und keine Handbreit davon wieder hergeben wollten. Der Poli hat sich zu ihnen auf die Bank gedrängt, aber sie sind seinetwegen nicht zusammengerückt, und so saß er ganz am Rand, den Hintern halb in der Luft. Es kann nicht bequem für ihn gewesen sein, aber er tat so, als ob er noch nirgends gemütlicher gesessen hätte. Ich kenne aber sein Gesicht und merke, wenn er sich verstellt.

Wenn man einem dieser Männer auf der Gasse begegnet wäre, egal welchem, man wäre lieber in den tiefsten Dreck getrampt, als ihm allzu nahe zu kommen; wenn sie miteinander vor dem Vorratskeller des Klosters aufgetaucht wären, hätte ihnen der Cellerarius, der sonst seine Fässer bewacht, als ob es die eigenen Kinder wären, freiwillig die Türe aufgesperrt, und einen Bückling hätte er noch dazu gemacht.

Einer von den dreien hatte eine dunkle Haut, ich weiß nicht, ob von der Sonne in Italien oder einfach, weil es seine Art war, und durch das rechte Ohrläppchen hatte er sich, wie ein Zingari, einen goldenen Ring gezogen, an den fasste er immer wieder hin. Die Bewegung hatte er sich wohl zur Ablenkung im Kampf angewöhnt, weil nämlich seine linke Hand die gefährliche ist; das habe ich aber erst später gemerkt. Der Zweite hatte überhaupt keine Haare auf dem Kopf, aber noch mehr sind einem seine unruhigen Augen aufgefallen, die ganze Zeit hat er sich in alle Richtungen umgeschaut. Der Dritte war der älteste von ihnen, und wenn er etwas hat sagen wollen, dann haben die andern sofort mit Reden aufgehört, auch wenn sie mit dem eigenen Satz noch gar nicht zu Ende waren. Es war leicht zu merken, dass er in Italien etwas Höheres gewesen sein muss.

Als ich hereinkam, beachteten sie mich nicht mehr, als

sie eine Spinne oder einen Tausendfüßler an der Wand beachtet haben würden, nur der Glatzkopf sah mir einen Moment lang direkt ins Gesicht. Ich hätte gern das Zeichen gegen den bösen Blick gemacht, habe mich aber nicht getraut; es hätte ihn beleidigen können. Sie waren noch nicht betrunken oder noch nicht fest, man merkte es an der Art, wie sie geredet haben. Wenn sie besoffen sind, sprechen sie jedes Wort so sorgfältig aus, als ob sie es auf einem schmalen Baumstamm über eine Schlucht balancieren müssten.

Sie haben vom Krieg erzählt, wie sie es immer tun, und waren alle Helden gewesen. So viele Schlachten, wie sie gewonnen haben wollten, kann es in hundert Feldzügen nicht gegeben haben. Der Poli hat mit offenem Mund zugehört, wie die kleinen Kinder, wenn das Teufels-Anneli vom Faulenzerland erzählt, wo die Würste an den Bäumen wachsen und die Brunnen voll süßem Most sind. Ich wäre lieber woanders gewesen, aber der Onkel Alisi will mich ums Verrecken dabeihaben, und wenn er etwas kommandiert, muss man es machen. Ich habe mich in eine Ecke gedrückt und gehofft, dass sie vergessen, dass ich überhaupt da bin. Ihren Aufschneidereien habe ich nicht zugehört, sondern habe versucht, an schönere Dinge zu denken, an das Kätterli zum Beispiel und wie sich ihre Haare anfühlen, wenn man sie kämmt. Lang bin ich aber nicht unsichtbar geblieben, denn als sie in ihrem Plagieren einmal eine Pause gemacht haben, hat der Onkel Alisi auf mich gezeigt und gesagt: »Das ist jetzt also mein Neffe. Aus dem werde ich einen tüchtigen Soldaten machen.« Die drei haben mich gemustert, als ob ich eine Gans wäre, die eine Bauersfrau auf den Markt mitgebracht hat, und sie wüssten noch nicht recht, ob sie Lust auf Gänsebraten hätten. Der Dunkle mit dem Ohrring hat eine Augenbraue hochgezogen – nur eine, ich weiß nicht, wie er das gemacht hat – und hat gemeint: »Das ist doch nur ein Sprenzel, der verläuft sich ja im Stinkloch von einer Feldhure.« Die anderen haben gelacht und der Poli auch, weil er ihnen alles nachmacht. Wenn sie lachen, tun sie es sehr laut, als ob sie jemanden von etwas überzeugen müssten. Der Onkel Alisi hat mich verteidigt und gesagt, auf die Muskeln komme es nicht an, im Blut müsse man es haben, und das habe ein Neffe von ihm ganz bestimmt, man sähe es mir vielleicht nicht an, aber ich sei ein richtiger Schwede. Ich muss ein dummes Gesicht gemacht haben, denn sie haben schon wieder gelacht, und der älteste von ihnen, der, den die andern nicht unterbrechen durften, hat gesagt: »Ich glaube, der Bub weiß gar nicht, was ein Schwede ist.«

»Vielleicht erklärt Ihr es ihm, Colonnello«, hat der Onkel Alisi vorgeschlagen. »Ihr könnt solche Sachen am besten erzählen.«

So hat der Abend mit einer Geschichte angefangen, und das Schlimme, das dann passiert ist, ist erst später gekommen. Es war keine Geschichte, wie das Anneli sie erzählt, wo man die ganze Zeit gespannt darauf wartet, wie es weitergeht, aber ich habe etwas gelernt dabei, nämlich dass wir Schwyzer eigentlich Schweden sind. Ich weiß nicht, ob es ein wahrer Bericht war oder ein Märchen, aber ich wollte lieber keine Fragen stellen.

Schweden, hat der Colonnello erzählt, ist ein kaltes Land weit im Norden, manchmal scheint dort von Martini bis Aschermittwoch die Sonne nicht ein einziges Mal. Auch im Sommer fällt Schnee, und im Winter kann es vorkommen, dass eine ganze Stadt darin versinkt. In so einem Land können nur starke Menschen überleben, hat er gesagt, auch weil es dort viele wilde Tiere gibt, die Leute in Schweden wehren sich mit blutten Händen gegen sie. Der stärkste von ihnen, mit Namen Swit, soll schon als Säugling einen Wolf erwürgt haben, als der ihn aus der Wiege stehlen wollte.

Beim Anneli weiß man, dass ihre Geschichten nicht wirklich so passiert sind, aber der Mann, dem sie Colonnello sagen, ist einer, bei dem man sich nicht vorstellen kann, dass er einem Märchen erzählt. Obwohl ich nicht weiß, wie ein Säugling mit einem Wolf fertig werden soll.

Trotz aller Kraft und allem Fleiß kam es in dem Land einmal zu einer Hungersnot, hat er erzählt, ein ganzes Jahr lang schmolz der Schnee nicht weg, so dass die Saat im Boden verfaulte. Der König des Landes, Gisbert hieß er, berief deshalb eine große Versammlung ein, und dort wurde beschlossen, dass ein Teil des Volkes auswandern und sich eine neue Heimat suchen müsse. Wen aber dieses Schicksal treffen würde, das sollte durch das Los bestimmt werden. Die Namen aller Familien wurden in Rindenstücke geritzt, und der jüngste Sohn des Königs zog jeden Monat eines davon aus einem großen Fass. Wessen Name darauf stand, der musste mit seiner ganzen Sippe, mit Kind und Kegel, das Land verlassen. Ein paar tausend waren es schließlich, die von dem Bannfluch getroffen wurden.

An dieser Stelle streckte der Colonnello die Hand aus, ohne etwas zu sagen, so wie es der Doctor iuris gemacht hat, wenn er seinen Hammer oder seinen Beryll haben wollte, und der Poli ist mit dem Krug gerannt und hat ihm seinen Becher nachgefüllt. Als er sich wieder hinsetzen wollte, hatten die drei Besucher ihre Knie noch weiter auseinandergemacht, und für ihn war kein Platz mehr. Er hat sich an die Wand gelehnt und versucht, so zu tun, als ob er sich sowieso ein bisschen habe die Beine vertreten wollen, aber gepasst hat es ihm nicht.

So ging die Geschichte weiter: Die aus dem Land Ausgewiesenen haben vor der Grenze aufeinander gewartet und beschlossen, gemeinsam nach Rom zu ziehen. Vom Papst oder vom Kaiser wussten sie nichts, aber sie hatten gehört, dass dort immer die Sonne scheint, und das war für sie Grund genug, sich dieses Ziel auszusuchen; gefroren hatten sie in ihrer Heimat genug. Auf dem Weg in den Süden mussten sie immer wieder mit den Völkern kämpfen, durch deren Länder sie ziehen wollten, »aber«, sagte der Colonnello, »die Schlachten will ich gar nicht einzeln aufzählen. Der Bub braucht nicht mehr zu wissen, als dass die Schweden sie alle gewonnen haben.«

»Natürlich haben sie gewonnen«, hat der Onkel Alisi gesagt. »Wenn einer schon als Säugling einen Löwen mit blutten Händen erwürgt.«

»Einen Wolf«, hat ihn der Dunkle mit dem Ohrring verbessert.

»Darauf kommt es nicht an«, hat der Alisi gesagt. »Aber mit blutten Händen ...«

Er hat nicht weitergesprochen, weil ihn der Colonnello wegen der Unterbrechung strafend angesehen hat.

»Sie sind gewandert und gewandert«, hat er weitererzählt, »immer der Sonne nach, und schließlich sind sie bis zur Alp Fräkmünt gekommen. Dort wurden sie sich über den weiteren Weg nicht einig und haben sich deshalb in drei

Gruppen aufgeteilt. Ein Stamm ist nach Nidwalden weitergezogen und ein zweiter über den Brünig ins Haslital. Der dritte Stamm, der mit den tapfersten Kriegern, wollte aber unbedingt weiter nach Rom, und sie haben sich auf den Weg zu den Alpen gemacht. Damals gab es in der Gegend noch keine Siedlungen, überhaupt nichts gab es, sie mussten sich ihren Weg mitten durch dichte Wälder bahnen. Eines Tages, es war wie ein Wunder, entdeckten sie ein wunderschönes Tal, umgeben und beschützt von hohen Bergen, auf denen auch im Sommer Schnee lag. Das erinnerte sie so sehr an ihre alte Heimat, dass sie beschlossen, nicht nach Rom weiterzuziehen, sondern sich hier für alle Zeit niederzulassen. Nur wie das neue Land heißen sollte, darüber wurden sie sich nicht einig.

»Sie hatten nämlich zwei Anführer, Zwillingsbrüder, die waren beide gleich groß und gleich stark. So ähnlich waren sich die beiden, dass selbst ihre besten Freunde Mühe hatten, sie voneinander zu unterscheiden. Der eine war ebenjener Swit, den man auch den Wolfswürger nannte, und sein Bruder hieß Schejo, mit dem Beinamen Baumreißer, weil er einmal eine Eiche mit bloßen Händen aus dem Boden gerissen hatte. Jeder von den beiden wollte, dass das neue Land nach ihm benannt werden sollte, und weil sie den gleichen harten Schädel hatten und keiner von ihnen nachgab, beschloss die Stammesversammlung, dass die Entscheidung im Zweikampf gefällt werden müsse.

»Der Kampf dauerte einen ganzen Tag, die nächste Nacht und den folgenden Tag noch dazu. Nie zuvor und nie nachher hat es eine solche Schlacht zwischen zwei Männern gegeben, beide gleich stark und beide gleich tapfer.

Sie würden noch ewig weitergekämpft haben, denn müde wurde keiner von ihnen, aber am Abend des zweiten Tages trampte Schejo ohne es zu merken in ein Schlangennest und wurde von einer Kreuzotter gebissen. Da verließen ihn die Kräfte, und dem nächsten Schlag seines Zwillingsbruders konnte er nicht mehr ausweichen. Man hat noch lang sein Grab gezeigt, aber die Erinnerung ist verlorengegangen, und heute weiß niemand mehr, wo es ist.

»Männer trauern nicht, wenn sie jemanden in einem gerechten Kampf erschlagen haben, und so weinte Swit nicht um seinen Bruder, obwohl sie schon im Mutterleib zusammengehört hatten. Er hatte gesiegt, nur das war wichtig, und die neue Heimat wurde nach ihm benannt. Seither hat das Tal den Namen Schwyz und seine Bewohner heißen Schwyzer. Und weil sie alle von den starken Schweden abstammen, sind sie die besten Krieger der Welt.«

Das war die Geschichte, die der Colonnello erzählte, und wenn es nur bei der Geschichte geblieben wäre, wäre der Abend nicht schlimmer geworden als andere auch. Aber der Poli wollte sich wichtigmachen und sagte etwas, das er nicht hätte sagen sollen.

Das zweiundvierzigste Kapitel
in dem es zu einem Kampf kommt

Ich weiß nicht, warum er es gemacht hat. Vielleicht hat er gemeint, er sei unterdessen einer von ihnen und könne es sich erlauben, oder vielleicht war es gerade umgekehrt, er war wütend, weil sie ihn nicht dazugehören lassen wollten, nicht so, wie er sich das vorstellte, nicht einmal den Platz für seinen Hintern hatten sie ihm gegönnt. Oder es war beides gleichzeitig. Der Halbbart hat einmal gesagt, dass ein Tier immer nur einen Gedanken aufs Mal haben kann, Hunger oder Kampf oder Liebe, während der Mensch ständig ein Chrüsimüsi im Kopf hat, alles durcheinander, und er meint trotzdem immer, er habe einen vernünftigen Grund für alles, was er tut. Er hat mir von einem Fleischhacker erzählt, bei ihm zu Hause in Korneuburg, der hat seine Frau mit einem anderen Mann erwischt und sie mit dem Knochenbeil totgeschlagen, nicht den Ehebrecher, was man noch hätte verstehen können, sondern die Frau. Vor Gericht hat er gesagt, er habe es getan, weil er sie so sehr liebe. »Jemanden lieben und ihn totschlagen«, hat der Halbbart gesagt, »nur ein Mensch kann beides zur gleichen Zeit denken, und er ist deshalb nicht verrückt, sondern einfach nicht so vernünftig wie ein Tier.«

Was immer ihn angetrieben hat, der Poli hat sich vor die

drei Soldaten hingestellt, breitbeinig und die Arme verschränkt, wie er es macht, wenn er Streit sucht, und hat gesagt: »Ich bin genauso ein Schwede wie ihr. Und ein besserer Krieger als jeder von euch.«

Sie sind nicht wütend geworden, wie man es erwarten würde, überhaupt nicht, sondern haben ihn angesehen, wie die Leute den Hund vom Kryenbühl ansehen, wenn er auf den Hinterbeinen geht. Der Dunkle mit dem Ohrring hat gesagt: »Da hat sich wohl der Säugling mit dem Wolf verwechselt«, und sie haben alle drei gelacht. Nur der Onkel Alisi hat ängstlich ausgesehen.

Nun verträgt es der Poli aber überhaupt nicht, wenn man ihn auslacht, er muss immer wichtig sein, das hat er schon als kleiner Bub so gehabt. Als ihm damals der erste Zahn ausgefallen ist, hat er mir erzählt, er habe im Wald mit einem Bären gekämpft, und dabei sei es passiert. Als ich ihm nicht glauben wollte, ist er wütend geworden und hat gesagt, mit mir spielt er nie mehr. Jetzt war er auch wütend, nicht nur wegen ihrem Gelächter, sondern noch mehr, weil sie sich dann nicht weiter um ihn gekümmert haben, so wie auch niemand lang dem Kryenbühl seinem Hund zuschauen mag, so viele Kunststücke kann der auch wieder nicht. Sie haben weiter von den Feldzügen geredet, die sie mitgemacht haben wollten, und einer hatte gerade mit einer Geschichte begonnen, in der er allein gegen fünf Mailänder kämpfte, da hat ihn der Poli unhöflich unterbrochen, hat einfach »Schschsch!« gemacht, und als alle überrascht zu ihm hingeschaut haben, hat er gesagt: »Ich wette, dass ich mit zweien von euch aufs Mal fertig werde. Oder seid ihr zu feige für so einen Kampf?«

Jetzt war natürlich Feuer im Dach. Solchen Leuten kann

man vorwerfen, sie würden kleine Kinder fressen oder in der Kirche auf den Boden seichen, das stört sie überhaupt nicht, aber wenn man sie Feiglinge nennt, hat man es für alle Zeit mit ihnen verdorben. Der Glatzkopf hat angefangen an seinen Fingern zu ziehen, an einem nach dem andern, so dass jedes Mal das Gelenk geknackt hat, und der mit dem Ohrring hat gesagt: »Du willst wohl die Messe gelesen bekommen? Du hast Glück, dass wir fromme Leute sind und dir gern zeigen, wo Gott hockt.« Ganz langsam ist er aufgestanden und der mit der Glatze auch.

Der Onkel Alisi hat versucht, gutes Wetter zu machen, der Bub habe es nicht so gemeint, man dürfe das nicht so ernst nehmen, aber der Colonnello hat nur ein einziges Wort gesagt, es hat geklungen wie *»Tadschi!«*, und der Alisi hat mitten im Satz aufgehört. Dann hat der Colonnello die drei, den Dunklen, den Glatzkopf und den Poli, zu sich gewinkt und die Hand ausgestreckt. Sie haben auch gleich verstanden, was er wollte; alle drei haben ihre Messer aus dem Gürtel gezogen und ihm gegeben; der Kampf sollte mit blutten Händen und ohne Waffen ausgefochten werden. Der Colonnello hat die Messer auf die Bank gelegt; für den Poli war dort kein Platz gewesen, aber für sein Messer schon.

Die drei haben die Fäuste geballt, zum Zuschlagen oder zum Abwehren, aber der Colonnello war noch nicht zufrieden, sondern wollte zuerst noch den Tisch auf die Seite geschoben haben. Er hat das nicht mit Worten befohlen, ein Zeichen mit der Hand hat genügt; man hat gemerkt, dass er das Kommandieren gewöhnt war und die anderen das Gehorchen. Dann hat er einen Befehl gegeben, denselben, den der Halbbart in Salzburg vom Erzbischof gehört hat. *»Assalto!«*, hat er gesagt, und der Kampf ist losgegangen.

Nun ist es zwar so, dass der Poli mit Prügeleien Erfahrung hat, wenn es bei uns etwas auszukämpfen gibt, ist er immer der Vorderste, und die blutigen Köpfe haben nachher die anderen, aber trotzdem habe ich Angst um ihn gehabt. Wenn einer zu oft und zu leicht gewonnen hat, wird er unvorsichtig und meint, es müsse jetzt immer so gehen. Nur hatte er es diesmal nicht mit Buben aus dem Nachbardorf zu tun, sondern mit Leuten, für die Kämpfen ihr Beruf ist, so wie für den Stoffel-Schmied das Hufeisenmachen oder für den Herrn Kaplan das Beten. Oder wie der Mann auf dem Martinimarkt in Rapperswil, der jedem einen Dukaten geboten hat, der gegen ihn gewinnt; der war überhaupt kein Kraftmensch, nicht so wie der große Balz, sondern eher ein Fliegenschiss von einem Mann, und darum hat auch mehr als einer den Lupf mit ihm probiert. Aber den Dukaten hat sich keiner verdient, die meisten lagen schon auf dem Rücken, bevor sie auch nur in die Hände gespuckt hatten. Wenn einer das Kämpfen richtig gelernt hat, ist es nicht wichtig, wie viel Muskeln er hat, und auch nicht, wie viel Mut. Der Poli hat beides, aber verglichen mit seinen Gegnern war er trotzdem nur ein Lehrbub.

Der mit der Glatze hat sich ganz gemütlich an den Tisch gelehnt, als ob er sagen wollte: »Ich kann mir wohl die Mühe sparen, mein Kamerad wird das schon für mich erledigen.« Der andere ist auf den Poli losgegangen, hat ihn aber nicht wirklich angegriffen, sondern ist um ihn herumgetanzt und hat dabei Sachen gesagt, die den Poli immer noch wütender machten. »Soll ich dir die Windeln wechseln?«, oder »Nicht weinen, wenn ich dir die Zähne einschlage, es sind ja nur Milchzähne«, solche Sachen halt. Der Poli hat immer wieder versucht, ihn mit der Faust zu treffen, aber der Dunkle war zu schnell für ihn, ist ihm lächelnd ausgewichen, und jedes Mal, wenn ihm der Poli bei einem Angriff zu nahe gekommen ist, hat er selber zugeschlagen. Weil er es aber mit der linken Hand gemacht hat und mit der rechten nur am Ohrring herumgefingert, hat der Poli nie gewusst, wo die Schläge hingehen, und schon bald hat er aus der Nase geblutet, und auch über dem rechten Auge war die Haut aufgeplatzt. Der Glatzkopf hat sich nicht eingemischt, sondern hat nur »Hopp, hopp, hopp« gerufen und dazu in die Hände geklatscht, immer schneller, so wie man die letzten Tänzer antreibt, wenn alle anderen schon müde Beine haben.

Ich kenne den Poli gut und habe gemerkt, dass der Moment gekommen war, wo er rotsah. Er hat einen Schrei ausgestoßen, so wie ich mir vorstelle, dass Löwen brüllen, und ist kopfvoran in den mit dem Ohrring hineingerannt. Genau wie damals beim Schwämmli hat er ihm mit dem Schädel die Nase gebrochen, und als der andere die Hände vors Gesicht gerissen hat, hat er ihm das Knie in den Eiersack gerammt. Der Dunkle lag dann zusammengekrümmt auf dem Boden und hat gewimmert.

»Genug!«, hat der Onkel Alisi laut gesagt, aber wenn der Poli in so einer roten Wut drin ist, könnte ihn ein Engel rufen, und er würde nicht auf ihn hören. Er hat den Dunklen mit dem Fuß zur Seite geschoben, wie man auf der Gasse einen toten Hund wegschieben würde, und dann hat er den andern zu sich herangewinkt, mit einer Geste, die man nur so verstehen konnte: »Komm her zu mir, oder hast du etwa Angst?« Nun war der Glatzkopf aber auch kein Feigling, sondern ein erfahrener Soldat, er hat sich plötzlich vom Tisch weggestoßen und ist fast auf den Poli zugeflogen, hat die Arme um ihn gelegt und ihn so fest an sich herangezogen, dass der mit den Fäusten nicht mehr zu einem Schlag ausholen konnte; den Bärengriff nennt man das. Er hat versucht, den Poli mit den Beinen aus dem Gleichgewicht zu bringen, und der ist auch tatsächlich gestürchelt, hat sich aber gerade noch fangen können. Die beiden waren gleich groß, und ihre Köpfe kamen sich so nah, dass das Blut vom Poli seiner Nase auf den andern gespritzt ist; es hat ausgesehen, als ob sie beide verletzt wären, und dabei hatte doch nur der Poli schon einen schweren Kampf hinter sich, und sein Gegner war noch ganz frisch. Dann haben sie sich auf dem Boden gewälzt, man hätte nicht sagen können, wer der Stärkere war, aber irgendwann saß der Poli auf dem anderen drauf und hat ihm den Kopf immer wieder auf den Boden gehauen, bis der Glatzkopf sich nicht mehr bewegt hat.

Der Poli ist aufgestanden und hat sich die Hände saubergeklopft, als ob er nur eine aufgegebene Arbeit erledigt hätte, anstrengend, aber auch nicht schwieriger als einen Tag lang Steine vom Acker holen. Dabei ist das Blut an ihm heruntergelaufen, und ein Auge hat angefangen, sich zu schließen. Der Colonnello hat applaudiert, aber nur mit den Fingerspitzen. Er war nicht glücklich darüber, dass dieser Säugling seine beiden Wölfe besiegt hatte. Der Poli hat sich mit dem Ärmel das Gesicht abgewischt, und der Onkel Alisi hat einen Becher Wein für den Sieger eingeschenkt. Auf den Glatzkopf hat niemand mehr geachtet, nur ich habe bemerkt, dass er sich aufrichtete, mühsam, aber doch, sich aufstützte und wieder zum Stehen kam.

Dann hat er sich plötzlich von der Bank sein Messer geschnappt, ist auf den Poli zugeschlichen und wollte ihm die Waffe in den Rücken stoßen.

Ich bin kein mutiger Mensch, wirklich nicht. Im Dorf sagen alle, ich sei ein Ins-Hemd-Scheißer, und sie haben sicher recht. Aber der Poli ist mein Bruder, und ein Bruder ist das Wertvollste, das ein Mensch haben kann, vor allem, wenn die Eltern nicht mehr am Leben sind. Das habe ich aber in dem Moment nicht überlegt, überhaupt nichts habe ich überlegt, und darum ist das, was ich gemacht habe, auch keine Heldentat, obwohl der Onkel Alisi das hinterher gesagt hat und jeden Tag wieder sagt. Ich weiß auch gar nicht richtig, wie es passiert ist, ich weiß nur, dass der Hocker, den ich geworfen habe, eigentlich zu schwer für mich ist, aber geworfen muss ich ihn haben, er kann ja nicht von allein durch die Luft geflogen sein, er hat den Glatzkopf an der Schläfe getroffen, und der hat im Hinfallen immer noch das Messer in der Hand gehabt, so dass alle sehen konnten, was er vorgehabt hatte.

Der Swit hat schon in der Wiege einen Wolf erwürgt, und der David hat gegen den Goliath gewonnen, aber das waren doch richtige Helden, und ich bin keiner, sondern nur der Eusebius, der Finöggel, dem sie im Dorf Stündelerzwerg sagen und in Ägeri Gottfriedli. Und trotzdem bewundern mich jetzt alle, sogar der Poli, der mich noch nie bewundert hat, er sagt, ich habe ihm das Leben gerettet, und vielleicht stimmt das sogar, es ging nur alles so schnell, dass ich gar nicht weiß, wie es passiert ist. Der Onkel Alisi ist stolz auf mich, aber noch mehr auf sich selber, weil er doch immer gesagt hat, dass er aus mir einen Kämpfer machen kann. Der Glatzkopf und der mit dem Ohrring haben schon eine Stunde später wieder Lieder gesungen, als sei der ganze Kampf nur eine Unterhaltung für sie gewesen. Der Glatzkopf behauptet, er habe den Poli gar nicht totstechen wollen, sondern ihm mit dem Messer nur zeigen, dass er noch lang nicht gewonnen habe, aber sie hatten jetzt mehr Respekt und sind sogar zusammengerückt, damit wir uns zu ihnen auf die Bank setzen konnten. Ich habe ganz viel Wein trinken müssen, und es ist mir davon schlecht geworden und dem Poli dann auch. Vielleicht sind wir uns doch ähnlicher, als ich immer gedacht habe.

Das dreiundvierzigste Kapitel
in dem schon wieder gestritten wird

Zwischen dem Halbbart und dem Onkel Alisi ist es zu einem Streit gekommen, ich sollte wohl besser sagen: zu einem Krieg. Und ich bin mittendrin, obwohl ich gar nichts dafür kann.

Angefangen hat es damit, dass ich den Alisi draußen am Brunnen habe herumschreien hören. »Da singt einer die Psalmen rückwärts«, hat unsere Mutter es genannt, wenn einer so geschimpft hat. Ich habe nicht gewusst, dass es etwas mit dem Halbbart zu tun hat, aber natürlich bin ich hinausgelaufen, nicht nur, weil es mein Onkel war, den man gehört hat, das auch, sondern weil man es nicht verpassen will, wenn schon einmal etwas Ungewöhnliches passiert, sonst kann man später, wenn sich die andern daran erinnern, nur blöd dabeisitzen und hat nichts zu melden. Den anderen im Dorf muss es gleich gegangen sein, es sind immer noch mehr Leute gekommen, auch die Iten-Zwillinge und der Tschumpel-Werni und als Letzter der Bruchi, der wegen seinen kaputten Beinen nicht so schnell laufen kann. Nur der Poli war nicht dabei, der hat an dem Tag seine Fallen inspiziert. Seit ich ihm das Leben gerettet habe oder seit er das doch meint, hat er dem Halbbart und mir schon zweimal einen Hasen gebracht, er habe zu viele gefangen, er und der Alisi könnten gar nicht alle fressen. Er hat auch eine nette Seite, aber das will er nicht zugeben, es wäre ihm peinlich.

Also, der Streit zwischen dem Onkel Alisi und dem Halbbart. Die beiden sind sich beim Brunnen gegenübergestanden und haben sich angestarrt, jeder mit seinem einen Auge. Fuß an Fuß standen sie da, wie zwei, die gleich einen Lupf miteinander probieren wollen und nur die Griffe noch nicht gefasst haben. Vom Halbbart seinem Gesicht habe ich nur die verbrannte Seite gesehen, die sieht immer gleich aus, ohne bestimmten Ausdruck, ich konnte deshalb nicht sagen, ob er auch so wütend war wie der Alisi. Obwohl: Dem Halbbart würde man eine Wut nicht ansehen, er würde sie in sich hineinfressen und irgendwann unverdaut wieder auswürgen wie eine Eule ihr Gewölle. Dafür war dem Alisi sein Kopf vor Zorn so rot und geschwollen, dass man gedacht hat, es sprengt ihm gleich das gute Auge auch noch heraus. Dem Halbbart hat er die bösesten Schlötterlinge angehängt, »fremder Fötzel« war noch der netteste davon. Ein Zugewanderter, der gar nicht richtig zum Dorf gehöre, habe sich nicht in Dinge einzumischen, die ihn nichts angingen, hat er geschrien, sondern solle besser dahin zurückgehen, von wo er gekommen sei, dort warte man sicher schon auf ihn, um zu Ende zu bringen, was man damals nur halb erledigt habe, er, der Alisi, werde sich gern mit einem Bündel Reisig an der guten Sache beteiligen. Das war von ihm ein Pfeil ins Leere, aber er hat besser getroffen, als er wissen konnte; allerdings war ich der Einzige, der verstanden hat, wie sehr die Worte dem Halbbart weh tun mussten. Der ist aber ganz ruhig geblieben und hat den

Alisi nur mit einem untersuchenden Blick angeschaut, als wäre der wegen eines Gsüchti zu ihm gekommen und wisse nicht richtig zu erklären, wo er seine Schmerzen habe. Dass der Halbbart nicht zurückschrie, hat den Onkel Alisi noch wilder gemacht; wenn einer Streit sucht und nicht findet, weiß er nicht, wohin mit seinem Zorn. In seinem Haus sei er Herr und Meister, hat er geschrien, und welche Gäste er zu sich einlade, habe einen dahergelaufenen Vaganten nichts zu interessieren.

Es ging also um die ausgedienten Soldaten, die immer wieder beim Onkel Alisi übernachten und an denen im Dorf keiner Freude hat, außer vielleicht der Kryenbühl Martin, weil er ihnen auch noch seinen sauersten Räuschling verkaufen kann; nach dem dritten Krug merken sie keinen Unterschied mehr. Mir wäre es auch lieber, sie würden auf der anderen Seite der Alpen bleiben und sich dort gegenseitig totschlagen. Es sind gefährliche Leute; ich glaube bis heute nicht, dass der Glatzkopf sein Messer nicht wirklich hat benutzen wollen. Aber was diese Radaumacher und Plagööri mit dem Halbbart zu tun haben sollten und warum er sich da einmischte, das konnte ich nicht verstehen.

Er wolle sich mit dem Alisi nicht streiten, hat der Halbbart mit einer ganz ruhigen Stimme gesagt, es sei ihm unrecht, wenn dem etwas in den falschen Hals gekommen sei, das er doch nur hilfreich gemeint habe.

»Hilfreich?«, hat der Alisi geschrien. »Und wenn sie mir in einer Schlacht beide Arme abgehackt hätten, würde ich deine Hilfe nicht brauchen.«

Der Halbbart hat einfach weitergeredet, als ob der Alisi gar nichts gesagt hätte. Was so ungnädig aufgenommen werde, hat er gesagt, das habe er im Guten gemeint, es dünke ihn, es sei besser, wenn man gewarnt sei, bevor eine Sache ganz aus dem Ruder laufe und man sich am Ende gegenseitig die Köpfe einschlage.

»Bring sie nur her, diese Köpfe!«, hat der Alisi spektakelt.

Er hätte die Sache lieber nicht auf offenem Markt verhandelt, hat der Halbbart gemeint, aber vielleicht sei es sogar besser, wenn alle im Dorf Bescheid wüssten. Wenn das Schlimme zum Argen komme, so wie es zu befürchten sei, und eines Tages vielleicht sogar ein Überfall passiere, dann könne es jeden treffen.

Der Onkel Alisi hat wieder anfangen wollen zu sirachen, aber der alte Eichenberger, der zwar nicht von Amtes wegen der Oberste im Dorf ist, aber eigentlich schon, hat ihn schweigen heißen. Mit seiner vollen Geldtruhe hat er am meisten zu verlieren; wenn von einem Überfall die Rede ist, spitzt so einer natürlich die Ohren.

Es sei so, hat der Halbbart gesagt: Er habe oft in Ägeri zu tun, warum spiele keine Rolle, und dort braue sich etwas zusammen, man könne es so deutlich spüren wie die Hitze im Sommer oder die Kälte im Winter. Es sei eine allgemeine schlechte Stimmung, und zwar eben wegen der heimgekehrten Soldaten. Wenn sie getrunken hätten, und getrunken hätten sie eigentlich immer, würden sie überall Händel anfangen und jedes Mal gleich dreinschlagen, es habe sich deswegen schon mehr als ein Bürger vom Bader zusammenflicken lassen müssen. Was aber fast noch schlimmer sei oder doch von den Leuten schlimmer empfunden werde: Die ehrbaren Frauen behandelten sie wie Dirnen und riefen ihnen auf der Gasse Dinge nach, bei denen noch eine Stallmagd erröten würde. Sie führten sich auf, als ob sie in Feindesland wären und die Stadt sei eine Eroberung. Irgendwann, das könne man sich an den Fingern abzählen, würde einer von ihnen endgültig über alle Grenzen hinaustrampen, und den Chlapf, den es dann gebe, wolle bestimmt niemand im Dorf erleben, auch nicht der Alisi.

Seine Freunde lasse er nicht schlechtmachen, hat der wieder angefangen, Soldaten seien eben lebenslustige Leute, daran könne sich nur stören, wer noch nie dem Tod ins Auge geschaut habe. Der Eichenberger hat ihn aber nicht ausreden lassen, sondern hat vom Halbbart wissen wollen, was das alles mit unserem Dorf zu tun habe, man müsse sich schließlich nicht kratzen, wenn es einen anderen jucke, und bei uns hätten dem Alisi seine Gäste nie etwas wirklich Schlimmes angestellt.

Das sei es ja gerade, hat der Halbbart gemeint, sie tobten sich immer erst aus, wenn sie von hier fort seien, und genau das bringe das Dorf in Verruf. Auch der Wolf scheiße nicht dort, wo er schlafe, sage man in Ägeri, und man wisse dort sehr genau, dass die heimkehrenden Kriegsleute beim Alisi ein und aus gingen. Wenn man sich aber immer am selben Ort treffe, sei die Meinung, müsse dort auch der Anstifter hocken, der letzten Endes an allem schuld sei.

Ich habe an den Prior denken müssen und was der Alisi und seine Freunde mit ihm gemacht haben, bei der bösen Geschichte ist er ganz bestimmt der Anstifter gewesen. Und ich selber habe oft genug dabeisitzen und mir anhören müssen, wie sie sich mit Plagieren und Geschichtenerzählen in einen Rausch reden können, und wenn sie sich dann am nächsten Morgen auf den Weg hinunter nach Ägeri machen, sind sie von den eigenen Worten immer noch besoffen, noch mehr als vom Kryenbühl seinem Wein. So unrecht haben die Leute in Ägeri also nicht, wenn sie dem Alisi die Schuld geben.

Aber der hat das nicht hören wollen und hat gemeint, was andere Leute über ihn redeten, das ginge ihm zum Ohr herein und zum Arschloch wieder hinaus, und dem Halbbart glaube er kein Wort. Dann, vielleicht weil ihm kein neuer Schlötterling mehr eingefallen ist, hat er sich umgedreht und ist weggegangen. Als er mich bei den anderen gesehen hat, ist er noch einmal stehen geblieben und hat gesagt: »Ich verbiete dir, mit diesem Menschen« – dabei hat er auf den Halbbart gezeigt – »in Zukunft auch nur ein Wort zu reden.«

Die anderen vom Dorf sind alle noch dageblieben und wollten vom Halbbart Genaueres hören. Dabei ist mir aufgefallen, dass sie ihn nicht mehr wie einen Fremden behandeln, sondern wie einen von ihnen.

Es sei kein Weltwunder, dass sich zurückgekehrte Soldaten benähmen wie Nachtbuben, hat der Halbbart gesagt, das wisse man auch in Ägeri, wer sich jahrelang vom Totschlagen und Plündern ernährt habe, der fange nicht handkehrum an, fromme Lieder zu singen. Solang sie es nicht allzu arg getrieben und auch Geld unter die Leute gebracht hätten, habe man ihnen vieles nachgesehen. Aber in den letzten Wochen seien Dinge passiert, schlimme Dinge, die man nicht mehr mit Übermut entschuldigen könne. Einmal hätten ein paar von ihnen mitten in der Nacht Kirchweihkrapfen essen wollen, jetzt und sofort, und weil es keine gab, hätten sie den Wirt halb totgeschlagen, die anständigen Frauen trauten sich schon gar nicht mehr aus ihren Häusern, und selbst die gemeinen Weiber hätten sich beim Vogt beklagt, so grobe Kundschaft hätten sie noch nie gehabt. All das gehe ihn ja eigentlich nichts an, meinte der Halbbart, was sie in Ägeri für Probleme hätten, sei nicht seine Sache, und man müsse nicht in jedes Hornissennest hineingelangt haben, aber in der letzten Zeit sage man dort unten, wenn man die Störenfriede meine, nicht mehr »die Soldaten«, sondern »dem Alisi seine Leute«, das komme davon, wenn einer sich als Kommandant aufspiele. Er habe auch schon sagen hören, dass man diesem Alisi und seinem ganzen Dorf einen Besuch abstatten und denen die Rechnung mit Dreschflegeln begleichen wolle, und zwar nicht erst zu Martini, wenn die Schulden fällig werden. Davor habe er als guter Nachbar den Alisi warnen wollen, aber wenn einer kein Musikgehör habe, könne man ihm auch nicht zum Tanz aufspielen.

Der alte Eichenberger hat ein ernstes Gesicht gemacht, wahrscheinlich hat er schon überlegt, wo er bei einem Überfall sein Geld verstecken müsse, aber wie man mit den Leuten von Ägeri Frieden machen könne, das hat er nicht zu sagen gewusst. Die anderen haben sorgenvoll geschaut, aber noch mehr haben sie sich geärgert, dass es zwischen dem Halbbart und dem Alisi nicht zu einer richtigen Prügelei gekommen ist, sie hatten sich schon darauf gefreut. Der Kryenbühl hat sogar gemeint, es sei Betrug, einfach so davonzulaufen, wo er doch schon angefangen hatte, Wetten auf einen Sieger anzunehmen. Die meisten hatten auf den Alisi gesetzt und nur ganz wenige auf den Halbbart.

Ich hätte es umgekehrt gemacht; der Onkel Alisi weiß vielleicht, wie man Leute umbringt, aber der Halbbart hat gelernt, wie man dem Tod ausweicht.

Für mich ist das Ganze besonders blöd, weil ich jetzt zwischen den Mühlsteinen stecke. Der Onkel Alisi meint zwar die Dinge, die er hinausprälagget, nicht immer wörtlich, und manchmal hat er sie am nächsten Tag schon wieder vergessen, aber dass der Halbbart jetzt sein Feind ist, das wird sich nicht so schnell ändern, und auch nicht, dass es für mich leicht eine Tracht Prügel absetzen kann, wenn er uns zusammen sieht. Der Halbbart meint zwar, der Alisi könne auch nicht überall sein und durch verschlossene Türen schauen schon gar nicht, aber ich möchte so gern einmal einfach meinen Frieden haben.

Ich habe den Halbbart gefragt, ob er wirklich keine Angst gehabt habe, der Onkel Alisi könne ihm etwas antun. Er hat sein seltsames Lächeln gelächelt und gemeint, Angst habe er in diesem Leben keine mehr übrig, der Vorrat sei bei ihm schon längst aufgebraucht, mehr als totschlagen hätte ihn der Alisi auch nicht können, und da sei ihm schon bedeutend Schlimmeres passiert.

Das vierundvierzigste Kapitel
in dem der Geni zu Besuch kommt

Der Geni ist da gewesen, aber er hat nur einen Besuch gemacht. Er ist jetzt ein wichtiger Mann, und das merkt man ihm an. Nicht dass er weniger nett wäre, das nicht, aber er ist es auf andere Art, als ob die Nettigkeit etwas wäre, das erledigt werden muss, um den Kopf für wichtigere Sachen frei zu haben. Dabei ist er nicht eingebildet oder so, überhaupt nicht, aber man merkt: Er ist jetzt andere Leute gewöhnt.

Als er gekommen ist, war ich am Holzhacken, das kann ich schon richtig gut; ich habe auch schon ein bisschen Muskeln bekommen. Sogar der Poli sagt, ich habe nicht mehr solche Meitli-Arme wie früher, ein Mann sei ich zwar noch lang nicht, aber wenn man nicht so genau hinschaue, könne man mich fast für einen Buben halten. Früher hat er solche Sprüche gemacht, um mich zu ärgern, aber jetzt ist es nur noch ein Spaß zwischen uns, so wie ich ihm manchmal mit der Hand über den Rücken fahre und sage: »Ich wollte nur nachschauen, ob nicht ein Messer drinsteckt.« Ich hatte mir vorgenommen, Holz für eine ganze Woche zu spalten, und bin auch gut vorangekommen, als auf einmal jemand meinen Namen gerufen hat und der Geni dastand. Das heißt: Er stand nicht, sondern saß, denn er ist auf einem Maultier gekommen; das Reiten geht ganz gut, sagt er, nur beim Auf- und Absteigen muss man ihm helfen. Das Maultier gehört dem Landammann, und es ist ein weißes, ich frage mich, ob es dasselbe ist, das der Alisi und seine Freunde dem Prior gestohlen haben. Der Tschumpel-Werni hat dann darauf aufpassen dürfen; mit Tieren kann er es gut, und er war fest stolz auf diese Aufgabe. Als der Muli einmal hat scheißen müssen, hat er nicht nur in die Hände geklatscht, wie er es immer tut, sondern hat die Bollen sorgfältig zur Seite getragen und sogar einen Kreis aus Steinen um sie herum gemacht, man hat erst hinterher verstanden, warum.

Der Anlass für dem Geni seinen Besuch ist eine Delegation, ich habe mir das Wort gemerkt, und er gehört dazu. So, wie er es erklärt, ist eine Delegation dasselbe wie ein Kriegsfähnlein, nur einfach friedlich, und sie sind auf dem Weg nach Einsiedeln, wo sie im Auftrag des Landammanns mit dem Abt sprechen sollen. Die andern haben den kürzeren Pfad über Brunni und Trachslau genommen, aber ihm hat der Stauffacher erlaubt, dass er den Umweg machen und seine Familie besuchen darf. Er könne nicht lang bleiben, hat der Geni gleich gesagt, er wolle unbedingt noch bei Tageslicht in Einsiedeln ankommen, man wisse nie, wem man im Dunkeln begegne.

Ich wäre gern mit ihm allein gewesen, nur einen Augenblick. Wenn andere Leute dabei sind, muss man erwachsen tun und kann sich nicht einfach umarmen lassen. Der Poli und der Onkel Alisi wollten aber auch etwas vom Geni haben, was man ja verstehen kann, und er hat darauf bestanden, dass der Halbbart eingeladen wird; er konnte nicht wissen, dass der und der Alisi unterdessen sind wie Hund und Katze. Sie haben sich aber zusammengenommen und sind sogar besonders höflich zueinander gewesen, so wie es der Alisi von den Parlamentären erzählt, wenn sie sich zwischen den Heeren treffen, um zu verhandeln, wie es mit dem Krieg weitergehen soll. Vielleicht war es aber auch einfach, weil der Geni so eine Respektsperson geworden ist. Er erinnert mich an den Bruder Zenobius, dessen Amt nicht viel höher ist als Sauhirt, aber wenn er etwas sagt, hören ihm die andern zu, nicht nur wegen seiner schönen tiefen Stimme, sondern weil er fast immer recht hat. Genau so war es jetzt auch beim Geni.

Er ist nicht vornehmer angezogen als früher, aber nichts von dem, was er anhat, ist geflickt, und seinen Bart hat er auch nicht allein gestutzt, so akkurat kann man das selber gar nicht. Und das Allerwichtigste: An sein neues Bein hat er sich unterdessen so gut gewöhnt, dass jemand, der nichts davon weiß, vielleicht denkt, er geht ein bisschen steif, aber sonst macht es den Anschein, er könne damit sogar auf den Tanz. Für die Erfindung hat er dem Halbbart noch einmal gedankt, er solle das auch dem Stoffel-Schmied ausrichten, wenn er dann wieder länger im Dorf sei, müsse man sich zusammensetzen und besprechen, wie man es in einem anderen Fall noch besser machen könne. So habe man ihm zum Beispiel in Schwyz den Becher, in den er seinen Stumpf steckt, so gut ausgepolstert, dass es ihm an der Stelle überhaupt nicht mehr weh tue.

Er hatte, wie er es nannte, Gastgeschenke mitgebracht, dabei ist er doch gar kein Gast, sondern gehört hierher. Ein großes Stück Speck hat er auf den Tisch gelegt und dazu ein Brot mit Kümmel, der Laib so lang, dass ein Spitz aus der Satteltasche herausgeschaut hatte. Jeder durfte sich abschneiden, so viel er wollte, nur der Geni selber hat kaum etwas genommen; in Schwyz habe er fast vergessen, was richtiger Hunger sei, die Leute, die beim Landammann etwas erreichen wollten, würden jeden Tag mehr gute Sachen bringen, als man aufessen könne.

Zum Glück war an diesem Tag keiner vom Alisi seinen Kameraden im Dorf. Wie wir so um den Tisch herumgesessen sind, war es fast wie damals, als unsere Mutter noch gelebt hat. Aber man hat nicht einfach von allem Möglichen geredet, sondern der Geni hat einen nach dem andern drangenommen, wie es der Herr Kaplan in Sattel macht, wenn ihm die Kinder die zehn Gebote oder die sieben Sakramente aufsagen müssen.

Zuerst kam der Alisi an die Reihe, vielleicht, weil der Geni das Unangenehmste schnell hinter sich bringen wollte. Er ist kerzengrade auf den Punkt gekommen, er habe da etwas von Besuchern läuten hören, die ihre Heimat mit einem Schlachtfeld verwechselten, solche Leute hätten in diesem Haus nichts zu suchen, damit müsse Schluss sein, und zwar nicht übermorgen, sondern sofort. Der Onkel Alisi ist es nicht gewohnt, dass man so mit ihm redet, und wollte etwas prälaggen von »sich nichts sagen lassen« und »Oberhaupt der Familie«, aber der Geni hat ihn nicht ausreden lassen, sondern hat gesagt, der Alisi habe an diesem Haus überhaupt keinen Besitz, sondern sei darin nur Gast, und als solcher habe er sich an das zu halten, was Brauch und Sitte sei, sonst müsse er ihn, verwandt oder nicht, auffordern, sich eine andere Bleibe zu suchen. Ob der Alisi das verstanden habe. Der Alisi hat herumgestottert, es könne schon sein, dass der eine oder andere seiner Kameraden in der Freude, wieder daheim zu sein, ein bisschen über die Stränge geschlagen habe, er werde das selbstverständlich abstellen. Der Geni ist nie laut geworden, man hat auch so gemerkt, dass er seine Drohung ernst meint und sie auch durchzusetzen wüsste. Das hat er beim Landammann gelernt.

Dann ist der Poli drangekommen. Der Geni hat ihn aufzählen lassen, was er am Soldatenleben so verlockend finde, und der Poli hat natürlich nichts zu sagen gewusst, als was er immer sagt: die Freiheit und die Kameradschaft und das viele Geld, das man später einmal daheim auf den Tisch legen könne. Man könne aber auch mit leerem Beutel und gespaltenem Schädel nach Hause kommen, hat der Geni gemeint, und wenn man auf dem Schlachtfeld von den Hunden gefressen werde, sei es mit der Freiheit und der Kameradschaft auch nicht mehr weit her. Aber er könne es ihm nicht verbieten, es müsse jeder sein Glück suchen, wo er es zu finden glaube, und der Poli sei alt und hoffentlich auch gescheit genug, um selber die richtigen Entscheidungen zu treffen. Der Poli hat ein Gesicht gemacht, als ob ihm etwas im Hals feststecke, und er wisse noch nicht, ob er es hinunterschlucken oder ausspucken solle. Ich finde es dumm, wenn jemand freiwillig in den Krieg ziehen will, aber ein bisschen beneide ich den Poli schon. Er hat wenigstens einen Plan für sein Leben, ganz anders als ich.

Für mich, hat der Geni gesagt, fühle er sich doppelt verantwortlich, nicht nur als Bruder, sondern weil er es gewesen sei, der mich ins Kloster geschickt habe, und das sei ja nicht gut gekommen. Er meine zwar nach wie vor, dass ich als Mönch am richtigen Platz wäre, es müsse ja nicht Einsiedeln sein, es gebe auch andere Orte, und vielleicht ließe sich ein Kloster finden, wo man mich das Lesen und Schreiben lernen ließe, der Dümmste sei ich ja nicht. Heute und morgen müsse zum Glück nichts entschieden sein, aber mit Überlegen könne man nie zu früh anfangen, und deshalb wolle er mir jetzt eine kleine Geschichte erzählen, ich sei ja schon immer der gewesen, der von Geschichten nicht genug bekommen konnte.

Das ist die Geschichte, die der Geni für mich erzählt hat: »Es war der fünfte Tag der Schöpfung, und der Herrgott war gerade daran, die Tiere zu erschaffen, die auf dem Land, die im Wasser und die in der Luft, jedes einzelne hat er aus Lehm geknetet und lebendig gemacht. Jedes Mal, bevor er seine Hand von ihnen genommen hat und sie hat loslaufen lassen oder losschwimmen oder losfliegen, hat er ihnen ihren Namen gegeben, ›du bist der Löwe‹, hat er gesagt, oder ›du bist der Walfisch‹ oder ›du bist der Adler‹. Denn nur, was einen Namen hat, ist wirklich in der Welt, so wie jeder nach seiner Geburt getauft werden muss, um ein richtiger Mensch zu sein.«

Ich habe an die kleine Perpetua denken müssen, ob sie wohl mit dem Namen, den ich ihr im letzten Moment gegeben habe, doch noch ins Paradies hat schlüpfen können, oder ob sie in den Limbus gekommen ist, wo man nichts sieht und nichts hört und für alle Ewigkeit keinen richtigen Platz in der Welt hat.

»Der Herrgott hatte an dem Tag viel zu tun«, hat der Geni weitererzählt, »er hatte sich einen Haufen Tiere ausgedacht, und ständig fielen ihm noch neue ein. So hat er gar nicht gemerkt, dass ihm ein kleines Stückchen Lehm zwischen den Fingern hindurchgerutscht und auf den Boden gefallen ist, ich weiß nicht, ob es zu einem Landtier gehört hätte, zu einem Vogel oder zu einem Fisch. Aber es war vom Herrgott berührt worden, und deshalb war es lebendig, nur einen Namen hatte es nicht. Und wer den eigenen Namen nicht kennt, der weiß auch nicht, wer er ist.

»Das Klümpchen Lehm, wir wollen es Niemand nennen, ist also von einem Tier zum andern gegangen oder geschwommen oder geflogen, es hätte selber nicht sagen können, wie es sich fortbewegte, und bei jedem hat es sich überlegt, ob es wohl etwas Ähnliches sei. Den Löwen hat es gefragt: ›Bin ich auch ein Löwe?‹, aber der hat nur verächtlich die Mähne geschüttelt, weil er als König der Tiere viel zu vornehm war, um sich mit so einem kleinen Niemand abzugeben. Als Nächstes ist das Niemand zum Walfisch gegangen und hat von ihm wissen wollen: ›Bin ich vielleicht so einer wie du?‹ Der Walfisch hatte ein Maul, so groß, dass ein ganzes Haus darin Platz gehabt hätte, und dieses Maul hat er aufgesperrt, aber nicht, weil er dem Niemand eine Auskunft hat geben wollen, sondern weil er dem seine Erkundigung so langweilig fand, dass er hat gähnen müssen. Und auch vom Adler hat das Niemand keine Antwort bekommen, der ist so hoch oben am Himmel gekreist, dass er die Frage gar nicht gehört hat.

»Das Niemand ist immer trauriger geworden, denn wenn man nicht weiß, wer man ist, weiß man auch nicht, wo man hingehört, und wer nirgends hingehört, möchte am liebsten gar nicht auf der Welt sein. Aber dann, als es schon gar keine Hoffnung mehr hatte, ist das Niemand an einen See gekommen, den hatte der Herrgott gerade erst am zweiten Schöpfungstag erschaffen, und weil das Wasser noch so neu war und nicht von einem einzigen Stäubchen verdunkelt, konnte man in seiner Oberfläche das eigene Bild besser erkennen als in jedem Spiegel. Das Niemand schaute in den See, und zum ersten Mal in seinem Leben wusste es, wer es wirklich war. Auch ein Name fiel ihm dazu ein, es konnte gar kein anderer sein, und das Niemand, das jetzt kein Niemand mehr war, war sehr, sehr glücklich.«

»Was war es denn nun für ein Tier?«, habe ich gefragt, und der Geni hat mich angelächelt und gesagt: »Das musst du selber herausfinden. Irgendwann entdeckt jeder seinen See und merkt, dass er ihn die ganze Zeit direkt vor der Nase hatte.«

Ich glaube, ich habe verstanden, was ich daraus lernen soll, und es war lieb von ihm, dass er nur für mich eine eigene Geschichte erfunden hat. Vom Anneli kann er sie nicht gehört haben, sonst wäre bestimmt der Teufel darin vorgekommen. Aber wirklich leichter hat er es mir damit nicht gemacht.

Das fünfundvierzigste Kapitel
in dem es verschiedene Meinungen gibt

Natürlich haben wir den Geni auch ein bisschen ausgefragt, vor allem, was er beim Landammann eigentlich zu tun habe, es müsse etwas Wichtiges sein, wenn man ihn einfach so ein Maultier aus dem Stall holen lasse. Der Geni hat gelacht und gesagt, so genau wisse er selber nicht, wie man seine Stellung nennen müsse, er sei da in etwas hineingerutscht, für das es nicht einmal einen richtigen Namen gebe, es mache ihm auch Freude, aber spätestens, wenn dann Zeit zum Pflügen sei, höre er damit auch wieder auf. Der alte Eichenberger habe ihn damals ohne besonderen Grund zur Talgemeinde nach Schwyz mitgenommen, mehr zur Unterhaltung auf dem Weg als für etwas anderes, und bei dem, was man dort besprochen habe, sei er nur dabeigehockt und habe das Maul gehalten. Er könne heute gar nicht mehr sagen, was damals verhandelt worden sei, er wisse nur noch, dass sich alle die ganze Zeit ins Wort gefallen seien, als ob keiner von ihnen gelernt hätte, einem anderen zuzuhören. Er sei richtig froh gewesen, dass ihn das Ganze nichts angegangen sei. Aber dann habe der Stauffacher auf einmal seine Meinung hören wollen, jemand, der mit der Sache nicht befasst sei, habe vielleicht etwas beizutragen, an das sie alle nicht gedacht hätten. »Ich bin ganz schön erschrocken«, hat der Geni gesagt, »es war, als ob ich in der Kirche plötzlich die Messe lesen sollte. Ich kann aber nichts allzu Dummes gesagt haben, denn der Landammann hat genickt, und am nächsten Tag hat er mich gefragt, ob ich unbedingt mit dem Eichenberger zurückmüsse, er würde mich gern noch ein bisschen dabehalten; er werde schon dafür sorgen, dass ich später nicht auf einem Bein nach Hause zurückhüpfen müsse. Und noch etwas hat er gesagt, aber das sollte ich besser nicht erzählen.« Man hat ihm aber angesehen, dass er es eigentlich schon erzählen wollte, und er hat es dann auch getan. Der Landammann hat nämlich noch gesagt, es freue ihn, wenn auch mal jemand mit am Tisch sitze, der einen richtigen Kopf auf dem Hals habe. Seither, hat der Geni gemeint, sei er halt dabei, wenn etwas besprochen werde, und manchmal hocke er am Abend noch mit dem Landammann zusammen, bei einem Becher Wein oder zwei, und sie würden miteinander Antworten auf die Fragen suchen, die im Lauf des Tages aufgetaucht seien.

Mich hat das nicht überrascht, ich habe schon immer gewusst, dass der Geni gescheiter ist als viele andere, nicht wie einer, der Lesen und Schreiben gelernt hat und dazu auch noch Latein oder von mir aus Schwedisch, sondern gescheit auf ganz praktische Art.

Der Alisi wollte schon wieder anfangen, von seinem bewunderten Wernher von Homberg zu erzählen, der sei auch so ein Berater gewesen, aber nicht von einem gewöhnlichen Landammann wie der Geni, sondern vom Kaiser persönlich. Aber niemand wollte seine Geschichten hören, und für einmal hat er das gemerkt und wieder geschwiegen. Das hat dann aber nicht lang vorgehalten.

Er habe vorher gar nicht gewusst, hat der Geni gesagt, wie viel die Leute immer miteinander zu streiten hätten, manchmal gehe es dabei um wichtige Dinge, aber meistens seien es Sachen, die man mit ein bisschen Vernunft auch friedlich hätte miteinander ausmachen können, aber nein, je leerer die Schädel seien, desto härter seien sie auch, um jeden Muggenschiss könnten die Leute jahrelang streiten, und am Schluss kämen sie damit beim Landammann an und meinten, das ganze Tal müsse sich für ihren Seich interessieren. An einen Fall könne er sich erinnern, da sei es darum gegangen, wer bei der jährlichen Prozession in einem Dorf den vorderen Teil des Traggestells mit der Statue des Schutzpatrons auf die Schultern nehmen dürfe, den hinteren Teil zu tragen habe als weniger ehrenvoll gegolten. Wegen so einem Blödsinn hätten sich zwei Familien bis aufs Blut verfeindet, zuerst nur zwei sture Männer und dann die Söhne und deren Söhne auch wieder. Am Schluss sei das ganze Dorf in zwei Parteien gespalten gewesen, man habe sich zuleidgetan, was man nur konnte, und sich jedes Jahr am Namenstag des Dorfheiligen die schönsten Prügeleien geliefert. Solche Dummheiten würden beim Landammann vorgebracht, dabei habe der weiß Gott Wichtigeres zu tun.

Ich habe natürlich wissen wollen, was bei dem Streit entschieden worden sei, wahrscheinlich hätten ja beide Seiten ein bisschen recht gehabt. Der Geni hat gemeint, schon die Frage zeige, dass ich einen guten Kopf habe, meistens sei nämlich bei solchen Sachen genau das die Schwierigkeit, man könne Recht und Unrecht nicht so einfach aufteilen wie den Speck vor uns auf dem Tisch, dem einen diesen Teil und dem andern jenen, sondern man müsse jedes Mal einen schlauen Weg finden. In diesem Fall hätten sie es so gemacht: Der Landammann habe erklärt, wegen des gestörten Landfriedens verbiete er, das Heiligenbild bei der Prozession überhaupt mitzuführen, es sei denn, die beiden Familien würden sich ganz schnell auf eine Lösung einigen. Da sei den Hitzköpfen plötzlich eingefallen, was sie sich all die Jahre nicht hatten einfallen lassen, nämlich dass sie nach der halben Prozession die Plätze tauschen könnten. Allerdings sei zu befürchten, dass sie irgendwann doch wieder beim Landammann auftauchten und sich dann darum stritten, wo genau denn nun die Hälfte sei.

»War das dem Landammann seine Idee oder deine?«, hat der Halbbart gefragt. »Unsere gemeinsame«, hat der Geni geantwortet, aber das war wohl mehr aus Bescheidenheit.

Natürlich gebe es auch andere Dinge zu besprechen, hat er gemeint, solche, bei denen es auch einmal um Leben und Tod gehen könne, wie zum Beispiel dieser leidige Streit mit dem Kloster, der schon viel zu lang dauere. Dabei seien die Streitpunkte letzten Endes nur ein Flecken Allmend hier und eine Alpwiese dort, unter vernünftigen Leuten wäre so etwas kein Grund, gleich die Waffen in die Hand zu nehmen. Aber auf der einen Seite hätten sich die aus Einsiedeln manchmal aufgeführt, als ob sie die Herren der Welt wären, und auf der andern seien auch ein paar saudumme Lausbubereien vorgekommen, gerade dem Poli müsse er wohl nicht erklären, was er damit meine. Bis jetzt sei zum Glück nicht mehr passiert, als dass hier und dort ein bisschen gezündelt worden sei, aber aus solchen Zündeleien könne leicht ein großer Brand entstehen, und wenn erst einmal Feuer im Dach sei, lösche man das nicht mehr mit einem Gutsch

Wasser. Darum habe der Landammann jetzt eben diese Delegation losgeschickt, mit dem Auftrag, sich mit dem Abt an einen Tisch zu setzen und so lang eine Lösung zu verhandeln, bis der Frieden wiederhergestellt sei. Miteinander zu reden sei allemal besser, als aufeinander einzuschlagen.

»Das finde ich überhaupt nicht.« Der Onkel Alisi bekam schon wieder einen roten Kopf. Einen Streit gewinne man nicht mit Psalmensingen, und wer als Erster den Antrag stelle zu verhandeln, der gebe damit seine Sache schon verloren, das wisse jeder, der einen Krieg mitgemacht habe. Zuschlagen müsse man, und zwar so schnell, dass die Schlacht schon vorbei sei, bevor sich die andern auch nur den Morgenschlaf aus den Augen gerieben hätten. Auf dem letzten Feldzug hätten sie mehr als eine Stadt auf diese Weise erobert; wenn sie jedes Mal zuerst eine Delegation hätten vorausschicken wollen, wären sie in hundert Jahren nicht bis Rom gekommen.

Der Poli hat so überzeugt genickt, als ob ihm der Papst persönlich aus der Bibel vorgelesen hätte. Manchmal denke ich, er überlegt sich überhaupt nichts mehr selber, sondern läuft nur noch hinter dem Onkel Alisi her wie ich als kleiner Bub hinter dem Hasler Lisi.

Man sei aber nicht in einem Krieg, hat der Geni widersprochen, sondern es gehe im Gegenteil darum, einen zu verhindern.

»Mit Verhandlungen?«, hat der Alisi gehöhnt. »Dann glaubst du auch, dass man die Pocken mit Buttermilch kurieren kann.«

Der Poli hat laut gelacht, und das hat den Alisi noch mehr angestachelt. Der Respekt, den sie am Anfang vor dem Geni gezeigt hatten, ist immer mehr verschwunden, sie sind ihm ständig ins Wort gefallen. Ich verstehe ihn gut, wenn er sagt, dass manche Leute nicht gelernt haben, anderen zuzuhören. Wenn dem Alisi nichts mehr Neues eingefallen ist, hat er wiederholt, was er schon einmal gesagt hatte, nur beim zweiten Mal nicht mehr mit Reden, sondern mit Schreien. Mir scheint, je weniger jemand etwas von einer Sache versteht, desto lauter redet er darüber.

Der Halbbart hat sich die ganze Zeit nicht eingemischt, sondern nur zugehört. Ich habe gedacht, er ist sicher der gleichen Meinung wie der Geni, aber da habe ich mich geirrt. Der Halbbart ist nicht wie andere Leute; man kann ihm nicht am Gesicht ansehen, was er gerade denkt, und das nicht nur wegen den verbrannten Stellen.

Sie haben immer weiter gestritten, bis sich der Geni wieder auf den Weg machen musste, und das war schade; in der kurzen Zeit, die er bei uns bleiben konnte, hätte ich es gern friedlicher gehabt. Wenn ich König wäre oder Herzog, ich würde ein Gesetz erlassen, dass immer, wenn eine Familie zusammenkommt, nur über das Essen geredet werden darf oder über das Wetter oder die Feldarbeit, und wer mit Sachen wie Krieg oder Streitereien anfängt, kommt in den Kerker.

Vor dem Haus hat mich der Geni umarmt, aber mit seinen Gedanken war er schon in Einsiedeln. Er hatte sich den Besuch anders vorgestellt, das hat man gemerkt; als er angekommen ist, hat er ein glückliches Gesicht gehabt, und jetzt beim Abschied war er nur noch ernst; an dem sind der Alisi und der Poli schuld und der blöde Marchenstreit. Der Geni hat dann aber doch noch einmal lachen müssen, weil ihm der Tschumpel-Werni nämlich die Bollen von seinem Maultier hingehalten hat, er hat wohl gedacht, der Geni will die mitnehmen. Der Halbbart hat ihm in den Sattel geholfen; es sieht ungeschickt aus, aber sobald er sitzt, merkt man überhaupt nicht mehr, dass ihm ein Bein fehlt. Die Dorfleute haben ein Spalier für ihn gemacht, so wie damals die Mönche für die habsburgischen Reiter, und dann war der Besuch von meinem Bruder Geni schon wieder vorbei.

Der Onkel Alisi und der Poli haben sich gegenseitig beglückwünscht, dem Geni hätten sie es gegeben, und sie ließen sich von ihm überhaupt nichts sagen, aber als dann am Abend wieder ein Soldat gekommen ist und sich beim Alisi einquartieren wollte, hat der ihn nicht hereingelassen. Er hat eben doch Angst, dass ihm der Geni wirklich das Haus verbieten könnte.

Der Halbbart hat gemerkt, dass ich traurig war. Er hat seine Hand auf meine Schulter gelegt und im Spaß gesagt, wir müssten wohl zusammen nach Ägeri zur Kräuterfrau gehen, mir sei sicher unwohl, weil ich zu viel von dem guten Speck gegessen hätte, und nur der richtige Sud könne mich heilen. Wenn mir der Weg aber zu weit sei, könne er versuchen, selber so ein Elixier für mich zu mischen, Tausendgüldenkraut und Schafgarbe hätten sich in solchen Fällen bewährt. Er hat dann viel Honig in die Mischung gerührt, man hat gar nicht mehr gemerkt, dass es etwas Medizinisches sein sollte. Was die Streiterei anbelangt, hat er gemeint, er gebe dem Alisi nicht gern recht, und wie der seine Meinung begründet habe, sei ja auch nicht von salomonischer Weisheit gewesen, aber in einem Punkt sehe der Geni die Sache wohl allzu rosig. Gerade vernünftige Leute machten oft den Fehler, dass sie meinten, alle anderen seien auch so vernünftig wie sie oder ließen sich doch zur Vernunft bekehren; seine eigenen Erfahrungen seien da andere. Er habe sich nur nicht auch noch einmischen wollen, eine Stimme mehr hätte den Chor nur lauter gemacht, aber nicht schöner. Er sei der Meinung, dass dem Geni seine Delegation in Einsiedeln weniger als nichts ausrichten werde, das Kloster habe die Habsburger hinter sich, und wenn man einem Habsburger die Hand gebe, müsse man nachher seine Finger zählen, ob nicht einer gestohlen worden sei. Mit dem Fuchs könne man hundert Friedensverträge abschließen, in den Hühnerhof einladen dürfe man ihn trotzdem nicht. Früher oder später werde man in der Sache zu den Waffen greifen müssen, für ihn sei das so klar, wie dass auf den Blitz der Donner folge, und wenn es dann passiere, dürfe man nicht nur mit großen Worten in den Kampf ziehen, sondern müsse auch die richtigen Waffen haben. Wenn ich Lust hätte, solle ich in den nächsten Tagen einmal mit ihm nach Ägeri kommen, er bereite da zusammen mit dem Stoffel-Schmied etwas vor, das sei bestimmt nützlicher als alle Aufschneidereien vom Alisi.

Ich war gern einverstanden, nicht nur wegen dem, was er mir zeigen wollte, sondern weil ich mich darauf freue, das Kätterli wiederzusehen, sie ist fast so etwas wie eine Schwester für mich. Und dem Alisi habe ich gesagt, dass ich nicht zu ihm zurückkommen will, auch wenn jetzt im Haus wieder Platz ist, sondern lieber beim Halbbart bleibe.

Das sechsundvierzigste Kapitel
in dem das Kätterli Schlimmes erlebt

Es muss etwas richtig Böses passiert sein, aber das Kätterli will nicht darüber reden, sie redet überhaupt nicht mehr, und die Erwachsenen verstehen es so wenig wie ich. Der Stoffel meint, auf dem Heimweg von der Kirche müsse sie etwas erschreckt haben, vielleicht ein böser Geist; man wisse ja, dass um die Wintersonnenwende herum besonders viele von denen unterwegs seien. Der Halbbart hat geantwortet, er wolle nicht grundsätzlich bestreiten, dass es so etwas gebe, aber in seiner Erfahrung seien es selten böse Geister, die schlimme Sachen anrichteten, sondern böse Menschen. Jetzt sitzen beide nur da, und jeder studiert für sich allein, was wohl passiert sein könnte. Das einzige Licht kommt von der Glut in der Esse; das Tor auf die Gasse hinaus ist verriegelt, obwohl doch nicht Sonntag ist und noch lang nicht Feierabend. Schon zweimal hat jemand angeklopft, weil er sein Pferd beschlagen haben wollte oder wegen etwas anderem, aber beide Male hat der Stoffel keinen Mucks gemacht, sondern ist einfach sitzen geblieben. Es kommt mir vor wie nach einer Beerdigung, wenn niemand mehr etwas über den Toten zu sagen weiß und auch die Frauen keine Tränen mehr haben. Es ist zwar niemand gestorben, aber ich fürchte, dass das noch passieren könnte.

Als das Kätterli von der Gasse hereingekommen ist, war mein erster Gedanke: Der böse Blick hat sie getroffen.

Und dabei hatte der Tag so schön angefangen.

Der Halbbart und ich sind beim ersten Licht aus dem Haus. Er hat einen Korb mitgenommen, aber er wollte mir nicht verraten, wozu er ihn braucht, ich werde es dann schon sehen. Der Schnee hat bei jedem Schritt geknirscht, sonst war es still; den Vögeln schien es zu kalt zum Zwitschern zu sein. Nur einen hat man quäken hören, überhaupt nicht schön, sondern als ob er heiser wäre. Es war ein Ruf, den ich nicht kannte, aber der Halbbart weiß über mehr Sachen Bescheid, als man denken würde, und hat mir erklärt, das sei ein Bergfink, im Sommer wohnten die viel weiter im Norden und kämen nur im Winter zu uns, weil ihnen das, was uns kalt erscheine, gerade angenehm vorkomme. Auch tiefer Schnee störe sie überhaupt nicht, sie würden sogar Löcher hineingraben, um darunter nach Buechenüssli zu suchen.

Das wird schon alles gestimmt haben, aber jetzt hinterher frage ich mich trotzdem, ob es nicht doch ein Unglücksvogel gewesen ist. Eine so hässliche Stimme kann nichts Gutes bedeuten.

Der Halbbart ist dann in den Wald hinein abgebogen, er habe dort etwas entdeckt, das hoffentlich niemand anderem aufgefallen sei. Wir mussten uns durch Unterholz und Gebüsche zwängen, aber dann war da am Rand einer kleinen Lichtung tatsächlich ein Stand von krüppeligen Bäumen, und es hatte noch niemand die Früchte geerntet. Da, wo der Halbbart herkommt, nennt man sie Steinäpfel, bei uns heißen sie Näschpli. Wir haben beide lachen müssen, weil uns der jeweils andere Name seltsam vorgekommen ist; ich glaube, man findet vieles nur deshalb lächerlich, weil man es nicht gewohnt ist. Näschpli werden erst durch den Frost richtig gut, und man muss die Kerne herausklauben, bevor man sie in Honigwasser kocht; das habe ich von unserer Mutter gelernt. Bei ihr haben sie so gut geschmeckt, dass kein König sich etwas Besseres auftischen lassen kann, schon gar nicht im Winter. Der Korb ist fast voll geworden, und wir haben beschlossen, unsere Ernte dem Kätterli mitzubringen, die sollte sie für uns zubereiten.

Als wir in Ägeri angekommen sind, war sie noch nicht da. Sonst sei sie um diese Zeit immer schon aus der Messe zurück, hat der Stoffel gesagt, aber ein Mädchen in ihrem Alter verschwatze die Zeit gern mal mit ihren Freundinnen.

Der Halbbart wollte mir zeigen, womit er und der Stoffel in den letzten Wochen so beschäftigt gewesen waren, deshalb waren wir gekommen, aber es hat dann zuerst noch eine kleine Auseinandersetzung zwischen den beiden gegeben. Sie hatten wohl abgemacht, dass niemand ihre Arbeit sehen dürfe, bevor sie ganz fertig sei, und zuerst wollte der Stoffel auch für mich keine Ausnahme machen. Schließlich hat er sich dann überreden lassen, ich glaube, es war ihm sogar recht, dass er quasi dazu gezwungen wurde. Wenn jemand eine Erfindung gemacht hat, kann er es bestimmt kaum erwarten, dass ihm jemand bestätigt, wie toll sie ist.

Ich habe aber das, was der Stoffel aus einem Jutesack gewickelt hat, gar nicht toll gefunden, sondern habe nicht einmal verstanden, was für einen Zweck es haben könnte. Es sah aus, als ob verschiedene Werkzeuge miteinander zusammengewachsen wären, so wie in einer Geschichte vom Teufels-Anneli einmal ein Löwe einen Fischschwanz gehabt hat und die Flügel von einem Schwan. Der größte Teil sah aus wie das Beil, mit dem die Metzger auf dem Markt Knochen durchtrennen, aber dort, wo bei einem Beil der Griff hingehört, war ein Spieß befestigt, wie man ihn braucht, wenn es auf Schwarzwild geht, nur dass dieser Spieß für einen Eber viel zu kurz gewesen wäre. Gegenüber von der Beilklinge war auch noch ein Gertel dran, nicht die ganze Klinge, sondern nur die halbrunde Spitze. Der Stoffel-Schmied hat mich erwartungsvoll angesehen, wie ein neuer Vater, wenn er einem zum ersten Mal sein Kind zeigt, und der Halbbart hat gefragt: »Was sagst du dazu?«

Ich wusste aber nichts zu sagen, oder alles, was ich hätte sagen können, wäre falsch gewesen. Ich wollte die beiden aber nicht enttäuschen, also habe ich so getan, als müsse ich mir ihre Erfindung zuerst noch genauer ansehen. Ich habe mich darüber gebeugt und bin sogar mit dem Finger über die Schneide von dem Beil gefahren. Für den Stoffel muss das ausgesehen haben, als ob ich Zweifel an seiner Arbeit hätte, und er hat sofort erklärt: »Das wird natürlich noch scharfgeschliffen. Und du musst dir das Ganze am Ende einer Stange vorstellen.«

Ich wollte mir gerade im Kopf ein Bild machen, da hat draußen jemand gegen das Tor gehämmert. Ich könnte nicht sagen, an was wir es gemerkt haben, aber wir haben alle sofort gewusst, dass es das Kätterli war. Der Stoffel hat schnell aufgemacht, und sie ist hereingekommen, nein: hereingerannt, mit einem Gesicht – ich kann gut verstehen, dass der Stoffel denkt, ein böser Geist müsse sie erschreckt haben. Ihre Augen haben mir Angst gemacht, wie von einem toten Fisch waren sie. Ohne ein Wort ist sie an uns vorbei, und als der Stoffel sie festhalten wollte, hat sie ihn mit so viel Kraft weggestoßen, als ob sie die Schmiedemuskeln hätte und er wäre das Mädchen. Dann ist sie die Treppe hinauf und der Stoffel ihr nach.

Bei seiner lauten Stimme haben wir in der Werkstatt alles hören können, was er gesagt hat, zuerst hat er ihr Vorwürfe gemacht, weil er schlechtes Benehmen nicht duldet, dann hat er Fragen gestellt, und dann hat er angefangen, ein Lied zu singen, dasselbe, das auch meine Mutter manchmal für mich gesungen hat, wenn ich aus einem schlechten Traum aufgewacht bin. *»Morn isch alles wieder guet«*, hat er gesungen, mit ganz weicher Stimme, was überhaupt nicht zu ihm passt. Mitten in einer Zeile hat er mit dem Lied wieder aufgehört.

Vom Kätterli die ganze Zeit kein Ton.

Dann ist der Stoffel wieder heruntergekommen, mit einem blutigen Kratzer im Gesicht, und hat erzählt, es sei ihm vorgekommen, als ob seine Tochter ihn die ganze Zeit nicht gehört habe und auch nicht gesehen, als ob jemand ihr die Augen und die Ohren zuhalte. Er habe es dann, er wisse nicht, warum, mit diesem Lied probiert, nach dem Tod ihrer Mutter habe er das Kätterli manchmal damit in den Schlaf singen können. Er sei zu ihr hingegangen, um den Arm um sie zu legen, so wie sie es sonst gern habe, da habe sie um sich geschlagen wie eine Verrückte und ihn sogar gekratzt, wie eine Katze ihre Krallen ausfährt, wenn man sie in die Enge treibt. Nachher habe sie an der Stelle, an der er sie berührt habe, herumgerieben, als ob eine giftige Schlange sie dort gebissen hätte. Er habe sein Kätterli noch nie so erlebt, hat er gesagt, und eine andere Erklärung als ein böser Geist komme ihm nicht in den Sinn, man wisse ja, dass die sich gern unschuldige Jungfrauen als Opfer aussuchten. Es werde wohl das Gescheiteste sein, wenn er einen Priester hole, am besten Hochwürden Linsi, damit der dem Kätterli den Dämon austreibe.

Er wollte sich gleich auf den Weg machen, aber der Halbbart hat ihn zurückgehalten. Dafür sei später immer noch Zeit, zuerst müsse man sicher sein, dass hinter dem Kätterli seinem Zustand wirklich etwas Teuflisches stecke und nicht vielleicht eben doch etwas Menschliches; so wie er es in seinem Leben erfahren habe, könne das manchmal noch schlimmer sein. Er sei zwar kein studierter Physicus, aber in Sachen Krankheit habe er doch einige Erfahrung, und es wäre vielleicht nützlich, wenn er sich das Mädchen selber einmal ansehe, es könne sein, dass ihn ihr Verhalten an etwas erinnere, das er schon einmal gesehen oder von dem er vielleicht auch nur gelesen habe. Versprechen wolle er nichts, schon der alte Hippokrat habe gesagt, dass Erfahrung trügerisch sein könne, aber wenn der Stoffel nichts dagegen habe … Der hat nicht geantwortet, aber auch nicht widersprochen, und so ist der Halbbart die Treppe hinauf.

Später einmal will ich ihn fragen, wer dieser Hippokrat ist und wo er ihn getroffen hat.

Diesmal hat man nichts gehört, keinen Ton, und die Zeit, bis der Halbbart wieder heruntergekommen ist, ist mir sehr lang vorgekommen. Man hat sofort gemerkt, dass er keine Medizin wusste, die dem Kätterli hätte helfen können. Er habe gar nicht versucht, mit ihr zu reden, hat er gesagt, sie habe nicht den Anschein eines Menschen gemacht, mit dem man ein Gespräch führen könne. In die hinterste Ecke des Zimmers habe sie sich verschloffen, die Hände vor sich ausgestreckt, als ob sie einen Feind abwehren müsse. Versuchsweise habe er einen Schritt auf sie zu gemacht, da sei sie am ganzen Körper zusammengezuckt, aber den Kopf habe sie nicht zu ihm gedreht, sondern ins Leere gestiert, in eine Richtung, wo gar nichts war oder nur etwas, das außer ihr niemand erkennen konnte.

»Eben doch ein Dämon«, hat der Stoffel gesagt, aber der Halbbart hat den Kopf geschüttelt und gemeint, es könne auch etwas anderes sein. Er habe so etwas Ähnliches schon einmal gesehen, damals nicht bei einem Mädchen, sondern bei einer Frau. Deren beide Kinder seien im Spiel auf die gefrorene Donau hinausgelaufen, das Eis sei aber noch zu dünn gewesen, sie seien eingebrochen, und die Mutter habe zusehen müssen, wie beide ertranken, und habe ihnen nicht helfen können. Danach sei sie auch so in einer anderen Welt gewesen, habe auf keinen Zuspruch gehört und weder essen noch trinken wollen. Nach ein paar Tagen sei sie dann aber wieder zurückgekommen – das sei nicht das richtige Wort, aber er wisse kein besseres –, und am meisten habe ihr, so seltsam es klinge, ihre Katze geholfen, die sei um ihre Beine herumgeschlichen und habe geschnurrt, als ob sie sie aufwecken wolle, irgendwann habe die Frau dann die Katze gestreichelt, und von da an sei es ihr wieder bessergegangen. So eine Kur wolle er gern auch mit dem Kätterli probieren.

Es sei aber niemand ertrunken, hat der Stoffel wütend gesagt, man ertrinke nicht auf dem Heimweg von der Kirche, und überhaupt sei das alles dummes Zeug, er hole jetzt Hochwürden Linsi und fertig. Aber der Halbbart hat ihn daran erinnert, dass er von dem Vorschlag, ein künstliches Bein für den Geni herzustellen, zuerst auch nichts habe wissen wollen, und dann habe sich doch herausgestellt, dass die Ideen von diesem seltsamen Menschen aus Korneuburg gar nicht so dumm seien. Einen Versuch sei es allemal wert, und wenn sich dann zeige, dass es doch ein Dämon sei, dann laufe der ihnen nicht davon.

»Wir haben aber keine Katze«, hat der Stoffel gesagt, und der Halbbart hat gemeint, es müsse nicht unbedingt ein Tier sein, sondern einfach jemand, vor dem der Patient keine Angst habe und dem er vertraue. Dabei hat er mich angesehen.

Das siebenundvierzigste Kapitel
in dem eine Geschichte nicht zu Ende erzählt wird

Er hat dann etwas gesagt, das ich vom Poli auch schon zu hören bekommen habe, nur dass der Poli mich damit hat zäukeln wollen, und beim Halbbart war es einfach eine Feststellung. Ich sei die Art Bub, hat er gesagt, vor der niemand Angst haben müsse, in einer Auseinandersetzung sei das vielleicht keine nützliche Eigenschaft, aber in diesem Fall scheine es ihm genau das Richtige zu sein, so wie dieselbe Medizin je nachdem heilsam oder schädlich sein könne. Das Kätterli fürchte sich vor etwas, und bevor wir nicht herausfänden, was diese Angst ausgelöst habe, sei ihr nicht zu helfen; bei einer Vergiftung lasse sich auch erst ein Gegenmittel finden, wenn man wisse, was der Patient Schädliches gegessen oder getrunken habe. Die Antwort, die wir brauchten, könne uns aber nur das Kätterli selber geben, solang sie mit niemandem rede, würde auch der gelehrteste Physicus so hilflos vor ihrer Krankheit stehen wie vor einem zehnfach verriegelten Tor. Es gehe darum, dieses Tor aufzumachen, und zwar nicht mit der Brechstange eines Exorzismus, was seiner Meinung nur noch größeren Schaden anrichten würde, sondern indem man den Menschen, der sich dahinter verschanzt habe, dazu bringe, die Riegel selber zurückzuschieben, einen nach dem anderen.

Das könne aber nur gelingen, wenn der Erkrankte – und Krankheiten ohne körperliche Verletzungen seien oft die gefährlichsten – die Welt um sich herum wieder so wahrnehme, wie sie sei, und nicht, wie seine Angst sie ihm vor Augen halte. Bei der Frau damals in Korneuburg habe das eine gewöhnliche Katze bewirkt, gerade weil ihr Schnurren und Gestreichelt-sein-Wollen etwas so Alltägliches gewesen sei und weil man vor einer zahmen Katze keine Angst haben müsse. Es scheine ihm deshalb den Versuch wert, mich zum Kätterli zu schicken, nicht um ihr Fragen zu stellen, das wäre das Falscheste überhaupt, aber wenn es mir gelänge, im selben Zimmer mit ihr zu sein, ohne dass sie sich dagegen wehre, sei schon eine Menge erreicht.

Der Stoffel hat ohne Fröhlichkeit gelacht und gefragt, ob ich etwa schnurren und dem Kätterli um die Beine streichen solle?

Nur bei ihr sein solle ich, hat der Halbbart geantwortet, und mich so benehmen wie immer, als ob überhaupt nichts Besonderes wäre. Das klinge zwar simpel, sei aber manchmal das Allerschwerste. Was wir denn so machten, das Kätterli und ich, wenn wir beieinander seien?

»Manchmal kämme ich ihr die Haare.«

»Anfassen solltest du sie nicht. Du hast gesehen, was sie mit dem Stoffel gemacht hat.«

»Ich habe sie doch nur trösten wollen«, hat der ganz traurig gesagt. Der Kratzer in seinem Gesicht hat immer noch geblutet, aber er hat das Blut nicht abgewischt.

»Manchmal erzähle ich ihr eine Geschichte.«

»Das ist eine gute Idee«, hat der Halbbart gemeint. »Geh hinauf, setz dich hin und erzähl ihr etwas. Wenn sie dir nicht zuhört – sie wird dir nicht zuhören, zumindest am Anfang nicht –, fang einfach mit derselben Geschichte von vorne an. Und sprich leise, wie man es bei einem kleinen Kind macht, das einschlafen soll.«

Der Stoffel fand die Idee nicht gut, aber sein Widerspruch hatte keine Kraft. Es wäre mir lieber gewesen, er hätte sich lautstark gewehrt; wenn ein Mann wie der Stoffel-Schmied schwach wird, macht einem das Angst.

»Was für eine Geschichte?«, habe ich gefragt.

»Such eine aus, in der nichts Schlimmes vorkommt, eine harmlose, lustige, dir wird schon eine einfallen. Du hast dem Teufels-Anneli oft genug zugehört.«

Beim Nachdenken habe ich gemerkt, dass in den Geschichten, die das Anneli erzählt, fast immer schlimme Sachen vorkommen, auch in denen, die gut ausgehen. Auch wenn am Schluss niemand zerschmettert im Talgrund liegt oder in der Hölle im eigenen Blut gesotten wird, vorher sind jedes Mal schreckliche Dinge passiert, und je schrecklicher, desto besser gefällt es den Zuhörern. Wenn der Herr Kaplan von einem Märtyrer erzählt, ist es dasselbe: Am Schluss ist der zwar heilig, aber vorher wird er geköpft oder von Pfeilen durchbohrt oder den Löwen zum Fraß vorgeworfen. Ich glaube, wenn die Leute nicht so gern solche Sachen hörten, das Teufels-Anneli würde lauter liebe Geschichten erzählen, wo am Ende jedes Regenbogens ein Topf mit Gold steht. Was allerdings der Herr Kaplan dann erzählen würde, das kann ich mir nicht denken.

Schließlich ist mir dann doch noch eine Anneli-Geschichte eingefallen, in der nichts Böses passiert, sondern die nur lustig ist. Ich kann mich noch gut erinnern, wie die

Leute damals beim Zuhören gelacht haben. Wenn ich das Kätterli wieder zum Lachen bringen könnte, habe ich mir vorgestellt, wäre der Halbbart bestimmt zufrieden mit mir.

Ich hatte Angst, etwas falsch zu machen, und mein Herz hat fest gepöpperlet, aber ich habe versucht, es mir nicht anmerken zu lassen. Auf der Treppe habe ich meine Schritte extra laut gemacht, damit sie weiß, dass jemand kommt, und nicht erschrecken muss. Sie stand immer noch in die Ecke gedrückt, so wie der Halbbart es beschrieben hatte, aber sie ist wenigstens nicht zusammengezuckt oder weggelaufen. Ich habe »Guten Tag, Kätterli« gesagt, aber sie hat es nicht gehört oder nicht hören wollen. Wenn wir zusammen Schachzabel spielen, sitzen wir beim Erker, weil es dort am hellsten ist, aber ich wollte ihr nicht zu nahe kommen und habe mich lieber auf der anderen Seite auf den Hocker gesetzt. Viel Licht war nicht im Zimmer; wenn es draußen viele Wolken hat, nützt auch die Schweinsblase nichts. »Soll ich dir eine Geschichte erzählen?«, habe ich gefragt, nicht weil ich eine Antwort erwartet habe, sondern weil ich sie das vor dem Erzählen immer frage, und der Halbbart hat gesagt, es müsse alles so sein wie immer. Ich habe keine Antwort bekommen, deshalb habe ich einfach so getan, als ob sie ja gesagt hätte.

Es ist eine lustige Geschichte, wirklich, auch wenn der Teufel darin vorkommt, und es hätte mir nichts ausgemacht, sie mehr als einmal zu erzählen. Aber ich bin schon beim ersten Mal nicht bis zum Ende gekommen, und warum das so war, kann ich mir immer noch nicht richtig erklären. Etwas bewirkt hat mein Erzählen zwar schon, wenn auch nicht das, was der Halbbart erhofft hatte.

Und so ging die Geschichte:

Es war einmal eine Zeit, in der der Teufel probieren konnte, was er wollte, und nichts davon hatte Erfolg. Schon ein ganzes Jahr hatte er keine neue Seele mehr für die Hölle gewinnen können, und der Teufel braucht frische Seelen, wie ein Durstiger Wasser braucht.

Als ich die Geschichte damals beim alten Eichenberger gehört habe, hat an dieser Stelle jemand dazwischengerufen: »Oder das Anneli eine volle Schüssel!«, und die Leute haben zum ersten Mal gelacht.

Dass dem Teufel alle seine Pläne danebengingen, lag daran, dass ihn die Menschen unterdessen zu gut kannten und schon von weitem merkten, wenn er versuchte, sich an sie heranzuschleichen. Immer wenn ihm das wieder passiert war, biss er sich vor Wut in den eigenen Schwanz, und weil der Teufel so spitzige Zähne hat, musste er dann jedes Mal heulen wie ein Säugling, dem die Zähne falsch in den Mund hineinwachsen.

An dieser Stelle haben die Zuhörer zum zweiten Mal gelacht.

Schließlich hat der Teufel seiner Großmutter, der alten Fledermaus, sein Leid geklagt, und sie hat ihm auch einen Rat gewusst. »Du bist zu stolz auf dein teuflisches Aussehen«, hat sie gesagt, »ich habe dich schon oft dabei beobachtet, wie du das geschmolzene Blei als Spiegel benutzt hast, das doch eigentlich dazu da ist, arme Sünder zu quälen. Nun sind die Menschen zwar dumm, aber so dumm auch wieder nicht, sie wissen unterdessen, dass du Bocksfüße hast und nach Schwefel riechst, und wenn du in ihre Nähe kommst, schlagen sie das Kreuz, besprengen sich mit Weihwasser oder machen andere ekelhafte Sachen.« Der Teufel ist es nicht gewohnt, dass man ihn kritisiert, aber vor seiner Großmutter hat er Respekt. »Was soll ich denn machen?«, hat er gefragt »Ich bin nun mal nicht so hässlich wie ein Engel, und nach Weihrauch stinke ich auch nicht.« Seine Großmutter hat mit ihren ledrigen Flügeln geflattert und gesagt: »Manchmal kommt es mir wirklich vor, als ob du nicht nur der böseste von allen Bösen wärst, sondern auch der dümmste von allen Dummen. Wenn du zu den Menschen gehst, musst du dich verkleiden, so wie du dich damals im Paradies als Schlange verkleidet hast, um Eva zu verführen.« Der Teufel hat sich lang kratzen müssen, denn wenn er ans Paradies erinnert wird, juckt es ihn am ganzen Leib. Aber er musste zugeben, dass ihm die Großmutter einen guten Rat gegeben hatte.

Noch am selben Tag hat er sich auf einen Strauch gesetzt, in der Gestalt der schönsten Rose, die es jemals gegeben hatte. Wenn eine Jungfrau diese Blüte sieht, hat er überlegt, wird sie mich pflücken und in ihre Kemenate mitnehmen, und wenn sie dann schläft, wird es mir leichtfallen, ihre Träume mit sündigen Gedanken zu füllen. Aber seit der Geschichte mit Eva hatte er das Verkleiden nicht mehr geübt, und als tatsächlich eine Jungfrau des Weges gekommen ist, hat sie die Blüte nicht gepflückt, sondern hat sich die Nase zugehalten und ist davongerannt. An den Geruch hatte der Teufel nämlich nicht gedacht, und die Rose, so schön sie war, hat gestunken, als ob zehntausend Schweine faule Eier gefressen und dann auf den Strauch geschissen hätten. Als der Teufel das gemerkt hat, hat er sich wieder in seine eigene Gestalt zurückverwandelt und sich vor Wut so fest in den Schwanz gebissen wie noch nie zuvor.

Das ist doch wirklich eine lustige Geschichte, und ich kann nicht verstehen, warum das Kätterli so darauf reagiert hat. Bis dahin hatte sie allerdings noch keinen Mucks gemacht, und auch als ich weitererzählt habe, hat sie sich noch nicht gerührt, ob sie zugehört hat oder nicht.

So ging die Geschichte weiter:

Am nächsten Tag hat der Teufel einen zweiten Versuch gemacht, diesmal hat er sich nicht als Blume verkleidet, sondern als Tier. Ein süßes neugeborenes Kätzchen wollte er sein, das finden alle Menschen herzig. Diesmal hat er auch daran gedacht, richtig zu riechen, aber trotzdem … sobald ein Mensch ihn erblickte, lief der schreiend davon. Erst als das ein paar Mal passiert war, merkte der Teufel, dass er wieder einen Fehler gemacht hatte: Er hatte vergessen, seine Teufelshörner verschwinden zu lassen, und eine Katze mit Hörnern ist nicht herzig, sondern macht Angst. Diesmal biss er sich so fest in seinen Schwanz, dass ihm seine Großmutter den wieder annähen musste.

Ich weiß noch gut, wie die Leute damals beim Eichenberger gelacht haben. Der Bruchi ist von der Bank gefallen, und wegen seiner kaputten Beine mussten ihm die anderen aufhelfen.

Am dritten Tag, so ging die Geschichte weiter, beschloss der Teufel, dass er sich diesmal als Mensch verkleiden wollte. Menschen kenne ich am besten, sagte er sich, und deshalb werde ich dabei am wenigsten Fehler machen. Es sollte jemand sein, dem jeder vertrauen konnte, und deshalb setzte der Teufel ein harmloses Gesicht auf, zauberte sich ein Mönchshabit an den Leib und stellte sich an die Straße. Als eine Jungfrau sich näherte –

Damals, als das Anneli sie erzählt hat, ging die Geschichte so weiter, dass der Teufel wieder einen Fehler gemacht hatte, der Schwanz, den ihm seine Großmutter gerade erst wieder angenäht hatte, hing ihm hinten aus dem Habit, und so wurde nichts aus seinen teuflischen Plänen. Bis dahin bin ich aber gar nicht gekommen, weil das Kätterli plötzlich zu schreien angefangen hat, am ganzen Körper hat sie gezittert, wie jemand, der die Fallsucht hat, und dann ist sie auch wirklich auf dem Boden gelegen und hat immer noch geschrien, aber jetzt mit Worten. »Der Teufel war es!«, hat sie geschrien. »Der Mönch war der Teufel!«

Der Stoffel und der Halbbart sind gerannt gekommen und haben versucht, sie zu beruhigen, aber sie hat sich nicht beruhigen lassen, sondern immer weitergeschrien und um sich geschlagen und gezappelt. Dabei ist ihr Rock hochgerutscht, und ich habe gesehen, dass ihre Schenkel voller Blut waren, ganz voller Blut.

Das achtundvierzigste Kapitel
in dem das Kätterli ins Kloster geht

Unterdessen weiß ich, wie es zusammenhängt, aber zuerst habe ich mir überhaupt nicht erklären können, warum das Kätterli plötzlich nicht mehr stumm war. Mein erster Gedanke war, dass es etwas mit meiner Geschichte zu tun haben müsse, und es hatte ja auch damit zu tun, nicht, weil ich die falsche ausgesucht hatte, sondern weil darin ein Mönch vorgekommen ist, der Halbbart meint das auch. Ich glaube, das Kätterli wird ihr ganzes Leben lang vor jedem Mann Angst haben, der ein Habit trägt; es ist gut, dass sie dort, wo sie jetzt ist, keinem begegnen wird.

Aber fehlen wird sie mir.

Der Reihe nach: Das Kätterli hat mit dem Schreien nicht aufgehört, und der Halbbart hat mir ein Zeichen gemacht, ich solle hinausgehen und den Stoffel und ihn mit ihr allein lassen. Aber von der Werkstatt aus habe ich alles hören können. Das Kätterli hat immer wieder geschrien, sie habe den Teufel als Mönch verkleidet gesehen, der Stoffel hat beruhigend auf sie eingeredet, und allmählich ist aus ihrem Schreien ein Weinen geworden, ein Greinen eigentlich, nicht wie man es von einem fast erwachsenen Mädchen erwarten würde, sondern wie von einem kleinen Kind, und dann hat man den Stoffel wieder singen hören: *»Morn isch* *alles wieder guet.«* Ich habe mir vorgestellt, dass er seinen Arm um das Kätterli gelegt hat, und diesmal hat sie sich nicht gewehrt.

Dann ist der Halbbart heruntergekommen, hat den Korb mit den Näschpli genommen und die Früchte einfach auf den Boden geleert, den Korb hatte er mir in die Hand gedrückt und mir aufgetragen, ich solle zur Kräuterfrau laufen und ein paar Dinge für ihn besorgen. Es sei jetzt für das Kätterli am wichtigsten, dass sie lang und tief schlafen könne, er wisse da ein gutes Mittel, zu Hause hätte er die Zutaten dafür gehabt, aber nicht hier in Ägeri. Er brauche Mohnsamen, Baldrian, getrocknetes Wermutkraut, eine Schafgarbenwurzel und eine Schwertlilienknolle. Ein bisschen gschmuuch war mir bei dem Auftrag schon, obwohl ich nicht mehr wie früher meine, dass die Kräuterfrau eine Zauberin ist. Gleichzeitig war ich froh, etwas für das Kätterli tun zu können.

Die Kräuterfrau hat einen krummen Rücken, weil sie sich in ihrem Leben beim Pflücken so oft hat bücken müssen, dadurch ist sie sogar kleiner als ich, und wenn sie einem ins Gesicht sehen will, muss sie den Kopf in den Nacken legen. Sie hat nur noch zwei Zähne im Mund, links und rechts im Unterkiefer, es gibt Leute, die behaupten, die seien ihr nicht so gewachsen, sondern die eigenen seien ihr ausgefallen, und diese beiden habe sie einem toten Wildschwein ausgerissen. Das glaube ich aber nicht, dann wären die Zähne viel größer. Wenn sie mit einem redet, hat sie nichts Unheimliches an sich, nur gut aufpassen muss man, weil ihr wegen der fehlenden Zähne die Worte im Mund ertrinken, und streng ist sie, aber das muss man auch sein, wenn zu jeder Tages- und Nachtzeit Leute etwas von einem wollen. Als ich ihr aufsagen wollte, was ich alles holen sollte, hat sie mich unterbrochen und gesagt, was jemand für Kräuter brauche, das bestimme sie selber, sie merke an meiner Liste, dass es um Schlaflosigkeit gehe, aber auch davon gebe es mehr als eine Art, und bei jeder müsse man die Rezeptur anders mischen, sonst könne es passieren, dass der Patient zwar einschlafe, aber nicht mehr aufwache. Als ich ihr gesagt habe, dass der Halbbart mich schickt, hat sie dann aber einen anderen Psalm gesungen, das sei ein gescheiter Mann und habe ihr auch schon manchen Rat gegeben, der gar nicht schlecht gewesen sei. Sie bestand darauf zu erfahren, für wen die Kräuter bestimmt seien und gegen welche Beschwerden, und nachdem ich ihr alles erzählt habe, hat sie gemeint, sie gebe mir auch noch Samen von wilden Möhren mit, der Halbbart werde wissen, wie man sie anwende. Aus der Kiste, in der sie ihre Kräuter aufbewahrt, ist eine ganze Überschwemmung von Gerüchen herausgeströmt.

Als ich in die Schmiede zurückgekommen bin, hatte der Halbbart Kerzen angezündet und war dabei, die Kerne aus den Näschpli zu entfernen, weil er vor lauter Ungeduld etwas mit seinen Händen hat machen müssen. Von oben hat man den Stoffel immer noch singen hören, immer dasselbe Lied, er muss es so oft wiederholt haben wie ein reuiger Sünder das *Mea culpa*. Die Stimme vom Kätterli war leiser geworden, aber sie hat nicht beruhigt geklungen, sondern nur erschöpft. Es ist mir ewig lang vorgekommen, bis der Halbbart seine Medizin gebraut hatte, und dann musste man auch noch warten, bis sie abgekühlt war, aber endlich hat das Kätterli einschlafen können und ist erst am nächsten

Tag wieder aufgewacht. Der Stoffel-Schmied ist noch lang neben ihrem Strohsack sitzen geblieben, und der Halbbart und ich sind nicht ins Dorf zurückgegangen, der Halbbart, weil er gemeint hat, er wird vielleicht noch gebraucht, und ich, weil ich mir Sorgen um das Kätterli gemacht habe.

Der Halbbart hat mir erklärt, was seiner Meinung nach passiert ist, das heißt: Richtig erklären wollte er es nicht, sondern hat darum herum geredet, aber so klein bin ich dann doch nicht mehr, und ich habe auch schon gesehen, wie ein Hund einer Hündin in den Nacken gebissen hat, weil sie ihn nicht aufsteigen lassen wollte. Der Halbbart meint, das Kätterli habe sich nach der Messe bestimmt nicht mit einer Freundin verschwatzt, es wäre besser gewesen, wenn sie es getan hätte, dann wäre sie auf dem Heimweg nicht allein gewesen; ich weiß ja von unseren Schleichwegen in den Hüsliturm, dass sie gern Wege geht, wo man niemanden antrifft. Sie hat aber jemanden angetroffen, oder besser gesagt: Es hat ihr jemand aufgelauert. Es müsse nicht unbedingt ein richtiger Mönch gewesen sein, meint der Halbbart, es gebe auch viele Bettler, die meinen, ein Habit mache die Leute freigiebiger, und wenn einer etwas Böses vorhabe, verkleide er sich sowieso gern, damit die Leute nachher in die falsche Richtung suchten. Der Mann werde sie angesprochen haben, vielleicht habe er um ein Almosen gebeten oder sie nach dem Weg gefragt, und das Kätterli sei ein hilfsbereites Mädchen, das von anderen immer nur das Beste denke, oder sie sei doch bisher so gewesen; jetzt werde sich das wohl ändern. Manchmal, sagt der Halbbart, genüge ein einziges schlechtes Erlebnis, um einen Menschen umzudrehen wie einen Handschuh, er habe das an sich selber erfahren. Der Mann werde das Kätterli gepackt haben, sie werde versucht haben, sich loszureißen, aber ein Mädchen kann gegen einen erwachsenen Mann nichts ausrichten, schon gar nicht, wenn der nur an eines denken kann und es ihm egal ist, ob er ihr weh tut.

Ich kann mir das alles zwar nicht richtig vorstellen, aber der Hund, den ich damals gesehen habe, hätte die Hündin bestimmt totgebissen, wenn sie nicht aufgehört hätte, sich zu wehren.

Irgendwann, meint der Halbbart, werde das Kätterli auf dem Boden gelegen haben, und der Mann habe mit ihr gemacht, was er habe machen wollen, so etwas käme leider öfter vor, als man denken würde, die Frauen und Mädchen würden es nur aus Scham verschweigen, und wenn hinterher in ihrem Bauch etwas Ungewolltes heranwachse – man könne nur hoffen, dass es beim Kätterli nicht dazu komme –, finde sich immer eine Kräuterfrau, die ein Gegenmittel zusammenbraue, aus Eibennadelsud, Frauenminze oder eben Möhrensamen. Und wenn das nicht helfe, sei schon mehr als ein Neugeborenes im Misthaufen verschwunden.

Oder ein Prior hat es erwürgen lassen, habe ich gedacht.

Wenn der Mann wirklich ein Mönch gewesen sei, hat der Halbbart gesagt, oder doch wie ein Mönch ausgesehen habe, dann sei meine Geschichte durch Zufall das genau richtige Vomitivum gewesen, um das Kätterli ihre Vergiftung auskotzen zu lassen. Ich solle mir also keine Vorwürfe machen, sondern dankbar sein, dass ich etwas habe helfen können. Ich hätte auch noch gern gewusst, warum das Kätterli so blutige Beine hatte, aber das hat er mir nicht erklären wollen.

Weil seine Tochter endlich tief geschlafen hat, ist der Stoffel schließlich zu uns heruntergekommen. Auch er hat angefangen, Näschpli zu entkernen, es hat seltsam ausgesehen, die kleinen Früchte in seinen großen Händen. Eine ganze Weile hat man nur das Kratzen von den Messern gehört, dann hat der Stoffel plötzlich gesagt: »Ich bringe ihn um. Ich bringe alle Mönche um.« Er ist dabei nicht laut geworden, das hat einem am meisten Angst gemacht, weil man gemerkt hat: Er meint es ernst. Dabei ist er kein gewalttätiger Mensch, auch wenn viele Leute wegen seiner Kraft Angst vor ihm haben, aber ich kann mir trotzdem vorstellen, wie er mit einem Stabeisen in der Hand durch die Gassen geht, und jeden Mönch, den er antrifft, schlägt er tot. Zu meiner Überraschung hat ihm der Halbbart nicht widersprochen, sondern hat gesagt: »Ich helfe dir dabei.« Aber dann hat er hinzugefügt: »Aber nur, wenn wir den Richtigen finden.« Mehr haben sie beide nicht gesagt, sondern nur weiter in den Näschpli herumgebohrt, aber gedacht haben wir alle drei dasselbe: Wenn es wirklich nur ein verkleideter Mönch war, so wie im Teufels-Anneli seiner Geschichte, dann kann nur das Kätterli den Schuldigen erkennen. Und ihn noch einmal sehen zu müssen, das wäre schlimmer für sie als jede Strafe, die ein Gericht über ihn verhängen könnte.

Als das Kätterli am nächsten Morgen aufgewacht ist, war sie ganz anders als am Tag vorher, viel ruhiger; es ist blöd, das so zu sagen, weil es ja nicht möglich ist, aber mir schien, sie sei über Nacht erwachsen geworden. Sogar ihre Stimme hatte sich verändert, als ob sie für immer vergessen hätte, wie man lacht. Auf die Frage, wie sie sich fühle, hat sie keine

Antwort gegeben, sondern hat zu ihrem Vater gesagt, beim Aufwachen habe sie gewusst, was das Richtige für sie sei, er solle nicht versuchen, es ihr auszureden. Sie wolle nach Schwyz gehen, und zwar heute noch, er könne sie begleiten oder nicht, es mache für sie keinen Unterschied. Wir haben gedacht, sie wolle dort in der Kirche zum heiligen Martin beten, und das wäre nach dem, was passiert ist, auch vernünftig gewesen, weil der Martin in Trier ein Mädchen, das gelähmt war und nicht mehr sprechen konnte, wieder gesund gemacht hat. Aber das Kätterli hat etwas anderes gemeint. Nicht wegen der Martinskirche wollte sie nach Schwyz gehen, sondern wegen des neuen Klosters. Sie habe den Entschluss gefasst, sagte sie mit ihrer veränderten Stimme, dort bei den Magdalenerinnen mit ihren strengen Regeln einzutreten und ihr ganzes Leben lang nur noch Buße zu tun, auch wenn der Dreck, der an ihr klebe, sich niemals werde abwaschen lassen. Natürlich hat ihr Vater versucht, ihr das auszureden, die Magdalenerinnen seien ein Büßerorden für Frauen, die schwere Sünde auf sich geladen hätten, gemeine Weiber, die jeder für ein paar Silberlinge habe kaufen können, und sie sei doch keine Schanddirne, sondern ein unschuldiges Opfer, das nichts zu bereuen und nichts zu büßen habe, ihr Platz sei nicht hinter den Mauern eines Klosters, sondern hier bei ihm, er brauche sie und könne ohne sie nicht leben. Aber das Kätterli hatte ihren Entschluss gefasst, es hat auch nicht geholfen, dass der Stoffel angefangen hat zu weinen. Ich hätte mir das bei ihm nie vorstellen können, aber ich verstehe es gut, weil seine Tochter der wichtigste Mensch für ihn ist, und jetzt sollte er sie nie mehr sehen oder nur durch das Klausurgitter im Parlatorium des Klosters. Aber eigentlich gab es das Kätterli schon gar nicht mehr, sondern nur noch ein Mädchen, das aussah wie sie.

Einzupacken gab es nichts, das Kätterli hat gesagt, sie brauche keine Kleider mehr, das weiße Habit, das sie jetzt ihr Leben lang tragen werde, genüge ihr vollkommen. Sie hat ihren Vater gedrängt, sich zu beeilen, als käme es auf jede Stunde an, die man früher in Schwyz sein könne. Ich habe den beiden nachgesehen, und mir ist aufgefallen, dass der Stoffel-Schmied kleiner geworden war, er ist fast so gebückt gegangen wie die Kräuterfrau.

Der Halbbart hat mich gefragt, ob wir die Näschpli ins Dorf mitnehmen wollen, aber ich hätte sie nicht essen können, weil sie doch für das Kätterli bestimmt gewesen waren. Wir haben sie dann in die Esse geworfen, und es hat seltsam gerochen, halb wie etwas sehr Gutes und halb verbrannt.

Das neunundvierzigste Kapitel
in dem der Sebi sich Gedanken macht

Früher ist mir nie langweilig gewesen. Unsere Mutter oder der Geni haben mir gesagt, was zu tun war, auf dem Feld oder im Geißenstall, ob ich Beeren suchen sollte oder Tannzapfen für das Feuer. Wenn es einmal keine Arbeit gab, oft ist es nicht vorgekommen, haben wir im Bach Rindenstücke um die Wette schwimmen lassen oder im Wald eine Mutprobe gemacht, und die Tage sind uns immer zu kurz vorgekommen. Im Kloster hat mich dann der Bruder Fintan herumkommandiert, ich habe ihn zwar gehasst, aber man wusste, was man zu tun hatte, Schweine hüten oder Unkraut jäten, und wenn die Glocke geläutet hat, musste man beten gehen, Matutin, Laudes, Prim, Terz, Sext, Non und Vesper, wenn das eine Gebet zu Ende war, hat das nächste schon fast wieder angefangen. Ob man sich das Klosterleben ausgesucht hatte oder nicht, die Welt war dort ordentlich eingeteilt, und man hatte seinen festen Platz darin. In Ägeri, als Lehrbub vom Stoffel-Schmied, haben mir am Abend alle Knochen weh getan, aber ich wusste, woher und warum, und es ist sogar etwas dabei herausgekommen. Noch heute bin ich jedes Mal stolz, wenn der Halbbart den Schürhaken benutzt, den ich für ihn geschmiedet habe, obwohl der wirklich kein Meisterstück ist. Sogar das, was mir der Onkel Alisi befohlen hat, als er einen Soldaten aus mir machen wollte, auf dem blutten Boden schlafen oder im eiskalten Wasser untertauchen, hatte eine gewisse Ordnung, wenn ich auch manchmal meine, er ist ein bisschen verrückt, vielleicht wegen der Goldmünze in seinem Kopf, da müssen die Gedanken ja darüber stolpern. Seit ich mich erinnern kann, habe ich immer gemacht, was man mir aufgetragen hat, ob es mich gefreut hat oder nicht, und erst jetzt merke ich, dass einem das Gehorchen auch einen Halt gegeben hat. Seit ich niemandem mehr folgen muss, kommt es mir vor, als ob ich mit geschlossenen Augen irgendwohin gehen müsse, an einen ganz bestimmten Ort, aber es verrät mir keiner die Richtung. Unsere Mutter ist tot, der Geni kommt nur noch zu Besuch, und das Kätterli ist im Kloster. Natürlich, mit ihr am Abend Schachzabel spielen oder ihr die Haare kämmen, das waren keine Arbeiten, aber dafür Dinge, auf die man sich freuen konnte, und auch das macht eine Ordnung in den Tag. Jetzt ist der Einzige, der noch ab und zu etwas von mir will, der alte Laurenz, aber so oft sterben die Leute auch wieder nicht. Der Alisi, der immer prälagget hat, ich sei sein Lieblingsneffe, hat eingesehen, dass ich mich für den Krieg nicht eigne, und hat kein Interesse mehr an mir; wenn er nicht Soldätlis spielen kann, weiß er nicht, was er mit einem anfangen soll. Ich bin ihm zwar oft ausgewichen oder habe mich sogar vor ihm versteckt, aber das war auch eine Art Beschäftigung. Als die Muttergottes damals mit dem Jesuskind nach Ägypten geflohen ist, hatte sie bestimmt Angst und Hunger und alles, nur langweilig war ihr bestimmt nicht. Sogar vom Poli würde ich mir freiwillig Befehle geben lassen, aber der hat schon gar keine Zeit für mich; jetzt, wo der Geni nicht da ist, um es ihm zu verbieten, hat er wieder mit seinem Fähnlein angefangen und ist den ganzen Tag damit beschäftigt, sich neue Kommandos auszudenken und neue Feinde. Dem Halbbart kommt auch nicht in den Sinn, mir Aufträge zu geben. Einmal habe ich ihn gefragt, ob ich nicht bei ihm Lehrbub werden könne. Um das Kurieren zu lernen, hätte ich sogar den Beutel aus dem Grab von der Hunger-Kathi geholt, aber er hat gemeint: »Man soll kein Gewerbe ergreifen, bei dem man anderen Leuten hilft. Am Schluss erlebt man immer nur Enttäuschungen.« Und dabei hat er doch selber diesen Beruf. Manchmal verstehe ich ihn überhaupt nicht, und doch: Wenn man sich aus allen Menschen auf der Welt seinen Vater aussuchen dürfte, so wie sich der Abt im Refektorium das beste Stück Fleisch aus der Schüssel picken darf – ich müsste nicht lang überlegen.

Ich habe den Halbbart gefragt, woher es wohl komme, dass ich in der letzten Zeit so gar nichts mit mir anzufangen wisse, und er hat gemeint, es werde damit zusammenhängen, dass ich erwachsen werde. Immerhin sei ich schon bald vierzehn, da sei man kein Bub mehr, aber auch noch kein Mann, und in dieser Zwischenzeit gehe es den meisten Menschen so, dass sie mit der Welt nicht mehr umzugehen wüssten und mit sich selber schon gar nicht. Man werde eben nicht von allein erwachsen, das sei nicht so wie mit den Backen, die an einem Tag noch so glatt sein könnten wie ein Säuglingshintern, und schon am nächsten sprieße einem der Bart. Ich müsse mir das vorstellen wie eine Krankheit, die eine gewisse Zeit brauche, bis man sie überstanden habe; Erwachsenwerden sei wie Pocken oder

Masern, nur dass seines Wissens noch keiner daran gestorben sei.

Ich bin froh, wenn die Krankheit bald einmal ausgeheilt ist, es kann einem nur niemand sagen, wann das sein wird. Wahrscheinlich ist es wie mit dem Fegefeuer, man muss hindurch, um ins Paradies zu kommen, aber man weiß vorher nicht, wie lang, und man kann es nicht abkürzen. Einer, dem zwanzig Jahre lang nie etwas Böses passiert ist, der Eltern und Geschwister hat, alle sind gesund und er auch, so einer ist vielleicht glücklich, aber erwachsen ist er nicht. Natürlich, es müssen einem nicht gleich so schlimme Sachen passieren, wie der Halbbart sie erlebt hat, obwohl sie ihn, wenn er noch jünger gewesen wäre, bestimmt ganz schnell erwachsen gemacht hätten, aber in diesem Punkt hat der Onkel Alisi recht: Wer sich nicht abhärtet, kann auch keinen Kampf gewinnen.

Es wird wohl einfach so sein müssen. Der Herr Kaplan sagt immer: »Von der Vorsehung ist alles gut überlegt.« Vielleicht war es für mich notwendig, dass unsere Mutter gestorben ist, oder auch die Sache mit dem Kätterli, vielleicht müssen genügend Menschen aus einem Leben verschwunden sein, bevor man Platz hat, um etwas Eigenes zu werden. Ich habe jetzt sehr viel Platz, aber pressiert hätte es mir nicht.

Zurückgehen und wieder ein Kind sein kann man auch nicht. Wenn ich die Buben im Dorf ihre Spiele spielen sehe, immer noch die gleichen, *Stockgumpen* oder *Jäger und Gemse,* dann kommen sie mir gar nicht so anders vor als der Tschumpel-Werni, der auch immer dasselbe macht, auf den Boden scheißen und in die Hände klatschen; wenn jemand anbieten würde, ihm die Klugheit mit einem Trichter in den Kopf zu füllen, er würde sie nicht haben wollen.

Nur: Viel gescheiter bin ich auch nicht. Jetzt redet mir zwar keiner mehr hinein, aber ich scheine zu dumm zu sein, um mir selber Befehle zu geben. Gerade in dieser Jahreszeit, wo einem keine Feldarbeit den Tag einteilt, gäbe es tausend Dinge, die ich unternehmen könnte, aber meistens sitze ich nur da und spiele auf meiner Flöte. Ich kann es schon richtig gut, auch wenn der Poli sagt, es sind alles Mamititti-Melodien; wenn ein Trupp Soldaten zu so einer Musik in die Schlacht ziehen wollte, wären sie eingeschlafen, noch bevor sie beim Feind ankämen. So wie der Schwämmli die Trommel schlage, das sei richtige Musik, aber ich habe wohl in meiner Zeit im Kloster zu viele Psalmen singen müssen. Der Poli weiß immer, was er mit sich anfangen soll, aber er kommt mir trotzdem nicht erwachsen vor, obwohl er älter ist als ich.

Vielleicht macht er es aber richtig, und ich mache es falsch, vielleicht ist es gescheiter, in die Sachen einfach hineinzuschießen und nicht lang zu überlegen. Es könnte also sein, der Gedanke macht mir manchmal Angst, dass mir diese Fähigkeit einfach nicht angeboren ist, so wie beim Eichenberger einmal ein Kalb mit nur drei Beinen auf die Welt gekommen ist; es hat zwar tapfer versucht herumzulaufen, aber es war dann doch besser, es zu metzgen. Ich glaube, wenn eine Fee mich von einem Tag auf den anderen in einen König verwandeln würde, man könnte mir lang eine Krone aufsetzen und ein Zepter in die Hand geben, ich würde trotzdem den ganzen Tag nur hilflos auf dem Thron sitzen und darauf warten, dass meine Hofleute mir ins Ohr flüstern, was ich befehlen solle. Vielleicht bin ich einfach ein lebenslanger Finöggel, und es wird nie ein richtiger Erwachsener aus mir. Und dabei gibt es Menschen, die haben schon ganz jung sehr erwachsene Sachen gemacht, der Märtyrerknabe Justus aus der Klosterkirche zum Beispiel ist schon als kleiner Bub heilig geworden, weil er seinen Vater nicht verraten hat und dafür geköpft wurde. Ich bin heute schon älter, als er damals war, und weiß immer noch nicht, was ich mit meinem Leben anfangen soll.

Am liebsten erzähle ich Geschichten, aber das ist nichts Besonderes, jetzt im Winter, wo es außer Korbflechten keine vernünftige Arbeit gibt, machen das alle. Die Leute wehren sich damit gegen die leere Zeit, und am liebsten wäre es ihnen, das Teufels-Anneli würde jeden Tag ins Dorf kommen. Weil das aber nicht möglich ist, erzählen sie sich gegenseitig die immer gleichen Sachen, obwohl jeder die Geschichten des anderen schon ewig kennt. Es hat jeder nur eine, und sie sind durch das häufige Wiederholen abgeschliffen wie die Stufen vor einem Altar, wo die frommen Frauen jeden Tag auf den Knien hinaufrutschen. Der Bruchi zum Beispiel erzählt von einem Mann, der die lange Pilgerreise nach Compostela unternommen hat, um für die Genesung seiner kranken Frau zu beten, sie hatte schon ewig nur noch auf dem Strohsack herumliegen können, und er hat ihr sogar den Hintern abwischen müssen. Drei Jahre später, als sie gestorben war, ist er dann mit der Jakobsmuschel am Hut zurückgekommen, und alle Leute haben ihn wegen seiner Frömmigkeit bewundert. Aber dann hat ihn ein fahrender Händler erkannt, und es hat sich herausgestellt, dass er gar nie in Compostela gewesen war, sondern die ganze Zeit nur ein paar Täler weiter, dort hatte er sich einen neuen Namen zugelegt und eine neue Frau. Er war nicht aus Frömmigkeit weggegangen, sondern weil er es nicht mehr ausgehalten hatte, den Pfleger zu machen. »Ich kann das gut verstehen«, sagt der Bruchi jedes Mal an dieser Stelle, »so eine Frau, die nichts mehr arbeiten kann, ist so lästig wie meine kaputten Beine, wenn ich die mit Davonlaufen heilen könnte, ich würde mich noch heute auf den Weg machen.« Nur wie die Geschichte aufhört, erzählt er immer wieder anders, einmal wird der Mann mit Schande aus dem Dorf verjagt, ein anderes Mal befiehlt ihm sein Beichtvater, zur Buße die Pilgerfahrt nun wirklich zu unternehmen, er macht den langen Weg, und vor der Türe der Jakobskapelle trifft ihn der Schlag. Ich glaube, der Bruchi weiß selber nicht, wie die Sache gewesen ist oder ob sie überhaupt passiert ist; wenn man ihn fragt, wann es sich ereignet habe und in welchem Dorf, weiß er keine Antwort. Der alte Laurenz hat den Bericht von seinem Urgroßvater und dem Grab, das immer wieder aufgegangen ist, und auch der Züger hat seine Geschichte, die vom Geni seinem Unfall und wie er ihm den Knochen abgesägt hat, aber die will keiner hören, weil sie alle selber dabei waren. Er lauert deshalb darauf, dass ein Fremder ins Dorf kommt, den lässt er dann nicht weg, bis der ihn angehört hat. In den Geschichten, die der Onkel Alisi erzählt, ist natürlich er selber die Hauptperson, egal ob Schlachten gewonnen oder Verräter gefoltert werden. Nur der Rogenmoser hat immer wieder etwas Neues zu erzählen, weil er im Suff die seltsamsten Dinge zu erleben glaubt und dann meint, sie seien wirklich passiert. Aber das ist bei den anderen auch nicht anders, als ob auch noch die verrücktesten Dinge wahr würden, wenn man sie nur oft genug erzählt.

Ich glaube, wenn es keine Geschichten gäbe, die Leute würden an der Langeweile sterben wie an einer Krankheit.

Was werde ich selber später einmal erzählen, wenn ich nicht mehr nur halb erwachsen bin, sondern ganz? Ich habe mir vorgenommen, mir immer neue Geschichten auszudenken, solche, die es vorher nicht gegeben hat. Ich bin sicher, das Erfinden würde mir Spaß machen, aber natürlich ist das nichts, mit dem man sich sein Leben lang beschäftigen kann. Ein paar Geschichten wüsste ich schon, halb wahr und halb erfunden. Zum Beispiel die von einem Kind, das nie getauft wurde und trotzdem in den Himmel gekommen ist, oder die von einem Mädchen, das aus seinen eigenen Haaren so feine Fäden gesponnen hat, dass es daraus Feenkleider nähen konnte.

Immer wenn ich an das Kätterli denke, muss ich meine Flöte nehmen und ein Lied spielen. Ich habe mir eine eigene Melodie für sie ausgedacht, und wenn mich die Leute fragen, was ich da spiele, dann sage ich: »Das ist das Lied von Berenike.«

Das fünfzigste Kapitel
in dem hoher Besuch ins Dorf kommt

Ob es an der Goldmünze in seinem Kopf liegt oder einfach daran, dass er zu lang im Krieg war – der Onkel Alisi hat nicht mehr alle Eier im Nest. Da kommt aus heiterem Himmel hoher, nein, höchster Besuch zu ihm, ein Mann, von dem er immer gesagt hat, dass er ihn über alles bewundert, und was macht der Alisi? Er fängt Streit mit ihm an, widerspricht ihm, hängt ihm Schlötterlinge an und überhaupt alles Böse. Wenn er hinterher noch einen zweiten Spalt im Schädel gehabt hätte, er hätte sich nicht wundern dürfen.

Angefangen hat es damit, dass am Morgen ein Soldat mit schwarzgelben Bändeln am Zaumzeug von Sattel her ins Dorf geritten kam und nach dem Alisi gefragt hat, nicht mit Namen, den hat er nicht gewusst, sondern er hat gesagt, er sucht den Mann, bei dem sich die Soldaten treffen, und damit konnte er ja wohl nicht den Rogenmoser oder den Tschumpel-Werni meinen. Der Poli ist losgerannt, um den Alisi zu holen, und der ist auch gleich gekommen, so eilig, dass er noch den Löffel von seinem Morgenbrei in der Hand gehabt hat. Wahrscheinlich hat er gedacht, man habe sich beim Heer daran erinnert, dass er immer der beste Krieger von allen gewesen sei, und wolle ihn wieder in Dienst nehmen.

Unterdessen, es ist ganz schnell gegangen, hatte sich schon das ganze Dorf versammelt. Ich weiß nicht, woran die Leute jedes Mal merken, wenn etwas Besonderes passiert, es kommt mir vor, als ob Ereignisse einen Geruch hätten, so unwiderstehlich wie der aus einem Suppentopf, wenn gutes Fleisch drin ist und Markbeine auch noch.

Der Soldat ist nicht abgestiegen, sondern hat vom Pferd herunter seine Meldung gemacht. Seine Stimme hat ausländisch geklungen, aber man hat ihn gut verstanden. Der hochzuachtende Herr Graf, hat er gesagt, sei dabei, die ihm als Reichslandvogt anvertrauten Gebiete zu inspizieren, sein Weg werde gegen Mittag auch durch unser Dorf führen, und da habe er beschlossen, seinem getreuen Gefolgsmann, von dessen Gastfreundschaft für heimkehrende Kameraden man ihm berichtet habe, die Ehre eines kurzen Besuchs zu erweisen. Der Herr Graf bitte ausdrücklich darum, dass seinetwegen keine Umstände gemacht würden, er sei nur mit kleinem Gefolge unterwegs, alles in allem nicht mehr als zehn Mann. Der Soldat hat das aufgesagt wie etwas auswendig Gelerntes, vielleicht war er eine Art Herold und hatte das geübt. Als er fertig war, hat er keine Antwort abgewartet, sondern hat sich zweimal mit der Faust auf die Brust geschlagen, ich denke, das ist ein Soldatengruß, hat sein Pferd gewendet und ist weggeritten.

Der Poli, der den Alisi sowieso bewundert, hat mit einer ganz ehrfürchtigen Stimme gefragt, woher denn ein derart hoher Herr ihn kenne, und der Alisi hat so wegwerfend geantwortet, dass man gemerkt hat: Er platzt fast vor Stolz. »Wir haben lang genug zusammen Krieg geführt«, hat er gesagt, »ich und der Wernher von Homberg.«

»Keine Umstände« hat er so verstanden, dass er ganz viele Umstände gemacht hat. Die Magd vom Bruchi hat er angestellt, um das Haus sauberzumachen und für den guten Geruch Tannenzweige zu verbrennen, der Kryenbühl musste Wein bringen, keinen Räuschling, sondern vom besten, und mit dem Eichenberger hat der Alisi ausgemacht, dass der das niedrige Gefolge bei sich aufnehmen und verköstigen solle und außerdem ein paar Hühner liefern. Am liebsten hätte der Alisi auch noch eine Sau metzgen lassen, aber dafür war keine Zeit mehr. Die Hühner und was er sonst noch haben wollte, werde er später bezahlen, hat er versprochen, aber um das Versprechen vor dem Sankt-Nimmerleins-Tag zu halten, hätte er sich wohl die Goldmünze wieder aus dem Schädel graben müssen. Der alte Eichenberger hat das gut gewusst, hat aber trotzdem ja gesagt, weil er gedacht hat, sich mit wichtigen Leuten gutzustellen sei immer nützlich.

Mir hat der Onkel Alisi befohlen, beim Essen dabei zu sein und auf meiner Flöte zu spielen; bei vornehmen Herrschaften sei es üblich, dass während den Mahlzeiten Musik gemacht werde, und seine Besucher sollten ruhig sehen, dass man auch in einem Dorf wisse, was sich gehöre. Außerdem sei der von Homberg als Minnesänger berühmt, da werde er sich über so eine Pfeiferei bestimmt freuen. Der Poli war ganz schön eifersüchtig; er hat nicht dabei sein dürfen, und ich habe alles miterlebt, auch den großen Streit am Schluss.

Der Onkel Alisi hat noch schnell ein Bad im Bach genommen, ich weiß nicht, wie er das aushält, wo der doch schon halb zugefroren ist. Er hätte auch gern etwas anderes angezogen, aber Kleider wollte ihm niemand leihen; man weiß im Dorf, dass er vom Wiedergeben so wenig hält wie vom Bezahlen. Der Poli hat ihm den Bart stutzen und mit Öl einreiben müssen, das habe er in Italien gelernt, hat der Alisi gesagt, dort machten das die besseren Leute so.

Dann haben alle gewartet, zuerst aufgeregt und dann ungeduldig. Der Herr Reichslandvogt ist nicht wie angekündigt gegen Mittag ins Dorf gekommen, sondern erst viel später. Zweimal ist der Onkel Alisi zum Haus vom Eichenberger gerannt, um zu mahnen, sie sollten die Hühner noch einmal vom Feuer nehmen, nicht dass er dann seinem Gast nur noch verkohlte Gerippe vorzusetzen habe. Wenn er lang nichts zu essen bekommt, wird er unleidig, und er hat wegen der Verspätung auch herumgeschimpft, aber als sie dann endlich gekommen sind, hat er ein so freundliches Gesicht aufgesetzt, als ob er einen ganzen Topf Honig ausgeschleckt hätte. Vor dem von Homberg hat er seine seltsame Verbeugung gemacht, eine Hand auf dem Herzen und die andere in Schlangenlinien durch die Luft. Als der Graf den Onkel Alisi gesehen hat, ist er erschrocken, es hatte ihm wohl niemand gesagt, dass der so einen Spalt im Kopf hat und nur noch ein Auge. Er hat aber trotzdem sehr freundlich zurückgegrüßt, nur ist mir aufgefallen, dass er immer nur »Kamerad« gesagt hat, nicht »Alisi« oder »Herr Gemeinwebel«, als ob er gar nicht so genau wisse, mit wem er es zu tun habe.

Der Trupp war ähnlich wie der, der damals das Kloster besucht hat. Auch diesmal ist einer mit einem Banner dabei gewesen, zwei schwarze Adler auf gelbem Grund, die haben aber ganz anders ausgesehen als die Narbenzeichnung auf dem Alisi seinem Rücken. Die Reittiere waren gewöhnliche Pferde, aber auch wieder schönere, als der alte Eichenberger sie im Stall hat. Mir ist eingefallen, was damals der Bruder Zenobius gesagt hat, und ich habe es dem Schwämmli ins Ohr geflüstert; er hat mir aber nicht glauben wollen, dass ein Sattelzeug so viel wert sein könne. Er ist halt nie aus dem Dorf herausgekommen und weiß nichts von der Welt.

Als alle abgestiegen waren, hat der Tschumpel-Werni dem großen Balz helfen dürfen, die Pferde zum Füttern zu führen, und es war sicher besser, dass er im Stall verschwunden ist; man weiß bei ihm nie, wann er plötzlich auf den Boden scheißt, das hätte bei den vornehmen Leuten keinen guten Eindruck gemacht.

Der Onkel Alisi hat sich schon wieder verbeugt und gesagt, er habe sich erlaubt, für den Herrn Grafen einen kleinen Imbiss vorzubereiten, nichts Besonderes, bescheidene Kost, wie man sie unter Soldaten gewohnt sei. Und dabei stand ein Festmahl bereit wie für Ostern und Weihnachten zusammen. Der von Homberg hat nur drei von seinen Leuten dazu mitgenommen, viel mehr hätten auch nicht ins Haus gepasst; die anderen sind mit dem Eichenberger mitgegangen, und später hat man sie singen hören.

Dass ich nicht habe mitessen dürfen, reut mich immer noch. Der Eichenberger hatte für einmal den Geiz überwunden und seine Räucherkammer geplündert; nicht nur die gebratenen Hühner hatte er hinübergeschickt, sondern auch noch zwei riesig große Würste, dazu gab es gekochte Dörrbohnen und andere gute Sachen. Seine Großzügigkeit wird ihm beim Reichslandvogt aber nicht viel genützt haben, denn der Onkel Alisi hat so getan, als ob das alles aus seinen eigenen Vorräten stamme. Auch ein Tischtuch hatte er aufgetrieben, aus einem so vornehmen Stoff und so reich bestickt, dass es überhaupt nicht zu unserem Haus gepasst hat. Später habe ich dann herausgefunden, wo er es herhatte, und hätte es lieber nicht gewusst.

Der Onkel Alisi hat kein *Du gibst ihnen ihre Speise* abgewartet, sondern sich gleich einmal einen Hühnerschlegel abgerissen. Die Gäste schienen keinen Appetit zu haben, oder es war nichts dabei, das ihnen geschmeckt hat. Dem Alisi ist das überhaupt nicht aufgefallen, für ihn gehört das Fressen genauso zu einem guten Soldaten wie das Saufen, und sein Bart hat schon bald nicht mehr nur vom Öl geglänzt. Einer von den Gästen hat mich für einen Diener gehalten und mir Zeichen gemacht, ich solle ihm Wein nachschenken, ich habe aber so getan, als ob ich es nicht gesehen hätte; stattdessen habe ich zu spielen begonnen. Der von Homberg war überrascht, dass es zum Essen Musik gab; ich habe ihn zum Alisi sagen hören, er könne nicht verstehen, warum die Bauern über zu hohe Steuern klagten, wenn sie sich sogar eigene Pfeifer leisten könnten. Aber was ich gespielt habe, schien ihm zu gefallen, er hat im Takt den Kopf gewiegt, und beim zweiten Lied hat er in seinen Beutel gefasst und mir eine Münze zugeworfen. Weil ich beide Hände zum Spielen gebraucht habe, konnte ich sie nicht auffangen, sie hat mich an der Nase getroffen, und alle haben gelacht. Zuerst hat mich das geärgert, aber hinterher dann nicht mehr; ich habe die Münze nämlich dem Halbbart gezeigt, und er hat gesagt, das sei ein italienischer Denarius, so viel wert wie ein ganzer Beutel Batzen, er meine, mit so einer Münze könne man zwei fette Gänse kaufen. Ich brauche aber keine Gänse, sondern das Geld kommt ins Grab von der Hunger-Kathi, und wenn dort genügend zusammengekommen ist, das habe ich mir fest vorgenommen, bringe ich es nach Einsiedeln zu dem Holzschnitzer, der sonst nur für das Kloster arbeitet, und der muss mir ein Kreuz mit dem Heiland dran machen, für das Grab von der kleinen Perpetua.

Irgendwann hat der Onkel Alisi dann doch noch gemerkt, dass er der Einzige ist, der sich vollfrisst. Er hat sich mit dem Ärmel den Mund abgewischt, hat mir ein Zeichen gemacht, dass ich mit Spielen aufhören soll, und ist aufgestanden, um einen Trinkspruch auf das Wohl vom Herrn Reichslandvogt auszubringen. Es ist aber nicht bei einem kurzen Spruch geblieben; wenn er einmal anfängt zu reden, hört er nicht so schnell wieder auf. Von Kameradschaft hat er gesprochen und vom gemeinsam dem Tod-ins-Auge-Schauen, auch vom Teobaldo Brusati hat er erzählt, und was man alles mit ihm angestellt habe. Wie das so seine Art ist, war er in seinen Erinnerungen immer selber die Hauptfigur, nur den Grafen von Homberg hat er noch gelten lassen, als ob sie beide sich zu zweit nach Rom durchgekämpft hätten und alle anderen seien nur zufällig auch gerade dort gewesen. Der Graf hat das gleiche Gesicht gemacht wie damals der Vogt bei der Gerichtsverhandlung, nämlich als ob er lieber woanders gewesen wäre. Wie er dann mit einer eigenen Rede geantwortet hat, war deutlich zu merken, dass er nicht nur den Namen vom Alisi nicht kannte, sondern auch nicht wusste, wo der seine Verwundung herhatte. Man sei ja damals gemeinsam im Petersdom bei der Krönung dabei gewesen, hat er gesagt, das sei ein Moment, der zwei alte Soldaten verbinde, dabei hat der Onkel Alisi genau diese Krönung verpasst; zu dem Zeitpunkt waren die Nonnen schon damit beschäftigt gewesen, seinen Schädel mit einer Goldmünze zusammenzuflicken. Ich habe ihm angesehen, dass er gern widersprochen hätte, auf seine Verwundung ist er so stolz, als ob sie ihm der Kaiser persönlich verliehen hätte, aber er war dann doch noch nicht betrunken genug, um einen Grafen und Reichslandvogt zu unterbrechen.

Er sei nicht nur gekommen, um sich mit einem alten Kameraden an gemeinsame Zeiten zu erinnern, hat der von Homberg gesagt, sondern weil er in einer wichtigen Sache dessen Unterstützung brauche, nicht als Befehl, wohlgemerkt, sondern aus Freundschaft. Dass der von Homberg ihn einen Freund nannte, hat dem Alisi natürlich gut gefallen.

Das einundfünfzigste Kapitel
in dem es um Politik geht

Man habe ihm berichtet, dass sein lieber alter Kriegsgefährte im Kameradenkreis sehr respektiert werde, hat der von Homberg schmeichlerisch gesagt, dass man auf ihn höre und seine Meinung Gewicht habe, und deshalb sei es ihm als Reichslandvogt wichtig, dass diese Meinung der seinen nicht widerspreche, sondern sie im Gegenteil unterstütze. Mit Soldaten, die nicht Schulter an Schulter kämpften, könne man keine Schlacht gewinnen. Ob man sich so weit einig sei?

Den letzten Satz hat er in einem Befehlston gesagt, und der Onkel Alisi ist aufgesprungen und strammgestanden. Ich glaube, er hätte am liebsten *»Oboedio!«* gerufen, aber er kann halt kein Latein. Dann hat er sich wieder hingesetzt und den von Homberg erwartungsvoll angeschaut, so wie der Hund vom Kryenbühl seinen Herrn anschaut, wenn der ein Stück Brot in die Hand nimmt und der Hund denkt, es sei für ihn bestimmt.

In der letzten Zeit habe es immer wieder leidige Vorkommnisse gegeben, hat der von Homberg weiter gesagt, lästige Kleinigkeiten, die er für gewöhnlich der niederen Gerichtsbarkeit überlassen würde, aber wie man ihm schon mehrfach gemeldet habe, seien zu seinem Bedauern oft alte Soldaten daran beteiligt, sogar Leute, die einmal unter seinem Kommando gestanden hätten, da fühle er sich verpflichtet, die Hände nicht in den Schoß zu legen, sondern einzugreifen. Er habe lang genug selber im Feld gestanden und sei bei Asti auch verwundet worden, eine blutige Nase oder ein paar ausgeschlagene Zähne störten ihn überhaupt nicht, aber als Reichslandvogt müsse er das große Ganze im Auge haben und er hoffe sehr, dass er dafür gerade hier Unterstützung finden werde.

»Selbstverständlich!«, hat der Alisi gerufen und ist schon wieder strammgestanden.

Die Liste solch ärgerlicher Zwischenfälle, hat der von Homberg gemeint, werde jeden Tag länger, sein Secretarius könne die Berichte gar nicht so schnell aufschreiben, wie sie hereinkämen, und es seien auch Dinge darunter, die leider ganz und gar nicht harmlos seien, er rede hier nicht von lässlichen Sünden, wie dass ein Wirt einmal nicht bezahlt worden sei oder eine Frau dort angefasst, wo sie nicht angefasst werden wolle.

Mir fiel auf, dass seine drei Begleiter ihm nicht zuhörten, sondern während seiner Rede miteinander flüsterten, was ja für einen Untergebenen wirklich unhöflich ist. Der Doctor iuris damals in Ägeri, der kein halb so hoher Herr war wie ein Reichslandvogt, hätte sie für ein solches Benehmen bestimmt bei Wasser und Brot einsperren lassen. Den von Homberg schien es aber nicht zu stören, was ich zuerst überhaupt nicht verstehen konnte, erst jetzt, hinterher, meine ich, eine Erklärung dafür zu haben. Sie werden, denke ich mir, genau diese Ansprache schon ein paar Mal gehört haben, weil der von Homberg wahrscheinlich überall, wo sie anhielten, dasselbe gesagt hat, vielleicht waren sie seit dem Frühstück schon an drei oder vier Orten gewesen und jedes Mal bewirtet worden, das würde auch erklären, warum sie all die feinen Sachen einfach haben stehenlassen. Ich vermute, der Reichslandvogt ist überhaupt nur deshalb durch die drei Länder geritten, weil er Leute mit Einfluss auf seine Seite bringen wollte, so wie es der Prior damals nach dem Überfall auf Finstersee mit dem Eichenberger gemacht hat. Man wird ihm gemeldet haben, dass sich viele Soldaten beim Alisi träfen, und da hat er wohl angenommen, der sei einer von den Einflussreichen und könne ihm dabei helfen, den Landfrieden zu sichern. Das mit dem Einfluss war nicht falsch, aber zum Friedensstifter ist der Onkel Alisi nun wirklich nicht geeignet.

Sogar von Mord und Totschlag sei schon die Rede gewesen, hat der von Homberg weiter gesprochen, so sei ihm vor noch nicht langer Zeit ein Gerücht zu Ohren gekommen, er könne nur hoffen, dass es nicht mehr als ein Gerücht sei, wonach der Prior von Einsiedeln nicht bei einem Reitunfall gestorben sei, sondern es hätten heimgekehrte Soldaten dabei die Hände im Spiel gehabt.

Eines muss man dem Onkel Alisi lassen: Er hat im Krieg gelernt, sich nichts anmerken zu lassen, auch wenn gerade ein Bolzen aus einer Armbrust ganz nahe an ihm vorbeigeflogen ist. Er hat nur »Tatsächlich?« gesagt und sich noch einmal Wein eingeschenkt.

Das Schlimmste sei aber, hat der von Homberg gesagt, und damit komme er zu dem Punkt, der ihm wirklich Sorgen mache, dass sich die meisten dieser Übergriffe gegen das Kloster von Einsiedeln und dessen Besitz richteten, das sei etwas, das er überhaupt nicht dulden könne, weil das Kloster nämlich unter habsburgischem Schutz stehe. Er hoffe deshalb, dass der Alisi seinen Kameraden zureden werde, in Zukunft mit allem, was habsburgisch sei, besonders sorgsam umzugehen, mit denen dürfe man es sich nicht verderben, schließlich sei der Leopold ein Bruder vom Herzog Friedrich, und der werde wohl bald zum König gewählt.

Er bitte um Verzeihung, wenn er dem Herrn Reichslandvogt ins Wort falle, hat der Alisi sehr höflich gesagt, wahrscheinlich sei er in diesem Punkt falsch informiert, aber bisher habe er sagen hören, der nächste König werde bestimmt ein Wittelsbacher und kein Habsburger.

Das habe er richtig gehört, aber gleichzeitig auch falsch, hat der von Homberg erklärt, man lebe in schwierigen Zeiten, und es sei keine Schande, wenn jemand, der mit solchen Angelegenheiten nicht vertraut sei, die Situation nicht ganz verstehe. Die Sache sei die: Es gebe zwei Kandidaten für die Krone, und die Kurfürsten seien sich bisher nicht einig geworden, man munkle sogar, es könnten beide gewählt und gekrönt werden, und das würde dann natürlich eine schwierige Zeit zur Folge haben.

Der Alisi hat seinen nächsten Einwand immer noch sehr höflich gemacht, aber wenn man ihn gekannt hat, hat man gemerkt: Eigentlich sucht er Streit. Das mit den beiden möglichen Königen hat er nämlich schon lang gewusst, ich habe ihn selber mit seinen Gästen darüber reden hören. Was ihn gestört hat, war, dass er auf die Habsburger Rücksicht nehmen sollte, die mag er nämlich nicht und schimpft auf sie noch mehr, als der Halbbart es tut. Aber einem Reichslandvogt widerspricht man nicht so direkt, und darum hat er getan, als ob es ihm um etwas ganz anderes ginge. Das mit den zwei Königen wolle ihm nicht in den Kopf, hat er gesagt, ihm habe man schon als Kind beigebracht, dass es in jedem Land immer nur einen davon geben könne, so wie man ja auch nur einen Herrgott über sich habe und nicht zwei.

Dem von Homberg war die Fragerei lästig; an den anderen Orten, wo er seine Rede gehalten hat, werden die Leute brav ja und amen gesagt haben. Natürlich werde es nur einen König geben, hat er ungeduldig gemeint, den rechtmäßigen nämlich, der andere sei dann unrechtmäßig und werde bald wieder abgesetzt.

Er danke für die Erläuterung, hat der Alisi keine Ruhe gegeben, aber woran man denn erkennen könne, welcher von zwei Königen der richtige sei und welcher der falsche, das sei ihnen ja nicht auf die Stirn geschrieben, sondern sie müssten beide gleich würdig aussehen, anders könne er es sich nicht erklären, dass man beiden die Krone aufsetzen könne.

Früher oder später würde es zwischen den beiden wohl zum Krieg kommen, hat der von Homberg gesagt, und der Himmel werde dann schon dafür sorgen, dass der rechtmäßige Herrscher gewinne. Oder ob der Alisi an der göttlichen Gerechtigkeit zweifle?

Damit hat er die Diskussion beenden wollen, aber der Alisi ist immer mehr in Fahrt gekommen, wie ein Karren, wenn man bergab die Stangen nicht festhält. Er ist nun mal einer, der um jeden Preis recht behalten muss, und nach ein paar Bechern Wein sowieso. Ob es dann nicht besser wäre, das Ende dieses Krieges abzuwarten, bevor man sich für einen Lehnsherrn entscheide, hat er gefragt, er habe mehr als einen Feldzug mitgemacht und dabei gelernt, dass man einen Feind nicht angreife, bevor man dessen Stärke kenne.

»Eben um Stärke geht es!« Die Stimme vom von Homberg ist laut geworden, und einer von seinen Leuten hat ihm die Hand auf den Arm gelegt, er hat sie aber abgeschüttelt und wollte sich nicht beruhigen lassen. Er sei es zwar nicht gewohnt, sich vor Untergebenen zu erklären, hat er gesagt, aber wenn es denn sein müsse: Seine Entscheidung für den Friedrich habe einen ganz einfachen Grund. Der Wittelsbacher besitze fast kein Land und noch weniger Geld, der Habsburger hingegen schon, da sei der künftige Sieger leicht auszurechnen. Man müsse immer die Zukunft im Auge haben, er selber habe sein Amt als Reichslandvogt auch nur, solang es dem König gefalle, also sei es wichtig, sich rechtzeitig auf dessen Seite zu stellen. Ob er das an diesem Tisch wirklich noch genauer ausdeutschen müsse? Er habe auch noch anderes zu tun.

Er hat wieder diesen Befehlston gehabt, aber diesmal ist der Alisi nicht aufgesprungen und strammgestanden, sondern hat gleich wieder zum nächsten Argument angesetzt. »Ich bin zwar nur ein einfacher Gemeinwebel …«, hat er angefangen, zu mehr ist er nicht gekommen, denn jetzt ist der von Homberg richtig wütend geworden. Der Alisi werde ja wohl wissen, hat er gesagt, dass Gemeinwebel keine angeborene Eigenschaft sei, sondern ein von den Vorgesetzten verliehener Ehrentitel, man könne ihm den auch jederzeit wieder wegnehmen. Es hat wie eine Drohung geklungen, und es sollte auch eine sein.

So darf man dem Alisi aber nicht kommen, auch nicht

als Reichslandvogt und ehemaliger Kommandant, drohen lässt er sich von niemandem, und so hat er den feinen Degen weggelegt und zum Zweihänder gegriffen, der passt sowieso besser zu ihm. Den Habsburgern könne man seiner Meinung nach gar nicht genug zuleide tun, hat er gesagt, in Italien hätten sie die Guelfen unterstützt, diese Rebellen, und dass er nur noch ein Loch im Gesicht habe und kein Auge mehr, daran seien auch sie schuld. Für ihn gelte die Regel: Einmal Feind – immer Feind.

»Die Zeiten ändern sich«, hat der von Homberg argumentiert, aber der Alisi wollte davon nichts wissen und hat zurückgegeben: »Aber ein anständiger Mann ändert sich nicht!« Damit war der Krieg endgültig erklärt. Immer lauter sind sie geworden, der von Homberg immer strenger und der Alisi immer frecher, er hat dem Reichslandvogt schließlich sogar vorgeworfen, er sei ein Verräter, weil er in Italien gegen die Habsburger gewesen sei und jetzt für sie. Der von Homberg hat schon seine Hand am Schwertknauf gehabt, aber dann hat er den Alisi doch lieber nur verächtlich angesehen und gemeint, das Wort »Verräter« müsse einer wie er nicht in den Mund nehmen, wo er doch sein Leben lang als Söldner jedem gedient habe, der ihm den Sold habe bezahlen können. »Und wenn der Teufel mehr geboten hätte«, hat er wörtlich gesagt, »wärst du auch für den noch in den Krieg gezogen.« Sie sind jetzt beide gestanden und haben sich über den Tisch hinweg angeschrien, Schlötterlinge hin und her, und schließlich hat der Alisi ein italienisches Wort gesagt, das ich nicht gekannt habe, das aber eine schlimme Beleidigung gewesen sein muss. Der von Homberg hat seine Waffe gezogen, aber seine Begleiter haben auf ihn eingeredet und ihn abgehalten; wenn man auf einer Reise ist, um im Land Freunde zu gewinnen, macht es keinen guten Eindruck, wenn sich herumspricht, man habe einen Gastgeber totgeschlagen. Er ist also nicht mit dem Schwert auf den Alisi losgegangen, sondern hat nur vor ihm ausgespuckt und ist dann auf die Gasse hinausgestürmt, seine Leute hinter ihm her. Draußen hat er weitergeschimpft, weil man sein Pferd nicht schnell genug gebracht hat, und ist dann auch als Erster losgeritten, der mit dem Banner musste ganz schön die Sporen brauchen, um ihn zu überholen und wieder der Vorderste im Trupp zu sein, wie sich das gehört. Der Alisi ist unter der Türe gestanden, die Arme in die Hüften gestützt, hat ihnen nachgeschaut und immer wieder gesagt: »Dem werde ich es noch zeigen.« Die Leute aus dem Dorf haben ihn verschreckt angesehen, sie wussten zwar nicht, um was es gegangen war, aber dass es Streit gegeben hatte, das hatten sie nicht überhören können.

Ich bin allein im Haus zurückgeblieben, und das schöne Essen stand immer noch auf dem Tisch. Ich habe gedacht, wenigstens das sei ein Vorteil, denn ich hatte nur schon vom Zuschauen Hunger bekommen, aber der Eichenberger hat den großen Balz und noch zwei andere geschickt, und sie haben alles mitgenommen. Dort, wo die Schüssel mit den gebratenen Hühnern es verdeckt hatte, war in das Tischtuch ein großes Loch hineingeschnitten, als ich es gesehen habe, wusste ich plötzlich, was für ein Tuch das war: die Schabracke von einem Maultier. Ich bin sicher, dort sind einmal zwei Raben eingestickt gewesen, das Wappen des Klosters.

Das zweiundfünfzigste Kapitel
das mit einem Omen anfängt

Man kann nie sicher sein, ob etwas ein Zeichen ist oder einfach ein Zufall, aber was mir passiert ist, muss etwas bedeuten, anders ist es gar nicht möglich, eine Drohung oder eine Warnung, es kann beides sein. Meine weiße Taube ist gestorben, ausgerechnet heute. Ich wollte ihr Körner bringen, da lag sie in ihrem Korb auf der Seite, wie jemand, der sich in sein Schicksal ergibt. Diese Taube war von Anfang an etwas Besonderes, ich habe sie eingefangen, weil sie eine Seele retten sollte, und dafür hätte ich sie heute auch freigelassen. Bei uns im Dorf ist es nämlich der Brauch – der Halbbart, der doch wirklich weit herumgekommen ist, sagt, er hat ihn so noch an keinem anderen Ort kennengelernt –, dass man an einem der zwölf Tage nach Weihnachten eine Taube einfängt und sie nach dem Ende der Prozession an Epiphanias wieder fliegen lässt, weil unser Herr Jesus doch heute am Dreikönigstag getauft wurde, und der Heilige Geist dabei in Gestalt einer Taube erschienen ist. Wenn man die Taube freilässt, gibt es zwei Möglichkeiten: Fliegt sie in einer geraden Linie davon, bis man sie aus den Augen verliert, dann bedeutet das, dass sie den Wunsch, den man ihr mitgegeben hat, dem Himmel überbringt, und dieser Wunsch für die Seele eines Verstorbenen wird dann auch erhört. Wenn sie dagegen auf dem nächsten Hausdach oder Baum gleich wieder absitzt, dann ist das ein schlechtes Zeichen, und man hat seinen Wunsch verfehlt. Die Tauben fliegen aber fast immer davon, das ist einfach ihre Art, vor allem, wenn man sie nicht zu nahe beim Dorf eingefangen hat. Ein paar Buben machen ein Geschäft daraus, sie fangen mehr als eine Taube und verkaufen die überzähligen an Leute, die nicht mehr gelenkig genug für eine eigene Jagd sind und trotzdem beim Herrgott einen Wunsch frei haben wollen. Ich finde das falsch, weil man sich schon selber anstrengen sollte, wenn man vom Himmel etwas haben will. Ich kann mir nicht vorstellen, dass es den Herrgott beeindruckt, wenn einer einfach seinen Beutel aufmacht. Im Paradies interessiert sich niemand für Geld, dort bekommt man alles umsonst, hat der Herr Kaplan erzählt.

Ich wollte unbedingt auch so einen Wunsch losschicken, für die kleine Perpetua, die vielleicht im Limbus steckt und die ich dort herausholen möchte. Es heißt zwar, dass das gar nicht geht, einmal Limbus, immer Limbus, aber probieren kann man es, und wo es Taubennester gibt, wusste ich. Ich hatte ein Netz mitgenommen, aber das habe ich dann nicht gebraucht, weil ich etwas ganz Besonderes gesehen habe, eben diese weiße Taube. Solche Vögel sind selten, sie werden meist schon jung gefressen, weil sie für die Bussarde und die Habichte zu gut sichtbar sind. Die Taube saß ganz still auf einem Ast, und ich wusste sofort: Eine bessere Botschafterin für den Himmel kann es überhaupt nicht geben, sie hat dieselbe Farbe wie ein Engel und kommt deshalb bestimmt leicht ins Paradies hinein. Ein besonderes

Tier muss man auch auf besondere Weise fangen, mit einem Netz prätsch über den Kopf macht man sich so eine Taube bestimmt nicht zum Freund, es wäre, als ob der Poli in einer seiner Fallen einen Engel einklemmen würde, das wäre zwar ein Fang, aber keiner, der ihm Glück bringen würde. Ich habe der Taube Futter hingestreut, immer wieder, jedes Mal hat sie mich ein bisschen näher an sich herangelassen, und am dritten Tag habe ich sie greifen können, ohne dass sie sich gewehrt hat. Der Halbbart meint, wahrscheinlich sei sie damals schon krank gewesen und nur deshalb nicht weggeflogen, aber ich glaube, sie hatte einfach Vertrauen zu mir. Zwischen meinen Händen habe ich ihren Herzschlag gespürt, er war schneller als der von einem Menschen; vielleicht kommt das daher, dass Tauben kein so langes Leben haben und deshalb alles ganz eilig machen müssen. Ich habe sie in einen Deckelkorb gesteckt, wie man ihn braucht, um ein Huhn auf den Markt zu bringen, und sie hat nie versucht wegzufliegen, auch nicht, wenn ich zum Füttern den Deckel aufgemacht habe. Das hatte aber nichts mit Schwäche zu tun, auch wenn der Halbbart das sagt, sondern mit Vertrauen.

Und jetzt ist sie tot.

Dass es ausgerechnet heute passiert ist, an Epiphanias, wo ich sie doch freilassen wollte, das muss ein Omen sein, so wie damals der Rabe, der dem Poli Unglück bringen wollte, ein Omen war. Nur: Einen Unglücksvogel unschädlich machen, indem man ihn totschlägt, das kann einem gerade noch gelingen, aber um einen gestorbenen Glücksvogel wieder zum Leben zu erwecken, dazu müsste man ein Heiliger sein. Dass meine Taube nicht mehr lebt, kann nur eines bedeuten, nämlich, dass ein Unglück passieren wird, das lasse ich mir von niemandem ausreden. Ich meine auch zu wissen, was für eine Sorte Unglück ins Haus steht. Darum bin ich jetzt unterwegs nach Ägeri, und wenn mich der Onkel Alisi sucht, wird er mich nicht finden. Man kann seinem Schicksal nicht davonlaufen, heißt es, aber probieren will ich es trotzdem, auch wenn hinterher wieder alle sagen, ich sei ein Finöggel und Ins-Hemd-Scheißer. Der Alisi wird mir Vorwürfe machen, ein rechter Soldat drücke sich vor keinem Kampf, aber darauf habe ich meine Antwort parat. Ich habe von nichts gewusst, werde ich sagen, und wo Epiphanias in diesem Jahr auf einen Sonntag falle, habe es mir eine gute Gelegenheit geschienen, den Stoffel-Schmied zu besuchen, ich habe sehen wollen, wie es ihm ohne das Kätterli geht. Der Alisi sei übrigens selber schuld, wenn er mich nicht gefunden habe, weil er aus seinen Plänen so ein Geheimnis gemacht hat und mir nichts verraten. Natürlich habe ich trotzdem alles mitbekommen, aber das kann mir niemand beweisen. Geheime Verschwörungen sind wie ein Gestank, den man auch nicht verstecken kann, man muss nicht extra herumspionieren, um Bescheid zu wissen. Und es ist ja nicht so, dass die Geschichte erst gestern angefangen hätte, sondern es geht im Dorf schon länger um nichts mehr anderes; sie flüstern nicht, wenn sie ihre Pläne besprechen.

Manchmal denke ich, dass bei uns lauter Wahrsager und Propheten wohnen, und jeder von ihnen kann Gedanken mindestens so gut lesen wie der heilige Basilius. Es sind nämlich alle überzeugt, sie wüssten genau, was die Delegation des Landammanns beim Abt von Einsiedeln erreicht oder nicht erreicht hat, und dabei ist der Geni seit diesen

Verhandlungen noch gar nicht wieder im Dorf gewesen, nicht einmal am Heiligabend, sondern er ist von Einsiedeln direkt zurück nach Schwyz; es hat ihn also keiner fragen können. Und trotzdem erzählt der Bruchi dem Rickenbach und der Eichenberger dem Kryenbühl in allen Einzelheiten, wie die Gespräche abgelaufen seien und warum sie keinen Frieden gebracht hätten, sondern das Gegenteil. Man könnte meinen, sie hätten alle hinter der Türe gestanden oder sich unter dem Tisch versteckt, und jeder hätte Wort für Wort alles notiert, was gesprochen wurde, so wie der Schreiber damals bei der Gerichtsverhandlung. Der größte Prophet von allen ist der Onkel Alisi, der hat vor lauter Stolz auf die eigene Weisheit eine noch breitere Brust als sonst und prälagget überall herum, er habe dem Geni von Anfang an gesagt, mit Reden erreiche man nichts, aber auf ihn habe man ja nicht hören wollen. Und dann schimpft er wieder auf die Habsburger, letzten Endes seien die an allem schuld, was das Kloster mache, so wie eine Mutter daran schuld sei, wenn ihr Sohn am Galgen ende, weil sie ihm immer alles habe durchgehen lassen.

Die Gerüchte besagen, im Vertrauen auf die Unterstützung durch die Habsburger hätten die Klosterleute nicht im kleinsten Punkt nachgegeben, sondern bei allem, was von der Delegation vorgebracht worden sei, ein Pergament auf den Tisch gelegt, in dem bestätigt wurde, dass die strittige Alp oder das Stück Wald, das ein Dorf für sich beanspruchte, schon immer Klosterbesitz gewesen sei und man den Schwyzern nur aus christlicher Nächstenliebe so lang erlaubt habe, dort Vieh zu weiden oder Holz zu schlagen. Diese Dokumente seien aber alle im Skriptorium des Klosters entstanden, sagen die Leute, und müssten nur schon aus diesem Grund nicht beachtet werden; wenn in einer Streitsache nur einer zu schreiben verstehe und der andere nicht, dann könne der mit dem Tintenfass behaupten, was er wolle, es könne ihm niemand das Gegenteil beweisen. Den Züger habe ich sogar ganz giftig sagen hören, der Fürstabt habe bestimmt auch noch ein Pergament, in dem ihm befohlen werde, sich nicht nur die ganze Erde, sondern vor allem das Tal Schwyz untertan zu machen, besiegelt vom Herrgott persönlich. Die Leute in der Delegation hätten argumentieren können, so viel sie wollten, sagen die Leute, sie hätten die althergebrachten Rechte und Gewohnheiten aufzählen können, bis ihnen der Schnauf ausgegangen sei, das habe die Klosterleute alles nicht interessiert, sondern sie hätten die Schwyzer behandelt wie Schnuderbuben, so dass die schließlich ohne den kleinsten Erfolg hätten abzotteln müssen, und die Mönche hätten ihnen noch hinterhergelacht.

Der Halbbart meint, letzten Endes sei es kein Unterschied, ob es wirklich so gewesen sei oder nur so ähnlich oder sogar ganz anders, ein Gerücht müsse nicht wahr sein, um seine Wirkung zu tun, es müsse nur geglaubt werden. Wenn man die Leute davon überzeugen könnte, Auf-den-Boden-Scheißen bewahre einen vor allen Gsüchti, der Tschumpel-Werni wäre schon längst zum Reichsphysikus ernannt, und die größten Gelehrten würden seinen Weisheiten lauschen. Wenn eine Geschichte gut zu dem passe, was die Menschen ohnehin schon dächten, dann werde sie so fest geglaubt, als ob ein Engel vom Himmel sie jedem Einzelnen ins Ohr geflüstert hätte. In diesem Fall gefalle den Leuten das Gerücht besonders gut, weil es ihnen erlaube, auf das Kloster zu schimpfen; Menschen hätten immer gern einen Feind, das sortiere einem die Welt angenehm, hier die unseren, dort die anderen.

Den endgültigen Beweis dafür, dass alle an diese Gerüchte glauben, habe ich in der Nacht vom heiligen Papst Silvester erlebt. Bei der Chlepfete, wo man mit Peitschenknallen die Winterdämonen vertreibt, haben die jungen Männer nicht wie sonst alle Jahre »Nachtalb!« oder »Toggel!« gerufen oder sonst den Namen eines bösen Geistes, der verschwinden sollte, sondern man hat ringsumher nur noch »Johannes von Schwanden!« gehört. Statt der Wintergeister ist es jetzt eben der Fürstabt, den sie aus dem Land jagen wollen, bei der Chlepfete noch mit dem Maul, aber morgen mit Streitkolben und Mistgabeln. Ausgerechnet in der Nacht von Epiphanias wollen sie nach Einsiedeln ziehen, aber nicht zum Beten und auch nicht nur die aus unserem Dorf, sondern ganz viele. Was dort genau passieren soll, weiß keiner, aber sie zählen alle schon das Klostergeld, das sie übermorgen im Sack haben wollen. Vom Poli seinem Fähnlein will jeder Einzelne mehr Mönche totschlagen, als im ganzen Kloster wohnen.

Der Onkel Alisi möchte natürlich bei all dem den Anführer machen, nur schon, um es dem von Homberg zu zeigen, den er einmal so bewundert hat und jetzt als Verräter verachtet. Die Dörfler wollen sich beim Galgechappeli nicht weit von Einsiedeln treffen, auf dem Richtplatz, wo auch das Rad steht. Im Kloster haben die Mönche gemunkelt, dass dort in der Nacht die Geister der Gehenkten und Geräderten umgehen, aber das scheint niemanden zu stören.

Es trifft sich schlecht, dass der Geni in Schwyz ist und nicht zu Hause, er wäre der Einzige gewesen, der die Sache noch hätte verhindern können. Oder vielleicht auch nicht; der Halbbart meint, solche Dinge seien wie ein Felssturz, wenn da einmal der erste Stein ins Rollen gekommen sei, könne man nichts mehr aufhalten. Von einem Fremden wie ihm erwartet niemand, dass er bei dem Überfall mitmacht, und ich selber kann Gott danken, dass ich ihnen zu nüütig war, um in ihre Pläne eingeweiht zu werden, also muss ich auch nichts davon wissen. Der Onkel Alisi hat vor lauter Wichtigtun bisher nicht an mich gedacht, aber wenn sie losziehen, wird es ihm einfallen, da bin ich ganz sicher, und er wird mir befehlen wollen, mitzukommen. Er wird mich aber nicht finden, weil ich schon unterwegs zum Stoffel bin, und es hat mich niemand weggehen sehen. Bei so einer Sache will ich einfach nicht dabei sein.

Das dreiundfünfzigste Kapitel
in dem der Sebi doch mitmachen muss

Ich bin wirklich ein jämmerlicher Ins-Hemd-Scheißer. Ich habe nicht einmal genügend Mut, um richtig feige zu sein. Da bin ich aus dem Dorf weggelaufen, weil ich auf gar keinen Fall ein Teil von dem sein wollte, was in Einsiedeln passieren soll, und jetzt bin ich doch dabei. Ich habe mich nicht getraut, dem Stoffel-Schmied zu widersprechen, weil ich einfach Angst vor ihm hatte, so sehr hat er sich verändert. Der Herr Kaplan hat einmal vom Teufel erzählt, dass der umhergeht wie ein brüllender Löwe und sucht, wen er verschlinge, und genau daran hat mich der Stoffel erinnert. Der heilige Hieronymus hätte gewusst, wie man so einem Raubtier den Dorn aus der Pfote zieht, aber ich bin kein Heiliger.

Wahrscheinlich ist in meinem Lebensplan festgeschrieben, dass ich bei diesem Überfall dabei sein muss, ich hätte bis ans Ende der Welt davonlaufen können, und es hätte mir nichts genützt.

Mein Plan war gewesen, mich beim Stoffel-Schmied vor dem Onkel Alisi zu verstecken, aber es ist anders gekommen. Als ich noch dem Stoffel sein Lehrbub und falscher Vetterssohn war und bevor das mit dem Kätterli passiert ist, habe ich nie Angst vor ihm gehabt, auch wenn er mir manchmal die schlimmsten Sachen angedroht hat, zum Beispiel: Wenn ich mich weiter so ungeschickt anstelle, werde er mich an dem Haken über der Esse aufhängen. Er hätte das auch gekonnt, stark, wie er ist, mit einer Hand hätte er mich hochheben können, aber ich habe immer gewusst, dass er es nicht wirklich tut. Jetzt wäre ich nicht mehr so sicher. Es ist nicht wie beim Löwen vom Hieronymus ein lästiger Dorn, der ihn so wütend hat werden lassen, aber eine böse Erinnerung kann noch viel mehr weh tun. Ich stelle mir das vor wie ein Feuer, das die ganze Zeit in ihm brennt, und jedes Mal, wenn er es zu löschen versucht, wird es noch heißer. Früher hat er sich am Abend gern mal einen halben Krug Wein gegönnt oder auch einen ganzen, aber richtig betrunken habe ich ihn nie erlebt, nur müde ist er davon geworden, und hinterher hat man ihn schnarchen hören. Jetzt hat er auf dem Boden neben seinem Amboss einen Krug mit Räuschling stehen, den trinkt er aber nicht mit Genuss, sondern wie eine bittere Medizin. Bisher hat sie nicht geholfen, aber er hofft immer noch, mit der doppelten oder dreifachen Dosis werde es ihm irgendwann schon bessergehen. Das Trinken macht nicht mit jedem Menschen das Gleiche; wenn der Rogenmoser Kari besoffen ist, sieht er überall Dämonen oder Teufel, und am nächsten Morgen erinnert er sich daran und ist stolz darauf, dass er so besondere Sachen erlebt hat. Der Stoffel muss nur daran denken, was man dem Kätterli angetan hat – und er denkt die ganze Zeit daran –, dann überfällt ihn die Wut, und er versucht, sie zu ertränken. Aber es ist halt schon so, wie unsere Mutter immer gesagt hat: »Sorgen können schwimmen.«

Als er mich hat hereinkommen sehen, hat er mich umarmt und an sich gedrückt, aber nicht auf angenehme Art, nicht wie einer, der sich freut, sondern als ob er sich an etwas festhalten müsse. »Du bist genau der Richtige, um mich ins Kloster zu begleiten«, hat er gesagt. Ich habe zuerst gemeint, wir wollten nach Schwyz gehen, um das Kätterli bei den Magdalenerinnen zu besuchen, aber er hat ein anderes Kloster gemeint; er weiß Bescheid über den Überfall und will unbedingt mitmachen. Ein Mönch habe seine Tochter ins Unglück gebracht, sagt er, und jetzt wolle er sich an den Mönchen dafür rächen. Ich glaube, er denkt, wenn er seine Wut einmal herauslasse, gehe es ihm dann besser.

Er hat es für selbstverständlich genommen, dass ich auch dabei sein wolle, und in meiner Feigheit habe ich es nicht fertiggebracht, ihm zu widersprechen. Ich könne ihnen nützlicher sein als mancher andere, hat er gesagt, schließlich habe ich im Kloster gelebt und kenne deshalb alle geheimen Verstecke, in die sich die Mönchlein, diese Ratten, sonst vor der gerechten Strafe verkriechen würden.

Das Treffen ist auf Mitternacht abgemacht, und so mussten wir in die Dunkelheit hinein losgehen. Der Stoffel hat den Weg so sicher gefunden, als ob unsere Pechfackel geleuchtet hätte wie der Stern über dem Stall von Bethlehem. Die Fackel habe ich getragen, weil ich keine Waffe habe. »Du brauchst keine«, hat der Stoffel gesagt, »weil du nicht als Kämpfer mitkommst, sondern als Späher, wie die beiden, die von Josua ausgesandt wurden, bevor er Jericho überfallen hat.« Er selber ist mit etwas bewaffnet, das ich vorher noch nie gesehen habe, ich glaube, es hat noch gar keinen Namen. An einer Stange hat er dieses seltsam geschmiedete Eisen befestigt, das er mir damals am Tag vom Kätterli seinem Unglück gezeigt hat. »Dein Halbbart hat sich das ausgedacht«, hat er mir erklärt. »Schade, dass er heute nicht dabei ist. Er würde bestimmt gern sehen, wie sich seine Erfindung bewährt.«

Als wir uns Einsiedeln genähert haben, hat man immer mehr Lichter gesehen, und als wir dann zum Galgechappeli gekommen sind, haben so viele Fackeln und Kienspäne gebrannt, dass es fast taghell geworden ist. Der Stoffel-Schmied ist herzlich begrüßt worden, auch von denen, die ihn nicht gekannt haben; wenn man in einen Kampf ziehen will, freut man sich über jeden, der so groß und stark ist wie er. Seine neuartige Waffe haben sie bestaunt wie die Zuschauer damals im Gerichtssaal das künstliche Bein. Der Stoffel musste immer wieder erklären, zu was man sie alles brauchen könne, zum Stechen ebenso wie zum Zuschlagen, und mit dem Haken, der mich an einen Gertel erinnert hat, könne man einen Reiter vom Pferd reißen. Man hat den Leuten angesehen, dass sie nicht nur beeindruckt waren, sondern auch neidisch; ein paar haben zwar Streitkolben und sogar Armbrüste dabei, aber viele nur ganz einfach Spieße oder sogar Dinge, die gar keine richtigen Waffen sind, Dreschflegel oder hölzerne Mistgabeln. Einige haben auch Säcke mitgebracht, und einer hat ein Reff auf dem Rücken, wie man es braucht, um etwas Schweres zu tragen. Ich glaube, der Marchenstreit interessiert die meisten viel weniger, als was man im Kloster für Beute machen kann.

Der Stoffel ist so sehr damit beschäftigt, den anderen seine Erfindung vorzuführen, dass ich mich ins Dunkle hinein zur Seite drücken konnte, so wie ich es gemacht habe, wenn der Alisi Gäste hatte. Mir ist es am wohlsten, wenn ich nur zuschauen kann und nicht selber mitmachen muss.

Manchmal denke ich, ich gehöre nirgends richtig dazu, aber vielleicht hat der Halbbart ja recht, und das ist einfach ein Teil vom Erwachsenwerden.

Es sind schon viele Männer da, und es kommen immer noch mehr. Aus unserem Dorf habe ich noch keinen gesehen, und von den anderen ist mir nur ein Einziger von früher bekannt, der Glatzkopf, der mit dem Messer auf den Poli losgehen wollte. Es sind überhaupt viele alte Soldaten dabei, man muss sie nicht kennen, um ihnen das anzusehen. Die Leute sind aufgeregt, weil sie gleich einen Überfall machen sollen, in einem Moment flüstern sie miteinander, und im nächsten reden sie lauter als nötig.

Je nachdem, wie sie ihre Fackeln halten, sieht man von manchen Männern nur den halben Körper oder sogar nur das Gesicht, so dass sie einen mehr an Gespenster als an Menschen erinnern. Ich habe versucht, noch weiter von ihnen wegzukommen, in der Dunkelheit bin ich an einen Pfahl gestoßen, und als ich hinaufgeschaut habe, sind die Wolken für einen Augenblick aufgerissen, und über mir war im Mondlicht das Rad, das zum Galgenhügel gehört. Ich konnte nicht sehen, ob ein Mensch oder ein Überrest von einem Menschen daran hing, aber Angst hat es mir trotzdem gemacht, und in meinem Kopf haben sich lauter wüste Gedanken gedreht. Wie macht es eigentlich der Blutrichter, wenn er jemanden aufs Rad flechten muss? Bricht er ihm schon unten auf dem Boden die Knochen und schleppt ihn dann über eine Leiter hinauf? Oder holt er das Rad herunter, bricht dem Verurteilten damit die Glieder und macht es dann mit dem Mann daran wieder oben fest? Kann er das allein, oder hat er Leute, die ihm dabei helfen?

Je mehr ich darüber nachgedacht habe, desto schlechter ist es mir gegangen. Schon als Bub haben mich meine eigenen Phantasien oft so erschreckt, dass ich gar nicht mehr aufhören konnte zu weinen. Unsere Mutter hat mir dann geraten, ich solle mir ganz schnell eine schönere Geschichte ausdenken und damit die hässlichen Gedanken verjagen. Jetzt, unter dem Rad, habe ich das probiert, aber die einzige Geschichte, die mir eingefallen ist, war auch nicht schöner als die Wirklichkeit.

Der Teufel, habe ich mir ausgedacht, hat einen Karren mit ganz vielen Rädern, mit dem fährt er in der Hölle herum. Der Karren wird aber nicht von Pferden gezogen, sondern von armen Sündern, die er mit der Peitsche antreibt; das sind alles Leute, die vor Gericht falsches Zeugnis abgelegt haben. Auf jedes Rad, darum ist mir die Geschichte wohl so eingefallen, sind Menschen geflochten, Richter, die ungerechte Urteile gefällt haben oder sich haben bestechen lassen. Ihre gebrochenen Knochen tun ihnen für alle Ewigkeit weh, und sie jammern, wie nur arme Sünder jammern können. Für den Teufel ist so ein Wehklagen die schönste Musik, und zum Lachen bringen sie ihn außerdem, weil sie auch in der Hölle nicht aufhören, ihre Unschuld zu beteuern. Als er wieder einmal so unterwegs war, ist ein Rad von dem Karren abgefallen, und es hat den Teufel kopfvoran herausgespickt, er ist mit den Hörnern im Boden festgesteckt, und seine Unterteufel mussten ihn an den Beinen wieder herausziehen. Er hat furchtbar geschimpft und befohlen, dass das Rad sofort wieder angemacht wird, aber kaum war er wieder eingestiegen und losgefahren, ist es ein zweites Mal abgefallen. Diesmal ist er in einem Kessel mit siedendem Öl gelandet, was ihn nicht weiter gestört hätte, der Teufel genießt alles, was mit Feuer zu tun hat, aber er war unterwegs zu seiner Großmutter und hatte dafür sein schönstes Wams angezogen, das war jetzt voller Öl. Die Unterteufel haben ihm aus dem Kessel herausgeholfen, er ist zurück in seinen Karren gestiegen und hat die Peitsche geschwungen. In den Anneli-Geschichten passieren die Dinge immer dreimal, und darum ist das Rad wieder abgefallen, und es hat ihn wieder herausgespickt. Diesmal ist er auf einem angespitzten Baumstamm gelandet, die braucht man in der Hölle, um unkeusche Mönche daran aufzuspießen. Der Spitz ist ihm zum Arschloch hinein, habe ich mir ausgedacht, und dort, wo bei den Menschen der Bauchnabel ist, wieder heraus, er hat aber keinen Nabel, weil er ja nicht geboren wurde, sondern erschaffen. Ein Mensch wäre verblutet, aber in den Adern des Teufels fließt kein Blut, sondern Gift. Die Unterteufel haben ihn von dem Baumstamm abgemacht, und da hat er gesehen, dass sein schönes Wams jetzt nicht mehr nur dreckig war, sondern auch noch ein Loch hatte, das hat ihn satansmäßig wütend gemacht. Er wollte das Rad, das an allem schuld war, in einem See aus glühend heißem Eis versenken, aber da hat man plötzlich eine Stimme gehört, die hat gesagt …

Weiter bin ich mit dem Erfinden nicht gekommen, weil mich ein so heftiger Schlag im Rücken getroffen hat, dass ich beinahe hingefallen wäre. Es war der Alisi, der mich so grob begrüßt hat. Er habe schon gemeint, ich wolle mich drücken, hat er gesagt, aber jetzt merke er, dass ich es als echter Schwede vor Vorfreude auf den Kampf nicht ausgehalten habe und deshalb vorausgelaufen sei. Zusammen mit ihm war der Poli mit seinem ganzen Fähnlein gekommen, der kleine Eichenberger hatte sich aus einem Tuchfetzen ein Banner gemacht, der Schwämmli durfte ihre Fackel tragen, und außerdem haben sie den Tschumpel-Werni mitgebracht, was ich überhaupt nicht verstehen kann, wo es doch um einen Überfall geht. Er hat zwar nur einen halben Verstand, aber er ist der friedlichste Mensch von der Welt; auch wenn ihn die Leute zäukeln, lacht er nur und ist ihnen nicht böse.

Der Poli hat seinen Bogen dabei und der kleine Eichenberger ein Messer, das sein Vater sonst zum Metzgen braucht; ich glaube, es ist dasselbe Messer, mit dem er damals dem Geni das Bein abgeschnitten hat. Nur der Alisi ist ohne Waffe gekommen, das lohne sich nicht, hat er gemeint, so einen Mönch reiße er auch mit bloßen Händen in Stücke.

Es wird wohl bald losgehen.

Das vierundfünfzigste Kapitel
in dem es wüst zugeht

Sie haben bestimmt einen Plan für ihren Überfall gehabt, nur eben jeder einen andern. Die einen wollten die Mönche im Schlaf überraschen und wären am liebsten auf Zehenspitzen an das Kloster herangeschlichen, aber dann sind ein paar einfach so, ohne Absprache, losgerannt, erst nur einer und dann alle anderen hinterher, als hätten sie Angst, es könne ihnen jemand ihren Anteil an der Beute vor der Nase wegschnappen. Der Onkel Alisi hat *»Assalto!«* gerufen und wäre gern der Vorderste gewesen, aber die meisten waren jünger als er und konnten schneller rennen; außerdem hatte er sich, wie er das im Krieg gelernt hat, seinen Mut mit Branntwein gestärkt und war nicht sicher auf den Beinen. Der Poli mit seinem Fähnlein war natürlich bei den Schnellen und Lauten, er voraus und seine Leute hinterher. Der Tschumpel-Werni hat gedacht, das Ganze sei ein Spiel, er hat die ganze Zeit gelacht und in die Hände geklatscht.

Einen Unfall hat es auch schon gleich am Anfang gegeben: Ein Mann mit einer Mistgabel über der Schulter ist im Halblicht gestürchelt, und der hinter ihm hat die Zinken voll ins Gesicht bekommen; soweit ich weiß, ist das aber die einzige gröbere Verletzung, die einer von den Schwyzern nach Hause bringt.

Ob sie leise oder laut gewesen waren, ob sie geschlichen sind oder gerannt, das hat dann am Schluss keinen Unterschied gemacht, vor der Klosterpforte waren doch wieder alle beisammen. Das große Tor war verrammelt, und obwohl sie die Pförtnerglocke so heftig geläutet haben, dass das Seil gerissen ist, hat ihnen niemand aufgemacht. Es war also nichts mit der Überraschung im Schlaf, die wäre ihnen aber auch auf Zehenspitzen nicht gelungen, ich hätte ihnen das im Voraus sagen können. Für ein Kloster waren sie nämlich überhaupt nicht früh dran, die Zeit der Matutin war längst vorbei, und darum waren die Mönche alle wach. Außerdem, das hat sich dann später herausgestellt, war ihr Plan nicht wirklich geheim geblieben; daran waren sie selber schuld, weil sie das Maul nicht hatten halten können. Mir hat ja auch keiner etwas gesagt, und ich habe trotzdem von dem Überfall gewusst; wenn alle Hühner gleichzeitig anfangen zu gackern, fragt sich auch der dümmste Bauer, was da wohl für Eier gelegt werden. Zwar hat man im Kloster nicht genau gewusst, was die Schwyzer im Schilde führten und für wann sie es vorhatten, es hatte auch niemand mit ganz so schlimmen Sachen gerechnet, wie sie dann passiert sind, aber eine wirkliche Überraschung ist der Überfall für die Fratres nicht gewesen. Darum waren der Fürstabt und der neue Prior schon vor zwei Tagen nach Pfäffikon geritten, in den festen Turm, wo ihnen niemand etwas anhaben kann.

Die Männer haben gegen das Tor gehämmert, ein paar sind auch mit der Schulter dagegen gerannt, aber das Holz ist auf beiden Seiten mit Eisen beschlagen, und die Querbalken dahinter sind Baumstämme. Die einzige schwache

Stelle ist die kleine Pforte, durch die man jemanden eintreten lassen kann, ohne das ganze Tor öffnen zu müssen, und diese Pforte hat der Stoffel-Schmied mit einem Fußtritt aufgebrochen. Vor der schmalen Öffnung haben sie sich geschubst und gestoßen, jeder wollte der Vorderste sein, und ihre Waffen und Fackeln sind ihnen dabei im Weg gewesen. Sie haben mich an das erinnert, was der Herr Kaplan einmal in einer Predigt gesagt hat: »Zur Buße kriechen die Menschen, aber zur Sünde rennen sie.« Einen habe ich gesehen, der hat sich beim Hineingehen bekreuzigt, wahrscheinlich hat er gar nicht gemerkt, was er da macht. Seltsam, dass man Ehrfurcht vor einem Kloster haben kann, das man gerade überfällt.

Im Vorhof, von dem aus man zu den verschiedenen Gebäuden kommt, haben sie zuerst nicht gewusst, wo sie hinsollten. Ich hatte schon Angst, der Stoffel würde verlangen, ich solle ihnen den Weg zeigen, dafür wollte er mich ja unbedingt dabeihaben, aber in der Aufregung hatte er mich vergessen, und ich war froh darüber. Die Leute sind hierhin und dorthin gelaufen, wie Ameisen, wenn man ihren Haufen mit einem Stecken durcheinanderbringt, aber plötzlich, als ob ihnen ein unsichtbarer Kommandant den Befehl dazu gegeben hätte, sind alle nach links gestürmt, obwohl wahrscheinlich keiner gewusst hat, warum gerade in diese Richtung. Der Halbbart hat einmal gesagt, dass ein Drache aus lauter giftigen Schlangen besteht, und vielleicht waren sie wirklich zum Drachen geworden und hatten deshalb die Schlauheit eines Ungeheuers.

Warum auch immer, sie sind auf direktem Weg zum Dormitorium gekommen, wo sich die Mönche eingeschlossen hatten. Vielleicht wären sie sogar daran vorbeigerannt, aber da hat man von innen beten hören. Der Stoffel hat schon seine Waffe gehoben wie eine riesige Axt, aber er hat die Türe dann nicht einschlagen müssen, sondern sie ist von selber aufgegangen, und der Bruder Zenobius ist dagestanden und hat mit seinem freundlichen Lächeln gesagt: *»Dominus vobiscum.«* Es hat aber niemand *»Et cum spiritu tuo«* geantwortet, wie sich das gehört, sondern sie haben ihn zur Seite geschoben und sich hineingedrängt, so viele Leute aufs Mal, dass gar nicht alle Platz hatten, obwohl der Schlafsaal recht groß ist. Ich selber bin draußen geblieben und habe nur durch die offene Türe hineingeschaut, weil die Mönche mich ja kennen und ich Angst hatte, es könnte mich einer fragen, warum ich bei dem Überfall mitmache. Jemand hat den Fratres befohlen, sich hinzuknien, alle in einer Reihe, es hat ausgesehen, als ob sie die Laudes oder die Prim feiern wollten, sie haben aber nicht gesungen, sondern vor Angst gezittert. Nur der Bruder Zenobius hatte die Augen geschlossen und hat gebetet. Die Eindringlinge haben im Dormitorium nach Sachen gesucht, die sich zu stehlen lohnten, aber sie haben nichts Gescheites gefunden, auch das hätte ich ihnen im Voraus sagen können. Ein Benediktiner darf keinen Besitz haben, und einem, der nichts hat, kann man nichts wegnehmen. Ein paar von den Leuten haben Bücher mitgenommen, die sie gar nicht lesen konnten, andere haben das schäbige Bettzeug eingepackt, das sich ja wirklich nicht zu stehlen lohnt; später haben sie es dann irgendwo auf dem Boden liegen lassen.

Von den Mönchen hat sich keiner gewehrt, obwohl doch alle aus vornehmer Familie waren, der Bruder Rudolf zum

Beispiel ist ein Wunnenberger, und der Bruder Thüring ist mit den Attinghausens verwandt. Diese adligen Mönche hatten bestimmt schon als Kinder gelernt, wie man mit einem Schwert umgeht, aber vielleicht sind sie ja als Buben genau solche Finöggel gewesen wie ich, und man hat sie deshalb ins Kloster geschickt. Der kleine Eichenberger hat mit seinem Messer herumgefuchtelt und gerufen, man müsse sie alle abstechen, aber jemand hat ihm die Waffe weggenommen. Den Mönchen hat man die Hände gefesselt, und sie waren Gefangene.

Auf einmal haben alle Glocken im Glockenturm zu läuten begonnen, und viele der Männer sind hinausgerannt, um zu sehen, was dort los war. Die Mönche, die sich im Turm versteckt hatten, wollten mit dem Läuten Hilfe herbeirufen, es ist aber niemand gekommen. Ich finde, dieser Alarm war eine Dummheit, ohne die Glocken hätte man sie vielleicht gar nicht entdeckt. Sie hätten es machen müssen wie die Igel, die sich zu einer Kugel zusammenrollen und sich nicht mehr bewegen, bis die Gefahr vorbei ist. Aber wenn man Angst hat, ist Stillhalten wahrscheinlich das Schwerste.

Wieder andere von den Mönchen, das habe ich aber erst hinterher erfahren, sind durch die hintere Pforte davongelaufen und haben sich bei Leuten im Ort versteckt. Auch der Bruder Fintan war einer von denen, und obwohl ich wirklich nicht gut finde, was heute alles passiert ist, stelle ich mir doch gern sein Gesicht vor, als man ihn dann doch gefunden und aus seinem Versteck geholt hat. Ich weiß, Rachsucht ist eine Sünde, aber ich denke, solche Gedanken machen sich von allein, und man wird für sie nicht bestraft.

Es ist auch etwas passiert, das zum Lachen war, nicht für die beiden Mönche, die es getroffen hat, aber zum Erzählen schon. Einer davon war der Bruder Ambros, der bei Beerdigungen so schön traurig beten kann, vom andern weiß ich den Namen nicht. Die beiden hatten sich in einem Graben verschloffen, haben dort ganz lang stillgelegen, ohne einen Mucks zu machen, und wahrscheinlich haben sie schon gedacht, sie seien gerettet. Aber dann hat einer von den Schwyzern seichen müssen, und, wie es der Teufel wollte, genau an dieser Stelle, so wurden sie nicht nur entdeckt, sondern waren auch von oben bis unten verseicht. Ich bin sicher, wenn das Teufels-Anneli davon hört, wird das bald in einer ihrer Geschichten vorkommen; sie hat es gern, wenn die Leute etwas zu lachen haben.

Viele von den Dingen, die an diesem Tag vorgefallen sind, habe ich nicht selber erlebt, sondern mir nur erzählen lassen. Die Leute sind nicht lang auf einem Haufen geblieben, sondern man hat überall in den Gängen das Licht von Fackeln und Kienspänen gesehen, und manchmal hat man ein lautes Geschrei gehört, wenn eine Gruppe wieder etwas zum Stehlen entdeckt hat, dann sind alle dorthin gerannt. Ich habe nie eine Räuberbande gesehen, nur von Räubern erzählen hören, aber genau so stelle ich mir vor, was sie machen: stehlen, was einen Wert hat, und den Rest kaputtschlagen.

Aus dem Skriptorium haben sie alle Manuskripte, die fertigen und die angefangenen, auf den Hof geschleppt, zerrissen und angezündet. Sie haben gemeint, das seien die Dokumente, mit denen das Kloster seine Ansprüche beweisen wolle, aber was sie verbrannt haben, waren ganz andere Dinge, fromme Abhandlungen und Gebete und solche Sachen. Einer aus Morschach, der lesen und schreiben kann, weil er einmal hat Diakon werden wollen, hat ihnen dann gesagt, dass es die falschen Pergamente waren. Sie haben das Feuer wieder gelöscht, aber viel zu retten war nicht mehr. Am schlimmsten muss das für den Bruder Bernardus sein, der arbeitet seit Jahren an einem Psalter mit ganz vielen Malereien, die Leute, die die fertigen Seiten gesehen haben, sagen, wenn man die Bilder anschaue, spüre man richtig den Himmel, und jetzt ist seine ganze Arbeit nur noch Asche. Einen winzigen Fetzen davon hat mir ein Wind direkt vor die Füße geweht, das war bestimmt ein Zeichen. Ich werde das Stückchen Pergament von jetzt an als Amulett bei mir tragen. Man sieht darauf eine Hand, drei Finger ausgestreckt und zwei eingebogen, so wie es der Herr Kaplan bei der Segnung macht. Ich weiß nicht, zu wem die Hand gehört, zu einem Heiligen vielleicht, aber darauf kommt es gar nicht an. Wenn einem so eine segnende Hand kein Glück bringt, dann weiß ich auch nicht.

Die heftigste Auseinandersetzung muss es im Haus des Klosterammanns gegeben haben. Als sie bei ihm eingedrungen sind, hat er sich ihnen mit gezogenem Schwert in den Weg gestellt, aber einer hat seine Armbrust auf ihn gerichtet und gedroht, wenn er sich nicht ergibt, schießt er ihn tot. Zum Glück hat der Ammann es nicht darauf ankommen lassen, sondern hat sein Schwert hergegeben, und es ist ihm nichts passiert. Nicht einmal gefangengenommen haben sie ihn, das war ausnahmsweise etwas Vernünftiges, der Ammann ist nämlich kein Dienstmann des Klosters, sondern einer von Habsburg, und für die wäre das eine Beleidigung gewesen.

Aber sonst sind sie überhaupt nicht vernünftig gewesen, sondern haben gehaust wie eine Herde Wildschweine. Ich habe nicht mitgemacht, aber ich fürchte, dass ich vom Himmel trotzdem bestraft werde, es gibt Dinge, die werden einem nicht verziehen, auch wenn man bei ihnen nur zugeschaut hat. Ich müsste beichten können, was ich erlebt habe, und die Absolution bekommen, aber das geht nicht; vom Herrn Kaplan weiß man, dass er schwatzhaft ist und schon mehr als einmal ein Beichtgeheimnis ausgeplaudert hat, und der alte Mönch, der ihn manchmal vertritt, ist selber ein Benediktiner.

Pater noster dimitte nobis debita nostra.

Das fünfundfünfzigste Kapitel
in dem ein Engel aus dem Himmel kommt

Der Stoffel, da war ich aber nicht dabei, sondern habe erst später davon erfahren, ist in die Wohnung des Abtes gegangen und hat dort die Einrichtung zerschlagen. Er hat seinen Zorn also herausgelassen, aber das habe man ihm nicht angemerkt, hat man mir erzählt, im Gegenteil: Ganz ruhig sei er vorgegangen, habe die Zerstörung erledigt wie nach einem Plan, zuerst die Möbel, den Tisch, die Bänke, das Bett des Abtes, das Betpult, und dann weitergemacht, bis auch vom letzten Krug nur noch die Scherben und von den Vorhängen nur noch die Fetzen übrig waren. Ich hoffe für ihn, dass seine Wut damit aufgebraucht ist und er wieder sein kann wie früher.

Den Stoffel-Schmied kann ich verstehen, aber von denen, die dabei Zuschauer waren, und es müssen viele gewesen sein, müsste sich doch der eine oder andere gefragt haben, ob so ein Alles-kaputt-Machen im Marchenstreit wirklich weiterhilft. Sie scheinen ihm aber zugesehen zu haben, wie man bei einem Preislupf zusieht, bei dem ein berühmter Kämpfer antritt, da sucht man auch nicht nach einem Grund für den Kampf, sondern interessiert sich nur dafür, ob jeder Griff richtig gefasst und jedes Bein richtig gestellt ist. Die neue Waffe, haben sie hinterher gesagt, habe sich dabei sehr bewährt, man könne sie wirklich für alles brauchen, und sie wollten sich lieber nicht vorstellen, was man damit in einem Kampf anrichten könne.

Für mich selber war es gut, dass der Stoffel sich von seinem Zorn hat regieren lassen, weil er dadurch nämlich ganz vergessen hat, dass er mich eigentlich als Späher brauchen wollte. Auch sonst hat sich niemand um mich gekümmert, sie waren alle zu sehr damit beschäftigt, nach Beute zu suchen. Die ersten haben schon miteinander gestritten und sich sogar geprügelt, weil sie sich nicht einig werden konnten, wer einen besonders begehrten Gegenstand als Erster entdeckt hatte. Der Onkel Alisi und der Poli waren nirgends zu sehen, ich habe erst später entdeckt, wo sie waren. Ich hätte also weglaufen können, den Weg zurück nach Hause hätte ich leicht gefunden, aber wenn ich nun schon an diesem Ort war, wo ich nie mehr hatte hingehen wollen, wenn man mich noch einmal in dieses verdammte Kloster verschleppt hatte, dann gab es für mich wenigstens etwas zu tun, das mir wichtig war. Vielleicht steht auch das in meinem Lebensplan.

Alle anderen, die das Kloster nicht kannten, sind aufs Geratewohl irgendwo hingelaufen, »immer der krummen Nase nach«, sagt man bei uns im Dorf, aber ich wusste, wo ich hinwollte, und habe den Weg auch im Dunkeln gefunden; meine Fackel hatte ich schon lang jemand anderem in die Hand gedrückt. Zuerst habe ich mich in die Küche geschlichen, wo bisher noch keiner von den Schwyzern gewesen war, vom Schmalzhafen bis zum Salzfass stand noch alles an seinem Platz, und von dort aus wusste ich, wie man die breiten Gänge vermeiden und durch die Lagerräume zum hinteren Hof kommen kann. Wenn ich die Speisereste für die Schweine aus der Küche habe holen müssen, habe ich jedes Mal versucht, niemandem zu begegnen; es haben immer alle das Gesicht verzogen.

Draußen war es jetzt hell, auch wenn man wegen der Wolken die Sonne nicht gesehen hat. Ich bin denselben Weg gegangen wie damals nach meinem Gespräch mit dem Prior, zuerst am Schweinestall mit seinem Gestank vorbei und dann durch den Obstgarten. Wenn man die kahlen Bäume im Schnee stehen sieht, so ganz nackt, könnte man meinen, sie seien gestorben und würden nie mehr lebendig. Dabei weiß man genau: An dem hier werden wieder Birnen wachsen, an diesem Äpfel und an jenem Kirschen, aber es erscheint einem unmöglich. Es ist wie die Auferstehung der Toten, von der der Herr Kaplan sagt, dass man daran glauben muss, und ich will es ja auch glauben, ich kann es mir nur nicht vorstellen. Der alte Laurenz und seine Vorfahren haben so viele Leute begraben – wo sollen die alle wohnen, wenn sie wieder auferstehen? Und von was sollen sie satt werden, wo doch schon die Lebenden so oft Hunger haben? Zu Streitereien würde es auch kommen, weil bestimmt immer ein noch Älterer das Familienoberhaupt sein will, und das über all die Generationen zurück.

Gleich hinter dem Obstgarten beginnt der Wald, wo ich bei der Eichelmast die Schweine habe hüten müssen. Manchmal haben sie beim Weiden Trüffelpilze gerochen und dann ganz wild in der Erde gewühlt, aber wenn man schnell genug war, konnte man sie ihnen wegschnappen; der Cellerarius gibt einem einen halben Batzen dafür und verkauft sie dann dem Prior für einen ganzen. Ich bin in den Wald gegangen, weil ich das Grab von der kleinen Perpetua gesucht habe; ich wollte ein paar Paternoster für sie sagen, aber im Schnee konnte ich die richtige Stelle nicht finden. Dieselbe Gegend sieht im Winter ganz anders aus als im Sommer, man merkt es für gewöhnlich nur nicht, weil die Veränderungen nicht von einem Tag auf den anderen passieren, sondern allmählich, so wie unsere Mutter einmal gesagt hat, sie sei doch gerade noch jung gewesen, und jetzt sei sie alt, sie wisse gar nicht, wie das gekommen sei.

Ich wollte schon aufgeben, aber dann habe ich mir überlegt, dass der genaue Ort keine Rolle spielt; wenn ein Soldat im Krieg gefallen ist und man weiß nicht, wo er begraben ist, darf man für ihn auch beten, wo man will, und das Grab der kleinen Perpetua war ja auch kein richtiges Grab, so wie auch ihre Taufe keine richtige Taufe gewesen ist, nur eine flache Grube und nicht einmal in geweihter Erde. Außerdem: Wenn sie im Limbus feststeckt, wird sie nie wissen, ob ich es damals richtig gemacht habe oder falsch, und wenn sie doch ins Paradies gekommen sein sollte, dann ist es ihr egal. Ich bin also einfach irgendwo in den Schnee gekniet und habe mir vorgestellt, dass ich jetzt an ihrem Grab bin. Der Bruder Ambros hätte es bestimmt besser gemacht, der war schon an so vielen Gräbern, aber was man nicht haben kann, muss man sich auch nicht wünschen. Damit das Ganze doch etwas Priesterliches hatte, habe ich den Pergamentfetzen mit der segnenden Hand genommen und damit das Kreuz geschlagen. Dann wollte ich mit dem Paternoster anfangen, aber plötzlich ist mir eingefallen, dass das vielleicht gar nicht das richtige Gebet ist, und wenn man das falsche sagt, kann es mehr schaden als nützen. Ich habe nicht gewusst: Ist die Perpetua eine arme Seele, für deren Erlösung man beten muss, oder ist es vielleicht genau umgekehrt, sie ist im Himmel oder sogar bei den Heiligen, und man muss nicht für sie beten, sondern zu ihr und sie bitten, dass sie einem hilft? Ich habe dann beschlossen, überhaupt kein Gebet zu sagen, sondern nur mit geschlossenen Augen an sie zu denken; es heißt ja immer, dass nicht die Worte wichtig sind, sondern die Gedanken, die man dabei hat.

Ich habe versucht mich zu erinnern, wie sie ausgesehen hat, als ich sie aus ihrem Tuch gewickelt habe, aber es wollte mir nicht gelingen, dabei ist es doch noch gar nicht so lang her. Ihre Augen hatte ich nie gesehen, weil sie ganz fest zugedrückt waren, ich nehme an, sie wären blau gewesen; soweit ich weiß, ist das bei allen Neugeborenen so. Von den Haaren wusste ich nur noch, dass sie so fein waren wie die von der Berenike, eine Farbe müssen sie natürlich auch gehabt haben, aber die war aus meinem Gedächtnis verschwunden. Nur bei den Lippen hatte ich keinen Zweifel: Blau sind sie gewesen, so wie Lippen nicht sein dürfen.

Während ich noch dabei war, mir im Kopf ihr Bild zu malen, ist plötzlich eine weiße Taube geflogen gekommen, ich wusste nicht, woher, und hat sich auf meine gefalteten Hände gesetzt. Es war aber gar keine Taube, sondern ein Engel, ein ganz kleiner, nicht größer als ein Lumpenbäbi, nur dass ich noch nie ein Lumpenbäbi mit Flügeln gesehen habe. Ich habe kein Gewicht gespürt, nur dort, wo seine nackten Füßchen standen, hat die Haut ein bisschen gekribbelt. Der Engel hat mich angelächelt, und von ganz weit weg hat man leisen Gesang gehört. Wahrscheinlich hat er aus Versehen die Türe zum Paradies offen gelassen, habe ich überlegt, und was ich höre, sind die himmlischen Chöre. Das Seltsame dabei war, dass ich die Melodie hätte mitsummen können, es wollte mir nur nicht einfallen, woher ich sie kannte.

»Du hast kalte Hände«, hat der Engel gesagt. »Lass mich sie wärmen.«

Da habe ich erst gemerkt, dass ich die ganze Zeit gefroren hatte, aber ganz schnell ist mir wunderbar warm geworden, so wie wenn man im Frühling im Gras liegt und die Sonne scheint nicht zu heiß, sondern gerade richtig.

»Danke, dass du mich getauft hast«, hat der Engel gesagt und war auf einmal so groß wie ein Kind, das schon laufen kann. Er hat auch nicht mehr auf meinen Händen gestanden, sondern ist im Schnee herumgesprungen, und überall, wo er seine Füße hingesetzt hat, sind Blumen gewachsen, solche, die ich kannte, und andere, die ich noch nie gesehen hatte. Die kleine Perpetua war also doch ins Paradies gekommen.

Sie hat von den Blumen gepflückt, einen ganzen Strauß, den hat sie mir hingehalten, und ich wollte ihn auch nehmen. Aber ich konnte meine Arme nicht bewegen, überhaupt nichts konnte ich bewegen, und da hat Perpetua die Blumen in die Luft geworfen, sie sind zu Schmetterlingen geworden und davongeflogen. Ich habe ihnen nachgeschaut, und als sie weggeflogen waren, war auch der Engel verschwunden. Dafür stand jetzt unsere Mutter zwischen den Blumen.

Sie sah nicht so aus, wie sie am Schluss gewesen ist, als die Krankheit sie hässlich gemacht hatte, sondern ganz jung und schön. Sie hat gelächelt und gewinkt, ich wollte auch zurückwinken, aber ich war wie gelähmt.

Dann ist zwischen den Bäumen ein Drache hervorgekommen, er hat genau so ausgesehen wie auf dem Bild in der Kirche in Ägeri, wo der heilige Georg ihm seine Lanze in den Leib bohrt. Der Drache ist an unsere Mutter herangeschlichen; sie ist auf dem Boden gekniet und hat bei der himmlischen Melodie mitgesungen. Auf einmal hat der Drache nicht mehr Tatzen gehabt wie auf dem Bild, sondern richtige Hände, in einer hat er ein Messer gehalten, das wollte er unserer Mutter in den Rücken stoßen. Ich wusste, dass ich sie hätte warnen müssen, aber auch meine Stimme hat mir nicht gehorcht, sondern ist aus meinem Mund herausgeflogen und in der Luft herumgeflattert, nicht wie ein Schmetterling, sondern wie eine von den Fledermäusen auf dem Rücken vom Onkel Alisi. Der Drache hat von unserer Mutter abgelassen und ist auf mich losgegangen, sein Maul ist immer nähergekommen, heiße Flammen sind daraus herausgeschossen, und mein Gesicht hat gebrannt wie Feuer.

Es war aber kein Feuer, sondern Kälte, weil ich nämlich mit dem Gesicht im Schnee gelegen bin. Wenn man die ganze Nacht wach gewesen ist, kann es einem schon passieren, dass man beim Beten einschläft und seltsame Dinge träumt. Aber an jedem Traum ist etwas Wahres, und dieser konnte zwei Dinge bedeuten: dass ich es damals mit der Taufe der kleinen Perpetua doch richtig gemacht habe und dass unsere Mutter immer noch auf mich aufpasst. Als ich das gedacht habe, ist mir ganz leicht geworden. Ich bin aufgestanden und habe mir die Backen gerieben, weil die halb erfroren waren. Ich war jetzt nicht mehr in meinem Traum, sondern wieder im Klosterwald, aber den leisen Gesang habe ich immer noch gehört und diesmal auch erkannt. Er ist nicht aus dem Himmel gekommen, sondern vom Kloster her, es waren die gefangenen Mönche, die im Dormitorium gesungen haben, um sich Mut zu machen, und zwar einen Psalm, den ich aus der Vesper kannte: *Ad te, Domine, clamabo*. Der Hubertus hat mir einmal übersetzt, was das heißt: »Zu dir, o Herr, flehe ich«, und das schien mir für Leute, denen man die Hände gefesselt hat, ein sehr passender Bibelvers zu sein. Sicher hat ihn der Bruder Zenobius ausgesucht.

Auch noch einen zweiten Gesang habe ich vom Kloster her gehört, den habe ich aber nicht erkannt, sondern nur gedacht: Wenn sie jetzt alle singen, ist das Schlimmste bestimmt vorbei. Aber das Schlimmste hat erst angefangen.

Das sechsundfünfzigste Kapitel
in dem noch einmal der Hubertus vorkommt

Der Hubertus tut mir leid, wirklich. Ich habe immer gedacht, er kommt einmal in die Hölle, weil er Dinge gesagt hat, die man nicht sagen darf, aber vielleicht hat man sich im Himmel überlegt, es ist besser, wenn wir ihn schon im Leben bestrafen, dann kann er noch bereuen, und wir können ihn irgendwann doch noch ins Paradies hereinlassen. Ich habe ihm nie etwas Böses gewünscht, von mir aus hätte er ruhig Bischof werden dürfen. Aber jetzt wird nie aus ihm werden, was er sich vorgenommen hat, sondern er muss froh sein, wenn er sein Leben lang ein gewöhnlicher Mönch sein darf und im Refektorium zuunterst am Tisch sitzen.

Ich bin zwar nicht schuld daran, nicht richtig, aber eine Ursache bin ich schon, und ein schlechtes Gewissen kann man auch haben, wenn man eine Sache nicht gewollt hat.

Wenn ich gewusst hätte, was passieren würde, wäre es leicht für mich gewesen, das Unglück zu verhindern, aber man kann nicht in die Vergangenheit zurückreisen und die Sachen anders machen, sonst hätte der Geni immer noch beide Beine und dem Halbbart sein Gesicht wäre nicht verbrannt. Auch für den Hubertus hätte es anders kommen können, ich hätte nur niemandem von meinem Gespräch mit dem Prior erzählen dürfen oder zumindest nicht sagen, wo es stattgefunden hat. Es wäre kein Problem gewesen, beim Erzählen ein bisschen zu lügen. Der Prior habe mir das Bündel im Pferdestall überreicht, hätte ich sagen können. Oder er habe mich dafür zuoberst in den Glockenturm bestellt. Es würde keiner nachgefragt haben, weil der Ort ja nebensächlich war. Nur was dort passiert ist, war interessant, dass der Stellvertreter des Fürstabts ein Abtsmündel beauftragen wollte, ein Neugeborenes den Schweinen zum Fraß vorzuwerfen. Wo dieser Auftrag erteilt wurde, darauf kam es nicht an. Es wäre nicht viel anders gewesen, als wenn das Teufels-Anneli eine Geschichte, die man schon im letzten Winter von ihr gehört hat, noch einmal erzählt, und ein Mann, der im Jahr zuvor noch Regulus geheißen hat, heißt jetzt Martin. Oder der wütende Teufel hat sich damals in den Schwanz gebissen, und jetzt reißt er sich ein Horn aus. So etwas fällt den meisten nicht einmal auf; es haben nicht alle ein so gutes Gedächtnis wie ich. Genauso hätte es keinen gestört, wenn ich meine Geschichte ein ganz klein wenig anders erzählt hätte, als sie passiert ist.

Aber unerforschlich sind die Wege des Herrn, das hat der Herr Kaplan mehr als einmal vorgelesen. Nur dass es in diesem Fall vielleicht die Wege des Satans waren.

Ich hatte schon gedacht, der Stoffel habe mich vergessen, ich könne mich unauffällig wegschleichen und auf den Heimweg machen. Aber es ist anders gekommen. Nachdem er seinen Zorn ausgelebt hatte, seine Rache so ordentlich erledigt, wie er auch in seiner Schmiede jeden Auftrag ordentlich ausführt, hat er sich den wenigen angeschlossen, die nicht nur ans Plündern dachten. Eigentlich hatten sie den Überfall ja wegen dem Marchenstreit gemacht, und jetzt haben sie versucht, die Dokumente zu finden, mit denen das Kloster seine Ansprüche beweist oder von denen es doch behauptet, sie ließen sich damit beweisen, die wollten sie mitnehmen oder verbrennen. Unter diesen Leuten war auch der aus Morschach, ich weiß seinen Namen nicht, der Mann, der lesen kann. Jedes geschriebene Wort, das ihnen irgendwo in die Finger gefallen ist, haben sie ihm gebracht, aber jedes Mal musste er feststellen, dass es in den Pergamenten wieder nicht um Schenkungen oder Lehen ging. Vielleicht gebe es die gesuchten Dokumente gar nicht, hat er gemeint, oder die Klosterleute hätten sie gut versteckt. Da ist dem Stoffel eingefallen, was ich ihm von meinem Gespräch mit dem Prior erzählt hatte, dass da ein Gestell voller Pergamente gestanden habe, und er ist ganz giggerig darauf geworden, diesen versteckten Raum zu finden. Wo sich der befand, hatte ich ihm nämlich nicht gesagt, nicht um es geheim zu halten oder den Hubertus zu beschützen, ich bin ja kein Prophet, sondern einfach, weil er mich nicht danach gefragt hat. Der Stoffel hat sofort zwei Leute losgeschickt, um mich zu suchen, sie kannten mich zwar nicht, aber er wird mich ihnen beschrieben haben.

Zu der Zeit wusste ich noch nicht, wo sich der Hubertus versteckt hatte, ich habe nicht einmal an ihn gedacht. Dass er bei den gefangenen Fratres im Dormitorium nicht dabei gewesen war, hatte ich nicht einmal bemerkt, und wenn es mir aufgefallen wäre, hätte ich wohl vermutet, er sei zurück nach Engelberg gerufen worden oder der Bruder Fintan habe ihn mit einem Auftrag irgendwohin geschickt. Ganz bestimmt wäre ich nicht auf den Gedanken gekommen, dass ihn sein Ehrgeiz dazu treiben würde, den Helden zu spielen.

Die beiden Männer haben mich schnell gefunden; ich war noch im Vorhof und habe in dem Aschehaufen herumgeneuselt, weil ich gedacht habe, vielleicht finde ich noch ein zweites Amulett. Sie haben mich zum Refektorium gebracht, das war eine Art Hauptquartier für sie. Ich bin mir vorgekommen wie am ersten Tag im Kloster, als mir der Bruder Fintan meinen Platz angewiesen hat. Aber wirklich nur einen Moment lang, der Ort war zwar vertraut, aber sonst war alles falsch. Nicht nur, dass kein Feuer gebrannt hat wie sonst im Winter, weil die Postulanten, die sich darum kümmern müssen, ja alle eingesperrt waren. Nein, am falschesten waren die Leute, die um den Tisch herum saßen, es ist mir vorgekommen, als ob ein Erdbeben die Welt durcheinandergeschüttelt hätte und den Stoffel und die andern hierher versetzt. Von ferne hat man immer noch das Psalmensingen gehört, da hätten Mönche dazugehört, nicht lauter fremde Männer.

Der Stoffel-Schmied hat mich gefragt, ob ich ihnen zeigen kann, wo ich diese Pergamente gesehen hatte, und ich hatte keinen Grund, nicht ehrlich zu antworten; dem toten Prior war ich nichts schuldig, und schon gar nicht war ich verpflichtet, seine Geheimnisse zu bewahren. Ich habe also gesagt, ja, das könne ich, und habe ihnen den Weg gewiesen. Ihre Waffen haben sie liegenlassen; nur der Stoffel hat seine mitgenommen.

Ich habe sie denselben Weg geführt, den ich heute schon einmal gegangen war, zuerst zur Küche und von dort zur hinteren Pforte. Als wir auf den Hof hinaus kamen, hat man die Fratres nicht mehr singen hören, dafür war der andere Gesang jetzt viel lauter, und diesmal habe ich erkannt, was es war. Der Alisi hat das Lied oft mit seinen Gästen gesungen, nein, nicht gesungen, gegrölt. Sie haben immer neue Verse dazu erfunden, einer ekelhafter als der andere, von einem Mann, dem man den eigenen Eiersack in den Mund stopft, oder von einer Frau, auf die man einen brünstigen Geißbock loslässt. Es geht im Kreis herum, jeder singt einen Vers, und wenn er damit fertig ist, schreien alle ihr Gelächter heraus, und dann machen sie auf Italienisch den Chor. *»Ancora una volta!«,* singen sie. Ich habe mir das vom Halbbart übersetzen lassen, es heißt: »Noch einmal!« Der Gesang ist aus dem offenen Eingang zum Vorratskeller gekommen, sie müssen den Bruder Cellerarius gezwungen haben, ihnen den Schlüssel herauszugeben. Beim Käseschuppen hatten sie sich diese Mühe nicht gemacht, sondern die Türe einfach aufgebrochen. Der Mann mit dem Reff kniete vor dem Schuppen auf dem Boden und versuchte, zwei Käselaibe auf seinem Traggestell festzubinden. Es hatte aber nur für einen Platz, der andere ist ihm immer wieder heruntergerutscht, und er hat mit so schlimmen Ausdrücken geflucht, dass ihm der Teufel bestimmt einmal das Maul mit brennendem Schwefel auswaschen wird.

Im großen Keller wurde nicht nur gesungen, sondern auch gefressen und gesoffen, und zwar so, dass es eine Sünde war, nicht wegen dem Stehlen, sondern wegen der Verschwendung. Ich habe nicht alles sehen können, weil der Stoffel es eilig hatte, aber an einen Mann erinnere ich mich, der hat sich von einer riesigen Wurst nicht ein Stück abgeschnitten, sondern hat in die ganze Wurst hineingebissen, und als ihm die Haut zu zäh war, hat er sie einfach auf den Boden fallen lassen. Vor einem Fass lag einer unter dem Spundloch auf dem Rücken und hat sich den Wein ins offene Maul laufen lassen, ein anderer hat ihm die Nase zugehalten, und noch andere sind dabeigestanden und haben gelacht. Der Mann auf dem Boden muss am Ersticken gewesen sein, aber er war zu betrunken, um sich zu wehren.

Auch der Onkel Alisi und der Poli mit seinem Fähnlein haben hier ihren Sieg über die Mönche gefeiert, sie waren nicht die Einzigen, aber ganz bestimmt die Lautesten. Der Tschumpel-Werni war auch bei ihnen, er hat sich mit großen Augen umgesehen und überhaupt nichts verstanden. Als wir hereingekommen sind, ist ein Johlen losgegangen, und der Alisi wollte unbedingt, wir sollten mittrinken. Der Stoffel ist aber nicht stehen geblieben, und ich habe ihm gezeigt, wo hinter dem großen Weinfass ein Eingang versteckt ist.

Die Türe war abgeschlossen, und der Stoffel hat zu den anderen gesagt, sie sollen aus dem Weg gehen, damit er sie mit seiner Waffe aufbrechen kann. Aber da hat man von innen eine Stimme gehört, die ich gekannt habe. Es war der Hubertus, und ich habe zum ersten Mal gemerkt, dass er überhaupt keine beeindruckende Männerstimme hat, sondern dass er eigentlich klingt wie der Bub, der er immer noch ist; das war mir vorher nie aufgefallen, weil er so gut reden kann. Ich weiß nicht, wie er in den Raum hineingekommen ist oder warum er überhaupt gewusst hat, dass es ihn gibt, vielleicht, das würde zu ihm passen, hat er einfach herumgeschnüffelt und ihn so entdeckt, oder er hat sich beim neuen Prior so gut eingeschmeichelt, dass der ihm das geheime Versteck gezeigt hat, und jetzt hat der Hubertus gedacht, wenn er es verteidigt, kann ihm das für sein Fortkommen nützlich sein.

»Res ecclesiae!«, hat der Hubertus gerufen. Es hat zu ihm gepasst, dass er auch in dieser Lage noch mit seinem Latein hat aufschneiden müssen. Außer dem Mann, der fast Diakon geworden wäre, und mir hat aber niemand die Worte verstanden. »Kirchengut« heißt es auf Deutsch, und er hat es noch zweimal wiederholt, als ob es ein Zauberwort wäre, das ihn vor den Angreifern beschützen könne. Es war aber kein Zauberwort; selbst wenn die Leute es verstanden hätten, wäre es ihnen egal gewesen. In seinem Versteck hatte der Hubertus gar nicht mitbekommen, dass Kirchengut an diesem Tag bedeutete: Jeder nimmt sich, was ihm gefällt.

»Schließt du freiwillig auf, oder muss ich die Türe einschlagen?«, hat der Stoffel gefragt. Es hat einen Augenblick gedauert, dann hat man gehört, wie der Schlüssel im Schloss gedreht wurde, und die Türe ging auf. Der Hubertus hat sich mit ausgebreiteten Armen in die Öffnung gestellt und hat wirklich gedacht, er könne uns aufhalten. Er hat sich so oft vorgestellt, wie er etwas Wichtiges wird, dass er sich in diesem Moment vielleicht schon als Bischof gesehen und erwartet hat, dass alle niederknien und seinen Ring küssen. Er war aber nur ein Mönchlein, noch nicht einmal ein richtiges, und Mönche waren an diesem Tag Hasen bei einer Treibjagd.

Der Stoffel hat ihm nicht absichtlich weh getan, da bin ich ganz sicher, er ist ja nicht der Onkel Alisi. Er hat ihn mit seiner Waffe nur zur Seite schieben wollen, aber der Hubertus, der wahrscheinlich in seinem ganzen Leben noch nie bei einer Prügelei mitgemacht hat, ist auf ihn losgegangen, statt Platz zu machen, und wenn der Stoffel-Schmied ein Klingenblatt schleift, dann ist es wirklich scharf. Jetzt hat der Hubertus keine Nase mehr oder doch nur noch eine halbe. Er wird nicht daran sterben, auch wenn das Blut aus ihm herausgeflossen ist wie aus einer gestochenen Sau, aber Priester oder etwas Höheres wird ihn niemand mehr werden lassen. Eine abgeschnittene Nase ist das Zeichen eines zweimal verurteilten Spitzbuben, noch schlimmer als ein abgeschnittenes Ohr, und jemanden mit so einem Gesicht kann man nicht als Bischof vor die Leute treten lassen, die würden sich weiß was denken, und die Kirche käme in einen schlechten Ruf. Da würde auch diese Schneckenfarbe, von der mir der Hubertus erzählt hat, nichts daran ändern.

Erst als er auf dem Boden gelegen und nur noch gewimmert hat, ist mir aufgefallen, dass er jetzt die kleine Tonsur hat. Bis zum Novizen hat er es immerhin gebracht.

Das siebenundfünfzigste Kapitel
in dem der Sebi schlimme Dinge miterlebt

Pater noster, qui es in caelis.

Lieber Gott, mach, dass ich es vergessen kann.

Sanctificetur nomen tuum.

Ein gutes Gedächtnis ist eine Strafe. Was einmal im Kopf ist, bringt man nicht wieder zum Verschwinden, so wie man in der Fastenzeit immer noch weiß, was auf den Altarbildern drauf ist, obwohl sie mit dem Hungertuch verhängt sind. Auch wenn ich ein uralter Mann werden sollte, noch älter als der alte Laurenz, werde ich immer vor mir sehen, wie der Tschumpel-Werni …

Adveniat regnum tuum.

Dass ich nicht mitgemacht habe, ist keine Entschuldigung. »Wer da weiß, Gutes zu tun, und tut's nicht, dem ist's Sünde.« Ich erinnere mich noch genau, wie der Herr Kaplan das vorgelesen hat; ich hatte das Gefühl, er schaut nur mich dabei an. Ich hätte dazwischengehen müssen, auch wenn das nichts genützt hätte; einen tollwütigen Hund kann man nicht mit blutten Händen aufhalten. Versuchen hätte ich es trotzdem müssen, meine Angst überwinden. Aber ich bin eben kein Heiliger und Märtyrer, sondern ein Ins-Hemd-Scheißer. Ein Stündelerzwerg. Ich habe die ganze Zeit gebetet, immer noch ein Paternoster und noch eines, aber das war, wie wenn man mit Flüstern das Gebrüll eines Löwen übertönen wollte.

Fiat voluntas tua.

Vielleicht hat das Bier die Leute verrückt gemacht, oder es hat ihnen einfach von alldem, was sie vorher schon angestellt hatten, das Blut gekocht. Vielleicht waren sie wütend, weil sie nicht alles bekommen hatten, was sie sich zum Stehlen vorgenommen hatten. Aber das Warum spielt keine Rolle; wenn eine Lawine ein Dorf verschüttet hat, macht es keinen Sinn, hinterher nach einem Grund zu fragen. Es war eben so.

Sicut in caelo et in terra.

Sie waren über das Kloster hergefallen wie die Heuschrecken über Ägypten, sie hatten jede Türe aufgebrochen und jede Truhe durchwühlt, nur die Kirche hatte bisher keiner betreten. Es gibt Dinge, die tut man nicht.

Bis man sie dann doch tut.

Ich weiß nicht, wer der Erste gewesen ist, vielleicht war es gar nicht der Frechste oder der Mutigste. Vielleicht hat er nur an der Türe gerüttelt, weil er sich an diesem Tag daran gewöhnt hatte, an jeder Türe zu rütteln, und dann ist ein anderer mit einer Axt gekommen und ein Dritter mit einem Rammbock. Vielleicht hat sich die Türe zu lang gewehrt und ist dadurch zu einem Feind geworden, vielleicht haben sie rotgesehen, so wie der Poli manchmal rotsieht. Vielleicht haben sie vergessen, dass es ein heiliger Ort ist, den sie da angreifen.

Oder sie haben es gewusst, und es war ihnen egal. Weil ihre Gier stärker war.

Panem nostrum cotidianum da nobis hodie.

Irgendwann ist das Holz zersplittert, und der Erste ist hineingegangen. Ich bin sicher, es war ihm gschmuuch dabei, oder er hat sogar gezittert. Aber es ist kein Blitz vom Himmel gekommen, und als er das goldene Kruzifix auf dem Altar angefasst hat, ist seine Hand nicht verbrannt. So könnte es angefangen haben, und dann ist es immer weitergegangen. Habgier ist ein großer Hunger, um ihn zu stillen, begeht man auch alle anderen Todsünden. Wer nichts hat, will etwas, wer viel hat, will mehr. Vor einem der Altäre habe ich eine Decke auf dem Boden liegen sehen, die habe ich gekannt. Sie gehört dem alten Bruder Kosmas, dem Infirmarius, und wir haben ihn immer alle darum beneidet, weil sie so schön warm gibt. Jemand muss sie im Dormitorium gestohlen und den ganzen Tag mit sich herumgetragen haben, bis er dann hier auf wertvollere Beute gestoßen ist. Vielleicht bringt er ein besticktes Pluviale mit nach Hause, und wenn seine Frau ihn fragt, wo er es herhat, sagt er …

Ich kann mir nicht vorstellen, was er ihr sagt.

Et dimitte nobis debita nostra.

Sie haben die Kirche so gründlich ausgeraubt, wie Geißen einen Busch kahlfressen, sie haben die Leuchter gestohlen und das Weihrauchfass, die Teppiche und die Messgewänder. Aber das war nicht das Schlimmste. Das war noch lang nicht das Schlimmste.

Die Ersten haben nur die bestickten Tücher weggerissen; die Reliquienkästchen haben sie sorgfältig wieder auf die nackten Altäre zurückgestellt. Vielleicht haben sie an das gedacht, was dieser Praedicatorenpater damals gepredigt hat, dass einem für so einen Diebstahl in der Hölle die

Hand abgeschnitten wird, wieder und wieder, bis in alle Ewigkeit. Die Ersten haben die Kästchen noch zurückgestellt, aber die Letzten dann nicht mehr. Sie haben das Gold gesehen und die Juwelen, und die Habgier war stärker als die Frömmigkeit. Einen habe ich beobachtet, der hat ein Reliquiar auf dem Altar ausgeleert, bevor er es unter seinem Kittel hat verschwinden lassen. Aus der Entfernung konnte ich nicht erkennen, was herausgefallen ist, es war etwas ganz Kleines, ein Fingernagel oder eine Haarlocke, ich weiß nicht, von welchem Heiligen. Vielleicht hat der Dieb gedacht, wenn er die Reliquie dalässt, wird ihm in der Hölle nicht die ganze Hand abgeschnitten, sondern nur ein Finger, oder die Strafe wird ihm sogar ganz erlassen. Aber mit der Hölle kann man keine Geschäfte machen, das weiß ich aus den Predigten und vom Teufels-Anneli.

Sicut et nos dimittimus debitoribus nostris.

Ich kann ihnen nicht vergeben, weil es noch schlimmer geworden ist, immer noch schlimmer. Der Herr Kaplan hat einmal gepredigt, von einer kleinen Sünde zu einer großen geht der Weg immer nur bergab, und diesen Weg sind sie immer schneller hinuntergerannt, bis sie auch vor dem Hochaltar nicht mehr haltgemacht haben.

Ich habe zugesehen und nichts unternommen. Ich hätte den Stoffel holen müssen, ich wusste ja, wo er war, der hätte vielleicht etwas machen können. Aber ich bin im Schatten stehen geblieben und habe nicht einmal die Hände vor die Augen gehalten. In einer Anneli-Geschichte ist einmal ein Basilisk vorgekommen; ich weiß nicht, was das für ein Tier ist, aber wenn man ihn ansieht, kann man den Blick nie wieder abwenden. Und die Iten-Zwillinge können ein

Huhn dazu bringen, dass es bewegungslos auf dem Boden liegt wie tot, obwohl es noch lebt. So ist es mir gegangen.

Der Onkel Alisi war natürlich der Vorderste. Den Poli habe ich nicht gesehen, und dafür war ich dankbar, weil ich gedacht habe, es ist gut, dass er bei so etwas nicht mitmacht. Er hat aber doch mitgemacht, nur auf andere Weise. Dabei ist der Poli kein schlechter Mensch, nicht im Herzen, aber er macht halt dem Alisi alles nach, so wie der Alisi, kommt es mir vor, dem Teufel alles nachmacht.

Et ne nos inducas in tentationem.

Sie haben die Türe vom Hochaltar aufgebrochen und das Gitter herausgestemmt. Haben sich um die Kostbarkeiten gebalgt wie die Geier um ein Aas.

Haben die Monstranz herausgeholt und die geweihte Hostie auf den Boden geworfen. Die Hostie auf den Boden. Sind mit ihren Schuhen darauf getreten. Dem Halbbart hat man dafür einen Scheiterhaufen gebaut.

Und das war immer noch nicht das Schlimmste. Ich möchte es vergessen können, aber ich kann es nicht vergessen.

Sed libera nos a malo.

Sie haben die Gebeine aus dem Hochaltar herausgerissen. Die heiligen Gebeine.

Ich weiß, Knochen sind nur Knochen, der alte Laurenz hat es mir tausendmal gesagt. Wenn ich ein Grab aushebe, und ich stoße mit dem Spaten auf ein Skelett, dann macht mir das nichts aus. Ich weiß, dass ich den Toten damit nicht beleidige und dass er sich nicht an mir rächen wird. Aber auf dem Gottesacker in unserem Dorf sind nur lauter gewöhnliche Leute begraben; bei Heiligen ist es bestimmt anders, sonst würde man ihre Überreste nicht in kostbaren Gefässen aufbewahren, und sie hätten keine eigenen Tage im Kalender. Man würde nicht vor ihren Altären niederknien und zu ihnen beten.

Pater noster, qui es in caelis, sanctificetur nomen tuum.

Der heilige Meinrad, der heilige Benno, der selige Eberhard und all die anderen – einfach auf die schmutzigen Steinplatten. Sie können uns beschützen, wenn wir in Gefahr sind, oder uns heilen, wenn wir krank sind. Sie helfen uns, wenn wir Hilfe brauchen. Da sind ihre Knochen doch nicht einfach Knochen. Da darf man doch nicht darauf herumtrampeln.

Adveniat regnum tuum.

Ich kenne die Heiligen aus dem Hochaltar gut, der Bruder Fintan hat uns immer wieder ihre Geschichten erzählt. Den Meinrad haben zwei Räuber aus Habgier erschlagen, dabei gab es bei ihm gar nichts zu stehlen, weil er immer alles den Armen geschenkt hat. Und jetzt sind neue Altarräuber gekommen und haben seine Gebeine geschändet. Der Benno hat die Abtei gegründet, was besonders gottgefällig von ihm war, weil ihn seine Feinde geblendet hatten. Eine Blendung, habe ich immer gedacht, ist das Schlimmste, was man einem Menschen antun kann, aber was sie heute mit seinen Knochen gemacht haben, ist fast noch schlimmer, auch wenn es ihm natürlich nicht mehr weh tut. Und der selige Eberhard …

»Ancora una volta!«, hat der Alisi gesungen.

Wenn die Knochen der Heiligen derart durcheinanderkommen, wie soll das bei der Auferstehung werden? Wenn eine Hand am falschen Arm ist, oder eine Rippe da, wo sie nicht hingehört?

Fiat voluntas tua, sicut in caelo et in terra.

Drei Männer habe ich gesehen, alles alte Soldaten, die haben mit einem Schädel gespielt wie mit einem Ball, haben ihn einander zugeworfen und gelacht. Es war ein kleiner Schädel, der eines Kindes, und ich glaube, ich weiß, wem er gehört hat. Es muss der Kopf des Märtyrerknaben Justus gewesen sein, der Kopf, den der römische Statthalter ihm hat abschlagen lassen und den er dann vom Boden aufgehoben und weggetragen hat. Damit haben sie gespielt, und der Himmel hat nicht Feuer und Schwefel über sie geschickt wie damals in Sodom. Der Praedicatorenpater aus Zofingen damals hat erklärt, wenn ein Mensch eine Todsünde begeht und scheinbar bekommt er keine Strafe dafür, dann ist er nicht etwa geschloffen, sondern es wird ihm etwas viel Grausameres passieren, nämlich in der Hölle. Dem Onkel Alisi wird dort vielleicht sein Auge noch einmal ausgestochen, wieder und wieder und wieder. »Bis in alle Ewigkeit werden Schmerzen sein täglich Brot sein«, hat der Pater gesagt.

Panem nostrum cotidianum da nobis hodie.

Und es ist noch schlimmer gekommen. Ich würde alles dafür geben, wenn ich es vergessen könnte.

Der Poli hat den Tschumpel-Werni an der Hand in die Kirche geführt. Zum Alisi hat er ihn geführt und sich dann zweimal mit der Faust auf die Brust geklopft; »Befehl ausgeführt«, sollte das heißen, er hat das dem Soldaten abgeschaut, den der von Homberg ins Dorf vorausgeschickt hat. Der Werni hat ängstlich ausgesehen, aber der Alisi hat seinen Arm um ihn gelegt, ganz väterlich, und dann hat er ihm etwas ins Ohr geflüstert.

Et dimitte nobis debita nostra, sicut et nos dimittimus debitoribus nostris.

Der Tschumpel-Werni hat über das ganze Gesicht gestrahlt, als hätte der Alisi ihm ein großes Geschenk gemacht und er könne nicht glauben, dass es wirklich für ihn bestimmt sei. Der Alisi hat ihm zugenickt und der Poli und alle anderen auch.

Et ne nos inducas in tentationem.

Der Werni hat seinen Kittel hochgehoben und ist über dem Knochenhaufen in die Hocke gegangen. Und dann …

Ich möchte es vergessen, aber ich werde es nie vergessen können.

Als der Haufen gemacht war, hat der Tschumpel-Werni in die Hände geklatscht, und alle haben es ihm nachgemacht. Geklatscht haben sie und gelacht und sich gefreut.

Erst dann ist mir das Gemälde über dem Hochaltar aufgefallen. Der Heilige Geist ist dort als weiße Taube gemalt.

Sed libera nos a malo.

Amen.

Das achtundfünfzigste Kapitel
in dem es einen langen Weg zu gehen gibt

Wenn der Poli etwas gemacht hat, das er nicht hätte machen dürfen, gibt es hinterher zwei Möglichkeiten: Entweder er erklärt seinen dummen Streich zur Heldentat, dann gockelt er herum, und man muss ihn bewundern, oder aber er will nicht daran erinnert werden, und wenn man ihn trotzdem darauf anspricht, reißt er einem den Kopf ab.

Nach dem, was in der Klosterkirche passiert ist, war es bei den Leuten aus Schwyz nicht anders. Manche konnten sich nicht in die Augen sehen, weil sie sich geschämt haben und das nicht zugeben wollten, andere sind aufgeblüht wie Unkraut nach einem Sommergewitter. Der Onkel Alisi und seine Soldatenfreunde haben von den Heldentaten prälagget, die sie an diesem Morgen vollbracht haben wollten, jeder wusste, dass der andere lügt, aber das war ihnen nur recht, weil sie dann selber auch aufschneiden durften. Wenn jemand mitgeschrieben hätte, wäre ein Heldengedicht entstanden, in dem ein kleines Häufchen wackerer Schwyzer eine wilde Horde schwerbewaffneter Mönche besiegt. Der Alisi hatte sein Quartier direkt bei den Bierfässern vom Cellerarius eingerichtet, dort erteilte er Befehle, die zum Glück keiner befolgte, weil seine Leute alle viel zu betrunken waren. So wollte er jeden zehnten Mönch aufhängen lassen, das habe man in Italien auch so gemacht, es sei die einzige Lektion, die jeder Gegner verstehe.

Außer dem Soldatentrupp waren nicht mehr so viele Leute übrig. Viele hatten sich mit ihren gestohlenen Sachen schon auf den Heimweg gemacht, jeder für sich; ein schlechtes Gewissen hat nicht gern Gesellschaft. Aber der Stoffel-Schmied und noch ein paar andere waren geblieben und haben gemeinsam überlegt, wie es denn nun weitergehen solle. Sie hätten das Kloster sich selber überlassen können, aber das kam für sie nicht in Frage. Nach einem Sturm muss man beim Aufräumen helfen, das war eine Regel, an die sie sich ihr Leben lang gehalten hatten und die erst recht gelten musste, wenn man den Sturm selber verursacht hatte. Sie haben Wachen postiert, weil sonst auch noch das Vieh und die Pferde aus den Ställen weggetrieben worden wären, und die im Dormitorium eingesperrten Fratres konnte man ja auch nicht einfach den Betrunkenen überlassen. Sie haben dann beschlossen, dass sie die Mönche und die Tiere nach Schwyz bringen und dem Landammann die Entscheidung über alles Weitere überlassen wollten. Mir hat es der Stoffel freigestellt, ob ich mit ihnen mitkommen oder lieber zurück ins Dorf gehen wolle, natürlich habe ich mich fürs Mitkommen entschieden; in Schwyz ist nicht nur der Geni, sondern auch das Kätterli, wenn auch im Kloster.

Trotz allem, was sich an diesem Tag schon ereignet hatte, war noch nicht einmal Mittag; wenn man gleich aufbrach, konnte man bei Tageslicht in Schwyz ankommen. Plötzlich hatten es alle eilig; es hat ausgesehen wie ein Davonlaufen, und auf seine Art war es das ja auch. Bei den Fratres hatten viele in ihrer Angst schon die Sterbegebete gesprochen; jetzt konnten sie es nicht erwarten, weggebracht zu werden, egal, ob sie als Gäste oder als Gefangene empfangen werden würden. Nur der Bruder Kosmas weigerte sich mitzukommen, den anstrengenden Weg würde er sowieso nicht überleben, meinte er. Er fürchte den Tod nicht, aber wenn er schon sterben müsse, dann lieber an dem Ort, wo er sein ganzes Leben zu Hause gewesen sei. Ich habe ihm seine Decke zurückgebracht, und er hat mich mit seinen kurzsichtigen Augen angesehen und gefragt: »Kenne ich dich nicht von irgendwoher?«

Als wir das Kloster durch das große Tor verließen, war aus dem Vorratskeller immer noch Gesang zu hören. Ich nehme an, der Onkel Alisi hat noch lang Pläne dafür gemacht, was er den Mönchen alles antun wolle. Auch mich haben die Fratres ängstlich angesehen, gerade weil sie mich gekannt haben. Der Bruder Fintan hat sogar richtiggehend gezittert, wahrscheinlich hat er gedacht, ich würde ihm seine Prügel zurückzahlen. Ich hätte ihnen gern gesagt, dass ich kein Feind von ihnen sei und damals nur weggelaufen, weil der Prior etwas Unanständiges von mir verlangt hat, aber sie hätten mir nicht geglaubt.

Der Weg nach Schwyz dauerte viele Stunden, und besonders beim Aufstieg zur Haggenegg war es ein schweres Vorwärtskommen. Einige Mönche mussten sich an den Schwänzen der Pferde festhalten und sich ziehen lassen, sonst wären sie im Schnee steckengeblieben. Der Bruder Bernardus und noch ein anderer alter Mönch durften sogar reiten, das hat der Zenobius bestimmt. Er ist zum Anführer der Mönche geworden, und auch die Schwyzer haben ihn vieles entscheiden lassen, obwohl er im Kloster nur ein besserer Stallknecht war; schon zu meiner Zeit haben immer alle auf ihn gehört. Ich habe ihn gefragt, warum er sich nicht einfach ein Maultier genommen habe und mit dem Abt nach Pfäffikon geritten sei, für ihn wäre das kein Problem gewesen, wo er doch die Verfügung über alle Reittiere hatte. Er hat den Kopf geschüttelt, nicht vorwurfsvoll, sondern mitleidig, und hat gemeint, man merke, dass ich nicht lang genug bei ihnen gewesen sei, um die Regel des heiligen Benedikt zu verstehen; wer auf Gott vertraue, habe es nicht nötig, sich vor den Menschen zu verstecken. Wenn alle Mönche so wären wie er, wäre es bestimmt nie zum Marchenstreit gekommen.

Als wir uns Schwyz näherten, war es doch schon dunkel, der Weg war aber trotzdem leicht zu finden, weil uns viele Leute mit Fackeln entgegengelaufen sind. Ich weiß nicht, wie die Nachricht über die Ereignisse in Einsiedeln so schnell zu ihnen gekommen ist, aber man hat schnell gemerkt, dass sie die Sachen nicht so gehört hatten, wie sie gewesen sind, sondern so, wie sie sie haben hören wollen. Wir wurden als Helden begrüßt, und weil jeder gern ein Held sein will, hat man sehen können, wie unsere den Rücken gerade gemacht und trotz ihrer Müdigkeit versucht haben zu marschieren wie Soldaten. Die Fratres wurden beschimpft und mit Schneebällen beworfen, eine Frau hat dem Zenobius sogar ins Gesicht gespuckt. Er hat ihren Speichel nicht abgewischt, sondern gesagt: *»Gratiam habeas.«* Das hat sie nicht verstanden, aber man hat gemerkt, dass sie verwirrt war, weil er nicht wütend geworden ist. »Körperliche und seelische Schwächen mit unerschöpflicher Geduld ertragen« heißt es in der Benediktinerregel. Der Zenobius hat dann mit seinem schönen tiefen Bass zu singen begonnen, das *Ave maris stella,* und die anderen Mönche haben eingestimmt. Gewohnheiten sind stärker als alles andere, das habe ich schon ein paarmal beobachtet, und bald haben dieselben Leute, die gerade noch Verwünschungen gerufen hatten, mitgesungen. Bis wir vor dem Haus des Landammanns angekommen sind, war aus dem Siegesmarsch schon fast eine Prozession geworden.

Ave maris stella, Dei mater alma, atque semper virgo, felix caeli porta.

Ich verstehe gut, warum der Stauffacher Landammann geworden ist. Obwohl die Nachrichten aus Einsiedeln ihn überrascht haben müssen, hatte er trotzdem schon alles überlegt und vorbereitet, sogar an Stallplätze und Futter für die Tiere hatte er gedacht. Die Fratres sind nicht in den Kerker gesperrt worden, wie das die Leute auf der Gasse gern gehabt hätten, sondern sie wurden im Haus des Leutpriesters untergebracht; eine warme Suppe stand auch schon für sie bereit. Für unsere Leute hatte der Landammann nicht sorgen müssen, die wurden von den Bürgern des Orts aufgenommen und gefeiert, jeder in einem anderen Haus. Auch das wird er auf der Rechnung gehabt haben: Wenn aus einer Horde wieder einzelne Menschen werden, muss man weniger fürchten, dass sie Dummheiten machen.

Ich habe mich vom Stoffel-Schmied verabschiedet und mich auf die Suche nach dem Geni gemacht. Das Haus des Landammanns ist groß, und der Geni hat dort ein Zimmer für sich allein, wie ein vornehmer Gast. Seit seinem Besuch im Dorf hatten wir uns nicht mehr gesehen, und er hat mich auch kurz umarmt, aber auf seinem Gesicht war nicht nur Freude, sondern viel mehr Ärger. »Vom Poli habe ich nichts anderes erwartet«, hat er gesagt, »der kann nicht anders, als in jede Schlacht zu ziehen, aber dich hätte ich für vernünftiger gehalten.« Er hat mich nicht erklären lassen, dass ich gegen meinen Willen in die Sache hineingerutscht bin, sondern hat mir einen Vortrag gehalten, dass der Überfall auf das Kloster eine Dummheit gewesen sei, deren Folgen wir noch schwer zu spüren bekommen würden. Man hat gemerkt, dass er sich diese Gedanken nicht zum ersten Mal macht, er hat so fertig darüber reden können wie das Teufels-Anneli, wenn sie eine oft wiederholte Geschichte erzählt. Der Streit mit dem Kloster sei zwar eine ungefreute Sache, hat er gesagt, und bis jetzt habe auch noch kein friedliches Gespräch eine Lösung gebracht, aber die Hoffnung, dass es irgendwann einmal eine solche Lösung geben könne, habe immerhin noch bestanden. Mit dem, was heute passiert sei, sei diese Hoffnung nun endgültig zerstört, man flicke ein Loch in einem Krug nicht, indem man mit einem Hammer darauf einschlage. Und das Schlimmste sei, dass der Herzog, als Schutzherr des Klosters, jetzt etwas unternehmen müsse, es bleibe ihm gar nichts anderes übrig, wenn er nicht das Gesicht verlieren wolle, und so ein habsburgisches Ritterheer sei dann etwas anderes als ein Kloster voller Mönche, die zwar vom Beten etwas verstünden, aber nicht vom Kämpfen.

Er hat noch eine ganze Weile weitergeredet, aber es war ein langer Tag gewesen, und ich bin eingeschlafen. Als ich aufgewacht bin, lag der Geni neben mir, so wie früher zu Hause, und das war schön.

Was er mir am Abend vorher nicht gesagt hatte – oder

er hat es gesagt, und ich habe es aus Müdigkeit nicht mehr gehört –, war, dass er beschlossen hat, nach Hause zurückzukommen. Es sei falscher Stolz von ihm gewesen, dass er geglaubt habe, er müsse sich um die großen Dinge dieser Welt kümmern, damit habe er nichts erreicht, als dass er die kleinen Dinge aus den Augen verloren habe. Im Dorf wäre er nützlicher gewesen als hier und hätte vielleicht manches verhindern können. Aber nun wolle er sich so schnell wie möglich auf den Heimweg machen. Er werde den Landammann bitten, dass der ihm ein Reittier oder einen Karren zur Verfügung stelle.

Es ist mir also nur wenig Zeit geblieben, um noch schnell das zu tun, was ich in Schwyz auf keinen Fall versäumen wollte; jetzt, hinterher, denke ich, es wäre besser gewesen, wenn ich gar keine Zeit dafür gehabt hätte. Ich hatte es mir schön vorgestellt, dem Kätterli einen Besuch zu machen, aber es ist dann nur traurig geworden.

Die Magdalenerinnen haben kein reiches Kloster, von außen sieht es aus wie ein gewöhnliches, nicht besonders vornehmes Haus. Das Parlatorium ist nur ein kleines Zimmer; als ich dort gewartet habe, bin ich mir vorgekommen wie eingesperrt. Eine einzige Talgkerze hat gebrannt; als das Kätterli hinter dem Gitter erschienen ist, hat sie ausgesehen wie ein weißes Gespenst. Auch ihr Gesicht war ungewohnt, weil man ihre schönen Haare nicht gesehen hat. Ich habe mich gefragt, wie die wohl unter der engen weißen Haube Platz hätten, aber das war ein falscher Gedanke, weil man sie ihr natürlich abgeschnitten hat. Ich habe mir vorgestellt, wie die feinen Haare auf dem Boden liegen und von einem Besen weggekehrt werden, bis nichts mehr zurückbleibt als der Duft nach Lorbeeröl, und das hat mich traurig gemacht.

Wenn das Kätterli sich gefreut hat, mich zu sehen, hat sie es nicht zeigen können. Sie hat nicht nur sich selber in diesem Kloster eingesperrt, sondern auch ihre Gefühle. Wir haben nicht viel miteinander gesprochen, es war, als ob in den letzten Monaten jeder von uns in eine andere Richtung gelebt hätte und der Abstand sei einfach zu groß geworden. Sie hat gesagt, dass sie bei den Magdalenerinnen glücklich sei, aber ich habe es ihr nicht glauben können, weil sie dabei ein trauriges Gesicht gemacht hat. Ich wollte gerade anfangen, ihr Fragen zu stellen, da hat man aus dem Innern des Gebäudes eine Glocke gehört, und es war Zeit für ihr nächstes Bußgebet. Zum Abschied habe ich ihr den Pergamentfetzen mit der segnenden Hand geschenkt, mir hat geschienen, dass sie Segen dringender braucht als ich.

Als ich wieder auf der Gasse stand, habe ich gewusst, dass ich das Kätterli nie wieder besuchen werde. In der Erinnerung an unsere Abende in Ägeri ist sie mir viel näher.

Das neunundfünfzigste Kapitel
in dem es um Ochsen geht

Der Stauffacher hat dem Geni wieder das weiße Maultier geliehen und einen Stallknecht mitgeschickt, der das Tier hinterher nach Schwyz zurückgebracht hat. Er hat ausrichten lassen, wenn der Geni es sich irgendwann wieder anders überlege, sei er jederzeit willkommen.

Im Dorf ist der Geni begrüßt worden wie ein Fremder, auch von denen, die schon als Buben mit ihm gespielt haben. Er ist eben zu lang bei den wichtigen Leuten gewesen, und man riecht ihm die Macht immer noch an. Dabei will der Geni ja gerade nicht mehr wichtig sein, sondern der gewöhnliche Geni von vorher, aber so etwas kann man lang beschließen, am Schluss bestimmen die anderen, als was man gesehen wird.

Der Onkel Alisi ist erst eine Woche nach dem Überfall aus Einsiedeln zurückgekommen; wie der Schwämmli erzählt, ist er vom Zuviel-Fressen und Zuviel-Saufen krank geworden, und der Infirmarius, dem also zum Glück nichts passiert ist, hat ihn mit Vomitiva und Zur-Ader-Lassen erst wieder gesundpflegen müssen. Auch der Onkel Alisi ist nach seiner Rückkehr im Dorf anders angeschaut worden als vorher, aber nicht aus demselben Grund wie beim Geni. Früher haben ihm die Leute Platz gemacht, weil sie Angst vor ihm hatten, nach den Ereignissen in Einsiedeln sind sie ihm aus dem Weg gegangen, weil sie nichts mehr mit ihm zu tun haben wollen. Er selber hält das, was er im Kloster angestellt hat, für eine Heldentat, aber sogar für die Leute, die immer noch lautstark auf die Mönche schimpfen, ist es einfach eine Sünde. Der Züger ist sogar richtig wütend auf ihn; er heißt mit Vornamen Meinrad, und was sie mit den Reliquien seines Namenspatrons angestellt haben, kommt ihm vor, als sei der Alisi zu ihm nach Hause gekommen und habe ihm seinen Strohsack vollgeschissen. Zwischen den beiden hätte es eine böse Auseinandersetzung geben können, aber es ist dann nichts passiert, weil der Geni den Onkel Alisi aus dem Haus gejagt hat, wegen der Sache in Einsiedeln und weil der Alisi mit einem neuen Mantel zurückgekommen ist, aus einem Stoff, wie ihn sonst nur reiche Leute haben. Außerdem hat er auch noch mit einem dicken Beutel voller Geld plagiert und prälagget, diesen Ehrensold habe er sich nach seinen vielen Jahren als Soldat redlich verdient. In Wirklichkeit muss er aus der Klosterkirche etwas Wertvolles gestohlen und es dann teuer verkauft haben. Der Geni hat ihn deshalb einen Gotteslästerer und Galgenvogel genannt, es hat einen großen Krach zwischen den beiden gegeben, und der Alisi ist ausgezogen. Unterdessen hat man gehört, dass er jetzt in Finstersee beim Onkel Damian wohnt, der ist ja sein Halbbruder. Man scheint dort nicht zu wissen, wer damals den Überfall auf das Dorf gemacht hat, sonst würde jemand aus unserer Familie bestimmt nicht so gastfreundlich aufgenommen. Oder vielleicht wissen sie es, und es ist ihnen egal, weil der Alisi jetzt Geld hat.

Egal.

Wir könnten wieder eine richtige Familie sein, wenn der Poli nicht auch weggegangen wäre, nicht mit dem Alisi nach Finstersee, das hat er sich dann doch nicht getraut, aber den großen Krach und die Schlötterlinge hat er seinem Onkel nachgemacht. Der Geni sei ein Schwächling und Verräter, hat er geschrien, von so einem lasse er sich nichts mehr sagen und erwachsen sei er jetzt auch. Es war nicht schön, dass meine Brüder so gestritten haben, aber ich habe dabei auch lachen müssen. Der Poli hat sich nämlich seinen ersten Bart stehen lassen, nur wächst in seinem Gesicht noch nicht viel, und wie er so herumgeschimpft hat, hat er mich mit den paar Härchen am Kinn an einen Geißbock erinnert. Wo er jetzt wohnt, weiß niemand genau, einmal hier, einmal dort, heißt es, die Leute aus seinem Fähnlein sorgen für ihn. Der Schwämmli trommelt fleißig bei ihnen, und auch der kleine Eichenberger macht wieder mit, obwohl sein Vater das nicht haben will. Als er erfahren hat, dass sein Sohn in Einsiedeln dabeigewesen ist, soll er gewaltig gesiracht haben, auch weil der junge Eichenberger das gute Messer nicht zurückgebracht hat.

Es wird überhaupt viel gestritten im Dorf; wegen jeder Kleinigkeit gehen die Leute aufeinander los. Ich denke, es kommt daher, dass alle Angst haben, es aber nicht zugeben wollen, je weniger sie darüber reden, desto mehr wird ihnen gschmuuch. Ich kenne das von mir selber, wenn ich als kleiner Bub etwas angestellt hatte, es konnte auch etwas ganz Unwichtiges sein, dann habe ich mir alle Strafen, die ich dafür hätte bekommen können, ganz genau vorgestellt, und je mehr ich an ihnen herumüberlegt habe, desto schlimmer sind sie in meinem Kopf geworden. Einmal, das weiß ich noch, bin ich auf einen Baum geklettert, weil ich mit einem anderen Buben gewettet hatte, wer höher hinaufkommt, in einer Astgabel bin ich auf ein Elsternnest gestoßen, und das habe ich aus Übermut auf den Boden hinuntergeworfen. In dem Moment, als ich das gemacht habe, ist mir eingefallen, dass die Elster ja ein Teufelstier ist, und von da an habe ich mir nur noch ausgemalt, wie ich jetzt zur Strafe verflucht werde. Bei allem, was passiert ist, habe ich gedacht: Jetzt fängt es an. Wenn ich mir zum Beispiel auf die Zunge gebissen hatte, habe ich mir vorgestellt, wie sie dicker und immer noch dicker wird und mir schließlich den Kopf zersprengt. Oder wenn mich eine Mücke in den Arm gestochen hat, war ich überzeugt, dass es keine gewöhnliche Mücke gewesen sein konnte, sondern eine von der Teufelselster geschickte, dass aus dem Jucken ein Brennen werden würde und aus dem roten Fleck ein schwarzes Loch, bis mir schließlich der Arm abfallen und verfaulen würde. Unsere Mutter hat immer gesagt, ich sei wohl nicht zum Arbeiten geboren, sondern zum Geschichtenerfinden. Einmal habe ich beim Geißenmelken aus Versehen den Milchkrug ausgeleert, und sie hat mir dafür keine gefitzt, weil sie gemeint hat, in meinem Kopf hätte ich mich bestimmt schon genug bestraft.

So wie mir damals geht es jetzt dem ganzen Dorf, es ist, als ob die Iten-Zwillinge, die ja auch Wetter-Schmöcker sind, einen großen Sturm vorausgesagt hätten, und jetzt wartet die ganze Talschaft darauf, dass er losbricht. Ob sie es laut sagen oder nicht, es sind alle überzeugt, dass der Überfall auf das Kloster nicht ohne Strafe bleiben wird, und sie denken sich die furchtbarsten Sachen aus. Einmal hat jemand aufgebracht, ein habsburgischer Reitertrupp wolle nachts das Dorf überfallen und uns die Dächer anzünden, der Rickenbach und der Stüdli haben sich freiwillig als Brandwachen gemeldet, aber als dann keine Reiter gekommen sind, ist das mit den Wachen wieder eingeschlafen. Ein anderes Gerücht war, wir sollten mit Magie bestraft werden, weil sich nach einem Föhnsturm der Schnee rotgefärbt hat; der Halbbart meint aber, mit Zauberei habe es nichts zu tun, es sei nur ein Staub, den der Wind mitgebracht habe, und als dann wieder neuer Schnee gefallen ist, hat niemand mehr davon geredet. Während sich die Leute solche Sachen ausdenken, erklären sie gleichzeitig, die Habsburger sollten ruhig kommen, sie würden sich schon zu wehren wissen; auch das habe ich als kleiner Bub so gemacht. Einmal, ich weiß nicht mehr, warum, war ich fest davon überzeugt, die Toten würden aus ihren Gräbern steigen und mich zu sich unter die Erde ziehen, da habe ich jedes Mal, wenn ich am Gottesacker vorbeigegangen bin, ein besonders fröhliches Lied gepfiffen.

Die Toten sind nicht aus den Gräbern gekommen, und die Habsburger haben keine Vergeltung geübt. Bis jetzt ist überhaupt nichts passiert. Aber der Halbbart meint, mit jedem Tag könne sich der Herzog besser auf einen Krieg vorbereiten, den werde er dann aber nicht mit Häuser-Anzünden und Magie führen, sondern mit einer Übermacht.

Der Landammann dagegen scheint immer noch zu hoffen, es könne doch noch ein friedliches Ende geben. Aus Schwyz hat man vernommen, dass er alle Gefangenen hat gehen lassen, einfach so, ohne Bedingungen, die Fratres sind wieder im Kloster, und auch der Fürstabt ist aus Pfäffikon zurückgekommen. Nur das Vieh und die Pferde hat der Landammann behalten, die Leute in Schwyz hätten sonst einen Aufstand gemacht. Der Geni meint, es sei das einzig Vernünftige gewesen; wenn die Suppe am Überkochen sei, müsse man ein paar Scheiter aus dem Feuer nehmen, aber nicht gleich alle.

Es ist also alles wieder so wie vor dem Überfall, aber der Frieden ist nur scheinbar, und in Wirklichkeit wird Krieg geführt, einfach ohne Schwerter und Streitkolben. Zum ersten Mal hat man das an der Geschichte mit den Klosterochsen gemerkt, die kann für das Dorf schlimmere Folgen haben als ein Angriff von hundert Rittern. Bisher war immer der Brauch, dass im Frühjahr jeder die beiden Ochsen, die dem Kloster gehören und die für die Waldarbeit bestimmt sind, auch zum Pflügen hat brauchen dürfen, es war genau festgelegt, in welcher Reihenfolge. Jetzt weiß niemand, wie es ohne die Ochsen mit dem Pflügen gehen soll, dabei müsste man die Äcker für die Aussaat bereitmachen. Die Klosterochsen standen immer im Stall vom alten Eichenberger, er war dafür zuständig, dass sie gefüttert und gepflegt wurden, und auch die Zuteilung an die Familien hat er überwacht. Er wird vom Kloster etwas dafür bekommen haben, einfach so macht er niemandem etwas zuliebe. Damit sie sich bei der Arbeit nicht die Klauen kaputtmachen, müssen die Ochsen jedes Jahr neue Kuheisen bekommen, das macht man immer an Sankt Walburgis, weil es heißt: »Sankt Walburgis naht, bereit sein für die Saat.« Man treibt die Tiere zum Beschlagen nach Ägeri hinunter; der Stoffel-Schmied hat dann wie verrückt zu tun, weil sie aus allen Dörfern gleichzeitig kommen. Große Freude hat er nicht daran, das Beschlagen ist bei den Ochsen schwieriger als bei den Pferden, und man verdient trotzdem nicht mehr. Der große Balz hat sich also auf den Weg gemacht, den Tschumpel-Werni hat er zum Helfen mitgenommen, und wie sie nach Ägeri gekommen sind, stand dort auf dem großen Platz schon eine ganze Herde Ochsen, obwohl doch kein Markttag war. Bewaffnete, solche vom Vogt, aber auch noch andere, haben auf sie gewartet und sie nicht zur Schmiede gehen lassen, sondern ihnen die Tiere weggenommen. Die Klosterleute, hat man später erfahren, hatten Dokumente vorgelegt, wonach die Tiere alle ihnen gehören, und das stimmt ja auch, nur so, wie es der Brauch war, hatte auch das Dorf einen Anspruch darauf. Unterdessen sind die Ochsen alle in Einsiedeln, ich kann mir gar nicht vorstellen, wie der Bruder Zenobius mit so einem Haufen fertig wird, obwohl: Weil das andere Vieh gestohlen wurde, hat es in den Ställen ja genug Platz. Die Klosterleute haben das natürlich nicht gemacht, weil sie die Ochsen brauchen, Waldarbeit ist überhaupt keine befohlen, sondern weil sie uns plagen wollen. Der Halbbart meint, so eine Gemeinheit kann sich nur ein Habsburger ausdenken.

Für den Geni wäre es mit oder ohne Ochsen schwierig geworden. Wegen seinem Bein kann er auf dem Acker nichts machen, und der Poli und der Alisi sind nicht mehr da. Wobei der Alisi weniger fehlt, der hat sowieso immer erklärt, Feldarbeit sei unter der Würde eines Soldaten und anstrengen dürfe er sich auch nicht, er müsse sich immer noch von seiner Verwundung erholen. Ich bin jetzt also der Einzige in der Familie, den man zum Arbeiten brauchen kann, aber ich bin nicht gerade ein Samson. Selbst wenn ich Zwillinge wäre, könnte ich den Pflug nicht selber ziehen.

Ein paar aus dem Dorf sind zum Eichenberger gegangen und haben ihn gefragt, ob sie wenigstens die Rosse aus seinem Stall für die Arbeit brauchen könnten, Pferde sind zwar nicht so stark wie Ochsen, aber wer kein Fleisch hat, muss am Knochen nagen. Die Leute sind aber bös angebrannt, oder, besser gesagt, der alte Eichenberger hat sie bös anbrennen lassen. Er hat die Gelegenheit gesehen, noch reicher zu werden, als er schon ist, und hat gesagt: Seine Pferde bekommt nur, wer ihm dafür sein Land überlässt und in Zukunft als Lehnsmann für ihn arbeitet. Das haben natürlich alle empört abgelehnt, aber der Eichenberger denkt, mit der Drohung, dass es in diesem Jahr überhaupt keine Ernte geben könnte, hat er sie im Schwitzkasten und sie werden schon noch nachgeben. Um ihnen vor Augen zu führen, wie sehr er sie in der Hand hat, hat er den großen Balz zwei Pferde vorspannen lassen und ihn zum Pflügen geschickt, das war, wie wenn man sich mit einem Brot in der Hand vor einen Hungrigen hinstellt und ihn zusehen lässt, wie man es ganz allein auffrisst. Ich finde, der alte Eichenberger ist kein bisschen besser als die vom Kloster, ein Mann in seinem Alter sollte weniger habgierig sein, mitnehmen kann er es ja einmal nicht.

Das sechzigste Kapitel

in dem jemand überraschend auftaucht

In einer der Geschichten vom Teufels-Anneli ist einmal ein riesiges Rad vorgekommen, das reicht vom Himmel bis zur Hölle, und auf seinen Speichen stehen die Namen aller Menschen, die auf der Welt leben. Manchmal gibt der Herrgott dem Rad einen Schubs und manchmal der Teufel, und je nachdem, wie es sich dann dreht, ist ein Mensch, der gerade noch zuoberst war, plötzlich ganz unten oder umgekehrt, ein König wird zum Bettler und ein Bettler zum König. An diese Geschichte habe ich heute denken müssen, ich weiß aber nicht, wer an dem Rad gedreht hat. Entweder hat sich der Herrgott eine besondere Strafe für einen Sünder ausgedacht, oder es ist ein böser Spaß, den sich der Teufel geleistet hat. Aber wahrscheinlich gibt es das große Rad gar nicht wirklich, und das Anneli hat es nur erfunden.

Gerüchte, scheint mir, werden vom Wind herangeweht wie der rote Staub auf dem Schnee, anders kann ich es mir nicht erklären, dass immer wieder neue auftauchen und auch sofort in allen Köpfen sind; kaum hat man zum ersten Mal von einem gehört, redet schon niemand mehr von etwas anderem. Seit ein paar Tagen glauben alle im Dorf an eine neue Gefahr: Der Herzog, heißt es, habe aus Rache für den Überfall auf das Kloster den Befehl gegeben, alle Brunnen in der Talschaft Schwyz zu vergiften, und seine Leute schlichen schon überall herum. Ich kann das aber nicht glauben, weil: So etwas passt nicht zu einem Herzog; wenn der Krieg führen will, dann tut er es nicht heimlich, sondern so, dass die Leute es sehen und Angst vor ihm bekommen. Dass beim Hofstätten ein paar Tage lang die ganze Familie Bauchweh hatte, ist kein Beweis, es kann auch davon gekommen sein, dass sie etwas Schlechtes gegessen haben. Die Leute glauben aber lieber an Gift, obwohl dann viel mehr Leute krank sein müssten, wir trinken ja alle aus demselben Brunnen.

Heute ist es nun passiert, dass zwei Frauen beim Wasserholen einen Fremden gesehen haben, der habe sich heimlich am Brunnen zu schaffen gemacht, sagen sie, ganz tief habe er sich darüber gebeugt, und als er sie mit ihren Krügen habe kommen sehen, sei er mit verdecktem Gesicht davongelaufen. Der Poli, von dem ich immer noch nicht weiß, wo er jetzt wohnt, hat sich mit seinem Fähnlein auf die Verfolgung gemacht; die Geschichte ist ihm gerade recht gekommen, er möchte ein Held sein und derjenige, der unser Dorf beschützt. Sie haben den Fremden auch schnell entdeckt, er hatte versucht, sich im Unterholz zu verkriechen, aber der Poli kennt sich im Wald aus und hat seine Spuren gesehen. Sie haben den Mann ins Dorf gebracht und müssen ihn dabei grob behandelt haben, er war voller Blut. Wenn es dem Poli nicht um seinen Ruf als Retter gegangen wäre, hätte er ihn vielleicht totgeschlagen. Die Kleider des Fremden waren zerrissen, Lumpen eigentlich, und Schuhe hatte er gar keine, nur Lappen um die Füße gebunden, und das im Winter. Die Leute nahmen es als Beweis, so einer sei für

Geld zu allem bereit, auch dazu, anderen Leuten die Brunnen zu vergiften.

Für eine Anklage dieser Art wäre eigentlich der Klostervogt zuständig gewesen, aber das kam in diesem Fall natürlich nicht in Frage, und man wurde sich schnell einig, dem Fremden nicht lang den Prozess zu machen, sondern ihn gleich aufzuhängen. Der kleine Eichenberger ist schon losgerannt, um aus dem Stall seines Vaters einen Kälberstrick zu holen.

Der Mann hat die ganze Zeit probiert, sein Gesicht mit den Händen zu verdecken, aber dann hat ihm der Poli die Arme auf den Rücken gedreht, und es haben alle sehen können, dass ihm der größte Teil seiner Nase fehlte. Jetzt wollten sie ihn erst recht aufknüpfen, weil sie gedacht haben, er sei ein mehrfach verurteilter Dieb. Es war aber der Hubertus.

Ich habe den Leuten erklären wollen, wie das mit dem Hubertus seiner Nase passiert ist und dass ich dabei gewesen bin, aber sie haben mir nicht zugehört. Der Halbbart hat hinterher gemeint, sie hätten sich eben schon zu sehr auf eine Hinrichtung gefreut. Der Geni hat sie dann davon überzeugen können, dass man die Schuld oder Unschuld des Fremden ganz einfach überprüfen könne, man müsse nur einen Krug Wasser aus dem Brunnen holen und ihn zwingen, den auszutrinken; wenn er wirklich ein Vergifter sei, würde er sich mit Händen und Füßen dagegen wehren. Die Probe wurde dann auch gemacht, und der Hubertus hat den Krug gierig ausgetrunken. Die Leute waren damit aber noch nicht zufrieden, vielleicht sei es ja ein langsames Gift, hat einer gemeint, und wirke erst in ein paar Tagen, man hat deshalb beschlossen, den Hubertus erst einmal einzusperren, wenn sich dann herausstelle, dass er doch schuldig sei, fänden sich immer noch genügend Bäume, an denen man einen Strick festmachen könne. Der Halbbart hat ihn nach Hause mitgenommen, um seine Wunden zu verbinden; auch damit waren nicht alle einverstanden, aber er hat mit seinem besonderen Lächeln gesagt, wenn man vorhabe, ein Kalb zu schlachten, wolle man auch nicht, dass es vorher an der Seuche verrecke. Vor dem Haus hat der Poli zwei Leute aus seinem Fähnlein als Wache aufgestellt, so konnte er gleich noch einmal wichtig sein.

Das große Rad aus der Anneli-Geschichte hat sich wirklich sehr fest gedreht; der Hubertus, der sich schon als Bischof und Kardinal gesehen hatte, ist nur noch ein verhungerter armer Sünder. Die Suppe, die ich ihm gebracht habe, hat er so gierig verschlungen, dass er sie gleich wieder hat auskotzen müssen; manchmal, wenn der Magen nach allzu langem Fasten wieder etwas zu tun bekommt, weiß er nicht mehr, was er mit dem Essen anfangen soll. So schwach war der Hubertus, dass man ihn sogar im Sitzen hat stützen müssen. Gewimmert hat er, und seine Stirne war glühend heiß, gleichzeitig hat er vor Kälte so fest gezittert, dass es ihm die Zähne aneinandergeschlagen hat; ich weiß jetzt, was gemeint war, als der Herr Kaplan einmal vom Heulen und Zähneklappern vorgelesen hat. Die Wunden, die der Poli und seine Leute dem Hubertus zugefügt hatten, ließen sich leicht verbinden, nur die Nase sah schlimm aus. Der Halbbart sagt, Eiter ist kein Zeichen von Heilung, auch wenn viele Leute das meinen, sondern es bedeutet im Gegenteil, dass der Körper dabei ist, seinen Kampf zu verlieren. Er hat eine Salbe aus Beinwell, Arnika und ganz vielen anderen Kräutern auf die Wunde gestrichen, und dann hat man nur noch beten können, dass dem Hubertus sein Fieber zurückgeht, bevor es ihn ganz verbrennt. Er ist ohne Bewusstsein dagelegen, aber ich habe gesehen, dass sich seine Lippen bewegt haben, wenn man mit dem Ohr ganz nah an ihn herangegangen ist, hat man die Worte verstehen können: »*Qui tollis peccata mundi, miserere nobis.*« Ich weiß nicht, was in seinem Kopf vorgegangen ist, ob er in seinem Fieber schon wieder Bischof war, auf jeden Fall hat er die Messe gelesen. *Cum sancto spiritu in gloria Dei patris.*

Es hat viele Tage gedauert, bis er wieder bei den Lebendigen war. Vielen Leuten im Dorf hat es nicht gepasst, dass er kein Verbrecher sein sollte, aber weil das Wasser im Brunnen gut geblieben ist und niemand mehr krank geworden, haben sie schließlich einsehen müssen, dass er wirklich nur Durst gehabt hatte.

Als es ihm bessergegangen ist und er wieder hat reden können, habe ich ihn gefragt, warum er nicht im Kloster geblieben ist und sich vom Bruder Kosmas hat gesundpflegen lassen, ein Infirmarius kennt sich mit Wunden bestimmt so gut aus wie der Halbbart. Das habe er auch vorgehabt, hat der Hubertus gesagt, und solang sie nur zu zweit gewesen seien, der Kosmas und er, sei alles in Ordnung gewesen, es habe auch nicht gestört, dass im Infirmarium der Onkel Alisi auf einem Strohsack geschnarcht habe, der sei ja dann auch nicht ewig geblieben. Es sei ihm schon bald bessergegangen, er habe dem Bruder Kosmas sogar ein bisschen dabei helfen können, im Kloster wieder Ordnung zu machen, vor allem in der Kirche habe es wüst ausgesehen.

Dabei habe er ein neues Gebet gelernt, hat der Hubertus ganz stolz gesagt, das kennten nicht viele, man spreche es, um geschändete Reliquien wieder einzusegnen. Er hat mir das Gebet auch aufgesagt; an dem habe ich gemerkt, dass er schon fast wieder der alte Hubertus war. Nur er und der alte Kosmas, das wäre gut gegangen, hat er gesagt, aber dann habe man gehört, dass der Landammann die Mönche freilassen wolle, und die Vorstellung, wie sie ihn alle anstarren würden, habe er nicht ertragen. Für den Hubertus, der immer in allem perfekt sein wollte, war die Vorstellung, von den anderen Mönchen wegen seiner kaputten Nase schief angeschaut zu werden, ganz schlimm; beliebt war er bei den Fratres nie gewesen, und er war sicher, dass ihn alle verspotten würden, vielleicht nur hinter seinem Rücken, aber spüren würde er es trotzdem. Mit dieser Angst hatte er wohl auch recht; ich bin lang genug im Kloster gewesen und weiß, dass es dort auch nicht anders zugeht als in einem Dorf.

Für den Hubertus war der Gedanke, lächerlich zu werden, das Unerträglichste von allem. Die Benediktinerregel kann er auswendig hersagen, in jeder gewünschten Sprache, aber »seelische Schwächen mit unerschöpflicher Geduld ertragen« ist nicht seine Sache. Da wollte er lieber unter fremden Menschen sein, solchen, die nicht wissen konnten, was er einmal für große Pläne gehabt und was für Träume er geträumt hatte. Die Zukunft, die er sich ausgedacht hatte, war ihm weggenommen, und ein König, den man von seinem Thron vertrieben hat, bleibt auch nicht im Land und schaut zu, wie ein anderer regiert.

Ich weiß nicht, ob der Bruder Kosmas versucht hat, ihn

zurückzuhalten; wahrscheinlich nicht, er ist kein Mensch, der über andere bestimmen will. Gebetet wird er für ihn haben, aber das große Rad hatte nun mal seinen Schubs bekommen, und da konnte kein Gebet mehr etwas daran ändern.

Weil er wusste, dass Mönche für viele Leute Feinde geworden sind, hat der Hubertus sein Habit abgelegt und gewöhnliche Sachen angezogen; nach dem Überfall gab es im Kloster genug davon zu finden. Wenn sich etwas Besseres gefunden hat, haben die Leute die eigenen Sachen einfach ausgezogen und liegenlassen. Er ist ohne bestimmtes Ziel losgelaufen, nur weg hatte er gewollt, so weit weg wie möglich, die Richtung war ihm egal. Jeder andere hätte daran gedacht, Proviant mitzunehmen, aber der Hubertus ist kein praktischer Mensch und hat sich mit leeren Taschen auf den Weg gemacht. Als der Hunger ihn immer mehr geplagt hat, hat er es mit Betteln versucht, da hat man ihm Prügel angedroht und einmal sogar einen Hund auf ihn gehetzt. Vor Menschen mit abgeschnittener Nase nehmen sich die Leute in Acht.

Er hat mir nicht genau sagen können, wo er überall gewesen ist, wenn ich es richtig gedeutet habe, ist er, wie ich damals, auf dem Pilgerweg unterwegs gewesen, nur dass er kein Teufels-Anneli getroffen hat, die ihm geholfen hätte. Er ist dann nicht aus Hunger umgekehrt, sondern weil die Schmerzen von seiner Nase so schlimm geworden sind, dass er es nicht mehr ausgehalten hat. Nach Einsiedeln zurück wollte er auf keinen Fall, aber ihm ist eingefallen, was ich ihm vom Halbbart erzählt hatte, dass der vieles besser kann als ein studierter Physicus, und vor allem, dass er alle

Menschen gleich behandelt, egal, ob einer reich oder arm ist und ob er eine ganze Nase hat oder nur eine halbe. Dort, wo er seinen Entschluss gefasst hat, kannte niemand den Namen unseres Dorfes, es hat ein paar Tage gedauert, bis ihm jemand die Richtung hat weisen können, und der Weg war dann länger, als er es sich vorgestellt hatte. Unterwegs hat er nirgends etwas zum Essen gefunden. Der Hubertus kennt sich mit Worten besser aus als mit Sachen und hatte noch nie davon gehört, dass sich der Hunger vertreiben lässt, wenn man Kiefernrinde kaut; er ist eben immer ein verwöhntes Kind gewesen und hat deshalb die falschen Dinge gelernt. Aus welchem Holz das Stiftszelt in der Wüste gemacht war, das könnte er einem lateinisch sagen, aber wie man sich gegen die schlimmste Kälte einen Unterstand baut, davon hat er keine Ahnung. Bis er endlich bei uns angekommen ist, wäre er beinahe verhungert und erfroren, ohne den Halbbart hätten der alte Laurenz und ich wohl schon bald wieder Arbeit bekommen. Ich habe den Hubertus gefragt, wo er hinwolle, wenn er wieder aufgepäppelt sei, und er hat keine Antwort gewusst oder doch keine vernünftige. Am besten werde er wohl Einsiedler, hat er gesagt, dann müsse wenigstens niemand seinen Anblick ertragen. Seit ich ihn kenne, war es das erste Mal, dass ich ihn einen Spaß habe machen hören.

Das einundsechzigste Kapitel
in dem jemand nicht sterben kann

Das mit den Klosterochsen war nur der Anfang. Jetzt hat man uns auch noch etwas anderes weggenommen, das Wertvollste überhaupt. Um es wieder zurückzubekommen, würde ich mich freiwillig selber vor den Pflug spannen, auch wenn die Furchen dann nur so tief würden wie ein kleiner Finger, und das Getreide könnte nicht wachsen. Es wäre immer noch ein guter Tausch, ohne Getreide verhungert man vielleicht, aber in den Himmel kann man trotzdem kommen, sogar noch leichter, der Herr Kaplan hat oft genug gepredigt, dass unser Heiland den Armen und Hungrigen das Tor zum Paradies mit eigenen Händen aufmacht. Auch die reumütigen Sünder lässt er hinein, aber nur, wenn sie die Beichte abgelegt haben. Ohne dieses Sakrament kommt ein Verstorbener nicht in den Himmel, sondern wird in die äußerste Finsternis verstoßen. Ich habe schreckliche Angst davor, und dabei bin ich noch jung und kann vielleicht erleben, dass es sich auch wieder einmal ändert. Aber wenn einer alt ist und schon die Sterbeglocke läuten hört, dann hat er jetzt die furchtbarste Strafe bekommen, die man sich überhaupt vorstellen kann.

Es ist nicht feierlich verkündet und ausgetrommelt worden und war doch schon besiegelt, als wir es erfahren haben.

So ist es gewesen: Die Leute im Dorf hatten beschlossen, dass der Geni zum Eichenberger gehen und ihn überzeugen solle, dass er seine Pferde doch noch zum Pflügen herausgibt, schließlich habe der Geni in Schwyz gelernt, wie man so etwas angattigt. Er hat es nicht gern gemacht, aber er konnte auch nicht gut nein sagen. Ich selber habe keine Hoffnung gehabt, dass sich der Eichenberger würde überreden lassen; ich traue dem Geni vieles zu, aber reiche Leute sind nicht wie andere Menschen, das hat unsere Mutter auch immer gesagt, eher passt ein Kamel durch ein Nadelöhr.

Der Geni hat mir hinterher berichtet, was sich ereignet hat. Er hatte sich genau überlegt, was er dem alten Eichenberger alles sagen wollte, wenn ein Haus brenne oder ein Schiff am Sinken sei, dürfe man nicht nur an sich selber denken, Christenmenschen müssten einander helfen und lauter solche Sachen, aber der Eichenberger hat ihn gar nicht zu Wort kommen lassen, sondern hat gleich angefangen zu schimpfen, im Dorf hätten alle den Überfall auf das Kloster gut gefunden, also müssten sie jetzt auch die Folgen davon haben, er selber sei als Einziger von Anfang an dagegen gewesen, und er habe immer gesagt, Leute, die von den Habsburgern beschützt würden, dürfe man nicht reizen, und jetzt, wo die Klosterleute ihrerseits zu den Waffen gegriffen hätten, und ihre Waffe sei halt das Geschriebene, sehe er keinen Grund, warum ausgerechnet er den guten Samariter spielen und den Hitzköpfen mit seinem eigenen Hab und Gut aus dem Dreckloch heraushelfen solle, in das sie kopfvoran hineingesprungen seien. Der Geni ist mit keinem Wort dazwischengekommen, es war, hat er gesagt, als ob man einen Sturzbach mit einem löchrigen Sieb aufhalten wolle oder einen Stier am Schwanz von einer brünstigen Kuh wegziehen. Der Eichenberger hat sich immer mehr aufgeregt, hat sich heiser geschrien und einen roten Kopf bekommen, und plötzlich hat er sich mit beiden Händen an den Hals gefasst, ist auf den Boden gefallen und hat mit den Beinen gezuckt. Der Geni hat versucht, ihn hochzuheben, aber der Eichenberger war wie ein Sack Mehl, sagt er, ohne jeden eigenen Willen, und er hat ihn nur auf die Seite drehen können, damit er nicht am eigenen Schpeuz erstickt. Er hat dann den Halbbart rufen lassen, und der ist auch gleich gekommen, hat aber nichts mehr machen können; wenn der Knochenmann einen so am Kragen hat, gibt er ihn nicht mehr her, dagegen wissen auch die größten Gelehrten keinen Wundertrank. Es sei ein Schlagfluss, hat der Halbbart gemeint, er habe schon mehr als einen Patienten mit dieser Krankheit gesehen, und überlebt habe es keiner. Wie lang es bis zum Tod dauern werde, könne man nicht sagen, manchmal seien es nur Stunden, es habe aber auch schon mal einer mehr als eine Woche so dagelegen. Der große Balz hat dann den Eichenberger vom Boden aufgehoben, für ihn kann er nicht schwerer gewesen sein als für unsereins ein kleines Kind, und hat ihn zu seinem Strohsack getragen, der liegt bei denen nicht nur einfach auf dem Boden, sagt der Geni, sondern es hat ein Gestell dafür und einen eigenen Raum. Der Eichenberger muss gfürchig ausgesehen haben, er hat auch nicht mehr richtig reden können, nur noch mit dem halben Mund, als ob die andere Hälfte schon gestorben wäre. Einzelne Worte hat er trotzdem noch aus sich herausgepresst, wenn man sie richtig zusammengesetzt hat, hat man auch verstehen können, was er wollte: einen Priester, der ihm das Viaticum bringen und die letzte Beichte abnehmen sollte.

Das alles habe ich erst hinterher erfahren. Als es passiert ist, habe ich nur den kleinen Eichenberger gesehen, wie er auf einem Gaul durch das Dorf geritten ist. Ich habe gedacht, er will den Leuten hochmütig zeigen, dass die Eichenbergers Pferde im Stall haben und alle anderen keine, aber damit habe ich ihm unrecht getan. Er wollte so schnell wie möglich nach Ägeri hinunter und dort Hochwürden Linsi holen, der ist weit und breit der wichtigste Geistliche, und für einen reichen Mann wie seinen Vater schien er ihm deshalb gerade recht zu sein. Er hat Hochwürden beim Essen angetroffen, und der hat nicht einmal mit Kauen aufgehört, sondern hat mit vollem Mund gesagt, es tue ihm zwar leid, was er da hören müsse, aber mitkommen könne er trotzdem nicht. Und hat einfach weitergegessen. Der kleine Eichenberger hat gedacht, es gehe um das Honorarium; wenn man weiß, dass es ein reicher Mann ist, der etwas haben will, geht der Preis schnell in die Höhe. Er hat Hochwürden das Doppelte und Dreifache vom Üblichen versprochen, aber der hat den Kopf geschüttelt und gesagt, mit Geld könne man vieles kaufen, aber nicht alles. Es sei auch nicht der Mühe wert, einen anderen Priester zu fragen, es werde sich keiner bereitfinden, weder vom niederen noch vom hohen Klerus. Der alte Eichenberger, es sei nun einmal so, werde den Weg ins Jenseits ohne geistlichen Beistand antreten müssen, es heiße ja schon in den Psalmen, es müsse der Sünder ein Ende werden auf Erden. Er hat den Bibelvers für einmal nicht auf Lateinisch gesagt, sondern auf Deutsch, das macht er sonst nie, es war ihm wohl wichtig, dass er gut verstanden wurde. Der kleine Eichenberger hat gebittet und gebettelt, sogar auf die Knie ist er gegangen; das hat mir der Schwämmli erzählt, und der muss es wissen, weil er mit ihm im Fähnlein ist, und dort reden sie über alles.

Hochwürden Linsi hat sich aber nicht erweichen lassen, hat auch nicht erklären wollen, warum er sich weigert, sondern hat nur gesagt, wer bußfertig in sich gehe, werde den Grund schon finden. Es hat dann auch tatsächlich in ganz Ägeri kein Priester mitkommen wollen, nicht einmal die Bettelmönche haben sich überreden lassen, auch wenn man manchem angemerkt hat, dass ihn ein Beutel voller Geld schon gereizt hätte. Der kleine Eichenberger musste also unverrichteter Dinge zurückreiten.

Im Dorf hat er nur kurz angehalten, um zu fragen, ob sein Vater noch am Leben sei, dann ist er gleich wieder auf sein Pferd gestiegen und nach Sattel hinauf; er hat gedacht, der Herr Kaplan mit seiner kleinen Pfründe würde froh sein, einmal einen rechten Batzen zu verdienen. In Sattel war aber die Kirche versperrt, das hatte es noch nie gegeben; er hat lang gegen die Türe hämmern müssen, bis sich endlich Schritte genähert haben und der Schlüssel im Schloss gedreht wurde. Der Kaplan hat ihn schnell in die Kirche hineingezogen und sich wie ein Verschwörer nach allen Seiten umgesehen, bevor er die Türe wieder zugesperrt hat. Eigentlich dürfe er niemanden hereinlassen, hat er gesagt, aber er habe durchs Fenster die Verzweiflung auf dem Gesicht des Besuchers gesehen, und da sei die christliche Nächstenliebe stärker gewesen als jedes Verbot. Hilfe hat der kleine Eichenberger auch von ihm nicht bekommen, aber immerhin hat er den Grund erfahren, warum kein Priester seinem Vater den letzten Segen spenden wollte.

Der Bischof von Konstanz, hat der Herr Kaplan erklärt, sei ja der geistliche Schirmherr von Einsiedeln, und der habe gegen die Talschaft Schwyz ein Interdikt erlassen, wer als Geistlicher dagegen verstoße, werde mit Schande aus der Kirche gejagt. Unterdessen weiß ich, was »Interdikt« bedeutet, und mir scheint, ein schlimmeres Wort kann es überhaupt nicht geben. Die ganze Talschaft, hat dieser Bischof entschieden, ist von den Sakramenten ausgeschlossen, und zwar nicht nur die Männer, die beim Überfall auf das Kloster mitgemacht haben, sondern alle, auch die Kinder. In ganz Schwyz darf keine Messe mehr gelesen und keine Beichte mehr gehört werden, Neugeborene werden nicht getauft, und Sterbenden wird keine Absolution erteilt. Wie die schlimmsten Heiden sind wir von allem abgeschnitten, was man für die ewige Seligkeit braucht, und man kann nichts dagegen machen; wenn einer trotzdem ein Paternoster aufsagt oder einen Heiligen anruft, halten sie sich im Himmel die Ohren zu und wollen nichts hören. Der kleine Eichenberger hat vor Schreck das Kreuz geschlagen, aber der Herr Kaplan hat gemeint, das sei in diesem speziellen Fall ein Sakrileg, das seinem Sündenkonto zugerechnet werde. Dann hat er die Kirchentüre wieder aufgesperrt und den kleinen Eichenberger richtiggehend hinausgejagt, heute habe er noch einmal eine Ausnahme gemacht, hat er gesagt, aber in Zukunft werde er die Messe nur noch für sich selber lesen.

Ein paar im Dorf tun so, als sei ihnen das Interdikt egal, so ein Bischof könne bestimmen, was er wolle, sagen sie, das kümmere sie nicht; ohne Messe könne man am Sonntag wenigstens ausschlafen. Ich glaube aber nicht, dass es ihnen wirklich nichts ausmacht; als kleiner Bub habe ich auch gepfiffen, wenn ich am Gottesacker vorbeigegangen bin. Ich finde, dieses Interdikt ist eine schlimmere Strafe, als ich sie mir jemals hätte ausdenken können, und die Leute, die jetzt so tun, als ob es ihnen keinen Kummer mache, werden schnell ein anderes Lied singen, wenn ihnen ein Kind nach der Geburt stirbt und als ungetaufte Seele in den Limbus kommt oder wenn es bei ihnen selber ans Sterben geht, und sie schleppen einen so großen Sack ungebeichteter Sünden mit sich herum, dass sie damit nicht durch die Paradiespforte kommen.

Der alte Eichenberger war nun also der Erste im Dorf, den es getroffen hat, und das Gemeine ist, dass nur ein paar hundert Fuß den Unterschied machen, dann würde unser Dorf nämlich zu Zug gehören und nicht zu Schwyz. Sein Sterben hat sich immer mehr in die Länge gezogen, er hatte solche Angst davor, ohne geistlichen Beistand die Augen schließen zu müssen, dass er sich mit letzter Kraft am Leben festgehalten hat wie einer, der am Berg ausgerutscht ist und sich mit den Fingerspitzen an einer Felskante festklammert. Unter ihm ist der Abgrund, vor dem fürchtet er sich mehr, als er sich jemals vor etwas gefürchtet hat, wenn er loslässt, das weiß er, wird kein Engel kommen und ihn auffangen, sondern er stürzt direkt in die Hölle, von nirgendwoher kann Hilfe kommen, aber er schreit trotzdem danach, schreit und schreit und schreit, es sind schon lang keine Worte mehr, die aus ihm herauskommen, aber seine Angst spürt man tief in die eigene Seele hinein.

Bis auf die Gasse hat man den alten Eichenberger winseln hören. Manchmal hat er aufgehört, und man hat gedacht, jetzt ist er hinüber, aber dann war es nur die Erschöpfung, und sobald ein bisschen Kraft zurückgekommen ist, hat er wieder angefangen. Unterdessen waren auch die Schwestern vom kleinen Eichenberger geholt worden, mit ihrer Anwesenheit sollten sie dem Vater das Sterben leichter machen, aber der hat sie nicht mehr erkannt, sondern für Teufel gehalten, die ihn in die Hölle schleppen wollten.

Die älteste von den Eichenberger-Töchtern, die Cäcilie, hat sich vom großen Balz nach Einsiedeln begleiten lassen und wollte dort darum bitten, dass für ihren Vater eine Ausnahme gemacht werden sollte, mit dem Überfall habe er ja nichts zu tun gehabt. Die Geschwister wären auch bereit gewesen, dem Kloster ein neues Altartuch oder etwas noch Teureres zu stiften, aber der Fürstabt hat die Cilly gar nicht empfangen, sondern ihr nur durch einen Mönch ausrichten lassen, die Schwyzer seien alle gleich schuldig, und für die Schändung einer Kirche sei die Hölle noch eine zu geringe Strafe. Ich weiß nicht, welchen Frater er mit dieser Botschaft ans Tor geschickt hat, aber ich stelle mir vor, dass es der Bruder Fintan gewesen ist, dem würde so etwas noch Freude gemacht haben.

Schon fast eine Woche dauert jetzt das Sterben vom alten Eichenberger. Wenn es eine himmlische Gnade gibt, müsste er in dieser Zeit alle seine Sünden abgebüßt haben. Es gibt aber keine himmlische Gnade, nicht für uns. Es gibt nur das Interdikt.

Das zweiundsechzigste Kapitel
in dem der falsche Wein der richtige ist

Ich habe geholfen, dass der alte Eichenberger doch noch friedlich einschlafen konnte. Wahrscheinlich komme ich dafür in die Hölle, aber das ist mir egal, in den Himmel lassen sie mich sowieso nicht hinein.

Der alte Eichenberger war kein netter Mensch, wie er das Dorf mit seinen Pferden erpressen wollte, war gemein, und ich hatte wirklich keinen Grund, etwas für ihn zu tun. Ich habe es einfach nicht mehr ausgehalten, wie er gewimmert hat. Das ganze Dorf hat es nicht mehr ausgehalten. Wenn seine Kinder ihn einmal für einen Moment allein gelassen haben und aus dem Haus gekommen sind, haben sie Gesichter gemacht, als ob sie selber einen Priester brauchen würden, der für sie die Sterbegebete spricht. Das Mitleid mit ihnen war im Dorf so groß, dass der Kryenbühl Martin ihnen einen Krug Wein vorbeigebracht hat, ohne Geld dafür zu verlangen, das hat man bei ihm noch nie erlebt.

Ich habe mir den Betrug aus Mitleid ausgedacht, und ich schäme mich nicht dafür. Wenn der heilige Petrus mir einmal das Himmelstor nicht aufsperren und mich in die Hölle schicken will, werde ich zu ihm sagen: »Natürlich war es eine Sünde, eine schlimme sogar, aber eigentlich war es gar nicht meine, sondern die von diesem Bischof aus Konstanz,

Gerhard heißt er. Der war es, der den alten Eichenberger so grausam gequält hat, und einen Menschen nicht in Frieden sterben lassen ist genauso schlimm, wie wenn man ihn in den Tod treibt. Wenn ich in die Hölle muss, dann gehe ich halt«, werde ich sagen, »aber dieser Bischof gehört auch dorthin, und seine Hand, die das Interdikt unterschrieben hat, muss jeden Tag neu von Ratten abgenagt werden.« Das Dumme ist nur, dass der Bischof wahrscheinlich vor mir am Himmelstor ankommen wird, er ist schon alt, habe ich gehört, und wenn die Engel seine Mitra und den Krummstab sehen, reißen sie das Tor weit auf, und dann sitzt er für alle Zeit am Tisch der Bischöfe und Äbte, wo jeder Platz der oberste ist, und in der Schüssel, die vor einen hingestellt wird, liegen immer nur die fettesten Stücke. Unterdessen glaube ich, was der Hubertus sagt, dass in der Kirche für die Oberen andere Regeln gelten als für gewöhnliche Menschen.

Ja, es war eine Sünde, und dass ich auf diese Sünde stolz bin, ist gleich noch einmal eine. Aber darauf kommt es auch nicht mehr an. Wer nicht mehr mitspielen darf, muss sich auch nicht an die Regeln halten.

Der Hubertus ist wieder einigermaßen gesund, nur seine Nase sieht immer noch schlimm aus; der Halbbart meint, das wird auch nicht mehr besser. Ich frage mich, wie das einmal bei der Auferstehung wird, wenn so eine Nase im Grab nicht neben dem Rest des Körpers liegt. Muss der Auferstandene sie dann suchen gehen? Oder wenn er auf einem Kreuzzug gewesen ist, und im Heiligen Land hat ihm ein Sarazene einen Finger abgehackt, muss er dann die weite Reise noch einmal machen, um mit ganzem Körper in die Ewigkeit zu gehen? Oder auf einem Schlachtfeld, wo ganze Haufen von abgehauenen Armen und Beinen durcheinanderliegen, da nimmt sich dann vielleicht einer das falsche Bein, oder er schnappt sich einen Arm, der mehr Kraft hat als sein eigener, und kaum ist die Auferstehung vorbei und alle Sünden vergeben, fangen sie schon wieder an zu streiten. Vielleicht sind aber die fehlenden Körperteile von selber wieder am rechten Ort, das könnte auch sein; wo die Auferstehung sowieso ein Wunder ist, wird es darauf auch nicht mehr ankommen. Mir kann es egal sein; wer in der Hölle sitzt, darf sowieso nicht auferstehen.

Egal.

Meine Idee war verrückt, das habe ich von Anfang an gewusst, aber Christenmenschen zu verbieten, dass sie die Messe hören oder die Beichte ablegen dürfen, das ist noch viel verrückter. Ich habe nicht gleich mit dem Hubertus darüber gesprochen, sondern zuerst den Geni gefragt, ob er es für möglich halte, dass eine Sünde gleichzeitig auch eine gute Tat sein könne. Er hat gemeint, in seiner Zeit beim Landammann habe er gelernt, dass es bei den meisten strittigen Sachen kein klares Richtig oder Falsch gebe, sondern nur verschiedene Meinungen. Den Halbbart habe ich auch gefragt; statt einer Antwort hat er mir die Haare verwuschelt und gesagt, dass ich vernünftig denken könne, habe er schon bei unserer ersten Begegnung festgestellt, aber jetzt merke er, dass ich außerdem auch noch schlau sei. Er hat mir erlaubt, dass ich in die Lederflasche, die er auf seiner Flucht ein Jahr lang bei sich getragen hat, ein bisschen Wein einfülle; das hat es für meinen Plan gebraucht.

Erst dann habe ich dem Hubertus erzählt, was ich mir

überlegt hatte, und es hat bei ihm besser gewirkt als die teuerste Medizin. Er ist sofort aufgestanden, zwar noch ein bisschen wacklig auf den Beinen, aber gleichzeitig so giggerig auf meine Idee, dass er am liebsten gleich losgelaufen wäre, um sie auszuprobieren. Ich musste ihn festhalten, sonst hätte er im Übereifer alles kaputt gemacht und der alte Eichenberger hätte noch ewig nicht sterben können. Ohne ein bisschen Verkleidung wäre es nicht gegangen; einer, der schon als Abtsmündel zwei Skapuliere zum Wechseln hatte, hätte das eigentlich selber merken müssen. An seiner abgeschnittenen Nase konnte man nichts machen, aber die Kleidung ließ sich ändern. Mit den Lumpen, in denen er angekommen ist, sieht er aus wie ein Vagant, das hätte zu meinem Plan nicht gepasst. Ich habe ihm also das Habit gebracht, das mir damals der Bruder Fintan für meine Audienz beim Prior gegeben hat; mit der Kapuze über dem Kopf, das war meine Überlegung, würde man die kaputte Nase fast nicht bemerken. Ich selber brauche das Habit nicht mehr; bevor ich noch einmal ins Kloster gehe, müssen die Geißen zu reden anfangen und die Erdbeeren an den Bäumen wachsen.

Der Hubertus hat gesagt, ich dürfe nicht hinschauen, während er sich umzieht, und ich habe ihm den Gefallen getan, in dieser Beziehung ist er seltsam. Er hat das schon in Einsiedeln so gehabt, dass ihm sein blutter Körper peinlich war. Dabei sind wir doch alle gleich gemacht, und während er mit seinem Fieber gekämpft hat, habe ich ihn auch an den Stellen gewaschen, die er jetzt unbedingt verstecken wollte. Aber unsere Mutter hat immer gesagt, am meisten tut man für den Frieden, wenn man jeden auf seine Art verrückt sein lässt, also habe ich mich weggedreht und ins Feuer geschaut. Es hat nicht lang gedauert, und der Hubertus hat mit einer ganz feierlichen Stimme gesagt: *»Ego sum, nolite timere.«* Das habe ich zwar nicht verstanden, aber es hat sicher bedeutet, dass ich mich umdrehen durfte, und obwohl ich mir die Verkleidung doch selber ausgedacht hatte, habe ich gestaunt. Der Hubertus war ein ganz anderer Mensch geworden. Wie er so dagestanden ist, die Hände vor dem Bauch gefaltet, wäre niemand auf den Gedanken gekommen, er könne etwas anderes sein als ein Mönch, und zwar einer von den ehrwürdigen. Dass er immer noch schwach war und sich deshalb nur langsam bewegen konnte, hat auch geholfen, er hat dadurch älter gewirkt, als er ist. »Und wenn mich doch jemand erkennt«, hat er gesagt, »wird mir schon eine Ausrede einfallen.« Daran habe ich nicht gezweifelt; in Ausreden ist der Hubertus schon immer gut gewesen.

Ich bin nicht mit ihm durchs Dorf gegangen, die Leute hätten nur dumme Fragen gestellt. Aber nachgeschlichen bin ich ihm und habe von weitem gesehen, wie er beim Haus vom Eichenberger die Kapuze tiefergezogen und an die Türe geklopft hat. Seine Worte, als die Cilly ihm aufgemacht hat, habe ich nicht verstehen können, dafür war ich zu weit weg, es muss so etwas gewesen sein wie: »Ich bin gekommen, um einem armen Sünder die Beichte abzunehmen.« Gleichzeitig hat man immer noch das Wimmern vom alten Eichenberger gehört, dann ist der Hubertus hineingegangen, und das Wimmern hat sehr bald aufgehört.

Er weiß alle Gebete auswendig, aber wahrscheinlich hätte es auch gelangt, wenn er sich nur hingesetzt hätte und die Hand vom Eichenberger gehalten. Er hätte irgendetwas vor sich hinmurmeln können, egal was, und wenn es nur ein Abzählvers gewesen wäre, aber wie ich den Hubertus kenne, hat er alles genau so gesagt, wie es an einem Sterbebett der Brauch ist; er war schon immer stolz darauf, dass er solche Sachen nachmachen kann. Auch die Beichte hat er dem alten Eichenberger abgenommen, er habe zwar kein Wort verstanden, sagt er, aber bei der Beichte komme es aufs Zuhören an und nicht aufs Verstehen, und nach dem *Ego te absolvo* habe der Kranke ein glückliches Lächeln auf dem Gesicht gehabt. Dann hat ihm der Hubertus ein paar Tropfen aus der Lederflasche als Viaticum auf die Lippen geträufelt, und das Sterben sei dann nur noch ein langes Ausatmen gewesen. Natürlich war es kein geweihter Wein, sondern einfach einer vom Kryenbühl, im Himmel haben sie das bestimmt gemerkt, aber für den Eichenberger hat es keinen Unterschied gemacht. Weil es der falsche Wein war, hat er ihm wahrscheinlich den Weg ins Jenseits nicht wirklich leichter machen können, den aus dem Leben hinaus aber schon. Der Hubertus war als Priester so falsch wie das Viaticum, aber eine gute Tat hat er auf jeden Fall getan, auch wenn er vom Himmel dafür bestraft wird.

Hinterher, als sich alle bei ihm bedankt haben, hat der kleine Eichenberger ihn erkannt und gefragt, ob er nicht der Landstreicher sei, den sie für einen Brunnenvergifter gehalten und fast totgeschlagen hätten. Doch, hat der Hubertus gesagt und hat das Kreuz geschlagen, aber der Eichenberger müsse sich dafür nicht entschuldigen, er habe ihm vergeben und sei ihm sogar dankbar. Er sei damals in Lumpen herumgelaufen, hat er weiter fabuliert, um Buße zu tun, nicht für eigene Taten, sondern für solche, die er nicht habe verhindern können, und die Prügel hätten diese Buße bestimmt noch wirksamer gemacht. In Wirklichkeit sei er ein Benediktinermönch, nicht aus Einsiedeln, sondern aus Engelberg, das sei ein ganz anderes Kloster und habe mit den Schwyzern nie im Streit gelegen. In Einsiedeln sei er nur zu Besuch gewesen, mit einer Botschaft seines Abts, und als dann der Überfall passiert sei, habe er getan, was jeder Christenmensch habe tun müssen, nämlich versucht, das Allerheiligste zu beschützen. Ganz allein und mit bluttten Händen habe er sich den Kirchenschändern entgegengestellt, da sei einer auf ihn losgegangen und habe ihm die Verletzung im Gesicht zugefügt. Wer dieser Angreifer gewesen sei, könne er nicht sagen, er wisse nur, dass der eine große Narbe im Gesicht gehabt habe und über einem Auge eine Klappe. Die Leute haben natürlich alle an den Onkel Alisi gedacht, den der Hubertus überhaupt nicht gekannt hat, sondern ich hatte ihm nur von ihm erzählt, und weil sie den Alisi nie gemocht haben und mit dem, was der in der Klosterkirche angestellt hat, nicht einverstanden gewesen waren, hat die Geschichte für sie gut zusammengepasst, und sie haben sie geglaubt.

Der Hubertus hat dem alten Eichenberger zu einem friedlichen Tod verholfen, aber mit seiner erfundenen Geschichte hat er fast noch etwas Schwierigeres erreicht, nämlich, dass er im Dorf jetzt ein Held ist und ihn seine abgeschnittene Nase nicht mehr zum Verbrecher macht, sondern fast schon zum Märtyrer. Als er dann auch noch angeboten hat, trotz des Interdikts eine Totenmesse für den alten Eichenberger zu lesen, und zwar, weil die Kirchen ja verschlossen sind, direkt am Grab, da hat nicht viel gefehlt, und sie hätten ihm aus Dankbarkeit die Füße geküsst. Er selber weiß zwar sehr genau, dass er kein echter Priester ist und auch keine Wunder tun kann, aber das stört ihn überhaupt nicht, vorher war er ein Biber, und jetzt ist er eben ein Fisch, für ihn macht das keinen Unterschied. Wenn er schon nicht Bischof oder Kardinal werden kann, so gefällt ihm seine neue Rolle ebenso gut, er wird allgemein bewundert und kann sich jeden Tag neu aussuchen, von wem er sich einladen oder beschenken lassen will. Er will jetzt von Dorf zu Dorf ziehen, immer hinter den Berichten über seine Heldentaten her, will hier ein Kind taufen und dort eine Beichte hören, er stellt sich schon vor, wie ihm die Leute Boten entgegenschicken, damit er auch zu ihnen kommt, so wie sie es beim Teufels-Anneli machen.

So groß ist der Unterschied zwischen den beiden nicht. Sie halten sich an dieselbe Regel: Eine gute Geschichte ist besser als eine schlechte Wirklichkeit.

Das dreiundsechzigste Kapitel
in dem der Sebi durch die Dörfer zieht

Der Eichenberger – ich muss mich daran gewöhnen, dass er jetzt nicht mehr der kleine Eichenberger ist – macht es vernünftiger als sein Vater und gibt seine Pferde zum Pflügen her. Der Geni und ich sind auch an die Reihe gekommen, und unser kleiner Acker ist jetzt angesät, aber mehr als einmal habe ich bei der Arbeit gedacht: Eigentlich geht es ohne den Poli überhaupt nicht. Zum Glück hat mir der Schwämmli aus lauter Freundschaft geholfen und hat die Pferde für mich geführt. Sie sind aber nicht so folgsam wie Ochsen, haben auch nicht dieselbe Kraft und schon gar nicht die Ausdauer. Ich habe den Pflug gelenkt und in die Erde hineingedrückt, irgendwie ist es auch gegangen, aber die Furchen sind nicht tief genug geworden und sehen so krumm aus, als ob ein Betrunkener am Pflugsterz gewesen wäre. Ich war aber nicht betrunken, sondern nur schwach. Nach dem Pflügen war ich so erschöpft, dass ich gedacht habe, ich stehe nie mehr auf.

Das Eggen ist dann leichter gegangen, aber auch das ist nichts für Finöggel. Ich weiß jetzt endgültig, dass ich für die Feldarbeit nicht geschaffen bin. Das Sprichwort hat schon recht: »Wem nichts gelingt, der Psalmen singt.« Menschen wie ich landen im Kloster, weil man zum Beten keine Muskeln braucht. Ich will dort aber nicht mehr hin, nie, nie mehr. Nur: Ein anderes Ziel habe ich auch nicht. Der Geni hat damals diese Geschichte für mich erfunden, von dem Niemand, das herausfinden muss, was es eigentlich ist; er meint, ich müsse nur meinen See zum Hineinschauen finden, dann würde ich schon erfahren, wo ich hingehöre, aber diesen See scheint es nirgends zu geben. Vielleicht ist er ausgetrocknet, oder der Herrgott hat ihn bei der Erschaffung der Welt vergessen, und ich muss für immer ein Niemand bleiben.

Alle Leute, die ich kenne, haben ihren festen Ort im Leben, nur ich nicht. Der Züger kennt sich mit Holz aus und der Kryenbühl mit Wein, der Onkel Alisi ist Soldat, der Poli will einer werden, der Halbbart macht die Leute gesund, und der Geni kann gute Ratschläge geben. Sogar die Iten-Zwillinge und das Teufels-Anneli haben ihren Platz in der Welt, die haben aber auch besondere Fähigkeiten. Ich weiß nur gerade, wie man auf einer Flöte ein bisschen Musik macht, und außerdem kann ich mir Sachen gut merken. Eine Geschichte, die ich einmal gehört habe, kann ich auch nach langer Zeit immer noch wiedererzählen. Für ein Leben ist das nicht genug.

Der Stoffel-Schmied ist auch so einer, der seinen festen Platz hat; ohne ihn würde in der Welt etwas fehlen. Seit er dem Abt die Wohnung zertrümmert hat, geht es ihm besser, wie einem Patienten, dem der Physicus allen Eiter aus einer Wunde herausgedrückt hat, und jetzt tut sie ihm nicht mehr weh. In der Schmiede kenne ich mich wenigstens aus, habe ich gedacht und habe deshalb den Stoffel gefragt, ob er mich nicht wieder brauchen könne, für den Blasbalg oder fürs Aufräumen. Er hat gelacht und gemeint, da müsste er ja den Ausrufer bestellen und auf den Gassen verkünden lassen, bei ihm arbeite jetzt der schlechteste Schmied der Welt.

Aber dann ist ihm doch noch etwas eingefallen, das ich für ihn machen könne, man brauche keine Lehrzeit dazu, und wenn ich es gut mache, würde er mich sogar dafür bezahlen. Es war etwas, an das ich nie im Leben gedacht hätte, aber der Stoffel meinte, eigentlich sei es doch genau richtig für mich, reden könne ich und Geschichten erzählen auch, das Kätterli habe mir immer gern zugehört. Es geht um diese neue Waffe, die er zusammen mit dem Halbbart erfunden hat. Seit der Geschichte in Einsiedeln sind schon zweimal Leute zu ihm gekommen und haben auch so eine bestellt; der Stoffel sagt, damit ließe sich mehr verdienen als mit Pferde-Beschlagen. Aber solang die Leute nichts davon wüssten, würden sie auch keine haben wollen; er könne sich ja nicht gut auf den Markt stellen und sie anpreisen. So etwas müsse sich herumsprechen, so wie sich herumgesprochen habe, dass der Halbbart wisse, wie man Zähne zieht und Krankheiten kuriert, und genau in diesem Punkt könne ich ihm nützlich sein. Ich solle die Dörfer in der Umgebung besuchen, ein Grund dafür finde sich immer, und wenn mich die Leute fragten, was es Neues gebe, solle ich ihnen von seiner Erfindung erzählen, wie die mehr könne als jede andere Waffe, stechen und hauen und vom Pferd reißen, und wie sie sich in Einsiedeln bewährt habe. Den Hubertus und seine Nase müsse ich nicht unbedingt erwähnen, darauf sei er nun wirklich nicht stolz, sonst dürfe ich aber ruhig auch ein bisschen übertreiben, ein paar habsburgische Soldaten dazuerfinden, die man habe bekämpfen müssen oder so etwas, und wenn dann einer wissen wolle, wo man so eine Wunderwaffe bekomme, solle ich sagen: Wenn man dem Stoffel-Schmied in Ägeri gut zurede, mache er einem vielleicht eine.

Zuerst habe ich gezögert, aber ich muss zugeben: nicht lang. Der Geni hat gesagt, es sei zwar nichts, was ihm besonders gefalle, aber verbieten wolle er es auch nicht. Wenn man im Leben vor einer Türe gestanden und sie nicht aufgemacht habe, meine man dann bis zum Tod, genau die hätte direkt ins Paradies geführt. Eine Woche dürfe ich dafür brauchen, das habe ich mir mit dem Pflügen verdient, aber mit dem Übertreiben solle ich mich zurückhalten, niemand kaufe eine Kuh von jemandem, der behaupte, sie könne auch Eier legen.

Meinen ersten Versuch habe ich in Steinen gemacht, dort, wo der Landammann herkommt. Als Vorwand für meinen Besuch hatte ich mir ausgedacht, wir hätten zu wenig Saatgut, und ich wolle sehen, ob jemand welches zu verkaufen habe. Ich hatte mir überlegt, jetzt, wo die Felder bestellt sind, habe bestimmt niemand mehr etwas vorrätig, und so war es dann auch. Wenn man mir trotzdem welches angeboten hätte, auch das hatte ich mir schon ausgedacht, hätte ich gesagt, der Preis sei zu hoch, und ich wolle mich lieber noch woanders umsehen. Es war nicht schwer, das Gespräch in die richtige Richtung zu lenken, auf Neuigkeiten ist man überall giggerig. Es ist besser gegangen, als ich erwarten konnte, viel besser, ich war zwar aufgeregt, aber ich habe diese Aufregung auch genossen. Ich frage mich, ob es dem Teufels-Anneli auch jedes Mal so geht, wenn die Leute vor ihr sitzen und auf die erste Geschichte warten, aber wahrscheinlich hat sie das schon zu oft erlebt und denkt beim Erzählen an ganz andere Dinge, ob es etwas Gutes zu essen geben wird oder was sie gegen die Blateren an ihren Füßen tun kann. Für mich war es ein gutes Gefühl, dass mir alle so gespannt zugehört haben, das letzte Mal hatte ich das erlebt, als ich den anderen Buben die Spielregeln vom *Marchenstreit* erklärt habe. Ich habe mich deshalb zu mehr Übertreibungen verleiten lassen, als ich mir vorgenommen hatte, habe nicht nur von ein paar wenigen habsburgischen Soldaten erzählt, sondern von einem ganzen Trupp, und den Kampf mit ihnen habe ich so wild geschildert, dass das Blut nur so gespritzt ist. Ohne den Stoffel und seine neue Waffe, habe ich gesagt, wären wir alle tot gewesen.

Hinterher ist ein Mann zu mir gekommen und hat gesagt, in Einsiedeln sei er auch dabei gewesen. Ich habe gedacht, er wolle sich beschweren, weil doch in Wirklichkeit nichts so passiert war, wie ich es geschildert hatte, aber er hat im Gegenteil gemeint, genau so sei es gewesen, gerade an dieses Gefecht könne er sich besonders gut erinnern, und so eine Waffe vom Stoffel-Schmied müsse er unbedingt auch haben. Auch an den anderen Orten ist es mir so gegangen: Von den Leuten, die es besser wissen konnten, hat mir kein einziger widersprochen, alles, was ich mir ausgedacht hatte, haben sie bestätigt, und zwar auf eine Art, dass man gemerkt hat: Sie glauben es unterdessen schon selber, weil die Geschichte, so herum erzählt, auch sie zu Helden macht. Für mich war das so verlockend, als ob ein Topf mit süßem Brei vor mir stünde, und ich habe nicht aufhören können, den Löffel immer tiefer einzutauchen. Wenn man einmal ins Erzählen kommt, fällt einem immer noch mehr ein, dagegen kann man nichts machen. Aus dem Trupp Soldaten ist ein immer größerer Haufen geworden, aus dem herzoglichen Banner ein königliches, und sie haben sich uns auch nicht mehr zu Fuß in den Weg gestellt, sondern sind auf Pferden gekommen, in schweren Rüstungen. Und nie, nie, nie hat jemand gesagt, dass ich übertreibe. Ich will nicht hoffärtig sein, aber es hatte sicher auch damit zu tun, dass ich die Geschichte wirklich gut erzählt habe.

Am letzten Tag der Woche, die mir der Geni geschenkt hatte, ist etwas Unerwartetes passiert: Der Ort, in den ich gekommen bin, war wie ausgestorben, nirgendwo war ein Mensch zu sehen, nicht einmal beim Brunnen, wo man sonst immer jemanden antrifft. Aber dann habe ich aus dem größten Haus Stimmen gehört, und als ich die Türe ganz vorsichtig einen Spalt aufgemacht habe, war dort das ganze Dorf versammelt. Ein paar Leute sind auf dem Boden gekniet, der Rest stand so eng aneinandergequetscht, dass sich keiner hat bewegen können. Ich musste mich auf die Zehenspitzen stellen, um über die Köpfe hinwegzusehen, erst dann habe ich am anderen Ende, vor der Feuerstelle, den Rücken eines Mönchs gesehen. Es war aber kein richtiger Mönch, sondern der Hubertus, und er hat die Messe gelesen. Das heißt: Gelesen hat er sie nicht, weil er ja kein Missale hat, er hat sie auswendig aufgesagt; er hat mir ja schon im Kloster gezeigt, dass er das kann. Damals habe ich gedacht, er kommt dafür in die Hölle, aber unterdessen bin ich nicht mehr so sicher. Er wehrt sich damit gegen das Interdikt, und dafür, dass man gegen eine Ungerechtigkeit kämpft, darf man eigentlich nicht bestraft werden.

Außerdem macht er die Leute glücklich. Als sie wieder auf die Gasse hinausgekommen sind, hatten alle ganz verklärte Gesichter, und dem Hubertus haben sie die Hände geküsst.

Als er mich gesehen hat, ist er auf mich zugelaufen und hat mich umarmt, was alle sehr beeindruckt hat. Sie haben einen ehrfürchtigen Abstand von uns gehalten, so dass wir uns gut haben unterhalten können. Er hat mir erzählt, dass er jetzt jeden Tag die Messe liest, manchmal in zwei Dörfern hintereinander, und seit er das mache, habe sich in ihm etwas verändert, er könne es sich selber nicht erklären. Am Anfang habe er nur die Worte aufgesagt – »wie ein Papagei«, habe ich gemeint, und er hat mich überrascht angeschaut –, manchmal habe er sogar mitten im Singen fast lachen müssen. Aber jetzt merke er jeden Tag mehr, dass es etwas Besonderes sei, was er da mache, etwas Heiliges, er spüre ganz von ferne ein Geheimnis und komme ihm auch immer näher. Zwar habe er noch keine Antwort gefunden, aber vorher habe er nicht einmal gewusst, dass es etwas zu fragen gebe.

Das hat alles nicht zu dem Hubertus gepasst, den ich im Kloster gekannt habe, der wegen einem Stall voller Pferde hat Bischof werden wollen.

Er hat dann gefragt, was ich hier im Dorf mache, und als ich es ihm erzählt habe, hat er gemeint, wir seien uns scheinbar doch ähnlicher, als er geglaubt habe. Ich hätte gern noch länger mit ihm geredet, vor allem hätte ich ihn gern gefragt, wie es denn eine richtige Messe sein könne, wenn er doch gar keine geweihten Hostien habe, aber er hat gesagt, wir müssten uns ein anderes Mal weiter unterhalten, ich sehe ja, wie die Leute ungeduldig auf ihn warteten, ein

Hirte müsse sich um seine Herde kümmern. Zum Abschied hat er mich gesegnet. Er ist überhaupt kein Priester, aber ich war ihm dankbar dafür.

Ich würde gern wissen, wie es mit dem Hubertus einmal weitergeht. Früher habe ich gedacht, ich verstehe ihn, und es hat mir nicht gefallen, was ich verstanden habe. Jetzt verstehe ich ihn nicht mehr, aber es gefällt mir gut.

Ich bin dann weggegangen, ohne meine Geschichte zu erzählen, es wäre mir vorgekommen, als würde ich mitten im Gottesdienst meine Flöte aus dem Sack holen und anfangen zu spielen. Es war auch gar nicht schlimm, dass an diesem letzten Tag niemand mehr etwas von der neuen Waffe gehört hat, das Geschäft vom Stoffel-Schmied läuft auch so sehr gut; für das Beschlagen der Pferde hat er überhaupt keine Zeit mehr und hat dafür einen Gesellen eingestellt. Mit mir ist er sehr zufrieden, und mein Beutel im Grab von der Hunger-Kathi ist schon richtig schwer.

Als ich dem Geni von meinem Erfolg erzählt habe, hat er mich etwas gefragt, das ich mir noch nie überlegt hatte. »Wie heißt denn nun eigentlich diese neue Waffe?« Es ist mir aber ganz schnell eine Antwort eingefallen, weil es doch der Halbbart gewesen ist, der sie sich ausgedacht hat.

»Es ist eine Halbbarte«, habe ich gesagt.

Das vierundsechzigste Kapitel
in dem immer wieder dieselbe Geschichte erzählt wird

Der Herr Kaplan sagt, wenn etwas Gutes passiert, müssen wir dem Himmel dafür danken, weil alles Gute von Gott kommt und alles Böse vom Teufel. Ich bin da aber nicht mehr sicher, weil ich denke, das scheinbar Gute kann auch einmal vom Teufel kommen, wie in den Geschichten, die das Anneli erzählt, wo er den Menschen etwas Verlockendes vor die Nase hält und sogar schenkt, aber nur damit er es ihnen wieder wegnehmen kann. Und wenn es dann passiert, sagt das Anneli: »Und der Teufel lachte so laut, dass man es bis ans andere Ende der Welt hören konnte.«

Ich habe ihn nicht lachen hören, aber es kann nur der Teufel gewesen sein, der das mit dem Hubertus gemacht hat. Ich weiß auch nicht, warum er sich gerade ihn zum Plagen ausgesucht hat, vielleicht weil er gewusst hat, dass es auch mich traurig macht. Für den Teufel muss das sein, wie wenn ein Jäger mit einem Pfeil zwei Rebhühner aufs Mal trifft.

Niemand weiß genau, was passiert ist. Es werden drei verschiedene Geschichten darüber erzählt, sie gehören zusammen wie ein Wurf junger Hunde, die alle verschieden aussehen und doch dieselbe Mutter haben. Ich möchte, dass keine davon wahr ist, und vielleicht ist auch keine exakt so passiert, wie sie erzählt wird. Nur der Teil, den sie gemeinsam haben, wird leider stimmen. Der Teil, der mir am meisten weh tut.

Im Wald zwischen Steinen und Steinerberg, so fangen alle drei Geschichten an, haben Kinder auf der Suche nach Beeren einen toten Benediktinermönch gefunden, den Schädel mit so viel Gewalt eingeschlagen, dass von seinem Gesicht nichts mehr übriggeblieben ist. Sie sind schreiend nach Steinen zurückgelaufen, aber als dann ein paar Männer zum Nachschauen in den Wald gegangen sind, haben sie den toten Mönch nicht mehr gefunden, nur die Stelle, wo er gelegen hatte. Dort war die Erde zertrampelt und voller Blut, und eine lederne Trinkflasche lag auf dem Boden, die habe immer noch nach Wein gerochen, heißt es. Die Leiche selber war verschwunden, spurlos.

So fangen alle drei Geschichten an. Unterdessen hat fast jeder im Tal vom Hubertus gehört, und die Leute sind sich einig, dass er dieser ermordete Mönch gewesen sein müsse. Aber das ist auch der einzige Punkt, über den man sich einig ist. Weil keiner weiß, was wirklich passiert ist, glaubt es jeder umso exakter zu wissen und erzählt die Geschichte, als ob er selber dabei gewesen wäre. Diejenige Geschichte, die er aus den dreien für sich ausgesucht hat.

Die erste von ihnen ist die einfachste, und sie geht so: Der Hubertus war unterwegs, von einem Ort, an dem er gerade die Messe gelesen hatte, zu einem andern, wo man ihn schon erwartete, im Wald wurde er von einer Räuberbande überfallen, und weil er nicht sofort seine Taschen ausleeren wollte, hat ihn einer von den Räubern mit der

Keule totgeschlagen. Andere meinen, der Hubertus habe seine Sachen zwar ohne Widerstand hergegeben, es sei aber nichts Wertvolles dabei gewesen, und das habe den Räuberhauptmann in eine blinde Wut versetzt. Als die Kinder die Leiche entdeckt hätten, heißt es in dieser Geschichte, sei das Ganze gerade erst passiert gewesen, die Räuber hätten sich so lang in der Nähe versteckt, und sobald sie wieder allein gewesen seien, hätten sie den Toten weggeschafft, um in aller Ruhe zu untersuchen, ob er nicht vielleicht doch ein Goldstück in seinem Habit eingenäht habe.

Diese erste Geschichte wäre die einfachste, und trotzdem glaube ich nicht, dass sie stimmen kann. Räuber, denke ich, sind auf ihre Art auch Handwerker, Menschen auszurauben ist ihr Beruf, und niemand strengt sich in seinem Beruf unnötig an, wenn es ihm nichts einbringt. So ein Räuber weiß bestimmt genau, bei wem sich ein Überfall lohnt und bei wem nicht, und dass Wandermönche leere Taschen haben, ist allgemein bekannt. Bei einem Prior oder Cellerar wäre es etwas anderes, aber die sind nicht zu Fuß unterwegs und schon gar nicht allein. Außerdem hat man um Steinen herum schon lang nichts mehr von Räubern gehört, es ist eine abgelegene Gegend, und es kommen nicht genügend Leute vorbei, die man ausrauben könnte.

Ich scheine nicht der Einzige zu sein, der so denkt, und deshalb hört man auch eine zweite Geschichte, in der sind es nicht Räuber, die den Hubertus ermordet haben, sondern Männer aus dem Tal, solche, wie sie auch beim Überfall in Einsiedeln dabei gewesen sind, also Leute, die allgemein als ehrbar gelten und sich auch selber dafür halten. Auf jeden Fall solche, die eine Auseinandersetzung lieber mit Fäusten austragen als mit Worten, vielleicht weil sie mit Worten nicht so gut umgehen können. Ihr Hass auf alles, was mit dem Kloster zu tun habe, sei durch den Raubzug noch nicht gestillt worden, sagen die Leute, sondern habe sich im Gegenteil noch verstärkt, so wie der Rogenmoser Kari auch nicht weniger Durst bekommt, je mehr er trinkt, sondern im Gegenteil. Ein paar von diesen Leuten seien dem Hubertus zufällig begegnet, hätten nur das Habit an ihm gesehen und gedacht, je weniger Mönche es auf dieser Welt gebe, desto besser sei es für die Menschheit. Sie hätten also Streit mit ihm angefangen oder ihn auch hinterrücks überfallen, die Waffe sei vielleicht ein großer Stein gewesen, der zufällig dagelegen habe, und in ihrer Wut gegen alles Klösterliche hätten sie damit wieder und wieder auf den Hubertus eingeschlagen, darum der so furchtbar zugerichtete Schädel.

Manche erzählen dieselbe Geschichte ein bisschen anders, nicht das Habit habe die Leute zu Mördern werden lassen, sondern dem Hubertus seine abgeschnittene Nase, sie hätten ihn für einen verurteilten Vaganten gehalten, für einen, mit dem man anstellen könne, was immer einem in den Sinn komme, ohne dafür bestraft zu werden. Es gebe genügend Menschen in Schwyz, die der Meinung seien, ein abgeschnittenes Ohr oder eine abgeschnittene Nase seien zu milde Urteile, es müsse immer und in jedem Fall der Galgen sein. Wenn es solche gewesen seien, hätten sie vielleicht aus dem Moment heraus beschlossen, das Gesetz in die eigenen Hände zu nehmen, und seien hinterher noch stolz darauf gewesen, dass ihr Opfer jetzt nicht nur keine Nase hatte, sondern überhaupt kein Gesicht mehr.

Nach dem Mord, da kommen die beiden Erzählungen zusammen, seien die Schuldigen dann weggelaufen, nicht aus schlechtem Gewissen, sondern um keine Umstände zu haben, sie hätten nur noch schnell die Trinkflasche des Getöteten leergetrunken und neben der Leiche weggeworfen. Später sei ihnen dann eingefallen, noch weniger Umstände seien zu befürchten, wenn überhaupt niemand von ihrer Tat etwas bemerke, sie seien also noch einmal zurückgekommen, hätten die Leiche in den Wald hineingetragen und irgendwo verscharrt. Dass die Kinder den toten Hubertus unterdessen schon gesehen hatten, hätten sie nicht gewusst.

Man kann sich gut vorstellen, dass es so gewesen sein könnte, und von den Geschichten, die über den Tod vom Hubertus erzählt werden, scheint mir diese die wahrscheinlichste. Aber vielen Leuten gefällt sie nicht, weil er dann ja fast zufällig ermordet worden wäre, und Zufälle darf es in einer guten Geschichte nicht geben, es muss alles einen Zusammenhang haben, wer Gutes tut, kommt in den Himmel, wer böse Sachen macht, wird vom Teufel abgeholt. Es ist ein bisschen so, wie wenn ich mir eine neue Melodie für meine Flöte ausdenke: Wenn man sie einmal auf eine bestimmte Weise angefangen hat, kann man nicht einfach mit jedem beliebigen Ton weitermachen.

Darum wird auch noch eine ganz andere Geschichte über den Mord am Hubertus erzählt, in der ist nichts mehr zufällig, sondern alles ist vom Schicksal geplant. Es sind zwei Sorten Leute, die sie so haben wollen, solche, bei denen der Hass gegen das Kloster und die Habsburger besonders tief sitzt, und solche, die den Hubertus bei einer Messe erlebt haben oder denen er die Beichte abgenommen hat. Dem Abt, sagen diese Leute, oder dem Herzog oder dem Bischof von Konstanz, das ist für sie alles dasselbe, sei zugetragen worden, es gebe da in der Talschaft einen Menschen, der sich nicht an das Interdikt halte, sondern sich trotz des strengen Verbots unterfange, Neugeborene zu taufen und Sterbende zu trösten. Das habe dem Abt – oder dem Herzog oder dem Bischof – nicht gepasst, und weil wichtige Leute immer ihren Willen durchsetzen wollen, habe er beschlossen, es mit Gewalt zu tun. Er habe also einen Trupp Klosterknechte – oder je nach Erzähler Reisige oder Bischofsleute – losgeschickt, die grausamsten, die er finden konnte, und habe ihnen befohlen, dafür zu sorgen, dass mit diesem Ungehorsam ein für alle Mal Schluss sei; wenn sie den Schuldigen dafür totschlagen müssten, sei ihm das nur recht. Sie machten sich also auf die Suche nach einem falschen Priester im Mönchshabit, und es fiel ihnen auch leicht, seine Spur zu finden, sie mussten nur den glücklichen Gesichtern folgen, denn überall, wo der Hubertus gewesen war, ging es den Leuten nachher besser. Sie haben ihn dann auch eingeholt, im Wald zwischen Steinen und Steinerwald, und haben ihn erschlagen, so wie es ihnen der Abt – oder der Herzog oder der Bischof – aufgetragen hatte. Die Leiche ließen sie liegen und gingen weg, ohne sich noch einmal umzusehen.

Bis dahin ist die Geschichte ähnlich wie die ersten zwei, nur dass es andere Leute sind, die den Hubertus totschlagen. Sie geht dann aber auf ganz eigene Art weiter, und zwar so, dass ich nicht glaube, dass das der richtige Bericht über den Tod vom Hubertus sein kann. Aber eine gute Geschichte ist es schon.

Der Mord, sagen die Leute, die es so erzählen, ist nicht an dem Tag passiert, an dem die Kinder die Leiche entdeckt haben, sondern der tote Hubertus ist schon drei Tage dort gelegen. Es hat sich aber keines der Tiere, die sich sonst über eine Leiche hermachen, an ihn herangewagt, die Geier sind nicht aus dem Himmel heruntergestochen, die Raben sind auf den Bäumen sitzen geblieben, und die Füchse sind dagehockt wie Hunde, die ihren Herrn bewachen. Auch keine Fliege und keine Ameise hat sich an den Hubertus herangetraut, so dass die Leiche auch nach drei Tagen und drei Nächten kein bisschen verwest war, sondern der Körper ist genau so geblieben, wie er im Moment des Sterbens gewesen war, wie bei dem unschuldig zum Tod Verurteilten, von dem der alte Laurenz erzählt hat. Das sei aber nichts Unerhörtes, sagen die Leute, sondern bei Märtyrern ganz natürlich.

Nachdem die Leiche dann entdeckt war und die Kinder losgelaufen sind, um Hilfe zu holen, sind sieben Engel vom Himmel gekommen, ein Erzengel und sechs gewöhnliche, die haben den toten Hubertus aufgehoben und in den Himmel getragen. Dort haben schon der Kosmas und der Damian auf ihn gewartet, das sind im Paradies die besten Ärzte, die mussten ihn nur mit ihren Händen berühren, und schon war er wieder lebendig, der eingeschlagene Schädel geheilt und auch die Nase wieder angewachsen. Der Hubertus ist aus Dankbarkeit vor dem Heiland hingekniet, und dabei ist ihm seine Trinkflasche aus der Tasche gerutscht und hinunter auf die Erde gefallen. Darum hat man dann nur noch diese Flasche gefunden, und vom Hubertus keine Spur.

Es gibt viele, die ganz fest an diese dritte Geschichte glauben. Wenn sie den Hubertus besser gekannt hätten, würden sie bestimmt auch noch erzählen, er sei im Himmel zum Bischof und Kardinal ernannt worden oder gleich zum Papst. Manche Leute sollen ihre Halstücher in das Blut auf dem Boden getaucht haben, heißt es, und würden jetzt um diese Reliquien sehr beneidet. Vielleicht steht im Wald zwischen Steinen und Steinerberg schon bald eine Hubertuskapelle, mit einem Altar, in dem keine Heiligenknochen aufbewahrt werden, sondern eine lederne Trinkflasche.

Trotzdem. Nicht jeder, der umgebracht wird, ist deshalb auch ein Märtyrer, meine ich. Aber dass man über dasselbe Ereignis so viele Geschichten erzählen kann, das finde ich schon interessant. Nur macht es den Hubertus auch nicht wieder lebendig.

Er ist nie mein Freund gewesen, es wäre falsch, wenn ich das jetzt hinterher behaupten wollte, und die Leute, die an seine Himmelfahrt glauben, würden mich nur für einen Aufschneider halten. Damals im Kloster hat uns der Zufall zusammengespült, und für mich war er immer einer, der zu hoch hinauswill und sich vor der Arbeit drückt. Aber jetzt, wo er tot ist, fehlt er mir.

Das fünfundsechzigste Kapitel
in dem der Sebi seinen See findet

Seit heute ist alles anders.

Ich habe mit dem Geni ein Gespräch geführt, und allein das war schon seltsam, weil man doch für gewöhnlich mit einem Bruder nicht ein Gespräch führt, sondern einfach miteinander redet. Ich war hungrig vom Feld zurückgekommen und hatte mich auf die Suppe gefreut, hatte mir auch am Brunnen die Hände gewaschen, obwohl ich das überflüssig finde, sie werden ja doch wieder dreckig, aber der Geni will es so haben. Ich bin also hereingekommen, und man hat die Suppe schon riechen können, aber er hat gesagt, bevor es etwas zu essen gebe, habe er etwas mit mir zu besprechen. Ich konnte mir nicht vorstellen, um was es dabei gehen könne; angestellt hatte ich nichts.

Er habe eine gute Nachricht für mich, hat der Geni gesagt, eine sehr gute sogar, er sei sicher, ich würde mich genauso darüber freuen, wie er sich selber gefreut habe. Er habe mir einen Vorschlag zu machen, wenn ich mit dem einverstanden sei – und er könne sich nichts anderes vorstellen, als dass ich begeistert ja sage –, dann würde sich in unserem Leben, in meinem wie in seinem, vieles verändern, aber es seien alles Veränderungen zum Guten, bis auf eine Kleinigkeit, die mir vielleicht nicht so gefallen werde.

Der Geni hat geredet, als ob viel mehr Leute da wären, und er wolle sicher sein, dass ihn auch alle gut verstehen. Der Vorschlag, um den es gehe und dem er selber schon zugestimmt habe, sei nicht auf seinem eigenen Mist gewachsen, sondern der alte Laurenz sei damit gekommen, der sei zwar manchmal kurlig, wie man es wohl werde, wenn man den ganzen Tag um die Toten herum sei, aber einen guten Kopf habe er doch und ein gutes Herz noch dazu. Er habe nicht früher mit mir darüber reden wollen, weil zuerst noch einiges zu überlegen und zu besprechen gewesen sei, aber jetzt sei alles auf der Reihe, man müsse kein Geheimnis mehr daraus machen und könne sich gemeinsam freuen.

Er hat immer noch einen Vorspruch gemacht und noch einen, wie der Herr Kaplan, wenn der schon die längste Zeit redet, und man weiß immer noch nicht, um welche Sünde es in seiner Predigt eigentlich geht. Der alte Laurenz, hat der Geni den nächsten Schlenker gemacht, sei auf diese Idee gekommen, weil sein Rücken immer krummer werde, von Tag zu Tag sehe man den Unterschied nicht, aber von Jahr zu Jahr schon. Das hätte er mir nicht erzählen brauchen, ich kenne den alten Laurenz besser als er und habe auch schon den Halbbart gefragt, ob er für dem seinen Rücken kein Mittel wisse. Er meint aber, da sei nichts zu machen, man nenne das einen Witwenbuckel, auch wenn das Wort bei einem Mann eigentlich nicht passe. Es sieht aus, als ob sich der alte Laurenz ständig nach etwas bücken würde, aber gerade das Bücken geht immer weniger, er hat den ganzen Tag Schmerzen, und die Arbeit auf dem Gottesacker kann er überhaupt nicht mehr machen. Das Grab vom alten Eichenberger habe ich allein ausgehoben und zugeschaufelt, der Laurenz ist nur danebengestanden und hat keinen Finger gerührt, selbst wenn andere Leute dabei waren. Wenn sich jemand beschwert hätte, wollten wir sagen, es sei nur für dieses eine Mal, der Laurenz habe sich beim letzten Grab den Rücken ausgerenkt, aber die Leute haben andere Sorgen, und wir haben gar keine Ausrede gebraucht. Seither habe ich zwischen Ägeri und Sattel schon wieder ein paar Gräber für ihn gemacht, und er gibt mir jetzt drei von den vier Batzen, die er für jedes bekommt. Für mich ist das angenehm, aber auf die Dauer kann es natürlich nicht so weitergehen. Jetzt ist wegen dem Streit mit dem Kloster noch alles durcheinander, man hat das Gefühl, dass überhaupt keine Regeln mehr gelten, aber irgendwann wird auch wieder Ordnung sein, und die Obrigkeit wird merken, dass der Laurenz bescheißt und seine Arbeit gar nicht mehr machen kann. Dann wird man ihm sein Privilegium wegnehmen, er hat ja keine Kinder, denen er es vererben kann, und ohne Privilegium kann jeder das Amt übernehmen.

Das alles weiß ich besser als der Geni, aber er hat es mir trotzdem noch einmal lang und breit erklärt. Wahrscheinlich hat er sich das in Schwyz so angewöhnt, er hat einmal gesagt, bei wichtigen Verhandlungen sei es dort üblich, dass man jedes Mal wieder bei Adam und Eva anfange. Eigentlich, hat der Geni gesagt, könne es dem alten Laurenz ja egal sein, wer hinterherkomme, wenn er selber die Schaufel abgeben müsse, es ist ihm aber nicht egal, sondern er will es selber bestimmen, und darum ist er mit diesem Vorschlag zum Geni gegangen. Er könne zwar nicht lesen, hat der Laurenz gesagt, aber sein Vater habe ihm oft genug Wort für Wort vorgesagt, was genau in dem alten Dokument geschrieben sei, der habe es wieder von seinem Vater gehört und immer so weiter. Der erste Laurenz, der Scharfrichter, habe das Privilegium »für sich und seine Nachkommen im Mannesstamm« bekommen, es gehe also immer vom Vater auf den Sohn über. Es stehe aber nicht ausdrücklich, dass diese Söhne leibliche Nachkommen sein müssten.

Als ich das gehört habe, hat in mir ein ungutes Gefühl angefangen, ich habe geahnt, wo es hingeht, und ich habe mich nicht darüber gefreut.

Er wolle mich an Sohnes statt annehmen, hatte der alte Laurenz dem Geni vorgeschlagen, da unsere Eltern nicht mehr lebten, würde man damit niemandem etwas wegnehmen, sondern nur mir etwas geben, nämlich einen sicheren Verdienst mein Leben lang. Er habe sich kundig gemacht, für eine solche Kindesannahme brauche man nicht einmal einen Schreiber, eine Erklärung vor zwei zuverlässigen Zeugen genüge, und schon hätte er einen Erben im Mannesstamm, und das Privilegium verfalle nicht; das Handwerk habe ich ja schon gelernt und mich dabei gar nicht ungeschickt angestellt. Als Gegenleistung verlange er nur, dass ich mich, wenn es mit seinem Rücken endgültig nicht mehr gehe, um ihn kümmern solle, wie sich das für einen Sohn gehöre, allzu lang werde er mir nicht zur Last fallen, da müsse ich keine Angst haben, er spüre deutlich, dass es mit ihm zu Ende gehe, und mit dem Sterben kenne er sich aus.

Der Geni sagt, das sei ein Angebot, wie man es sich schöner nicht wünschen könne; mit seinem schiefen Rücken sehe der alte Laurenz zwar nicht aus wie eine gute Fee, aber genau so sei er ihm vorgekommen. So ein Privilegium sei wie ein Geldscheißer, schon unsere Mutter habe immer gesagt: »Müller und Totengräber sind die besten Berufe, essen müssen alle Menschen und sterben auch.«

Was ihn selber anbelange, hat der Geni weitergesprochen, würde meine neue Arbeit bedeuten, dass er unser bisschen Land aufgeben müsse, ohne den Poli seien jetzt schon zu wenig Hände da, um alles zu machen, was gemacht werden müsse. Er selber, mit nur einem Bein, sei nicht einmal ein halber Arbeiter und ich auch nicht viel mehr. Er mache mir deswegen keinen Vorwurf, aber was nicht gehe, das gehe eben nicht, es habe keinen Sinn, sich da etwas vorzumachen. Er sei deshalb mit dem Steinemann Schorsch zusammengesessen, mit immer noch vier Kindern und einem Hungerhof wäre der froh um einen zusätzlichen Plätz und würde unseren Acker gern übernehmen. Was er zahlen könne, reiche zwar nicht zum Leben, aber das müsse es ja auch nicht, als Totengräber würde ich genug verdienen, und er selber wolle nach Schwyz zurückgehen, der Stauffacher habe ihm versprochen, dort gebe es immer einen Platz für ihn.

Wie es seine Art ist, hatte der Geni schon alles genau überlegt und zu Ende gedacht. Er hat mich erwartungsvoll angesehen, vielleicht hat er gedacht, ich müsse vor Freude aufspringen und herumtanzen. Ich bin aber sitzen geblieben.

Ihm komme dieser Vorschlag vor wie ein Geschenk vom Himmel, hat der Geni seine Rede zu Ende gebracht. Wenn es überhaupt etwas gebe, das einen vielleicht daran stören könne, dann sei das nur eine unwichtige Kleinigkeit. Der alte Laurenz mache es zur Bedingung, dass ich meinen Namen ändern und in Zukunft auch Laurenz heißen solle, seit dem allerersten Totengräber hätten alle Erstgeborenen in seiner Familie diesen Namen getragen, und mit der Tradition wolle er nicht brechen, wo er doch seine Vorfahren bald im Jenseits antreffen werde. Dieser Wunsch müsse mich aber nicht stören, sagte der Geni, auf den Wein komme es an, nicht auf den Krug, für ihn würde ich immer derselbe bleiben, ob ich nun Eusebius oder Laurenz heiße, von ihm aus auch Gottfriedli oder noch etwas anderes. Also, was ich zu all dem meine?

Als ich den Mund aufgemacht habe, um zu antworten, habe ich noch nicht gewusst, was ich sagen wollte, aber dann, von einem Moment auf den anderen, war es mir plötzlich klar, wie wenn man lang an einem Rätsel herumstudiert, und plötzlich ist die Lösung ganz einfach. In meinem Kopf muss sie die ganze Zeit da gewesen sein, ich hatte mich nur nie getraut, sie auch tatsächlich zu denken. Manchmal muss einem jemand einen Apfel anbieten, damit man merkt, dass man lieber eine Birne haben will.

Meinen Namen zu ändern würde mir nichts machen, habe ich gesagt, auf einen mehr oder weniger käme es auch nicht mehr an, und dem alten Laurenz sei ich auch wirklich dankbar. Aber sein Sohn wolle ich nicht werden und Totengräber auch nicht, sondern etwas ganz anderes.

Ich habe den Geni an die Geschichte erinnert, die er sich für mich ausgedacht hatte, vom Niemand, das herausfinden musste, was für ein Tier es eigentlich ist. Die ganze Zeit, habe ich gesagt, sei mir immer nur klar gewesen, was ich ganz bestimmt nicht sein wolle, so wie das Niemand zuerst auch nur gewusst hat, was es nicht war, kein Löwe, kein Walfisch und kein Adler.

In ein Kloster wolle ich auf keinen Fall zurückgehen, selbst wenn sie mir im Refektorium einen Platz am obersten Tisch anbieten würden, und wenn alle anderen für die Matutin aufstehen müssten, dürfte ich weiterschlafen, unter einer Decke aus Gänsefedern. Es wäre aber kein schöner Schlaf, ich würde bestimmt jede Nacht vom Prior träumen und von dem, was er von mir verlangt hat.

Das Zweite, was ich nicht wolle und nicht könne, sei einfach an dem Platz zu bleiben, an den ich hingeboren wurde. Der Herrgott hat mich als Bauernbub auf die Erde geschickt, aber er hat mir den falschen Körper dazu mitgegeben, einen mit zu wenig Kraft für die Feldarbeit. Dass ich dazu noch ein Finöggel bin, habe ich mir auch nicht selber ausgesucht, sondern ich bin schon so auf die Welt gekommen, vielleicht, weil sich unsere Mutter nach dem gischpeligen Poli allzu sehr ein friedliches Kind gewünscht hat, und der Wunsch hat bei mir durchgeschlagen wie beim Vogt das Sonnenzeichen auf seiner Stirne.

»Seit du mir diesen Vorschlag gemacht hast«, habe ich zum Geni gesagt, »weiß ich auch das Dritte, was ich auf keinen Fall sein will, nämlich Totengräber. Ich habe meinen See entdeckt und hineingeschaut, und jetzt weiß ich, was ich für einer bin und auch sein will: ein Geschichtenerzähler wie das Teufels-Anneli. Und sie soll es mir beibringen.«

Das sechsundsechzigste Kapitel
in dem der Sebi sich auf den Weg macht

Der Geni ist der beste große Bruder, den man haben kann. Jeder andere hätte mir Vorwürfe gemacht, hätte mir die Ohren langgezogen und mir erklärt, dass man so ein Angebot nicht ausschlagen dürfe, man schenke nicht seine Geiß her, weil man davon träume, ein Einhorn im Stall zu haben. Aber der Geni ist eben der Geni, ich kann gut verstehen, dass der Landammann ihn wieder bei sich haben will. Er hat überhaupt nicht versucht, mich zu überreden, sondern hat nur genickt, nicht erfreut, aber auch nicht überrascht. Er ist aufgestanden – unterdessen kann er das schon wie nichts –, hat die Löffel geholt und auf den Tisch gelegt. Das hat bedeutet: Das Gespräch ist zu Ende. Aus dem großen Kessel hat er zwei Schüsseln gefüllt und an unsere Plätze gestellt, wir haben das *Du gibst ihnen ihre Speise* gebetet und zu essen begonnen. Erst als die Schüsseln leer waren, hat er wieder etwas gesagt.

Wenn ich so klar wisse, was ich wolle und was nicht, hat er gemeint, dann sei ich schon erwachsener, als er geglaubt habe, und einem Erwachsenen habe man keine Vorschriften zu machen. Er hätte mir zwar einen einfacheren Weg durchs Leben gewünscht, aber er wolle mir auch nicht vor meinem Glück stehen oder vor dem, was ich für mein

Glück halte. Aber jede Entscheidung, auch das müsse er mir deutlich sagen, habe Folgen, das sei nun mal so in dieser Welt, und wenn man einmal beschlossen habe, sein Schicksal selber in die Hand zu nehmen, könne man nicht nach ein paar Wochen zurückkommen und sagen: »Ich will doch lieber wieder ein Bub sein.« Was ich jetzt entscheide, bleibe entschieden, egal, wie es am Ende herauskomme. Was ihn selber angehe, scheine ihm die Lösung, so wie er sie vorgeschlagen habe, vernünftig zu sein, er habe es mit dem Steinemann auch schon fest abgemacht, und wenn er jemandem sein Wort gebe, dann gelte es. Ich müsse also in Zukunft selber schauen, wie es mit mir weitergehe, von Schwyz aus könne er sich nicht mehr um mich kümmern. Aber beten werde er jeden Tag für mich, das sei versprochen.

Dann haben wir beide lang nichts mehr gesagt, bis der Geni mich schließlich gefragt hat, ob ich noch mehr Suppe haben wolle. Nein, habe ich gesagt, ich wolle keine Suppe mehr. Aber es war, als ob wir über etwas ganz anderes gesprochen hätten.

Was jetzt alles auf mich zukommt, macht mir schon ein bisschen Angst, sogar mehr als nur ein bisschen, aber ich freue mich auch darauf. Wenn nach langer Zeit aus einer Frage eine Antwort wird, dann ist das ein gutes Gefühl. Selbst wenn es die falsche Antwort sein sollte.

Nach einem so wichtigen Entschluss meint man, die ganze Welt um einen herum müsse sich verändert haben, die Katzen müssten bellen und die Hunde miauen, aber der Welt ist es egal, was so ein kleiner Sebi beschließt oder nicht beschließt, es geht alles so weiter, wie es immer gewesen ist, am Morgen hört man die Lerchen, und vor dem

Eindunkeln kreisen die Starenschwärme über dem Dorf. Es gab auch nur ganz wenig vorzubereiten; im Grunde habe ich schon immer in benediktinischer Armut gelebt, und für mein bisschen Besitz brauchte ich keinen Ochsenkarren.

Dem alten Laurenz müsse ich meine Antwort selber geben, hat der Geni gemeint, das sei nur anständig. Es wäre mir lieber gewesen, er hätte es gemacht, aber wenn man einen neuen Weg gehen will, darf man nicht schon vor dem ersten Schritt Angst haben. Zu meiner Überraschung hat der Laurenz das Nein ohne Ärger aufgenommen; hat auch keinen Versuch gemacht, mich zu überreden. Es war ihm gar nicht speziell um mich gegangen, habe ich gemerkt, von ihm aus konnte auch jeder andere sein Sohn werden, wenn er bereit war, ihn in den Tod hinein zu pflegen. Er hat dann auch schnell einen Ersatz gefunden. Der Gisiger Hänsel heißt jetzt nicht mehr Schwämmli, sondern Laurenz, und tut so eingebildet, als ob er das Gräberausheben an der Universität in Paris studiert hätte.

Bevor ich ihm die Schaufel übergeben habe, bin ich damit noch ein letztes Mal auf den Gottesacker gegangen, nicht für ein neues Grab, sondern für ein altes, aber zuerst habe ich die Stelle besucht, wo unsere Mutter liegt, und habe ein *Ave Maria, gratia plena* für sie gesagt. Der Herr Kaplan meint zwar, dass solche Gebete während des Interdikts ein Sakrileg seien, aber bei ihr bin ich sicher, dass sie sich im Paradies nicht die Ohren zuhält. Bestimmt hat sie dort oben meinen Vater wiedergetroffen, und vielleicht sagt sie zu ihm: »Unser Eusebius ist endlich auf dem richtigen Weg.«

Dann habe ich mein Geld aus dem Grab von der Hunger-Kathi geholt. Ich hatte es dort so versteckt, dass der Lederbeutel bei den Knochen von ihrer Hand gelegen ist, damit sie einen Dieb hätte festhalten können. Es ist aber keiner gekommen, obwohl man von weitem hat sehen können, dass dort der Boden immer wieder neu aufgewühlt war. Es ist aber niemandem eingefallen, es könne etwas in dem Grab versteckt sein, sondern es hat die Leute im Gegenteil abgeschreckt. Es hatte immer geheißen, die Hunger-Kathi sei eine Zauberin gewesen, und deshalb hat man die frische Erde so gedeutet, dass sie nach Art dieser Frauen immer wieder versuche, sich aus ihrem Grab zu befreien. Der Rogenmoser Kari schwört Stein und Bein, bei Vollmond habe er einmal ihren Knochenarm aus dem Boden kommen sehen, er habe aber geistesgegenwärtig ein Paternoster gesagt und sie damit in den Boden zurückgezwungen. Die Leute glauben ihm nicht, weil er schon zu viele solche Geschichten erzählt hat, aber um das Grab machen sie trotzdem einen großen Bogen, und mein Geld ist sicher geblieben.

Mit dem Lederbeutel bin ich in die alte Hütte vom Halbbart gegangen, von dort aus kann man es von weitem sehen, wenn jemand kommt, und Gesellschaft konnte ich keine gebrauchen. Aus den Münzen habe ich zwei gleich große Häufchen gemacht, eines für das Lehrgeld, das ich dem Teufels-Anneli anbieten will, und das andere, um mein Gelübde zu erfüllen. Die Leute sagen zwar, solang das Interdikt dauert, sind alle Gelübde ungültig, man muss zum Beispiel keine Fasttage einhalten, egal, für was man sie versprochen hat, weil man vom Himmel ja doch nichts dafür bekommt, aber es war auch nicht wirklich ein Gelübde, nur etwas, das ich mir vorgenommen hatte, und unsere Mutter hat immer gesagt, man fängt nichts Neues an, bevor man das Alte nicht zu Ende gebracht hat. Eine gute Tat ist es auf jeden Fall, und vielleicht wird sie mir ja irgendwann doch noch angerechnet. Sehr groß war der Münzenhaufen für den Holzschnitzer nicht, und ich habe mir überlegt, ob ich auch noch den italienischen Denarius dazulegen solle, aber den habe ich dann doch lieber in den Saum von meiner Kutte hineingenäht. Ich will nie wieder ganz ohne Geld auf fremden Straßen unterwegs sein.

Der Halbbart hat mir zum Abschied seinen Stock geschenkt, er habe ihn nicht während seiner ganzen Flucht bei sich gehabt, aber doch die meiste Zeit. Es sei Hainbuche, das härteste Holz, das er kenne, wenn ich jemandem diesen Stock über den Kopf haue, dann stehe der nicht mehr auf. Er wolle mir keine guten Ratschläge mitgeben, sein eigenes Leben habe deutlich genug gezeigt, dass man auf die Dinge, die einem dann wirklich passierten, doch nie vorbereitet sei, aber etwas müsse ich ihm versprechen: Ich dürfe nie ohne Waffe unterwegs sein, sonst könne es mir am Ende noch so ergehen wie dem Hubertus. Es gebe mehr schlechte Menschen als gute, das sei seine Erfahrung, und Vertrauen sei etwas so Kostbares, dass man es nicht jedem schenken dürfe, nicht in einer Welt, in der es Habsburger gebe.

Dann hat er mir seine beiden Hände, die verbrannte und die gesunde, auf den Kopf gelegt und etwas in einer fremden Sprache gemurmelt. Die Worte habe ich nicht verstanden, aber ich glaube, es war ein Segen.

Dem Geni habe ich versprochen, dass ich, sobald meine

Sache in Einsiedeln erledigt sei, nach Schwyz weitergehen würde. Ich soll dort dem Landammann Bescheid sagen, dass der Geni zu ihm zurückkommt, dann schickt er ihm bestimmt einen Karren für den Weg oder sogar das weiße Maultier. Für mich macht es keinen Unterschied, welche Richtung ich nehme, weil ich ohnehin erst herausfinden muss, wo das Teufels-Anneli den Sommer über zu Hause ist, es scheint es niemand zu wissen.

Bevor ich mich endgültig auf den Weg gemacht habe, hat mich der Geni noch einmal lang umarmt, und ich habe die ganze Zeit gedacht: Vielleicht ist es das letzte Mal. Dann hat er mich von sich weggestoßen und sich umgedreht. Aber ich habe gemerkt, dass er Tränen in den Augen hatte.

Vom Poli konnte ich mich nicht verabschieden, er ist versteckt geblieben, obwohl er bestimmt gewusst hat, dass ich das Dorf verlasse.

Als ich an unserem Feld vorbeigekommen bin, haben dort schon die drei Söhne vom Steinemann gearbeitet.

Ich bin nicht gern nach Einsiedeln gegangen, aber ich weiß nun mal keinen anderen Herrgottschnitzer. Der Weg ist mir lang und mühsam vorgekommen, das war wegen den vielen Erinnerungen, die mir bei jedem Schritt die Füße festgehalten haben wie ein Sumpf. Man kann sich lang vornehmen, ein neues Leben anzufangen, die Dinge, die man erlebt hat, schleppt man trotzdem mit sich herum wie einen Sack, den man nicht ablegen kann. Ich frage mich, ob der alte Laurenz seinen Buckel davon bekommen hat.

Ich habe das Geld vor dem Holzschnitzer auf die Arbeitsbank geleert, er hat es gezählt und dann gesagt, ein großes Kruzifix könne er mir dafür nicht machen, aber für ein kleines würde es reichen. Das war mir sogar recht; die Perpetua war ja auch ganz klein. Ob ich es aus Ahorn- oder aus Lindenholz haben wolle, hat er gefragt, und ich habe Ahorn ausgesucht, weil das Holz schön hell ist und damit gut zu einem Engel passt. Und der Heiland am Kreuz solle kein trauriges Gesicht haben, habe ich gesagt, sondern ein fröhliches, so dass man sehen kann: Er hat zwar Schmerzen, aber er weiß, dass das Paradies auf ihn wartet. Der Schnitzer hat gemeint, ich sei der Erste, der das so haben wolle, und weil es eine besondere Aufgabe für ihn sei, werde er mir das Kreuz freiwillig ein bisschen größer machen. Nach Sankt Cäcilien könne ich es abholen, früher gehe es nicht, weil im Kloster im Moment so viel zu reparieren sei. Er war dann ganz überrascht, als ich gesagt habe, ich würde das Kruzifix nicht abholen können, ich wisse nicht, ob ich überhaupt noch einmal nach Einsiedeln käme, ich hätte eine lange Reise vor mir und könne nicht sagen, wie lang die dauern würde. »Eine Pilgerfahrt?«, hat er gefragt, und ich habe geantwortet: »So etwas Ähnliches.«

Ich habe ihn gebeten, das Kreuz im Wald beim Kloster aufzustellen, die Stelle könne er selber aussuchen, es sei für ein Grab bestimmt, das sich nicht mehr auffinden lasse. Er hat es mir fest versprochen, und ich glaube, er ist ein Mann, dem man trauen kann.

Ich wollte mich schon verabschieden, als er gemeint hat, er wolle mir noch etwas mitgeben, das mir auf meinem Weg Glück bringen solle, egal, wo der mich hinführe. Er habe schon zweimal einen Sankt Christophorus gemacht, das sei ja der Schutzpatron der Reisenden und habe auch immer einen großen Stock bei sich, genau wie der, den ich da in der Hand habe. Er wolle mir deshalb in meinen Stab zwei Buchstaben hineinschnitzen, die den Namen des Heiligen bedeuteten, dann sei es jedes Mal, wenn ich den Stock auf den Boden setze, als ob ich den Christophorus um Schutz und Hilfe bitten würde. Ich habe das sehr nett von ihm gefunden, und der Stock ist jetzt noch wertvoller für mich.

Bevor ich am nächsten Tag nach Schwyz weitergegangen bin, habe ich eine Nacht im Wald geschlafen. Aus Blättern habe ich mir ein Bett gemacht und den Kopf auf einen kleinen Hügel gelegt. Vielleicht war es das Grab von der Perpetua, aber wahrscheinlich nicht. Angst hatte ich keine, ich wusste ja, dass ich von zwei Heiligen beschützt wurde, von einem großen und einer kleinen.

Das siebenundsechzigste Kapitel
in dem der Sebi den richtigen Weg findet

Wenn ich als kleiner Bub vor mich hin geträumt habe, und ich habe viel geträumt, dann hat mir unsere Mutter einen Nasenstüber gegeben und gesagt, ich müsse aufpassen, dass ich erfundene Sachen nicht mit der Wirklichkeit verwechsle, das machten nur dumme Leute. Vielleicht bin ich wirklich dumm, aber ich finde, dass sich vieles am allerbesten mit Geschichten beschreiben lässt.

So hat das Teufels-Anneli einmal von einem Mann erzählt, der den Teufel hatte überlisten wollen. Ich kann mich noch genau erinnern, wie die Geschichte gegangen ist. Der Mann hat dem Teufel versprochen: »Für einen Sack voll Gold, der nie leer wird, kannst du meine Seele haben, unter der Bedingung, dass ich jedes Mal, wenn ich Lust dazu habe, die Hölle verlassen und mit meinem Reichtum in die Welt zurückkehren darf. Und zurückkommen muss ich nur, wenn ich es selber wünsche.« Natürlich hatte er sich vorgenommen, nie in die Hölle zurückzukehren, sondern in der Welt zu bleiben und den dummen Teufel auszulachen. Der Teufel ist aber nicht dumm.

Der Mann kam also in die Hölle und wurde dort in einen Kessel voller Goldstücke gesetzt, unter dem ein riesiges Feuer brannte. Aber noch bevor das Metall schmelzen und ihm die höllischen Schmerzen zufügen konnte, die für ihn vorgesehen waren, rief er: »Ich will in die Welt zurück!« – und im selben Moment stand er schon auf dem Marktplatz einer fremden Stadt. Der Sack in seiner Hand war aus der Haut von Wucherern gemacht, das wusste er aber nicht. Er wusste nur, dass man aus ihm herausnehmen konnte, so viel man wollte, und der Sack wurde nicht leerer. Dadurch wurde er zum reichsten Mann des Landes und konnte sich alles kaufen, was er wollte. Als die Leute davon hörten, hatte er bald viele Freunde, wenn es auch keine richtigen waren, sondern nur solche, die von seinem Reichtum etwas abbekommen wollten. Das war ihm aber egal, solang sie ihm nur jeden Tag sagten, wie gern sie ihn hätten und was für ein wunderbarer und weiser Mensch er sei. Er hielt sich auch selber für sehr klug, denn schließlich, meinte er, hatte er den Teufel überlistet, und das hatte vor ihm noch keiner geschafft.

Nun ist es aber so, dass Gold nur deshalb so begehrt ist, weil es wenig davon gibt, so wie ein gewöhnlicher Apfel eine Kostbarkeit für Kaiser und Könige wäre, wenn an jedem Baum nur ein einziger davon wachsen würde. Der Mann holte aber immer mehr und mehr Gold aus seinem Sack und gab es mit vollen Händen aus, bis es schließlich niemand mehr haben wollte, man streute Goldmünzen auf schlammige Wege, um sie fester zu machen, und füllte gegen den Gestank Abortlöcher damit auf. Je weniger das Gold wert war, desto weniger war auch der Mann mit seinem Sack wert, die Leute, die er für seine Freunde gehalten hatte, wollten nichts mehr von ihm wissen, Bettler streckten nicht mehr bittend die Hand aus, wenn er vorbeiging, und die Buben der Stadt warfen ihm Rossbollen nach. Der

Mann hatte sich aber so daran gewöhnt, beliebt und bewundert zu sein, dass er die Verachtung nicht ertrug, und irgendwann war er so verzweifelt, dass er ausrief: »Da wäre ich ja noch lieber in der Hölle!«

Kaum gesagt, schon passiert. Er hatte den Satz noch nicht zu Ende gesprochen, da saß er schon wieder in seinem Kessel, die Goldstücke waren unterdessen geschmolzen, und das flüssige Metall verbrannte ihm die Haut, dass sie knusprig wurde wie bei einem Spanferkel. Der Mann schrie und jammerte, aber noch lauter als seine Schreie war das Gelächter des Teufels, der wieder einmal schlauer gewesen war als der Mensch, der ihn hatte überlisten wollen.

Lang hielt es der Mann in dem flüssigen Gold nicht aus, die Schmerzen waren unerträglich, und so rief er ein zweites Mal: »Ich will in die Welt zurück!« Der Teufel hält sein Wort, wegen der Dummheit der Menschen hat er das Lügen gar nicht nötig, und so stand der Mann wieder auf einem fremden Marktplatz und hatte seinen Goldsack in der Hand. Auch in dieser Stadt ging es ihm so wie in der letzten: Zuerst umschmeichelten ihn alle, aber je mehr Gold er aus seinem Sack holte, desto weniger war es wert, bald wollte niemand mehr etwas von ihm wissen, und weil er die Verachtung nicht ertragen konnte, wünschte er sich irgendwann in die Hölle zurück, wo es in seinem Kessel unterdessen noch viel heißer geworden war.

Wieder und wieder passierte das und passiert noch immer, einmal in dieser Stadt und einmal in jener. Der Mann hofft jedes Mal, diesmal würde sein Gold den Menschen nicht verleiden, aber früher oder später verleidet es ihnen doch, und schon sitzt er wieder in seinem Höllenkessel.

»Wenn also jemand von einem Tag auf den andern verschwindet und nicht mehr auftaucht«, hatte das Anneli die Erzählung beendet, »dann kann das ein Engel gewesen sein, der in den Himmel zurückgekehrt ist. Aber wahrscheinlich war es nur ein Dummkopf, der mit dem Teufel ein schlechtes Geschäft abgeschlossen hat.«

Mir schien, das Teufels-Anneli mit ihrem Sack voller Geschichten sei genauso verschwunden wie der Mann mit seinem Sack voller Gold; man hätte meinen können, die Monate mit den langen Tagen verbringe sie in der Hölle. In der ganzen Talschaft Schwyz und darüber hinaus habe ich nach ihr gesucht, aber niemand wusste, wo sie zu Hause war. Wo auch immer ich nachfragte, bekam ich dieselbe Antwort: »Doch«, hieß es, »in unserem Dorf ist sie gewesen, wir haben uns auch gefreut, dass sie gekommen ist, und haben ihr gute Sachen zum Essen aufgestellt. Aber jetzt ist der Winter vorbei, und wir haben keine Zeit mehr, uns etwas erzählen zu lassen.« Wo das Teufels-Anneli nach ihrem Besuch hingegangen war, kümmerte keinen; es schien die Leute sogar zu überraschen, dass jemand wie sie überhaupt ein Zuhause haben sollte.

Eine andere Anneli-Geschichte beschreibt gut, was ich selber erlebt habe. Sie handelte von einem jüngsten Sohn, der auf Abenteuer ausgezogen war und einen eingeklemmten Waldgeist aus einem Baumstamm befreite. Zum Dank dafür bekam er eine wundertätige Flöte, wenn er auf der spielte, mussten alle Leute, die seine Musik hörten, so lang tanzen, bis er wieder aufhörte, und so konnten ihm auch die bösesten Räuber nichts antun, er ließ sie einfach tanzen und ging an ihnen vorbei. Ich habe meine Flöte nicht von einem Waldgeist bekommen, sondern von dem Soldaten damals im Kloster, sie kann auch keine solchen Kunststücke, aber ohne sie wäre ich nie an mein Ziel gekommen.

So ist es passiert: Einmal, als wieder niemand etwas vom Teufels-Anneli gewusst hat, habe ich die Flöte aus dem Sack genommen und darauf gespielt, nur um mir die Enttäuschung zu vertreiben. Aber den Leuten hat meine Musik gefallen, sie wollten mehr davon hören und waren auch bereit, etwas dafür zu geben, und das Gleiche ist auch an anderen Orten passiert. So hat mir die Flöte das Betteln erspart, den Denarius in meinem Kuttensaum habe ich nie herausholen müssen und den Beutel mit dem Lehrgeld für das Anneli schon gar nicht. Man hat mich nicht gerade mit einem Sack voll Gold bezahlt, aber ein Stück Brot hat es immer gegeben, und ein Strohsack zum Schlafen hat sich auch meistens gefunden. Ich habe es als Vorbereitung für meine Lehrzeit genommen und gedacht: Ein bisschen lebe ich jetzt schon wie das Teufels-Anneli, nur nicht wie sie von Geschichten, sondern von Melodien.

Die Flöte hat mir aber noch mehr geholfen, nicht auf wundertätige Weise, aber ein guter Zufall war es schon. Ich war nämlich nicht der Einzige, der sich sein Leben auf diese Art verdient hat, Gaukler hat man immer wieder angetroffen. Wenn in einem Dorf das Fest des Schutzpatrons gefeiert wurde, sind sie aus allen Richtungen gekommen, wie Wespen, wenn die Zwetschgen reif sind. Wegen meiner Pfeiferei haben sie mich als einen der ihren betrachtet, und das war mein Glück; auch wenn viele sie für nichtsnutzige Vaganten halten, sind sie stolze Leute und reden nicht mit jedem.

Einmal hatte eine ganze Familie denselben Weg wie ich.

Sie waren nicht wie alle anderen zu Fuß unterwegs, sondern mit einem Karren, gegen die Sonne mit einem Tuch überspannt. Dem Pferd, das den Karren zog, hatten sie einen Federbusch am Stirnriemen befestigt, es sah aus wie das Staatsross von einem ganz armen König. In dieser Familie konnte jeder ein Kunststück: Der Mann fraß Feuer und schluckte ein Schwert, auf dem Martinimarkt in Rapperswil hatte ich ihn das schon einmal vorführen sehen, seine Frau konnte drei Eier so schnell in die Luft werfen und wieder auffangen, dass sie über ihren Händen zu tanzen schienen, das Mädchen hat auf dem Rücken des trabenden Pferdes den Handstand gemacht, und ihr kleiner Bruder hat dazu getrommelt, so schnell, dass der Schwämmli eifersüchtig geworden wäre, auch wenn er jetzt Laurenz heißt. Außerdem hatten sie noch ihren alten Großvater dabei, der ist aber aus dem Karren nie herausgekommen. Er sei früher einmal der beste Stelzenläufer überhaupt gewesen, haben sie mir erzählt, aber dann sei er einmal unglücklich gestürzt, die Knochen seien falsch zusammengewachsen, und seither könne er nicht mehr laufen. Weil seine Familie dachte, dass ihm meine Musik gefallen könnte, haben sie mich in ihren Karren eingeladen. Ohne diesen Zufall hätte ich nie erfahren, dass ich die ganze Zeit an den falschen Orten nach dem Anneli gesucht hatte. Vielleicht ist meine Flöte eben doch wundertätig.

Ich habe also für den Großvater gespielt, und er hat gesagt, wenn er nachher auf seinen Stelzen tanze, solle ich die Musik dazu machen. Er ist noch viel lahmer als der Bruchi, aber wie das manchmal bei alten Leuten ist, bringt er die Dinge durcheinander und kann nicht mehr unterscheiden, was gestern war und was heute ist. Ich habe ihn nach dem Teufels-Anneli gefragt, nicht weil ich die Hoffnung hatte, ich könne von ihm etwas erfahren, sondern weil ich mir angewöhnt hatte, allen Leuten diese Frage zu stellen, und er hat gesagt, ja, das Anneli kenne er gut, das sei eine ausnehmend hübsche junge Frau, nur schon deshalb würden die Menschen gern zuhören, wenn sie ihre Geschichten erzähle. Das Anneli ist schon lang nicht mehr jung, und ich wäre auch nie auf den Gedanken gekommen, sie hübsch zu nennen, aber wahrscheinlich hat er sich daran erinnert, wie sie früher einmal gewesen war; damals hatte sie wohl noch keine Pockennarben. Ich habe ihn gefragt, ob sie schon immer so viel vom Teufel erzählt habe, dadurch sei sie ja zu ihrem Namen gekommen, und er hat gemeint, da würde ich aber einiges durcheinanderbringen, mein Kopf sei wohl nicht mehr ganz klar. Der Name komme nicht von dem her, was sie erzähle, sondern von dem Ort, an dem sie geboren sei und wo sie immer noch wohne. Er habe sie oft besucht, wenn er in der Gegend vorbeigekommen sei, zu essen würde man zwar nie etwas Rechtes bekommen, aber einen Branntwein gebe es bei ihr, von dem habe man noch drei Tage einen warmen Bauch. Er hat dann nur noch von dem Branntwein geredet, das war wohl eine besonders schöne Erinnerung für ihn, und ich habe ein paarmal fragen müssen, bis ich endlich erfahren habe, an welchem Ort er das Anneli besucht haben wollte. »Sie hat ihr Haus direkt neben der Teufelsbrücke in Einsiedeln«, hat der alte Stelzenläufer gesagt, in einem Ton, als ob jemand schon sehr dumm sein müsse, um etwas anderes zu denken, »deshalb nennt man sie ja das Teufels-Anneli.«

So wusste ich jetzt also, wo ich hinmusste: exakt dorthin, wo meine Suche begonnen hatte. Es ist mir vorgekommen wie in dieser anderen Anneli-Geschichte, die sie einmal nur für mich allein erzählt hat, wo der Mann in der ganzen Welt nach dem Stein mit dem Teufelszeichen sucht, und dabei war der die ganze Zeit an dem Ort, von dem aus er sich auf den Weg gemacht hatte. Man kann sich schon fragen, ob das Anneli den zweiten Blick hat, wie unsere Mutter das nannte, dass sie in die Zukunft schauen kann, und nach dem, was sie sieht, sucht sie aus, was sie erzählen will. Aber wahrscheinlich ist es nur Zufall; bei so vielen Geschichten wird immer eine dabei sein, bei der man denkt, sie sei ganz speziell für einen selbst bestimmt.

Als ich den alten Stelzenläufer getroffen habe, war ich schon nicht mehr in der Talschaft Schwyz, sondern in Uri, in einem Ort namens Schattdorf, der den Benediktinerinnen aus Zürich gehört. Es war ein weiter Marsch zurück nach Einsiedeln, und er ist mir vorgekommen wie eine Pilgerreise, nur dass nicht der heilige Meinrad mein Ziel war, sondern das Teufels-Anneli. Aber auch bei ihr habe ich gehofft, dass sie mich erhören würde.

Das achtundsechzigste Kapitel
in dem der Sebi seine Lehrmeisterin findet

Das Schicksal scheint mich immer wieder nach Einsiedeln zu schicken, obwohl ich da gar nicht sein will. Als ich vor dem kleinen Haus stand, habe ich nicht gleich angeklopft, weil ich drinnen das Anneli habe schnarchen hören, und sie zu stören, wenn sie sich zwischendurch einmal ausruhen wollte, wäre ein schlechter Anfang gewesen. Neben der Türe ihres Hauses liegt ein großer Stein, da habe ich mich draufgesetzt und mich an die Wand gelehnt. Die Balken hatten sich verzogen, so dass es zwischen ihnen nicht nur Ritzen gegeben hat, sondern richtige Löcher. In der kalten Jahreszeit muss der Wind da ganz schön durchpfeifen, das hat das Teufels-Anneli vielleicht gar nie bemerkt, weil sie ja im Winter immer unterwegs ist. Ich nahm mir vor, die Lücken mit Moos und Lehm zu verstopfen; als Lehrbub muss man sich nützlich machen, wo es nur geht. Man konnte auch einen Gemüsegarten anlegen; sie schien keinen zu haben, obwohl da neben der Hütte ein Plätz war, auf dem außer Unkraut schon lang nichts mehr gewachsen war. Nur ein alter Karren stand da, die beiden Räder waren noch gut, aber die Bretter alle verrottet. Auch an dem musste man etwas machen.

Den ganzen Nachmittag bin ich dagesessen, und das

Schnarchen ist immer weitergegangen. Manchmal hat es kurz aufgehört, aber nicht als ob das Anneli aufwachen, sondern als ob sie ersticken würde.

Als die Sonne schon fast hinter dem Etzel verschwunden war, habe ich doch noch angeklopft, aber keine Antwort bekommen. Die Türe war nicht verschlossen, ich bin hineingegangen und habe gesehen, dass das Anneli neben ihrem Strohsack auf dem Boden lag. Ich habe zuerst gedacht, sie ist betrunken; wenn der Rogenmoser Kari zu viel gesoffen hat, schläft er manchmal auch irgendwo ein, und man kann ihn fast nicht mehr aufwecken. Aber der Rogenmoser hat dann nicht so eiskalte Hände, wie das Anneli sie gehabt hat, und wenn man ihn schüttelt, wacht er auf. Das Anneli ist aber nicht aufgewacht, auch nicht, als ich sie auf ihren Sack zurückgehoben habe, und ihren Puls habe ich fast nicht spüren können, obwohl mir der Halbbart gezeigt hat, wie man das macht. Er hat gesagt, oft ist in solchen Fällen ein Gift im Körper, und es ist wichtig, dass das aus dem Kranken herauskommt, also habe ich dem Anneli den Zeigfinger in den Hals gesteckt. Sie hat aber nicht gekotzt, sondern nur die Augen aufgemacht, mit ganz kleinen Pupillen. Ich glaube nicht, dass sie mich gesehen hat, nicht wirklich, aber sie hat gelächelt und gesagt: »Der Teufel ist ein Bub.« Ihre Stimme war anders, als ich es an ihr gekannt habe, aus dem Hals heraus heiser. Dann hat sie die Augen wieder zugemacht und weitergeschnarcht. Das Lächeln ist aber auf ihrem Gesicht geblieben.

Aufgewacht ist sie erst am frühen Morgen. Die Sonne war noch nicht aufgegangen, es war aber trotzdem nicht dunkel in der Hütte, weil keine Wolken da waren und der

Mond fast voll. Sie hat mich ohne Überraschung angesehen, nicht als ob sie mich erwartet hätte, das wäre nicht möglich gewesen, sondern als ob nichts sie je wieder überraschen könne. Als Erstes hat sie einen ganzen Krug Wasser ausgetrunken, man hatte aber nicht den Eindruck, dass sie nachher weniger Durst hatte. Um gleich von Anfang an gutes Wetter zu machen, hatte ich ein Brot mitgebracht, das habe ich jetzt auf den Tisch gelegt, weil das Teufels-Anneli doch immer Hunger hat. Aber zu meiner Überraschung hat sie nichts davon nehmen wollen. »Ich esse nur im Winter«, hat sie später einmal gesagt, »im Sommer trinke ich lieber.« Sie war auch schon wieder recht dünn geworden; wenn sie wirklich wie der Mond ist, so wie unsere Mutter das immer gesagt hat, dann war dieser Mond höchstens noch ein Viertel voll.

Es hat lang gedauert, bis sie wieder ganz in der Welt war, als ob sie weit weg gewesen wäre und den Rückweg zu sich selber noch nicht gefunden hätte. Sie hat über etwas nachgedacht, das hat man gemerkt, und manchmal haben sich ihre Lippen bewegt, aber ohne dass Worte herausgekommen sind. Irgendwann hat sie dann genickt, wie jemand, der eine Arbeit zu Ende gebracht hat und damit zufrieden ist, und hat gesagt: »Ja, daraus lässt sich etwas machen.« Dann hat sie den Krug genommen, den ich unterdessen wieder aufgefüllt hatte, hat aber nicht getrunken, sondern sich das Wasser über den Kopf geleert und sich geschüttelt, wie es der Hund vom Kryenbühl macht, wenn er einen Stock aus dem Dorfbach geholt hat. Erst dann, mit einer Stimme, die jetzt wieder ihre eigene war, hat sie mich etwas gefragt, und es war etwas, auf das ich nicht gefasst war.

»Hast du den Teufel angetroffen?«, hat mich das Anneli gefragt.

Ich habe zuerst gemeint, sie ist immer noch in ihren eigenen Gedanken, aber aus denen war sie zurückgekommen, und wie jemand, der nach einer langen Reise endlich wieder im eigenen Dorf ist, wollte sie hören, was in ihrer Abwesenheit passiert war. Sie hat sich an unsere Begegnung erinnert, damals vor dem Bildstock der Muttergottes, wo sie mir geraten hat, nach Hause zu gehen, und mich gleichzeitig gewarnt, man könne nie wissen, wo der Teufel hocke. Jetzt wollte sie halt wissen, ob ich ihm begegnet sei.

»Ja«, habe ich gesagt, »einer ganzen Menge Teufel.«

Sie hat genickt, als ob sie genau diese Antwort erwartet hätte, und jede andere wäre falsch gewesen. »Und jetzt willst du wieder einen Rat von mir?«, hat sie gefragt. Es war aber mehr als nur ein Rat, was ich von ihr wollte.

Als sie gehört hat, warum ich zu ihr gekommen war, dass ich das Geschichtenerzählen von ihr lernen wolle und bereit sei, Lehrgeld dafür zu bezahlen, hat man ihrem Gesicht nicht ansehen können, ob sie ja oder nein sagen würde. Sie hat nur ihre Hand ausgestreckt, und ich habe den Beutel mit den Münzen hineingelegt. »Woher kommt dieses Geld?«, hat sie gefragt.

Ich wollte ihr von meiner Arbeit für den alten Laurenz berichten, von den Batzen, die ich für jedes Grab bekommen habe, aber das war nicht, was sie hören wollte. »Nicht, wie es wirklich gewesen ist«, hat sie gesagt. »Das kann jeder, und du willst doch ein Geschichtenerzähler werden. Erzähl mir über diesen Beutel eine erfundene Geschichte, aber bitte keine langweilige.«

Es hat ausgesehen wie ein Spiel, aber es war viel mehr als das. Ich wusste: Wenn ich es schlecht spiele, habe ich es ein für alle Mal verpasst, das Anneli schickt mich fort, und ich kann nie das Tier werden, als das ich mich in meinem See gesehen habe. Aber zurückgehen und wieder der alte Sebi sein kann ich auch nicht, der Geni hatte mir deutlich gesagt, dass das nicht möglich sein würde, unser Acker gehört jetzt dem Steinemann, und der Geni selber ist bestimmt schon lang nicht mehr im Dorf. Mein Mund war trocken, und ich habe leer schlucken müssen, aber dann ist mir eingefallen, was der Onkel Alisi einmal gesagt hat: »Je mehr Angst man hat, desto mehr muss man so tun, als ob man keine Angst habe. Das beeindruckt nicht nur den Gegner, sondern es gibt einem auch selber zusätzlichen Mut.« Ich habe also die Hände hinter dem Kopf verschränkt und mich zurückgelehnt, als ob mir völlig wohl wäre und überhaupt nicht gschmuuch. »Das ist leicht«, habe ich gesagt. »Den Beutel hat ein geiziger Mann in sein Grab mitnehmen wollen, aber seine Söhne waren noch geiziger als er und haben den Toten samt seinem Geld wieder ausgegraben. Für diesen Frevel hat sie der Teufel auf der Stelle in die Hölle verschleppt, und der Beutel ist auf dem Gottesacker liegen geblieben. Weil gerade wieder ein anderes Grab auszuheben war, habe ich ihn gefunden und mir genommen.«

»Oder?«, hat das Anneli gefragt.

»Beim Pilzesammeln im Wald bin ich einer Schlange begegnet, der hatte ein böser Geist einen Knoten in den Schwanz gemacht und sie damit an einem Baum festgebunden. Die Schlange ist beinahe verhungert, und jedes Mal, wenn jemand vorbeigekommen ist, hat sie um Hilfe gerufen. Weil sie aber eine giftige Schlange war, hatten die Leute Angst vor ihr, und niemand hat es gewagt, ihr nahe zu kommen. Als sie auch mich gebeten hat, sie zu befreien, habe ich gesagt, dazu würde ich beide Hände brauchen, den Korb mit den Pilzen könne ich aber nicht einfach auf den Boden stellen, sonst würden mir die Ameisen und die Käfer alles wegfressen. Wenn sie ihn mir aber so lang mit ihren Giftzähnen festhalten wolle, würde ich ihr gern helfen. So konnte ich der Schlange den Knoten in ihrem Schwanz lösen, ohne von ihr gebissen zu werden, und zum Dank für ihre Befreiung hat sie mir aus einer Höhle diesen Beutel geholt, den hatten Räuber dort versteckt.«

»Oder?«

»Ein Engel hat eine Feder aus seinen Flügeln verloren, sie ist auf die Erde hinuntergefallen, und ich habe sie gefunden. Nun herrscht im Himmel aber strenge Ordnung, und wem eine Feder fehlt, der darf nicht mitsingen, wenn die Cherubim und Seraphim den Herrn lobpreisen. Der Engel hat also seine Flügel abgelegt, weil man die aus dem Himmel nicht mitnehmen darf, und ist auf die Erde hinuntergestiegen. In der Gestalt eines alten Mannes ist er zu mir gekommen, und hat mich gebeten, ihm die Feder zu schenken, er müsse einen wichtigen Brief schreiben und habe keine andere. Ich habe aber gemerkt, dass er kein gewöhnlicher Mensch war, weil um ihn herum alles geleuchtet hat, und deshalb habe ich gesagt, schenken würde ich ihm die Feder nicht, aber verkaufen schon. Und daher …«

»Das reicht«, hat mich das Anneli unterbrochen und hat den Beutel in die Tasche gesteckt. »Für den Anfang war das nicht schlecht.«

So bin ich ihr Lehrbub geworden. Es ist aber nicht so, dass sie mir den ganzen Tag Geschichten erzählen würde, sondern mehr wie im Kloster, wo ich als Abtsmündel habe Schweine hüten müssen und Holz für das Feuer im Refektorium sammeln. Was zu lernen sei, würde ich im nächsten Winter lernen, hat sie gemeint, da könne ich sie auf ihren Wanderungen begleiten und jeden Abend beim Erzählen dabei sein. Bis dahin gebe es Dringenderes zu tun, sie müsse ohnehin erst einmal sehen, ob es mir mit dem Lernenwollen ernst sei oder ob ich mich nur vor der Arbeit auf dem Feld drücken wolle. Ich bin jetzt mehr Knecht als Lehrbub, ich glaube, sie hat noch nie jemanden gehabt, der hat springen müssen, wenn sie etwas befohlen hat, und sie genießt das. Nur schon das Wasserholen ist anstrengend, zwar wäre die Sihl nur ein paar Schritte entfernt, aber sie will es aus dem Brunnen haben, und weil ihre Hütte ganz allein steht, weit weg vom nächsten Dorf, ist es jedes Mal eine Schlepperei. Das mit dem Verstopfen der Ritzen hat sie eine gute Idee gefunden, und der alte Karren ist auch wieder einigermaßen im Schuss. Im nächsten Frühjahr muss ich ihr bestimmt auch noch einen Gemüsegarten anlegen, dieses Jahr ist es zum Glück schon zu spät dafür.

Eine Arbeit, mit der ich überhaupt nicht gerechnet habe, ist das Sammeln von Pflanzen; ich mache meine Lehre ja nicht bei der Kräuterfrau, sondern beim Teufels-Anneli. Zuerst habe ich nicht verstanden, für was sie sie braucht, unterdessen verstehe ich es, und wohl ist mir nicht damit. Das Anneli will nicht wie die Kräuterfrau alle möglichen Pflanzen haben, sondern nur zwei Sorten: Alraune und Bilsenkraut, von beiden nur die Wurzeln. Das Bilsenkraut ist leichter zu finden, weil es ziemlich hoch wächst und zu dieser Jahreszeit auch blüht, aber meine Mutter hat ihm Satanskraut gesagt, und darum ist es mir unheimlich. Die Alraunen hätte man im Frühling sammeln müssen, jetzt, ohne Blüten, ist es nicht leicht, sie zu finden. Aber das Anneli will es so, und ich habe mir vorgenommen, ihr nie zu widersprechen und alles zu machen, was sie mir befiehlt; immerhin ist sie zehnmal weniger streng, als der Bruder Fintan es gewesen ist. Nur in einem Punkt ist es bei ihr gleich wie im Kloster: Ich habe ständig Hunger. Ausgerechnet das Teufels-Anneli scheint sich überhaupt nicht mehr fürs Essen zu interessieren; ich muss sie oft daran erinnern, damit sie es nicht ganz vergisst. Dafür trinkt sie umso mehr, und zwar nicht nur Wasser. Manchmal kommt sie mir vor wie eine Zwillingsschwester vom Rogenmoser Kari.

Das neunundsechzigste Kapitel
in dem der Sebi eine Lektion bekommt

Aus Bilsenkraut und Alraune macht man Tinkturen gegen Schmerzen, das weiß ich vom Halbbart. Das Anneli hat gesagt, sie brauche so ein Mittel, weil es ihr in der linken Schulter ganz fest weh tue, aber sie hat sich die eigene Ausrede nicht gut gemerkt, und ein paar Tage später sollte es plötzlich die rechte gewesen sein. Schmerzen sind aber nicht etwas, bei dem man sich irren kann; wenn jemand Zahnweh hat, meint er nicht, es sei ein Mückenstich am Bein. Ich habe also gewusst, dass sie mich angelogen hatte, ich konnte mir nur nicht erklären, warum. Für Schmerzen muss man sich ja nicht schämen.

Als sie mir schließlich verraten hat, wofür sie das Mittel wirklich braucht, war dieses Vertrauen für mich, als ob ich zum Ritter geschlagen würde oder vom Novizen zum Mönch gemacht. Sie habe mich zuerst besser kennenlernen wollen, hat sie gesagt, habe sicher sein müssen, dass man mir so ein Geheimnis anvertrauen könne, jetzt gebe es für sie in diesem Punkt keinen Zweifel mehr, ihr scheine, ich sei ein zuverlässiger junger Mann, vernünftiger, als man das in meinem Alter erwarten würde, und schließlich habe ich ja auch Lehrgeld bezahlt.

Zu dem Sud, den sie sich aus den Wurzeln kocht, gehört

außer dem Bilsenkraut und der Alraune auch noch eine geheime Zutat, mit einer Wirkung, an die ich nie im Leben gedacht hätte, und dabei bin ich doch kein schlechter Geschichtenerfinder. Das Anneli bewahrt sie in einem Beutel unter ihrem Kleid auf, und einmal habe ich beobachtet, wie sie etwas davon in den Kessel geworfen hat. Sie hat mich damals nicht bemerkt, und ich habe auch nichts gesagt; man muss auch die Geheimnisse bewahren, die einem nicht anvertraut werden. Passiert ist es, ohne dass ich hatte spionieren wollen. Ich war losgegangen, um am Brunnen Wasser zu holen, hatte mir aber auf dem Weg einen Dorn in den Fuß getreten, so tief, dass ich ihn nicht selber herausziehen konnte. Deshalb bin ich früher zurückgekommen und habe ihr durch das Fenster zuschauen können. Was sie aus ihrem Beutel herausholte, hat ausgesehen wie Roggenähren, ich habe mich noch gewundert, dass sie so etwas Gewöhnliches vor mir versteckt; vielleicht hat es etwas mit einem Aberglauben zu tun, habe ich gedacht. Dann bin ich ein paar Schritte von der Hütte weggehumpelt und habe ihren Namen gerufen, damit sie denken sollte, ich sei gerade erst gekommen.

Es waren aber keine gewöhnlichen Roggenähren.

Ein paar Wochen später hat mich das Anneli dann eingeweiht. Bevor sie mir alles gezeigt hat, habe ich ihr hoch und heilig versprechen müssen, das Geheimnis niemandem zu verraten, sie wolle nicht auf ihre alten Tage noch als Zauberin angeklagt werden, obwohl es mit Zauberei überhaupt nichts zu tun habe, es sei einfach ein Rezept, das ihr einmal eine Kräuterfrau verraten habe. Aber es ist eben auch kein gewöhnliches Rezept.

Es geht so: Die Wurzeln vom Bilsenkraut und der Alraune werden gewaschen und kleingeschnitten. Welche Form die Alraunenwurzel hat, ist gleichgültig, sagt das Anneli, auch wenn manche Leute meinten, sie sehe aus wie ein Gnom, und je nachdem, wie der sich verrenke, habe sie jedes Mal andere Kräfte. Man gießt Wasser in einen Kessel, nicht mehr, als was einen Krug dreimal füllt, und gibt die Wurzelstücke und eine Handvoll Mohnsamen dazu. Den Kessel lässt man so lang über dem Feuer hängen, bis die Mischung anfängt, dickflüssig zu werden. Dann nimmt man ihn vom Feuer, und während der Sud abkühlt, gibt man die geheime Zutat dazu. Es sind tatsächlich Roggenähren, aber keine gewöhnlichen, wie ich gedacht hatte, sondern solche, wie sie unsere Mutter immer zwischen den anderen herausgesucht und ins Feuer geworfen hat, weil an ihnen etwas ist, das man den Hahnensporn nennt, und wenn man davon isst, wird man krank. Damit habe unsere Mutter recht gehabt, hat das Anneli bestätigt, man könne die verschiedensten Krankheiten davon bekommen, sogar das Antoniusfeuer, habe ihr damals die Kräuterfrau gesagt, aber wie immer in der Medizin komme es auf die Menge an. Das habe ich auch schon vom Halbbart gehört, eine Sache, die schädlich oder sogar tödlich ist, wenn man zu viel davon nimmt, kann in einer kleinen Menge heilsam und nützlich sein. Man darf höchstens drei dieser besonderen Ähren in die Mischung geben, auf keinen Fall mehr, sonst hat das böse Folgen. Auch so bekomme man eine Art Fieber, hat das Anneli gesagt, das halte aber nur einen Tag lang an oder manchmal auch zwei, dann gehe es von selber vorbei, und alles sei wieder wie vorher. Nur fürchterlichen Durst habe man, dafür überhaupt keinen Hunger mehr, man ekle sich sogar vor Dingen, die man immer gern gegessen habe. Solang das Fieber aber andauere, und das sei das große Geheimnis, habe es eine ganz besondere Wirkung, etwas, das niemand verstehen könne, der es nicht selber erlebt habe. Nicht mal sie selber, die doch im Erzählen geübt sei, könne es recht beschreiben.

Das Anneli mischt den Sud mit Branntwein, das gehört aber nicht zum Rezept, sondern sie macht es, weil er dann weniger ekelhaft schmeckt. Sie trinkt einen Becher davon, nicht mehr, und dann schläft sie ein. »Es ist aber kein richtiger Schlaf«, sagt sie, »es sieht nur von außen so aus. In mir drin bin ich hellwach und erlebe ganz viele Dinge, nicht so verschwommen wie in einem Traum, sondern ich kann alles genau sehen und hören, riechen und schmecken und manchmal sogar auf Arten wahrnehmen, für die es keine Worte gibt, farbige Gerüche und Töne, die einen anfassen. Ich sehe Dinge, die es gar nicht geben kann, oder doch nicht so, wie sie mir erscheinen. Du musst dir das vorstellen«, hat das Anneli gesagt, »als ob es neben der gewöhnlichen noch eine andere Welt gäbe, in der nichts so ist, wie du es gewöhnt bist, eine Welt mit einer eigenen Sonne und einem eigenen Mond und eigenen Sternen. Diese Welt ist durch eine feste Mauer von der unseren getrennt, es gibt keinen Weg, die Absperrung zu überklettern, aber wenn man von diesem Trunk genommen hat, kann man hineinschauen wie durch ein Schlüsselloch. Manchmal denkt man zuerst, hier ist ja gar nichts Besonderes, aber dann sind die vertrautesten Dinge plötzlich fremd, eine Blume sieht zuerst aus wie eine gewöhnliche Blüte, aber plötzlich fängt sie an zu reden oder zu singen. Oder der Himmel wechselt seine Farben, als ob er aus lauter Regenbogen bestünde. Einmal habe ich einen Vogel gesehen, der hatte vier Flügel, zwei am Rücken und zwei am Bauch; wenn er durch die Luft geflogen ist, hat er sich gedreht wie ein Wirtel, einen bunten Faden hat er hinter sich hergezogen, der ist immer länger geworden, und wenn er einen Baum gestreift hat, sind dort Früchte gewachsen. Auch den Teufel sehe ich manchmal«, hat das Anneli erzählt, »aber trotzdem glaube ich nicht, dass diese Bilder aus der Hölle kommen, ich sehe nämlich auch Engel, und manchmal tanzen die beiden miteinander.«

Beim Reden hat sie ins Leere geschaut, wie sie es auch macht, wenn sie ihre Geschichten erzählt, als ob dort, wo sie hinschaut, ein Buch wäre, und nur sie verstünde es zu lesen. »Natürlich«, hat sie gesagt, »sind das alles nur Bilder, aber farbigere, als man sie je in einer Kirche gesehen hat. Und genau solche Bilder brauche ich für mein Handwerk, so wie ein Schindelmacher Holz braucht oder ein Zaumzeugmacher Leder.«

»Das verstehe ich nicht«, habe ich gesagt, und ich habe es auch wirklich nicht verstanden.

»Darum bist du Lehrbub und nicht Meister«, hat das Anneli gesagt. »Am Anfang meint jeder, Geschichten seien einfach da, oder man könne sie aus dem Nichts heraus erfinden, so wie du ohne Anstrengung ein paar Geschichten über deinen Geldbeutel erfunden hast. Aber sie kommen nicht aus dem Nichts, sondern immer aus etwas, das im Kopf schon vorhanden ist. Mit einem Faden, der keinen Anfang hat, kann man nicht nähen. Du hast in deinem Leben noch nicht so viele Geschichten erzählen müssen, und darum denkst du, so ein Anfang findet sich immer. Aber auch der größte Baum ist einmal leergepflückt, und dann braucht man den Schlüssel zu einem Obstgarten, in dem noch etwas wächst. Weil die Leute nämlich immer wieder neue Geschichten von uns hören wollen. Wer seine Zuhörer nicht mehr zu überraschen vermag, ist wie ein Pferd, das seinen Wagen nicht mehr ziehen kann. An ein solches Tier will kein Bauer auch nur ein einziges Büschel Heu verschwenden.«

»Darf ich den Trunk probieren?«, habe ich gefragt, aber das wollte das Anneli auf keinen Fall. Sie hat sogar an ihre Brust gefasst, dort wo unter dem Kleid der Beutel mit den Hahnenspornähren hängt, als hätte ich ihr die wegnehmen wollen und sie müsse sie beschützen. »Jetzt brauchst du ihn noch nicht«, hat sie gesagt, »und dafür solltest du dankbar sein. Ich hoffe für dich, dass es noch sehr lang dauern wird, bis du ihn nötig hast. Aber wenn ich schon lang im Grab liege und du selber viele Jahre von Dorf zu Dorf gezogen bist – dann wird der Moment kommen, wo du verzweifelt nach einer neuen Geschichte suchst, und es will dir ums Verrecken keine einfallen. Dann wirst du an das alte Teufels-Anneli denken und ein Dankgebet dafür sprechen, dass sie dir dieses Geheimnis verraten hat.«

»Und wie macht man aus einem Bild eine Geschichte?«, habe ich gefragt.

»Dafür gibt es keine Regel«, hat sie gesagt, »oder es gibt Tausende. Wenn man einmal den Anfang des Fadens hat, kann man damit nähen, was immer man will. Und jeder näht etwas anderes.«

Um es mir noch besser zu erklären, hat sie mich an die Nacht erinnert, in der ich zu ihr in die Hütte gekommen war. »Ich habe meine Augen aufgemacht, und da stand plötzlich ein Bub«, hat sie gesagt, »aber gleichzeitig habe ich immer noch in die andere Welt geschaut, und dort habe ich gerade den Teufel gesehen. Die beiden Bilder sind zusammengewachsen und zu einem geworden, der Teufel war plötzlich ein kleiner Bub, immer jünger ist er geworden, bis er nicht einmal mehr richtig reden konnte und statt zu gehen nur noch kriechen. Obwohl ich gar nicht wach war, habe ich in diesem Moment gewusst: Daraus lässt sich eine Geschichte machen, die den Leuten gefallen wird.«

»Hast du sie gemacht?«

»Wir können sie gemeinsam erfinden«, hat das Anneli gesagt, »das ist eine gute Übung für dich. Ich mache die ersten Stiche, und du nähst die Geschichte zu Ende.«

»Es war zu der Zeit«, so hat sie mit Erfinden angefangen, »in der die Welt noch ganz neu war. Adam und Eva hatten noch nicht einmal das ganze Paradies erkundet, und jedes Mal, wenn am Morgen die Sonne aufging, waren sie überrascht. Die Hühner legten zum ersten Mal Eier und wussten nicht recht, was sie mit diesen runden Dingern anfangen sollten, und die Fische versuchten, ans Ufer zu kriechen, weil sie noch nicht verstanden hatten, dass sie zum Schwimmen bestimmt waren. Es wurde zum allerersten Mal Sommer und zum allerersten Mal Herbst, und als es Winter wurde und zum ersten Mal Schnee fiel, hatte Adam ein schlechtes Gewissen, weil er meinte, er habe etwas an der Welt kaputtgemacht.

»Auch der Teufel war noch ganz klein«, hat das Anneli weitererzählt, »sein Schwanz gerade einmal so groß wie das Ringelschwänzchen von einem Ferkel, die Bocksfüße noch ganz weich und beweglich, und Hörner waren ihm noch überhaupt keine gewachsen. Feuer konnte er zwar schon speien, aber meistens lief es ihm nur aus dem Maul heraus, und wenn es ihn dann auf der Haut brannte, fing er an zu weinen. Auch seine Großmutter war noch ein ganz kleines Fledermäuschen; heute verschlingt sie einen ganzen Ameisenhaufen schon zum Frühstück, aber damals ist sie von einem halben Fliegenbein satt geworden.

»Obwohl er noch so klein war, wollte der Teufel doch gern schon Böses tun; der Herrgott hatte ihn so erschaffen, und ein gerade geborenes Kalb stellt sich auch auf die Beine, ohne dass ihm jemand erklären muss, wie das geht. Und darum …«

»Und darum was?«, fragte ich.

»Das sollst du dir ausdenken«, sagte das Teufels-Anneli. »Es eilt aber nicht. Irgendwann werde ich dich danach fragen, und das wird dann deine Gesellenprüfung sein.«

Das siebzigste Kapitel
in dem der Sebi viel unterwegs ist

Von meinen Wanderungen mit dem Teufels-Anneli gibt es viel zu erzählen, oder auch wenig, je nachdem, wie man es ansieht. Viel deshalb, weil ich während der paar Monate einen Haufen gelernt habe, und wenig, weil eigentlich jeder Tag gleich ausgesehen hat. Man ist an einem unvertrauten Ort aufgewacht, manchmal auf einem Strohsack und oft auf dem Boden, und hat sich immer erst wieder in den Kopf zurückholen müssen, wo man eigentlich ist und warum. Man hat lang geschlafen; nachdem das Anneli bis tief in die Nacht hinein erzählt hatte, ist man nicht so schnell wach geworden. In gastfreundlichen Dörfern haben wir dann trotzdem noch einen Zmorgen bekommen, aber oft haben die Leute gedacht, die Geschichten hätten sie ja gehabt und so bald kämen wir auch nicht wieder, jetzt noch nett zu uns zu sein wäre nur Verschwendung. Dann mussten wir uns mit leerem Magen auf den Weg machen, und das Anneli war den ganzen Tag schlechtgelaunt. Zwei Wochen, bevor wir losgingen, hat sie mit ihrem Hahnenspornntrunk aufgehört, man hat gemerkt, dass er ihr gefehlt hat, aber sie hat gesagt, mit dem Unterwegssein verträgt er sich nicht. Ein paar Tage konnte ich ihr nichts recht machen, dann ist allmählich der Appetit zurückgekommen und damit die gute Laune, und nach einer Woche war sie wieder so gfräss, wie man sie kennt.

Item, am Morgen gehen wir los, mit oder ohne Haberbrei, und ich staune jedes Mal, wie gut sie sich auskennt, auch in Gegenden, wo sie schon ewig nicht mehr gewesen ist; den ganzen Winter hat sie nicht ein einziges Mal nach dem Weg fragen müssen; sie macht das schon lang und ist überall zu Hause. Da sie diesmal nicht allein gehen müsse, hat sie beschlossen, wolle sie Orte besuchen, wo sie schon lang nicht mehr gewesen sei, in Uri und Glarus und noch weiter herum. In den Schwyzer Dörfern könne sie schon jedes Huhn mit Vornamen anreden, und Geschichten, die man an diesen Orten nicht schon dreimal gehört habe, fielen ihr auch keine mehr ein. Es sei gerade recht, dass sie jetzt einen Lehrbuben habe, viele Landschaften, die sie gern wieder einmal sehen würde, seien ihr all die Jahre zu weit weg gewesen, sie werde auch nicht jünger. Dafür sei ich voll im Saft, wenn sie nicht mehr möge, könne ich sie auf die Schultern nehmen und tragen. Das hat sie aber nur im Spaß gesagt.

Die Kleider, die ich mitgebracht hatte, waren zu wenig warm für den Winter, daran hatte ich nicht gedacht, und als es so richtig fest zu schneien und zu blasen anfing, hat sie in einem Dorf einen Mantel aus Schaffell für mich gekauft. Ich glaube, sie hat ihn aus meinem Lehrgeld bezahlt, also eigentlich aus dem eigenen Sack, aber gesagt hat sie, ich müsse ihn natürlich abarbeiten, sie denke nicht daran, mir auch nur einen Batzen zu schenken. Es ist seltsam, wie viele Leute es hinterher nicht wahrhaben wollen, wenn sie etwas Nettes gemacht haben. Beim Poli habe ich das oft erlebt.

Ich denke viel an ihn. Es plagt mich, dass ich mich nicht

habe von ihm verabschieden können, es fühlt sich an wie ein nicht gehaltenes Versprechen. Wenn ich nicht schlafen kann, frage ich mich oft, ob es ihm gutgeht oder ob er mit seinem Fähnlein schon wieder etwas Dummes angestellt hat. Auch vom Geni weiß ich nichts und vom Halbbart schon gar nicht. Wenn man so unterwegs ist, ist man von allem abgeschnitten. Während dem ganzen Winter habe ich nur eine einzige Geschichte erzählen hören, von der ich glaube, dass sie in unserem Dorf passiert ist. Sie handelte von Zwillingen, die ihr ganzes Leben miteinander verbracht hatten und nie getrennt gewesen waren, obwohl sie unterdessen schon erwachsene Männer waren. Wenn sie mit jemandem redeten, fing immer einer einen Satz an und der andere brachte ihn zu Ende, als ob sie zusammen nur einen Mund und eine Zunge hätten. Dann ist aber einer der beiden gestorben und auf dem Gottesacker begraben worden, der andere hat sich an das Grab gesetzt und ist dort nicht mehr weggegangen, hat nichts mehr gegessen und nichts mehr getrunken, und eine Woche später lag er neben seinem Bruder unter der Erde. Wenn das die Iten-Zwillinge gewesen sind, und ich kann es mir gut vorstellen, dann ist das eine Geschichte aus unserem Dorf, und der Schwämmli hat auf einen Chlapf sechs Batzen verdient. Oder sogar acht, falls der alte Laurenz auch nicht mehr lebt.

Je weniger man von einer Sache weiß, desto mehr kann man sich dazu ausdenken.

Das Anneli und ich gehen also nebeneinander her, und natürlich trage ich alles, was zu tragen ist. Das Anneli geht langsam, wie es in ihrem Alter normal ist, aber dafür hat sie Ausdauer; oft würde ich längst eine Pause brauchen, wenn sie immer noch einen Schritt nach dem anderen macht. Wenn wir am Morgen losgehen, grummelt sie jedes Mal, heute sei ihr überhaupt nicht ums Reden, ich solle sie gefälligst in Ruhe lassen, aber bald wird ihr langweilig, und dann reden wir doch. Wir besprechen, bei welcher Geschichte die Leute gut aufgepasst haben und bei welcher nicht so gut, und an welchen Stellen sie gelacht haben. Ich habe immer gedacht, das Anneli nimmt die Leute gar nicht wahr, während sie erzählt, aber sie kann jeden einzelnen Zuhörer beschreiben, und manchmal macht sie auch jemanden nach, einmal eine Frau, die jedes Mal erschrocken an ihren dicken Schwangerschaftsbauch gefasst hat, wenn sie hat lachen müssen, ein andermal einen alten Mann, dem beim Zuhören immer wieder der Kopf zur Seite gekippt ist, weil er eingeschlafen war. Das Anneli sagt, man müsse die Leute spüren, erst dann könne man wissen, was man erzählen solle und auf welche Art. Wie das genau zusammenhänge, könne sie mir aber nicht erklären, das müsse ich schon selber herausfinden. Sie erzählt keine Geschichte zweimal gleich, sie würde sonst glatt dabei einschlafen, sagt sie, und überhaupt, es müsse jedes Mal so klingen, als ob man alles in dem Moment gerade erst erfinde.

Manchmal, wenn sie am Abend vorher etwas Neues erzählt hat, etwas, das ich zum ersten Mal gehört habe, muss ich es ihr beim Laufen zurückerzählen, um zu zeigen, dass ich gut aufgepasst habe. Am Anfang war sie gar nicht zufrieden mit mir, nicht, weil ich die Geschichten nicht mehr gewusst hätte, dafür habe ich ein viel zu gutes Gedächtnis, sondern im Gegenteil, weil ich sie zu wörtlich aufgesagt habe. »Jetzt hast du schon wieder meine Geschichte erzählt«, hat sie dann jedes Mal gesagt, »du bist aber nicht das Teufels-Anneli. Du musst deine eigene daraus machen.«

Wir haben nicht jeden Tag einen gleich langen Weg, je nachdem, wie weit die Orte auseinanderliegen. Wenn es bis zum nächsten Dorf nur eine Stunde oder so ist, hat es keinen Sinn, dort anzuhalten, weil viele Leute die Anneli-Geschichten nicht haben erwarten können und uns schon entgegengelaufen sind, um schon eine Nacht früher beim Erzählen dabei zu sein. Gegen Mittag machen wir eine Pause; das Anneli weiß fast überall einen Ort, an dem man sich vor der Kälte und dem Wind schützen kann. In einem Sack unter ihrem Mantel – vielleicht ist es derselbe, in dem sie im Sommer die Hahnensporn-Ähren aufbewahrt – hat sie immer etwas zu essen dabei, oft bekommt sie die Reste vom Tisch geschenkt, und sonst lässt sie die guten Sachen so unauffällig von ihrem Teller verschwinden, wie es kein Taschendieb besser könnte. Sie teilt gerecht mit mir, das ist nicht selbstverständlich, wo sie doch immer Hunger hat und ich nur der Lehrbub bin.

Am liebsten habe ich es, wenn wir schon am frühen Nachmittag am nächsten Ort ankommen, dann kann man mit den Leuten noch ein bisschen reden. Das Anneli interessiert sich nicht dafür, was draußen in der Welt passiert, aber ich picke jedes Körnchen auf wie ein ausgehungertes Huhn, vor allem, wenn es um meine eigene Ecke der Welt geht. Der Streit mit dem Kloster sei immer noch nicht beigelegt, hört man, aber es habe sich in der Sache auch nichts mehr Großes ereignet, der Herzog habe für den Überfall auf das Kloster Einsiedeln keine Rache genommen, und die Schwyzer ihrerseits hätten auch stillgehalten. Man kann überall über alles Auskunft bekommen, selbst in Gegenden, die weit vom Schuss sind, oder gerade in denen. Die Leute meinen immer genau zu wissen, was passiert ist und noch passieren wird, es wissen nur nicht alle das Gleiche. Die einen sind überzeugt, dass der große Chlapf direkt vor der Türe stehe, das Anneli und ich könnten froh sein, dass wir weit genug weg seien; wenn wir zurückkämen, seien wahrscheinlich alle Häuser niedergebrannt und die Hälfte der Leute erschlagen. Ein Dorf weiter oder manchmal auch schon, wenn man im selben Dorf mit jemand anderem spricht, ist die Meinung eine ganz andere, die Habsburger hätten den Schwanz eingezogen und überhaupt hätten sie mit dem bayerischen Gegenkönig genug zu tun und deshalb keine Zeit, sich um so etwas Unwichtiges wie die Talschaft Schwyz zu kümmern. Ich weiß nicht, ob eine der beiden Meinungen stimmt oder vielleicht keine.

Was das Interdikt anbelangt, waren sich die Leute einig, dass es zwar noch in Kraft sei, aber immer weniger eingehalten werde, die Kaplane und Pfarrer müssten ja auch gegessen haben, und wenn niemand mehr eine Totenmesse bestellen oder ein Tauffest ausrichten könne, kämen bei ihnen nur noch leere Schüsseln auf den Tisch. In Uri war ich froh, wieder regelmäßig in die Kirche gehen zu können, aber ich habe dabei die ganze Zeit an den Hubertus denken müssen, der hätte die Messe zwar nicht lesen dürfen, aber ich denke: Dem Herrgott hat sie trotzdem gefallen.

Das Anneli redet auch gern mit den Leuten, nicht weil sie wissen will, was in der Welt passiert, sondern um zu erfahren, worüber in diesem Dorf gerade gerätscht wird, und das baut sie dann in eine Geschichte ein. Wenn zum

Beispiel ein Mädchen ein Kind bekommen hat und nicht verraten will, wer der Vater ist, dann erzählt das Anneli, wie der Teufel sich zu einer unschuldigen Jungfrau unter die Decke geschlichen habe und neun Monate später sei ein Kind zur Welt gekommen, das habe ausgesehen wie jedes andere Neugeborene, nur ein Schweineschwänzchen habe es gehabt, das habe man abschneiden können, so viel man wollte, es sei immer wieder nachgewachsen, bis ein heiliger Einsiedler es schließlich weggebetet habe. Oder wenn es im Sommer einen Hagelsturm gegeben hat, dann macht sie gefrorene Tränen daraus, und wer die geweint hat und warum, das fällt ihr dann schon ein.

Die Leute waren nie begeistert, dass das Anneli nicht allein gekommen ist; einen zusätzlichen Esser will niemand haben. Aber wenn sie dann gehört haben, dass sie nicht nur Geschichten bekommen würden, sondern auch noch Musik, waren sie bald wieder zufrieden. Das Anneli hat nämlich beschlossen, ein bisschen Flötenspiel nach jeder Geschichte wäre nicht schlecht; was für den von Homberg recht gewesen sei, dafür könne man in einem Bauerndorf nur dankbar sein. Außerdem, das haben wir den Leuten aber nicht gesagt, hat sie auf diese Art mehr essen können; wenn ich gesehen habe, dass es ihr schmeckt, habe ich einfach meine Melodie in die Länge gezogen. Was mich selber anging, musste ich jedes Mal schauen, dass ich meines bekam, bevor das Anneli angefangen hat. Während sie erzählt, steht kein Essen auf dem Tisch, weil die Leute wissen, dass ihre Geschichten sonst zu kurz werden, und während sie zulangt, muss ich musizieren. Ich kann es unterdessen noch einmal viel besser; wenn ich irgendwann den Soldaten treffe, der mir die Flöte geschenkt hat, werde ich ihm seinen Wunsch erfüllen und ihm etwas vorspielen.

Das Anneli fängt immer mit einer Geschichte an, die aus ihren letzten Hahnensporn-Träumen entstanden ist, so kann sie sicher sein, dass sie sie in diesem Ort noch nie erzählt hat. Man müsse immer mit etwas Neuem anfangen, hat sie mich gelehrt, dann freuten sich die Leute umso mehr, wenn hinterher etwas Bekanntes käme. Sie wechselt auch zwischen lustigen und traurigen Geschichten ab, nur wenn sie müde ist und die Zuhörer sie ums Verrecken nicht Schluss machen lassen wollen, erzählt sie nur noch traurige, davon würden die Leute nicht allzu viel aufs Mal ertragen, sagt sie, und man käme endlich zum Schlafen.

Überhaupt ist nichts vom dem zufällig, was das Anneli tut, aber trotzdem macht es mir jeden Abend Freude, ihr zuzuhören. Ich glaube, das ist ein Beweis dafür, dass ich als ihr Lehrbub am richtigen Ort bin.

Das einundsiebzigste Kapitel
in dem diesmal der Sebi eine Geschichte erzählt

Am letzten Tag unserer Wanderung wollte das Anneli eigentlich schon zu Hause sein und auf keinen Fall vorher noch irgendwo haltmachen; sie komme sich vor wie eine Zisterne, wenn es ein halbes Jahr nicht geregnet habe, so leergeredet sei sie. Sie hat sich nach ihrem Wundertrunk gesehnt, aber ich habe sie dann doch überreden können, einen letzten Umweg über Schwyz zu machen, weil ich so darauf geplangt habe, meinen Bruder wiederzusehen. Der Geni wohnt immer noch im Haus des Landammanns, und sie wollten uns zuerst nicht hereinlassen. Nach der langen Wanderung haben wir ja auch nicht ausgesehen wie bessere Leute, aber als ich ihnen gesagt habe, dass ich sein Bruder bin, wurden sie richtig höflich.

Der Geni weiß, wie man mit Menschen umgehen muss. Gleich als Erstes hat er zum Anneli gesagt, nach dem langen Weg sei sie sicher hungrig, wenn sie nichts dagegen habe, wolle er sie in die Küche begleiten lassen, damit sie sich stärken könne. Das Anneli ist abmarschiert wie eine Königin; wenn sie sonst irgendwo ankommt, freuen sich die Leute zwar auch, aber mit solcher Höflichkeit ist sie bestimmt noch nirgends empfangen worden.

Als wir allein waren, wollte ich den Geni umarmen, aber

er hat mich mit beiden Armen von sich weggehalten, um mich zuerst einmal anzusehen. Es gefalle ihm, wie ich mich verändert habe, hat er gesagt, ich sei nicht mehr der Bub, der sich im Dorf von ihm verabschiedet habe, sondern sei in mich hineingewachsen, und ein Rasiermesser müsse er mir wohl auch bald kaufen. Dann haben wir uns doch noch umarmt, ganz lang, und das war schön.

Dann hat mir der Geni vom Poli berichtet, dass der ihm große Sorgen macht. Er habe sich beim Eichenberger einquartiert, höre man aus dem Dorf, und führe sich mit seinem Fähnlein auf, als ob ihn der König zum Kriegskommandanten über die ganze Landschaft ernannt habe. Der Poli scheine eine Menge vom Onkel Alisi gelernt zu haben, aber leider nichts Gutes. Das Dumme sei, dass er viele Leute mit seinem Gehabe beeindrucke, das halbe Dorf sei schon auf seiner Seite und könne es nicht erwarten, mit ihm in eine Schlacht zu ziehen, egal, gegen wen und warum. Es hätten sich auch schon viele beim Stoffel-Schmied diese neue Waffe besorgt, man sage ihr jetzt allgemein Halbbarte, auf die Erfindung dieses Namens könne ich stolz sein.

Dabei, sagt der Geni, arbeite der Landammann jeden Tag daran, den Marchenstreit Stück für Stück aus der Welt zu schaffen, und ein ganz kleines bisschen habe er dabei auch selber mithelfen können. Die große Liebe werde es nicht werden, aber in Kleinigkeiten sei doch schon einiges erreicht. Wenn ein Pfarrer trotz des Interdikts eine Messe lese, drücke die hohe Geistlichkeit beide Augen zu, und die Klosterochsen seien auch wieder in den Dörfern. Das sei zwar nicht mehr als gerecht, aber wenn es der Abt als große Gnade bezeichnen wolle, solle ihm das gegönnt sein,

ein Apfel schmecke auch gut, wenn man ihn Birne nenne, und wichtig sei nur, dass man im nächsten Frühjahr wieder werde vernünftig pflügen können.

Ich habe mich auch nach dem Halbbart erkundigt, und der Geni hat gesagt, das sei sonst ein vernünftiger Mensch, und er habe ihn auch gern, aber sobald irgendwo die Habsburger ins Spiel kämen, könne man kein grades Wort mit ihm reden, in diesem Punkt sei er noch schlimmer als all die kampfeslustigen Streitsucher und stachle die Leute im Dorf noch auf, statt sie zu beruhigen. Wenn der Alisi noch da wäre, würde sich der Halbbart wahrscheinlich mit ihm zusammentun und Arm in Arm mit ihm in die Schlacht marschieren.

Natürlich wollte der Geni auch meine Neuigkeiten hören. Ich muss so begeistert von unserer Wanderung berichtet haben, dass er laut hat lachen müssen. Wenn man mich so höre, hat er gesagt, habe ich wohl den ganzen Winter lang nie gefroren, und es sei auch nie Schnee vom Himmel gefallen, sondern immer nur Rosenblüten und Manna noch dazu. Aber im Ernst, ihm scheine, was ich mir für mein Leben ausgesucht habe, sei wohl tatsächlich das Richtige für mich, und das freue ihn. Es gebe bestimmt nicht viele Leute, die eine Lehrmeisterin hätten wie das Teufels-Anneli.

Der Plan war gewesen, dass es nur ein Besuch beim Geni sein sollte und für das Anneli der Anfang vom Ausruhen, aber dann hat der Landammann erfahren, wer da in seinem Haus aufgetaucht war, und hat gemeint, er habe schon so viel von dieser berühmten Geschichtenerzählerin gehört, habe aber selber nie dabei sein können, da wolle er sich die Gelegenheit nicht entgehen lassen und das endlich nachholen. Das Anneli hätte lieber nur gegessen und geschlafen, aber einem Landammann sagt man nicht nein. Er hat ein paar Freunde und alle seine Bediensteten eingeladen, und so kamen mehr Leute zusammen als in manchem Dorf. Nur zwei Dinge waren anders als sonst: Es musste niemand stehen oder auf dem Boden sitzen, sondern es waren für alle Zuhörer Bänke da, und für das Anneli stand so viel Essen bereit, dass sie es wahrscheinlich bereut hat, schon in der Küche zugelangt zu haben.

Sie hat also eine erste Geschichte erzählt und dann noch eine, ich habe auf der Flöte gespielt, und schließlich hat der Landammann gesagt, das Anneli müsse in Zukunft jedes Mal, wenn sie in der Gegend sei, bei ihm haltmachen, es habe ihm schon lang nichts mehr so gutgetan wie diese Ablenkung von seinen Geschäften. Wenn es nach ihm ginge, würde er noch stundenlang zuhören, aber morgen sei auch wieder ein Tag, an dem viel erledigt werden müsse, und wer nicht ausgeschlafen sei, mache Fehler. Für eine allerletzte Geschichte sei gerade noch Zeit, das Anneli solle eine besonders schöne aussuchen. Aber sie hat gemeint, sie habe in diesem Winter so viel erzählen müssen, dass ihr die Geschichten ausgegangen seien wie einer zehnmal ausgequetschten Traube der Saft. Aber zum Glück habe sie ja diesen Lehrbuben, den Bruder vom Geni, der werde jetzt für sie einspringen und die letzte Geschichte des Abends erzählen, das solle dann gleich als sein Gesellenstück gelten.

So wie ich in diesem Moment muss sich der Geni bei seinem allerersten Besuch in Schwyz gefühlt haben, als ihn der Landammann einfach so aufgefordert hat, seine Meinung zu sagen. Es ist ein seltsames Gefühl, wenn einen plötzlich alle Leute anschauen; wenn ich auf der Flöte spiele, passiert mir das nie. Am liebsten hätte ich mich vor den Blicken in eine Ecke verkrochen, aber dann habe ich mir gesagt: Wenn der Geni es damals geschafft hat, muss ich es auch schaffen, anders als er habe ich schließlich einen ganzen Winter lang Zeit gehabt, mich vorzubereiten.

»Gesellenstück«, hatte das Anneli gesagt, und so habe ich gewusst, was ich erzählen musste: die Geschichte von der frisch erschaffenen Welt, und vom Teufel, der noch ein Kind war. Zum Glück hatte ich lang genug darüber nachdenken können. Beim Anfang habe ich mich an das gehalten, was sie sich selber dazu ausgedacht hatte, und dann ist mein eigener Teil gekommen.

»Dem kleinen Teufel«, habe ich erzählt, »war es in der Hölle langweilig, weil die noch ganz leer war, ohne Feuer, auf denen man Sünder braten, oder flüssiges Pech, das man ihnen in den Hals gießen konnte. Das alles hat der Teufel erst viel später erfunden. Auf allen vieren ist er aus der Hölle gekrochen, denn laufen konnte er ja noch nicht, und weil die Hölle und das Paradies direkt nebeneinander liegen, war er auch gleich im Garten Eden. Als erstes Tier ist ihm eine Schlange entgegengekommen, die hatte mehr Beine als ein Tausendfüßler, das war damals noch so. Der Teufel hat nach ihr getappt, wie es kleine Kinder mit allen Dingen tun, die sich bewegen, und weil er eben so geschaffen war, hat er ihr alle Beine ausgerissen, eines nach dem anderen. Die Schlange hat jedes Mal vor Schmerzen geschrien, und das hat dem Teufel großen Spaß gemacht. Seit jenem Tag haben Schlangen keine Beine mehr und müssen auf dem Bauch durch den Dreck kriechen.

»Als Nächstes ist der Teufel einem Huhn begegnet, das hatte seine ersten Eier gelegt und wollte gerade mit dem Brüten beginnen. Der Teufel ist aber gestolpert und auf das Nest gefallen, so dass alle Eier kaputtgegangen sind, und weil das Huhn laut gejammert hat, hat ihm auch das gefallen. Seit jenem Tag dürfen die Hühner ihre Eier nicht mehr selber behalten, sondern die Menschen nehmen sie ihnen weg.

»Das dritte Tier, das ihm begegnete, war ein besonders schöner Schmetterling, so schön, wie es ihn nur im Paradies geben kann. Der kleine Teufel hat nach ihm gepatscht und ihm die Flügel kaputtgemacht, und seit jenem Tag müssen alle Schmetterlinge hässliche Raupen sein, bevor sie fliegen dürfen.

»Dann ist der Teufel auf Adam und Eva getroffen. Kain und Abel waren damals noch nicht geboren, und selber waren die beiden ohne Geburt vom Herrgott gemacht worden, der Adam aus einem Klumpen Lehm und die Eva aus seiner Rippe, deshalb hatten sie noch nie ein Kind gesehen, und es schien ihnen überhaupt nicht ungewöhnlich, dass dieses kleine Wesen ein Schweineschwänzchen hatte. Sie dachten, es wäre einfach eine neue Sorte Tier, wie sie im Garten Eden jeden Tag ein paar entdeckten, und weil sie den kleinen Teufel so herzig fanden, nahmen sie ihn bei sich auf. Eva hatte bei den Rehen und den Geißen und bei vielen anderen Tieren gesehen, wie die ihren Jungen zu trinken gaben, und als der kleine Teufel zu weinen schien, dachte sie, er habe Hunger, und legte ihn an ihre Brust. Es war aber gar kein Weinen gewesen, sondern ein Lachen; der Teufel war nämlich auf satanische Weise glücklich, weil er schon drei Tiere hatte quälen können.

»An Evas Brust hat der Teufel dann nicht getrunken, sondern in dem Moment ist ihm sein erster Zahn gewachsen, und er hat sie gebissen, wie es auch kleine Menschenkinder manchmal mit ihren Müttern machen. Dabei ist ein bisschen von seinem Schpeuz in die Wunde geraten, und seither ist das Teufelsgift im Menschen drin, obwohl uns der Herrgott doch eigentlich nach seinem eigenen Bild erschaffen hat. Eva hat vor Schreck einen Schrei getan, und um ihr zu helfen, hat Adam den kleinen Teufel gepackt und von ihr weggehoben. In diesem Moment ist dem Teufel seine erste Kralle gewachsen, er hat den Adam am Arm gekratzt, dass es geblutet hat, und darum ist das Teufelsgift in den Männern genauso drin wie in den Frauen.

»Der Teufel ist in die Hölle zurückgekrochen, aber mit seinen neuen Krallen hat er ein Fenster in die Wand gemacht, durch das konnte er alles sehen, was im Paradies passierte, und was er gesehen hat, hat ihm gut gefallen. Noch am selben Tag hat der Adam seine Eva nämlich zum ersten Mal angeschrien, so etwas war ihm vorher noch nie in den Sinn gekommen, aber vorher hatte er auch noch kein Teufelsgift in sich gehabt. Und die Eva hat einem kleinen Schäfchen, das von ihr gestreichelt werden wollte, einen Gingg gegeben, einfach so, auch das kam vom Teufelsgift. So ist es immer weitergegangen, und mit jedem Mal sind die Sachen, die sie gemacht haben, schlimmer geworden. Der Teufel ist dadurch ganz schnell gewachsen, denn jede Sünde eines Menschen ist für den Satan wie für uns eine Schüssel voller Fleischsuppe, er wird groß und stark davon. Es hat nicht lang gedauert, da sind seine Bocksfüße hart geworden, und Hörner sind ihm auch gewachsen.

»Die Wirkung des Teufelsgifts geht nicht vorbei wie ein Fieber, das irgendwann ausgestanden ist, sondern man muss es aus sich herausbeten; das haben Adam und Eva aber nicht gewusst. Deshalb sind sie immer böser und noch böser geworden, und vom verbotenen Baum haben sie den Apfel ganz von selber gepflückt, es wäre gar nicht nötig gewesen, dass sich der Teufel dafür als Schlange verkleidete. Er hat es auch nur getan, um die richtige Schlange zu zäukeln, indem er sie daran erinnert hat, dass sie einmal Beine gehabt hatte.

»Auch die Menschen erinnern sich an die Zeit, als die Erde noch neu war und der Teufel ganz klein, aber es macht sie nicht traurig, weil sie meinen, es sei nur ein Märchen. Dabei ist es wirklich so gewesen.«

Das ist die erste Geschichte, die ich vor Leuten erzählt habe, und es war ein guter Zufall für mich, dass der Geni dabei gewesen ist. Er hat mich gelobt, der Landammann auch, aber das Schönste war, dass das Teufels-Anneli gesagt hat: »Ich gratuliere dir, Geselle Eusebius.«

Das zweiundsiebzigste Kapitel
in dem das Teufels-Anneli krank wird

Wenn das Anneli nicht krank geworden wäre, hätte es ein guter Sommer werden können.

In Einsiedeln bin ich als Erstes in den Klosterwald gegangen und habe nach dem Kruzifix gesucht. Der alte Holzschnitzer hat sein Wort gehalten und es in einer kleinen Lichtung aufgestellt; es sieht aus, als wäre es schon immer dort gewesen. Das Gesicht des Heilands ist so geworden, wie ich es mir gewünscht habe, er lächelt einen an, als ob er sagen wollte: »Ihr müsst wegen mir nicht traurig sein, bald bin ich im Himmel, und dann tut mir nichts mehr weh.«

Ich habe ein Paternoster gesagt und mich bedankt, dass der heilige Christophorus mich auf allen Wegen beschützt hat. Ich habe ihn gebeten, sich um die kleine Perpetua zu kümmern, falls sie bei ihm im Paradies sein sollte. Für mich selber habe ich mir vorgenommen, eine Geschichte zu erfinden, in der ein neugeborenes Mädchen in den Himmel kommt und von dort aus Wunder macht. Die anderen Heiligen haben sie alle gern, stelle ich mir vor, und spielen mit ihr, weil sie die Jüngste ist. Und der heilige Josef, der ja ein Zimmermann ist, schnitzt ihr vielleicht ein Wasserrad.

Das Anneli hatte gleich nach unserer Rückkehr wieder mit ihrer Medizin angefangen, wie sie das nennt, wir haben nicht mehr viel miteinander gesprochen, und meistens habe ich sie nur schnarchen hören. Wenn sie wach war, hatte sie Mühe mit dem Atmen, aber sie wollte nicht darüber reden, das gehe mich nichts an, ich solle mich um die Sachen kümmern, die sie mir aufgetragen habe. Sie hatte mir aber gar nichts aufgetragen.

Ich habe mir deshalb die Zeit genommen, unser Dorf zu besuchen, und diesmal habe ich den Poli angetroffen. Ich glaube schon, dass er sich gefreut hat, aber er hatte nicht viel Zeit, er habe wichtige Sachen zu tun, es sei aber alles noch streng geheim, ich werde dann schon sehen, was er alles fertigbringe. Es ist mir vorgekommen wie damals, als er sein Fähnlein gegründet und den Überfall auf Finstersee gemacht hat; hoffentlich stellt er nicht wieder etwas Dummes an. Ich habe mit dem Halbbart darüber gesprochen, und der hat zu meiner Überraschung gemeint, der Poli mache das schon recht, immer nur versöhnlerisch reden wie der Geni bringe einen nicht weiter. Die Zeit hat auch noch für einen Schachzabelkrieg gereicht, aber mein König war schon nach ganz kurzer Zeit umzingelt; ich fürchte, ich habe alles wieder verlernt.

Weil mir das Anneli nichts Bestimmtes befohlen hatte, musste ich mir die Arbeit selber suchen, um als Geselle nützlich zu sein. Ich habe beschlossen, aus ihrem Unkrautplätz wieder einen Garten zu machen, das ist zwar schwere Arbeit, aber eine, die mir gefällt, weil man von dem, was man getan hat, einen Unterschied sieht, nicht wie auf unserem Acker im Dorf, wo man so viele Steine einsammeln kann, wie man will, sie werden trotzdem nie weniger. Manchmal denke ich, jemand hat unser Feld verflucht, und sobald man einen Moment wegschaut, wachsen neue Steine aus dem Boden.

Ich merke, dass mein Kopf immer noch »unser Acker« sagt, und dabei gehört er doch jetzt dem Steinemann Schorsch. Der ist mit seiner Familie auch in unser Haus gezogen, da haben sie mehr Platz als auf ihrem Hungerhof. In meinen Gedanken ist es aber immer noch unser Haus; ich finde, dort, wo man geboren ist, kann nie jemand anderes gleich zu Hause sein.

Aber es nützt ja nichts.

Ein Finöggel bin ich immer noch, aber ich habe doch zwei Hände, und mit einer Schaufel umzugehen habe ich beim alten Laurenz gelernt. Außerdem hat mich die Arbeit auf dem Unkrautplätz an unsere Mutter erinnert. Wenn sie mich damals zum Helfen in den Garten gerufen hat, ist es mir wie ein Müssen vorgekommen, heute weiß ich, dass es ein Dürfen war. Am meisten Mühe macht der Ahorn, der sich überall festgesetzt hat; wenn er gerade erst gekeimt hat, kann man ihn noch ausreißen, aber ein Jahr später sitzt er so fest im Boden, als ob am Ende jeder Wurzel ein Teufelchen hinge, das ihn mit aller Kraft festhält. Der Herr Kaplan hat einmal in einer Predigt gesagt, die Sünde sei gleich wie der Ahorn, auch ihre Samen flögen überall in der Welt herum, und wenn man nicht aufpasse und sie sich einwurzeln lasse, werde man sie nie mehr los. Im Garten kann man um die Wurzel herumgraben, und irgendwann bekommt man sie doch noch heraus; wie man das bei der Sünde machen müsste, hat der Herr Kaplan nicht gesagt. Vielleicht wusste er es selber nicht.

Ich fürchte, die Ahorne werden den Plätz schon bald

wieder übernehmen. Seit das Anneli ihre Krankheit bekommen hat, ist alles anders geworden.

Angefangen hat es damit, dass sie gehinkt hat, zuerst nur ein bisschen und dann immer mehr. Sie habe ihren Fuß bei der Marschiererei von Dorf zu Dorf zu sehr angestrengt, hat sie gesagt, es werde bestimmt von selber besser. Es wurde aber nicht besser, sondern schlechter, auf dem rechten Bein konnte sie fast nicht mehr abstehen, und schließlich hat sie mir erlaubt, dass ich mir ihren Fuß ansehe. Es war ein schlimmer Anblick, der große Zeh und der daneben waren ganz schwarz, und beim nächsten hat es auch schon angefangen. Das Anneli hat gesagt, das käme von der Kälte und würde jetzt im Sommer bestimmt wieder gut, aber ihre Zehen hatten nicht nur eine kranke Farbe, sondern auch einen kranken Geruch, und den habe ich erkannt: Es war derselbe wie damals vom Geni seinem Bein. Sie wollte sich ums Verrecken von niemandem behandeln lassen, die Physici machten einen nur noch kränker, aber ich habe keine Ruhe gegeben, so fest sie sich auch gewehrt hat. Schließlich habe ich mich durchgesetzt, und sie ist mit mir zum Klostertor gehumpelt, ganz fest auf mich gestützt. Zum Glück war ein neuer Frater an der Pforte, einer aus dem Bündnerischen, der mich nicht gekannt hat, sonst hätte er meine Bitte, den Infirmarius herauszubitten, bestimmt nicht erfüllt. Der Bruder Kosmas hat den Fuß studiert, hat aber nichts von einer Salbe gesagt, die man auftragen könne, überhaupt nichts von einer Medizin, sondern hat gemeint, der Einzige, der hier helfen könne, sei der heilige Antonius, zu dem solle sie fleißig beten, es sei sein Feuer, das sich in ihrem Fuß entzündet habe, und außer ihm könne es niemand löschen. Mich hat er die ganze Zeit nicht beachtet, ich habe schon gedacht, er habe mich gar nicht erkannt, aber als er schon fast wieder hineingegangen war, hat er sich noch einmal umgedreht und gesagt: »Ich danke dir, dass du mir meine Decke zurückgebracht hast.«

Vom Antoniusfeuer hatte ich bisher immer nur erzählen hören und es noch bei niemandem gesehen. Die einen sagen, die Krankheit sei eine Strafe vom Himmel, die anderen sind überzeugt, dass der Teufel sie erfunden hat; vielleicht haben beide recht und vielleicht keiner. Ein Mittel dagegen scheint es nicht zu geben, nur einmal hat jemand erzählt, ein König sei davon geheilt worden, indem er das Blut einer Jungfrau getrunken habe, aber das halte ich für eine Geschichte und nicht einmal eine gut erfundene. Wir haben es mit Beten zum Sankt Antonius probiert, aber beim Anneli hat das nicht gewirkt; der nächste Zeh ist auch schwarz geworden, und dann hat es ausgesehen, als ob es am andern Fuß auch anfängt. Ich habe mir überlegt, der Einzige, der jetzt vielleicht noch einen Rat wissen könne, sei der Halbbart, und ich hätte ihn auch gern zu uns geholt, aber ich konnte das Anneli nicht alleinlassen. Schließlich habe ich den alten Karren mit so viel Stroh ausgepolstert, wie ich finden konnte, und habe sie hineingelegt. Jeder andere Mensch hätte gejammert, und mit ihren Schmerzen hätte sie auch das Recht dazu gehabt, aber das Anneli ist eine besondere Frau. Als ich sie auf dem Rücken aus dem Haus getragen habe, hat sie sogar gelacht und gesagt: »Ich habe dir ja gesagt, dass du mich irgendwann wirst tragen müssen.«

Den Karren mit dem Anneli von Einsiedeln bis in unser Dorf zu schieben war die schwerste Arbeit, die ich in meinem ganzen Leben gemacht habe. Mehr als einmal habe ich gedacht, dass ich es nicht schaffe, und vor lauter Erschöpfung war mir richtiggehend ums Weinen. Aber irgendwie ist es dann doch gegangen.

Als wir im Dorf angekommen sind, haben die Leute gedacht, wir seien da, um Geschichten zu erzählen, und haben sich gewundert, dass wir jetzt schon kommen, es sei doch noch lang nicht Martini. Dass das Anneli auf dem Karren gesessen ist, haben sie sich so erklärt: Sie sei zu faul, um zu Fuß zu gehen, und lasse sich deshalb von ihrem Lehrbuben schieben. Der Eichenberger wollte gleich alle einladen, das Erzählen finde natürlich in seinem Haus statt, er sei auch in diesem Punkt der Erbe seines Vaters, aber ich habe gesagt, zuerst müsse das Anneli vom Halbbart untersucht werden.

Er habe einen solchen Fall schon einmal gesehen, hat der gesagt, es gehöre wohl alles zusammen, das Schnarchen und die Atemnot und die schwarzen Zehen, nur das Alter vom Teufels-Anneli passe nicht dazu, über die Zeit vom Kinderbekommen sei sie ja wohl hinaus. Er komme darauf, weil es beim letzten Mal um eine junge Frau gegangen sei, die habe versucht, ein Kind abzutreiben, von dem niemand etwas wissen sollte, und eine Kräuterfrau habe ihr Rockenmutter empfohlen. Dieses Mittel könne auch tatsächlich eine Geburt in Kraft setzen, auch wenn das Kind noch gar nicht fertig sei, aber die junge Frau habe zu viel davon genommen, und daher sei dann alles andere gekommen. Das Anneli hat gemeint, von Rockenmutter habe sie noch nie etwas gehört und könne sich also auch nicht damit vergiftet haben, es hat sich dann aber herausgestellt, dass es so war wie bei den Steinäpfeln und den Näschpli, zwei verschiedene Namen für dieselbe Sache, und was der Halbbart gemeint hatte, war der Hahnensporn. Als ihm das Anneli von ihrem Wundertrunk berichtet hat, hat er genickt und hat nur noch wissen wollen, ob sie auch manchmal seltsame Träume gehabt habe, das wäre dann der endgültige Beweis.

Unterdessen ist klar, was passiert ist: Das Anneli hatte gemerkt, dass ihr Trunk nicht mehr die gleiche Wirkung auf sie hatte wie früher, und so hat sie zuerst fünf Ähren in die Mischung gegeben und dann immer mehr. Die Bilder, die sie gesehen hat, sind auch tatsächlich wieder farbiger geworden, aber das zu starke Mittel hat ihren Körper vergiftet. Ihr Blut könne nicht mehr richtig fließen, hat der Halbbart erklärt, auch die Lungen hätten zu wenig davon, aber vor allem komme es nicht mehr bis zu den Zehen, und ohne Blut gehe jeder Körperteil zugrunde. Das Anneli könne noch von Glück reden, dass der Blutmangel nicht auch ihre Finger erreicht habe, bei der jungen Frau sei das so gewesen, und an einer Hand habe man ihr bis auf den Daumen alles abschneiden müssen. Die Zehen seien nicht mehr zu retten, auf jeden Fall nicht die am rechten Fuß, wenn man sie dranlasse, könne sich die Fäulnis immer weiter ausbreiten.

Ich hätte erwartet, dass sich das Anneli wehren würde, schließlich braucht sie für ihren Beruf die Füße, aber sie hat nur gesagt: »Wenn es so sein muss, wird es so sein müssen.«

An die Operation erinnere ich mich nicht gern. Für mich war es noch schlimmer als damals, als man dem Geni sein Bein abgeschnitten hat, weil ich diesmal nicht einfach habe danebenstehen können, sondern helfen musste. So ein Zeh geht ab wie nichts, der Halbbart hat nicht einmal eine Säge gebraucht, sondern hat es mit einer großen Zange gemacht. Das Anneli ist aber nicht ohnmächtig geworden wie damals der Geni, man hat ihrem Gesicht angesehen, was sie für Schmerzen haben muss, aber geschrien hat sie nicht ein einziges Mal.

Der Halbbart hat gemeint, es sei nicht unmöglich, dass sie irgendwann wieder laufen könne, aber schnell gehe so etwas nicht, und vor allem müsse dazu die Wunde ganz verheilt sein, das brauche seine Zeit. Sie auf dem Karren zurück nach Einsiedeln zu schieben und dort zu pflegen, daran war nicht zu denken, ein zweites Mal würde ich diesen Weg nie im Leben schaffen. Und so bin ich mit dem Teufels-Anneli in unserem Dorf geblieben, wenn auch nicht in unserem alten Haus.

Das dreiundsiebzigste Kapitel
in dem ein Fremder auftaucht

Das Teufels-Anneli und ich wohnen jetzt im Hungerhof vom Steinemann; zwei Buben aus dem Dorf haben mir geholfen, den Karren den Hang hinaufzuschieben. Der Halbbart kommt zweimal am Tag zu uns herauf und schmiert neue Salbe auf die Wunde; er sagt, er habe noch nie einen Patienten gehabt, bei dem die Heilung so schnell vorangegangen sei. Er schreibe das nicht seinen medizinischen Künsten zu, sondern es liege am Anneli selber, weil sie nicht über ihre verlorenen Zehen jammere, sondern schon Pläne für die Zeit mache, wenn sie dann wieder laufen könne. Sogar Witze macht sie, was mir die höchste Form von Tapferkeit zu sein scheint. Vor ein paar Tagen hat sie gesagt: »So eine Operation hat auch ihre Vorteile. In diesem Winter werde ich nicht an so vielen Zehen frieren wie sonst.« Sie hat sogar schon wieder die ersten Schritte probiert, es geht noch nicht wirklich, aber sie lässt nicht lugg, es sei ihr verleidet, sich von mir zum Abortloch schleppen zu lassen, ich sei ja ein brauchbarer Geselle, aber beim Scheißen habe niemand gern Gesellschaft.

Das Haus vom Steinemann ist nicht gut im Schuss, aber ich fühle mich nicht verpflichtet, viel daran zu flicken. Wir werden ja nicht ewig hierbleiben; sobald es beim Anneli wieder einigermaßen geht, wollen wir uns auf den Weg machen. Ich habe also viel Zeit, um das Dorf zu erkunden; obwohl ich hier aufgewachsen bin, komme ich mir vor wie ein Besucher.

Auf dem Gottesacker sind eine Menge neuer Gräber: Die Iten-Zwillinge liegen neben dem alten Laurenz, und die zweite Frau vom Hofstätten hat, wie schon die erste, eine Geburt nicht überlebt; die Kinder werden sich wohl bald an eine dritte Mutter gewöhnen müssen. Wenn man mit Sterben Geld verdienen könnte, wären wir ein reiches Dorf; so hat nur der Schwämmli-Laurenz etwas davon. Ich habe ihn angetroffen, und er führt sich auf, als ob er die Totengräberei erfunden hätte und nicht einfach geerbt. Den alten Laurenz habe er nicht lang pflegen müssen, hat er mir erzählt, nach ein paar Wochen sei der an einem Morgen einfach nicht mehr aufgewacht.

Vom Schwämmli habe ich auch erfahren, dass das mit dem Poli seinem Fähnlein unterdessen eine große Sache geworden ist, es gibt jetzt in ganz vielen Dörfern etwas Ähnliches, und sie arbeiten alle zusammen, aber streng geheim, es soll nicht noch einmal passieren, dass die Gegner ihre Pläne zum Voraus wissen wie beim Überfall auf das Kloster. Sie hätten große Dinge vor, sagt der Schwämmli, ganz große Dinge, mehr dürfe er nicht verraten. Am allergeheimsten sei der Name des obersten Kommandanten, den kennten nur immer die Anführer eines Fähnleins, in unserem Dorf also der Poli. Für alle anderen sei er nur unter seinem Titel bekannt, man nenne ihn den Colonnello. Ich kann mir denken, wer sich hinter diesem Namen versteckt, aber ich habe nichts gesagt; wenn der Schwämmli es wirklich nicht weiß, muss er es nicht von mir erfahren, und wenn er es weiß und mir nicht verraten will, soll er ruhig weiter denken, ich hätte keine Ahnung. Ich fürchte: Wenn meine Vermutung stimmt und wirklich der Onkel Alisi seine Finger im Spiel hat, wird nichts Gutes dabei herauskommen.

Sonst ist im Dorf alles, wie es immer gewesen ist, jeder macht seine Arbeit, und am Sonntag gehen alle zur Messe nach Sattel. Der Herr Kaplan hat eine eigene Methode erfunden, um das Interdikt einzuhalten und doch zu umgehen: Er liest die Messe nur für sich allein, sagt er, aber er vergisst, die Kirchentüre abzuschließen; wenn dann ganz zufällig andere Leute auch zu dieser Zeit dort sind, kann er nichts dafür. Überhaupt scheint sich die Suppe abzukühlen; die ganz große Auseinandersetzung mit dem Herzog wird wohl nicht stattfinden. Zumindest habe ich das bis vor ein paar Tagen geglaubt. Dann ist etwas passiert, das mir immer noch zu denken gibt.

Das Haus vom Steinemann liegt an dem Abhang, wo es auch zum Halbbart seiner alten Hütte hinaufgeht, im unteren Teil, wo es noch nicht ganz so stotzig ist. Vom Dorf her führt ein schmaler Weg hinauf, weiter nach oben ist es dann nur noch ein Pfad, und man muss schon sehr genau Bescheid wissen, um ihn überhaupt zu erkennen. Es ist kein Ort, an dem jemand zufällig vorbeikommt, am ehesten noch Leute, die von niemandem gesehen werden wollen und deshalb die Schmugglerpfade nehmen. Der Mann, der meine Meinung durcheinandergebracht hat, ist auf diesem Weg gekommen. Es war an einem Sonntagnachmittag, und das Anneli hatte mal wieder ein paar Schritte probiert; wenn sie sich an meinem Arm festhält, schafft sie es schon fast durch das ganze

Zimmer, bevor die Schmerzen zu heftig werden. Dann hat sie sich wieder auf ihren Strohsack gelegt, und ich saß vor dem Haus in der Herbstsonne und habe mit meiner Schnitzerei weitergemacht. So gut wie der Mann in Einsiedeln kann ich es nicht, aber ich habe mir vorgenommen, dem Anneli das Schachzabel beizubringen, und dazu muss ich zuerst einmal die Figuren haben. Wie ich so auf der Bank gesessen bin, habe ich von weitem gesehen, wie ein Mann den Hang heruntergekommen ist; zuerst schien er mir gut auf den Beinen zu sein, aber je näher er gekommen ist, desto mehr hat er gehinkt, als ob er sich auf dem steilen Pfad den Fuß vertrampt hätte. Der Mann war ein Fremder, und ich habe mich gefragt, was er in unserer Gegend sucht; ein Schmuggler war er nicht, die sind nicht mit leeren Händen unterwegs. Ich bin aufgestanden, um ihn zu begrüßen, aber das Schnitzmesser habe ich in der Hand behalten; man hört viel von Landstreichern, die einen überfallen, und muss immer bereit sein, sich zu wehren; der Halbbart meint das auch.

Als der Mann nur noch ein paar Schritte vom Haus entfernt war, ist er plötzlich auf die Knie gefallen, richtiggehend zusammengebrochen ist er und hat mit einer ganz schwachen Stimme gesagt: »Um Himmelsherrgottswillen, gebt mir etwas zu trinken!« Ich habe ihm Wasser gebracht, und er hat gesagt, damit habe ich ihm das Leben gerettet. Das fand ich übertrieben, bis zum Brunnen hätte er es wohl geschafft, und der Dorfbach ist noch näher. Auch über Hunger hat er geklagt, also habe ich ein Stück Brot für ihn geholt, und er hat sich so überschwenglich bedankt, als ob es ein frischgebackener Krapfen gewesen wäre. An seiner Sprache hat man gemerkt, dass er nicht von sehr weit her gekommen sein konnte, er hat geredet wie alle hier in der Gegend. Ich habe gewartet, bis er das Brot aufgegessen hatte; dann habe ich ihn gefragt, wer er sei und woher er komme.

Ihm seien schreckliche Sachen passiert, sagte der Mann. Er komme aus einem Dorf, so klein, dass es noch nicht einmal einen eigenen Namen habe. »Das Land, das wir bebauen, gehört dem Kloster, und wir sind immer einfache Leute gewesen, nicht gottesfürchtiger als andere, das will ich nicht behaupten, aber bestimmt keine schlechten Menschen. Natürlich ist es schon einmal vorgekommen, dass an einem Sonntag nicht das ganze Dorf zur Messe gegangen ist, der Weg bis zur nächsten Kirche ist weit, und wenn es geregnet hat, stapft man durch den Schlamm. Mit dem Klostervogt ist man sich auch nicht immer einig gewesen, aber Streit haben wir mit niemandem gehabt, und bei dem Überfall in Einsiedeln ist niemand von uns dabei gewesen. Und doch ist an Sankt Bonifaz ein ganzer Trupp von Reitern über unser Dorf hergefallen, habsburgische Soldaten in schweren Rüstungen, man hat schon Angst bekommen, wenn man sie nur angesehen hat. Wir seien allesamt Ketzer, hat ihr Kommandant geschrien, Rebellen gegen den Herzog, aber jetzt würden wir unsere Strafe bekommen, und den anderen Dörfern im Land Schwyz würde es gleich ergehen, einem nach dem anderen. Dann hat er seinen Leuten den Befehl gegeben, die Dächer der Häuser anzuzünden, und eine Frau, die sich ihnen in den Weg stellen wollte, haben sie einfach niedergeritten. Mit einem schweren Schlachtross einfach niedergeritten.« Er hat die Hände vors Gesicht geschlagen und geschluchzt.

Es weinen nicht alle Menschen gleich, das ist mir auf

dem Gottesacker schon ein paar Mal aufgefallen. Bei dem Mann hat es geklungen, wie wenn wir früher einem kleinen Buben sein Greinen nachgemacht haben, um ihn als Mamititti auszulachen.

Die Häuser hätten bald lichterloh gebrannt, hat der Mann weitererzählt, sie seien mit Schindeln gedeckt gewesen oder mit Stroh, da habe eine einzige Fackel für das ganze Dorf gereicht. Die Soldaten hätten die Männer zusammengetrieben, alle auf einen Haufen, man habe zuerst gedacht, sie sollten als Gefangene abgeführt werden, aber dann habe der Kommandant plötzlich einen anderen Befehl gegeben und …

Wieder hat er geweint, die Hände vor dem Gesicht, und dann hat er mit einer ganz leisen Stimme gesagt: »Jetzt sind sie tot. Alle, alle, alle. Nicht nur die Männer, auch die Buben, sogar die kleinen. Sie würden sonst nur zu Rebellen heranwachsen, haben sie gesagt. Und was sie mit den Frauen gemacht haben und mit den Mädchen – das kann man nicht beschreiben, ohne sich zu versündigen.«

»Und du?«, habe ich gefragt.

»Ich habe Glück gehabt«, hat er geantwortet, »wenn man so etwas Furchtbares Glück nennen kann. Ich war an diesem Tag in den Wald gegangen, um für meine Frau Brombeeren zu sammeln, sie isst sie so gern, und weil sie mit unserem dritten Kind schwanger war, wollte ich ihr eine Freude machen. Sie hat sie aber nicht mehr essen können, weil die Männer … Ich kann nicht aussprechen, was die Männer mit ihr gemacht haben. Sie hat es nicht überlebt.«

»Und deine Kinder?«

»Tot«, hat er gesagt. »Beide Buben sind tot, und ich habe

es mitansehen müssen. Ich hatte den Rauch gesehen und war losgerannt, um zu löschen. Dann habe ich die Stimmen der Soldaten gehört und mich versteckt. Die Bäume wachsen nahe an unser Dorf heran, und von dort aus habe ich alles sehen können. Sehen müssen. Machen konnte ich nichts, sie waren viele, und ich war allein. Als die Soldaten dann endlich weggeritten sind, habe ich die Toten begraben. Meine Frau, meine Kinder, meine Nachbarn, meine Freunde. Das ganze Dorf. Für jeden ein Grab. Dann bin ich weggelaufen, mit nichts als was ich am Leibe trug. Ich bin nie ein reicher Mann gewesen, aber jetzt bin ich der ärmste Mensch der Welt.«

»Warum gerade hierher?«, habe ich ihn gefragt.

»Zuerst bin ich nach Einsiedeln gegangen. Ich wollte dem Abt erzählen, was für ein schreckliches Verbrechen da geschehen war, schließlich sind wir alles Klosterleute, und ich habe geglaubt, er hätte es bestimmt verhindert, wenn er davon gewusst hätte. Aber er hat es gewusst, und Mitleid hat er mit uns nicht mehr gehabt, als ein Stein Mitleid haben würde. Das sei die gerechte Strafe für den Überfall, hat er gesagt, die ganze Talschaft habe nichts anderes verdient. Als sie hinter mir das große Tor verriegelt haben, habe ich die Mönche lachen hören.«

Daraufhin habe er beschlossen, von Dorf zu Dorf zu gehen, und die Menschen zu warnen, denn was bei ihnen passiert sei, könne jederzeit auch woanders passieren. Und Geld wolle er sammeln, um dort, wo ihre Häuser gestanden hätten, eine Kapelle zu errichten. Dann wolle er für den Rest seines Lebens nur noch beten, beten und noch einmal beten.

Er hat wieder zu weinen angefangen, noch lauter als

vorher, und ich habe ein solches Mitleid verspürt, dass ich beschlossen habe, ihm meinen Denarius zu schenken. Die Münze ist immer noch im Saum meiner besseren Kutte eingenäht, und ich habe dem Mann gesagt, er solle vor dem Haus auf mich warten. Er hat mir keine Antwort gegeben, sondern immer weitergeschluchzt.

Ich bin ins Haus gegangen und hatte die Kutte schon in der Hand, als das Anneli gesagt hat: »Was willst du damit?«

»Einem armen Mann helfen.«

»Das verbiete ich dir«, hat sie zu meiner Überraschung gesagt.

»Er hat schreckliche Dinge erlebt. Du würdest auch alles für ihn tun, wenn du seine Geschichte gehört hättest.«

»Ich habe sie gehört«, hat das Anneli gesagt. »So dick sind die Wände hier nicht. Dieser Mann lügt dich brandschwarz an. Das Einzige, was du so einem Menschen geben darfst, ist ein Tritt in den Hintern.«

Das vierundsiebzigste Kapitel
in dem sich Lügen verbreiten

Wirklich geglaubt habe ich dem Anneli nicht, aber misstrauisch hat sie mich schon gemacht, und als ich wieder hinausgegangen bin, habe ich meinen Christophorus-Stock mitgenommen. Ich hatte mir vorgenommen, dem Mann das Geld nicht gleich zu geben, sondern ihn zuerst noch weiter auszufragen, aber er hat nicht auf mich gewartet, sondern die Flucht ergriffen. Durch eine dünne Wand geht der Ton eben nicht nur in eine Richtung, und er muss das Anneli gehört haben. Schon unter der Türe habe ich ihn den Pfad, auf dem er gekommen war, wieder hinauflaufen sehen, und zwar ganz schön schnell, dabei wird der Abhang weiter oben immer steiler. Von einem Hinken war nichts mehr zu sehen, er hatte sich also nicht, wie ich gedacht hatte, den Fuß vertrampt, sondern hatte mich von weitem vor dem Haus sitzen sehen und beschlossen, den Verletzten zu spielen, damit ich von Anfang an Mitleid mit ihm haben sollte. Und ich war auf sein Hinken hereingefallen.

Das Anneli hat mich nicht ausgelacht, als ich wieder hereinkam, sie hat mir wohl angesehen, dass ich mir schon selber blöd vorgekommen bin. Ich habe sie gefragt, wie sie den Mann hat durchschauen können, nur mit Zuhören, und sie hat gemeint, sie habe ihm von Anfang an nicht getraut, denn wenn so etwas Schreckliches wirklich passiert wäre, würde man auch bei uns schon lang davon gehört haben. »Gerüchte haben schnelle Beine«, hat sie gesagt, »auf dem einen oder anderen Weg kommen sie überall an.« Das sei aber zuerst einmal nur ein Verdacht gewesen; und dass sie dann sehr bald sicher gewesen sei, habe mit ihrem Beruf zu tun. »Von Geschichten verstehe ich etwas, und in seiner waren mehr Löcher drin als im Hemd eines Bettlers. Hast du das wirklich nicht gemerkt?«

Nein, musste ich zugeben, ich hatte es nicht gemerkt.

Darum sei ich auch nur Geselle, hat das Anneli gemeint, und noch lang kein Meister. Und dann hat sie mich abgefragt wie der Bruder Fintan, wenn wir ihm die Heiligen aus der Klosterkirche und alle ihre Wunder haben aufzählen müssen.

»Wo ist der Mann hergekommen?«

»Aus einem kleinen Dorf.«

»Wie heißt es?«

»Er hat gesagt, es ist so klein, dass es nicht einmal einen Namen hat.«

»Kennst du viele Dörfer ohne Namen?«

»Eigentlich keines.«

»Und warum nicht?«

Darauf habe ich keine Antwort gewusst, und sie hat sie selber gegeben. »Weil es solche Dörfer nicht gibt. Außer in schlecht erfundenen Geschichten.«

»Du meinst …?«

»Das meine ich nicht, das weiß ich. Wo Menschen sich niederlassen, bekommt der Ort auch einen Namen, das war schon immer so und wird immer so sein. Als Eva keine

Rippe mehr war, sondern eine Frau geworden, hat sie den Adam wahrscheinlich als Allererstes gefragt: ›Wie heißt das, wo wir hier sind?‹, und er hat geantwortet: ›Man nennt es den Garten Eden.‹«

»Es könnte doch sein …«

»Nein«, hat das Anneli gesagt, mit einem so strengen Gesicht wie der Bruder Fintan, wenn man zwei Schutzpatrone verwechselt hat, »das kann eben nicht sein. Orte ohne Namen gibt es nur dort, wo noch nie Menschen gewesen sind. So wie in deiner Geschichte von den Schweden, als sie zum ersten Mal das Tal Schwyz gesehen haben. Was ist dort passiert? Zwei Brüder haben bis auf den Tod darum gekämpft, nach wem es benannt werden soll. So wichtig sind Namen.«

»Vielleicht ist es ein ganz neues Dorf, und sie haben ihm noch keinen …« Ich habe den Satz nicht zu Ende gesprochen, weil ich selber gemerkt habe, dass es keine Erklärung geworden wäre, sondern nur eine dumme Ausrede.

»Eben«, hat das Anneli gesagt. »Erstens ist ein Ort mit Häusern, die man anzünden kann, ganz bestimmt kein neuer Ort. Und zweitens: Selbst, wenn er erst gestern gegründet worden wäre – niemand hat je gesagt: ›Tut mir leid, wir sind einfach noch nicht dazu gekommen, unserem Dorf einen Namen zu geben.‹ Wer so etwas behauptet, sagt nicht die Wahrheit, und wer in einem Punkt lügt, lügt auch in anderen. Warum hat er uns den Namen nicht sagen wollen?«

»Weil es den Ort nicht gibt?«

»Vielleicht gibt es ihn. Aber das, was er dir erzählt hat, hat sich dort ganz bestimmt nicht ereignet. Er hat dir nicht nur einen Bären aufgebunden, sondern eine ganze Bärenfamilie. Weil in einem namenlosen Dorf niemand nachfragen kann, was wirklich passiert ist. Oder nicht passiert.«

Wenn das Anneli ins Reden kommt, geht es ihr immer gleich besser, oder vielleicht ist es umgekehrt: Es geht ihr wieder besser, und deshalb kommt sie ins Reden. Es machte ihr richtig Spaß, mir aufzuzählen, was ich alles nicht gemerkt hatte. Ganz rote Backen hat sie bekommen.

»Gerade dir hätte noch etwas anderes auffallen müssen«, hat sie gesagt. »Schließlich hast du lang genug für den alten Laurenz gearbeitet.«

»Was hat das damit zu tun?«

»Wie lang braucht man, um ein Grab auszuheben?«

»Zwei Stunden oder drei. Wenn der Boden sehr trocken und hart ist, manchmal mehr.«

»Sagen wir: Zwei Stunden für ein Grab. Und er will allein ein ganzes Dorf begraben haben, Männer und Frauen und Kinder. Für jeden ein Grab. Wie lang braucht man für zehn Gräber? Oder für zwanzig? Oder für fünfzig? Warten die Leichen mit dem Verwesen, bis man endlich beim letzten Grab angekommen ist? Und wenn du schon am Ausrechnen bist – sag mir auch gleich, wo er die Schaufel hergenommen hat, wo die Häuser doch alle abgebrannt waren! Nun?«

»Ich bin ein Idiot«, habe ich gesagt, aber damit war das Anneli zu meiner Überraschung nicht einverstanden.

»Nein«, hat sie mir widersprochen, »das bist du nicht. Du hast nur aus Mitleid nicht nachgedacht, und das ist nichts, für das man sich schämen muss. Aber jemand, der bei mir seinen Beruf lernt, hätte besser aufpassen müssen. Ich habe dir schon hundertmal gesagt: Man kann von allem erzählen, vom Teufel oder von Zauberern oder von Waldgeistern, und man kann sich dazu ausdenken, was man will, weil diese Sachen niemand überprüfen kann. Aber wenn du von einem Vogel erzählst, muss er fliegen und nicht schwimmen, und die Sonne muss am Tag scheinen und nicht in der Nacht. Weil das die Sachen sind, die die Leute kennen, und wenn da auch nur das Kleinste nicht stimmt, verdirbt ihnen das die ganze Geschichte. So wie sich dieser Mann seine eigene Geschichte verdorben hat. Schon ganz am Anfang hat er etwas gesagt, das nicht die Wahrheit sein konnte. Kommst du dahinter, was ich meine?«

Ich bin nicht dahintergekommen, und das Anneli hat mich erst einmal zappeln lassen. Das Reden hatte ihr Hunger gemacht, wie das bei ihr immer ist, und sie hat sich von mir ein Stück Brot und einen Becher Most bringen lassen. Die Ungeduld hat mich ganz unleidig gemacht, aber ich war doch auch froh über ihren Appetit, weil er bedeutet, dass sie gesund wird. Schließlich hat sie sich den Mund abgewischt und den letzten Kanten unter ihrem Kleid verschwinden lassen, sie hat sich das so sehr angewöhnt, dass sie es sogar mit ihren eigenen Sachen macht.

»Wann soll diese erfundene Geschichte in diesem erfundenen Dorf passiert sein?«, hat sie mich gefragt.

»An Sankt Bonifaz.«

»Und da fällt dir nichts auf?«

»Wegen Bonifaz?«

»Sei doch so nett«, sagte das Anneli, »und geh mir ein paar Osterglocken pflücken. Da hätte ich jetzt gerade Freude dran.«

Einen Moment lang habe ich gedacht, sie sei wieder in

ihre andere Welt gerutscht, in die man nur mit dem Hahnensporn hineinkommt. »In dieser Jahreszeit wachsen keine Osterglocken«, habe ich gesagt.

»Aber reife Brombeeren an Sankt Bonifaz, die gibt es? Im frühen Juni? So viele, dass man in den Wald gehen und sie pflücken kann, um einer schwangeren Frau eine Freude zu machen? Dass man vor lauter Beeren erst ins Dorf zurückkommt, wenn die bösen, bösen Soldaten schon da sind? Damit man sich hinter einem Baum verstecken und alles beobachten kann, ohne dass einem selber etwas passiert? Wenn er wenigstens Felix und Regula gesagt hätte oder Sankt Cyprian, das wäre glaubhafter gewesen. Oder wenn er sich etwas anderes für seine Lügen ausgesucht hätte als ausgerechnet Brombeeren. Glaub mir, Eusebius, wenn du dir eine so löchrige Geschichte ausdenken würdest, du wärst für mich ganz schnell kein Geselle mehr.«

»Aber warum …?« Auch diesen Satz habe ich nicht zu Ende gesprochen, weil ich die Antwort gewusst hatte. Es ist dem Mann ums Geld gegangen. Mit dem er natürlich keine Kapelle bauen wollte, sondern sich selber den Sack vollmachen. Das Anneli muss mir meine Gedanken am Gesicht abgelesen haben, denn sie hat genickt und gesagt: »Im Grund hat er denselben Beruf wie wir zwei. Er zieht von Dorf zu Dorf und erzählt Geschichten. Und lebt wahrscheinlich besser davon als wir.«

Das Schlimme daran sei nicht, dass manche Leute darauf hereinfielen, hat sie auch noch gesagt, wer Dummheiten glaube, sei selber schuld, sondern dass solche Geschichten ein eigenes Leben bekämen, dass sie wachsen würden und sich vermehren, und irgendwann seien sie dann von der

Wirklichkeit nicht mehr zu unterscheiden. Zuerst glaube nur einer daran, dann viele und schließlich alle, es sei, wie wenn ein Bauer die Seuche im Stall habe, zuerst höre nur eine Kuh auf zu fressen, aber früher oder später seien alle am Serbeln, dagegen sei nichts zu machen. In diesem Fall sei das besonders schlimm, wenn die Menschen nämlich glaubten, dass die Habsburger wirklich harmlose Dörfer überfallen würden und dass die Klosterleute darüber nur lachten, dann seien sie ein für alle Mal Feinde, Teufel geradezu, und mit Teufeln müsse man nicht verhandeln oder vernünftig reden, sondern sie bekämpfen, mit allem, was man habe. Wer solche Geschichten verbreite, nehme für den eigenen Profit einen Krieg in Kauf, und ein Krieg habe noch nie jemandem Gutes gebracht, bei einem Brand mache das Feuer auch keinen Unterschied, ob ein Haus einem anständigen Menschen gehöre oder einem schlechten.

Ich habe zuerst gedacht, sie übertreibe, so wichtig seien Geschichten auch wieder nicht, aber unterdessen denke ich anders darüber. In unser Dorf ist der Mann zwar nicht gekommen, aber sonst ist er überall gewesen, und wahrscheinlich geht er unterdessen schon ganz krumm, weil ihm die Leute den Geldbeutel so dick gefüllt haben, dass er ihn kaum mehr tragen kann. Aus allen Richtungen ist die Geschichte von dem überfallenen Dorf zu uns gekommen, jedes Mal ein bisschen anders; einmal haben dem Herzog seine Leute die Männer nicht umgebracht, sondern ihnen die Hand abgehackt, dann wieder haben sie die Frauen nicht vergewaltigt, sondern als Gefangene mitgenommen. Mit jedem Erzählen ist die Geschichte gewachsen, bald war es nicht mehr nur ein Dorf, das überfallen worden war, sondern zwei, drei und noch mehr, dann wollte jemand einen Onkel haben, der auf der Landstraße einen Trupp halbverhungerter Flüchtlinge angetroffen hatte, ein anderer berichtete von einem Vetter, der die abgebrannten Häuser mit eigenen Augen gesehen haben wollte oder der doch jemanden kenne, der sie gesehen habe, und je größer die Geschichte geworden ist, desto wahrer ist sie auch für die Leute geworden. Die Stimmung im Dorf hat völlig gekehrt: Diejenigen, die immer Vernunft und Versöhnung gepredigt haben, trauen sich kaum mehr das Maul aufzumachen, dafür hat der Poli mit seinem Fähnlein Oberwasser und lässt sich schon für Kämpfe feiern, die er noch gar nicht geführt hat. Sie rufen eine Auseinandersetzung nicht nur herbei, sondern sie schreien geradezu danach, sogar der Halbbart, der doch sonst so ein vernünftiger Mensch ist, außer wenn es um die Habsburger geht. Das Anneli meint, da könne man nichts machen, einen Krach werde es auf jeden Fall geben, man könne nur hoffen, dass es kein allzu großer werde. Es habe sich einfach zu vieles aufgestaut, oder wie sie das sagt: »Wenn man lang genug gefressen hat, will man auch einmal kotzen.«

Das fünfundsiebzigste Kapitel
in dem viel von Ehre die Rede ist

Wenn ich als kleiner Bub vor etwas Angst gehabt habe, hat unsere Mutter immer gesagt, es kommt davon, dass ich zu viel Phantasie habe und mir die fürchterlichsten Dinge ausdenken kann. Manchmal habe ich mir mit meinen eigenen Gedanken einen solchen Schrecken eingejagt, dass mich niemand mehr hat beruhigen können außer dem Geni. Nach dem kleinen Bergsturz, bei dem ja eigentlich gar nichts Schlimmes passiert ist, habe ich mich tagelang nicht mehr aus dem Haus getraut, weil ich fest davon überzeugt war, dass mich ein Fels erschlagen würde. Der Poli hat meine Angst noch auf gemeine Weise verstärkt, indem er dumme Sachen gesagt hat, er habe die Gipfel wackeln sehen, oder der Herr Kaplan habe gepredigt, man dürfe draußen nur noch auf Zehenspitzen herumlaufen. Schließlich hat mich dann der Geni an der Hand genommen und mir gezeigt, dass die Berge viel zu weit weg waren, um mich zu erschlagen. Es waren aber weniger seine Erklärungen, die mich Finöggel beruhigt haben, sondern einfach die Tatsache, dass mein großer Bruder keine Angst hatte.

Und jetzt, wo ich doch schon viel größer bin, war es wieder der Geni, der mir eine Angst weggenommen hat, diesmal die Angst davor, es könnte einen Krieg geben.

Er ist nämlich wieder im Dorf, und zwar ist er auf eine Art angekommen, dass ich es fast nicht habe glauben können, nämlich in einer Sänfte, so wie damals der Doctor iuris. Ihm selber war überhaupt nicht wohl dabei, er hätte viel lieber ein Maultier genommen, sagt er, oder von ihm aus auch nur einen Esel, aber der Landammann hat auf der Sänfte bestanden, und er hat auch einen Grund dafür gehabt. Ich bin froh, dass es Leute gibt wie ihn, sie sind zwar nicht gescheiter als alle anderen, aber mehr Zeit zum Nachdenken haben sie schon, schließlich müssen sie nicht wie gewöhnliche Leute jeden Tag arbeiten, bis sie vor Müdigkeit umfallen. Wenn ihnen jemand erzählt, ein Dorf sei überfallen und abgebrannt worden, dann glauben sie es nicht einfach, sondern schicken jemanden hin, der nachschaut, und wenn der dann zurückkommt und sagt, dass er so ein Dorf nicht gefunden hat, dann wissen sie, dass man sie angelogen hat, und machen keine Dummheiten. Vor allem wollen sie ganz bestimmt keinen Krieg, weil sie dabei nämlich viel mehr zu verlieren haben als ein gewöhnlicher Bauer. Dem stehlen die Soldaten vielleicht die Würste aus der Räucherkammer, oder wenn es ganz arg kommt, zünden sie ihm sein Haus an, aber Würste kann man neue machen und ein Haus wiederaufbauen. Mehr als das kann man ihm nicht wegnehmen, weil er gar nicht mehr hat, es ist ja nicht so, dass jeder Bauer einen Topf mit Dukaten unter den Bohnenstauden vergraben hätte. Die besseren Leute haben in einer Streiterei mehr zu verlieren, deshalb sind sie vorsichtiger; wer einen Hof voller Hühner hat, will den Fuchs nicht anlocken.

Wie gesagt, der Geni ist in einer Sänfte getragen worden

wie einer vom Adel, und der Grund dafür war, dass alle sehen sollten, dass er nicht einfach als gewöhnlicher Geni gekommen war, sondern als jemand Wichtiges; der Landammann meint, die Leute würden dann eher auf ihn hören, wenn es drauf ankomme, und genau das werde bald sehr wichtig sein. Der Geni wohnt bei mir und beim Anneli, und wir haben viel Zeit, um uns miteinander zu unterhalten; das, wofür er hergeschickt worden ist, kommt nämlich erst noch, und er ist auch nicht der einzige Botschafter, den der Landammann ausgesandt hat, sondern es sind viele, und alle haben dieselbe Aufgabe.

Der Geni hätte mir das alles gar nicht erzählen dürfen, aber ich bin sein Bruder, und immer nur aufs Maul hocken hält niemand ewig aus. Ich habe ihm aber hoch und heilig versprechen müssen, dass ich nicht darüber rede.

Ich müsse mir keine Sorgen machen wegen einem Krieg oder einem Überfall, meint er, schließlich sei schon Oktober, es seien also schon fast zwei Jahre seit der Sache in Einsiedeln vergangen, und außer dem Interdikt und der Sache mit den Klosterochsen sei bisher nichts Schlimmes vorgefallen. Das liege nicht daran, dass der Abt oder der Herzog andere Sorgen hätten, man habe uns auch nicht einfach vergessen, sondern es seien die ganze Zeit Verhandlungen geführt worden, einfach nicht laut und auf dem Marktplatz, sondern heimlich, ohne dass es ein Herold ausgetrommelt hätte. Die Delegationen sind regelrecht zueinander geschlichen, sagt er, wie junge Leute aus zerstrittenen Familien, wenn niemand wissen darf, dass sie sich heimlich treffen. Einen förmlichen Frieden habe man zwar nicht geschlossen, aber es gebe eine Art Verabredung mit dem Herzog, nicht auf Pergament geschrieben und besiegelt, aber besprochen, es dürfe es nur niemand wissen, weil es sonst nicht wirken würde. Eigentlich sei es nämlich so, und das sei die Voraussetzung für alles gewesen, dass sich der Herzog Leopold gar nicht so sehr für das Kloster interessiere; seit sein Bruder zum König gekrönt worden ist, aber gleichzeitig auch ein Wittelsbacher die Krone bekommen hat, gebe es größere Probleme für ihn. Sogar der Überfall wäre ihm egal gewesen, aber wenn jemand die Mönche angreift und nicht dafür bestraft wird, dann schadet das seiner herzoglichen Ehre, und das sei der Punkt gewesen, bei dem man habe ansetzen können. Mächtige Menschen, sagt der Geni, sind nicht wie unsereins, wer nicht jeden Tag dafür chrampfen muss, dass es in seinem Suppentopf mehr als Wasser hat, der ist mit einem weichen Bett und einem warmen Feuer noch lang nicht zufrieden, sondern will etwas haben, das sich gewöhnliche Leute nicht leisten können, nämlich eine Ehre. Für einen Grafen oder Herzog gibt es nichts Wichtigeres, sagt er, sie besaufen sich daran wie der Rogenmoser Kari am Wein, und genau wie der Rogenmoser können sie nie genug davon bekommen. Jeder Freiherr will Graf werden, aber wenn es ihm dann wirklich gelingt, hat er keine Zeit, um sich darüber zu freuen, sondern hirnt schon wieder daran herum, wie er für sein Wappenschild auch noch eine Fürstenkrone bekommen könnte und immer so weiter. Wenn man so einen beleidigt – und dazu braucht es wenig –, gibt er keine Ruhe, bis die Beleidigung gerächt ist oder auf andere Weise wiedergutgemacht, er darf auch gar keine Ruhe geben, weil sonst die anderen Adligen weniger Achtung vor ihm haben. Der Überfall in Einsiedeln, sagt der Geni, war für den Herzog so eine Beleidigung, eigentlich hätte es seine Ehre verlangt, dass er ihn verhindert und das Kloster beschützt. Das kann er jetzt hinterher nicht einfach vergessen, sondern er muss etwas unternehmen, und zwar etwas Öffentliches, damit die anderen mächtigen Leute es sehen und sagen: »Denen hat er aber gezeigt, wo Gott hockt.« Und weil das so ist, sagt der Geni, weil es um die Ehre geht und im Grunde um nichts anderes, haben sich der Landammann und seine Berater etwas ausgedacht, das man dem Herzog vorschlagen konnte.

»Der Landammann und du«, habe ich gesagt, aber davon hat er nichts wissen wollen, so wichtig sei er auch wieder nicht.

Ich dürfe mir das aber nicht so vorstellen, hat er weitererzählt, dass man einfach zum Herzog gegangen sei und gesagt habe: »Wir meinen, wir machen das so und so.« Da hätte man sich nur ein Nein eingehandelt, ein unfreundliches noch dazu, und zwar auch wieder wegen der Ehre. Dem Herzog Leopold seien die äußeren Formen noch wichtiger als allen anderen, er sei schließlich erst gerade fünfundzwanzig, und junge Leute, das wisse ich ja vom Poli, spielten gern die Beleidigten und fingen dann an zu trotzen. Nein, wenn man bei solchen Menschen etwas erreichen wolle, müsse man in kleinen Schritten vorgehen, müsse auch einmal bereit sein, den Buckel krummzumachen und ihnen zu höbelen, vornehme Leute seien das nicht anders gewohnt. Außerdem müsse man dafür sorgen, dass der andere sich immer einreden könne, es habe ihm niemand den Vorschlag gemacht, sondern er habe ihn sich selber ausgedacht. Und den richtigen Zeitpunkt müsse man abpassen, so wie man ein Murmeltier zwar im Frühjahr noch aus seinem Bau locken könne, aber im Sommer schon nicht mehr. Der Landammann habe also mit dem Herzog verhandelt, ohne ihn ein einziges Mal zu treffen, weil man dem Leopold so ein Gespräch schon wieder als Schwäche hätte auslegen können. Stattdessen sei ein Händler aus Schwyz scheinbar ganz zufällig und nur wegen seinen Geschäften in den Ort gekommen, wo sich der Hof gerade aufhielt, habe dort, wie man sich so trifft, den Secretarius von einem Secretarius kennengelernt und dem bei einem Schoppen erzählt, es gebe da vielleicht eine Idee, die dem Herzog gefallen könnte, für den, der sie ihm zu Ohren bringe, werde es bestimmt kein Schaden sein. Der Untersecretarius ist mit der Idee zum Obersecretarius gegangen und der wieder zu jemand noch Höherem, und aus Schwyz ist unterdessen auch jemand Wichtigeres dagewesen, denn so ein Secretarius oder Minister hat seine eigene Ehre und redet nicht mit jedem. Wahrscheinlich hat jeder, der den Vorschlag weitergetragen hat, immer gleich dazu gesagt, er wolle aber nichts gesagt haben, es hätte ja sein können, dass der Herzog keine Freude daran hatte. Er hatte aber Freude dran, so sehr, dass er bald geglaubt hat, es sei seine eigene Idee gewesen, und wenn ein Herzog so etwas denkt, widerspricht ihm niemand. Am Schluss habe der oberste Minister in aller Heimlichkeit mit dem obersten Vertreter der Schwyzer verhandelt, und wer dieser Vertreter gewesen sei, da komme selbst ein Geschichtenerfinder wie ich nie dahinter.

Ich bin auch wirklich nicht dahintergekommen, und ich kann es immer noch nicht recht glauben: Es war der Graf von Homberg, derselbe, mit dem sich der Onkel Alisi so gestritten hat, weil er ihm vorgeworfen hat, er sei den Habsburgern in den Hintern gekrochen. Der Herr Reichslandvogt habe seine Meinung in diesem Punkt auch nicht geändert, meint der Geni, aber er wolle sich gleichzeitig auch mit den Schwyzern gutstellen, schließlich habe er seine Stammburg in Rapperswil. Nur dürfe natürlich niemand etwas von seinem Anteil an der ganzen Sache wissen, ich solle es am besten gleich wieder vergessen.

Auf so umständliche Weise habe man das Ganze angattigen müssen, aber jetzt seien der Weg geebnet und die Naben geschmiert, wenn nicht noch jemand im letzten Moment einen Stock in die Speichen stecke, könne der Karren laufen.

Die Lösung, die sie gefunden haben, sieht so aus: Der Herzog wird einen Ritt durch seine Ländereien machen, die Zeit dafür ist schon festgelegt, und er wird auch und gerade durch jene Gebiete reiten, bei denen gestritten wird, ob sie überhaupt dazugehören. Er wird das mit allen Zeichen seiner Herrschaft tun, mit Fahnen und Herolden und überhaupt mit einem Gefolge, wie es sich für einen Herzog gehört, und damit wird er zeigen, dass er hier das Sagen hat und sonst niemand. Hinterher, wenn niemand versucht hat, ihn am Durchreiten zu hindern, kann er dann feierlich verkünden, dass er seinen getreuen Untertanen aus Schwyz ihren Überfall in herzoglicher Milde verzeiht, damit hat er dann nicht nur seine Macht bewiesen, sondern auch sein edles Herz, und seine Ehre ist wiederhergestellt.

»Und wenn ihm doch jemand den Weg versperrt?«, habe ich gefragt.

»Das darf eben nicht passieren«, hat der Geni geantwortet, »deshalb hat der Landammann mich und all die anderen überall hingeschickt, damit wir das verhindern, jeder in seinem Ort.« Das Ganze sei keine heldische Lösung, aber mit Heldentum habe noch keine Mutter ihre Kinder satt gemacht. Wenn der Herzog eine Geschichte brauche, in der er gewonnen habe, dann solle man ihn diese Geschichte ruhig erzählen lassen, das tue niemandem weh, und es wisse ja niemand besser als ich, dass man sich später auch wieder eine andere ausdenken und aus dem Sieger einen Verlierer machen könne.

Ich habe ihn gefragt, wann genau dieser Ritt stattfinden soll, aber das war das Einzige, was er auch mir nicht hat verraten wollen. »Wenn du es nicht weißt, kannst du dich nicht verschnäpfen«, hat er gesagt, »es wird im allerletzten Moment bekanntgegeben, damit niemand eine Störung vorbereiten kann.«

Es ist schön, dass der Geni mit mir über alles redet. Aber am allerschönsten ist, dass er überhaupt wieder da ist.

Das sechsundsiebzigste Kapitel
in dem der Geni verschwindet

Man soll nie, nie, nie meinen, dass die Sachen besser werden, sie werden immer nur schlimmer. Je mehr man sich über etwas freut, desto mehr wird man enttäuscht. Die Hoffnung ist vom Teufel erfunden, damit er uns damit zäukeln kann; immer, wenn wir gerade anfangen, an eine Verbesserung zu glauben, zieht er sie uns unter der Nase weg, und wenn wir dann jammern und klagen, ist das wie Musik für ihn. Der Herrgott hat sich in den Himmel zurückgezogen und den Blick auf die Erde mit Wolken versperrt, da hat er seine Ruhe; was da unten passiert, kümmert ihn nicht mehr. Wenn doch einmal eine Klage bis zu ihm hinaufkommt, dann übertönt er sie mit einem Donner, oder er sagt den Cherubim, sie sollen ihr Halleluja lauter singen, damit er nichts hören muss. Die Welt hat er dem Satan überlassen, der denkt sich jeden Tag neue Gemeinheiten aus und bekommt nie genug davon. In der Hölle unten hat er die Feuer ausgehen lassen, denn wenn er die Welt regieren darf und niemand macht etwas dagegen, dann ist die Hölle überall.

Ich weiß, man sollte solche Sachen nicht einmal denken. Hochwürden Linsi hat oft genug gepredigt, gerade wenn es einem schlechtgehe, müsse man an die göttliche Gnade glauben, alles andere sei Sünde, aber er hat gut reden mit seinem dicken Bauch, ihm ist noch nie etwas Schlimmeres zugestoßen, als dass seine Köchin nur zwei Tauben für ihn gebraten hat, und dabei hätte er Lust auf eine dritte gehabt. So etwas wie heute, wenn das eine Gnade ist, dann ist sie so gut versteckt, wie die Goldstücke im Poli seinen Rossbollen, wenn man hineinbeißt, stinkt es einem nur das Maul voll. Nein, wir sind dem Herrgott einfach verleidet, er hat die Freude an uns verloren und will nichts mehr von uns wissen. Oder er schaut dem Teufel sogar zu und denkt: Eigentlich ist es ganz lustig, Menschen zu plagen. Und von den Engeln und den Heiligen traut sich keiner, ihm zu widersprechen. Nur die Muttergottes schüttelt vielleicht den Kopf.

Kaum freut man sich über die Sonne, schon kommt wieder ein Hagelwetter. So ist es mir gegangen, und schlimmer kann noch nie ein Hagel gewesen sein. Dabei habe ich wirklich die Hoffnung gehabt, jetzt komme alles gut, der Herzog reitet einmal durch das Tal, habe ich gedacht, und dann ist die Welt wieder wie früher. Der Geni hat das auch gemeint, und auf den Geni habe ich mich immer verlassen können, und dass er sein Bein verloren hat, hat nie einen Unterschied gemacht.

»Sein Bein verloren.« Ich will die Worte nicht einmal denken, denn genau das ist passiert.

Ich habe solche Angst um ihn. Von mir aus kann der Herzog kommen, und seine Soldaten können mich totschlagen, wenn nur mein Bruder noch am Leben ist.

Heute Morgen hat er mich nach Ägeri an den Martinimarkt geschickt, meine Freunde aus dem Dorf gingen auch alle hin, da solle ich mich nicht ausschließen, ich habe dem

Anneli so gut geschaut, da dürfe ich mir auch einmal etwas gönnen. Sie hat ihn unterstützt und gesagt, es tue ihr sogar gut, wenn sie mich einen Tag nicht sehen müsse, wenn ich ständig um sie herumschleiche und frage, ob sie etwas brauche, mache sie das nur fuchsig. Sie hat schlechte Laune, weil sie immer noch nicht richtig laufen kann; kurz vor Sankt Martin hat sie sonst immer mit ihrer Wanderung angefangen. Der Geni hat mir drei Batzen geschenkt, damit sollte ich mir auf dem Markt etwas kaufen.

Ich bin noch schnell beim Halbbart vorbeigegangen, um ihn zu fragen, ob ich in Ägeri etwas für ihn besorgen soll. Er ist mir ungewohnt aufgeregt vorgekommen, das ist man bei ihm nicht gewohnt, sonst ist er immer so ruhig. Er hat gesagt, für ihn müsse nie wieder jemand etwas besorgen, in diesem Leben brauche er nur noch eines, und das werde er bald bekommen. Er hat nicht erklärt, was er damit gemeint hat, aber jetzt denke ich, es kann nichts Gutes bedeuten.

Den Weg nach Ägeri hinunter habe ich zusammen mit dem Schwämmli-Laurenz gemacht. Er sagt, dass er immer noch mein Freund ist, aber er sagt es, wie wenn er mir damit ein Geschenk machen würde. Von seiner Arbeit spricht er, als ob ein Grab auszuheben das Schwierigste überhaupt wäre und vor ihm hätte noch nie jemand eine Schaufel in der Hand gehabt. Und dabei habe ich schon für den alten Laurenz gearbeitet, da hätte sich der Schwämmli das noch gar nicht getraut, weil er geglaubt hat, wenn man in einem Grab auf einen Knochen stößt, holt einen der Tote zu sich herunter. Dabei sind es nicht die Toten, die einem etwas antun, sondern die Lebendigen.

In Ägeri war eine so überfröhliche Stimmung wie damals beim Prozess gegen den Halbbart, in den Gassen hatte es ganz viele Leute, und obwohl noch nicht einmal Mittag war, hatten die meisten schon getrunken. Ich habe eine Menge Bekannte aus dem Dorf angetroffen, von den Jungen fast alle. Der Eichenberger hat jetzt eine richtige Gefolgschaft, sie tragen ihm seine Sachen hinterher, und wenn er an einem Stand etwas kaufen will, schieben sie die anderen Leute aus dem Weg. Er lässt es sich gefallen, als ob es selbstverständlich wäre, er meint wohl, mit einem dicken Geldbeutel habe man mehr Rechte als andere, und wahrscheinlich ist es ja auch so.

Wie es an Martini immer ist, konnte man überall etwas kaufen oder ansehen. Ich weiß nicht, ob der heilige Martin Freude daran hat, dass man ihn auf diese Weise feiert, er selber war ja mehr fürs Teilen als fürs Geldausgeben. Den Feuerfresser, dem ich schon zweimal begegnet bin, habe ich auch wieder angetroffen, mit seiner ganzen Familie war er da, nur der Stelzenläufer-Großvater ist unterdessen gestorben. Auf dem Platz vor der Kirche hat einer Zähne gezogen, ein ganz dünner Mann, man hat sich gewundert, dass er überhaupt die Kraft dafür hat, und wenn gerade keiner mit Zahnweh gekommen ist, hat er ein Mittel angepriesen, das alle Krankheiten heilt. Eine Frau hat gleich an Ort und Stelle einen Schluck genommen und hat dann nicht mehr aufhören können zu husten. Das brenne ja im Hals wie Höllenfeuer, hat sie geschimpft, und der dünne Mann hat gesagt, das komme daher, dass das Mittel schon anfange zu wirken, in der Medizin sei es wie im Leben, es müsse alles immer erst schlimmer werden, bevor es besser werden könne. Das glaube ich aber nicht, so denken nur

Menschen wie der Onkel Alisi, der meint, es müssten nur genug Feinde totgeschlagen werden, dann habe man am Schluss das Paradies. Die Leute auf dem Markt haben die Medizin aber trotzdem gekauft.

Der Stoffel war mit seinem neuen Gesellen am Arbeiten und hat kaum aufgeschaut, um mich zu begrüßen. Er habe keine Zeit, um auf den Markt zu gehen, hat er gesagt, es wollten so viele Leute eine Halbbarte von ihm haben, dass er gar nicht mehr zur Ruhe komme, aber das sei gerade gut, je mehr Arbeit man habe, desto weniger komme man zum Nachdenken. Ich habe ihn nach dem Kätterli gefragt, und er hat gemeint, gerade wegen ihr wolle er lieber nicht nachdenken, er habe sie in Schwyz besucht, aber es habe ihm geschienen, dass sie das ungern gehabt habe und lieber von allen Menschen in Ruhe gelassen werden wolle, auch von ihm.

Ich bin dann noch ein bisschen auf dem Markt herumspaziert und habe überlegt, für was ich meine drei Batzen ausgeben sollte. Der Eichenberger muss über solche Sachen nicht mehr nachdenken, er kann sich jetzt alles kaufen, was er will, aber ich glaube, gerade weil es ihm so leichtfällt, hat er auch weniger Freude dran.

Ich habe mir schließlich einen gebratenen Gänseschlegel geleistet. Wenn ich jetzt daran denke, wie gut er mir geschmeckt hat, schäme ich mich; während ich mir noch das Fett von den Fingern geleckt habe, war das mit dem Geni wahrscheinlich schon passiert, und ich habe es nicht gewusst und einfach weitergelebt.

Immer lauter ist es in den Gassen geworden, man hat nicht mehr unterscheiden können: Sind die Leute fröhlich, oder gehen sie aufeinander los? Ich habe gedacht, ich mache mich besser auf den Heimweg, vielleicht braucht mich das Anneli ja doch. Aber das war nur eine Ausrede, um mich selber zu loben, in Wirklichkeit bin ich gegangen, weil ich kein Geld mehr hatte. Es war ein angenehmes Gehen, weil die Novembersonne geschienen hat, wenn auch nicht mehr mit viel Kraft. Ich habe mir dabei ein neues Lied ausgedacht, das wollte ich zu Hause ausprobieren und nach der Abendsuppe dem Geni vorspielen. Jetzt wird er es vielleicht nie zu hören bekommen.

Auf dem letzten Stück Weg, vom Dorf hinauf zum Steinemann seinem Hungerhof, habe ich eine tote Schlange an einem Gebüsch hängen sehen. Es war aber keine Schlange, sondern ein Lederbändel, und er hat zum künstlichen Bein vom Geni gehört. Das Bein lag in einem Sauerdornstrauch; wenn der Bändel nicht an dem Zweig hängengeblieben wäre, hätte ich es gar nicht gesehen. Ich habe dann überall nach dem Geni gesucht und mir dabei an den Dornen beide Arme aufgekratzt. Ich habe gehofft, dass ich ihn schnell finde, und gleichzeitig, dass ich ihn nicht finde, denn wenn sein Körper im Unterholz gelegen hätte wie sein Bein, dann wäre er tot gewesen.

Ich möchte beten, aber ich weiß nicht, zu wem.

Ich habe den Geni nirgends entdeckt, es musste ihn jemand weggeschleppt haben; ohne sein Bein kann er ja keinen Schritt laufen. Ich kann mir nicht vorstellen, wer so etwas getan haben könnte und warum, es kommt mir vor wie eines der Rätsel, wie sie der Teufel den Menschen stellt, es gibt keine richtige Antwort, und darum kann man sie auch nicht lösen.

Den Weg bis zum Haus bin ich hinaufgerannt, das Bein

in der Hand. Es ist mir vorgekommen wie früher beim Gräberschaufeln, wenn ich einen Knochen aus der Erde geholt und gewusst habe: Der Mensch, zu dem er gehört, lebt schon lange nicht mehr.

Ich will nicht, dass der Geni tot ist. Lieber will ich selber tot sein.

Das Anneli wusste nur zu berichten, dass er kurz nach mir weggegangen war, er hatte aber nicht gesagt, wohin. Wenn ihn unterwegs jemand überfallen und ihm sein Bein weggenommen habe, dann könne das nur ein Fremder gewesen sein, meint sie, im Dorf sei er ja allgemein beliebt, und außerdem wisse man, dass er mit dem Landammann gutsteht, und mit dem wolle es sich niemand verderben. Es ist mir aber egal, ob es ein Fremder gewesen ist oder der Teufel persönlich, einen wie den Geni zu überfallen ist eine Gemeinheit und ihm sein Bein wegzunehmen eine noch größere, weil ohne ist er hilflos, wo er seine Krücken gar nicht aus Schwyz mitgebracht hat.

Ich habe das Bein auf dem Geni seinen Strohsack gelegt und bin wieder ins Dorf hinuntergerannt. Ich wollte den Poli bitten, dass er mit seinem Fähnlein nach unserem Bruder suchen solle, aber der Poli war nirgends zu finden. Beim Eichenberger, wo er oft wohnt, schien niemand da zu sein, und auch der Halbbart war nicht zu Hause. So bin ich halt zum Bruchi gelaufen; wegen seinen kaputten Beinen sitzt der meistens auf der Bank vor seinem Haus und weiß deshalb immer alles, was im Dorf passiert. Er konnte mir aber nicht weiterhelfen, hatte nichts gesehen und nichts gehört, es sei ein leerer Tag gewesen, die Leute seien alle in Ägeri auf dem Markt. Dann wollte er mir unbedingt die Geschichte erzählen, die er immer erzählt, von der Pilgerreise nach Compostela; ich musste mich regelrecht losreißen.

Der Einzige, den ich sonst noch angetroffen habe, war der Rogenmoser Kari. Der hatte nicht extra nach Ägeri gehen müssen, um sich zu betrinken, sondern hat das auch im Dorf fertiggebracht, und als ich ihn nach dem Geni gefragt habe, hat er mir gleich wieder eine von seinen wilden Geschichten erzählt. Er habe den Geni vorbeifliegen sehen, hat er behauptet, über einem Gebüsch sei er geschwebt, das habe bestimmt mit Zauberei zu tun. Der Geni ist aber kein Zauberer, sondern er ist mein Bruder, und ich will nicht, dass ihm etwas zugestoßen ist.

Heilige Muttergottes, mach, dass er noch am Leben ist.

Das siebenundsiebzigste Kapitel
in dem der Sebi Überraschungen erlebt

Ave Maria, gratia plena,
Dominus tecum.
Benedicta tu in mulieribus.

Der Geni ist nicht tot. Es geht ihm nicht gut, aber er ist am Leben. Der Poli meint, dafür müsse ich ihm dankbar sein, aber ich bin ihm nicht dankbar, sondern wenn ich könnte, würde ich ihn mit blutten Knien auf einem Haufen Dornen knien lassen oder ihm sonst eine Buße auferlegen. Das Allerschlimmste hat er zwar verhindert, aber alles andere hat er zugelassen und ist auch noch stolz darauf. Er hält sich für einen großen Kommandierer, und dabei wird er nur benutzt, wie man einen abgerichteten Jagdhund auf einen Hasen hetzt, wenn er ihn erwischt, bekommt er den Kopf getätschelt oder wird hinter den Ohren gekrault, aber den Hasenbraten frisst der Jäger, und der Hund kann froh sein, wenn er einen abgenagten Knochen davon abbekommt.

Wenn es nach dem Poli gegangen wäre, würde ich den Geni immer noch suchen, und in ein paar Tagen würde er mir dann gnädig verraten, sein Bruder sei die ganze Zeit bei ihm gewesen. Dass ich aus Sorge fast gestorben bin, ist ihm egal; ich glaube, er hat nicht einmal darüber nachgedacht, so wie er in einer Prügelei nicht darüber nachdenkt, ob er dem anderen alle Knochen bricht oder ihm ein Auge ausschlägt, und wenn es ihm hinterher leidtut, hat keiner etwas davon. Ich werde ihm nie verzeihen können, nie, nie, nie, was er dem Geni angetan hat, seinem eigenen Bruder, der sich noch nicht einmal hat wehren können. Wenn unsere Mutter vom Himmel aus gesehen hat, was passiert ist, dann weint sie jetzt bestimmt.

Aber der Geni ist am Leben. Alles andere ist nicht wichtig.

Überall hatte ich nach ihm gesucht, in jeder Ecke, wo er hätte hingekrochen sein können, bin ich gewesen, aber nirgends habe ich eine Spur von ihm gefunden. In meiner Verzweiflung habe ich ein zweites Mal beim Eichenberger angeklopft, und diesmal hat mir der große Balz die Türe aufgemacht. Er geht nie mit den anderen Knechten auf den Markt, er will nichts kramen, das weiß man im Dorf, nicht einmal an Martini, wenn er den Lohn für das ganze Jahr bekommen hat. Man sagt, er spare jeden Batzen, um später einmal einen eigenen Haushalt zu gründen, aber alle sind sich einig, dass das ein hoffnungsloser Traum von ihm ist, weil er trotz all seinen Muskeln nie eine Frau finden wird, die ihn heiratet, Geld hin oder her, dazu müsste er auch etwas im Kopf haben und nicht nur im Beutel.

Er war die ganze Zeit zu Hause gewesen und hatte mich nur nicht gehört, weil er den Stall ausgemistet hatte. Bei der Suche nach dem Poli konnte er mir nicht helfen oder hat das doch behauptet, es war aber nicht die Wahrheit. Er wisse nicht, wo mein Bruder sei, hat er gesagt, der wohne ja nicht die ganze Zeit bei ihnen, sondern schlafe oft jede Nacht an einem anderen Ort wie ein Zingari. Und jetzt müsse ich ihn entschuldigen, man habe ihm noch eine Menge Arbeit aufgetragen, die müsse fertig sein, wenn die anderen vom Markt zurückkämen. Während er das gesagt hat, hat er die ganze Zeit so verlegen an mir vorbeigeschaut, dass ich sicher war: Er hätte mir schon Auskunft geben können, aber man hatte es ihm verboten. Es stimmt halt schon, was der Halbbart einmal gemeint hat: Der Balz könnte, wenn er wollte, eine Kuh hochheben, aber stark ist er trotzdem nicht, weil er machen muss, was man ihm befiehlt, und bei jedem Fehler bekommt er eine Strafe, das war schon beim alten Eichenberger so und wird beim jungen nicht anders sein. Dabei ist er ein freundlicher Mensch und hätte mir bestimmt gern geholfen, aber er hat solche Angst, etwas falsch zu machen, dass ihm das wichtiger war als alles andere. Nicht einmal, als ich ihm erzählt habe, dass der Geni verschwunden ist und dass man ihm sein Bein weggenommen hat, hat er mir etwas verraten wollen, sondern hat nur immer wiederholt, ich müsse halt auf den Eichenberger warten, nur der könne mir Auskunft geben. Der Eichenberger ist aber nicht aus Ägeri zurückgekommen.

Ich war so lang unterwegs gewesen, dass es schon dunkel war, als ich wieder zum Hungerhof hinaufgegangen bin. Gegen Abend waren Wolken aufgezogen, und die Nacht war so schwarz, dass man meinen konnte, rings um einen herum sei die Welt verschwunden, der Herrgott habe endgültig genug von ihr gehabt und sie einfach abgeschafft, wie auch immer, ich habe den Weg fast nicht gefunden. Es gab nichts mehr, was ich an diesem Tag noch hätte für den Geni tun können, also habe ich versucht zu schlafen, es ist mir aber nicht wirklich gelungen, weil er mir in meinen Träumen immer wieder vorgekommen ist, manchmal mit zwei Beinen und manchmal mit nur einem, und jedes Mal hat er mich angefleht, ich müsse ihm helfen und ihn retten. Auch noch im Traum habe ich nach ihm gesucht, an lauter Orten, die es gar nicht gibt, einmal in einem Wald, wo man an den Bäumen nicht vorbeigehen konnte, sondern sie haben sich bewegt und einem immer neu den Weg versperrt, und einmal in einer Kirche, wo die Heiligenbilder mich ausgelacht haben, wenn ich in die falsche Richtung gegangen bin; es gab aber keine richtige Richtung.

Sobald es hell geworden ist, bin ich wieder hinunter ins Dorf. Unterdessen waren fast alle vom Markt zurück, es hatte nur keiner etwas Nützliches gehört oder gesehen, und der Geni war immer noch verschwunden. Ich habe nicht nach einem vernünftigen Plan nach ihm gesucht, sondern bin hin und her gerannt wie ein blindes Huhn. Wenn man Angst hat, jagen einem immer wieder dieselben Gedanken durch den Kopf, und man meint jedes Mal, man finde diesmal dort eine Antwort, wo schon dreimal keine gewesen war. Der Poli ist die ganze Zeit nicht aufgetaucht, und auch der Eichenberger und die anderen aus dem Fähnlein sind nicht zurückgekommen, dabei war schon Mittag, und es war gar nicht möglich, dass sie so lang in Ägeri geblieben waren. Wieder und wieder habe ich den großen Balz nach ihnen gefragt, habe ihm sogar meinen Denarius angeboten, wenn er mir nur endlich Auskunft gebe. Er hat immer weiter behauptet, er wisse nichts und könne mir nicht helfen, man hat aber deutlich gemerkt, dass ihm die Ausreden immer schwerer gefallen sind. Irgendwann ist in mir drin etwas gerissen, ich kann es nicht besser erklären, aus lauter Verzweiflung habe ich rotgesehen wie der Poli und bin auf den Balz losgegangen. Er war so überrascht, dass er sich überhaupt nicht gewehrt hat; ich habe auf ihn eingeprügelt, und er hat es geschehen lassen, als ob das auch etwas wäre, das der Eichenberger ihm befohlen hatte. Schließlich hat er mich dann doch weggeschoben, ganz vorsichtig; wegen seiner überschüssigen Kraft hat er sich angewöhnt, andere Menschen nie allzu fest anzufassen, damit er sie nicht kaputtmacht. »Ich darf nicht«, hat er gesagt. »Ich darf nicht, ich darf nicht, ich darf nicht.«

»Und wenn ich dem Eichenberger erzähle, dass ich es nicht von dir gehört habe, sondern von jemand anderem?«

Man hat richtig sehen können, wie sich diese Idee ganz langsam durch seinen Kopf bewegt hat, ich stelle mir vor, dass ihm die Muskeln auch dort hineingewachsen sind, und deshalb ist für den Verstand zu wenig Platz geblieben.

»Von wem erfahren?«, hat er schließlich gefragt.

Ich fand diese Frage so blöd, dass ich gesagt habe: »Vom Heiligen Geist!« Das war natürlich die falscheste Antwort, die ich geben konnte, aber wie sich dann gezeigt hat, war es gleichzeitig genau die richtige, denn der große Balz ist nicht etwa wütend geworden, sondern hat überlegt und dann genickt und gesagt: »Das ist gut. Dem Heiligen Geist kann er nichts machen.« So habe ich endlich erfahren, wo der Poli und alle anderen hingegangen sind. Der große Balz hat es geflüstert und sich dabei ängstlich umgesehen, als könne der Eichenberger jeden Moment um die Ecke kommen. »Sie treffen sich in Hauptsee«, hat er gesagt.

Hauptsee kenne ich gut, oder doch so gut, dass ich weiß,

dass es dort eigentlich nichts zu kennen gibt, außer einem einzigen zerfallenen Haus direkt am See. Die Leute, die einmal darin gewohnt haben, sind krank geworden und gestorben, das kommt von der giftigen Luft, sagt man, weil dort das Ufer so sumpfig ist. Für mehr als ein Haus wäre gar kein Platz, sogar der Weg wird dort schmaler, und dahinter fängt schon der Hang vom Morgartenberg an. Erst gestern bin ich dort vorbeigekommen, sogar zweimal, das erste Mal, als ich nach Ägeri gegangen bin, und dann wieder auf dem Heimweg. Ich konnte mir nicht vorstellen, für was man sich ausgerechnet in Hauptsee verabreden sollte, aber natürlich bin ich sofort los, das Rennen ist mir nicht schwergefallen, weil es dorthin fast immer bergab geht. Außerdem hatte ich wieder ein bisschen Hoffnung, und das hat mir zusätzliche Kraft gegeben. Wenn der Poli hört, was passiert ist, habe ich gedacht, dann hilft er mir, und gemeinsam finden wir den Geni.

In Hauptsee war niemand, »leer wie ein Glatzenkopf« hat unsere Mutter das genannt, und auf mein Rufen hat niemand geantwortet. Mein erster Gedanke war: Der große Balz hat mich angelogen oder eher, er hat etwas falsch verstanden, denn um sich eine Lüge auszudenken, ist er nicht gescheit genug. Ich wollte schon wieder umkehren, aber dann habe ich oben am Abhang Geräusche gehört. Zuerst habe ich gedacht, dass es Holzfäller sein könnten, vielleicht ist dort oben auch ein Klosterwald, habe ich überlegt, und sie haben heute Frondienst. Dann ist mir aber eingefallen, was der Züger einmal gesagt hat, dass man an einem Abhang nie Bäume fällt, erstens, weil es gefährlich ist, zweitens, weil sie dort krumm wachsen und man kann sie für nichts brauchen, und drittens, weil sie einen vor Lawinen schützen. Vielleicht gibt es weiter oben eine Lichtung, die man vom Weg aus nicht sehen kann, habe ich überlegt, und der Poli trifft sich dort mit seinen Leuten. Für ihre Chriegerlis-Spiele suchen sie gern versteckte Orte; alle Sachen werden wichtiger, wenn es ein Geheimnis dabeihat. Es hat ausgesehen, als ob es keine Möglichkeit gebe, den Hang hinaufzukommen, der Fels ist ein Stück weit fast senkrecht, aber dann habe ich doch noch einen schmalen Pfad entdeckt, der in den Wald hinein nach oben führte. Man musste kein erfahrener Jäger sein, um an den Spuren zu merken, dass ich nicht der Erste war, der in der letzten Zeit diesen Weg genommen hatte. Er hat sich steil den Hang hinaufgeschlängelt und ist immer schmaler geworden. Ich war froh, dass die Brennnesseln schon von anderen Leuten niedergetrampelt waren, meine blutten Waden würden sonst ganz schön gebrannt haben.

Plötzlich ist ein junger Mann mit einer gespannten Armbrust hinter einem Baum hervorgekommen, hat die Waffe auf mich gerichtet und gesagt: »Halt! Keinen Schritt weiter!« Man sagt, dass einem von einem Schreck die Luft wegbleiben kann, und genau so ist es bei mir gewesen, es ist mir vorgekommen, als ob mir jemand den Hals abdrückte. Der Mann ist mir bekannt vorgekommen, aber ich hätte nicht sagen können, wo ich ihn schon einmal gesehen hatte. Erst hinterher ist mir eingefallen, woher ich ihn kannte: Er war auch bei dem Überfall auf das Kloster dabei. Ich habe ihm erklären wollen, dass ich nur auf der Suche nach dem Poli sei, aber er hat mir befohlen, das Maul zu halten und die Arme zu heben. Dabei hat er die ganze Zeit weiter auf mich gezielt. Ein zweiter Mann ist zwischen den Bäumen hervorgekommen und hat mir das Messer aus dem Gürtel gezogen; erst dann durfte ich etwas sagen.

Als die Männer gehört haben, dass ich dem Poli sein Bruder bin, hat der mit der Armbrust gesagt: »Schon wieder einer!«, und sie haben beide gelacht, als wäre das ein besonders guter Witz. Es wollte mir aber keiner erklären, was sie daran so lustig fanden. Der erste Mann ist dann wieder im Wald verschwunden, er war wohl als Wache eingeteilt und durfte seinen Posten nicht verlassen. Der andere hat mich vor sich her den Pfad entlang geschoben, eine eigene Waffe hat er nicht gehabt, aber mein Messer in der Hand.

In meinem Kopf haben sich die Gedanken gedreht, weil das alles so überraschend gekommen war, aber was hinterher kam, war noch viel überraschender.

Das achtundsiebzigste Kapitel
in dem der Sebi den Geni findet

Der Pfad endete auf einer Lichtung, und zuerst konnte ich dort überhaupt nichts erkennen, weil mir der Wind Rauch ins Gesicht geblasen hat. Nach verbranntem Fleisch hat es gerochen, und ringsumher hat man Männerstimmen gehört. Dazu aus einiger Entfernung das Geräusch von Äxten; so falsch war mein Gedanke mit den Holzfällern nicht gewesen. Dann hat der Wind den Rauch ein bisschen weggeblasen, und ich habe als Erstes etwas gesehen, das auf eine Waldlichtung überhaupt nicht hingepasst hat, so wie im Traum manchmal Sachen an einem ganz falschen Ort erscheinen, ein Fisch in einem Baum oder eine Wurst auf einem Altar. Hier war es ein Stuhl, ein vornehmer Stuhl mit Seitenlehnen und einem Polster, der stand einfach so auf dem Waldboden, ich konnte mir nicht vorstellen, wer den da hingetragen haben sollte und warum. Als der Wind dann ganz gekehrt hat, habe ich mehr gesehen: einen Mann, der über einem Feuer einen dicken Mocken Fleisch gedreht hat, und ein paar andere, die ungeduldig auf das Essen gewartet haben, die Messer schon in den Händen. Einer wollte sich direkt vom Spieß ein Stück Fleisch abschneiden, aber eine strenge Stimme hat gesagt: »Es wird auf den Colonnello gewartet!«

Es war die Stimme vom Poli.

Ich wollte zu ihm rennen, aber der Mann, der mich hergeführt hatte, hat mich festgehalten und gemeldet: »Ein Spion festgenommen!« Der Poli hat sich umgedreht, und sein Gesicht, als er mich gesehen hat, kann man überhaupt nicht beschreiben, er war überrascht und erschrocken, aber gleichzeitig hatte er auch ein schlechtes Gewissen; wenn man ihn gut kennt, sieht man ihm das an. Er schien bei den Leuten das Kommando zu haben; als er befohlen hat, dass ich losgelassen werden sollte, hat mein Bewacher sofort einen Schritt von mir weg gemacht. Der Poli hat mich zu sich herangewunken, aber nicht wie ein Bruder, der mit seinem Bruder sprechen will, sondern wie der Doctor iuris, wenn er einen Zeugen hat kommen lassen. Ich wollte ihm natürlich sofort vom Geni erzählen, dass der verschwunden war und dass ich sein Bein gefunden hatte, aber der Poli hat mich nicht ausreden lassen, sondern hat ganz streng gesagt: »Dem Geni geht es gut.« Dann hat er mich zur Seite gezogen; es sollte niemand hören, was er mit mir zu besprechen hatte.

»Es ist dumm gelaufen«, hat er gesagt und hat dabei sein Ausreden-Gesicht gemacht. Ich kenne das an ihm, so sieht er aus, wenn er etwas angestellt hat, man soll aber glauben, es sei einfach so passiert. »Aber dem Geni ist nichts Böses geschehen«, hat er gesagt. »Nichts wirklich Böses.«

Etwas Böseres, als einem Mann sein Bein wegzunehmen, kann ich mir nicht vorstellen, und ich habe das dem Poli auch gesagt, deutsch und deutlich. Es war ihm unangenehm, nicht weil ich ihm Vorwürfe gemacht habe, sondern weil er Angst hatte, seine Leute könnten merken, dass da einer nicht vor ihm strammsteht. »Das mit dem Bein habe ich nicht verhindern können«, hat er gesagt. »Manchmal, wenn ein paar Hitzköpfe dabei sind, hat man es nicht in der Hand.« Man hätte meinen können, er habe mit Hitzköpfen noch nie im Leben etwas zu tun gehabt, dabei ist er selber der schlimmste von allen.

»Du warst also dabei, als es passiert ist.«

»Zum Glück«, hat der Poli gesagt und hat mich angesehen, als ob er Lob dafür erwarten würde. »Ich habe für ihn getan, was ich konnte, aber meine Befehle musste ich ausführen.«

»Und wer gibt dir diese Befehle? Der Onkel Alisi? Es wird ja wohl kein richtiger Colonnello sein, für den du hier Soldätlis spielst.«

»Soldätlis?« Er hat das Wort ganz laut wiederholt und ist fast auf mich losgegangen, hat sich aber sofort wieder zusammengenommen, weil die anderen schon alle zu uns hingeschaut haben. »Ich erkläre dir das später«, hat er gesagt, »jetzt ist kein guter Moment.«

Ob guter oder schlechter Moment, das war mir egal, ich wollte wissen, was mit dem Geni passiert war.

»Komm mit«, hat der Poli gesagt.

Am Rand der Lichtung, ein Stück weit in den Wald hineingebaut, war ein Unterstand aus Baumstämmen und Ästen, nicht viel anders als der vom Halbbart damals, nur größer. Dort hat mich der Poli hingeführt, hat mir halbbatzig auf den Rücken geklopft, so dass man nicht gewusst hat, sollte es eine Aufmunterung sein oder ein Schubser, und hat mich dann allein hineingehen lassen. In der Hütte war wenig Licht, und in der Luft ist der Rauch vom Feuer gehangen. Meine Augen mussten sich umgewöhnen, dann erst habe ich den Geni auf dem Boden sitzen sehen, das gute Bein ausgestreckt. Nicht einmal einen Strohsack hatte er. Mir ist das Augenwasser gekommen, so erleichtert war ich, ich bin zu ihm hingerannt und niedergekniet und wollte ihn umarmen. Aber er hat mich abgewehrt, nicht weil er sich nicht gefreut hat, sondern weil ihm ein Arm weh getan hat. »Der Halbbart hat ihn zwar wieder eingerenkt«, hat er gesagt, »aber die Schmerzen vergehen nicht so schnell.«

»Der Halbbart ist auch hier?«, habe ich verwundert gefragt, und der Geni hat genickt, aber so, dass man gemerkt hat: Er freut sich nicht darüber. »Ich habe diesen Mann falsch eingeschätzt«, hat er gesagt. »Überhaupt habe ich alles falsch gemacht. Der Landammann hätte besser den Tschumpel-Werni losschicken sollen statt mir, der hätte es gescheiter angefangen.«

Ich hatte den Geni noch nie so niedergeschlagen gesehen. Zum ersten Mal hatte ich den Eindruck, dass er alt geworden war, nicht einfach älter als ich, sondern richtig alt.

»Ich habe dein Bein gefunden«, habe ich gesagt, und er hat geantwortet: »Gib es den Kindern zum Spielen. Ich verdiene es nicht.« Es hat mir Angst gemacht, dass er in so schwarzen Gedanken war, so etwas passt nicht zum Geni. Zuerst wollte er mir auch gar nichts erzählen, das sei jetzt alles nicht mehr wichtig, aber er hat es dann doch getan. Er ist überfallen worden, auf dem Weg hinunter ins Dorf, hat die Leute nicht kommen sehen, weil er auf dem steilen Weg so sehr auf jeden Schritt achten muss. »Es gibt dort genügend Gebüsche, hinter denen sie sich verstecken konnten«, hat der Geni gesagt, »und beim Hinfallen habe ich mir die

Schulter ausgerenkt. Sechs Leute und der Poli. Der ist aber erst später dazugekommen, als sie angefangen haben, auf mich einzuprügeln. Er hatte wohl gehofft, er könne im Hintergrund bleiben und ich müsse gar nicht wissen, dass er mit der Sache etwas zu tun hatte. Aber totschlagen lassen wollte er mich dann doch nicht.«

»Meinst du, sie hätten das getan?«

»Es ist wohl nicht ihr Auftrag gewesen, aber es hätte ihnen Arbeit erspart«, hat der Geni gesagt. »So mussten sie mich hierherbringen, und das hieß, dass sie mich tragen mussten, weil ich ja nicht schnell genug gehen kann. Das Bein haben sie mir abgenommen, weil sie gesagt haben, mehr schleppen als nötig wollen sie auch nicht. Sie haben es ins Gebüsch geworfen, und das war für mich fast schlimmer als der Unfall damals im Fichteneck. Aber auch ohne Bein war es immer noch anstrengend für sie, Menschen sind eine sperrige Last. Nur am Anfang, als sie noch viel Kraft hatten, haben mich drei von ihnen wie eine Jagdtrophäe in die Luft gestemmt und sind dabei sogar gerannt.« Das war es wohl, was der Rogenmoser beobachtet hatte, hinter der Hecke hat er die anderen Leute nicht sehen können, sondern nur den Geni, und in seinem Suff hat er gedacht, der fliege durch die Luft.

»Aber warum?«, habe ich gefragt. »Warum sollte dir jemand das antun?«

»Weil ich versagt habe.« Seine Stimme war so traurig, wie man sie nur hat, wenn man alle Hoffnung aufgegeben hat. »Weil wir alle versagt haben bei unserem lächerlichen Versuch, Frieden zu stiften. Alles, was mir passiert ist, habe ich verdient und muss nur mir selber Vorwürfe machen. Das

Einzige, was mir leidtut, ist, dass sie jetzt auch noch dich in die Sache hineingezogen haben. Wo haben sie dich denn überfallen?«

Nun gab es erst einmal einen Haufen zu erklären, dass ich ohne Zwang gekommen war, dass ich überall nach ihm gesucht hatte und wie mir der große Balz schließlich den Ort verraten hatte. Auch der Geni ist allmählich ein bisschen gesprächiger geworden, am Schluss haben wir durcheinandergeredet und uns gegenseitig unterbrochen. Wir haben unsere Geschichten nicht so erzählt, wie das Teufels-Anneli mir das beigebracht hat, immer schön der Reihe nach und am Anfang anfangen, aber der Anfang, der alles andere ausgelöst hat, war auch schwer zu verstehen, und der Geni hat keine Erklärung dafür gewusst. Ein streng gehütetes Geheimnis war ausgekommen, das hätte überhaupt nicht möglich sein dürfen; der Geni hat gesagt, für jeden Einzelnen, der davon gewusst hat, würde er sich verbürgt haben. Aber es sei halt eben doch so, wie man sage, ein Geheimnis, von dem mehr als zwei Leute wüssten, sei keines mehr, und wenn er geglaubt habe, er könne es besser machen, sei das seine eigene Dummheit gewesen. Das große Geheimnis, das niemand hätte wissen dürfen, war der genaue Tag, an dem der Herzog zu seinem Umritt durch Schwyz aufbrechen wollte, den hatte der Geni nicht einmal mir verraten, und sonst hatte er mir doch alles erzählt. Das geheim zu halten, hat er gesagt, sei fast der wichtigste Teil des Plans gewesen, die Leute, denen die ganze Sache nicht passen würde, sollten keine Zeit haben, sich zusammenzutun und dem Herzog Steine in den Weg zu legen. Das mit den Steinen meine er ganz wörtlich, ich habe ja draußen gesehen, was da vorbereitet werde. Ich hatte aber nichts gesehen außer den Leuten, die auf das Essen warteten, und der Geni musste es mir zuerst erklären. »Sie wollen dem Herzog den Weg versperren«, hat er gesagt, »mit Felsbrocken und Baumstämmen, dass für ihn und sein Gefolge kein Durchkommen ist. Er reitet in Zug los, das ist der Plan, von dort nach Ägeri und Sattel und dann weiter nach Einsiedeln. Aber da unten in Hauptsee ist der Weg so schmal, dass es nicht viel brauchen wird, um ihn zu blockieren.« Gerade weil es so wenig brauche, habe man die Verabredung nicht vorher ankündigen wollen. Dass im allerletzten Moment doch etwas auskommen würde, damit habe man gerechnet, darum habe der Landammann ja auch seine Leute überallhin geschickt, auch ihn, mit dem Auftrag, alle Flammen, die sich im letzten Moment vielleicht noch entzündeten, auszutreten, bevor ein richtiger Brand daraus werden könne. »Im letzten Moment wäre das auch gegangen«, hat der Geni gesagt, »für ein paar Stunden kann man die Leute von Dummheiten abhalten, aber nicht drei Tage lang.« Der Ritt sei nämlich für den Samstag geplant, jetzt könne er es mir ruhig sagen, wenn der Fuchs schon im Hühnerstall sei, müsse man nicht mehr abschließen. Er zerbreche sich schon die ganze Zeit den Kopf darüber, wo das Loch im Damm gewesen sein könne, obwohl das jetzt auch nichts mehr nütze, wenn man in einer Schlacht vom Feind überrannt worden sei, ändere es nichts an der Niederlage, wenn man sich hinterher frage, an welcher exakten Stelle er durchgebrochen sei.

Ausgekommen sei es nun mal, wahrscheinlich sei die ganze Geschichte sogar schon eine ganze Weile bekannt gewesen, aber die anderen hätten ihre Geheimnisse offenbar besser zu bewahren gewusst als der Landammann und seine Leute. Die Fähnlein aus den verschiedenen Dörfern hätten sich zusammengetan, richtig gut organisiert seien sie, fast wie eine richtige Armee, und zu ihrem Plan habe gehört, dass man die Leute, die der Landammann ausgesandt hatte, aus dem Weg schaffen wollte, er könne sich vorstellen, dass es den anderen ähnlich gegangen sei wie ihm, nur habe er keine Nachricht darüber. Der Martinimarkt in Ägeri sei ihr Treffpunkt gewesen, bei einem solchen Anlass falle es nicht auf, wenn Leute zusammenkämen, und in der Nacht nach Martini seien sie dann in das Lager hier gezogen. »Es war alles vorbereitet«, hat der Geni gesagt, »zwei Hütten schon gebaut, Vorräte herangeschafft und das Werkzeug, das sie brauchten, bereitgelegt. Sie müssen schon lang Bescheid gewusst haben, von einem Tag auf den anderen können sie all die Sachen nicht hier heraufgeschleppt haben.«

»Sogar einen bequemen Stuhl«, habe ich gesagt, und der Geni hat gelacht, aber ohne Fröhlichkeit, und hat geantwortet: »Du wirst dir ja selber ausdenken können, für wen der bestimmt ist.«

Das neunundsiebzigste Kapitel

in dem der Geni und der Sebi eingesperrt sind

Dem einen schleppt man einen Sessel in den Wald, den anderen lässt man in einem dreckigen Unterstand auf dem Boden liegen und gönnt ihm noch nicht einmal ein Bündel Stroh. Ich bin keiner, der schnell rotsieht, wirklich nicht, aber was sie mit dem Geni gemacht hatten und wie sie mit ihm umgegangen sind, das hat mich so wütend gemacht wie noch nie etwas in meinem Leben. Zu sechst haben sie einen Wehrlosen überfallen, haben ihn beinahe umgebracht und hierher verschleppt, und jetzt gönnten sie ihm nicht einmal ein Stück Brot oder einen Schluck Wasser, so wie man einer Gans, die man schlachten will, am letzten Tag auch kein Futter mehr gibt. Dafür wurde unterdessen draußen auf der Lichtung gefressen und gesoffen, es hat getönt wie an einer Hochzeit oder wie ich mir vorstelle, dass es bei einer Räuberbande tönt, wenn ihnen ein reicher Kaufmann in die Fänge geraten ist. Am liebsten wäre ich hinausgerannt und auf jemanden losgegangen, am besten auf den Poli, in meiner Wut wäre es mir egal gewesen, wenn er mich zusammengeschlagen und verprügelt hätte. Der Geni hat mich zurückgehalten, einen Kampf, den man nicht gewinnen könne, müsse man auch nicht anfangen, hat er gemeint, und dass er es mit einer so gottergebenen Stimme gesagt hat, das hat mich noch wütender gemacht. Er hatte aufgegeben, das konnte ich fast nicht aushalten, so mutlos war er nicht einmal gewesen, als man ihm damals das Bein hat abschneiden müssen.

Später haben sie dann jemanden geschickt, um uns zu holen, einen ganz jungen Sprenzel, der immer noch seine Bubenstimme gehabt hat. Er hat gemeint, er könne einfach mit seinem Knüttel in der Hand hinter uns hermarschieren und den Bewacher spielen, aber dann hat er doch eingesehen, dass man sich auf zwei Schultern abstützen muss, wenn man auf einem Bein hüpfen soll. Für den Geni war es auch so noch anstrengend, aber noch schlimmer war, dass die Leute über ihn gelacht haben, wie über dem Kryenbühl seinen Hund, wenn er auf den Hinterbeinen geht. Es waren jetzt mehr Leute da als vorher, junge Männer und Buben, zwanzig oder dreißig werden es gewesen sein. Ein paar habe ich gekannt; der Eichenberger war dabei, der Schwämmli und der Älteste von den Steinemann-Buben; ich hatte gar nicht gewusst, dass der auch zum Poli seinem Fähnlein gehört. Den Halbbart habe ich nicht gleich gesehen, aber später habe ich ihn dann doch noch entdeckt, ein bisschen abseits. Die meisten Männer saßen auf dem Boden oder auf Baumstümpfen, nur einer hatte einen richtigen Stuhl, und neben ihm stand ein kleiner Tisch, auf dem waren Fleischstücke so hoch aufgetürmt, wie ich es einmal bei einem Wettfressen auf dem Jahrmarkt gesehen habe.

Auf dem Stuhl saß breitbeinig der Onkel Alisi, in einem bunten bestickten Wams, das vielleicht aus einem gestohlenen Altartuch genäht war. Seine Beinlinge sind jetzt nicht mehr mit Stroh zugebunden, sondern mit seidenen Bändern, und als er seinen Kopf zu mir gedreht hat, habe ich gesehen, dass er auch eine neue Augenklappe hat, nicht mehr aus Stoff, sondern aus Silber, und darauf hat er sich ein Auge malen lassen, so dass er einen auch auf dieser Seite anzusehen scheint, obwohl dort nur ein Loch ist.

Ich hatte von Anfang an gedacht, dass niemand anderes als er der geheimnisvolle Colonnello sein könne, und ich hatte recht gehabt. Er führte sich auf wie ein oberster General, der sich nur aus Gnade unter die gewöhnlichen Soldaten mischt. Uns beide geruhte er erst zu bemerken, als wir direkt vor ihm standen; der Weg bis dahin muss für den Geni eine Quälerei gewesen sein. Einer hat ihm einen großen Weidenkorb bringen wollen, da hätte er sich draufsetzen können, aber der Alisi hat den Hilfsbereiten weggewinkt. Er hat uns angesehen, als ob er an einem Kabiskopf zwei Schnecken entdeckt hätte, und hat mit falscher Freundlichkeit gesagt: »Will uns doch tatsächlich mein missratener Neffe auch noch die Ehre seines Besuchs erweisen. Oder hast du deine Feigheit überwunden und meldest dich freiwillig zum Dienst?« Wenn er mich mit Schlötterlingen bedenken wollte, von mir aus, da war ich von ihm Schlimmeres gewöhnt. Aber dass er dem Geni keine Gelegenheit zum Sitzen gab, war eine solche Sauerei, dass meine Wut gleich wieder hochgekocht ist und ich mich nicht mehr habe beherrschen können. Ich habe meinen Bruder einfach stehenlassen, ohne Warnung, er wäre beinahe hingefallen; der Mann, der uns geholt hatte, konnte ihn gerade noch festhalten. Ich bin zum Alisi hingegangen, habe den kleinen Tisch genommen und das Fleisch auf den Boden gekippt. Dann habe ich dem Geni den Tisch gebracht und gesagt: »Hier hast du etwas zum Abhocken.«

Dem Alisi habe ich dabei den Rücken zugekehrt, und so kann ich nicht sagen, ob er aufgesprungen ist und sich wieder hingesetzt hat oder ob er sich so gut hat beherrschen können, dass er einfach sitzen geblieben ist. Ringsumher ist es ganz still geworden, und alle haben zu ihm hingeschaut, wahrscheinlich haben sie erwartet, dass er anfängt zu schreien oder den Befehl für eine furchtbare Strafe gibt. Aber der Onkel Alisi hat gelächelt, so wie man ein kleines Kind anlächelt, das noch nicht genügend Verstand hat, um zu merken, dass es etwas Dummes angestellt hat. »Du hast zwei Möglichkeiten, Eusebius«, hat er gesagt, »du kannst das Fleisch aufheben, oder du kannst es auf dem Boden liegen lassen. Für mich macht es keinen Unterschied. Es ist jetzt euer Essen, und solang ihr hier meine Gefangenen seid, werdet ihr nichts anderes bekommen. Aber wenn du und dein Bruder lieber ein paar Tage hungern wollt, will ich euch nicht dawider sein.«

»Ich bin nicht dein Gefangener«, habe ich geschrien, und der Onkel Alisi hat noch falschfreundlicher gelächelt und gesagt: »Dann lauf doch davon. Du wirst schon sehen, was deinem Bruder dann passiert.«

Wenn ich allein gewesen wäre, hätte ich mich vielleicht noch weiter gewehrt, oder ich hoffe doch, dass ich mich weiter gewehrt hätte. Aber weil es auch den Geni getroffen hätte und weil ich wusste, dass der Onkel Alisi ihm nie verziehen hat, dass er ihn damals aus dem Haus gejagt hatte, und ihm noch so gern etwas antun würde, wegen all dem ist mein Zorn aus mir herausgeflossen wie Wasser aus einem umgekippten Eimer, und es ist nur Hilflosigkeit zurückgeblieben. Der Alisi hat noch breiter gegrinst und gesagt:

»Du solltest jetzt euer Essen aufheben. Nicht dass euer Magenknurren uns heute Nacht beim Schlafen stört.«

Ich bin nie ein Kämpfer gewesen, und ein Soldat hätte ich schon gar nicht werden können, aber ich weiß jetzt, wie es sich anfühlt, wenn man eine Schlacht verloren hat oder einen ganzen Krieg. Ich habe zum Geni geschaut, der hat mit den Schultern gezuckt, und dann bin ich auf dem Boden herumgekrochen und habe das Fleisch eingesammelt. Es ist Dreck daran geklebt, aber darauf kam es auch nicht mehr an. Die Männer ringsum haben gelacht, auch der Poli, aber es war ihm nicht wohl dabei. Den Halbbart habe ich nicht mehr gesehen.

Sie haben uns dann in den Unterstand zurückgebracht, das war jetzt unser Gefängnis. Es hat keine dicken Mauern gebraucht, und sie haben auch keinen Wächter hingestellt, weil sie gewusst haben, dass ich auch so nicht weglaufen würde; die Drohung, dass sie dem Geni etwas antun könnten, war stärker als jede Kette. Sie haben mir erlaubt, trockene Blätter einzusammeln, um dem Geni das Liegen ein bisschen bequemer zu machen, und ich durfte ihn auch zum Seichen in den Wald bringen; die Mühe, ein eigenes Abortloch zu graben, hatten sie sich nicht gemacht. Gehungert haben wir nicht, wir hatten ja das Fleisch. Ich hätte es am liebsten wieder ausgekotzt, aber der Geni hat gemeint, jetzt auch noch vor Hunger schwach zu werden würde nichts besser machen, man könne nicht wissen, wofür ich meine Kraft noch brauche. Von dem, was draußen passierte, haben wir immer nur die Geräusche gehört. Auf ein Kommando vom Alisi hin – *»Assalto!«*, immer dieses *»Assalto!«* – sind die Leute zur Arbeit gegangen, ich konnte mir immer noch nicht vorstellen, was das für eine sein sollte. Irgendwann sind sie zurückgekommen, und noch später haben sie gesungen, wahrscheinlich sind sie dabei um das Feuer herumgesessen. In unserer Hütte ist es immer kälter geworden, aber zum Zudecken hat uns niemand etwas gebracht. Es war ein dünner Schlaf auf dem harten Boden, egal, wie wir versucht haben, uns hinzulegen. Es ist schon seltsam: Eine Kuh oder ein Hund, überhaupt alle Tiere, können überall einschlafen, nur der Mensch braucht etwas Weiches, wenn er nicht dauernd aufwachen will.

Wir hatten uns einen Teil von dem Fleisch für den nächsten Tag aufgespart, aber als es am Morgen draußen still geworden war, ist plötzlich der Halbbart mit zwei Schüsseln Haberbrei hereingekommen. Der Geni hat seinen Gruß nicht erwidert, hat eine Schüssel genommen, ohne danke zu sagen, und dem Halbbart dabei nicht ins Gesicht gesehen, man hat gemerkt, dass er mit ihm nichts mehr zu tun haben wollte. Also hat der Halbbart mit mir gesprochen.

»Dein Bruder will nicht mit mir reden, Eusebius«, hat er gesagt, »und das wundert mich nicht. Hoffentlich wird er irgendwann verstehen, dass ich mich nicht dem Poli seinem Fähnchen angeschlossen habe und schon gar nicht dem Alisi, sondern dass ich aus einem anderen Grund dabei bin. Es geht gegen die Habsburger, und mit denen habe ich eine Rechnung offen, um die zu bezahlen, würden auch zehn Leben nicht ausreichen. Jeder Habsburger, egal welcher von ihnen, ist mein Feind, und um mich an ihnen zu rächen, würde ich mich sogar mit dem Teufel verbünden. Das kannst du deinem Bruder ausrichten.«

Das mit dem Ausrichten hat er natürlich nicht wörtlich

gemeint; der Geni saß ja daneben auf dem Boden und hat alles selber gehört.

»Ich bin gestern noch in unser Dorf gegangen«, hat der Halbbart weitergeredet, »und das Teufels-Anneli hat mir gezeigt, wo du dem Geni sein Bein hingelegt hast. Ich habe es mitgebracht und würde es ihm gern zurückgeben.«

Der Geni hat zwar so tun wollen, als ob er überhaupt nicht zuhörte, aber jetzt ist ein Ruck durch ihn gegangen, und er hat sogar eine Hand ausgestreckt.

»Es tut mir leid, ihn enttäuschen zu müssen«, hat der Halbbart gesagt, »aber es wäre falsch, wenn ich das täte. Weil der Alisi es ihm gleich wieder wegnehmen lassen würde. Er ist ein gefährlicher Mann, und seit so viele Leute auf ihn hören, ist er noch gefährlicher geworden. Ich habe mir deshalb etwas überlegt, das ihn milder stimmen könnte.«

Der Geni hat einen verächtlichen Schnauber gemacht, das war seine Art, dem Halbbart zu widersprechen, der hat aber weiter so getan, als ob er nur mit mir reden würde.

»Du kannst deinem Bruder ausrichten«, hat er gesagt, »dass es mir auch keine Freude macht, mit dem Alisi verhandeln zu müssen, ich kann nur hoffen, dass mein Löffel lang genug ist.«

Das mit dem Löffel habe ich nicht verstanden, und der Halbbart hat es mir erklärt. »Du kennst doch das Sprichwort: ›Wer mit dem Teufel frühstücken will, muss einen langen Löffel haben.‹ Jeder Teufel hat seine schwache Stelle, und beim Alisi ist es seine Eitelkeit. Er will nicht nur von seiner Truppe da draußen bewundert werden, sondern vom ganzen Land, am liebsten auch noch in hundert Jahren oder in tausend. Ich werde ihm sagen, dass niemand besser für diese Bewunderung sorgen kann als du.«

»Ich?«

»Du bist ein Geschichtenerzähler und hast ein gutes Gedächtnis. Du könntest also bei der Heldentat, die er vorhat, zuschauen, und später in den Dörfern davon erzählen.«

»Zum Lob vom Alisi?« Der Geni konnte sich nicht mehr zurückhalten und hat dem Halbbart doch direkt geantwortet. »Der Sebi soll ihm den Minnesänger machen? Das kommt nicht in Frage. Auf keinen Fall. Auf gar, gar keinen Fall.«

»Unter der Bedingung natürlich«, hat der Halbbart gesagt, »dass der Alisi dir erlaubt, dein Bein wieder anzuziehen, und dass er verspricht, euch beide hinterher freizulassen.«

»Das kannst du dir aus dem Kopf schlagen«, hat der Geni gesagt. »Lieber krieche ich ein Leben lang auf dem Boden herum.«

Das achtzigste Kapitel
in dem der Onkel Alisi vieles erklärt

Der Geni hat es sich schließlich doch anders überlegt und hat nachgegeben. Er hat es nicht gern getan, aber er hat gemeint, man müsse den eigenen Stolz auch einmal hinunterschlucken und schweren Herzens das machen, was vernünftig sei. Und natürlich wollte er auch einfach sein Bein zurückhaben. Der Halbbart hat abgepasst, bis dem Alisi einmal langweilig war, weil alle anderen am Arbeiten waren und ihm nichts Neues zum Befehlen eingefallen ist, dann ist er mit seinem Vorschlag zu ihm gegangen. In der Hütte haben wir nicht hören können, was die beiden miteinander geredet haben, ich nehme an, der Halbbart wird dem Alisi nicht so direkt gesagt haben, was er sich überlegt hatte, sondern wird es so gemacht haben wie der Landammann in seinen Verhandlungen mit dem Herzog, zuerst eine kleine Andeutung und dann eine größere, bis der Alisi gemeint hat, er sei selber auf die Idee gekommen. Hinterher hat der Halbbart uns erzählt, es sei nicht schwierig gewesen, den Alisi zu überzeugen, dem Gedanken, dass in ganz Schwyz von ihm erzählt werden solle, habe der nicht widerstehen können, sondern sich so gierig darauf gestürzt wie ein Kater auf einen Teller Milch.

Wir sind jetzt also keine Gefangenen mehr, sondern

Gäste im Lager, wenn auch solche, die nicht nach Hause gehen dürfen. Mit seinem Bein hat der Geni auch seine Würde wiederbekommen, dieselben Lausbuben, die ihn gestern noch als hilflosen Krüppel ausgelacht haben, sind jetzt besonders freundlich zu ihm. Wenn er bei ihnen vorbeikommt, fragen sie ihn, ob er sich nicht hinsetzen wolle, sie würden ihm auch gern etwas zum Trinken bringen. Es könnte aber auch sein, dass es gar nichts mit der Veränderung beim Geni zu tun hat, vielleicht hat der Alisi ihnen einfach befohlen, dass sie nett zu ihm sein müssen, und sie machen es brav. Sie haben keinen eigenen Willen, scheint mir, weder im Guten noch im Schlechten, sie folgen ihrem Colonnello, als ob der jedem Einzelnen von ihnen einen Ring durch die Nase gezogen hätte. Ich glaube, wenn der Alisi ihnen befehlen würde, sie müssten jedes Mal den Handstand machen, wenn sie dem Geni begegnen, sie würden auch das tun.

Der Poli spielt den Harmlosen und versucht mit uns zu reden, als ob nie etwas gewesen wäre oder als ob zumindest er nichts damit zu tun gehabt hätte, und der Geni meint, ich solle ihm keine Vorwürfe machen, das bringe nur neuen Unfrieden. Ich versuche mich daran zu halten, aber es fällt mir nicht leicht. Man sollte das vom eigenen Bruder nicht sagen, aber mit mir hat es der Poli verschissen.

Der Onkel Alisi selber tut honigsüß, und dabei hat er uns erst gestern noch behandelt, als ob wir gerade gut genug dafür wären, ihm den Hintern abzuwischen. Das Anneli hat einmal erzählt, dass der Teufel, wenn er nicht gesehen werden will, jede Farbe annehmen kann, auf einer Wiese ist er grün und in einem Feuer rot, und genau so kommt mir der

Alisi vor; wenn man mit Heucheln Schlachten gewinnen könnte, er hätte schon die ganze Welt erobert. Er redet mit uns, als ob wir schon immer auf seiner Seite gewesen wären, und sagt, wir könnten alles fragen, was wir wissen wollten, später solle ich schließlich überall berichten, was hier in Hauptsee passiert sei, da sei es wichtig, dass alles stimme. Vor allem dürfe ich nie vergessen zu sagen, dass er sich den Plan ganz allein ausgedacht und ihn auch ganz allein zum Erfolg geführt habe, denn dass es ein Erfolg werde, sei so sicher wie Ostern nach Karfreitag. Der Geni hat ihn beim Wort genommen und ihn gebeten, er solle uns erklären, wie er von dem geplanten Umritt und dem genauen Tag dafür gehört habe, sie hätten doch wirklich alles getan, um es geheim zu halten. Der Alisi hat sein gesundes Auge zugekniffen, wie einer, der gleich etwas Unanständiges erzählen wird, aber das gemalte Auge auf seiner Augenklappe hat uns weiter angesehen. Die Nachricht habe er von einer sehr hochgestellten Person bekommen, hat er gesagt, nämlich vom Grafen Wernher von Homberg persönlich.

Der Geni hat das nicht glauben wollen, der von Homberg habe ja gerade zwischen den beiden Parteien vermittelt und würde sich seinen Erfolg bestimmt nicht selber kaputtgemacht haben, aber der Onkel Alisi hat gegrinst und gesagt, doch, es sei schon der von Homberg gewesen, allerdings, ohne dass der etwas davon gewusst habe. »Diesen Fehler machen die hochmächtigen Herren oft«, hat er gesagt, »sie meinen, nur sie seien klug, und alle, die kein eigenes Wappen und keinen Adelstitel hätten, seien dumm.« Aber so, wie auch der mächtigste Lehnsherr hundskommune Bauern brauche, weil sonst auf seinen Ländereien nur Unkraut wachsen würde, brauche ein Reichslandvogt eigene Soldaten, ohne die könne er befehlen, so viel er wolle, und es bewirke nicht mehr, als wenn ein alter Mann ohne Zähne in einen steinharten Apfel beiße. Soldaten seien aber untereinander wie Brüder, vor allem, wenn sie gemeinsam in Italien gedient hätten, und Brüder hätten keine Geheimnisse voreinander. Der von Homberg habe für den geplanten Umritt sechs von seinen Leuten an den Herzog abgeben müssen, denen habe man zwar nicht gesagt, warum und für was, aber es sei eine alte Soldatenregel: Nur wer wisse, woher die Pfeile kämen, könne sich rechtzeitig ducken, und wer aus einem Krieg lebendig nach Hause kommen wolle, müsse Augen und Ohren offen halten, damit er sich den Schlachtplan ausrechnen könne, den ihm die da oben nicht verraten wollten. So hätten es auch seine alten Kameraden gehalten und bald herausgefunden, wozu sie der Herzog brauchen wolle, schließlich müsse für so eine feierliche Prozession eine Menge vorbereitet werden, und das gehe nicht unbemerkt. Er wiederum habe es von diesen Kameraden erfahren, und so könne er mit gutem Gewissen sagen, die Nachricht sei direkt vom Grafen von Homberg gekommen. Das alles hat er mit so viel Stolz erzählt, am liebsten hätte er dabei auch noch das gemalte Auge zugekniffen.

»Daran haben wir nicht gedacht«, hat der Geni ganz niedergeschlagen gemeint, und der Onkel Alisi hat ihn auf spöttische Weise getröstet. »Mach dir keine Vorwürfe«, hat er gesagt und dem Geni dabei auf die Schulter geklopft, »es kann nicht jeder so schlau sein wie ein altgedienter Gemeinwebel.«

Dann hat der Alisi gemeint, er müsse neue Kraft sammeln, das brauche man, wenn man so viel Verantwortung habe wie er. Mit anderen Worten: Er hat ein Schläfchen machen wollen, mitten am Tag, und das hat mir die Gelegenheit gegeben, mich im Lager ein bisschen umzusehen. Wir hatten mit unserem Unterstand noch Glück gehabt, habe ich gemerkt, die anderen haben alle unter freiem Himmel schlafen müssen. Nur der Alisi hat eine eigene Hütte, mit einem Wächter davor, damit ihn niemand beim Schlafen stört.

Als er wieder aufgewacht ist, hat er sofort nach mir gerufen und mir Vorwürfe gemacht, weil ich zu weit weggegangen war; er erwartet von mir, dass ich die ganze Zeit hinter ihm herlaufe wie ein Kalb hinter der Mutterkuh. Ich müsse mir alles genau merken, was er tue oder sage, hat er befohlen, ich sei jetzt gewissermaßen sein Apostel, und es komme auf jede Kleinigkeit an, so wie es im Evangelium auch auf jedes Wort ankomme. Er ist tatsächlich so eingebildet, dass er sich mit dem Heiland vergleicht, ohne Angst, dass der ihn hören und mit einem Blitz bestrafen könnte. Ich hätte ihn gern gefragt, ob ich mir auch merken müsse, dass er lauter schnarcht als alle andern, aber ich habe dann doch lieber das Maul gehalten. Dass ich mir seine Aufschneidereien anhören muss, lässt sich nicht ändern, aber wenn er meint, dass ich später einmal alles so erzählen werde, wie er sich das vorstellt, dann irrt er sich.

Die jungen Leute, hat er mir erklärt, seien nur ein Vortrupp, wie man ihn für die niederen Arbeiten brauche, die sein Plan notwendig mache. Wenn es am Samstag dann wirklich so weit sei, dürften nur die besten von ihnen dabei sein, der Poli zum Beispiel, der mache seine Sache unterdessen ganz anständig. Die anderen müssten zuschauen, so eine Aktion, wie er sie vorhabe, sei nichts für unerfahrene Dorfbuben, die erst gestern noch *Jäger und Gemse* gespielt hätten. An ihrer Stelle kämen disziplinierte Kämpfer, solche, die er persönlich aus Italien kenne oder die auf anderen Schlachtfeldern dem Tod ins Auge geblickt hätten, Leute, die gelernt hätten, Befehle auszuführen. Es sei nicht schwierig gewesen, genügend Freiwillige zu finden, seit überall der Friede ausgebrochen sei, gebe es viele Soldaten ohne Beschäftigung.

»Und wer zahlt ihnen den Sold?«, habe ich gefragt. Der Alisi hat ganz empört erklärt, es gehe seinen Kameraden nicht ums Geld, sondern einzig und allein um die gute Sache, außer ein paar aus Uri, die auch mithülfen, seien es alles brave Schwyzer, die gern das Leben einsetzten, um ihr Vaterland zu verteidigen.

»Ohne einen Batzen Geld?«

Der Alisi hat wieder sein Auge zugekniffen und gesagt, es könne ja sein, dass ihnen der Herzog hinterher ein kleines Geschenk mache. Ich habe nicht verstanden, was er damit meinte.

Dann hat er mich in den Wald geführt, um mir zu zeigen, was er mit den niederen Arbeiten gemeint hatte, die er die jungen Leute hat machen lassen. Die einen, das Geräusch hatte ich richtig gedeutet, hatten Bäume gefällt und waren jetzt damit beschäftigt, sie in Stücke zu sägen und alle Äste davon zu entfernen. »Die Stämme müssen glatt sein«, hat der Onkel Alisi erklärt, »damit sie besser rollen.« Er hat mir absichtlich alles so erzählt, dass ich es nicht sofort verstehen konnte, das hat ihm das Gefühl gegeben, besonders gescheit zu sein.

Das mit dem Rollen war so gemeint: Direkt oberhalb der Kante, wo der Abhang endet und der fast senkrechte Fels anfängt, hatten sie auf einer Breite von vielleicht dreißig Ellen alles Gebüsch entfernt, viel anderes wird auf dem steinigen Boden nicht gewachsen sein. »Pass auf, dass du keinen falschen Schritt machst«, hat der Alisi gesagt, »wenn du hier ins Rutschen kommst, gibt es nichts mehr, was dich aufhält.« Und genau das war sein Plan.

Am oberen Ende der Schräge, dort wo es weniger steil ist, hatte er sie dicke Pflöcke in den Boden rammen lassen, hinter denen wurden die Baumstämme aufeinandergestapelt. Es sah nach einer anstrengenden Arbeit aus, aber weil der Alisi zugesehen hat, waren alle so eifrig am Werk, als ob sie im Frondienst wären und der Fürstabt persönlich sei gekommen, um ihren Fleiß zu überwachen. Es gab drei solcher Baumstapel und dazwischen zwei Barrieren aus Brettern, die auch wieder von Pflöcken festgehalten wurden. Dahinter waren aber keine Baumstämme aufgetürmt, sondern Felsbrocken.

Der Onkel Alisi hat einen kleinen Stein über die Schräge rollen lassen, bis er nach der Kante auf den Weg hinuntergefallen ist. »Es braucht nur wenige Axthiebe«, hat er gesagt, »dann lösen sich die Pflöcke, das ganze Zeug kommt in Bewegung, rollt immer schneller auf die Kante zu, und unten auf dem Weg … Nun?« Er hat mich erwartungsvoll angesehen und nichts mehr gesagt, bis ich den Satz für ihn fertig gemacht habe.

»Auf dem ist dann kein Durchkommen mehr.«

Der Onkel Alisi hat genickt und gestrahlt. Man konnte ihm ansehen: Er war auf seinen Plan so stolz wie der

Tschumpel-Werni auf seine Scheißhaufen; ich habe ihm aber nicht verraten, dass er mich daran erinnert hat.

Ich sage nicht gern etwas Nettes über ihn, aber das hatte er sich wirklich gut ausgedacht. Auf diese Art kann er den Weg von einem Moment auf den anderen sperren, und zwar so, dass niemand mehr durchkommt. Natürlich werde er das so spät wie möglich machen, hat er gesagt, nur ein halbes Paternoster, bevor sich der Reitertrupp nähere, sonst könne am Ende noch jemand den Herzog rechtzeitig warnen, und der hätte Zeit, sich einen anderen Weg zu suchen. Es würden deshalb dem Pfad entlang Späher aufgestellt, da hätten auch die Buben aus den Fähnlein etwas zu tun. Sobald sie den Herzog kommen sähen, würden sie von einem zum anderen eine Warnung weitergeben, er habe sie extra üben lassen, den Ruf eines Käuzchens nachzumachen.

Er hatte wirklich an alles gedacht, nur etwas habe ich nicht verstanden. »Wenn du den Herzog so einfach zum Umkehren zwingen kannst«, habe ich ihn gefragt, »wozu brauchst du dann noch all diese Soldaten?«

»Zur Sicherheit«, hat er geantwortet. »Es ist immer gut, wenn man eine Reserve hat.« Aber er hat dabei sein Auge zugekniffen.

Das einundachtzigste Kapitel
in dem der Teufel ganz nah ist

Der Teufel lügt die Menschen an, indem er ihnen die Wahrheit sagt, und genau so hat es der Onkel Alisi gemacht. Hinterher, da hatte er noch Blut an den Händen und hat es einfach an den Beinlingen abgewischt, hinterher hat er gesagt, es sei keine Lüge gewesen, sondern eine Kriegslist; im Krieg, meint er, sei alles erlaubt. Er hat aber ganz allein bestimmt, dass Krieg sein solle, und ein Gegner, der nichts davon weiß, ist leicht zu besiegen. Das sei eben Feldherrenkunst, sagt der Alisi.

Er hatte uns beschrieben, was er vorhatte, und zuerst hat es auch ausgesehen, als ob er es genau so machen würde. Er wolle abwarten, hat er gesagt, bis sich der Herzog mit seinem Trupp nähere, und dann die Baumstämme und die Felsbrocken vor ihm hinunterdonnern lassen, möglichst im letzten Moment, so wolle er ihm den Weg versperren und damit deutlich machen, dass niemand durch Schwyzer Gebiet zu reiten habe, wenn das den Schwyzern nicht passe. So hat eine Wahrheit geklungen, aber wie man aus vielen Geschichten weiß, ist zwischen Wahrheit und Lüge oft nur ein kleiner Unterschied. Beim Onkel Alisi war dieser Unterschied nur ein paar hundert Schritte lang, es hätte fast ein Versehen sein können, aber es war kein Versehen, sondern teuflische Absicht. Als es passiert ist, hat er »Hoppla« gesagt, so wie ich mir vorstelle, dass auch der Teufel »Hoppla« sagt, wenn sich jemand seinetwegen den Hals bricht. Einfach nur »Hoppla«, und dann ist er den schmalen Pfad hinuntergerannt und hat dabei gelacht. In meinem Kopf habe ich ihn immer noch lachen hören, als das schon lang nicht mehr möglich war. Weil die Schreie jedes Gelächter übertönt haben. Ich würde dem Alisi gern sagen, dass er ein Teufel ist, aber er wäre nur stolz darauf. So wie er auf jeden Toten stolz ist, der jetzt im Sumpf liegt.

Er ist ein Teufel und ein Räuber und ein Mörder, und er hält sich für einen Helden. Sie halten sich alle für Helden. Es war aber keine Heldentat.

So ist es gewesen:

Direkt über dem Hang mit den Baumstämmen und den Gesteinsbrocken, die sie vorbereitet hatten, gibt es einen Felsvorsprung, von dort aus kann man durch das Gebüsch auf den Weg hinunterschauen, ohne selber gesehen zu werden, nicht gegen Hauptsee hin, direkt unter uns, sondern in der Richtung, wo man von Ägeri herkommt. Auf diesen Felsen hat sich der Alisi hingestellt und sich dabei auf eine Halbbarte gestützt, so wie ich auf einem Bild in einer Kirche in Uri einmal den heiligen Georg sich auf seine Lanze habe stützen sehen, als er vor dem Kampf mit dem Drachen noch einmal um himmlische Hilfe bittet, und aus den Wolken kommen göttliche Strahlen herunter, um ihn zu segnen. »Feldherren beobachten die Schlacht immer von einem Hügel aus«, hat der Alisi erklärt, und ich habe gemeint, wenn er »Schlacht« sagt, ist das wieder eine von seinen Übertreibungen, aber er hat es genau so gemeint. Auch die Waffe hat er nicht nur dabeigehabt, weil das besser aussah, sondern weil er sie brauchen wollte.

Aber von all dem habe ich in dem Moment noch nichts gewusst, sonst hätte ich nicht so brav gemacht, was er mir befohlen hat. Obwohl: Wenn ich mich geweigert hätte, hätte das auch nichts geändert. Eine Lawine hält man nicht mit blutten Händen auf.

Der Onkel Alisi hat kommandiert, ich solle mich direkt neben ihn stellen, damit ich alles genau so sehen könne, wie er es selber sehe, das sei wichtig für einen Chronisten. »Schließlich bist du der Mann, der einmal alles aufschreiben wird«, hat er gesagt, dabei kann ich überhaupt nicht schreiben. Auch den Geni hatte er dazubefohlen, in seinem Fall aus reiner Gemeinheit, um ihm zu zeigen, wer zwischen ihnen beiden endgültig der Sieger war. Nicht nur über den Herzog und über den von Homberg wollte er heute triumphieren, sondern auch über seinen Neffen, der es doch tatsächlich gewagt hatte, ihn, den Gemeinwebel Alisi, aus seinem Haus zu werfen.

Sein Plan war eine Sache, die man nicht vorher ausprobieren konnte, sie musste gleich beim ersten Versuch klappen. Aber er hatte bei den Soldaten gelernt, wie man sich sorgfältig auf eine Schlacht vorbereitet. Neben jedem Verschlag mit Baumstämmen oder Felsbrocken standen jeweils zwei Männer mit Äxten bereit. Sobald ihnen ihr Colonnello den Befehl dazu gab, sollten sie die Pflöcke, die das Ganze festhielten, weghauen und die Hindernisse in die Tiefe rollen lassen. Es waren nicht die erprobten Kämpfer, von denen der Alisi prälagget hatte, sondern solche, die schon die ganze Zeit im Lager gewesen waren, junge Leute, von denen keiner mehr Kriegserfahrung hatte als aus einer Prügelei mit dem Nachbardorf. Von den erfahrenen Soldaten, die als Verstärkung dazukommen sollten, hatte ich keinen einzigen gesehen, und ich habe auch diese Ankündigung für eine Aufschneiderei vom Alisi gehalten. Aber er hat auch in diesem Fall nicht gelogen, sondern nur die Wahrheit auf den Kopf gestellt. Um immer im Voraus zu wissen, was er wirklich plant, müsste man so denken können wie er. Aber wenn man so denken könnte, wäre man selber ein Teufel.

Zuerst hat man die Leute noch untereinander reden hören, dann hat der Alisi Schweigen befohlen. Es ist aber nicht gleich still geworden, weil er seine Befehle immer auf Italienisch gibt, und nicht alle verstanden haben, was sein *»Silenzio!«* bedeutete. Schließlich hat dann doch keiner mehr geredet, nur noch den Wind in den Bäumen hat man gehört. Ich weiß nicht, wie lang wir alle regungslos dagestanden sind, es ist mir bestimmt länger vorgekommen, als es in Wirklichkeit war. Einmal hat mich ein Klopfen aufgeschreckt, es war aber nur der Onkel Alisi, der mit den Fingernägeln auf seine Augenklappe getrommelt hat. Das war das einzige Zeichen von Aufregung, das man ihm angemerkt hat.

Dann hat man, noch weit entfernt, einen Käuzchenschrei gehört, und durch die Leute ist ein Ruck gegangen, man hat ihn spüren können wie eine Berührung. Bis zum zweiten Käuzchenschrei hat es lang gedauert, so dass man schon nicht mehr sicher war, ob der erste nicht doch von einem wirklichen Käuzchen gekommen war, auch wenn man die selten am Tag hört. Dann ist aber doch der zweite Schrei gekommen und bald darauf der dritte. Der Alisi hat wieder ein italienisches Kommando gegeben, *»Pronti!«*, hat er gerufen. Dieses Mal haben ihn alle verstanden und ihre Äxte gehoben, bereit zum Zuschlagen. Er hatte das bestimmt mit ihnen geübt.

Es war kein riesiger Trupp, der sich unten auf dem Weg genähert hat, aber dafür war er umso beeindruckender; die Reiter damals im Kloster hätten daneben gewirkt wie lauter Stallknechte. Nur schon der Bannerträger, der die Fahne mit dem aufsteigenden roten Löwen trug, war so vornehm gekleidet, wie ich noch nie jemanden gesehen habe. Sie sind ganz gemächlich im Schritt geritten, es haben ja auch welche zu Fuß zu ihnen gehört, und die sollten nicht rennen müssen. Hinter dem Banner kam der Herzog selber, nicht auf einem Kriegsross, wie ich es erwartet hätte, sondern auf einem schlanken Schimmel, der sich bewegt hat, wie ich es noch nie bei einem Pferd gesehen habe, bei jedem Schritt hat er die Vorderbeine in die Höhe gehoben, es hat ausgesehen wie ein Tanz. In die Mähne des Tieres waren farbige Schnüre geflochten, und die Schabracke unter dem Sattel ist fast bis zum Boden hinuntergehangen. Der Herzog hatte ein gelbrotes Wams an, das sind die Farben von Habsburg, und der Mantel darüber war aus einem weißen Fell mit schwarzen Flecken, ich weiß nicht, von was für einem Tier. Hinter ihm kamen Fanfarenbläser auf schwarzen Pferden, sie spielten aber nicht, sondern hatten ihre Instrumente in die Hüfte gestützt; ich nehme an, dass sie ihre Signale immer nur geblasen haben, wenn der Zug in ein Dorf oder in eine Stadt kam, und hier in Hauptsee, haben sie wohl gedacht, wohnt ja niemand, dem man ihre Ankunft hätte ankündigen müssen. Als Nächstes kamen drei Reiter mit langen rotgelben Umhängen, die trugen die Zeichen von Macht und Bedeutung, die zu einem Herrscher gehören. Einer hatte den Turnierhelm des Herzogs vor sich auf dem Sattel, mit einem Federbusch und dem Wappenlöwen aus einem glänzenden Metall oben drauf; ich kann mir überhaupt nicht vorstellen, wie man mit einem solchen Gewicht auf dem Kopf in einen Zweikampf reiten kann. Der zweite hatte einen geschnitzten Stab aus einem ganz dunklen Holz, den hielt er mit ausgestrecktem Arm vor sich hin, was bestimmt sehr anstrengend war, wenn er das während des ganzen Umritts so hat machen müssen. Der Stab, das hat mir der Hubertus einmal erklärt, war das Zeichen dafür, dass sein Besitzer die oberste Gerichtshoheit hatte, direkt vom König verliehen. Dem dritten Reiter saß ein Falke mit einer Lederhaube über den Augen auf der Faust; ich weiß nicht, ob das auch eine Bedeutung hatte, außer dass die Falknerei etwas besonders Vornehmes ist. Hinter den dreien mit ihren Zeichen kamen die Bewaffneten, unter ihnen bestimmt auch die Soldaten, die der von Homberg dem Herzog hat mitgeben müssen und die dem Alisi den ganzen Plan verraten haben. Es gab zwei Sorten Bewaffnete, zuerst die Berittenen, immer zwei und zwei nebeneinander; ich weiß noch, dass ich gedacht habe, jetzt müssen sie dann gleich ganz eng nebeneinander reiten, weil der Weg immer schmaler wird. Den Schluss hat ein Dutzend Fußsoldaten gemacht, auch immer zwei und zwei, die Waffen über den Schultern.

Von der Stelle, die wir von unserem Felsvorsprung her einsehen konnten, ist es nicht mehr weit bis Hauptsee, und ich habe gedacht, jetzt wird der Onkel Alisi den Befehl geben, den Weg zu versperren. Der Geni hat dasselbe überlegt und wollte einen letzten Versuch machen, das Unglück noch zu verhindern. Er hat auf den Alisi eingeredet, es sei ein großer Fehler, was er da vorhabe, ein langer Friede sei mehr wert als ein kurzer Triumph, und manchmal sei es ehrenvoller, dem Gegner den Sieg in einem Gefecht zu überlassen und dafür irgendwann einmal den Krieg zu gewinnen.

Ich habe nicht erwartet, dass das in diesem Moment noch etwas nützen würde, und ich glaube, auch der Geni hat diese Hoffnung nicht gehabt, aber zu meiner Überraschung schien der Alisi tatsächlich zu zögern. Die Leute mit den Äxten haben erwartungsvoll zu ihm hingeschaut, aber er hat ihnen den Rücken zugedreht und den Geni nachdenklich angesehen. Der Teufel kann jedes Gesicht machen, das er will. Die Pause ist immer länger geworden, und ich habe innerlich gebetet: Lieber Gott, lass es noch ein bisschen so weitergehen, dann hat der Alisi den Moment verpasst, und der Herzog ist an Hauptsee vorbei. Aber in diesem Moment hat man wieder einen Käuzchenschrei gehört, diesmal von der anderen Seite, und dem Onkel Alisi sein Gesicht hat sich verändert und war nur noch ein großes, triumphierendes Grinsen. »Hoppla«, hat er gesagt und ganz langsam sein gutes Auge zugekniffen.

Dann hat er mit lauter Stimme gerufen: *»Assalto!«*

Die Äxte sind in einer großen Bewegung heruntergekommen, es hat von jedem Mann nur einen oder zwei Schläge gebraucht, schon haben sich die Pflöcke gelöst. und die Stapel mit den Baumstämmen und die Haufen mit den

Felsbrocken sind in Bewegung geraten, mit einem Donnern, wie man es damals beim kleinen Bergsturz gehört hat. Sie sind den Hang hinuntergerutscht, immer schneller, auf die Kante zu, über die Kante hinaus, man hat gehört, wie sie unten auf dem Weg aufschlagen, und dann haben die Schreie angefangen.

Auch der Onkel Alisi hat einen Schrei gemacht, mehr wie von einem wilden Tier als wie von einem Menschen, dann ist er mit seiner Halbbarte losgerannt, von dem Felsvorsprung hinunter und zu dem steilen Pfad Richtung Hauptsee. Von dort habe ich ihn noch lang lachen hören, selbst dann noch, als ich ihn eigentlich schon lang nicht mehr hören konnte.

Später habe ich erfahren, dass der letzte Käuzchenschrei vom Poli gekommen ist, als Signal dafür, dass der Herzog an der schmalsten Stelle angekommen war, dort, wo es kein Ausweichen gibt vor einem Felsbrocken oder einem Baumstamm.

Das zweiundachtzigste Kapitel
in dem viele Menschen sterben

Wenn das Anneli vom Teufel erzählt, hören ihre Geschichten fast immer so auf: Es ist ihm wieder einmal gelungen, einen Menschen ins Unglück zu stürzen, er lacht, wie nur der Teufel lachen kann, und damit ist auch schon alles zu Ende erzählt. Das Anneli hängt zwar noch schnell einen Schluss an: »Die große Fledermaus packte den Mann mit ihren Krallen« oder »Der Boden öffnete sich, und er stürzte direkt in die Hölle«, aber dabei hört sie sich selber schon gar nicht mehr richtig zu, sondern will eigentlich nur noch wissen, was es als Nächstes zu essen gibt. Wie es dem Menschen geht, der auf den Teufel hereingefallen ist, das erzählt sie nicht. Ich könnte es ihr sagen, ich habe es heute erlebt. Es reißt einem das Herz aus der Brust.

Der Onkel Alisi, das hatte ich so wenig gemerkt wie der Geni, hat dem Herzog nie nur einfach den Weg versperren wollen, von Anfang an hat er etwas anderes vorgehabt, etwas viel Schlimmeres, und wenn er ein ganzer Teufel wäre und nicht nur ein halber, wäre sein Plan auch aufgegangen. Ein ganzer Teufel hätte der eigenen Eitelkeit nicht nachgegeben und dem Herzog damit das Leben gerettet, aber so ist es gewesen. Es war dem Alisi sein »Hoppla«, das den Unterschied ausgemacht hat, dieser kurze Augenblick des Triumphs, den er sich vor seinem *»Assalto!«* gegönnt hat. Wenn er den gleichen Befehl sofort nach dem Signal vom Poli gegeben hätte, in dem exakten Moment, dann hätte die Lawine, die er vorbereitet hatte, auch den Herzog getroffen, und der wäre jetzt tot wie alle anderen. Aber der Alisi hat einen Moment lang gezögert, gerade so lang, wie man braucht, um ein Auge zuzukneifen und den Geni höhnisch anzugrinsen, und dieser eine Moment hat gereicht, um alles zu verändern. Als der Angriff begonnen hat, waren der Herzog und seine beiden Vorreiter schon an der engen Stelle vorbei, und die Bäume und die Felsen sind hinter ihnen niedergegangen. Sein Schimmel hat sich vor Schreck aufgebäumt, hat man mir erzählt, aber der Herzog ist ein guter Reiter und ist im Sattel geblieben. Nur einen Moment lang hat er sich nach seinen Leuten umgesehen, dann hat er einen Befehl gegeben, und die drei sind im Galopp weggeritten. Der Alisi sagt, diese Flucht sei typisch habsburgische Feigheit gewesen, aber ich bin froh, dass wenigstens die drei überlebt haben, es sind auch so genügend Menschen erschlagen worden.

Die anderen Leute im Trupp hatten nicht so viel Glück. Als es über ihnen zu donnern anfing, werden sie geglaubt haben, sie seien in ein Erdbeben oder in einen Bergsturz geraten, wenn sie überhaupt noch Zeit hatten, über irgendetwas nachzudenken; viele werden schon im ersten Moment erschlagen worden sein. Die anderen, mit gebrochenen Knochen oder unter ihren umgerissenen Pferden eingeklemmt, haben Leute gesehen, die auf sie zu gerannt sind, und sie werden gedacht haben, da komme ihnen jemand zu Hilfe. Es waren aber keine guten Samariter, sondern die

Kameraden vom Onkel Alisi. Auch in diesem Punkt hatte er nicht gelogen, sie waren tatsächlich gekommen, nur nicht zu den anderen oben auf der Lichtung. Sie hatten sich im Wald versteckt und in dem zerfallenen Haus und sind nicht zum Helfen gekommen, sondern zum Töten. Die wenigen Habsburgischen, die noch im Sattel saßen, haben sie mit ihren Halbbarten von den Pferden gerissen, den Verwundeten haben sie ihre Spieße in den Bauch gestoßen, und wenn einer immer noch gewimmert hat, haben sie ihm mit ihren Streitkolben den Schädel eingeschlagen, auch denen, die doch eigentlich ihre Freunde waren und ihnen den Plan verraten hatten. Als der Onkel Alisi bei ihnen angekommen ist, lebte aus dem Trupp kein Einziger mehr, und er soll sich laut darüber beschwert haben; auf das Totschlagen hatte er sich wohl noch mehr gefreut als auf alles andere. Dafür hat er dann beim Plündern umso eifriger mitgemacht.

Wenn es steil nach unten geht, kommt der Geni mit seinem falschen Bein nicht gut voran, und so haben wir für den Weg länger gebraucht als alle anderen. Es hätte aber auch nichts geändert, wenn wir hätten rennen können oder fliegen; was nicht hätte geschehen dürfen, war geschehen, und Tote wieder zum Leben erwecken, das können nur die heiligsten Heiligen. »Ich habe versagt«, hat der Geni ständig wiederholt, obwohl das, was passiert war, ja wirklich nicht seine Schuld war, sondern die vom Onkel Alisi. Ich habe es ihm nicht ausreden können.

Bei wirklich schlimmen Sachen dauert es immer eine Weile, bis sie in einem drin sind, es ist, als ob das Erlebte immer lauter an die Türe klopfen würde, und man will es nicht hereinlassen. Es ist aber stärker als jede Türe, irgendwann kann man es nicht mehr aussperren, und dann trifft einen der Schreck umso stärker. »Er fiel seinem Bruder um den Hals und weinte«, hat der Herr Kaplan einmal vorgelesen, aber das ist erst später gekommen. Zuerst habe ich ganz lang nicht weinen können, obwohl es doch wirklich zum Weinen war. Ich habe heute Dinge gesehen, die dürfte es überhaupt nicht geben.

Dass wir viele Tote antreffen würden, darauf war ich vorbereitet. Tote können mir nicht viel ausmachen, habe ich gedacht, schließlich habe ich lang genug für den alten Laurenz gearbeitet. Was mir nicht in den Sinn gekommen war und was mich getroffen hat wie ein Tritt in den Bauch, war, dass sie fast alle nackt waren. Eine nackte Leiche, ich kann nicht erklären, warum mir das so erscheint, ist viel toter als eine bekleidete. Nicht nur ich scheine das so zu empfinden, sondern es scheint allen Menschen so zu gehen, sonst würde man Verstorbene für ihre Beerdigung nicht in Tücher wickeln oder sogar teure Särge für sie schreinern lassen. Hier hat niemand an so etwas gedacht. Altgediente Krieger, hat der Onkel Alisi einmal gesagt, machen keine halben Sachen; sie tun es auch nicht, weiß ich jetzt, wenn sie eine Leiche ausrauben. Dass sie es auf wertvolle Kleider oder auf Schuhe abgesehen hatten, könnte man noch verstehen, aber sie haben auch dem einfachsten Soldaten den letzten Fetzen vom Leib gerissen, man kann ja nie wissen, ob sich darunter nicht ein Beutel mit seinem letzten Sold verbirgt. Und die Kleider waren nicht alles, was sie ihren Opfern weggenommen haben. Das war noch lang nicht alles. Im Tod sind alle Menschen gleich, sagt man, aber das stimmt nicht, auch da gibt es noch Unterschiede, das habe ich heute gelernt. Ich habe gelernt, dass man an den Leichen sehen konnte, wer im Leben reich gewesen war und wer arm. Wenn einem ein Finger abgehackt war oder mehrere, dann hat man gewusst: Der hat einmal goldene Ringe getragen, und die Plünderer haben sich nicht die Zeit genommen, sie ihm von der Hand zu ziehen.

Ich habe versucht, für alle ein Totengebet zu sprechen, *proficiscere anima christiana de hoc mundo*, aber es war, als ob mir jemand den Mund zuhalten würde, und die Worte wollten nicht aus mir herauskommen. Wenn der Himmel solche Sachen zulässt, zu wem soll man dann noch beten? Ich habe Dinge gesehen, wenn man die auf ein Bild malen wollte, die Menschen würden sich davor bekreuzigen.

So ist unter einem Pferd, das im Fallen seinen Reiter erdrückt hatte, ein Arm mit einem Lederhandschuh herausgeragt, nach oben gestreckt, als ob er sich immer noch wehren wollte, obwohl doch längst alles verloren war. Auf dem Handschuh saß der Falke und hat den Kopf hin und her gedreht. Ich habe ihm dann die Haube über seinen Augen weggenommen, und der Vogel ist weggeflogen. So lang ich konnte, habe ich ihm nachgesehen. Er ist ein paar Mal über uns gekreist, dann hat er sich vom Wind wegtragen lassen. Die kleine Haube habe ich eingesteckt, damit sie mich mein Leben lang an das erinnert, was ich heute gesehen habe. Obwohl ich es auch so nicht vergessen werde.

Zum zweiten Mal in meinem Leben ist es mir so ergangen wie damals in der Klosterkirche von Einsiedeln: Immer, wenn ich gedacht habe, das ist jetzt das Schlimmste, ist etwas noch Schlimmeres gekommen. So meine ich, den Soldaten gesehen zu haben, der mir damals die Flöte geschenkt hat, ich konnte aber nicht sicher sein, weil sein Gesicht voller Blut war. Ich konnte auch mein Versprechen nicht halten und ihm etwas vorspielen.

Das Allerschlimmste war dieses:

Einem Toten, er lag auf der Seite, war der Schädel eingeschlagen, so dass man das Gesicht nicht erkennen konnte. Trotzdem ist er mir bekannt vorgekommen, und ich habe den Körper vorsichtig umgedreht. Die andere Hälfte war von oben bis unten mit schwarzen Narben bedeckt; als ich das gesehen habe, sind mir endlich die Tränen gekommen. Ich konnte mir nicht erklären, wie der Halbbart unter die Opfer geraten war, aber der Poli hat es mir später erklärt. Er hat alles, was passiert ist, aus der Nähe gesehen, weil sein Platz oben in einem Baum war, damit er den Zug von weitem sehen und das Signal geben konnte. Der Halbbart, hat er gesagt, habe nicht lang genug gewartet, sondern sei, sobald er den Käuzchenschrei gehört habe, hinter einem Gebüsch aufgetaucht, noch vor allen anderen. Mit geschwungener Halbbarte sei er losgerannt und in seiner Ungeduld zu früh bei dem Reitertrupp angekommen, genau in dem Augenblick, als die Lawine über die Kante stürzte, und so habe ihm ein Baumstamm den Kopf zerschmettert.

Dass einer aus Ungeduld zu früh loslaufe, könne er verstehen, hat der Poli gesagt, aber beim Halbbart müsse es noch etwas anderes gewesen sein, ihm, dem Poli, sei es vorgekommen, er müsse endgültig den Verstand verloren haben, kurlig sei er ja schon immer gewesen. Beim Rennen habe der Halbbart nämlich immer wieder ein Wort gerufen, das überhaupt keinen Sinn ergeben habe, ganz genau habe man es in dem Lärm nicht verstehen können, aber es habe geklungen, als ob er nach einem Bäcker gerufen habe, immer wieder »Bäcker! Bäcker!«. Ob ich eine Erklärung dafür wisse, ich habe den Halbbart doch gut gekannt.

Ich habe es dem Poli nicht gesagt, aber ich bin sicher, was der Halbbart gerufen hat, war etwas anderes. »Rebekka! Rebekka!«, hat er gerufen.

Der Halbbart ist mein Freund gewesen, auch wenn er sich vorgenommen hatte, nie mehr einen Freund zu haben, weil man sie ja doch nur wieder verliert. Ich hätte ihn gern begraben und hätte mir dabei mehr Mühe gegeben als bei jedem anderen Grab, schnurgerade Ränder und eine Einfassung aus Steinen, es lagen weiß Gott genügend da. Aber ich durfte ihm diesen letzten Dienst nicht erweisen, weil der Alisi befohlen hat, alle Leichen müssten im Sumpf am Seeufer versenkt werden. Als er den Befehl gegeben hat, hat er schon wieder gegrinst und hat noch dazu gesagt, wir seien schließlich ordentliche Menschen, und es solle uns niemand vorwerfen können, wir hätten harmlosen Reisenden den Weg mit Leichen versperrt. Die jungen Leute aus dem Lager haben gelacht, als ob noch nie jemand in der Geschichte der Welt etwas Lustigeres gesagt hätte, und es schien sie auch gar nicht zu stören, dass sie die Arbeit allein machen mussten, während von den alten Soldaten keiner eine Hand gerührt hat, die waren viel zu sehr damit beschäftigt, ihre Beute aufzuteilen. So haben sie dann, immer zu zweit, die Toten an Händen und Füßen gefasst und zum See getragen. Gesungen haben sie dabei, das fand ich fast das Schrecklichste an diesem schrecklichen Tag, ein Lied, das man sonst nur singt, wenn ein zu schwerer Wagen im Schlamm feststeckt, und man muss sich gemeinsam anstrengen, um ihn wieder ins Rollen zu bringen. *»Eis und zwei und drei und los«*, haben sie gesungen, haben die toten Körper geschwungen und sie auf *»Los!«* in den Sumpf plumpsen lassen, wo sie dann langsam versunken sind.

Ertrunken sind.

Die toten Pferde konnte man nicht einfach wegtragen oder wegschieben, man musste sie zuerst in Stücke hacken. Das war die einzige Arbeit, an der sich der Alisi beteiligt hat; man hat gemerkt, dass es ihm richtig Freude gemacht hat, mit seiner Halbbarte immer wieder in die Körper zu hauen. Hinterher war er von oben bis unten mit Blut bespritzt. Vielleicht war das für ihn ein Ersatz dafür, dass er zum Totschlagen zu spät gekommen war.

Es hat dann angefangen zu schneien, aber obwohl doch schon November ist, war es noch nicht kalt genug, und aus dem Schnee ist bald Regen geworden. Es ist mir vorgekommen, als ob der Alisi auch das eingeplant hätte, um den Weg wieder sauberzuwaschen. Wer hier vorbeikommt, wird von dem Geschehenen kaum mehr etwas merken, außer dass er sich vielleicht über die Felsbrocken und Baumstämme am Wegrand wundert.

Am Abend, das war der letzte Befehl, den der Alisi gegeben hat, soll im Haus vom Eichenberger ein großes Fest stattfinden, ein solcher Sieg müsse gefeiert werden. Er hat tatsächlich »Sieg« gesagt, obwohl es doch in Wirklichkeit etwas ganz anderes war. Der Geni und ich müssten natürlich auch dabei sein, hat er uns durch den Poli ausrichten lassen, aber das kann er nicht von uns verlangen. Nach allem, was wir erlebt haben, kann er das wirklich nicht von uns verlangen.

Das letzte Kapitel
in dem der Sebi noch einmal eine Geschichte erzählt

Wir haben doch hingehen müssen. Der Alisi hat vier Leute von seinem Fähnlein geschickt, und sie haben uns gezwungen mitzukommen, auch das Anneli hat mithinken müssen. Zum Geni haben sie gesagt: »Wenn du nicht gehen willst, können wir dich auch tragen«, das war eine Drohung, die keine Erklärung gebraucht hat, und so hat er im Licht ihrer Fackeln mit uns den Weg hinunter ins Dorf machen müssen. Es scheint jetzt einfach so zu sein: Wenn der Alisi etwas befiehlt, muss man es machen.

Das Fest hat draußen stattgefunden, selbst im großen Haus vom Eichenberger wäre nicht genügend Platz gewesen. Beim Dorfbrunnen hatten sie ein riesiges Feuer gemacht; obwohl es eine kalte Nacht war, hat man nicht gefroren. Es durften alle Wein trinken, so viel sie wollten, auch die kleinen Buben. Sie müssen früh damit angefangen haben; als wir dazugekommen sind, haben die ersten schon gekotzt. Den Wein habe der Kryenbühl gestiftet, hat es geheißen, aus Begeisterung über den großen Sieg. Das glaube ich aber nicht. So wie er ein Gesicht gemacht hat, wird man ihn zu dieser Freiwilligkeit gezwungen haben.

Dem Alisi hatten sie aus Strohsäcken einen Thron gebaut, mit einem rotgelben Tuch abgedeckt, das hatte ich unter dem Sattel von einem der vornehmen Reiter gesehen. Den Turnierhelm des Herzogs hatte er sich auf den Kopf gesetzt, was aber nicht vornehm aussah, sondern nur lächerlich, weil die Federn geknickt waren und der Kopf des Löwen abgebrochen; außerdem war ihm der Helm zu groß, und er musste ihn immer wieder zurechtrücken. Als wir gekommen sind, hat er uns seine Hand in einer so hoheitsvollen Art entgegengestreckt, als sei er der Fürstabt und wir sollten seinen Ring küssen. Er war noch nicht so betrunken, dass er nicht mehr gewusst hätte, was er tat, aber so ein halbes Besoffensein ist bei ihm noch gefährlicher, ich kenne das von den langen Nächten mit seinen Kameraden. Wenn er in diesem Zustand ist, und man widerspricht ihm nur im Geringsten, gerät er in eine Wut, die schlimme Folgen haben kann. Der Geni und ich mussten uns nahe bei ihm hinsetzen; die Männer, die es sich dort schon bequem gemacht hatten, hat er einfach weggewinkt. Er hat mir aufgetragen, mir alles gut zu merken, das Fest müsse unbedingt auch in meinem Bericht vorkommen, die Leute sollten wissen, dass echte Schwyzer nicht nur zu kämpfen, sondern auch zu feiern verstünden. Und zum Geni hat er gesagt: »Siehst du, das Volk war schon immer auf meiner Seite und nicht auf deiner.« Ich glaube aber nicht, dass er damit recht hatte; man kann Menschen leicht zum Jubeln bringen, wenn man ihnen umsonst zu essen und zu trinken gibt.

Der Alisi hat darauf bestanden, dass der Geni einen ganzen Becher Wein auf einen Zug austrinkt, nach einem Sieg sei das bei den Soldaten so üblich. Ich wäre als Nächster drangekommen, deshalb habe ich ganz schnell meine Flöte aus dem Sack geholt und angefangen zu spielen. Das sei mein Beitrag, um ihnen das Fest zu verschönern, war meine Ausrede, und der Alisi hat es sofort geglaubt. Leute, die selber nie die Wahrheit sagen, fallen leicht auf Lügen herein. Ich kann unterdessen viele Lieder, aber er wollte immer wieder dasselbe hören, er meint wohl, es passe besonders gut zu ihm. *Wänn ich de Kaiser-König wär* musste ich für ihn spielen. Meine Musik werden nicht viele gehört haben; sie sind immer lauter geworden und alle, alle hatten den Krieg gewonnen, auch jene, die gar nicht dabei gewesen waren. Weil niemand richtig auf mich geachtet hat, habe ich immer traurigere Melodien spielen können, die gar nicht zu einem Fest gepasst haben. Die traurigste habe ich in Gedanken allen Toten gewidmet, vor allem dem Halbbart.

Ich hatte schon gehofft, mein Musizieren habe mich vor allem anderen Mitmachen bewahrt, aber dann hat der Alisi in die Hände geklatscht und *»Silenzio!«* gerufen. Wie schon am Morgen hat es gedauert, bis es still geworden ist, aber dann hat man sogar die Äste im Feuer knistern hören. »Für alle, die nicht das Glück hatten, heute dabei zu sein«, hat der Alisi verkündet, »wird mein Neffe Eusebius jetzt einen Bericht über die Ereignisse geben. Er ist nicht nur unser offizieller Chronist, sondern als Lehrbub vom Teufels-Anneli hat er das Erzählen auch gründlich studiert. Fang an, Eusebius!«

Ich bin doch nicht dem Kryenbühl sein dressierter Hund, habe ich gedacht, und muss Männchen machen, wenn er mit den Fingern schnippt. Aber der Hund möchte wahrscheinlich auch lieber keine Kunststücke vorführen und muss es trotzdem tun, weil der Kryenbühl nämlich eine Peitsche hat. Mich einfach zu weigern, kam nicht in Frage, es wäre mir bestimmt übel ergangen, aber dem Alisi zu seinem kaputten Helm auch noch eine Krone aufzusetzen und sein Lob zu singen, das wollte ich schon gar nicht. Und so habe ich beschlossen, die Geschichte so zu übertreiben, dass jeder merken musste: So ist es nicht gewesen.

»Der Herzog Leopold«, habe ich angefangen, »ist ein böser Mensch, der es nicht ertragen kann, wenn seine Untertanen auf ihren Rechten bestehen und nicht alles tun, was ihm gerade in den Sinn kommt.«

»Sehr richtig!«, hat der Alisi gerufen und hat gar nicht gemerkt, dass ich eigentlich ihn selber beschrieben hatte.

»Weil die Leute von Schwyz aber auf dem bestanden, was in ihren Freiheitsbriefen steht, beschloss der Herzog, sie mit Krieg zu überziehen, das mächtige Habsburg gegen ein kleines Tal.«

Der Geni hat mich verwundert angesehen, aber ich habe so getan, als ob ich es nicht bemerkte, und habe weitererzählt. »Er stellte ein großes Heer auf, Hunderte von Rittern …«

»Viel mehr!«, hat der Alisi gerufen, und ich habe mich schnell verbessert. »Tausende von Rittern, und dazu noch Fußvolk, so viele, dass man sie nicht zählen konnte. Dieses kleine Völkchen in seinem Bergtal, da hatte er keinen Zweifel, würde er bald besiegt haben, und wenn die Schwyzer dann untertänig vor ihm knieten und um Gnade bettelten, wollte er ihnen so viele neue Steuern auferlegen, dass sie dafür ihr Leben lang würden schuften müssen wie Ochsen unter dem Joch.«

Ringsum hat man ein empörtes Grummeln gehört, wie beim Osterspiel, wenn der Judas den Heiland um dreißig Silberlinge verrät.

»Der Herzog schickte Boten zu all den Adligen, die ihm tributpflichtig waren, und befahl, dass sie nicht nur selber an seinem Feldzug teilnehmen sollten, sondern auch Reisige und Fußvolk mitbringen, die Grafen mehr und die einfachen Ritter weniger. So kam ein gewaltiges Heer zusammen, es werden wohl an die zehntausend gewesen sein.«

»Mehr!«, hat der Onkel Alisi wieder gerufen.

»Der Herzog Leopold ist ein halber Teufel«, habe ich gesagt, »so hinterhältig und schlau ist er. Er stellte seine Truppen so auf, dass die Schwyzer glauben sollten, er wolle sie bei Arth angreifen, dort wo die Letzi den Weg versperrt, dabei hatte er einen ganz anderen Plan. Aber dieser Betrug ist ihm nicht gelungen – und warum nicht?«

»Weil wir schlauer sind!«, hat jemand gerufen, und alle haben gelacht.

»Weil alte Soldaten zusammenhalten«, habe ich gesagt. »Weil sie sich gegenseitig helfen, ganz egal, bei wem sie gerade im Sold stehen.«

»Sehr wahr!« Der Onkel Alisi hat seinen Becher gehoben und seinen Kampfgenossen aus Italien zugeprostet.

»Einer von ihnen, er hieß …« Es ist mir nicht gleich ein Name eingefallen, aber dann habe ich mich doch an einen erinnert, den ich einmal irgendwo gehört hatte. »Es war ein Ritter von Hünenberg, der sich im Feldzug nach Rom fast so sehr ausgezeichnet hatte wie unser Colonnello.«

Dem Alisi hat es geschmeichelt, dass ich ihn jetzt auch so genannt habe, und von da an hätte er mir wohl auch nicht mehr widersprochen, wenn ich behauptet hätte, der heilige Georg habe ihm für die große Schlacht die eigene Lanze geliehen.

»Dieser von Hünenberg«, habe ich gesagt, »gehörte zum Heer des Herzogs, und als guter Soldat hätte er den Krieg, für den er sich verpflichtet hatte, auch gern gewonnen. Aber er wollte es auf ritterliche Weise tun, Mann gegen Mann, und nicht durch einen feigen Betrug. Er kannte die Pläne des Herzogs und beschloss, dass die Schwyzer sie ebenso kennen sollten, also schrieb er eine Nachricht auf ein Stück Pergament, befestigte es an einem Pfeil und schoss den über die Letzi ins Lager unserer Leute. Und so lautete seine Nachricht.« Ich machte eine Pause, so wie mir das Anneli beigebracht hatte, dass man das an besonders spannenden Stellen immer tun soll, und erst, als ich spürte, wie die Zuhörer fast den Atem anhielten, erzählte ich weiter. »Die Nachricht lautete: ›Hütet euch am Morgarten am Tage vor St. Othmar.‹«

Die Leute haben gejubelt und die Fäuste in die Luft gestreckt.

»So gewarnt«, habe ich weitererzählt, »konnten sich die Schwyzer an der richtigen Stelle auf den Angriff vorbereiten. Am Abhang vom Morgartenberg haben sie sich versammelt, auf einer Lichtung, die keinen Namen hat.«

»Doch!«, hat einer gerufen. »Das ist das Mattligütsch!«

»Am Mattligütsch haben sie sich versammelt, und angeführt von unserem klugen Colonello haben sie in schwerer Arbeit Bäume gefällt und Felsbrocken zusammengetragen.«

»Mir tut jetzt noch der Rücken weh«, hat der Alisi gesagt, und obwohl er in Wirklichkeit selber keinen Finger gerührt hat, haben alle gelacht und in die Hände geklatscht.

»Zu großen Haufen haben sie alles aufgeschichtet und

gewartet, bis das feindliche Heer heranzog, an die zwanzigtausend werden es gewesen sein, alle auf mächtigen Schlachtrössern und in schweren Rüstungen.«

Ein paar von den Zuhörern haben genickt, wie man es manchmal in der Kirche sieht, wenn jemandem die Worte des Predigers besonders einleuchten.

»Der Colonnello hatte Späher ausgeschickt, und als sie ihm die Meldung gemacht haben, dass die Kolonne direkt unter dem Mattligütsch angekommen war, hat er den Befehl zum Angriff gegeben.«

›Hoppla‹, hat er gesagt.

»Die Bäume und die Felsen rollten den Hang herunter, versperrten dem Feind nicht nur den Weg, sondern erschlugen auch viele von den Reitern. Damit war der Herzog aber noch nicht besiegt, sondern es kam zu einem langen Kampf, in dem sich das kleine Häufchen der Schwyzer heldenhaft bewährte, allen voran unser Colonnello.«

Die Leute haben gejubelt und »Harus!« gerufen. Der Onkel Alisi hat ihren Beifall aber abgewehrt, so bescheiden, wie das nur eitle Menschen tun können.

»Die Feinde waren in gewaltiger Überzahl«, habe ich weitererzählt, »und in ihren Rüstungen fast unverwundbar. Aber auch darauf hatten sich die Schwyzer vorbereitet, und einer von ihnen hatte eine ganz neue Waffe erfunden, gegen die kein Ritter ein Mittel hatte.« Ich habe nicht gesagt, dass der Halbbart dieser Erfinder gewesen ist, man hätte das an diesem Abend nicht gern gehört, weil er doch ein Fremder war. »Mit dieser Waffe konnte man jeden Ritter vom Pferd reißen, egal, wie gut er gepanzert war, und mit derselben Waffe konnte man ihm den Schädel spalten, auch wenn sein Helm aus dem dicksten Eisen gemacht war. So wurden viele von den Habsburgischen erschlagen, und noch mehr versuchten, sich in den See hinaus zu retten, wurden aber von ihren schweren Rüstungen in den Sumpf hineingezogen. Der Rest ergriff die Flucht, den Schwanz zwischen den Beinen wie geprügelte Hunde. So besiegte eine kleine tapfere Truppe ein mächtiges Heer, und diesen Triumph haben wir nur dem Colonnello zu verdanken, unserem Alisi!«

Das war alles so erfunden und erlogen, dass ich gedacht hatte, die Leute würden mich auslachen. Aber sie haben gejubelt, und der Onkel Alisi hat sich zu mir gebeugt, hat mir die Hand geschüttelt und gesagt: »Genau so ist es gewesen, genau so.«

Später, als alle nur noch betrunken waren, hat mich das Teufels-Anneli auf die Seite genommen und gemeint: »Das war eine sehr schöne Geschichte, Eusebius. Man wird sie bestimmt noch lang erzählen, und irgendwann wird sie die Wahrheit sein.«

Danksagung

Ich danke der Historikerin Annina Michel, die das Manuskript mit kritischem Blick überprüft hat.

Glossar

Ein Glossar der Helvetismen und Mundart-Wörter ist hier zu finden:

www.diogenes.ch/halbbart

»Jede Art zu schreiben ist erlaubt –
nur die langweilige nicht.«

VOLTAIRE

Roman
416 Seiten
Auch erhältlich als eBook, Hörbuch und Hörbuch-Download

Weil er Stotterer ist, vertraut er ganz auf die Macht des geschriebenen Worts und setzt es rücksichtslos ein, zur Notwehr ebenso wie für seine Karriere. Ein Betrug – er nennt es eine schriftstellerische Unsorgfältigkeit – bringt ihn ins Gefängnis. Mit Briefen, Bekenntnissen und erfundenen Geschichten versucht er dort diejenigen Leute für sich zu gewinnen, die über sein Los bestimmen: den Gefängnispfarrer, den Drogenboss, den Verleger.